Das Buch

58 v. Chr.: Ein hoch verschuldeter Lebemann wird Prokonsul in Gallien. Sein Name: Gaius Julius Cäsar. Schon bald überzieht er das Land mit privaten Raubfeldzügen, denn nur mit dem Gold der Kelten kann er in Rom politisch überleben. Zur gleichen Zeit flieht der junge Kelte und Druidenlehrling Korisios zusammen mit der schönen und eigensinnigen Sklavin Wanda aus seiner kriegsbedrohten Heimat nach Westen in Richtung Atlantik. Bei Bibracte kreuzen sich die Wege des Römers und des Druiden. Der Gelehrte Korisios tritt, fasziniert von der Persönlichkeit des Prokonsuls, als Schreiber in dessen Dienst ein. Aus nächster Nähe erlebt er den Machtmenschen Cäsar und seinen triumphalen Beutezug durch Gallien. Das Schicksal der beiden ungleichen Männer scheint auf geheimnisvolle Weise miteinander verknüpft zu sein, beide genießen die Gunst der Götter.

Doch ein Massaker des Römers an einem Germanenstamm und eine Verzweiflungstat Wandas führen zum Bruch. Als seine geliebte Sklavin auf dem Markt verkauft wird, schließt sich Korisios dem keltischen Aufstand gegen Cäsar an. Und während der Untergang der Kelten in Gallien besiegelt wird, erfleht der junge Druide ein letztes Mal die Hilfe der Götter: Er ist bereit, sein Leben zu opfern, um Wanda zu finden und sie zu befreien.

Cäsars Druide ist ein gewaltiges Sittengemälde der Antike, voller Leidenschaft und Abenteuer, keltischer Rituale und hadernder Götter – brillant recherchiert und spannend wie ein Kriminalroman.

Der Autor

Claude Cueni wurde 1956 in Basel geboren. Nach Lehr- und Wanderjahren durch Europa erschien 1980 sein erster Roman. Seither veröffentlichte er Kriminalromane, Hörspiele, Theaterstücke und schrieb Drehbücher für Film und Fernsehen. ClaudClaude Cueni lebt in Binningen bei Basel. Seine E-Mail: claude@cueni.ch

Lieferbare Titel

Das große Spiel

CLAUDE CUENI

CÄSARS DRUIDE

Roman

WILHELM HEYNE VERLAG
MÜNCHEN

Umwelthinweis:
Dieses Buch wurde auf
chlor- und säurefreiem Papier gedruckt.

Vollständige Taschenbuchausgabe 02/2008

Printed in Germany 2008
Karten: © Otto Lukas Hänzi
Umschlagillustration: © Musee Bonnat, Bayonne, France/
Bridgeman Giraudon
Umschlaggestaltung: Martina Eisele Grafik-Design, München
Satz: Leingärtner, Nabburg
Druck und Bindung: GGP Media GmbH, Pößneck

ISBN: 978-3-81154-6

www.heyne.de

Für Clovis

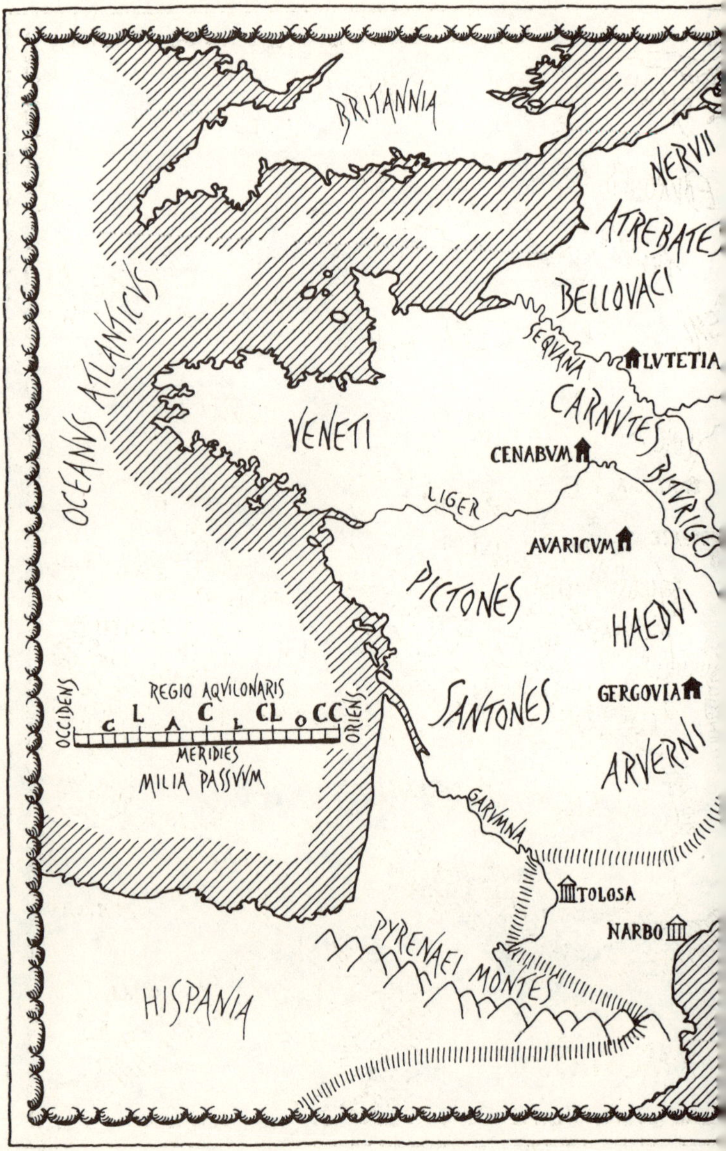

BRITANNIA
NERVII
ATREBATES
BELLOVACI
SEQVANA
LVTETIA
OCEANVS ATLANTICVS
CARNVTES
VENETI
CENABVM
BITVRIGES
LIGER
AVARICVM
PICTONES
HAEDVI
REGIO AQVILONARIS
OCCIDENS
C L A C L CL O CC
ORIENS
MERIDIES
MILIA PASSVVM
SANTONES
GERGOVIA
ARVERNI
GARVMNA
TOLOSA
NARBO
PYRENAEI MONTES
HISPANIA

CHERVSCI
BATAVI
EBVRONES
VBII
TENCTERI
MOENVS
TREVERI
MOSELLA
MARCOMANNI
RHENVS
NEMETES
DANVVIVS
VINDELICI
LINCONES
ALESIA
DVBIS
ALPES MONTES
RAVRACI
IBRACTE
VESONTIO
HELVETII
SEQVANI
LACVS LEMANVS
ARAR
GENAVA
AQVILEIA
ALLOBROGES
POENINVS
VERONA
MEDIOLANVM
PADVS
MARE HADRIATICVM
ISARA
RHODANVS
GENAVA
ARIMINVM
PISAE
NICAEA
MASSILIA
PERVSIA
ROMA
CORSICA
MARE INTERNVM

I.

März, 695 nach römischer Zeitrechnung.

Für einen kurzen Augenblick hatte ich geglaubt, am anderen Ende der Talsohle drei Reiter zu erkennen. Germanische Reiter. Aber ich mußte mich getäuscht haben. Jetzt war nichts mehr zu sehen.

Ich lag bäuchlings auf dem flachen Felsvorsprung, hoch über dem Tal, und blinzelte in die Frühlingssonne. Ich dankte den Göttern, daß sie mich als raurikischen Kelten wiedergeboren hatten. Zufrieden schloß ich die Augen und versuchte die dampfende Minze eines knusprig gebratenen Schweinerückens zu riechen, gerösteten Kümmel und Pinienkerne, in Honig eingelegte Mandeln und Thymian, frisch gemahlenen Pfeffer und Selleriesamen, und ich stellte mir vor, wie eine nubische Sklavin mir dazu Fisch und griechischen Harzwein servierte. In meinem Handelshaus in Massilia fehlte es mir an nichts. Denn es existierte nur in meiner Phantasie.

Ich träumte oft in den Tag hinein. Der Druide Santonix hatte mir gesagt, daß ein Wunsch in Erfüllung geht, wenn man ihn sich nur oft genug in allen Einzelheiten vor Augen führt. Alle Sinne würden sich danach richten, und man würde mit der Zeit instinktiv das Richtige tun. Damit der Wunsch in Erfüllung geht.

Aber heute wollte mir nichts gelingen. Meine nubische Sklavin erstarrte zu einem römischen Mosaik und zerfiel wie ein altes Gebiß. In meiner Nähe stank es fürchterlich nach verfaultem Fisch. Schuld daran war Lucia. Sie lag wie eine schwarze Sphinx neben mir, die weißen Vorderbeine nach vorne gestreckt, den edlen, schmalen Kopf hoch aufgerichtet, als habe sie irgend etwas gesehen oder gerochen. Sie hatte feines, weißes Kurzhaar mit großen, tiefschwarzen Platten und über den Augen und an den Wangen rote Feuerflecken. Dreifarbige Hunde wie Lucia galten bei den Römern als mißraten. Deshalb hatte Kretos, ein griechischer Weinhändler aus Massilia, der sich römischer als ein Römer benahm, Lucia auf unserem Hof zurückgelassen. Das hatte ihm die Mühe erspart, sie zu ersäufen. Kretos kam einmal im Jahr in den Norden. In sechzig Tagen brachte er seine Weinamphoren über den Rhodanus, Arar und Dubis hinauf und machte in Vesontio, der Hauptstadt der keltischen Sequaner, halt. Hier verkaufte er den Großteil seines Weines und kaufte mit dem Erlös roten Wollstoff, Eisenwerkzeuge und Goldschmuck. Auf dem Landweg zog er dann weiter den Rhenus entlang. Während die meisten Bediensteten und Sklaven mit der Ware auf dem Wasserweg wieder südwärts fuhren, füllte Kretos den restlichen Wein in keltische Fässer und verkaufte ihn flußauf, flußab. Ja, sogar ins sagenumwobene wilde Germanien. Wie es die Römer nennen. Kretos war das alles egal. Für ihn gab es nur Käufer und Nichtkäufer. Und Ariovist, der germanische Suebenkönig, der sich kürzlich westlich des Rhenus niedergelassen hatte, war ein guter Käufer. Er verfügte über Unmengen Raubgold. Kretos' Handelsreise endete jeweils im Oppidum der raurikischen Kelten am Knie des Rhenus. Von hier aus zog er wieder Richtung Westen, Richtung Arar. Dort warteten seine Sklaven mit ihren vollbeladenen Schiffen auf ihn. Und auf diesem Weg kam er an unserem Hof vorbei. Seine chronischen Zahnschmerzen trieben ihn dazu. Kretos war überzeugt, daß nur der beschränkt haltbare Kräutersud des Druiden Santonix ihm Linderung verschaffen konnte. Onkel Celtillus hatte stets einen Schlauch bereit und tauschte diesen jeweils gegen ein Faß unverdünnten Weins, meistens vierjährigen Sabiner. Wir alle mochten Kretos. Kretos, das bedeutete brandneue Nachrichten, die nicht älter als ein halbes Jahr waren. Vorletzten Sommer war Kretos bereits in den frühen Morgenstunden wieder abgereist, weil er einen Umweg über

Genava hatte machen wollen. In der Nacht hatte seine Hündin einen dreifarbigen Welpen geworfen. Kretos hatte ihn in unserem Dorf zurückgelassen. Aber wer in unserem Dorf einen Welpen seinem Schicksal überläßt, überläßt ihn mir. Denn wo ich bin, das hat sich mittlerweile unter den zahlreichen Hunden unserer Siedlung herumgesprochen, gibt es meistens etwas zu futtern. Ich habe den Welpen also »Lucia« genannt und ihn mit Ziegenmilch hochgepäppelt. Seitdem ist Lucia nicht mehr von meiner Seite gewichen, und mittlerweile haben auch die anderen Hunde akzeptiert, daß Lucia stets den ersten Bissen kriegt. Ich weiß, kein Welpe überlebt ohne Mutter. Es sei denn, die Götter überlegen es sich anders.

Jetzt riß Lucia bereits zum zweiten Mal ihr kräftiges Scherengebiß gähnend auseinander, und der Fischgestank, der ihrem Maul entströmte, war ziemlich römisch. Ich vergrub den Kopf zwischen den Armen und versuchte erneut einzuschlafen. Ich wollte im Traum nach Massilia zurück. Doch Lucia ließ mir keine Ruhe. Sie drückte ihre nasse Nase unter meine Hände, leckte meine Stirn und knabberte an meinem Nacken. Es roch, als hätte ich in einer mit spanischer Fischsauce gefüllten Amphore gebadet. So lösten sich auch die letzten nubischen Sklavinnen wie Rauchfäden im Wind auf.

»Die Druiden kommen!« Ich schreckte hoch und schaute von meinem Felsen ins Tal hinunter, zu unserem Gehöft, das am Ufer eines Baches lag. Es war kälter geworden. Der Nebel hatte sich gelichtet. Jetzt sah ich die drei Reiter, die in scharfem Galopp zum Bach hinunter ritten. Lucia reckte stolz den Kopf und richtete ihre Nackenhaare auf. So sah sie fast wie ein Kelte aus, der seine Haare mit Kalkwasser dornenartig gestärkt hatte. Aber es waren nicht die Druiden, die sie beunruhigten. Sie roch irgend etwas. Und bei Epona, es war nicht Fisch. In der Ferne, dort wo der Rhenus das Land der Kelten vom Land der Germanen trennt, braute sich eine riesige schwarzgraue Wolke zusammen.

Als ich die Augen zusammenkniff, sah ich, daß es Rauch war. Es kam aus Arialbinnum, dem Oppidum der Rauriker.

Etwas umständlich ließ ich mich von der Felsplatte gleiten und humpelte zu unserem Hof hinunter. Lucia stolzierte mit gestrecktem Rücken neben mir her und schaute immer wieder prüfend zu mir hoch. Sie hatte sich längst an meinen langsamen Schritt gewöhnt und auch daran, daß selbst ein Räuspern von mir eine Bedeutung hatte.

Unser Gehöft bestand aus acht strohbedeckten Langhäusern. Eine einfache, aber stabile Pfostenkonstruktion stützte die Gebäude. Die Wände waren aus lehmbeworfenem Flechtwerk, die Dächer aus Stroh. Obwohl unsere Kornspeicher und Vorratsgruben zum Bersten voll waren, hatten wir weder einen schützenden Erdwall mit Graben noch Palisaden. Seit wir vor zwei Generationen hierhergezogen waren, lebten wir in Frieden mit unseren Nachbarn. Bei großer Gefahr hätten wir uns in das Oppidum der Rauriker am Knie des Rhenus begeben. Das Oppidum lag bloß einen halben Tagesritt von hier – und jetzt stand es in Flammen.

Vor dem ersten Langhaus wurden die Druiden mit frischem Wasser empfangen. Es waren würdevolle Männer in langärmeligen, weißen Tuniken. Darüber trugen sie schwarze Wollumhänge mit Kapuze. Sie wurden wie Götter empfangen. Keltische Druiden waren nicht nur Priester, nein, keltische Druiden waren auch Lehrer, Richter, politische Berater, Astronomen, Erzähler, Mathematiker und Ärzte in einer Person, ja, sie waren das Tor zum Universum des Wissens. Sie waren die lebendigen Bücher der Kelten. Die Schrift war für uns etwas Unreines. Heiliges Wissen durfte nicht schriftlich festgehalten werden. Nur Kaufleute schrieben etwas auf, und zwar auf griechisch, weil die griechische Handelskolonie Massilia das Zentrum unserer Handelswelt war. Hier kaufte der Adel ein, oder Leute, die gerne dazugehört hätten. Ich muß wohl nicht erwähnen, daß ich nicht in Massilia einkaufte.

Ich war damals siebzehn und seit einigen Jahren in der Obhut des Druiden Santonix, der mich die Geschichte unseres Volkes lehrte. Ich hatte sie in Versform auswendig zu lernen. Aber selbst wenn ich eines Tages alles im Schlaf würde vortragen können, so konnte ich noch lange nicht sicher sein, einmal Druide zu werden. Das würde sich erst viel später entscheiden. Daß ich nicht adliger Abstammung war, erschwerte natürlich die Sache. Gut, es war kein grundsätzliches Hindernis. Behaupteten die Adligen. Aber ich kenne keinen Druiden, der nicht adliger Abstammung ist. Wie auch immer: Im schlimmsten Fall konnte ich immer noch Barde werden. Auch Barden waren Gelehrte und großartige Geschichtenerzähler, aber unsere Druiden waren natürlich mehr. Sie waren Mittler zwischen Himmel und Erde, zwischen Leben und Tod, zwischen Göttern und Menschen.

Die Druiden waren heute gekommen, um uns die letzten Anweisungen für unseren langen Marsch an die atlantische Küste zu geben. Es waren drei Druiden, denn die Zahl »3« ist uns Kelten heilig. Doch ich kannte nur meinen alten Lehrmeister, den Druiden Santonix. Seine beiden Begleiter hatte ich noch nie gesehen. Santonix war ein gütiger und weiser Mann. Er war fast schon vierzig und ein begnadeter Lehrer. Obwohl ich unser Gehöft nie verlassen hatte, glaubte ich mit ihm schon das ganze Universum bereist zu haben. Er fand immer die richtigen Worte, um mir unaufdringlich den Weg zu neuen Einsichten zu weisen. Und im nachhinein hatte ich stets den Eindruck, ich sei von selbst darauf gekommen. Dann war ich stolz auf mich und fühlte mich gut. So wünschte ich mir sehnlichst, daß er mir heute mitteilen würde, er würde mich im nächsten Jahr auf die Insel Mona mitnehmen. Dort befand sich das große Druidenzentrum der Kelten, die einzige Druidenschule überhaupt, verborgen in einem dunklen Wald. Nur auserwählte Schüler wurden dorthin mitgenommen.

Santonix hob stumm die Hand und suchte den Himmel nach Zeichen ab. Seine beiden Begleiter senkten den Kopf und murmelten heilige Verse. Ihre schweren Roben waren mit farbigen Kordeln geschnürt. Das bedeutete, daß sie noch in der Ausbildung waren. Die Art und Weise, wie sie jetzt den Kopf hoben und den Umstehenden furchtlos in die Augen schauten, entlarvte sie als Söhne von Adligen, die ihren Status ihrer Geburt und nicht ihrer Leistung oder ihrem Können verdankten. Möglicherweise stand mir heute ein massiver Rückschlag bevor. Die beiden stolzen Pfauen in ihren Roben würden mir allemal vorgezogen werden. Ich hätte Santonix gerne darauf angesprochen, aber das wäre sehr unhöflich gewesen. Etwas auf den Punkt zu bringen ist nicht Sache der Kelten. Wir brauchen die Sprache zur Verständigung nicht. Nur zum Streiten. Abgesehen davon hätte ich heute ziemlich Mühe gehabt, Santonix zu sprechen. Alle drängten nach vorn und bestürmten ihn mit Fragen. Ich wurde von allen Seiten angerempelt, gestoßen, gehalten, geschubst, und wenn ich mich nicht an der jungen Sklavin Wanda hätte festhalten können, wäre ich bestimmt gestürzt. Denn ich hatte ein Problem mit meinen Beinen.

»Druide! Drängt Ariovist in den Süden?«

Heute wünschte man sich nicht Rechtsprechung in irgendeinem nachbarlichen Streit und auch keine Kräutermischung gegen blutigen Husten, nein, heute betrafen alle Fragen Ariovist, den germanischen Suebenführer, den die einen Fürst oder Herzog, die andern König nannten. Die Antwort sollten alle gemeinsam erhalten.

»Druide! Was bedeutet der Rauch über Arialbinnum?«

Die Leute auf unserem Hof waren sichtlich nervös. Jetzt, wo wir uns entschlossen hatten, den südwärts drängenden Germanen zu weichen und uns dem Zug der keltischen Helvetier an die atlantische Küste anzuschließen, wollten wir nicht noch in sinnlose Kämpfe verwickelt werden. Wir waren ja bereit, das Land zu räumen.

Santonix gab Postulus, unserem Dorfältesten, die Milchschale zurück und hob den Arm. Stille. Demütig senkten wir unsere Köpfe, als wollten wir vermeiden, den Druiden in die Augen zu sehen. Wenn sie eine Ansprache hielten, sprachen durch sie die Götter. Irgendwie war unser stürmischer Empfang eines Druiden unwürdig gewesen. Santonix stieg auf den erhöhten Fußboden des Getreidespeichers, der stets zum Schutz vor Ratten und Mäusen vier Fuß über der Erde eingezogen wurde, und begann mit lauter, sonorer Stimme eindringlich zu sprechen:

»Rauriker! Im Konsulatsjahr des Marcus Messala und Marcus Piso haben die keltischen Helvetier beschlossen, ihr Land zu verlassen und ins fruchtbare Land der Santonen an die atlantische Küste zu ziehen. Ihr, das Volk der keltischen Rauriker, habt euch entschlossen, es den keltischen Helvetiern gleichzutun und euch ihnen anzuschließen. So wie sich auch die keltischen Stämme der Tiguriner, der Latobriger und der Bojer den Helvetiern angeschlossen haben. Denn wir alle sind Kelten und opfern denselben Göttern. Unsere Vorratsgruben und Speicher sind voll. Jeder ausreisewillige Kelte hat genügend Mehl für drei Monate. Die Götter haben uns deshalb ein Zeichen gegeben, uns Ende März am Ufer des Rhodanus mit den anderen ausreisewilligen keltischen Stämmen zu vereinen. Von dort aus wird uns der große und ruhmreiche Fürst Divico an die atlantische Küste führen. Wir werden durch das Land der keltischen Allobroger ziehen, ohne Verwüstungen anzurichten. Das Stammesgebiet der Allobroger ist heute römische Provinz. Die Römer werden uns aber nicht daran hindern, ihre Provinz zu durchqueren, denn sie wissen, daß wir genügend Nahrungsmittel und den Atlanticus zum Ziel haben. Wir werden Gold und Geiseln stellen, um unsere friedlichen Absichten zu bekräftigen.«

Santonix hielt einen Augenblick inne und fuhr dann fort: »Heute früh hat Ariovist mit seinen Reitern das Oppidum der tapferen Rauriker in Brand gesteckt. Wartet deshalb nicht, bis er euren Hof erreicht hat. Brennt bereits morgen alles nieder, was ihr nicht mitnehmen könnt. Zieht gen Süden. Wartet am Ufer des Rhodanus auf die Ankunft der anderen Stämme. Wenn morgen früh die Sonne aufgeht, müßt ihr euren Hof verlassen haben. Hier können euch selbst die Götter nicht mehr beschützen. Im Norden naht bereits Verstärkung für Ariovist. Zehntausend hungrige germanische Reiter. Aus dem Osten nahen die Daker unter ihrem König Barebista, und von Süden her breitet sich Rom wie ein bösartiger Eiterherd aus. Wollen unsere Stämme überleben, müssen sie noch diesen Sommer den Atlanticus erreichen. Die Santonen werden uns wie Brüder empfangen. Denn das fruchtbare Land, das sie uns abgetreten haben, ist bereits bezahlt. In Gold.«

Der Druide Santonix schaute in die Runde, als wolle er die Wirkung seiner Worte prüfen. Dann fuhr er fort: »Rauriker, heute nacht werden wir hier ein letztes Mal die Mistel schneiden und die Götter um Schutz bitten. Lug beschütze uns.« »Lug beschütze uns«, wiederholten wir alle im Chor.

Ich hatte eigentlich erwartet, daß alle wieder wild durcheinanderreden würden. Doch niemand rührte sich von der Stelle oder erhob die Stimme. Wir hörten nur noch das Gackern der Hühner und das Grunzen der Schweine, die nach Abfällen suchten. Ihnen war es einerlei, wer ihnen den Bauch aufschlitzte. Die Bewohner unseres Gehöfts schwiegen betreten. Bedeutungsvolle Blicke wurden gewechselt. Ein paar suchten mit skeptischem Blick den Himmel ab. Aber es gab keine Amsel, deren Flug man in irgendeiner Weise hätte deuten können. Fast lautlos wichen wir zur Seite und bildeten eine Gasse, damit die Druiden zum Langhaus konnten, das Onkel Celtillus zusammen mit mir und den Familien seiner Geschwister und

Kinder bewohnte. Als die Druiden im Langhaus waren, steckten die Leute die Köpfe zusammen und tauschten vage Andeutungen aus, nickten oder lächelten stumm, als hätten sie soeben eine Eingebung der Götter erhalten. Nüchterne Kelten sind eben schwer verständlich.

Die ersten Ochsenkarren wurden vor die Getreidegruben geschoben. Ein paar junge Reiter ritten hinaus, um die Weidetiere zu holen. Alles war seit langem bis ins kleinste vorbereitet worden. Jeder wußte, was er zu tun hatte, welche Werkzeuge auf welchen Karren kamen, welche Lasttiere womit beladen wurden, wer wofür die Verantwortung trug und in welcher Reihenfolge die Ochsenkarren unseren Hof zu verlassen hatten. Ich setzte mich nachdenklich unter die dicke Eiche, unter der ich fast meine ganze Kindheit verbracht hatte, und legte meinen Arm auf Lucia, die sich eng an mich schmiegte und seufzend die Schnauze auf ihre Vorderläufe gleiten ließ.

Onkel Celtillus trat aus der Hütte und veranlaßte, daß man den Druiden frisches Obst und Milch brachte. Druiden aßen kein Fleisch und tranken keinen Wein. Ersteres war durchaus akzeptabel, aber letzteres war eher ein Argument, das gegen den Druidenberuf sprach und mich ein bißchen trösten würde, falls mir wegen meiner niedrigen Abstammung die Türen der Druidenschule auf der Insel Mona verschlossen blieben. Ich war hin und her gerissen zwischen dem Wunsch, in Massilia ein großer Händler zu werden, und dem Wunsch, als lebendiges Buch zwischen Himmel und Erde herumzustolzieren. Für Griechen und Römer wäre das kein Problem gewesen. Sie machen aus ihrem Wissen kein Geheimnis. Aber bei uns Kelten hüten die Druiden selbst den Kalender wie ihren Augapfel.

Onkel Celtillus befahl zwei erfahrenen Reitern vorauszureiten, um die Wege auszukundschaften. Vor zwei Tagen hatte es heftig geregnet. Möglicherweise waren Flüsse über die Ufer getreten und hatten einzelne Wege in schlammige Gruben verwandelt, in denen unsere schwerbeladenen Ochsenkarren steckenbleiben würden. Mein Onkel schien sich Sorgen zu machen.

»Celtillus?« rief ich zu ihm rüber. Er war es gar nicht mehr gewohnt, daß ich unter der alten Eiche lag. Ihre Äste waren so angeordnet, daß sie sich schützend und gleichmäßig wie ein Dach aus Flechtwerk nach allen Richtungen streckten. Ja, seit ich einigermaßen laufen konnte, war ich nur noch selten unter der Eiche.

Celtillus kam eilig zu mir herüber und machte ein richtiges Ziegenmilchgesicht: »Korisios, der Wagen steht für dich bereit«, sagte er knapp. Und seine Augen schienen zu sagen: »Mach dir bloß keine Sorgen, wir bringen dich schon zur Küste.« Aber er sagte bloß, daß der Wagen bereitstünde, was ich unschwer selber erkennen konnte, da meine Nahsicht vorzüglich war. Aber Onkel Celtillus legte mit einer beinahe dramatischen Bewegung seine Hand auf die hintere Holzplanke des Wagens und wiederholte, daß der Wagen bereitstünde. Dabei machte ich mir überhaupt keine Sorgen. Ich war nämlich überzeugt, daß sich die Götter – ähnlich wie die Senatoren in Rom – zu einem Rudel zusammengeschlossen hatten, um mich, Korisios, am Leben zu erhalten. Ich weiß wirklich nicht, wieso ich das dachte. Aber ich dachte es nicht nur, ich war felsenfest davon überzeugt. Sorgen waren nicht meine Spezialität. Na ja, es bekümmerte mich ein bißchen, daß ich an meinem Waffengurt nur noch zwei freie Löcher hatte. Denn wenn ein Kelte so dick wurde, daß der Gurt zu kurz war, mußte er eine Geldstrafe zahlen. Und ich hatte kein einziges Stück Keltengold mehr im Beutel.

Onkel Celtillus machte sich aber richtige Sorgen. Jetzt kniete er vor dem eisenbeschlagenen Holzrad des Karrens, und befriedigt stellte er fest, daß das Rad rollen würde. Welch überwältigende Erkenntnis. Sich Sorgen machen, das ist einfach keine keltische Tugend. Als Alexander der Große während seines Donaufeldzugs einen keltischen

Gesandten fragte, wovor er sich am meisten fürchtete, sagte dieser zu seiner Verärgerung nicht, vor ihm, dem großen Alexander, sondern davor, daß der Himmel einstürzen könnte. Seitdem geht das Gerücht um, wir seien Großmäuler und Trunkenbolde. Aber auch furchtlos. Onkel Celtillus machte sich natürlich nicht Sorgen um sich. Sondern um mich, Korisios.

Denn ich war anders als andere Menschen. Mein linkes Bein war etwas steif und schwer zu gebrauchen, der linke Fuß stark nach innen verdreht, und so hatte ich beim Gehen Schwierigkeiten mit dem Gleichgewicht. Irgendwie waren meine Muskeln auch stets zu weich oder zu hart, so daß ich Mühe hatte, die Bewegung des Laufens richtig zu koordinieren. Es war eine Behinderung, die mich weiter nicht störte, denn ich war damit geboren und aufgewachsen. Ich hatte nie etwas anderes gekannt. Und Santonix hatte mich gelehrt, zu ändern, was ich ändern konnte, und anzunehmen, was ich nicht ändern konnte. Das war der Schlüssel zum Glück. Denn wenn man etwas Unangenehmes akzeptiert hatte, war man frei, sich den schönen Dingen des Lebens zuzuwenden. Diese Erkenntnis scheint mir sogar bedeutender zu sein als die keltische Schmiedekunst, die zwar selbst die Römer nachahmen, aber immer noch nicht beherrschen und deshalb in Bronzehelmen rumlaufen.

Ich war damals ein sehr glücklicher Mensch, neugierig und unternehmungslustig, und ich war noch nie jemandem begegnet, mit dem ich gerne getauscht hätte.

»Korisios«, begann mein Onkel Celtillus von neuem und erklärte mir nochmals, wie er mich an die Küste bringen wollte. Er erklärte mir, daß heftige Regengüsse die Wege unpassierbar machen könnten, und daß er für diesen Fall ein weiteres Pferd gekauft habe. Wanda würde mit mir reiten.

»Wanda!« schrie ich. »Was habe ich eigentlich den Göttern getan, daß sie mir diese germanische Sklavin aufgebürdet haben? Ich frage mich manchmal, wer hier eigentlich wessen Sklave ist!«

Celtillus schüttelte verärgert den Kopf: »Korisios, die Götter haben mich am Leben erhalten, damit ich dich an den Atlanticus bringe.«

»Aber Celtillus«, lachte ich laut auf, »ich frage mich in letzter Zeit öfter, ob du wirklich der Kerl bist, der zwanzig Jahre lang als Söldner in der römischen Armee gedient hat. Du hast in Spanien gekämpft, in Nordafrika, in Ägypten und auf Delos. Du hättest dir irgendwo eine Pilzvergiftung holen, mit einem Dreiruderer auf Grund laufen oder von einem parthischen Reiter geköpft werden können, aber du hast alle Widrigkeiten überlebt! Und du hast Angst?«

»Korisios, du hast deinen Vater leider nicht gekannt. Aber ich kann dir heute sagen: Dein Vater kannte keine Furcht, und dennoch hat er das Mittelmeer nie erreicht.«

Ich kannte die Geschichte in allen Einzelheiten, denn sie war in unserer Dorfgemeinschaft immer wieder erzählt worden. Mein Vater, der Schmied Korisios, war damals zusammen mit Onkel Celtillus über den Poeninus nach Rom gezogen, um als Söldner in Roms Armeen zu dienen. Keltische Schmiede waren als Söldner äußerst begehrt. Doch nach wenigen Tagen hatte sich mein Vater an einer Muschel einen Zahn ausgebissen, und obwohl der Legionsarzt den Zahn gezogen hatte, war die Backe angeschwollen wie eine Schweinsblase. Ein griechischer Arzt soll später gesagt haben, daß der Eiter ihm das Blut vergiftet habe. Meine Mutter habe ich auch nicht gekannt. Sie ist bei der Geburt gestorben. Das war ein Schicksal, das uns Kelten nicht schwer berührte, denn der Tod ist für uns lediglich ein Übergang ins nächste Leben. Deshalb ertragen wir auch die Scherze der Götter besser als andere Völker, denn wir wissen von der Wanderung der Seele, und somit ist ein schwieriges Leben nicht mehr als ein schwieriger Tag. Daher gibt es für uns auch keinen Grund, Behinderte zu ersäufen, und für Behinderte keinen Grund, sich selber zu ersäufen. In meinem Fall wäre das ohnehin aussichtslos gewesen. Denn ich bin ein ausgezeichneter Schwimmer, weshalb es schwierig für mich wäre, mich selbst zu ersäufen. Aber wie auch immer: Ich war damals siebzehn Jahre alt und sprühte nur so vor Lebensfreude und Energie. Daß ich ohne Eltern aufwuchs, habe ich nie als ungerecht empfunden, denn das kam häufig vor, und kein Kelte mußte deshalb einsam sein; durch Tod und Krankheit dezimierte Familien bildeten neue Großfamilien, und so lebte ich zusammen mit Onkel Celtillus und neunundzwanzig anderen Verwandten in einem einzigen Langhaus. War das Leben nicht wunderbar?

»Jaja«, murmelte Onkel Celtillus, »du bist jung, Korisios, aber was tust du, wenn dir Ariovist gegenübersteht?«

»Ich werde ihn zum Lachen bringen«, antwortete ich keck.

Celtillus schüttelte ungläubig den Kopf und fuhr sich ratlos über den buschigen Schnauzbart. Meiner war auch schon stattlich, aber er war leider noch nicht so borstig und buschig wie der von Celtillus. Aber vermutlich hatten die Druiden auch dafür irgendeine widerlich riechende Tinktur entwickelt. Es sollte mir recht sein, solange sie nicht mit Garum vermischt wurde.

»Korisios, ich spüre, daß die Kraft in meinen Armen nachläßt. Der Weg, der noch vor mir liegt, ist kurz. Ich werde den Atlanticus nicht mehr sehen. Und mein letzter Gedanke gilt dir, Korisios. Was soll aus dir werden?«

»Onkel«, sagte ich mit gespielter Empörung, »deine Mutlosigkeit grenzt an Götterlästerung. Entweder werde ich eines Tages im Carnuten-Wald zum Druiden erkoren, oder ich werde bis dahin in Massilia mein Handelshaus errichtet haben und alles, was die Römer herstellen, erfolgreich nachbauen und in ganz Gallien verkaufen. Ich werde die Römer ruinieren.«

Das mag übertrieben klingen, aber das mit dem Handelshaus war mir durchaus ernst. Es gab mittlerweile immer häufiger Tage, an denen ich die Laufbahn des Händlers dem Druidenberuf vorzog. Ich war wirklich unschlüssig. Ich wollte Ruhm und Ehre. Ob allerdings als Druide oder als Händler, das wußte ich noch nicht so genau.

Celtillus nickte. Er war alt geworden. Er war mittlerweile der Älteste in unserer Gemeinschaft. Schon weit über fünfzig. Seit er vor zehn Jahren wieder zu uns zurückgekehrt war, fühlte er sich für mich verantwortlich. Schließlich gehörten wir der gleichen Sippe an. Meinetwegen hatte er letztes Jahr die junge germanische Sklavin Wanda gekauft. Sie sollte ihn eines Tages ersetzen, wenn er ins nächste Leben überging. Aber ich brauchte keine Krücke aus Fleisch und Blut. Ich brauchte keine Sklavin. Und schon gar nicht Wanda. Sie war zwar für mich inzwischen wie eine Schwester, aber eben wie eine Schwester, die man am liebsten im Moor versenken möchte.

»Korisios«, murmelte Celtillus, »wenn ich nachts wach liege und über dies und jenes nachdenke, dann denke ich manchmal: Du magst recht haben, die Götter haben etwas Besonderes mit dir vor. Das alles muß seine Gründe haben.«

»Mindestens drei«, grinste ich.

Jetzt lachte auch Onkel Celtillus, so breit, daß man sogar die vier vom groben Korn abgeschliffenen Zähne sehen konnte, die ihm die Götter noch gelassen hatten. »Wer weiß, Korisios, dein Glaube an deinen Erfolg ist so unerschütterlich, daß ich mich langsam frage ...«

»Was ist denn das Schlimmste, was mir passieren kann?« lachte ich.

Onkel Celtillus schaute mich überrascht an.

»Was ist schlimmer, Onkel? Daß mir Ariovist das Herz rausschneidet oder daß mich die Römer ans Kreuz nageln? Was es auch sei, es ist schnell vorbei, dann fahre ich mit dem Fährmann in mein neues Leben.«

Celtillus schien erleichtert. Ich hatte ihm Mut gemacht, dabei war mir im Augenblick gar nicht mehr so zumute, denn daß einer wie Celtillus sich Sorgen machte, beunruhigte mich nun doch etwas. Andererseits trank Onkel Celtillus seit Jahren einfach zuviel. Das Trinken steigert zwar den Mut, doch wenn die Wirkung des Weines nachläßt, wird man schreckhaft und ängstlich wie ein aufgescheuchtes Reh. Ich griff zum Eisengriff, den mir Celtillus am Eichenstamm befestigt hatte, damit ich mich einfacher hochziehen konnte, und stand auf.

»Wanda«, schrie ich verärgert, so, als müßte sie ständig an meiner Seite sein.

»Ja, Herr!« Sie saß hinter mir und hatte mich offenbar die ganze Zeit nicht aus den Augen gelassen. Ihr »Ja, Herr« klang übrigens in keiner Weise demütig oder gar unterwürfig. Im Gegenteil. Sie sagte ihr »Ja, Herr« derart selbstbewußt, daß es beinahe ironisch klang. Sie war im Grunde genommen ein unverschämtes Ding. Und eine Klette dazu. Das hatte ihr natürlich Onkel Celtillus befohlen. Er drohte ihr oft mit der Peitsche, aber ich glaube, er liebte sie mittlerweile wie seine eigene Tochter. Es gab auf jeden Fall keine Stelle an ihrem Körper, die auf Erziehung hindeutete.

»Ich möchte noch mal zum Felsen rauf.«

Wanda nickte, packte entschlossen meinen linken Arm und ging mit mir langsam den Hügel hinauf. Sie hatte sich längst an meinen langsamen Schritt gewöhnt. Sie war der Ersatz für mein linkes Bein. Obwohl sie unsere Sprache inzwischen beherrschte, suchte sie nie von sich aus das Gespräch. Immerhin hatte ich sie dazu gebracht, daß sie mit mir nur noch germanisch sprach. Ich war nämlich genauso süchtig nach neuem Wissen wie Onkel Celtillus nach unverdünntem römischem Wein. Celtillus hatte mir übrigens Latein beigebracht. Im Handumdrehen. Und Kretos, der stets von Zahnschmerzen geplagte Händler aus Massilia, hatte mir letztes Jahr bescheinigt, daß ich nun endlich die griechische Sprache in Wort und Schrift beherrschte. Diese Erfolge hatten mein Ansehen auf unserem Hof enorm gesteigert und mich angespornt, noch mehr zu lernen. Am liebsten hätte ich in Massilia eine Marmortafel anfertigen lassen, wo alles draufstand, was ich bereits wußte und beherrschte. Aber hier hätte es eh keiner lesen können …

Als wir den Felsen erreicht hatten, ließ Wanda meinen Arm los und zog sehr langsam ihre Hand zurück, so, als rechne sie jederzeit damit, daß ich das Gleichgewicht verlor und sie mich auffangen mußte. Das waren so die Augenblicke, in denen ich an das bereits erwähnte Moor dachte. Selbstverständlich würde ich nicht das Gleichgewicht verlieren! Ich stemmte mich mit beiden Händen auf die leicht erhöhte Felsplatte und zog mich hoch. Obwohl Wanda ganz genau wußte, daß ich es haßte, faßte sie sanft um meine Hüften und half nach. Ich haßte es wirklich. Mit einem kräftigen Sprung hatte auch Lucia die Felsplatte erreicht. Nun schaute sie zu Wanda hinunter und wimmerte leise. Aus unerfindlichen Gründen liebte Lucia Wanda über alles. Und da ich Lucia liebte, rief ich Wanda zu: »Komm hoch, hier scheint die Sonne.«

»Ja, Herr.« Gelenkig kletterte Wanda zu mir auf die Felsplatte. Sie hatte langes, strohblondes Haar, das sie seitlich geflochten trug. Dieser Zopf war ein Vermögen wert. Von Kretos wußte ich, daß man in Ägypten dafür viel Gold bezahlte. Angeblich ließen sich aus blondem Germanenhaar die besten Torsionstaue für Katapultmaschinen herstellen. Ich weiß nicht, ob Wandas Haar wirklich so hell war. Ich habe schon beobachtet, wie sie unten am Bach ihr Haar mit Talg und Asche einrieb. Ich lächelte sie an und glättete schelmisch meinen Schnurrbart. Sie hatte den Kopf leicht geneigt, traurig, als habe sie sich ihrem Schicksal ergeben. Und doch strahlten ihre wunderschönen Augen Würde aus. Wanda hatte ein hübsches, schmales Gesicht mit vollen Lippen, die stets nach frischem Wasser rochen. Sie trug einen ärmellosen Rock aus rotem Wollstoff, unter dem sich straffe Brüste wie zwei Halbkugeln abzeichneten. Den

Stoff hatte sie so drapiert, daß er über den Schultern mit zwei Fibeln zusammengehalten werden konnte. Um die Taille war der Rock gegürtet. Seit sie den roten Wollstoff trug, sah sie wirklich nicht mehr wie eine Sklavin aus. Und wenn man einer Sklavin zwei Fibeln schenkte, konnte man sie genausogut freilassen. Aber so war nun mal Onkel Celtillus. Ich meine, das kommt davon, wenn man römischen Wein nicht verdünnt. Da feiert man das ganze Jahr die Saturnalien. Das war so ein römisches Fest, an dem die Römer ihre Sklaven wie Herren behandelten. Aber eben nur während des Festes.

Wanda schien meine Gedanken nicht zu erraten. Sie saß da und wartete geduldig. Mir fiel auf, daß sie am Handgelenk einen neuen gläsernen Armreif trug.

»Von Celtillus?« fragte ich.

Wanda nickte. In Sachen Gesprächsfreudigkeit unterbot sie wohl jeden Kelten. Auch die stummen.

»Sag mal, Wanda, angenommen, ich wäre Druide, was möchtest du von mir wissen.«

Wanda hatte die Beine übereinandergeschlagen und spielte mit dem Blatt einer Rotbuche.

»Wir Germanen brauchen keine Druiden.«

»Jaja, ich weiß, ihr habt keine Priester, das besorgen eure Stammeshäuptlinge ...«, entgegnete ich unwirsch, »aber angenommen ...«

»Bei uns«, unterbrach mich Wanda, »haben nur die Frauen seherische Fähigkeiten. Niemand käme auf den Gedanken, einen Mann zu befragen.« Das war Wanda!

»Also«, versuchte ich es nochmals, »angenommen, ich wäre eine Druidin, was möchtest du von mir wissen.«

»Du bist aber nicht Druidin«, sagte sie obenhin.

»Das weiß ich«, sagte ich, allmählich unwillig, »aber ich möchte wissen, was du wissen möchtest, wenn ich Druidin wäre!«

Sie hob den Kopf und schaute mir direkt in die Augen.

»Wieso kannst du nicht laufen, Herr?«

Für einen Augenblick war ich verwirrt. Das war wie ein Schluck Garum. Ich wollte eher vom rätselhaften Lauf der Gestirne oder von den sagenumwobenen Tiefen der Ozeane erzählen, und jetzt wollte sie etwas über mein linkes Bein hören. Was sollte ich dazu sagen? Ich war so geboren! Für mich war es das Selbstverständlichste auf der Welt, daß ich durch den Wald humpelte, ab und zu über eine Wurzel stolperte, der Länge nach hinfiel und bei steil abfallenden Böschungen regelmäßig das Gleichgewicht verlor und mit aufgescheuerten Knien durchs Ziel schoß. Na und? Jedem seinen persönlichen Auftritt.

»Ich möchte wissen, wieso du nicht laufen kannst«, wiederholte Wanda. Bei Epona! Wie ernst sie das sagen konnte! So sind die Germaninnen, sie grübeln und graben wie die Maulwürfe und versinken dann wie ein Stein im Moor, bis sie vor lauter Dunkelheit die Sonne nicht mehr sehen.

»Natürlich kann ich laufen! Was mach ich denn die ganze Zeit?« Ich lachte laut und fuhr dann fort, und zwar in germanischer Sprache: »Aber als ich im Leib meiner Mutter heranwuchs, verschwand plötzlich das Wasser, in dem werdende Kinder wie quirlige Fische im Flußwasser gedeihen. In diesem Wasser lernt man alle Bewegungen. Ohne Wasser konnte ich mich aber nicht mehr bewegen. Sehr, sehr lange. Deshalb konnte ich nichts lernen. Als ich endlich auf die Welt kam, war ich wie eine griechische Statue. Hübsch und gut gebaut«, ich hob dabei den Zeigefinger, »aber unbeweglich.«

Zu meiner Verblüffung hörte Wanda aufmerksam zu. Es schien sie wirklich zu interessieren. Ich wurde einfach nicht schlau aus ihr. Ich fuhr fort: »Bei euch Germanen hätte man mich ausgesetzt. Auch bei den Römern oder Griechen. Nur die Kelten und Ägypter ziehen behinderte Kinder groß. Denn sie glauben, daß in ihnen Götter wohnen.«

Ich grinste übers ganze Gesicht. Diese Deutung gefiel mir außerordentlich. Sie hätte von mir erfunden sein können.

»Warum glauben eure Priester, daß in dir die Götter wohnen, Herr?«

»Warum?« fragte ich erstaunt. »Warum wohl! Das ist doch ganz einfach: Die Götter haben dir zwei Beine gegeben, damit du sie gebrauchen kannst, damit du laufen kannst. Mit mir haben die Götter offenbar etwas anderes vor. Sie wollen nicht, daß ich für andere laufe. Verstehst du? Sie brauchen meinen Körper als Wohnung.« Ich hob den Kopf, wie es die Söhne der Adligen tun, die ich nicht ausstehen konnte. Aber so konnte mich Wanda wenigstens einmal im Profil sehen.

»Herr, du meinst, die Götter wollen, daß du Druide wirst?«

»Ich möchte soviel wissen wie ein Druide, aber nicht unbedingt Druide sein. Einem Druiden ist es ja verboten, Wein zu trinken. Wie soll er da neue Rezepturen erfinden können? Ich möchte vielmehr der bedeutendste Händler des Mittelmeers werden. Aber mit dem Wissen eines Druiden. Du siehst, für mich müßte man eine neue Druidengattung erfinden. Einen Handel treibenden Druiden.«

Wanda verbesserte meine Satzstellung, die mir immer noch Mühe bereitete, und schaute lächelnd übers Tal. Nach einer Weile sagte sie: »Wenn die Germanen dich als Sklaven nehmen, wirst du unsere Sprache vollkommen beherrschen, Herr.«

»Meinst du? – Was werden die Germanen mit mir anstellen?«

»Sie werden dich in den Salzbergwerken einsetzen. Da mußt du ohnehin auf allen vieren arbeiten. Und irgendwann werden sie dich töten«, antwortete Wanda, als sei dies die selbstverständlichste Sache der Welt.

»Bist du sicher, daß sie keine Dolmetscher brauchen? Oder Menschen, die sie zum Lachen bringen? Ich bring jeden zum Lachen.« Wanda schaute mich mit unbewegter Miene an.

»Fast jeden«, fügte ich hinzu. Plötzlich wurde ich etwas unruhig. Angestrengt starrte ich in die Ferne und sah, wie die Rauchwolke, die drüben am Knie des Rhenus emporstieg, immer schwärzer und größer wurde. Mir schien auch, ich hätte irgend etwas erkannt, das sich auf uns zubewegte. Aber es war noch sehr weit entfernt, und ich konnte nichts Genaueres erkennen. Obwohl meine Augen vorzüglich waren. Nicht jeder hatte dieses Glück. Es gab in Massilia wohl mehr Augenärzte als Hebammen.

»Wanda, sind das Reiter?« fragte ich auf keltisch. Ich hatte diese germanischen Sprachübungen satt.

»Nein, Herr. Aber du hast gesagt, du seist bei deiner Geburt aus Stein gewesen. Erzähl mir, wieso du nicht mehr aus Stein bist.«

Ich musterte Wanda mißtrauisch. Ich war sicher, daß sie Reiter gesehen hatte und mich jetzt ablenken wollte. Als hätte sie meine Gedanken geahnt, sagte sie: »Ich habe keine Reiter gesehen, Herr. Erzähl weiter.«

»Da ich es sehr eilig hatte, in Massilia mein Handelshaus zu eröffnen, kam ich zwei Monate zu früh auf die Welt. Meine Mutter starb bei der Geburt, mein Vater, der Schmied Korisios, wollte mit Onkel Celtillus als Söldner in die Armee Roms eintreten und starb schon auf der Hinreise an einem eitrigen Zahn. Ich war alleine mit all meinen Verwandten und verbrachte meine Tage auf einem Stück Fell. Ich konnte mich kaum bewegen. Wenn die Sonne schien, trug man mich hinaus an die Sonne, und wenn es regnete, trug man mich wieder hinein. Später, als ich zur Überraschung aller zu sprechen begann, wurde mein Leben etwas abwechslungsreicher. Ich hatte Leute, mit denen ich mich unterhalten konnte. Und aus purer Langeweile begann ich zu lernen. Während die andern Jungen in meinem Alter auf Bäume kletterten oder um die Wette liefen, ließ ich mir erklären, wie man Erz oder Salz gewinnt, wie man Schwerter schmiedet und wo die Säulen des Herakles stehen. Lernen wurde zu meiner Lieblingsbeschäftigung.

Später, als meine Freunde das Jagd- und Kriegshandwerk erlernten, äußerte ich den Wunsch, Druide zu werden. Doch der damalige Druide Fumix redete mir ein, ich sei krank. Die ganze Zeit versuchte er mich krank zu reden. Dabei fühlte ich mich kerngesund. Aber der Kerl wurde nicht müde, mir zu versichern, ich sei sogar ernsthaft krank und würde für ein schlimmes Unrecht büßen, das ich in einem früheren Leben begangen hatte. Obwohl ich nicht Druide bin, bin ich fast sicher, daß Fumix schon damals an einer Mistelvergiftung litt. Ich flehte also zu unserer Göttin Ellen, die für Krankheiten zuständig ist – nicht, daß ich gesund würde, das war ich ja, sondern daß dieser Fumix verenden solle, wie Makrelen an der Sonne. Zu meiner Überraschung starb er wenige Tage darauf, und ich trank zum ersten Mal römischen Wein. Und gleich Falerner. Allerdings vornehm römisch, das heißt mit Wasser verdünnt. Verstehst du, wieso ich immer behaupte, die Götter hätten sich zu meinen Gunsten miteinander verbündet?«

Wanda schaute mich skeptisch an. »Du warst doch bei deiner Geburt aus Stein. Haben deine Götter dir geholfen?«

Wandas Hartnäckigkeit erstaunte mich. Das hätte ich nie von ihr erwartet. Mir schien sie immer so teilnahmslos, ohne Neugier, willig in ihr Schicksal ergeben. Ich lächelte sie an, aber ich glaube, sie bemerkte es gar nicht. So erzählte ich weiter: »Onkel Celtillus hat mir geholfen. Er kam aus der Legion zurück und stellte mich auf die Beine. Der arme Kerl stellte sich tatsächlich vor, daß ich sieben Jahre auf dem Boden verbracht hatte, obwohl ich im Grunde genommen laufen konnte. Das war einfach so eine fixe Idee, wie man sie nur mit unverdünntem römischem Wein herbeisaufen kann. Onkel Celtillus hatte die Idee in Alexandria aufgeschnappt. Er hatte seinen Sold erhalten und die ganze Nacht durchgezecht. Dabei hatte ein Legionsarzt ägyptischer Abstammung erzählt, welche verheerenden

Auswirkungen Kopfverletzungen auf die Bewegung von Armen und Beinen haben konnten. Er hatte erklärt, daß das Gehirn aus Millionen von Hieroglyphentafeln bestünde. Und wenn eine dieser Schrifttafeln zerbrach, müßte man das verlorene Wissen wieder von Grund auf neu erlernen. Er habe dabei auch von Kindern gesprochen, denen von Geburt an einzelne Schrifttafeln fehlten. Zum Beispiel die, die dem Kopf erklären, wie man die Beine in Bewegung setzt. Diese Kinder seien auch in Ägypten das Zuhause der Götter. Das könne man nicht ändern. Das sei auch gut so. Doch man könne nachträglich all jene Hieroglyphen einmeißeln, die bei der Geburt noch nicht vorhanden gewesen seien. Zum Beispiel das Geheimnis des Laufens. Das Gehirn könne das nachträglich lernen. Genauso wie der Mensch eine Sprache lerne, könne das Gehirn neue Fähigkeiten erlernen. Es käme ausschließlich auf die Dauer, Intensität und Häufigkeit der Bewegungen an. Wenn man jeden Tag stundenlang laufe, würde die Bewegung mit der Zeit gespeichert, in Stein gemeißelt und von da an richtig wiedergegeben. Wanda! Du kannst dir gar nicht vorstellen, was Onkel Celtillus bei seiner Rückkehr mit mir anstellte. Es war grauenhaft! Ich lag friedlich unter meiner Eiche und aß die Beeren, die mir meine zahlreichen Freunde und Freundinnen aus dem Wald mit nach Hause brachten. Und da kam dieser Celtillus, den ich gar nicht kannte, behauptete, mein Onkel zu sein, kniete vor mir nieder, spreizte meine Beine und begann wie ein wild gewordener Galeerensträfling, meine Beine im Takt zu bewegen. Das löste auf unserem Hof große Heiterkeit aus, denn wozu sollte das gut sein, wenn ich mein linkes Bein nicht selber bewegen konnte? Wollte Celtillus mir in Zukunft auf allen vieren folgen und mein linkes Bein bewegen. Oder wollte er mir unter der linken Hüfte ein Holzrad einbauen? Doch zur allgemeinen Verblüffung schaffte ich es nach einem Jahr, das linke Bein ohne fremde Hilfe anzuziehen. Großartig, nicht? Aber Celtillus war damit nicht zufrieden. Stell dir das mal vor! Ich konnte selbständig mein linkes Bein anziehen, was meinen Alltag unheimlich abwechslungsreich machte, und dieser verhinderte Centurio und Menschenschinder war damit nicht zufrieden! Er stellte mich also auf die Beine und ließ mich los. Ich fiel wie ein steinerner Apfel vom Baum. Während andere Leute weich ineinander fallen und der Kopf aus geringer Höhe aufschlägt, stürzte ich steif wie eine Marmorsäule. Ich nahm das blutverschmierte Gesicht in Kauf, denn ich war überzeugt, daß Onkel Celtillus jetzt aufhören würde. Aber nein, statt dessen brachte er mir bei, wie man richtig fällt... Und dann ging es weiter, wie in einer Gladiatorenschule in Capua. Ich wünschte mir sehnlichst, die Mixtur zu kennen, die unseren toten Druiden Fumix zum Fährmann geschickt hatte, damit ich sie Celtillus in den Wein schütten konnte. Ich haßte Celtillus und wünschte ihm den sofortigen Tod. Wo war da die Gerechtigkeit? Wieso haben wir so viele Götter, wenn sich kein einziger meiner erbarmen konnte? Wieso mußten mein Vater und meine Mutter sterben, und dieser verfluchte Schinder war am Leben? Es war eine ziemlich schlimme Zeit, und ich spielte ernsthaft mit dem Gedanken, meine Götter gegen andere auszutauschen. Celtillus band mir Fellstreifen um die Knie, setzte mir einen ledernen Helm auf und stellte mich wieder auf die Beine. Ich torkelte, als hätte ich einen Bronzekessel unverdünnten Weins mit Cervisia vermischt und in einem Zug ausgetrunken. Kam ich an einer Feuerstelle vorbei, brachten die Leute ihre Tongefäße in Sicherheit. Man hätte meinen können, die Tonbrennerei südlich vom Rhenusknie bezahle mich für meine Rundgänge. Wo ich auftauchte, gab es Scherben. Und jedes Mal, wenn ich hinfiel, sagte dieser verhinderte Sklaventreiber: Korisios, man darf hinfallen, aber man darf nicht liegenbleiben. Und so stand ich wieder auf und wurde allmählich zum Schrecken des Hofes. Ich kam mir vor wie ein Seeungeheuer aus dem sagenumwobenen Nordmeer. Ziemlich peinlich war die Begegnung mit den Mädchen in unserer Gemeinschaft. Denn wenn ich hinfiel, versuchte ich mich stets irgendwo festzuhalten. Instinktiv. Und so war es nicht selten, daß ich mich an einem Leinenstoff festhielt und ihn mit zu Boden riß. Darum beneideten mich die anderen Jungen. Denn keiner war so oft von hübschen, nackten Mädchen umgeben wie ich.«

Wanda lachte leise.

»Siehst du, Wanda, ich bringe jeden zum Lachen!« triumphierte ich. Ich hatte sie noch nie lachen sehen. Sie hatte ein frisches Lachen und ein schönes Gebiß mit kräftigen und regelmäßigen weißen Zähnen; während sie den Kopf lachend zurückwarf, öffnete sich ihr Mund wie eine Knospe, als erwarte sie einen leidenschaftlichen Kuß. Aber ich beherrschte mich. Schließlich war sie eine Sklavin. Trotz ihrer beiden Fibeln.

»Den Rest der Geschichte kennst du. Dann kamst du, und dann Lucia.«

Lucia schnurrte fast wie eine Katze. Ich bin sicher, daß sie wußte, wenn wir von ihr sprachen. Hunde werden einfach unterschätzt. Wanda fuhr ihr zärtlich über den Kopf und befühlte ihre weichen, langen, schwarzen Ohren.

»Weißt du, Wanda, das mit Lucia, das hat vermutlich auch mein Onkel Celtillus eingefädelt. Er versucht mein Leben wie einen Feldzug zu planen. Deshalb macht er sich jetzt auch solche Sorgen, weil er spürt, daß er als Feldherr aus meinem Leben scheiden muß. Aber in seinem nächsten Leben wird er bestimmt zu meinen Kunden gehören.«

Doch Wanda überhörte meine letzten Worte, setzte wieder die Miene der still erduldenden Sklavin auf und bohrte weiter: »Was meinst du, Herr, wer hat dir geholfen, Celtillus oder deine Götter? Oder haben deine Götter Celtillus dazu gebracht, dir zu helfen?«

»Wanda, wieso interessierst du dich so für unsere Götter? Bist du mit deinen nicht mehr zufrieden?«

Natürlich konnte eine germanische Sklavin mit ihren Schutzgöttern nicht zufrieden sein. Wanda wandte sich ab und schaute in die Ferne. Sie hatte irgend etwas gesehen. Aufmerksam suchte ich mit den Augen das Tal und die umliegenden Hügel ab. Nichts rührte sich. Und doch war ich sicher, daß da drüben irgend etwas war. Ich spürte wieder dieses seltsame Knistern in der Luft. Ich war ganz sicher, daß irgend etwas geschehen würde. Ich war so sicher wie damals, als ich Fumix den Tod wünschte und genau wußte, daß er sterben würde. Ich hatte so was wie Vorahnungen. Manchmal geschah etwas, irgend etwas Belangloses, und ich wußte, daß es später einmal von sehr großer Bedeutung sein würde.

»Laß uns zurückgehen«, sagte ich plötzlich.

Wanda nickte. Sie nickte so, als wolle sie sagen: »Ja, ich habe es auch gesehen.« Aber ich hatte leider gar nichts gesehen. Sie spürte, daß ich unruhig geworden war, ließ sich aber nichts anmerken. Sie glitt vom Felsen und zog mich dann an einem Bein zu sich hinunter. Ich mochte das überhaupt nicht, wenn man mich wie einen Ast hinunterzog, aber wie sollte ich ihr das wieder abgewöhnen? Vorsichtig ließ ich mich hinuntergleiten. Sie streckte ihre Arme in die Höhe und umfaßte meine Hüften. Als ich den Boden unter meinen Füßen spürte, drehte ich mich um. Ihr Gesicht war so nah, daß ich ihren Atem spürte.

»Du brauchst mich nicht immer festzuhalten«, sagte ich vorwurfsvoll. Ich meinte es nicht so, aber irgendwie muß man einer Sklavin immer wieder zu verstehen geben, daß sie die Sklavin ist. Sonst wächst sie einem über den Kopf. Ich kannte nämlich Geschichten von germanischen Sklavinnen, die ihrem Herrn vorschrieben, was er ihnen zu befehlen hatte. Ja, wirklich! Und es gibt auch germanische Sklavinnen, die tagelang mürrisch sind, bis ihr Herr dies oder jenes tun. Deshalb war ich manchmal etwas streng zu Wanda.

Wanda nahm meinen Arm und sagte: »Celtillus will es so, Herr.« Eigentlich hätte ich jetzt noch mal eins draufsetzen sollen. Denn schließlich hatte ich sie soeben getadelt.

Und jetzt tat sie gerade das, was ich eigentlich nicht wollte. Aber ein richtiger Herr muß manchmal auch Güte walten lassen. Aber nicht zu oft.

Gemeinsam gingen wir den Weg zum Ufer hinunter.

Wir schwiegen beide. Die Geschichte, die ich Wanda erzählt hatte, hatte mich aufgewühlt. Nach einer Weile war ich jedoch froh, sie erzählt zu haben. Genauer gesagt: daß ich sie Wanda erzählt und sie zum Lachen gebracht hatte. Einmal mehr war mir bewußt geworden, wie weit und beschwerlich der Weg gewesen war, den ich bereits zurückgelegt hatte. Ich konnte zwar nach wie vor nicht auf einen Baum klettern, ein Schwert schmieden oder eine Lanze ins Ziel bringen, doch ich kannte jeden Baum, kannte die Wirkung der Kräuter, wußte, wie man Waffen, Schmuck und Tongefäße herstellt, wie man Metalle findet, gewinnt und verarbeitet, ich beherrschte die lateinische Sprache und die griechische Handelsschrift, ich kannte die Mythen, Götter und Sagen der verschiedenen Völker und den Lauf der Gestirne. Und wenn kein Druide im Dorf war, war ich bereits einer der wichtigsten Männer unserer Gemeinschaft. Wenn fremde Händler vorbeizogen, wurde ich stets gerufen. Seit kurzem – und darauf war ich besonders stolz – konnte ich sogar mit Pfeil und Bogen umgehen. Das Reiten hatte mir nie Probleme bereitet. Denn beim Reiten hatte ich einen Sattel mit vier Höckern, an denen man vorzüglichen Halt fand, und als Reiter hatte ich nicht ein steifes linkes Bein, sondern vier schnelle Hufe. Im Wasser bewegte ich mich wie ein Fisch. Ich liebte das Wasser. Am liebsten hätte ich jedoch Wanda geküßt. Ich weiß nicht, wieso. Aber die Art und Weise, wie sie mich an den Hüften von der Felsplatte heruntergezogen hatte, hatte mich seltsam berührt. Oder gar erregt. Ich mußte sie immer wieder von der Seite anschauen und konnte mich an ihrem Mund nicht satt sehen. Ich wollte sie nochmals lachen sehen. Sie war zwar meistens still und ruhig, aber in ihren Augen brannte ein Feuer, und man konnte nur ahnen, was passieren würde, wenn sie eines Tages ihre Ketten sprengen würde. Wie auch immer, ich war natürlich auch alt genug, um zu wissen, daß solche widersprüchlichen Gefühlsregungen für mein Alter nicht ungewöhnlich waren. Santonix hatte es mir erzählt. Plötzlich konnte man Bäume ausreißen, gleich darauf in Tränen ausbrechen und vor Selbstmitleid sterben, um wenig später einer germanischen Sklavin wie ein junges Fohlen hinterherzulaufen. Wissen konnte somit auch beruhigen. Und es gab auch keinen Grund, sich wegen zweier Fibeln verrückt zu machen. Wanda war und blieb eine germanische Sklavin. Ich beherrschte mich und stellte trocken fest:

»Das Leben ist großartig.«

Wanda schaute mich an, so wie man einen Wahnsinnigen anschaut, der die Rinde einer Rotbuche anknabbert. Wanda schmunzelte, ohne ihre Zähne zu zeigen. Dabei wartete ich die ganze Zeit auf ihr erotisches Lachen. Ich war süchtig danach. Ich versuchte es nochmals auf germanisch: »Sag mal, Wanda, ist es wahr, daß bei den Germanen die Jungen und Mädchen zwar zusammen baden, sie aber vor dem zwanzigsten Lebensjahr keinen Spaß haben dürfen?«

Wanda warf mir einen kurzen Blick zu, aus dem ich wie immer überhaupt nicht schlau wurde.

»Wieso fragst du, wenn du es weißt?«

»Wieso nicht?« antwortete ich aufbrausend »Wenn ich Germanisch lernen will, muß ich ja über irgend etwas reden. Von mir aus kannst du es als Unterricht auffassen.«

»Dann setz den Unterricht fort, Herr.«

Bei dieser Antwort erübrigt sich wohl jede Bemerkung.

»Möchtest du frei sein, Wanda?«

»Ich bin die Sklavin deines Onkels, Herr.«

»Bei Epona! Was macht das Klima bloß aus euch Germanen. Fließt denn Eiswasser in euren Adern? Kannst du nicht mal einen Augenblick lang träumen?«

Wanda blieb stehen und schaute mir direkt in die Augen. So furchtlos und unverschämt, daß Onkel Celtillus ihr bestimmt die Peitsche gegeben hätte. Und zwar die mit den Eisennieten: »Du hast dich nicht geirrt, Herr. Es waren germanische Reiter. Späher.«

Jetzt hatte sie es doch noch geschafft. Ich spürte, wie sich meine Muskeln und Sehnen strafften. Es war, als ob jemand eiserne Schildbuckel über meine Gelenke preßte. Mein linker Fuß krümmte sich noch mehr einwärts und legte sich beim Aufsetzen quer vor den anderen Fuß. Ich stockte, strauchelte. Wanda packte meinen Arm, fing mich auf. Ich versuchte weiterzugehen. Der Rücken schmerzte, als hätte ich einen Speer verschluckt. Jetzt hatte ich Angst, richtig Angst. Es war mir nicht mehr zum Spaßen zumute. Wenn jetzt Ariovist mit seinen Reitern erschien, ich würde ihn bestimmt nicht zum Lachen bringen.

Auf unserem Hof standen bereits die Ochsenkarren in einer langen Kolonne zur Abreise bereit. Die Frauen trieben Pferde, Ochsen, Schweine, Rinder, Schafe, Hühner, Gänse und Hunde zusammen. Das Kleinvieh würde man auf die Karren hieven, zusammen mit prallgefüllten Weidenkörben, dem Saatgut und den Fässern, dem ganzen Hausrat. Doch es gab weder Aufruhr noch Gerede. Große Worte waren wie gesagt nicht Sache der Kelten. Ich war eine Ausnahme. Ich könnte pausenlos reden und soviel schreiben, daß im ganzen Mittelmeerraum Wachstafeln, Papyrus und Pergament knapp würden.

Onkel Celtillus kam auf mich zu und zeigte mir den Karren, auf dem ich die Fahrt nach Genava verbringen würde. Ich würde inmitten von gepökeltem Schweinefleisch und halbzylindrischen Bleibarren meinen Platz finden. Er hatte mir sogar ein paar Gabeln Stroh reingepreßt, damit ich auf der Reise nicht allzusehr durchgeschüttelt würde. Er wußte, daß Erschütterungen meine Muskeln verhärteten. Wir spazierten schweigend bis hinter das letzte Langhaus.

Von hier aus hätte man nahende Reiter am schnellsten erkennen können. Doch es kamen keine Reiter. Der Wind hatte sich gedreht. Jetzt lag der Geruch von Verbranntem in der Luft, der Geruch des Todes. Arialbinnum brannte immer noch. Wir wußten beide, daß wir zum letzten Mal hier standen und daß morgen, in den frühen Morgenstunden, auch unser Hof in Flammen aufgehen würde. Aber durch unsere eigene Hand.

Wir setzten uns ins Gras. Lucia spielte mit dem Riemen meiner Lederschuhe. Ich wollte Celtillus sagen, daß Wanda immer frecher wurde und er ihr die beiden Fibeln wieder wegnehmen sollte. Doch ich schwieg. Onkel Celtillus drückte mir einen Lederbeutel in die Hand.

»Korisios«, begann Onkel Celtillus zögernd, »wenn ihr germanische Späher gesehen habt…« Celtillus stockte. Ich weiß nicht, was ihm mehr zu schaffen machte, die Zukunft oder der Wein, dem er offenbar in der Zwischenzeit wieder reichlich zugesprochen hatte. Er stank nach altem, klebrigem Weinsatz und mit Zwiebeln und Knoblauch gespicktem Fladenbrot.

»Ja«, sagte ich verärgert, »wir haben germanische Späher gesehen.«

»Wenn die Späher hier sind, sind die Reiter nicht mehr weit.« Onkel Celtillus stockte. Ich drehte den Lederbeutel in meinen Fingern und spürte, daß er eine Menge Keltengold enthielt. Der Beutel war schwer.

Celtillus starrte in die Ferne. »Sobald die Götter im heiligen Moor gesprochen haben, können wir aufbrechen. Noch vor Sonnenaufgang. In diesem Lederbeutel sind Keltengold und römische Silberdenare. Es ist nicht viel. Aber damit könntest du dich in Massilia niederlassen. Ich habe letztes Jahr mit Kretos darüber gesprochen. Er würde dich aufnehmen und ausbilden. Er hat es mir versprochen. Erinnere ihn daran!«

»Und der Atlanticus? Glaubst du nicht mehr daran, daß wir jemals den Ozean erreichen werden?«

»Ich hatte einen Traum, Korisios, ich sah dich in den Fluten schwimmen...«

»Dann werde ich den Atlanticus erreichen, Onkel!«

»Nein«, flüsterte Celtillus, »es war Blut, nichts als Blut. Ich verstand nicht, woher all dieses Blut kam, es mußte das Blut von Hunderttausenden von Menschen sein...«

»Aber ich habe überlebt...«, fragte ich zögernd.

Onkel Celtillus nickte.

»Und? Bin ich Druide geworden?«

»Ich weiß es nicht«, sagte Celtillus.

»Glaubst du denn nicht, daß ich eines Tages Druide werde?« fragte ich erstaunt.

»Dafür liebst du den Wein zu sehr«, Celtillus grinste. Er reichte mir dabei ein goldenes Amulett, das ein Rad darstellte. Das Rad ist das Symbol des keltischen Sonnengottes Taranis.

»Taranis hat mich als Söldner immer beschützt. Er soll jetzt dich beschützen. Wer weiß, vielleicht lebst du eines Tages unter Römern.«

Es war nicht nötig, zu fragen, was diese Bemerkung zu bedeuten hatte.

»Eines Tages werden wir uns wiedersehen, Korisios. Wenn auch nicht in diesem Leben.«

Ich sah, daß dicke Tränen über seine ausgehöhlten Wangen liefen. Fast beschämt schaute ich auf Lucia hinunter, die nun meine Hand leckte. Ich dachte an all das, was Onkel Celtillus für mich getan hatte. Und als Celtillus mich plötzlich an sich drückte und fest umarmte, ließ auch ich meinen Tränen freien Lauf. Er war der beste Mensch, den mir die Götter jemals geschickt hatten.

Ich ging zum Bach und setzte mich rittlings auf einen ausgetrockneten Baumstamm, der vor vielen Jahren während eines Sturms entwurzelt worden war. Ich versuchte den Stimmen der Wassergötter zu lauschen, doch ich hörte nur das Zwitschern der Vögel und das Rauschen der Blätter im Wind. Ich war allein.

»Korisios?«

Ich hatte Basilus nicht nahen hören. Er setzte sich ebenfalls rittlings auf den Baumstamm, so, wie wir es seit unserer Kindheit immer getan hatten. Er war damals siebzehn, wie ich, aber etwas größer. Er galt als geschickter Jäger und furchtloser Krieger. Auf der Jagd war er einmal keltischen Sequanern in die Quere gekommen. Als er auf den Hof zurückkam, baumelten zwei Köpfe an seinem Zaumzeug. Aus unerfindlichen Gründen hatte er von klein auf meine Nähe gesucht. Wir waren Freunde auf Leben und Tod.

»Ich weiß nicht, Korisios, ob es wirklich eine gute Idee ist, ins Land der Santonen zu ziehen. Wir wollen doch nicht Bauern und Viehzüchter werden!«

»Die Götter werden schon wissen, was sie mit dir anstellen«, scherzte ich.

»Die Götter... Korisios, ich weiß nicht, womit sie im Augenblick beschäftigt sind, mit irgend etwas, aber nicht mit mir. Falls du den einen oder anderen sprechen solltest, sag ihm, daß dein Freund Basilus entweder mit dir zusammen nach Massilia ziehen oder als Söldner in die römische Armee eintreten will.«

»Wenn das die Alternativen sind, gehen wir am besten zusammen nach Massilia. Aber wenn du römischer Söldner wirst, werde ich Druide. So kommen wir uns nie in die Quere«, lachte ich.

»Ich werde nie verstehen, was du gegen die Römer hast, Korisios! Selbst ein freigelassener Sklave kann in Rom reich werden. Dein Vater konnte als Söldner Ruhm und Ehre ernten. Und heute kannst du dich sogar als Auxiliarreiter bewerben! Dann erhältst du nach Beendigung deiner regulären Dienstzeit das römische Bürgerrecht! Korisios, stell dir mal vor, meine Kinder kämen als römische Bürger auf die Welt und könnten römische Centurionen werden! Und du könntest in Roms Bibliotheken richtige Bücher lesen. Kein Druide könnte dich daran hindern!«

Ich winkte müde ab. Ich kannte seine Träumereien.

»Korisios! Ich bin Krieger! Mir ist es völlig egal, ob ich gegen Helvetier, Römer oder Griechen kämpfe. Du und meine Sippe, ihr seid die einzigen, gegen die ich nie das Schwert erheben würde. Aber ich bin ein Krieger, Korisios, und ich habe nicht vor, ein Leben lang Schweine zu füttern.«

Basilus strotzte vor Energie und Unternehmungsgeist. Sein großes Vorbild war der Kelte Brennus, der vor einigen hundert Jahren in Rom eingefallen war. Ruhm und Ehre bedeuteten Basilus alles. Dafür hätte er sein Leben gegeben. Er reichte mir die Hand und half mir, vom Baumstamm runterzusteigen. Es war Zeit. Ich glaube, Basilus war neben Onkel Celtillus der zweite Mensch, den mir die Götter geschickt hatten. Da aber bei uns Kelten erst die Zahl 3 eine besondere Bedeutung hat, mußte es noch einen weiteren Menschen geben. Wanda? Nein, dann schon eher Lucia.

Der geweihte Ort unserer Hofes lag nur einen kurzen Ritt vom Dorf entfernt, in einem schier undurchdringlichen Wald, der sich über zwei Hügelketten erstreckte. Es war bereits Nacht, als wir alle zusammen den Druiden zum schwarzen Wasser folgten. Stumm schlugen wir uns durch Birkengestrüpp und stachelige Büsche, überquerten moorigen Boden, der mit dunkelgrünem Moos durchsetzt war, und drangen immer tiefer ins Zentrum unseres Heiligtums ein, mit wachen Sinnen den vorangehenden Druiden folgend. Während andere Völker ihren Göttern riesige Pyramiden oder Tempel bauen, wohnen unsere Götter in der Natur: in Bäumen, Gewässern und Steinen. Deshalb belustigte es uns auch immer wieder zu hören, daß andere Völker ihre Götter in Form von Statuen abbildeten. Ich glaube deshalb, daß für einen Kelten ein Spaziergang über das Forum Romanum in Rom lebensgefährlich gewesen wäre. Er wäre vermutlich beim Anblick all dieser Götterstatuen vor Lachen gestorben. Auch wir haben natürlich Statuen. Aber sie stellen nicht Götter dar, sondern Verstorbene, die wir verehren.

Plötzlich blieben die anderen vor mir stehen und bildeten einen Kreis. In der Mitte einer Lichtung ruhte eine Felsplatte auf zwei runden Steinen. Dahinter lagen zwei vermooste und wild überwucherte Menhire. Der eine war umgestürzt, der andere steckte noch aufrecht im Waldboden. In der Dunkelheit wirkten sie wie stumme Silhouetten von übermächtigen Göttern. Es waren nicht unsere Menhire. Lange vor unserer Zeit hatte ein fremdes Volk sie hier aufgerichtet. Es war ein heiliger Ort. Santonix bestieg die Steinplatte und schaute in den sternenlosen Nachthimmel hinauf. Obwohl es am Boden keinerlei Zeichen gab, die den Beginn des heiligen Kreises markierten, wußten wir alle, daß wir keinen Schritt weitergehen durften. Es war ein heiliger Ort, der eine magische Kraft ausübte. Und es war so dunkel, daß man nicht mal das verkrustete Blut an der vermoosten Rinde der Esche sehen konnte.

Der Druide Santonix wandte sich gegen Osten und hob seine goldene Sichel in die schwarze Nacht. Dann wandte er sich gegen Westen und blieb unter der großen Esche stehen, unter der die Steinplatte aufgestellt worden war. Die Esche ist uns Kelten heilig. Genauso wie die Mistel. Sie lebt auf dem Baum wie der Geist im Körper. Sie ist wichtiger als ein Menschenleben.

Die Druiden erhoben erneut ihre Arme in die Nacht und begannen die Verse zu summen, die bereits unsere Vorfahren gesummt haben. Es war das Summen der Gestirne, als die Götter die Erde schufen. Die Druiden sangen nun die heiligen Verse unseres Volkes, erzählten die Geschichten unserer Vorfahren. Ich zweifelte schon damals an der Richtigkeit jener in Versform gesungenen Lobhudeleien, die ich als Druidenlehrling längst auswendig konnte. Ein Volk, das seine Geschichte nicht schriftlich festhält, hat keine Geschichte, sondern Mythen und Legenden.

Dennoch summte ich leise die Verse mit, denn ich hatte sie vor Jahren auswendig gelernt und habe bis heute kein einziges Wort vergessen. Als die Druiden zum ersten Mal den Namen Orgetorix erwähnten, war ein leises Raunen vernehmbar. Eigentlich hätte uns Orgetorix, einer der vermögendsten Helvetier, an den Atlanticus führen sollen. Aber als wir vor drei Jahren mit den Vorbereitungen anfingen, sickerte plötzlich durch, daß er König der Helvetier werden wollte. Heimlich hatte er je einen Fürsten der keltischen Sequaner und Häduer dazu überredet, ebenfalls die Königskrone an sich zu reißen. Zu dritt hatten sie Gallien beherrschen wollen. Allerdings haben keltische Geheimbünde einen Nachteil. Sie sind ungefähr so geheim wie die Erntezeit in Gallien. Orgetorix bestieg deshalb nicht den Thron, sondern die Fähre in die Anderswelt. Der greise Divico wurde zum neuen Führer gewählt. Vor rund fünfzig Jahren hatte er sich dem Zug der germanischen Kimbern angeschlossen, die damals von Norden her wie eine Lawine gen Süden rollten. An der Garumna hatte der junge Divico den römischen Konsul L. Cassius Longinus vernichtend geschlagen und seine Soldaten wie Vieh unter das Joch geschickt. Wie üblich hatten wir diesen Sieg nicht zu nutzen gewußt. Sklaven sammeln war für uns eher eine Freizeitbeschäftigung, und dieser Ausflug in den Süden war eine nette Art gewesen, den Sommer zu verbringen. Aus dieser Zeit stammen die freundlichen Beziehungen zu den Santonen am Atlanticus. Und die weniger freundlichen Beziehungen zu den Römern. Divico mußte mittlerweile über achtzig Jahre alt sein. Viele dachten, die Götter hätten Divico so alt werden lassen, damit er die Helvetier und die anderen Stämme an die atlantische Küste führe.

Der Druide Santonix hob beschwörend seine Stimme und ermahnte uns, Divicos Befehlen zu gehorchen. Ein kalter Schauer ließ mich erzittern. Zwölf keltische Oppida, vierhundert Dörfer und zahllose Einzelhöfe (wie der unsrige) sollten in wenigen Tagen in Flammen aufgehen. Einige brannten bereits. Mit heiserer Stimme drängte Santonix, bereits in der Nacht loszuziehen. Ich bin zwar kein gefühlsduseliger Mensch oder möchte vielmehr keiner sein, aber es machte mir schon ziemlich viel aus, hier zu stehen und zu wissen, daß wir diese Menhire und die in der Dunkelheit verborgenen Holzstatuen zum letzten Mal sahen. Und die Vorstellung, daß Ariovists Leute sie einfach anpinkeln würden, ärgerte mich maßlos. Ich wurde zunehmend ungeduldiger. Ich holte tief Luft und betete inbrünstig zur Wassergöttin Conventina, sie möge den Regen zurückhalten, damit unsere Wege trocken und für die schwerbeladenen Ochsenkarren passierbar blieben. Ich flehte unsere Pferdegöttin Epona an, sie möge meinen Ritt beschützen, denn ich hielt es für unwahrscheinlich, den ganzen Weg über wie gepökeltes Schweinefleisch in einem Ochsenkarren zu sitzen. Ich flehte Sucellus, den Todesgott mit dem Holzhammer, an, er möge es beim Nächsten versuchen, und auch die Hilfe von Cernunnos, Rudiannus und Segomo erflehte ich inbrünstig. Ich war glücklich, daß wir so viele Götter hatten, denn einer würde bestimmt Zeit finden für mein Anliegen, und wenn ich einen in der Vergangenheit verärgert haben sollte, dann gab es noch genug andere, die mich mochten.

Und sie waren da in jener Nacht, mitten unter uns. Plötzlich, als hätte einer der angeflehten Götter meine Bitte erhört, spürte ich eine wohlige Wärme in mir. Ich spürte Kraft und Zuversicht. Ich sehnte mich nach Licht und warmen Sonnenstrahlen, nach Wasser und römischem Wein. Ich dachte wieder an die germanischen Reiter, die Wanda und ich gesehen hatten. Aber jetzt hatte ich keine Angst mehr. Ich überlegte ernsthaft, ob ich nicht doch Druide werden sollte, anstatt mit Basilus nach Massilia zu gehen? Massilia!

»Korisios!« Erst jetzt bemerkte ich, daß mich Celtillus streng musterte. Er schien meine Gedanken zu erraten, was nicht sonderlich schwierig war, da ich gerade in meinem imaginären Handelshaus in Massilia hofhielt.

Ich rempelte Basilus kurz an und flüsterte ihm »Massilia« zu. »Schweig«, zischte Celtillus.

Meine Überlegungen und die Klarheit meiner Gedanken überraschten mich. Das mußte eine Eingebung der Götter sein. Ich wollte in Massilia ein großer Händler werden und nicht in irgendeinem heiligen Wald Moos ansetzen. Ich würde mich zwar weiterhin von ihnen unterrichten lassen. Aber langfristig würde mir das Schreiben von Rechnungen wohl mehr Spaß machen als das Schneiden der Mistel. Aber wozu sich Gedanken über Dinge machen, die die Götter längst beschlossen haben?

Es ist schon seltsam, aber in jener Nacht war ich vermutlich einer der wenigen in unserer Gemeinschaft, die sich keine Sorgen machten. Und dies, obwohl meine Chancen, die nächsten Tage zu überleben, relativ schlecht waren. Ich war zwar im Laufe des Tages für kurze Zeit bekümmert gewesen, ich hatte sogar geweint, hatte mich, als ich mit Wanda ins Dorf zurückgekehrt war, hilflos und wie versteinert gefühlt, aber jetzt spürte ich eine unheimliche Kraft in mir. Mit Teutates' Hilfe hatte ich mich an meinem Gedanken regelrecht berauscht. Ich wußte, daß ich die nächsten Tage überleben würde. Die Götter waren in mir und mit mir. Die Römer nennen das den »Genius«, den leitenden und behütenden Geist einer Person. Ich mußte ein ganzes Rudel davon haben. Und ich spürte, daß Epona, die Pferdegöttin, die treibende Kraft war. Und Taranis, der Vater des Dis, mußte auch mein Vater sein.

Die beiden Druiden, die Santonix begleiteten, führten nun zwei Ochsen auf die Lichtung. Man spürte förmlich, wie angespannt alle waren, der ganze Wald schien zu knistern. Jedes Mal, wenn ein Windstoß durch die Blätter fuhr, muß es den andern kalt über den Rücken gelaufen sein. Bei meinen Fettreserven war die Kälte allerdings kein Problem. Ich fühlte mich plötzlich ausgelassen und heiter, als hätte ich gegorene Beeren gegessen.

Celtillus starrte ängstlich auf den einen Ochsen; ich weiß nicht, wovor er Angst hatte: daß der Ochse dem Druiden auf die ledernen Schnabelschuhe kotete oder infolge geistiger Umnachtung den anderen Ochsen bestieg. Aber Celtillus machte sich Sorgen und litt. Es schmerzte mich, daß dieser Mensch, dem ich soviel Achtung entgegenbrachte, gebückt neben mir stand und schlotterte wie ein abgenagtes Skelett, das im Wipfel einer heiligen Eiche hing. Das mußte der römische Wein sein. Jetzt löste er die bronzeverzierte Fibel von seinem braunrot karierten Wollumhang, zog den Stoff fester über die Schulter und befestigte erneut die Fibel. Ja, seine Hände zitterten.

Aber Celtillus war auch alt. Alte Menschen zittern manchmal wie Ochsenkarren, die langsam auseinanderfallen. Und alte Menschen weinen auch öfter. Denn sie haben mehr gesehen und mehr gelitten und zeigen deshalb mehr Anteilnahme am Leid der anderen. Besonders wenn sie getrunken haben. Celtillus' einst so stolzer Schnurrbart war weiß und gelblich geworden. Auf seiner dunklen, wettergegerbten Stirn hatten sich tiefe Kummerfalten gebildet. In der Dunkelheit sah er so aus, als hätte er bereits ein paar Jahre im Moor gelegen. Jetzt atmete er tief durch, und so, wie jeder Hund sein Territorium mit seiner Duftmarke kennzeichnete, hatte auch Celtillus seine eigene Marke: Wein, Knoblauch und Zwiebeln. Gerne hätte ich ihm gesagt, daß er sich um mich keine Sorgen zu machen brauchte. Bei Teutates, Esus und Taranis! Wer waren denn die geachtetsten Menschen zwischen Asia Minor und den Britischen Inseln, zwischen Petra und Carthago, zwischen Delos und Sardinien, zwischen Massilia und Rom? Die Männer mit dem stärksten Schwertarm, die Männer mit den meisten Goldbarren, die Männer mit dem Geschlechtsteil eines Esels oder die Männer mit dem größten Wissen? Als Kelte mußte Onkel Celtillus doch wissen, daß das größte Vermögen eines Kelten sein Kopf ist. Bei uns Kelten ist doch der Kopf der wichtigste Körperteil überhaupt. Nur deshalb macht es uns Spaß, ihn dem Feind abzuschlagen. Die Römer haben das nie begriffen. Ein verletzter Römer kehrt zu seinem Centurio zurück, aber ein Römer ohne Kopf wird nie im Leben zu seiner Kohorte zurückfinden. Und wir erben seine Körperkraft!

Es schmerzte wirklich, Onkel Celtillus so leiden zu sehen. Aber vielleicht schätzte ich den heutigen Anlaß auch völlig falsch ein. Denn wir feierten heute nicht Samhain oder ein anderes Jahreszeitenfest, nein, wir erflehten Hilfe von unseren Göttern. Das Überleben unserer Gemeinschaft stand auf dem Spiel. Und Santonix allein würde uns erzählen, was die Götter ihm mitgeteilt hatten. Und wenn Santonix und die anderen Druiden sterben würden, wäre mit einem Schlag jahrtausendealtes Wissen verschwunden. Bei den Römern, Griechen oder Ägyptern würden Wachstafeln, Papyrusrollen, Pergamentrollen, Steintafeln, in Knochen, Metall oder Holz geschnitzte Inschriften zurückbleiben, die andere studieren und entziffern konnten. Bei uns wäre alles für immer ausgelöscht.

Ein Gedanke jagte den anderen. Wanda, Onkel Celtillus, Basilus, die germanischen Späher, griechische Wachstafeln, Massilia, Hieroglyphen, Amphoren, Wandas Brüste, ihre Lippen, das Amulett, Silberdenare, Ariovist, Rom ...

Plötzlich war es totenstill. Alle waren verstummt. Santonix stand auf der Steinplatte und reckte erneut die Arme gen Himmel. Die beiden Hilfsdruiden entzündeten Fakkeln. Der Wald schien sich plötzlich zu erheben. Das Rauschen der Blätter wurde stärker, drängender, als kündigten neue Götter ihr Nahen an. Alle Bewohner unseres Gehöfts standen am Rand des heiligen Bezirks und starrten auf die beiden weißen Ochsen. Kränze wurden auf ihre Hörner gelegt. Der eine Ochse schüttelte den Kranz wieder ab. Als sich der Hilfsdruide nach dem Kranz bückte, wehte ihn der Wind ein Stück weit fort. Ich sah Celtillus Augen, wie sie langsam glänzend und feucht wurden. Er wußte, was es zu bedeuten hatte. Unsere Gemeinschaft würde weggeblasen, wie ein Blatt im Wind. Aber hatte uns das nicht schon der Weinhändler Kretos prophezeit? Für ihn lag das Übel in der Lebensweise des keltischen Volkes. Wir Kelten kannten keine Zentralgewalt wie die Römer. Wir waren ein wilder Haufen untereinander zerstrittener Stämme. Für den römischen Adler wäre es ein leichtes, uns zu unterwerfen. Doch wenn es uns gelang, uns im Süden, am Ufer des Rhodanus, beim Oppidum der keltischen Allobroger, unter einer einzigen Führung zu vereinen, dann würde der gierige Schnabel des römischen Adlers an unseren Kettenhemden zersplittern, falls er es wagen sollte, nach uns zu hacken.

Offenbar teilten die Götter, die nun durch Santonix sprachen, meine tollkühnen Phantastereien nicht. Es gab nämlich drei Gründe, die gegen uns sprachen: die Germanen im Norden, die Daker im Osten, die Römer im Süden. Zwischen diesen drei Völkern würden wir zerrieben werden, wie das Korn unter dem Mühlstein. Das hatten uns die Götter soeben prophezeit.

Santonix erhob seine Stimme in der Nacht: »Kelten, der Mann des Verderbens, der uns prophezeit ist, wird kommen. Er reitet unter dem Adler, und auf den Schilden seiner Männer sind die in Blut getränkten Schlangenblitze seines Gottes abgebildet. Zahlreich sind seine Feinde. Auch unter den Göttern. Sie haben einen Menschen bestimmt, ihn zu vernichten. Er lebt unter uns. Denn wäre er unter dem Adler geboren, hätten ihn die seinen ersäuft, wie den dreifarbigen Gott, der ihn begleitet.«

Bloß das nicht! Santonix starrte auf mich. Ich spürte, wie die Hitze in meinen Kopf stieg. Vermutlich leuchtete ich bereits wie ein Lagerfeuer. Alle starrten ehrfürchtig zu mir rüber. Mit dem Mann, der unter dem Adler reitet, konnte kein Geringerer als der hochverschuldete römische Konsul Gaius Julius Cäsar gemeint sein, der in der neu entstandenen Provinz Gallia Narbonensis das Amt des Prokonsuls angetreten hatte und sich die Zeit in den Betten verheirateter Senatorenfrauen vertrieb. Daß in Lucia, die sich wieder vor allem für die Riemen meiner Lederschuhe interessierte, ein Gott wohnte, war hingegen schon etwas abenteuerlich. Völlig abwegig war hingegen, daß ausgerechnet ich in die Nähe dieses Mannes geraten sollte. Wie sollte ein keltischer Druidenlehrling, dem die Götter Muskeln aus hartem Eisen geschenkt hatten, einen römischen Prokonsul töten? Etwa mit seinem Humor? Damit auch der Dümmste in unserer Dorfgemeinschaft merkte, wer damit gemeint war, überreichte mir ein Hilfsdruide ein bronzenes Opfermesser mit einem vergoldeten Kopf am Ende des Griffes und sagte: »Wenn der elfenbeinerne Halbmond an deiner Sandale hängt, wirst du den Adler töten.«

Ich muß an dieser Stelle mal ausdrücklich betonen, daß diese Geschichten vom guten Menschen, den die Götter auf die Erde schicken, um einen Stamm von einem bösen Mann zu befreien, vermutlich so alt sind wie die menschliche Sprache. Diese Geschichten entspringen stets der Hoffnung nach außerirdischer Hilfe und werden auch noch in zweitausend Jahren erzählt werden. Sie geben Kraft und spenden Hoffnung. Und niemand ist verärgert, wenn die Prophezeiungen nicht eintreffen, denn die Götter wechseln genauso oft ihre Meinung wie wir Menschen.

Der Hilfsdruide kehrte zu seinem Ochsen zurück, nahm den Kranz wieder auf und streifte ihn dem Ochsen, beschwörend einen heiligen Vers murmelnd, nochmals über die Hörner. Santonix nahm es regungslos zur Kenntnis. Er hob seine goldene Sichel erneut in den pechschwarzen Nachthimmel empor. Mit einer zeremoniellen Handbewegung schnitt er einen Mistelzweig vom Baum. Die beiden Hilfsdruiden standen unter ihm und hielten das weiße Laken ausgebreitet. Ein kräftiger Windstoß blies wie ein erzürntes Raunen durch den Wald. Der Fall des Mistelzweiges wurde etwas gebremst, doch er fiel sanft auf den weißen Leinenstoff.

Wenn der elfenbeinerne Halbmond an deiner Sandale hängt, wirst du den Adler töten, ging es mir immer wieder durch den Kopf. Der Adler war mir verständlich, was aber der elfenbeinerne Halbmond an meiner Sandale bedeuten sollte, war absolut unverständlich. Ich trug Lederschuhe, sogenannte Caligae, die mein Onkel in Massilia für mich hatte anfertigen lassen. Sie waren an der Ferse verstärkt, um dem Fuß mehr Halt zu geben, und die Sohle war in der Mitte und am äußeren Rand so angehoben, daß der Fuß nicht platt auflag. Es waren keine Sandalen, und von einem elfenbeinernen Halbmond konnte keine Rede sein. Das Symbol war mir auch nicht geläufig. Ich hätte es noch am ehesten mit Carthago in Zusammenhang gebracht. Aber Carthago lag seit über hundert Jahren in Schutt und Asche, die Mauern waren geschleift, und die Ackerfurchen mit Salz gefüllt, auf daß nie mehr etwas gedeihen sollte. Carthago war nach römischer Art befriedet.

Den beiden Ochsen waren bereits über dem mit Misteln bedeckten weißen Laken die Köpfe abgeschlagen worden. Nach einigen wilden Zuckungen erschlafften die Körper. Stoßweise schoß das warme Blut hervor. Ein stinkender Dampf legte sich über die heilige Lichtung. Das Opfer genügte nicht. Santonix wollte mehr. Er behauptete, die Götter verlangten mehr. Verbrecher konnten wir leider keine anbieten. Die hatten wir längst alle geopfert. Bloß keine Jungfrau, schoß es mir durch den Kopf. Seit ich Wanda hatte lachen sehen, bestand mein ganzer Ehrgeiz darin, sie nochmals zum Lachen zu bringen. Ich wußte nicht, ob die Götter auch Sklavinnen akzeptierten. Hier hatte ich eine Wissenslücke, aber ich konnte mir vorstellen, daß das Jungfernhäutchen wichtiger war als die gesellschaftliche Stellung der Auserwählten. Es mußte einfach etwas Reines sein, das einem von uns verdammt viel bedeutete. Ich hätte Wanda heute nachmittag eben doch besser so lange geküßt, bis sie nicht mehr Jungfrau gewesen wäre. Wanda – das wäre so, als würden sie mir mein linkes

Bein abhauen. Das konnte nicht der Wunsch der Götter sein, wenn sie mehr im Kopf hatten als einen Haufen weicher Pferdeäpfel. Also wenn ich Druide wäre, durch meinen Mund würde kein Gott derartigen Schwachsinn erzählen. Ich muß an dieser Stelle mal darauf hinweisen, daß unsere Götter keine unfehlbaren Gemüter sind, nein, wir haben auch eine Menge Schlitzohren, Halsabschneider und übles Gesindel in unserem Götterrudel.

Basilus hielt sanft meinen rechten Arm fest. Meine Gedanken waren die seinen. Jetzt hielt jemand auch noch meinen linken Arm fest, Celtillus. Mit einer unwirschen Bewegung versuchte ich sie abzuschütteln. Wozu mich festhalten? Ich hätte Wanda nicht retten können. Wäre ich vorwärtsgehumpelt, man hätte mich schon nach wenigen Schritten mit Pfeilen durchlöchert. Wofür hätte ich das tun sollen? Für eine Sklavin? Für eine Germanin? Nein, für mein linkes Bein!

Ich schaute zu Wanda hinüber, die abseits stand und eher gelangweilt mit ihrem gläsernen Armreif spielte. Ich muß gestehen, wenn ich einen üblen Charakterzug habe, dann den, daß ich mir manchmal Dinge ausmale, vor denen ich mich fürchte, und vor lauter Detailbesessenheit gar nicht mehr auf den Gedanken komme, daß ich mir ja alles nur eingebildet habe. Unsere Druiden sagen, daß man auf diese Weise nicht nur das Gute herbeizwingen könne, sondern auch das Schlechte. Ich riß mich deshalb mit aller Kraft zusammen und trichterte mir ein, daß Wanda wohlauf war und mit einer Armspange spielte, die ihr gar nicht zustand. Aber gut zu ihren beiden Fibeln paßte, die ihr noch weniger zustanden.

Der Druide hob nochmals die Arme in den sternlosen Nachthimmel. Der Schatten seiner goldenen Sichel flakkerte unruhig in den Baumkronen. Ich fror. Es war plötzlich sehr kalt. Ich fühlte einen pochenden Kloß im Hals, der rasant anschwoll und wie ein Feuer brannte. Ich spürte, wie sich die Muskeln in meinem Rücken wie Krallen um meine Gelenke schlossen. Ich hatte das Gefühl zu versteinern. Zuerst war es nur das linke Bein. Es war wieder wie früher. Ich konnte es nicht mehr bewegen. Und nach und nach versteifte sich mein ganzer Körper. Es war, als würde man mir ein Kettenhemd nach dem andern überziehen. Ich spürte, daß etwas geschehen würde. Wie damals bei unserem Druiden Fumix. Aber ich wußte nicht, was. Jetzt verkündete der Druide, daß man den Göttern opfern mußte. Für jeden von uns, der überleben wollte, müsse dem Kampfgott Caturix ein anderer geopfert werden. Das konnte ja heiter werden. Gebannt starrten wir auf die heilige Lichtung. Der Druide schien auf etwas zu warten. Er stand immer noch mit erhobenen Armen da. Doch sein Körper hatte sich seltsam gekrümmt, und aus seiner Brust ragte etwas Dünnes, Langes. Jetzt drehte er sich langsam herum, und wir alle sahen, daß dieses dünne, lange Ding ein Speer war. Er hatte ihn durchbohrt! Hatten ihn die Götter gerichtet? Der Druide warf den Kopf zurück und drehte sich im Kreis. Es war ein hölzerner Speer, von dem er getroffen worden war. Mit solchen Speeren kämpften nicht die Götter. Die Germanen!

Plötzlich bebte der ganze Wald. Wir hörten wildes Geschrei. Von überall her flogen Geschosse auf uns zu. Wir hörten das laute Aufschlagen von Schwertern auf Holzschilden. Ariovist! Und plötzlich waren sie mitten unter uns. Auf ihren struppigen, kleinen Pferden umkreisten sie uns wie eine Schafherde und warfen ihre Speere in unsere Reihen. An den Mähnen der Pferde hingen junge Burschen, deren Oberkörper rabenschwarz bemalt waren. Blitzschnell ließen sie die Mähnen los und sprangen geschmeidig wie junge Katzen auf die Fliehenden, die in heilloser Panik zu unserem Gehöft zurückrannten. Das war zwar ziemlich unkeltisch, aber ohne Waffen macht der Kampf wenig Spaß. Da ich durchaus ein geselliger Mensch bin, wollte ich mich den Fliehenden anschließen, doch ich stolperte über die erstbeste Wurzel, fiel der Länge nach hin und spürte dann, wie etwas Schweres auf mich niederkrachte, das fürchterlich nach Knoblauch stank. Onkel Celtillus. Ich wagte mich nicht mehr aufzurichten. Mein Kopf war zur Hälfte in die feuchte Erde gedrückt, aber mit dem freien Auge sah ich, daß alle in den Wald rannten. Wie aufgescheuchtes Wild. Und die Germanen rannten hinterher, wie Jäger, die nur noch ein Auge für das fliehende Wild haben. Und nicht für die tapferen Kerle, die bereits mit halbem Kopf unter der Erde ruhten. Daß man mich einfach übersah, war natürlich für einen stolzen, jungen Kelten wie mich eine außerordentliche Kränkung. Aber ich sah darüber hinweg. Überall schrien, brüllten und stöhnten Menschen vor Wut und Schmerz. Doch allmählich entfernten sich die Stimmen. Ich hörte nur noch das leise Wimmern der Sterbenden. Es war wie ein Platzregen, der überraschend einsetzt und ebenso schnell wieder vorbei ist. Mühsam zerrte ich meinen rechten Arm unter mir hervor und versuchte mich auf beiden Händen hochzustemmen. Ich glitt in der lehmigfeuchten Erde aus. Onkel Celtillus rollte von meinem Rücken herunter. Jetzt lag er neben mir und starrte mich mit weit aufgerissenen Augen an. Ein Schwerthieb hatte ihm die Brust vom Hals bis zum Nabel geöffnet. In der Hand hielt er die rotblonde Mähne eines abgetrennten Germanenkopfes.

Auf der heiligen Lichtung erkannte ich die blutdurchtränkten weißen Togen der Druiden. Alle waren ermordet worden. Irgendwo hörte ich das erstickte Schreien einer Frau. Wanda? Ich rappelte mich hoch und sah, daß ein Germane hoch zu Roß eine junge Frau an den Haaren aus dem Gestrüpp zerrte. Es war Wanda. »Wanda!« brüllte ich. Ich weiß nicht, wieso. Es war wirklich sehr töricht. Absolut töricht! Der Germane ließ Wanda fallen und riß sein Pferd herum. Jetzt hatte er mich gesehen. Er zog sein Schwert und hielt die Zügel etwas straffer. Sein Brauner tänzelte nervös. Gleich würde er ihm die Fersen in die Flanken drücken und auf mich losstürmen. Ich wußte, daß er nicht ruhen würde, bis er mich niedergestreckt hatte. Auch er hatte Gesicht und Oberkörper schwarz bemalt, und die lange blonde Mähne, die bis auf die muskelbepackten Schultern hinunterreichte, verlieh ihm etwas Wildes und Unerschrockenes. Er zog sein Eisenschwert und schwang es brüllend in der Luft. Wenn der Kerl sich eine Waffe aus Eisen leisten konnte, war er kein gewöhnlicher Germane. Ich zog sofort meinen Dolch. Ich kam mir dabei ziemlich albern vor, denn den Dolch hatte ich bisher nur zum Tranchieren von knusprig gebratenem Schweinerücken benutzt. Der Germane lachte dröhnend und rauh, und ich gestehe ungern, daß sich vor Schrecken meine Blase entleerte. Während es mir warm die Schenkel hinunterlief, griff ich mit der freien Hand nach dem Opfermesser, das mir der Hilfsdruide gegeben hatte. Doch ich griff daneben. Dieser verfluchte Germane hatte meinen Muskeltonus derart in die Höhe getrieben, daß mir nur noch wilde, grobe Bewegungen gelangen. Der Germane beobachtete mich spöttisch und machte seinen Braunen so richtig scharf, indem er ihn einerseits zurückhielt und ihm gleichzeitig mit gezieltem Schenkeldruck zu verstehen gab, daß er gleich auf mich lospreschen würde. Jetzt hielt ich endlich beide Messer in den Händen und schwankte wie ein Betrunkener, der gleich das Gleichgewicht verlieren wird. Die Gefahr, daß ich mich bei einem erneuten Sturz selber verletzte, war auf jeden Fall größer als die Gefahr, von diesem Germanen getötet zu werden. Der Germane brüllte irgend etwas zu den Baumkronen hinauf und hob das Schwert zum Angriff. Vermutlich hatte er mich soeben einem Gott gewidmet. Ich hätte mich viel lieber mit ihm über die hohe Kunst des Angelns unterhalten, freundlich und kultiviert, doch dieser Koloß von Mann preschte nun auf seinem eher zu klein geratenen Pferd auf mich zu. Ich hoffte, daß das Pferd unter seinem Gewicht zusammenbrach. Doch statt dessen streckte der Gaul laut wiehernd beide Vorderläufe nach vorne. Lucia stand plötzlich vor mir und tat so, als stamme sie von einem hochgezüchteten molossischen Kampfhund ab. Eigentlich atypisch, denn Hunde greifen Pferde stets von hinten an, beißen in die Fesseln oder in den Bauch. Lucia bellte, kläffte, und ihre Lefzen bebten vor Aggressivität und Erregung, während sich alle ihre Rükkenhaare steil nach oben richteten wie die kalkgetränkte Dornenfrisur eines richtigen Kelten. Die steif nach vorne gestreckten Vorderbeine des aufgeschreckten Pferdes gruben sich tief in den weichen Boden. Der Germane flog über den Pferdehals hinweg, direkt auf mich zu. Sein Schädel prallte wie ein Katapultgeschoß gegen meine Brust. Ich wurde zu Boden gerissen. Das war das Ende. Mit dem Hinterkopf klatschte ich in eine Pfütze. Für einen Augenblick noch freute ich mich, daß ich nicht auf einem Stein aufgeschlagen war. Ich schnappte verzweifelt nach Luft. Der Kerl, der mich unter sich begraben hatte, wog bestimmt soviel wie zwei Kelten zusammen. Ich versuchte verbissen, die beiden Dolche unter seinem Körper hervorzuziehen, aber es war zwecklos. Ich schuftete und ruderte, aber nichts bewegte sich. Nichts?

In der Tat bewegte sich der Germane nicht mehr. Sein Kopf lag seitlich auf meiner Brust, und er muß dabei für jeden Beobachter einen sehr anhänglichen Eindruck gemacht haben. Ich hörte, wie sich Lucia steigerte und ihr Bellen noch lauter und aggressiver wurde. Das konnte eigentlich nur bedeuten, daß die Gefahr vorüber war. Jetzt hatte sich der Kopf des Germanen bewegt. Mit weit aufgerissenen Augen starrte er mich an, und seine fettigen, blonden Haarstoppeln rieben sich an meinem Kinn. Die Wangen waren knochig und tief eingefallen. Auch die Germanen waren ein vom Schicksal gebeuteltes Volk, das vom Hunger südwärts getrieben wurde. Gequält öffnete sich sein Mund, und ein Schwall warmen Breis ergoß sich über meinen Hals. Darauf wurden seine Züge weicher, fast versöhnlich. Lautlos rollte er von meinem Körper und blieb im Schlamm auf dem Rücken liegen, der leere Blick auf die

Baumkronen gerichtet, wo kein Gott gesessen hatte. In seinem Oberkörper steckten meine beiden Dolche.

Ich kniete vor dem Germanen und starrte ihn an. Noch nie im Leben hatte ich einen derart großen Menschen gesehen. Er hatte auffallend schmale Hüften und einen Brustkasten, der den Muskelpanzer eines jeden römischen Offiziers verspottet hätte. Er trug eine Hose aus Hirschleder, die bis zu den Knien reichte und aus mehreren Stücken zusammengenäht worden war. Der breite Gurt hatte keine Schnalle, sondern einen bronzenen Haken. Im Gurt steckte ein Messer, der Griff ein Stück Geweih. Seine Füße waren nackt. Ich nahm seine Hand und fühlte seinen Puls, so, wie es mir der Druide Santonix beigebracht hatte. Es war eine schöne Hand, groß und stark, wie aus Eisen gegossen. Der kleine Finger fehlte. Ich fühlte keinen Puls. Der Germane war tot. Er war bereits in der Anderswelt. Ich strich ihm versöhnlich die blonde Mähne aus dem Gesicht. Wie ein wildes, freiheitsliebendes Tier lag er da. Der Mund weit offen, als würde er sich über irgend etwas wundern. Die vorderen Zähne fehlten. Ich büschelte seine Haare zu einem Zopf und schnitt sie ab. Ich knöpfte das Haar an meinen Gurt.

»Wieso schlägst du ihm nicht den Kopf ab?«

Mein Freund Basilus kam zwischen den Bäumen hervor. Er saß auf einem hellbraunen Germanenpferd. In der Hand die Zügel einer schwarzen Stute. Ich weiß wirklich nicht, wie er das anstellte, aber von Kindesbeinen war er stets in der Nähe, wenn ich in der Klemme saß.

»Ich habe ihn den Göttern geopfert«, antwortete ich. Basilus sah das Opfermesser, das in der Brust des großen Germanen steckte, und nickte. Es kostete einen Kelten viel Überwindung, seinem toten Feind den Kopf auf den Schultern zu lassen. Denn im Kopf ist der Geist und die Kraft, und es gibt nichts Edleres, als den Geist und die Kraft seines Feindes mit nach Hause zu nehmen. Und jedem Besucher zeigte man die abgeschlagenen Köpfe und brüstete sich mit den Angeboten, die man für die einzelnen Köpfe bereits erhalten hatte. Wollte man einem Kelten ein Kompliment machen, bot man ihm Eisenwaffen, hübsche Sklavinnen oder Vieh für einen abgeschlagenen Kopf an. Möglichst viel. Damit der Besitzer dankend ablehnen und später von seiner Standfestigkeit berichten konnte. Je höher der angebotene Preis, desto ehrenvoller die Standfestigkeit.

»Nimm das Pferd, Korisios, und reite nach Süden. Wir treffen uns beim See. Ich will noch ein paar Köpfe sammeln.«

»Reite gescheiter ins Oppidum der Tiguriner, Basilus, und warne Divico.«

»Was kümmert mich der alte Divico? Ich will kämpfen.«

Plötzlich hörten wir Stimmen. Basilus gab mir ein Zeichen, mich zu verkriechen. Lautlos streifte er die Zügel des zweiten Pferdes über eine Astgabel. Ich konnte mein Glück gar nicht richtig fassen. Irgendwie paßte alles zusammen wie bei einem römischen Mosaik. Die Druiden, die den Kelten mit dem dreifarbigen Hund erwähnen, das Opfermesser, das man mir, dem Auserwählten, überreicht. Ich war nahe daran, diese abstruse Geschichte selbst zu glauben. In puncto Aberglauben und Vorahnungen stehen wir Kelten ja bekanntlich den Römern in nichts nach. Ständig sind wir auf der Suche nach irgendwelchen Zeichen am Himmel, nach irgendwelchen Merkwürdigkeiten, und wenn ein Hund pinkelt, während der Hahn kräht, sind wir durchaus imstande, daraus den nächsten Erntebericht abzulesen.

Basilus wendete sein Pferd und ritt langsam über die Lichtung. Erst jetzt sah ich, daß sein Gesicht schmerzverzerrt war. Zwischen seinen Rippen steckte der abgesplitterte Holzschaft eines germanischen Speeres.

»Laß den Speer drin, bis du das nächste Oppidum erreicht hast«, flüsterte ich ihm zu, »sonst läufst du aus wie ein angestochenes Faß. Wenn ich dich hier verarzte, brauche ich Feuer und heißes Wasser, und du mußt mindestens drei Tage liegenbleiben ...«

»Mach dir um mich keine Sorgen, Korisios«, murmelte Basilus, »ich habe geträumt, ich würde eine römische Standarte erbeuten. Also werde ich leben.«

»Du wirst leben«, lachte ich leise. »Und ich habe von Massilia geträumt. Aber du warst nicht dabei. Und auch die nubischen Sklavinnen fehlten.«

»Du hättest in deinem Traum im großen Bad nachschauen sollen. Dort hättest du mich gefunden. Zusammen mit den nubischen Sklavinnen, die Fisch und weißen Harzwein anbieten«, grinste Basilus. »Aber sag mir die Wahrheit, Korisios, werden wir uns wiedersehen?«

Basilus hielt sehr viel von meinen seherischen Fähigkeiten. Ich weiß allerdings nicht, ob ich welche besaß. Sicher ist, daß ich mit meinen Prophezeiungen fast immer richtig lag. Aber reichten Erfahrung, Menschenkenntnis und Beobachtungsgabe nicht meistens schon aus, um sich ein Bild von der Zukunft zu machen?

»Ja«, schrie ich Basilus erfreut zu, »wir werden uns wiedersehen, Basilus.«

Basilus drückte dem Pferd sanft die Ferse in die Seite. Ich wollte noch etwas hinzufügen. Ich wollte ihm sagen, daß wir uns wohl wiedersehen würden, aber nicht an der atlantischen Küste. Das Rauschen des Ozeans war verstummt. Die Götter hatten es ausgelöscht und eine Unruhe in mir zurückgelassen, die ich noch nicht deuten konnte. Basilus war in der Dunkelheit verschwunden.

Ich blieb alleine mit all den Toten auf der Lichtung. Germanen und Kelten. Im Grunde genommen hatten wir das gleiche Schicksal. Viele Germanen tragen sogar keltische Namen. Wir Kelten unterscheiden zwischen Sippen und Stämmen, aber nicht zwischen Kelten und Germanen. Es ist Rom, das diese Unterscheidung herbeischrieb. Rom war unser gemeinsamer Feind, aber im Gegensatz zu den Römern waren wir ein bunter Haufen von kampflustigen

Abenteurern. Der Kampf war uns wichtiger als der Gegner. Das ist für Römer schwer verständlich. Sie begreifen heute noch nicht, wieso Germanen und Kelten der römischen Reiterei beitreten und dann gemeinsam mit ihnen gegen Germanen und Kelten kämpfen.

Ich nahm den Schwertgurt mit der Eisenwaffe und der lederüberzogenen Holzscheide des Germanen an mich und ging zu Onkel Celtillus. Sein Tod hatte nichts Schreckliches. Mit dem abgeschlagenen Germanenkopf in der Hand schien er ziemlich zufrieden. Ich empfand keine Trauer, weil ich wußte, daß wir uns wieder begegnen würden. Ich legte ihm eine griechische Silberdrachme unter die Zunge. Für den Fährmann. Hinter ihm lag der kopflose Körper eines jungen Germanen. Es war einer von denen gewesen, die sich beim Angriff an der Mähne eines Pferdes festgehalten hatten. Er trug eine einfache Felltunika, ein Schaffell, wie arme Germanen es trugen. Neben ihm lag ein hölzerner Schild, lang und schmal und schwarz bemalt. Ich nahm ihm den Köcher ab und den Bogen, den er noch umklammert hielt. Dann ging ich zu meinem toten Germanen zurück, als wollte ich mich noch mal davon überzeugen, daß ich ihn wirklich getötet hatte. Er lag da wie ein gefällter Baum mit kurzgeschorener Krone.

Ein Geräusch ließ mich herumwirbeln, ich verlor das Gleichgewicht und schlug mit dem Hintern auf meinem toten Germanen auf.

Am Waldrand löste sich etwas Menschenähnliches aus der Dunkelheit. Es war Wanda. Sie hatte offenbar die ganze Zeit auf dem Bauch gelegen und meinen heroischen Zweikampf beobachtet. Ihr Gesicht war weiß wie Kalk. Sie glotzte mich regelrecht an, mit halboffenem Mund, und stotterte ungläubig: »Herr!« Offenbar hatte sie mir eine derartige Leistung, die in Rom wohl eine ganze Arena begeistert hätte, nicht zugetraut. Sie starrte den toten Germanen unter mir an und murmelte meinen Namen. »Ich laß mir meine Sklavin nur ungern wegnehmen«, sagte ich trotzig. Ich wollte nicht, daß sie auf dumme Gedanken kam. Wenn eine Sklavin den Eindruck hatte, ihr Herr empfände Gefühle für sie, war es höchste Zeit, sie zu verkaufen. Jetzt lachte sie vor Erleichterung auf, und ich sah endlich wieder ihre wunderschönen Zähne. Sie erhob sich und reichte mir die Hand, eine Hilfeleistung die irgendwie lächerlich war, zumal ich soeben einen adligen Germanen im Zweikampf besiegt hatte. Gemeinsam gingen wir zwischen den Leichen hindurch und suchten nach Verletzten. Doch wer verletzt war, war geflohen. Wer liegengeblieben war, war tot. Überall lagen leblose, blutüberströmte Körper, Kelten, Germanen, Frauen, Männer, mit zertrümmerten Schädeln und riesigen Fleischwunden, von Speeren und Pfeilen durchbohrte Leiber und abgetrennte Körperteile. Einige sahen aus, als seien sie von Raubtieren zerrissen worden. Wanda nahm einem Germanen einen keltischen Eisenhelm ab und sammelte darin die Geldbeutel, die sie jeweils mit einer flinken Handbewegung von den Gurten der Toten schnitt. Dicke Regentropfen klatschten hernieder. Es hatte angefangen zu regnen. Der Regen wischte das Blut von den Gesichtern der Toten.

Als wir nach einer Stunde den Waldrand im Norden erreichten, hörten wir Pferdehufe und Stimmen. Es waren Germanen, die sich in unserem Gehöft besoffen hatten und jetzt Ausschau nach Überlebenden hielten. Fast geräuschlos krochen wir ins dichte Unterholz. Es war immer noch Nacht, und die Chance, in der Dunkelheit unentdeckt zu bleiben, wäre durchaus groß gewesen. Wenn Lucia nicht gewesen wäre. Sie begann leise und drohend zu knurren. Nachdem sie ein Pferd erfolgreich verscheucht hatte, wollte sie es offenbar mit der ganzen germanischen Reiterei aufnehmen. Sanft nahm ich sie zu mir und hielt ihr die Schnauze zu. Blitzschnell entzog sie sich meinem Griff und begann wieder zu knurren. Die Reiter kamen näher. Sie brummten etwas im Chor, und da es einigermaßen melodiös klang, nehme ich an, daß es sich dabei um einen Gesang handelte.

In Rom sagt man, daß die Kelten nichts lieber täten als saufen und kämpfen, stets bis zum letzten Mann kämpfen und sehr verärgert sind, wenn ihnen die Gegner ausgehen. Ich bin da wohl eine Ausnahme. Ich packte Lucia energisch am Nacken und drückte sie auf den Boden. Wanda hielt ihr die Schnauze zu. Die Reiter nahten. Jetzt konnten wir sie sehen. Sie ritten direkt auf uns zu. Es waren große, hagere Gestalten mit schwarzbemalten, muskulösen Oberkörpern. Sie waren betrunken. Lucia wurde immer unruhiger. Die Germanen waren nun sehr nah. Wir konnten bereits ihre verschwitzten Pferde riechen. Jetzt tänzelten sie nervös und schnaubten. Sie hatten Lucia gerochen. Die Germanen hielten ihre Pferde an. Der eine grölte irgend etwas, worauf die anderen in ein orkanartiges, heiseres Gelächter ausbrachen. Lucia wehrte sich immer heftiger. Plötzlich stieß sie einen Schrei aus. Es klang wie das Quietschen einer Maus. Die Germanen nahmen den Speerarm etwas zurück und grinsten. Bereit zum Wurf. In diesem Augenblick wand Lucia sich wie ein glitschiger Fisch aus der Umklammerung und raste wie von einer Schleuder getroffen aus dem Unterholz. Zwischen den Pferden der Germanen hindurch auf die Felder hinaus. Die Germanen fluchten. Sie schienen enttäuscht. Dann entdeckte einer von ihnen unser Pferd. Sie nahmen es mit und ritten weiter. Nachdem ich sehnlichst gehofft hatte, Lucia würde bei uns bleiben, hoffte ich nun, sie würde nicht gleich zu uns zurückkehren.

Wanda flüsterte etwas, aber ich verstand es nicht. Wir rückten näher zusammen, so, daß unsere Köpfe eng nebeneinanderlagen.

»Kommt sie zurück?« fragte Wanda.

»Nein«, sagte ich, »in den letzten Tagen hat es soviel geregnet, daß massenhaft Mäuse in ihren Löchern ersoffen sind. Das ist ein göttliches Bankett für Lucia.«

»Willst du auf sie warten?«

»Ja«, antworte ich, »aber wieso bist du nicht geflohen?«
Wanda machte ein abschätziges Geräusch.

»Das sind germanische Sueben«, sagte sie verächtlich. Offenbar zählte bei den Germanen auch nur die Sippe, der engste Clan. Ansonsten waren sie mit den anderen germanischen Nachbarn genauso zerstritten wie die Kelten untereinander.

»Was hast du jetzt vor, Herr?«

Eine schwierige Frage. Wanda war meine Sklavin. Aber konnte ich in meiner jetzigen Situation noch den Herrn spielen? Konnte ich von ihr verlangen, daß sie einen Kelten, der nur noch zwei freie Knopflöcher im Waffengurt hatte, nach Genava brachte? Wie würde sie reagieren, wenn ich ihr etwas befahl? Gibt es eine größere Demütigung als die Gehorsamsverweigerung einer Sklavin, die der Herr nicht bestrafen kann? Ich beschloß diese Frage einfach zu ignorieren. Ich schloß die Augen. Und horchte. Nichts. In der Luft hing der Gestank von verkohltem Holz und Menschenhaar. Wir schwiegen und warteten.

Die Stunden vergingen. Manchmal nickten wir ein. Einmal schreckte ich hoch und stellte fest, daß ich Wanda im Schlaf umschlungen hatte. Ich war fast ein bißchen erstaunt, daß sie noch da war. Es wurde allmählich hell. Irgendein Geruch hatte mich aus einem unruhigen Traum gerissen. Der penetrante Geruch einer spanischen Fischsauce. Und Aas: Lucia! Lucia drückte ihre nasse Schnauze an meine Stirn und leckte mit ihrer warmen Zunge mein Gesicht. Sie mußte eine ganze Menge verwester Mäuse gefressen haben. Es stank abscheulich! Ich hätte nie gedacht, daß Göttinnen derart stinken können. Wir horchten und beobachteten noch eine Weile die Umgebung, dann brachen wir auf.

Als wir das Tal erreichten, war die Sonne im Osten bereits aufgestiegen. Vor uns lag ein Schlachtfeld, wie ich es noch nie gesehen hatte. Leichen, so weit das Auge reichte. Hier hatte offenbar das Gemetzel stattgefunden, hier waren die Fliehenden umzingelt, niedergemacht, entkleidet und ausgeraubt worden.

»Du bist vielleicht der einzige, der überlebt hat.«

»Nein«, antwortete ich, »Basilus hat auch überlebt. Er ist verletzt, aber ich hoffe, daß er das Oppidum der Tiguriner erreicht hat. Und du hast auch überlebt.«

»Ich bin eine Sklavin«, entgegnete Wanda. Sie sah mich dabei derart keck an, daß ich ihr kein Wort glauben konnte.

»Du bist frei, Wanda«, murmelte ich, ohne sie anzusehen.

Ihre Stimme klang so, als würde sie lächeln.

»Bin ich dir lästig, Herr?«

Ich schaute sie an.

»Oder hast du Angst, Herr, Angst, daß ich plötzlich verschwinde und dich damit kränke?«

»Wir Kelten kennen keine Angst, Wanda. Wir fürchten höchstens, daß uns der Himmel auf den Kopf fällt.«

»Ich weiß, Herr, du bist sehr tapfer. Du hast heute nacht einen germanischen Fürsten getötet und seine Seele den Göttern geschenkt.«

Na ja, ich hätte ihr natürlich erklären können, daß ich meines linken Beines wegen nicht hatte fliehen können. Und ohne Lucia hätte das Pferd des Germanen nicht plötzlich den Gehorsam verweigert und dieser Baumstamm von Mann wäre nicht wie ein Katapultgeschoß in meine beiden Dolche gestürzt. Und den Kopf habe ich ihm auf den Schultern gelassen, weil ein derartiges Gewicht an meinem Gurt mich beim Gehen nur behindert hätte. Aber große Erklärungen sind nicht Sache eines Kelten.

»Ich bin lieber die Sklavin eines keltischen Raurikers als die Sklavin eines germanischen Sueben oder eines helvetischen Druiden«, sagte Wanda, während sie ratlos auf den mit Geldbeuteln gefüllten Eisenhelm starrte, den sie in ihrem Schoß hielt.

»Herr, warte hier auf mich, ich bin bald zurück.«

Wanda stand auf und ging. Den Eisenhelm nahm sie mit. Ich wußte nicht, ob ich ihr glauben sollte oder nicht. Wenn man wirklich in der Klemme sitzt, alles auf dem Spiel steht und das nackte Überleben von einem einzigen Menschen abhängt, wird man doch etwas argwöhnischer. Und ich hatte genügend Zeit, darüber nachzudenken und richtig mißtrauisch zu werden.

Die Stunden vergingen. Wanda kam nicht zurück. In der Ferne sah ich ab und zu Reiter. Germanische Reiter. Vielleicht suchten sie weiter nach Überlebenden. Für den Sklavenmarkt. Lucia wurde zunehmend unruhiger. Jedes Geräusch ließ mich hochschrecken. Irgendwie saß ich hier fest, inmitten von Leichen. Und Wanda kam nicht zurück. Allmählich beschlich mich ein ziemlich ungutes Gefühl. Mit ihrer Bemerkung, sie sei lieber Sklavin eines Kelten als Sklavin eines germanischen Sueben, hatte sie mich vielleicht bloß in Sicherheit wiegen wollen. Es gab doch noch was anderes, als Sklavin zu sein. Die Freiheit! Und mit all den Geldbeuteln, die sie den Toten abgenommen hatte, war sie eine reiche Frau. Sie hatte mich ganz einfach im Stich gelassen!

Die Erkenntnis traf mich wie ein Stein. Plötzlich hatte ich das Gefühl, beobachtet zu werden, ich glaubte zu spüren, wie irgendwo ein Pfeil aufgelegt wurde. Vor lauter Angst begann ich in der Ferne wabernde Gestalten zu erkennen, die sich plötzlich wieder in Luft auflösten. Jeder Ast schien sich in den Schwertarm eines Germanen zu verwandeln, und in jedem Dickicht schien sich die schwarzbemalte Brust eines suebischen Kriegers abzuzeichnen. Ich mußte von hier verschwinden. Richtung Süden. Wie besoffen irrte ich über das Schlachtfeld, stürzte, rappelte mich hoch und humpelte weiter. Überall lagen Menschen, die ich gekannt hatte, mit auseinandergerissenen Leibern, Menschen, die mir Gutes getan hatten, in dunklen Blutlachen, bis auf die nackte Haut gefleddert, Menschen, die ich geliebt hatte, in unmöglichen Verkrümmungen. Im Schlamm. Sie waren auf eigentümliche Art und Weise alle miteinander vereint. In jenem Ausdruck des Schmerzes. Trotzig kämpfte ich mich den Hügel hinauf. Ich weiß nicht, ob ich weinte, weil mich die Erinnerung, die mich mit diesen Menschen verband, bewegte, oder ob ich weinte, weil ich gerührt war, daß sie bereits ins Totenreich unterwegs waren. Ich war wütend auf mich. Wieso hatte ich so lange auf Wanda gewartet? Auf eine Sklavin! Bald würde es dunkel werden. Dann saß ich endgültig fest. Es regnete wieder. Gerade rechtzeitig erreichte ich die letzte Anhöhe. Der Weg, den ich gegangen war, war wenig später eine knöcheltiefe Schlammgrube. Es war, als hätte der Himmel seine Schleusen geöffnet, um uns Menschen wie Ratten zu ersäufen. Von hier aus konnte ich die beiden naßgrauen Täler überblicken. Das eine Tal führte nach Westen, ins Gebiet der keltischen Sequaner, das andere nach Norden, zum Rhenus. Wo einst unser Hof gestanden hatte, war ein schwarzer Fleck in der Landschaft. Rauch. Das Gehöft war vollständig niedergebrannt. Der Regen hatte zu spät eingesetzt. Unser Gehöft war nicht mehr, und das Land, das wir bebaut hatten, war jetzt germanisches Gebiet. Über dem Wald stieg gleichmäßiger Rauch auf. Vermutlich saßen die Germanen an einem großen Lagerfeuer und aßen das gepökelte Schweinefleisch, das wir für unsere Reise aufgespart hatten. Und vermutlich tranken sie auch Onkel Celtillus' Falerner und urinierten an unsere heiligen Baumstatuen.

Erschöpft setzte ich mich auf einen Felsbrocken und streckte die Beine aus. Der Regen wollte nicht mehr aufhören. Ich weiß nicht, was sich die Götter dabei gedacht haben, aber einige von unseren Göttern sind boshaft und haben nicht mehr im Hirn als Rattenkacke. Meine karierte Wollhose und meine ärmellose Tunika klebten bereits wie eine zweite Haut an meinem Körper. Aber es genügte offenbar nicht, das Nordmeer über unserem Land auszuschütten, nein, die Götter schickten noch eine eisige Brise hinterher, die mich steif und unbeweglich wie einen Bleibarren aus Carthago Nova machte.

»Was meinst du, Lucia? Fällt dir ein Gott ein, der uns helfen könnte?«

Lucia bewegte sich wie ein trabendes Pferd zu mir herüber und beschnupperte meinen Hals, den mir der Germane vollgekotzt hatte. Irgendwie hatte ich eine Stinkwut in mir.

Selbst wenn ich vier Tage wie ein Verrückter marschierte, was ich ohnehin nicht konnte, würde mich jeder Reiter an einem einzigen Morgen einholen. Ich brauchte für eine Meile fünfmal so lange wie ein nicht gehbehinderter Mensch. Es hatte überhaupt keinen Sinn weiterzugehen. Ich brauchte ein Pferd. Ich wollte mich auf dem erbeuteten Schwert des toten Germanen aufstützen, doch die Spitze bohrte sich sofort in die aufgeweichte Erde, so daß mir nichts anderes übrigblieb, als auf allen vieren durch den lehmigen Brei zu rutschen, während der Regen orkanartig auf mich niederprasselte. Für Leute mit steifen Muskeln ist kalter Regen eine Tortur. Eine Folter! Er schmerzt wie Peitschenhiebe. Aber ich wollte nicht aufgeben, selbst wenn die Götter eiergroße Hagelkörner hinunterschleudern sollten. Ich wollte Richtung Süden, und ich wollte so lange weitergehen, bis ich einen sicheren Hof erreichte, um mir ein Pferd zu kaufen, oder starb. Meine Chancen waren nicht mehr sonderlich gut. Ich wußte es. Die Germanen waren noch in der Nähe. Aber im Gegensatz zu den Römern verstanden es die Germanen nicht, einen Sieg zu nutzen. Auch in dieser Beziehung waren sie uns Kelten recht ähnlich. Wir wollen Spaß und kein Weltreich. Das war meine Chance. Ich schöpfte neue Hoffnung. Im Schlamm stieß ich auf einen Ast. Ich richtete mich auf und versuchte nun so schnell wie möglich den Kamm entlangzugehen. Meine Füße wurden dabei immer schwerer. Jeder Schritt forderte Kraft, um die immer tiefer einsinkenden Füße aus dem Dreck zu ziehen. Riesige Lehmklumpen hingen bereits an meinen Sohlen. Plötzlich blieb ich mit meinem berühmten linken Fuß stecken und verlor erneut das Gleichgewicht. Ich rutschte über eine Böschung und rollte wie ein Faß immer schneller einen nicht mehr endenwollenden glitschigen Abhang hinunter. Ich schlug mit den Knien auf einem Felsen auf und landete schließlich kopfüber in einem Bach. Als hätte ich nicht schon genug Wasser gehabt! Das Wasser war trüb, aber es roch nicht faul. Ich hielt dies für einen aufmunternden Wink unserer Wassergötter. Ich tauchte kurz unter und reinigte meinen Hals. Als ich wieder hochkam, sah ich etwas, das an der Wasseroberfläche auf mich zutrieb. Es war unser Dorfältester Postulus. Er lag mit dem Gesicht nach unten im Wasser. In seinem Rücken steckten vier Pfeile. Offenbar hatte man ihn auf der Flucht niedergestreckt. Ich zog ihn ans Ufer und nahm ihm die Insignien seiner adligen Abstammung ab, den Torques, einen aus massivem Gold gefertigten Halsring. Ich legte Postulus eine griechische Silberdrachme für den Fährmann unter die Zunge. Ich hoffte, Onkel Celtillus würde ihn begleiten und der Fährmann würde ihnen beiden einen Becher Falerner anbieten. Bei insgesamt zwei griechischen Silberdrachmen mußte das einfach drin sein.

Am anderen Ufer entdeckte ich die Leiche eines Germanen. In seiner Achselhöhle steckte das Schwert von Postulus. Um mich bei den germanischen Göttern anzubiedern, legte ich auch ihm einen Obolus unter die Zunge. Allerdings nur einen römischen Kupfer-As. Für einen Stehplatz sollte es allemal reichen.

Mein ganzer Körper war von blutigen Schrammen gezeichnet. Das germanische Schwert hatte ich unterwegs verloren, aber Pfeil und Bogen waren mir geblieben. Auch meine beiden Dolche, der Geldbeutel von Onkel Celtillus und der blonde Zopf an meinem Gurt. Instinktiv griff ich nach dem Amulett an meinem Hals. Das Rad des Taranis hing noch an meinem Hals. Ich hielt es fest und erflehte in Gedanken die Hilfe meines Onkels. Aber ich spürte, daß er die Anderswelt noch nicht erreicht hatte. Er war noch unterwegs. Mit dem Fährmann. Zornig blickte ich in den

Himmel hinauf, während sich in der Ferne grollend der Donner entlud. Ich stand bis zur Brust im Wasser, und es schüttete immer noch, als wollten mich die Götter umgehend ersäufen.

»Taranis!« brüllte ich, so laut ich konnte. »Hör endlich mit dieser Scheiße auf!«

Feurige Blitze waren die Antwort. Es war Taranis, der seine gezwirnten Donnerkeile auf die Erde schleuderte. War er unzufrieden, weil ich ihm den Kopf des Germanen nicht geopfert hatte?

»Taranis!« brüllte ich, so laut ich konnte. »Wenn du mein Opfer brauchst, dann nimm mich, aber hüte dich vor Epona, denn ich genieße ihren Schutz!«

Taranis setzte den Himmel unter Feuer. Seine feurigen Donnerblitze zerrissen das finstere Himmelsgewölbe und ließen Mensch, Tier und Baum erzittern. Mühsam entwirrte ich die nassen Lederschnüre, mit denen ich den Geldbeutel von Onkel Celtillus an meinem Gurt befestigt hatte. Ich öffnete den Beutel und nahm ein paar Goldmünzen heraus. Ich streckte sie Taranis entgegen.

»Taranis! Gott der himmlischen Feuer! Deine Donnerblitze bringen uns den Regen, der die Erde befruchtet, damit alles in ihr keimen und wachsen kann. Deine Donnerblitze bringen aber auch Tod und Verderben für Mensch und Tier. Taranis! Gott der himmlischen Feuer, bedenke, daß auch die Sonne brennt, wenn du sie scheinen läßt. Taranis, Herr der Sonne, laß die Sonne wieder scheinen!«

In diesem Augenblick schlug der Blitz krachend in einen Baum ein, der oben an der Böschung stand, und spaltete ihn wie mit einer Axt. Ich fiel vor Schreck rückwärts ins Wasser. Die Goldmünzen flogen durch die Luft. Die Götter bedienten sich selbst. Als ich wieder auftauchte, brannte der vom Blitz getroffene Baum lichterloh. Es schien, als hätten sich die Götter völlig zerstritten. Zornig fegte ein eiskalter Wind über das Land. Die Flüsse verwandelten sich in reißende Ströme und rissen die das Ufer säumenden Bäume mit sich. Und in diesem Inferno hörte ich plötzlich etwas Vertrautes. Es klang leise, bitter und herzzerreißend. Lucia! Sie stand zitternd und bebend am Ufer und bellte kläglich.

Ich befestigte den Geldbeutel wieder an meinem Gurt und schwamm ans Ufer. Lucia ließ mir nicht mal Zeit, mich aufzurichten. Sie sprang jammernd auf meinen Kopf und schleckte mein Haar ab. Endlich konnte ich sie wieder in meine Arme schließen. Wie ich den Geruch ihres nassen Felles liebte! Jaulend befreite sie sich aus meiner Umklammerung und sprang ein paar Schritte davon. Dann blieb sie wieder stehen, schüttelte sich und bellte mich an. Sie wollte mir irgend etwas mitteilen.

Plötzlich hörte ich ganz in der Nähe das Wiehern eines Pferdes. Ich schaute die Böschung hoch. Sorgfältig suchte ich das Ufer ab. Ich blieb auf den Knien und nahm einen Pfeil aus meinem Köcher, legte ihn auf und spannte den Bogen. Kniend würde ich mein Ziel kaum verfehlen. Oberhalb des Ufers war ein Trampelpfad. Von dort kam das Wiehern. Jetzt hörte ich es wieder. Angestrengt suchte ich die Böschung ab. Der Himmel war beinahe schwarz. Die Götter hatten den Tag zur Nacht gemacht.

»Herr! Ich bin's, Wanda.«

Ich erschrak. Einen Steinwurf von mir entfernt erblickte ich Wanda. Sie stand oben auf der Böschung und hielt zwei keltische Pferde am Zügel.

»Beeil dich, Herr, die Germanen fleddern die Toten. Sie werden bald hiersein.« Sie warf mir ein Seil zu und band das andere Ende an einem der vier Sattelhöcker fest. Ich schlang das Seil ein paar Mal um meinen rechten Arm, packte Lucia mit der Linken und ließ mich dann die Böschung hinaufziehen. Da die lehmige Böschung vom Regen aalglatt geworden war, glitten wir förmlich den Hang hinauf. Wanda nahm mich in Empfang und half mir hoch.

»Herr, du bist ja wie aus Stein.«

»So fühl ich mich auch, Wanda, wenn ich nicht bald etwas Wärme kriege, kannst du mich in Massilia als Apollo-Statue verkaufen.«

Sie faltete ihre Hände zu einem Steigbügel zusammen und half mir aufs Pferd.

»Halt dich fest, Herr«, flüsterte sie, meine Klage ignorierend, und reichte mir Lucia nach, die ich quer über den Sattel legte. Offenbar hatten sich die Reitwege bereits in derart tiefe Schlammgruben verwandelt, daß Hunde von Lucias Größe keine Chance mehr hatten vorwärtszukommen. Etwas ungläubig schaute ich zu Wanda hinüber, die nun das zweite Pferd bestieg. Sie war tatsächlich zurückgekommen.

Seite an Seite ritten wir Richtung Süden. Direkt in den Schnabel des gefräßigen römischen Adlers.

II.

Unser Ziel war das Ufer des Rhodanus, kurz bevor er in den Lemannus-See mündet. Dort führt eine Brücke über den Fluß ins Oppidum Genava. Genava ist der Hauptsitz der allobrogischen Kelten. Leider ist das Gebiet der Allobroger mittlerweile römische Provinz.

Am Ufer des Rhodanus würden sich Ende März all jene keltischen Stämme vereinen, die sich vor drei Jahren entschlossen hatten, sich dem großen Zug der Helvetier anzuschließen. Ich hatte den Atlanticus noch nie gesehen, aber Händler hatten mir derart viel darüber erzählt, daß ich in meinen Träumen bereits oft dort gewesen war. Man konnte dort schwimmen, und die Fische waren riesengroß. Die Santonen haben die Sitte, ihnen die Bäuche mit Kräutern vollzustopfen und sie so über dem Feuer zu braten. Man konnte diese Fische angeblich in großer Zahl essen, ohne gleich einen neuen Gurt kaufen zu müssen. Nach alledem, was ich in den letzten Tagen erlebt hatte, überlegte ich nun, ob es für mich nicht gescheiter wäre, im Schutze der helvetischen Stämme an den Atlanticus zu ziehen. Oder sollte ich die Gunst der Götter prüfen und nach Massilia gehen? Auch Massilia lag an einem Meer, am tuskischen oder Unteren Meer, wie man es auch nannte. Auch dort konnte man schwimmen. Und Fische würde es dort auch geben. Ja, mein imaginäres Handelshaus in Massilia hatte mittlerweile mächtige Wurzeln geschlagen. Aber nachdem ich siebzehn Jahre unter einem Baum verbracht hatte, mußte ich erst einmal lernen, selber Entscheidungen zu treffen. Ich war unschlüssig, und der von Hufen plattgedrückte Frosch am Wegesrand war mir auch keine Entscheidungshilfe, obwohl ihm die Weichteile vieldeutig aus dem Bauch hervorgequollen waren. Jaja, es ist schon erheiternd, wie wir Menschen uns ständig den Kopf über Dinge zerbrechen, die die Götter längst entschieden haben. Aber waren die Götter nicht auch sehr launisch? Und war es nicht auch möglich, daß sie mich manchmal aus den Augen verloren und ich in dieser Zeit mein Schicksal selbst bestimmen konnte?

Schweigend ritten Wanda und ich Seite an Seite die aufgeweichten Trampelpfade entlang. In der Nacht machten wir nur eine kurze Rast in einer Höhle. Bereits in den frühen Morgenstunden ritten wir weiter. Taranis war offenbar wieder eingefallen, daß er nicht nur für Blitz und Donner zuständig war, sondern auch für die Sonne. Es ist schon erstaunlich, wie ein paar keltische Goldschüsselchen und massilianische Silberdenare das Gedächtnis eines Gottes wieder auffrischen können. Aber ist es andererseits nicht ein bißchen schäbig, daß man selbst Götter mit ein paar Münzen bestechen kann? Ich meine das durchaus ernst. Mir war nicht mehr zum Scherzen zumute. Wir waren müde, erschöpft, das Gesäß auf dem nassen Sattel wundgescheuert, doch die Angst vor den Germanen trieb uns weiter. Wir wußten, daß es die Germanen nicht eilig hatten. Es war ihnen egal, ob alle keltischen Oppida von ihrem Einfall erfuhren und die Bewohner rechtzeitig das Weite suchten. Die Germanen wollten jagen und plündern, irgendwann ihre Familien nachkommen lassen und ihnen das leergefegte Siedlungsgebiet der Rauriker und Helvetier zuweisen.

Gegen Mittag erreichten wir das Oppidum der helvetischen Tiguriner. Es lag auf einem Hügel zwischen einem kleinen und einem großen See. Eine Holzbrücke führte über einen breiten, mit Regenwasser und Abfällen gefüllten Graben. Hinter der Brücke lag ein steil aufgeschütteter Erdwall, auf dem eine solide Brustwehr errichtet worden war. Überall standen bewaffnete Krieger, Bogenschützen und Schleuderer in Alarmbereitschaft. Es bestand kein Zweifel, daß die Tiguriner über die letzten Ereignisse bereits in Kenntnis gesetzt worden waren. Wir wurden freundlich begrüßt. Doch als die Wachen erfuhren, daß wir die letzten Überlebenden eines raurikischen Hofes waren, kannte ihre Begeisterung keine Grenzen mehr.

»Das muß Korisios sein!« schrie jemand.

»Er trägt einen germanischen Bogen!« jauchzte ein anderer und stieß grelle Laute aus.

»An seinem Gurt hängt ein Germanenzopf!« lachte ein Bogenschütze, und alle schrien begeistert auf. Dutzende von Händen wollten mich berühren, als sei ich eine der zahlreichen hölzernen Statuen, die wir Kelten manchmal in den Mooren versenken. Und in der Tat fühlte ich mich ziemlich hölzern. Aus eigener Kraft hätte ich nicht mehr vom Pferd steigen können.

»Wo ist Basilus?« fragte ich laut.

»Er hat uns erzählt, wie du den germanischen Fürsten getötet hast!« schrie ein Greis. Er hob bebend seinen Stock und griff sich mit der anderen Hand ans Geschlecht. Das mußte wohl ein sehr alter Brauch sein. Wieder schrien alle meinen Namen und ließen mich und meine Nachkommen hochleben. Dabei hatte ich in diesem Augenblick nicht den geringsten Wunsch, irgendwelche Nachfahren zu zeugen. Ich wollte nur von diesem Gaul runter und meine steifen Glieder wärmen. Ich beugte mich tief über den Hals meines Pferdes und bat einen Krieger, mich vom Pferd runterzunehmen. Er half. Doch kaum hatte ich den Boden berührt, ließ er mich los. Er hatte nicht damit gerechnet, daß ich wie eine entwurzelte Rotbuche umkippen würde. Mir wurde kotzübel und schwarz vor den Augen, und all die Stimmen schienen plötzlich in weite Ferne zu rücken.

Als ich wieder zu mir kam, stand ich wieder auf den Beinen. Links und rechts wurde ich von zwei Kriegern gestützt, die nach Zwiebeln und Bier stanken.

»Wanda!« Beruhigt stellte ich fest, daß sie hinter mir her ritt und mein Pferd am Zügel hielt. Ihr Gesichtsausdruck war irgendwie beleidigend. Keine Begeisterung, keine Bewunderung, einfach nichts. Die beiden Männer, die mich stützten und mir dabei beinahe die Arme verrenkten, bahnten mir einen Weg durch die Menge. Überall standen bereits bepackte Wagen herum, Schafe blökten, aufgescheuchte Hühner suchten laut gackernd und mit heftigem Flügelschlag einen Fluchtweg, grunzende Schweine wühlten im Schlamm abseits des Weges, Dutzende von abgemagerten Hunden huschten auf der Suche nach Abfällen herum, aber Lucia wich keinen Schritt von meiner Seite.

»Wo ist Basilus?« fragte ich nochmals.

Jemand schrie, man solle mich zu Basilus bringen. Ich war erleichtert. Offenbar lebte er noch. Dankbar ließ ich mich von der Menge begleiten und führen. Das Oppidum war viel größer als das der Rauriker am Knie des Rhenus. Breite Straßen trennten den Wohnbereich mit den zahlreichen Langhäusern von den Gewerbe- und Handelszonen.

Mein einziger Wunsch war, Basilus zu sehen und dann in ein mit heißem Wasser gefülltes Faß zu steigen, um endlich meine Muskeln zu entspannen, die bereits so hart waren wie die Seile eines syrakusischen Torsionskatapults. Aber offenbar war dies der Preis des Ruhms! Ich gehörte der Öffentlichkeit! Ich wurde wie ein großer Krieger gefeiert, der vom Schlachtfeld zurückgekommen war. Ich bat meine Helfer, endlich meine Arme loszulassen. Es paßte nicht ganz zum Bild eines Helden. So wollte ich Basilus nicht gegenübertreten. Mit leicht rudernden Armbewegungen kämpfte ich mich weiter durch die Menge, die eine schmale Gasse bildete und mir so den Weg wies. Das ewige Schulterklopfen war schon in Ordnung, aber ich kam dabei jedes Mal ins Straucheln.

Natürlich mußte ein vom Kampf gezeichneter Kelte mit einem germanischen Bogen und einer bildhübschen germanischen Sklavin zunächst einmal seine Geschichte zum besten geben. Ich machte dabei eine interessante Erfahrung: Je öfter eine Geschichte erzählt wird, desto besser wird sie. Mittlerweile hatte der von mir im fairen Zweikampf besiegte Germane noch einen Zwillingsbruder erhalten, und wenn Wanda mich nicht diskret mit dem Fuß geschubst hätte, wäre eine weitere Zugabe durchaus möglich gewesen – ich schwöre bei den Göttern, daß meine Geschichte noch besser geworden wäre als die gesammelten Werke der griechischen und römischen Literatur zusammen.

Es ist schon eine seltsame Welt, in der man wegen einer Gehbehinderung den Männern Ariovists entkommt und dabei noch unfreiwillig einen germanischen Fürsten umbringt, weil man nicht rechtzeitig zur Seite springt. Keltische Götter haben Humor. Wirklich! Ich warf Lucia, die gerade wieder aufjaulte, weil ihr jemand auf die Pfoten trat, einen kurzen Blick zu. Ich war stolz und gerührt zugleich, daß sie mir derart treu beigestanden hatte. Es gibt nur wenige Menschen, auf die man sich so verlassen kann. Die meisten werden in der Not unsichtbar.

Plötzlich verstummten die Stimmen. Vor uns teilte sich die Menge. Die Leute wichen so weit zurück, daß zwei Ochsenkarren aneinander hätten vorbeifahren können. Vor mir stand ein stolzer, alter, bärtiger Mann in einem prächtigen keltischen Kettenhemd. Am Hals trug er einen kunstvoll verzierten Torques aus massivem Gold. Er hatte eine sehr hohe, breite Stirn, von der Sonne gebräunt, unter den buschigen Brauen funkelten große, aufmerksame Augen. Der Wind spielte mit seinem Haar, und man hatte fast den Eindruck, vor einem Gott zu stehen. Er soll damals bereits über achtzig Jahre alt gewesen sein! In diesem Augenblick war auch ich davon überzeugt, daß die Götter ihm ein so langes Leben geschenkt hatten, damit er uns an den Atlanticus führte. Ich war tief bewegt. Vor mir stand Divico, Fürst der Tiguriner, dem mächtigen Gau der Helvetier, Divico, ein Held, der bereits zu Lebzeiten zur Legende geworden war, weil er vor rund fünfzig Jahren eine römische Legion zerschmettert hatte. Aber wie die Germanen hatte auch er es nicht verstanden, diesen Sieg zu nutzen.

»Sei gegrüßt, großer Divico, Bezwinger des Konsuls Lucius Cassius, Held der Garumna, Fürst der Tiguriner und Führer der Helvetier!« versuchte ich mit einigermaßen kräftiger und lauter Stimme zu sagen. Für keltische Verhältnisse war meine Aufzählung eher knapp. Wir Kelten schätzen nichts so sehr wie Lob, das öffentlich vorgetragen wird. Entsprechend nachtragend sind wir bei der kleinsten Form von öffentlicher Beleidigung. Ich reichte Divico als erstes den goldenen Torques von unserem Postulus.

»Er gehörte Postulus, dem Ältesten unseres Hofes.«

Divico nahm den Torques und musterte mich neugierig.

»Zeig mir dein Messer, Korisios!«

Ich war überrascht. Er kannte meinen Namen und wollte mein Messer sehen. Ich reichte es ihm. Er schaute es kurz an. An der Klinge klebte noch getrocknetes Blut. Als er hochsah, reichte ich ihm auch das Opfermesser.

Auch am Opfermesser klebte noch Blut. Jetzt trat ein weiterer Mann an die Seite von Divico. Ein Druide, den ich noch nie gesehen hatte. Er war groß und hager, seine Wangen waren tief eingefallen. Das gekräuselte lange Barthaar war schwarz und hatte nur vereinzelte weiße Haare. Er betrachtete das Opfermesser, roch daran und fuhr mit dem Finger über die blutverkrustete Klinge. Dann nickte er Divico zu.

»Korisios, Krieger aus dem Stamm der Rauriker, an diesem Messer klebt das Blut des Ochsen und das Blut der Sueben. Du bist der Mann, von dem der Druide Santonix sagt, er wolle Druide werden. Aber die Götter haben dich dazu auserkoren, den Adler zu zerschmettern. Ich werde unser Volk an den Atlanticus führen, und du wirst den Adler zerschmettern.« Er schaute kurz auf Lucia hinunter. Zugegeben, Basilus hatte mir ohne Zweifel einen kleinen Gefallen erweisen wollen, als er den Tigurinern von den

Prophezeiungen des Santonix und von meiner Heldentat erzählt hatte, aber allmählich hatte ich den Eindruck, daß Basilus seine Geschichte etwas zu stark ausgeschmückt hatte.

Divico musterte Wanda und fragte mich: »Wer ist dieses Weib?«

»Das ist meine Frau«, antwortete ich. Im selben Augenblick hätte ich mir den Schnurrbart ausreißen können. Wenn ich eine Frau hatte, konnte ich nicht mehr Druide werden. Wanda zeigte keine Gefühlsregung.

»Bringt ihnen heißes Wasser und frische Kleider«, befahl Divico den Umstehenden. Er musterte mich eindringlich, als wolle er prüfen, ob ich ihn beschummelt hatte. Ich wagte nicht mehr nach Basilus zu fragen. Wenn Divico ein Bad befahl, dann hatten wir ein Bad zu nehmen.

Ich kniete in einem Faß und hatte beide Arme auf dem Rand aufgestützt, der mit einem Fuchsfell gepolstert war. Die Frau des Faßbinders kam mit einem neuen Eimer heißen Wassers. Ich legte meinen Kopf auf die verschränkten Arme und schloß die Augen, während mir das Wasser über Kopf und Schultern floß. Langsam ließ der ziehende Schmerz in meinen Muskeln nach. Allmählich konnte ich wieder die Glieder strecken, ohne gleich befürchten zu müssen, die Muskulatur würde zerreißen. Ich nahm das runde Amulett in die Hand und küßte es. Ich glaube, Taranis hat mich beschützt, so wie er auch Onkel Celtillus beschützt hatte. Vielleicht hatten Regen, Blitz und Donner nur den Sueben gegolten. Es ist auch für einen Gott nicht einfach, ein derartiges Orchester von Naturgewalten zu dirigieren, ohne daß der eine oder andere Schützling dabei übersehen wird. Man muß auch Verständnis haben für seine Götter!

Ich war im offenen Langhaus der Familie des Turio, des Faßbinders. Nach hinten war das Langhaus offen und führte direkt in die Werkstatt. Es war angenehm warm, weil seine Leute in der Werkstatt zugeschnittene Faßdauben über dem Dampf bogen. In der Mitte des Wohnraumes waren mächtige Pfeiler, die tief im Boden versenkt waren. Dazwischen war eine große Feuerstelle, über die ein neuer Kessel mit Wasser gehängt wurde. Der heiße Dampf verteilte sich unter dem hohen Strohdach. An den mit Lehm verkleideten Flechtwerk-Wänden hingen farbige Stoffe. Darunter waren mit Hundefellen ausgelegte Erdpodeste, die als Schlafstätte oder als Sitzgelegenheit dienten.

Lucia wurde von einer Horde Kinder gewaschen und geschrubbt. Doch ihr ganzes Interesse galt den Knochen und Fleischresten, die man ihr vorlegte.

Und plötzlich stand er vor mir, mein Freund Basilus. Seine Augen leuchteten wie zwei fröhliche Monde in der Nacht. Den nackten Oberkörper hatte er in Bauchnabelhöhe mit schmalen Leintüchern umwickelt. Unter dem blutdurchtränkten Verband ragten Stiele von irgendwelchen Blättern und Kräutern hervor. Wir strahlten uns einfach an, mit weit offenem Mund, als könnten wir uns gar nicht satt sehen aneinander. Wir hatten beide den Schalk in den Augen. Wir hatten den Sueben ein Schnippchen geschlagen. Unvermittelt kicherte er und sagte: »Komm, Korisios, erzähl mir die Geschichte vom Zweikampf.«

»Du kennst sie doch besser als ich. Du hast sie ja bereits allen erzählt«, schmunzelte ich. Basilus grinste über beide Ohren und prustete vor Aufregung plötzlich laut los. Und ich erzählte wieder von vorne. Ich war gerade dabei, erneut meinen abenteuerlichen Zweikampf zu schildern, als der Druide Diviciatus den Raum betrat. Sofort wurde es still. Die Kinder stoben davon. Man hatte wirklich das Gefühl, eine göttliche Kraft hätte den Raum betreten. Man konnte es körperlich spüren. Dieser Diviciatus war kein gewöhnlicher Mensch, er war ein Mittler zwischen Himmel und Erde. War man ihm nahe, war man den Göttern nahe. Aber irgend etwas an ihm gefiel mir nicht. Ich spürte seine göttliche Kraft, aber ich spürte auch, daß er damit

Schlechtes tun konnte. Ich weiß nicht, warum. War es diese Bitterkeit in seinen Mundwinkeln, der Hader in seinen Augen? Ja, wenn ich ihn so ansah, machte er eher den Eindruck einer stark behaarten, langgezogenen Dattel, die das Schicksal ausgedörrt hatte. Verwirrt wich ich seinem Blick aus. Hatte er meine Gedanken gelesen? In der Hand hielt er eine schön gebogene Tonschale, die mit abstrakten Tiermustern versehen war. Auch in der Kunst nehmen wir es mit der Realität nicht so genau.

»Ich bin Diviciatus, Druide und Fürst der Häduer.«

Er trat ein paar Schritte vor und fühlte mit der Hand die Wärme meines Badewassers. Dann goß er den Inhalt der Schale hinein und vermischte ihn, indem er mit dem Arm ein paar Ruderbewegungen machte. Daß dabei die langen Ärmel seiner mit goldenen Stickereien verzierten Tunika naß wurden, schien ihn zu ärgern. Er war halt mehr Adliger als Druide.

»Das Feuer, das du nun spüren wirst, wird das Eisen in dir zum Schmelzen bringen.« Dann murmelte er irgendwelche Verse, die ich aber leider nicht verstand. Ich hoffe, die Götter haben ein besseres Gehör. Diviciatus legte seine rechte Hand auf meine Schulter und blickte ins Leere. Ich erzitterte, denn meine Haut ist wesentlich empfindlicher als die anderer Menschen. Aber da war noch etwas anderes. Diviciatus hatte sehr große Hände, mit schmalen, langen Fingern. Man sah ihnen an, daß sie noch nie schwere Arbeiten verrichtet hatten. Die Haut war geschmeidig wie eingefettetes Leder. Über diese Hände schien etwas Wunderbares in mich hineinzufließen. Ich schwor mir, nie mehr spöttisch oder schlecht über ihn zu denken, denn es war die Kraft der Götter, die durch seine Hände floß.

»Ich danke dir, Diviciatus, großer Druide der Häduer«, murmelte ich ehrfürchtig und hielt den Kopf demütig gesenkt.

Hinter Diviciatus hatte Divico das Langhaus betreten. Dem Gesetz nach war er zwar mächtiger als ein Druide, aber er hätte ohne die Zustimmung eines Druiden nichts entscheiden können. Hätte er etwas Entscheidendes befohlen, wir hätten alle fragend den Druiden angeschaut. Die heimlichen Könige der Kelten sind die Druiden. Die richtigen Könige bringen wir um.

Diviciatus murmelte etwas, das ich nicht verstand, und nahm dann seine Hand von meiner Schulter. Er lächelte und gab mir damit zu verstehen, daß der heilige Akt beendet war und wir nun miteinander sprechen konnten. Sein Lächeln hatte etwas Versöhnliches. Vielleicht hatte er mir auch meine Gedanken verziehen. Ein weiser Mann wie Diviciatus weiß bestimmt, wie er auf andere Menschen wirkt.

»Danke, Diviciatus, großer Fürst und Druide der Häduer. Ich habe schon viel von dir gehört. Man sagt, du hättest vor drei Jahren sogar vor dem Senat in Rom gesprochen und wärst Gast beim Redner Cicero gewesen.«

Der Druide Diviciatus gehörte, im Gegensatz zu seinem impulsiven Bruder Dumnorix, zur prorömischen Partei der Häduer. Obwohl Diviciatus in bewährter Druidenmanier keine Regung zeigte, wußte ich ganz genau, daß es ihn freute, daß sein Senatsauftritt in Rom bis zu unserem Hof am Knie des Rhenus durchgedrungen war.

»Ich habe mich bei meiner Rede vor dem römischen Senat auf meinen Schild gestützt und das Angebot, mich zu setzen, abgelehnt«, antwortete Diviciatus.

Für einen Römer mag eine solche Aussage ziemlich trivial und langweilig sein, ja vielleicht sogar lächerlich klingen, aber für uns Kelten bedeutet sie sehr viel. Diviciatus wollte damit sagen, daß er nicht als Druide, sondern als Abgesandter und Fürst der Häduer nach Rom gereist war.

»Sind die Römer tatsächlich so, wie es uns die Händler immer erzählen?« fragte Basilus aufgeregt.

Immer mehr Menschen drängten sich hinter Diviciatus und Divico zusammen. Sie hielten jedoch Abstand zu dem heiligen Mann, als hätte man ihn mit unsichtbaren Seilen abgeschirmt.

»Rom ist der Freund der keltischen Stämme«, antwortete Diviciatus, »wir Häduer sind der erste keltische Stamm, der mit Rom ein Bündnis geschlossen hat. Wer also Klient des häduerischen Volkes wird, genießt den Schutz Roms. Und Rom allein kann uns im Kampf gegen die südwärts ziehenden Germanen helfen.«

Den Gesichtern der Anwesenden konnte man unschwer ablesen, daß nicht alle seiner Meinung waren. Ich faßte mir ein Herz und versuchte zaghaft ein etwas heikles Thema anzusprechen: »Diviciatus, Druide und Fürst der Häduer. Vor einigen Jahren haben die keltischen Sequaner den germanischen Suebenfürsten Ariovist über den Rhenus geholt, um Krieg gegen euch zu führen. Bei Admagetobriga habt ihr den Sequanern und Ariovist eine heldenhafte Schlacht geliefert.« Da alle Umstehenden wußten, daß Ariovist den Häduern eine vernichtende Niederlage bereitet hatte, war es nicht nötig, dies zu erwähnen.

»Wieso ist Rom den Häduern nicht zu Hilfe geeilt?« fragte ich mit gespielter Naivität. Ich hatte mir wirklich Mühe gegeben, die Frage demütig und höflich zu stellen, aber ich sah den Leuten an, daß ich eine ziemliche Frechheit begangen hatte.

Diviciatus schwieg. Basilus grinste über beide Ohren.

»Rom hatte einen Freundschaftsvertrag mit den Häduern«, polterte Divico los und trat näher an mein Faß. Ich war überrascht. Soviel Temperament hätte ich dem Alten gar nicht zugetraut. »Rom hätte euch gegen Ariovist beistehen müssen!« schrie Divico. »Du warst sogar in Rom, um persönlich Roms Bündnispflicht einzufordern. Und was haben sie dir geantwortet?«

»Ich solle mich an den Prokonsul Metellus Celer wenden«, antwortete Diviciatus stolz.

»Und er hat euch im Stich gelassen!«

»Der Prokonsul, ja, aber nicht Rom!« beharrte Diviciatus.

Trotz seiner Erregung hatte Divico das Problem elegant

umschifft, so daß es an mir lag, voll ins Fettnäpfchen zu treten.

»Statt euch gegen Ariovist beizustehen, hat Rom dem Aggressor Ariovist den Titel ›rex atque amicus‹ verliehen«.

Divico lachte kurz auf: »Korisios hat recht, das war Rom und nicht der Prokonsul Metellus Celer!«

Diviciatus ließ sich nicht anmerken, daß er mich am liebsten in meinem Faß ersäuft hätte. »Du weißt viel, Korisios, aber spricht der Fischer nachts über das Eisen?«

Damit gab er mir zu verstehen, daß ich über Dinge sprach, von denen ich nicht die geringste Ahnung hatte. Er rümpfte verächtlich die Nase und sprach weiter: »Die Häduer haben gelernt, sich zu biegen wie die Weide im Wind. Dank Rom haben wir unsere Stellung in Gallien behaupten können. Die Arverner im Süden haben ihre Vormachtstellung eingebüßt, und die Sequaner im Nordosten gehen an ihrem Freund Ariovist zugrunde. Wer in Gallien herrschen will, braucht einen starken Verbündeten. Deshalb bin ich unterwegs zum Prokonsul Metellus Celer.«

»Da wirst du aber lange unterwegs sein, Druide!« krächzte jemand mit einer ziemlich abscheulichen Rabenstimme auf lateinisch. »Metellus Celer ist tot.«

Alle Anwesenden drehten sich um. Vor dem Langhaus stand ein etwa dreißigjähriger Mann.

»Wer bist du?« fragte Divico in griechischer Sprache.

»Ich bin Quintus Aelius Piso, römischer Bürger und Klient des hochverehrten Lucceius«, antwortete Piso. Auch er sprach Griechisch.

»Und was suchst du im Lande der Helvetier?« fragte Divico.

»Ich folge den Schuldnern meines Patrons«, lachte Piso, und seine Gefolgsleute, vermutlich griechische Sklaven, stimmten in das eher stupide Gekicher ein.

»Und wer sind die Schuldner deines Herrn?« fragte Divico und musterte diesen Piso und seine Gefolgsleute geringschätzig.

»Wer viel Geld hat, hat viele Schuldner. Aber unser größter Schuldner ist in Gallien. Es ist der Nachfolger von Metellus Celer«, antwortete Piso, und sogleich kicherten wieder alle seine Begleiter.

»Und wie heißt er?«

»Gaius Julius Cäsar.«

Diviciatus schien nun doch etwas betrübt. Schließlich war dieser Gaius Julius Cäsar jener Mann gewesen, der den Häduern trotz Freundschaftsvertrag jegliche Hilfe gegen den Aggressor Ariovist verweigert und wenig später ausgerechnet diesem Ariovist den Titel »König und Freund des römischen Volkes« verliehen hatte. Alle Blicke waren nun auf den Druiden Diviciatus gerichtet. Er mußte darauf antworten. Diviciatus schwieg eine Weile. Schließlich wandte er sich an Divico und sprach mit dem ganzen Stolz und der Überheblichkeit des keltischen Druiden: »Divico, das Rom, das du besiegt hast, existiert nicht mehr. Wir leben in Frieden mit Rom. Rom nimmt seine Verträge ernst.«

»Welche Verträge meinst du?« krächzte Piso erneut. »Meinst du den Freundschaftsvertrag mit den keltischen Häduern oder den Freundschaftsvertrag mit den germanischen Sueben?« Sein Gefolge lachte wieder dümmlich. Offenbar war dies für sie das größte Vergnügen.

»Großer Divico«, wandte sich Piso nun an den greisen Fürsten der Tiguriner, »ihr solltet auch einen Freundschaftsvertrag mit Rom abschließen. Dann seid ihr die Herrscher am Atlanticus, und viele gallische Stämme werden eure Klienten werden. Für einen solchen Vertrag braucht ihr nur einen Fürsprecher in Rom.«

Divico schwieg. Piso krächzte weiter: »Großer Divico, die Zeiten, in denen man mit ein paar tausend Leuten durch die Gegend spazieren und ein paar Legionären den Arsch aufreißen konnte, sind vorbei. Die Welt besteht jetzt aus Grenzen. Verträge sichern diese Grenzen. Verträge bieten Schutz und Sicherheit. Verträge sind wertvoll. Deshalb sind sie auch so teuer. Der Ägypterkönig Ptolemaios XII. hat Cäsar und Pompeius für einen solchen Vertrag 144 Millionen Sesterzen geschenkt. Ihr Kelten, ihr seid das Volk des Goldes! Ihr habt doch genug Gold, um den besten aller Verträge abzuschließen! Folgt dem Beispiel des Ägypters. Er hat bei meinem Herrn Lucceius eine Anleihe aufgenommen.«

Obwohl Divico dieser personifizierten Ausgeburt von Charakterlosigkeit und moralischer Verkommenheit am liebsten den Kopf abgeschlagen hätte, begriff er sofort, daß Piso über wertvolles Wissen und große Möglichkeiten verfügte. Man sah Divico an, daß er sich mächtig beherrschen und überwinden mußte: »So sei mein Gast, Römer, und laß dich in meinem Haus bewirten.«

Man kann uns Kelten eine Menge nachsagen, aber die Gastfreundschaft ist ein hohes Gut. Es wäre unhöflich gewesen, den Römer stehend im Freien in ein längeres Gespräch zu verwickeln, ohne ihm Speis und Trank unter dem eigenen Dach anzubieten. Na gut, die Einladung hatte auch den Vorteil, daß nicht jeder mithören konnte.

Divico schaute kurz zu mir rüber und nickte mir und Basilus ebenfalls zu. Das war eine Einladung keltischer Art. Er zollte damit den beiden einzigen Überlebenden unseres Dorfes seine Achtung. Die Menge löste sich auf. Einige tuschelten über den romfreundlichen Häduer-Druiden Diviciatus, andere lobten seinen Bruder Dumnorix, einen eingefleischten Romhasser, der die Tochter des verstorbenen Orgetorix geheiratet hatte, und wieder andere tauschten Beobachtungen über den Flug der Vögel aus, der angeblich nichts Gutes verhieß. Ich war begeistert. Basilus auch. Wir hatten stets von Massilia geträumt, aber jetzt hatten wir plötzlich den Duft von römischen Senatorentogen, Sesterzen und Intrigen geschnuppert.

Divicos Langhaus war das Langhaus eines keltischen Fürsten. Es war prunkvoller als alles, was ich jemals zu Gesicht bekommen hatte. An den Wänden hingen farbige

Stoffe mit Mustern, die ich noch nie gesehen hatte. Die Erdpodeste waren teilweise mit Bärenfellen ausgelegt. Wir saßen in einem weiten Kreis auf dem mit frischem Stroh bedeckten Boden. Divico selbst saß auf einem Löwenfell, das ihn bestimmt eine Menge gekostet hatte. Hinter ihm stand sein persönlicher Schildträger. An den Wänden hingen kostbar verzierte Schwerter und römische Feldzeichen und Adler, Kriegsbeute von seinem legendären Sieg an der Garumna. Ein römischer Sklave reichte Divico einen vergoldeten Kelch aus massivem Silber. Er war mit Wein gefüllt. Divico nahm einen Schluck und reichte den Kelch dem Tigurinerfürsten Nammejus. So machte der Weinkelch die Runde, bis ihn der Sklave erneut auffüllte. Mittlerweile hatten sich noch andere Tiguriner zu uns gesellt, Druiden und Adlige aus Divicos Führungsstab.

»Trinkt ihr den Wein immer unverdünnt?« Piso hielt den Weinkelch hoch und schaute fragend in die Runde. Der Druide Diviciatus trank Wasser und schwieg. Wenn diesem Römer der Wein nicht schmeckte, dann hielt er gescheiter den Mund. Alles andere war eine Beleidigung. Divico gab dem Sklaven einen Wink, dem römischen Gast verdünnten Wein einzuschenken. Dieser Quintus Aelius Piso war sich offenbar gar nicht bewußt, daß er mit dieser Geste seinen Gaststatus aufhob! Das konnte ihn den Kopf kosten! Divicos römischer Sklave goß gesiebten Wein aus der schmalen Amphore in einen Kupferkessel und fügte Wasser hinzu. Dann nahm er eine hölzerne Schöpfkelle und verrührte Wasser und Wein. Piso tauchte seinen Becher in den Krug und trank nun verdünnten Wein. Divico murmelte, daß wir Kelten keine Weiber seien, die den Wein verdünnen würden. Mit dieser Beleidigung gab Divico den Umstehenden bekannt, daß er Piso nicht mehr als Gast betrachtete. Der Römer hatte jetzt seinen eigenen Wein in seinem eigenen Kelch und kippte ihn wie eine verschimmelte Druidenmixtur hinunter.

»Erzähl, Römer, was sagt man in Rom?«

Piso setzte ein scheinheiliges Lächeln auf und erzählte beflissen den neuesten Klatsch aus Rom und Umgebung: »Lucius Piso, mit dem ich übrigens nicht verwandt bin, und Aulus Gabinius haben ihr Konsulatsjahr angetreten. Und Metellus Celer, der Statthalter der römischen Provinz Gallia Narbonensis, ist überraschend gestorben. In Rom sagt man, er sei vor Kummer gestorben, weil kein gallischer Stamm ihn angegriffen hat. Er hätte so gerne einen Vorwand gehabt, um gegen das reiche Gallien in den Krieg zu ziehen. Böse Zungen behaupten sogar, seine Hure Clodia hätte ihn umgebracht. Clodia ist die Schwester von Clodius, und Clodius ist Roms größter Bandenführer. Mit seiner Gladiatorentruppe terrorisiert er nachts mißliebige Senatoren. Clodius ist übrigens ein enger Freund Cäsars! Er frißt Cäsar aus der Hand. Jaja, der arme Metellus Celer! Jetzt kann der neue Prokonsul Julius Cäsar die Hure Clodia sogar im Bett eines Metellus Celer reiten! Ihr wißt ja, in Rom sagt man, Crassus hat das Geld, Pompeius die Macht, aber Cäsar den größten Schwanz.«

Niemand schien das komisch zu finden.

»Und dieser Gaius Julius Cäsar erhält nun die Provinz dieses Metellus Celer?« fragte Divico ungeduldig. Divicos zunehmend strenger Tonfall hatte Piso verwirrt. Er schaute zu mir rüber. Ich antwortete ihm mit dem steinernen Blick eines alten Druiden. Stumm.

»So ist es, Divico. Der neue Statthalter heißt Gaius Julius Cäsar«, antwortete Piso.

Divico lachte lauthals und ließ sich vergnügt den Becher nachfüllen: »Dieser Weiberheld Julius Cäsar, der mehr in fremden Senatorenbetten als auf dem Schlachtfeld von sich reden macht? Da werden sich Roms Ehemänner aber freuen, wenn er die Hauptstadt verläßt.«

»Das ist richtig, Divico«, schmunzelte Piso, »aber Gaius Julius Cäsar ist nicht nur der größte Weiberheld Roms, er ist auch der größte Schuldner. Schuldner bringen Zinsen, aber sie sind gefährlich. Denn sie brauchen stets Geld. Und alle Gläubiger sind darauf bedacht, daß ihre Schuldner wieder zu Geld kommen...«

Einer jener vornehmen Fürsten, die bis jetzt schweigsam und stolz zugehört hatten, meldete sich zu Wort. Nammejus galt nach Divico als wichtigster Mann der Helvetier.

»Was hat Gaius Julius Cäsar Rom denn geboten außer Zirkusspielen, Wagenrennen und Tierhetzen?«

»Zirkusspiele, Wagenrennen und Tierhetzen!« lachte Piso und fügte hinzu: »Eine Menge betrogener Ehemänner und entjungferter Töchter.«

Divico röhrte, damit es auch jene hören konnten, die möglicherweise im Freien lauschten: »Genügt das, um in Rom Konsul zu werden?«

»Es hat genügt«, antwortete Piso, »aber der große Divico sollte Cäsar nicht unterschätzen. Bevor Cäsar Konsul in Rom wurde, war er Proprätor in Hispania ulterior. Da er nach seiner Wahl aber immer noch zwanzig Millionen Sesterzen Schulden hatte, durfte er Rom nicht verlassen und konnte seine Statthalterschaft in Spanien erst gar nicht antreten. Ohne Crassus' Bürgschaft wäre Cäsar seinen Gläubigern nicht entkommen. Er ging mit zwanzig Millionen Schulden nach Spanien! Und wie kam er nach Rom zurück? Als steinreicher Mann! Gut, er hat dann alles wieder ausgegeben und sich bis über beide Ohren neu verschuldet... Ich will damit sagen, wenn Cäsar eines Tages Gallien verläßt und nach Rom zurückkehrt, wird er reicher sein, als es Crassus jemals gewesen ist! Und Gallien ...?«

Alle schwiegen betreten. Piso genoß die Aufmerksamkeit ausgiebig, bevor er seinen Schlußsatz sagte: »Deshalb, großer Divico, sind Verträge mit Rom so wichtig.«

»Wenn uns dieser Weiberheld angreifen will, soll er es tun. Bei uns ist es nicht üblich, den Frieden mit Gold zu erkaufen. Wir wünschen den Frieden. Aber wir kaufen ihn nicht.«

Piso verzog das Gesicht zu einem gequälten Grinsen: »Großer Divico, ganz Rom weiß von eurem Mut, denn ihr lebt in Nachbarschaft zu den Germanen. Und jedes Jahr liefert ihr Tausende von germanischen Sklaven nach Rom. Aber unterschätzt Cäsar nicht. Er hat sich in Spanien nicht nur bereichert. Er hat sich dort so viele militärische Verdienste erworben, daß ihm der Senat einen Triumphzug gestattet hat.«

Divico winkte geringschätzig ab und trat nach einem Huhn, das sich zu nahe an den Schweinebraten wagte, den seine Sklaven nun auf Bronzetabletts herbeitrugen und auf den kniehohen Holztischen absetzten. »Ich habe von Händlern gehört, Cäsar hätte in Spanien die kleinen Bergstämme ausgerottet. Aber wenn er sich in das Land vorwagt, das er Gallien nennt, wird er den Tod finden. Denn dieses Gallien ist das Land der Kelten!«

Diviciatus war sichtlich betrübt über den Verlauf des Gesprächs. Er wünschte Frieden mit Rom. Frieden um fast jeden Preis. Denn nur Rom konnte ihn wieder zum Führer der Häduer machen, ihm zu jener Stellung verhelfen, die er wegen Roms Verrat Stück für Stück an seinen romfeindlichen Bruder Dumnorix verloren hatte. Piso bat, daß man seinen Wein noch mit mehr Wasser verdünne. Seine Zunge war schwer geworden: »Cäsar hat Spanien geplündert, um bei Crassus seine Schulden zu begleichen. Er wird in Gallien das gleiche tun.«

Diviciatus nahm Cäsar in Schutz und beteuerte, daß sich die Zeiten geändert hätten. Niemand hörte ihm richtig zu. Auch ich glaubte ihm kein Wort mehr. Ein Sklave trug den kulinarischen Höhepunkt auf, einen Schweinerücken, der über dem Feuer gegrillt worden war. Divico gebührte nach alter Sitte das beste Hüftstück. Sein Führungsanspruch war unbestritten. Bei Gelagen mit ebenbürtigen adligen Kriegern konnte es schon mal vorkommen, daß sich zwei um das Hüftstück stritten und sich dabei umbrachten. Es ging natürlich nicht um das Fleisch, sondern um die öffentliche Bestätigung der Führungsrolle. Der Römer sah mit Befremden, wie wir mit den Händen die großen Fleischstücke auseinanderrissen und gierig verschlangen.

Als vornehmer Römer war er es gewohnt, daß ihm ein Sklave das Fleisch in mundgerechte Portionen vorschnitt, da man auf einem Liegesofa kein Besteck benutzen konnte. Basilus und ich griffen kräftig zu. Die goldbraune Kruste duftete nach Liebstöckel, gestampftem Pfeffer und Fenchelsamen. Basilus und ich wechselten zufriedene Blicke und verschlangen das Fleisch wie hungrige Wölfe. Wer weiß, wann wir das nächste Mal zu einer solchen Mahlzeit kommen würden? Zu meinen Füßen saß Lucia. Sie sah wieder genauso schmutzig aus wie noch vor einigen Stunden. Ich ließ absichtlich, aber eher diskret, ein Stück Fleisch fallen und spülte den Mund mit einem Schluck Wein. Lucia schmatzte geräuschvoll und schaute mich bereits wieder mit diesem sanften, herzzerreißenden Blick an, dem kein speisender Mensch widerstehen kann. Ich verstehe, wieso einige Menschen Hunde hassen. Sie verderben uns mit ihrem Bettelblick den Appetit und bringen uns dazu, ihnen die besten Stücke zu überlassen. Diskret reichte ich ihr einen Knochen hinunter, an dem noch eine ganze Menge Fleisch hing. Nach all den naßkalten, halbverwesten Mäusen muß dieser warme Schweinerücken für Lucia eine köstliche Abwechslung gewesen sein. Während ich trank und den Becher nach rechts weiterreichte, fiel mir – es war fast ein Versehen – ein ziemlich großes Stück Fleisch zu Boden. Das war offenbar des Guten zuviel. Ein keckes Huhn meldete gehässig gackernd seine Ansprüche an. Eine Katze sprang von einem Gestell und landete fauchend vor dem Huhn, das fluchtartig davonstob, während sich vor dem Langhaus magere Hunde versammelten, denen der Speichel in langen Fäden hinuntertroff. Die beschönigende Rede des Druiden Diviciatus wurde mit Schweigen quittiert. Schließlich ergriff erneut Divico das Wort: »Man hört immer wieder, Cäsar habe viele Feinde. Wieso erhält ein Mann, der in Rom so viele Feinde hat, nun plötzlich drei Provinzen zur Verwaltung? Und ein Militärkommando dazu!«

Eine berechtigte Frage, wie mir schien.

Piso lachte. »Cäsar hat nicht nur Feinde, es gibt auch Leute, denen er Geld schuldet.« Er röhrte vor Lachen und fuhr fort: »Wer Rom dient, tut es ehrenamtlich. Selbst als Konsul verdienst du nicht eine einzige Sesterze. Und trotzdem reißen sich alle um dieses Amt. Und wenn alle etwas wollen, entscheidet der Preis. In Rom werden Ämter gekauft. Hat man ein Amt erstanden, ist man hoch verschuldet und muß das neue Amt dazu benutzen, seine Schulden wieder abzubauen, um für den Kauf des nächsten Amtes ein Vermögen anzuhäufen. Nur weil Julius Cäsar den Volkstribun Vatinius bestechen konnte, hat er die unbedeutenden Provinzen Gallia Cisalpina und Illyricum erhalten. Und die dritte Provinz, die Narbonensis des Metellus Celer, hat er nur dessen plötzlichem Tod zu verdanken. Oder seiner Hure Clodia.«

Mit Befremden sahen wir, wie er sich vor lauter Lachen verschluckte und sich dennoch vergnügt den Bauch hielt. Ein Sklave reichte Diviciatus eine schwarz verzierte griechische Schale mit Früchten. Diviciatus ergriff das Wort: »Cäsar ist an Rom interessiert, nicht an Gallien. Er hat die Arverner besiegt. Er hat ihnen aber nicht die Freiheit geraubt. Es wäre für ihn ein Leichtes, Massilia einzunehmen. Er tut es nicht. Er achtet Massilia. Und Massilias Klienten achten Massilia, weil Massilia mit Rom befreundet ist. Und die Arverner achten die Häduer, weil auch wir mit Rom befreundet sind und einen Vertrag haben. Sind wir deswegen ein unfreies Volk? Bezahlen wir deswegen Tribute oder Steuern? Nein! Wir beherrschen das gesamte mittlere Gallien, und unsere Klientenstämme sind stolz, daß sie unseren Schutz genießen. Deshalb, Divico, rate ich dir, suche das Gespräch mit Cäsar. Cäsar ist ein Ehrenmann.«

Piso tauchte seinen Becher in den Bronzekessel: »Hätte Cäsar die Statthalterschaft in Gallien nicht angenommen, wäre er in Rom wegen seiner verfassungswidrigen Amtsführung als Konsul angeklagt worden. Nur der sofortige Antritt seiner Statthalterschaft in Gallien verschaffte ihm die nötige Immunität, um einem Gerichtsverfahren zu entgehen. Er ist regelrecht nach Gallien geflüchtet. Aber niemand nimmt an, daß er sich die fünf Jahre mit dem Besteigen von allobrogischen Huren vertreiben wird. Dafür hat ihm die Kriegsführung in Spanien viel zuviel Spaß bereitet. Und nebenbei seine Finanzen saniert.«

Unverhohlen musterte Piso die goldene Statue, die auf dem hölzernen Absatz eines Trägerpfostens stand.

»Piso, willst du damit sagen, daß Cäsar den Krieg sucht?« fragte ich überrascht. Nammejus musterte mich streng, als hätte ich infolge meiner niedrigen Herkunft gar kein Recht zu sprechen.

Piso grinste. »In der Narbonensis ist die zehnte Legion stationiert. Drei weitere sind in Norditalien, die siebte, die achte, und die neunte.«

»Und in Illyricum?« fragte Divico.

»Nichts. Und der Senat wird Cäsar auch keine Legion geben. Er mißtraut Cäsar. Auch er. Schließlich ist Cäsar ein notorischer Gesetzesbrecher.«

Piso lächelte breit und schaute genüßlich in die Runde. »Sollte Cäsar also in Gallien in einen Krieg verwickelt werden, wird ihm niemand Legionen zu Hilfe schicken.«

Diviciatus war verärgert. »Worauf willst du hinaus, Römer? Willst du die keltischen Stämme zu einem Einfall in die römische Provinz ermuntern?«

»Nein«, schrie Piso theatralisch, »ich will nur deutlich machen, daß Cäsar keine Freunde hat. Jeder wünscht ihm den Untergang. Stellt euch doch mal vor, selbst als Konsul wurde Cäsar öffentlich beschimpft, verleumdet und mit obszönen Gerüchten der Lächerlichkeit preisgegeben. Wenn ihr Cäsar vernichtet, werden wir in Rom ein zwanzigtägiges Freudenfest veranstalten.«

Diviciatus und Divico wechselten einen kurzen Blick. Es war offensichtlich, daß dieser Piso von Cäsars Feinden geschickt worden war; er sollte uns ermuntern, ihn zu vernichten.

»Piso«, sagte Divico, und er wägte jedes Wort sorgfältig, »ich, Divico, Fürst der keltischen Tiguriner, werde in wenigen Tagen aufbrechen und zusammen mit den Stämmen der Helvetier, der Rauriker, der Latobiker und der Boier ins Land der Santonen ziehen. Sag deinen Freunden in Rom, daß wir ohne Verwüstungen das Gebiet der keltischen Allobroger durchqueren werden …«

»Das ist jetzt römische Provinz!« unterbrach Piso.

»Ich bürge mit meinem Namen dafür«, schrie Divico, »daß es keinerlei Plünderungen geben wird. Sag es auch deinem Cäsar. Wir wollen Frieden. Wir sind ein Volk auf Wanderschaft. Wir sind keine Armee! Das ist kein Feldzug! Unser Volk zieht an den Atlanticus! Zu den keltischen Santonen. Das Land haben wir bereits bezahlt.«

Piso verlangte bei einem Sklaven nach einem Mundtuch, doch als dieser grinste, reinigte Piso seine fettigen Hände widerwillig mit Stroh und griff erneut zu seinem Weinbecher, der vor ihm auf dem kniehohen Holztisch stand. Er genoß, daß alle Augen auf ihn gerichtet waren. Man erwartete eine Antwort von ihm. Er griff erneut nach einem Stück Fleisch und schlug seine Zähne hinein. Mit vollem Mund begann er seine Ausführungen: »Wenn ihr die römische Provinz durchquert, wird sich Cäsar darüber freuen. Cäsar sucht den Erfolg, den Ruhm, die Macht. Dazu braucht er Legionen. Damit Cäsar mehr Legionen kriegt, braucht er einen gerechten Krieg. Damit es einen gerechten Krieg gibt, braucht er einen Vorwand … Und wenn ihr wirklich im Sinne habt, die römische Provinz zu durchqueren …, dann hat er seinen Vorwand. Es gibt für einen Römer kein größeres Schreckgespenst als Kelten auf Wanderschaft. Schließlich war der Kelte Brennus der einzige, der Rom jemals erobert hat.«

Divico war sichtlich beleidigt, daß der Römer nur Brennus erwähnte.

»Ich bin der Druide Verucloetius«, sagte plötzlich eine Stimme aus dem Dunkeln. Ein hagerer, großgewachsener Mann in der weißen Robe des Druiden trat näher und blieb vor Piso stehen. »Du sprichst viel, Römer, doch es dient nie der Klarheit. Vorhin sagtest du, der römische Senat würde Cäsar keine Legionen zu Hilfe schicken, wenn er in einen Krieg verwickelt würde, jetzt sagst du, Cäsar würde zusätzliche Legionen erhalten, wenn er einen Vorwand für einen Krieg fände.«

»Noch ist Cäsar nicht Rom! Wenn Cäsar bedroht wird, schickt Rom keinen einzigen Legionär, wenn hingegen Rom bedroht wird, schickt Rom Legionen über Legionen. Was Cäsar braucht, ist ein Vorwand.«

Divico schrie: »Sind Schulden Vorwand genug für einen Römer?«

Piso lächelte und vermied es, Verucloetius, der immer noch vor ihm stand, anzuschauen. Statt dessen starrte er auf die goldene Gurtkralle des Druiden.

»Schulden«, begann Piso, »sind für Cäsar Vorwand genug. Aber nicht für den römischen Senat. Nein, großer Divico, Cäsar wird sich daran erinnern, daß du an der Garumna römische Soldaten unter dem Joch hindurchgetrieben hast.«

Divico nickte stolz und genoß die weiteren Ausführungen des Römers mit sichtlicher Genugtuung.

»In jener Schlacht ist der Legat Lucius Piso, der Großvater von Cäsars Schwiegervater Lucius Piso, gefallen. Das mag ein Grund sein, wieso Cäsar in Rom das Gerücht verbreiten läßt, die Helvetier planten einen kriegerischen Einfall in die römische Provinz. In diesem Fall wäre Rom bedroht!«

Wir waren alle konsterniert. Fürst Nammejus sprang hoch. »Ist es wirklich wahr, daß Cäsar dieses Gerücht verbreiten läßt?«

Auch Divico sprang auf und schrie mit zornbebender Stimme: »Wer ist denn dieser Julius Cäsar? Habt ihr denn alle die glorreichen Siege unserer Vorfahren vergessen? Vor über dreihundert Jahren hat unser Heerführer Brennus Rom erobert, und wir haben den Appollotempel in Delphi geplündert. Gemeinsam mit Hannibal haben wir eine Legion nach der anderen aufgerieben, und vor neunundvierzig Jahren habe ich, Divico, Fürst und Heerführer der Tiguriner, das Heer des Konsuls Cassius Longinus besiegt, seine Soldaten unter das Joch und in die Sklaverei geschickt. Wer also ist dieser Gaius Julius Cäsar? Nenne mir seine Siege, Römer!«

Piso richtete sich etwas auf und füllte seinen Becher erneut mit Wein, dann sagte er: »Die Siege der Kelten sind glorreich, Divico, aber seit du die Römer unter dem Joch hindurchgeschickt hast, ist den Römern ein Marius geboren. Marius! Ein Onkel Cäsars! Er hat gewaltige Veränderungen im römischen Heer vorgenommen. Rom kämpft jetzt mit Berufssoldaten. Es sind keine Bauern mehr, die so schnell wie möglich auf ihre Felder zurückwollen. Roms neue Legionäre sind besoldet. Die können sogar im Winter kämpfen! Und sie kämpfen nicht mehr für Rom, sondern für ihren Feldherrn. Und Cäsar behandelt seine Soldaten gut. Er verspricht ihnen reiche Beute. Jetzt wollen sie ewig Legionäre sein. Mit solchen Männern kann man ein ganzes Weltreich erobern.«

»Römer«, sagte Diviciatus, »du säst Unfrieden und strapazierst die Gastfreundschaft des Fürsten Divico.«

Piso grinste breit, wie es nur die verkommensten und schurkischsten Kreaturen können. Er schien mit dem Verlauf des Gesprächs sehr zufrieden zu sein.

Divico hatte er jedenfalls in Wut versetzt. »Cäsar wird in der Provinz Gallia Narbonensis eine einzige Legion haben«, konterte er. »Das sind sechstausend Männer. Ich hingegen werde mehr Männer an den Atlanticus führen, als Rom jemals gesehen hat: hundertdreißigtausend Helvetier, achtzehntausend Tiguriner, siebentausend Latovicer, elftausend Rauriker und sechzehntausend Boier. Und davon sind sechsundvierzigtausend keltische Krieger. Selbst wenn Cäsar seine vier Legionen gegen uns führt, wird sein Name für immer in Vergessenheit geraten. Denn ich, Divico, werde ihn vernichten!«

Piso wurde plötzlich sehr ernst. Er erhob sich ebenfalls und stand nun Divico gegenüber. »Siege werden nicht nur auf dem Schlachtfeld errungen, großer Divico. Laß mich in Rom deine Sache vertreten. Ich werde den einflußreichen Männern Roms glaubwürdig versichern, daß es nicht in der Absicht des glorreichen Divico liegt, die römische Provinz zu verwüsten. Du hast genug Gold, um meine Dienste zu bezahlen.«

»Verlasse mein Haus«, brummte Divico, »du sollst nicht länger mein Gast sein.« Gekränkt wandte sich Divico von Piso ab. Divico war alt, ja, aber wie eine aus Eisen gegossene Esche. Ich begriff allmählich, wieso die Tiguriner erzählten, Divico könne allein mit seiner Präsenz eine ganze römische Legion in Panik versetzen. Er war ein Fels von einem Mann, eine Naturgewalt. Er war unerschrocken und jederzeit bereit, sein Leben zu opfern. Vor solchen Menschen fürchtete sich Rom.

Piso lächelte süffisant und spitzte die Lippen. Ich bin mir fast sicher, daß er noch etwas sagen wollte. Ich gab ihm heimlich ein Zeichen, daß er sofort verschwinden müsse. Ich verdrehte die Augen Richtung Ausgang und half diskret mit dem Zeigefinger nach. Doch der Kerl konnte es einfach nicht lassen. Er wollte unbedingt das letzte Wort haben.

»Divico ...«, begann er von neuem. Divicos Faust krachte in sein Gesicht und zerschmetterte ihm das Nasenbein. Piso stürzte der Länge nach hin. Die Hühner flatterten gackernd zur Seite. Piso wischte sich das Blut von den Lippen und starrte Divico erstaunt an. Er wollte noch etwas sagen, doch ich schüttelte derart heftig den Kopf, daß er mir dankbar zunickte und mit einem gequälten Lächeln das Langhaus verließ.

Uns war plötzlich allen klar, daß dieser Piso mit einem einzigen Ziel gekommen war: Er wollte Divico die Lage in Rom so schildern, daß dieser seine Dienste für Keltengold in Anspruch nahm.

Eine ganze Weile saßen wir schweigend beisammen. Schließlich brach Diviciatus das Schweigen: »Divico, du solltest Boten nach Rom schicken, zu den Senatoren Cicero und Cato. Sie sind geachtet und verstehen die keltische Sache, aber die Helvetier müssen begreifen, daß sie in Gallien nur mit Roms Freundschaft überleben können.«

Niemand antwortete Diviciatus. Das war das Zeichen, daß er gehen sollte. Er verabschiedete sich förmlich und verließ das Langhaus. Draußen hörten wir ihn zornig nach seinen Begleitern und Sklaven rufen.

Divico wandte sich an Verucloetius: »Druide, reite nach Genava und versuche dir in diesem Gestrüpp von Gerüchten und Lügen Klarheit zu verschaffen. Sorge dafür, daß kein Kelte die neue römische Reichsgrenze verletzt. Ich will keinen Krieg. Ich will an den Atlanticus.«

Verucloetius nickte. Divico griff nach dem goldenen Torques unseres Hofältesten Postulus und reichte ihn mir mit den Worten: »Dieser goldene Torques steht dir zu, Korisios. Oft haben mir unsere Druiden von jenem jungen Kelten erzählt, der in einem raurikischen Dorf am Fuße einer Eiche sitzt. Daß du zu mir gekommen bist, betrachte ich als ein Zeichen der Götter.« Dann wandte er sich wieder an den Druiden Verucloetius: »Nimm Korisios in deine Obhut und bringe ihn, so die Götter wollen, im nächsten Jahr in die heilige Schule der Druiden auf die Insel Mona.« Er erhob sich und sagte abschließend: »Ich will den Göttern opfern, denn ich habe die heilige Pflicht der Gastfreundschaft verletzt.«

Verucloetius begleitete mich hinaus und lächelte mir freundschaftlich zu. »Ich werde dich mitnehmen, Korisios, aber du liebst den Wein und das Fleisch zu sehr, als daß du Druide werden könntest. Andererseits haben wir auch

Götter, die dem Wein und dem Weib sehr zugetan sind. In deinem Körper scheint es ihnen zu gefallen. Sie werden entscheiden, ob sie durch dich zu unserem Volke sprechen werden. Wenn die Zeit gekommen ist, werden wir es wissen. Aber noch wissen wir es nicht.«

Den Abend verbrachte ich mit Basilus im Freien. Wir spielten mit den herumstreunenden Hunden und erzählten uns nochmals alle Details des Germanenangriffs, die wir unserer Meinung nach zuwenig ausgeschmückt hatten. Wir erwogen alle möglichen Entwicklungen. Was wäre geschehen, wenn ... Es war ein faszinierendes Spiel. Natürlich lästerten wir auch über diesen griesgrämigen Druiden Diviciatus, schmiedeten Pläne, sprachen über Massilia und Rom, und Basilus fragte mich, ob ich mit Wanda schlafe. Ich antwortete ihm, daß Wanda meine Sklavin sei. Nicht mehr und nicht weniger.

Wir übernachteten im Langhaus des Bronzegießers Curtix. Divicos Töchter hatten Wanda derart vornehm eingekleidet, daß es mir fast ein bißchen schwerfiel, sie weiter wie eine Sklavin zu behandeln. Aber hatte ich Divico nicht erzählt, sie sei meine Frau? Deshalb wurde ihr auch der Schlafplatz neben mir zugeteilt, so daß ich zum Einschlafen ihre Füße an meinem Kopf hatte. Basilus wiederum hatte meine Füße an seinem Kopf. Kelten schlafen nicht nebeneinander, sondern entlang der mit Fell bedeckten Erdpodeste an den Wänden. In den frühen Morgenstunden drehte sich Wanda schließlich um, so daß wir Kopf an Kopf schliefen. Sie fragte, ob ich schon wach sei. Sie fragte derart häufig, daß ich schließlich mit einem ärgerlichen »Nein« antwortete.

»Bist du wütend, Herr, weil ich jetzt deine Frau bin?« kicherte sie leise. Offenbar hatte sie mit Divicos Töchtern einen vergnügten Tag verbracht. »Herr, wenn du im heroischen Zweikampf einen germanischen Fürsten besiegen kannst, kann ich doch wohl deine Frau sein?« Sie kicherte wieder.

»Was willst du damit sagen?« fauchte ich. »Daß beides erstunken und erlogen ist?«

»Nein, Herr«, log Wanda. »Es tut mir leid, wenn ich dich gekränkt habe. Verzeih mir.«

»Noch dieses eine Mal. Aber das nächste Mal lasse ich dich auspeitschen und verkaufen.«

Sie schwieg. Ich nehme an, daß sie breit grinste. Denn wie wollte ein geschäftstüchtiger Mensch eine Sklavin verkaufen, die er kurz zuvor ausgepeitscht hatte? Auch Basilus lachte. Ich bin sicher, daß er kein Auge zumachte, solange noch irgend jemand irgend etwas erzählte. Er war süchtig nach Geschichten. Genau wie ich.

Am nächsten Morgen saßen wir mit Divico und seiner Familie bei Fladenbrot und frischer Ziegenmilch. Wie unter Kelten, die sich besonders schätzen, üblich, wollte mir Divico zum Abschied eine besondere Freude machen.

»Korisios, du solltest deiner Sklavin Wanda die Freiheit schenken. Als Adelige sieht sie viel besser aus.« Divicos Töchter und Enkelkinder lachten vergnügt, und es war mir peinlich, obwohl solche Lügen bei uns Kelten nichts Anrüchiges haben. Das ist unsere Art zu scherzen. Für Außenstehende wie Wanda war das schwer zu verstehen.

»Ich glaube«, begann ich zögerlich, ohne eigentlich zu wissen, worauf ich hinauswollte, »ich habe Wanda gestern zu meiner Frau gemacht, weil sie mir sonst jeder hätte abkaufen wollen.«

Wieder lachten alle vergnügt. Nur Basilus schien besorgt. Auch er hatte die Angewohnheit, alles bis zu seinem schlechtestmöglichen Ende zu denken. Wenn er den Kampf nicht so geliebt hätte, wäre er bestimmt Barde geworden.

Divico erwiderte schmunzelnd: »Das war sehr klug von dir, Korisios. Ich hätte dir bestimmt ein Angebot gemacht. Jetzt, wo ich das weiß, biete ich dir für Wanda ein Tauschgeschäft an.«

Er zeigte auf den römischen Sklaven, der uns gestern den Wein eingeschenkt hatte.

»Das ist Severus. Seinen Vater habe ich vor fünfzig Jahren an der Garumna unter dem Joch hindurchgetrieben. Severus ist zwar schon dreißig, aber stark, zäh und gesund, und obwohl er ein Römer ist, ist er nicht ganz dumm.«

Wieder lachten alle, bis auf Basilus. Ich bekam allmählich ein flaues Gefühl in der Magengegend. Denn obwohl Divico mich wegen meiner Lüge nicht tadeln konnte, hatte er nun das Recht, das Spiel auf die Spitze zu treiben. Das war ein gesellschaftliches Ritual, und war es einmal eröffnet, mußte es mit Anstand und Würde zu Ende gebracht werden. Wanda spürte bereits, daß unsere Stunden als Ehepaar gezählt waren. Ich bedankte mich, wie es sich nun mal gehört, für Divicos Angebot.

»Dein Angebot ist sehr großzügig, Divico. Aber nur dem heldenhaften Bezwinger der römischen Legion an der Garumna gebührt es, seinen Haushalt mit einem lebendigen römischen Sklaven zu schmücken. Ich habe ihn genauso wenig verdient wie die römischen Feldzeichen, die über deinem Kopf hängen.«

Ich zeigte auf die römische Adlerstandarte. Das war das wichtigste Feldzeichen der Legion. Divico drehte sich um und betrachtete seine erbeuteten Feldzeichen.

Er machte dabei ein sehr ernstes Gesicht, während seine Frauen wieder vergnügt kicherten und Basilus über beide Ohren grinste.

»Du hast recht«, entgegnete Divico zerknirscht, »ein römischer Sklave gebührt einem Feldherrn, der eine römische Legion unter das Joch geschickt hat. Deshalb steht es dir frei zu wählen, was ich im Tausch für deine Sklavin geben darf.«

Damit hatte er mich natürlich wieder voll erwischt. Ich konnte ja schlecht behaupten, es gebe nichts in Divicos Haushalt, womit er eine germanische Sklavin eintauschen könne. Ich hätte jetzt Gold und Pferde verlangen können.

Oder gar die Heirat mit einer Adligen. Was sollte ich tun? Divico unterdrückte ein Lachen und schmunzelte vergnügt vor sich hin, während alle Augen auf mich gerichtet waren. Besonders die von Wanda. Basilus saß mit zusammengepreßten Lippen da und wippte unruhig mit dem Fuß. Ich glaube, er mochte Wanda auch ein bißchen. Aber er machte sich vor allem Sorgen darüber, daß ich mein linkes Bein verlieren könnte!

»Danke, großer Divico«, entgegnete ich. »Die Wahl fällt mir außerordentlich schwer, denn alles, was der große Divico besitzt, ist es wert, gegen eine germanische Sklavin eingetauscht zu werden.« Divico nickte befriedigt und schaute zu Wanda hinüber. Sie schien richtig zornig. Doch ich war noch nicht zu Ende mit meiner Antwort: »Divico, selbst das Fell, auf dem du dich zum Schlafen niederlegst, wäre es wert, gegen meine germanische Sklavin eingetauscht zu werden. Doch meine Bewunderung für deine Taten ist derart groß, daß es mir die Götter nie verzeihen würden, wenn ich dir eine Sklavin überließe, die meist übelgelaunt ist, nie lacht, abscheulich kocht und nachts Geräusche von sich gibt, die an schlechtgeölte Scharniere erinnern. Ihr dauernder Anblick würde deine Sinne verwirren, deine Stimmung trüben und dir viel Ärger bereiten. Meine Sklavin haben mir die Götter zur Strafe geschenkt, und es wäre unehrenhaft, wollte ich diese Strafe auf dich abschieben.« Ich versuchte richtig deprimiert zu wirken, während Wandas stumme Mimik meine Warnungen deutlich unterstrichen.

Niemand lachte. Alle schauten nun Divico an. Ohne große Begeisterung setzte er nun zu einer Erwiderung an: »Ich danke dir, Korisios, daß du einen alten Mann mit solcher Unbill verschonst. Du hast damit wirkliche Größe bewiesen.«

Wanda senkte den Kopf, und das blonde Haar, das sie an diesem Morgen noch offen trug, verdeckte ihr Gesicht. Divico und ich nickten uns kurz zu. Wir hatten das Ritual beendet. Es mag sich für Außenstehende wie ein frivoles Gesellschaftsspiel anhören, doch es ist ein Spiel mit unbarmherziger Konsequenz. Auch wenn die ganze Bauchpinselei erstunken und erlogen ist, darf man keine plausible Antwort schuldig bleiben, wenn man seine Sklavin nicht verlieren will.

Am nächsten Tag verabschiedete ich mich von Basilus. Er wollte mit den Kriegern reiten. Er war überzeugt, daß sie gegen römische Legionäre kämpfen würden. Den Kopf eines römischen Centurios an seinem Zaumzeug baumeln zu sehen war für ihn ein noch grandioserer Anblick als Massilia und Rom zusammen. Basilus war Krieger.

»Korisios«, rief er mir nach, als ich mit Wanda und dem Druiden Verucloetius das Tor Richtung Süden passierte, »Korisios, werden wir uns wiedersehen?«

»Ja, Basilus«, schrie ich zurück, »wir werden uns wiedersehen!«

Basilus stieß einen Jauchzer aus und reckte die Faust gegen den Himmel.

Das Wetter war gut, hier und da sah man sogar einige Sonnenstrahlen. Die Wege wurden wieder trockener und fester. Verucloetius und ich ritten nebeneinander. Er erzählte mir viel über die Heilkraft der einzelnen Pflanzen. Er hatte die Fähigkeit, komplizierte Dinge mit einfachsten Worten zu erklären. Ich mochte seine Art zu sprechen. Sicher, er hatte nicht den warmen und väterlichen Umgangston von Santonix. Santonix hatte mich schließlich von Geburt an gekannt und mich wie einen eigenen Sohn durch all die Jahre begleitet. Verucloetius hingegen betrachtete mich als Erwachsenen. Wenn er den Eindruck hatte, ich hätte genug gehört, ritt er voran, um ungestört seinen eigenen Gedanken nachzuhängen. Ich ließ mich dann etwas zurückfallen und ritt Seite an Seite mit Wanda. Sie wiederum erzählte mir in germanischer Sprache mehr über die Götter und Bräuche ihres Volkes. Der alte Santonix hatte schon recht gehabt: Je mehr man weiß, desto interessanter ist es, sich weiteres Wissen anzueignen, weil man jede Einzelheit in immer vielschichtigere Zusammenhänge einfügen kann. Ich war süchtig nach Wissen und stolz, es wiedergeben zu können. Mein Onkel Celtillus hatte mich nicht umsonst die lebende Bibliothek Alexandrias genannt. Und in der Bibliothek Alexandrias war immerhin das gesamte Wissen der Menschheit gesammelt. Ich hatte ein ausgezeichnetes Gedächtnis und konnte Dinge, die ich einmal gesehen, gehört oder gelesen hatte, für immer speichern. Das ist bei allen Druiden so. Es ist dieses stupide Auswendiglernen von Tausenden von Versen, die uns zu wahren Gedächtniskünstlern macht. Wenn sich jemand sechstausend Verse merken kann, kann er sich auch sechzigtausend Verse merken. Es ist wie ein Muskel, den man trainiert. Aber auch Wanda brachte mir viel bei. Leider sprachen wir nie über sie. Auch nicht über uns. Es schien mir, als würde sie ganz bewußt darauf achten, keine Gefühle zu zeigen. Nur einmal, da bedankte sie sich aus heiterem Himmel dafür, daß ich sie bei Divico nicht getauscht hatte. Ich werde den Blick, den sie mir dabei zuwarf, wohl nie vergessen. Mein Gesicht war plötzlich so heiß, als hätte ich Glühwein getrunken. Selbstverständlich habe ich sie barsch zurechtgewiesen. Eine Frau kann sich bei ihrem Ehemann bedanken, aber doch nicht eine Sklavin bei ihrem Herrn. So was ist eine absolute Frechheit! Ich wollte sie gerade beschimpfen, als ich ihre lachenden Augen in ihrem strahlenden Gesicht sah. Dabei hätte ich geschworen, daß ich sehr ernst und ärgerlich dreinblickte. Es blieb mir nichts anderes übrig, als meinem Pferd die Fersen in die Flanken zu drücken und die Flucht zu ergreifen. Ich gesellte mich wieder zu Verucloetius. Er lächelte, als er mein Gesicht sah.

Unterwegs trafen wir etliche Pioniertrupps, die Divico ausgeschickt hatte, um Wege und Brücken instand zu setzen. Einzelne Dörfer waren bereits niedergebrannt und aufgegeben worden. Auf den Straßen sammelten sich immer mehr Menschen, Karren und Tiere, die südwärts zogen. Es herrschte eine ausgelassene Stimmung. Für Kelten sind Völkerwanderungen genauso natürlich wie Seelenwanderungen. Wir empfinden es nicht als Verlust, unsere Heimat aufzugeben, so wie wir auch den Tod nicht als Verlust, sondern lediglich als Neubeginn betrachten. Unsere Häuser sind deshalb nie für die Ewigkeit gebaut.

Die Planung dieses Marsches war eine Meisterleistung. Divico hatte nichts dem Zufall überlassen. In regelmäßigen Abständen begegneten wir bewaffneten Truppen, die mit Kriegsmaterial und Zelten beladene Ochsenkarren begleiteten. Obwohl jeder sein persönliches Hab und Gut mitführte, hatte Divico auf seine Kosten auch Überschüsse aller Art mitführen lassen, denn der eine oder andere würde unterwegs vielleicht seine ganze Habe verlieren, und Divico wollte nicht, daß auch nur ein einziger Kelte auf den Gedanken kam, zu plündern. Deshalb ließ er zusätzliche Nahrungsmittel mitführen. Je näher wir unserem Etappenziel kamen, desto größer wurden die Kolonnen, die sich bereits gebildet hatten. Es war eine schier unüberschaubare Zahl an Wagen, Menschen und Tieren. Gemeinsam bildeten sie bereits eine Schlange von schätzungsweise dreißig römischen Meilen. Die Menschen waren ruhig und heiter, als würden sie bloß mal kurz ins nächste Dorf gehen.

Unterwegs redete ich viel mit Wanda. Über die Heilkunst der Germanen, über ihre Götter und die Gestirne. Doch Wanda selbst blieb mir ein Rätsel. Woher kam sie? Ich wußte es nicht. Manchmal schien es mir so, als sei ihre wahre Identität das letzte Stückchen Intimität, das sie sich bewahren wollte. Es war eine Frage der Würde. Ich weiß, man soll das achten. Auch bei einer Sklavin. Doch als ich einmal, aufgrund einer falschen Aussprache, eine ziemlich obszöne Behauptung aufstellte, schenkte mir Wanda erneut dieses wunderschöne Lachen, das mich jedes Mal von neuem verzauberte. Ich packte die Gelegenheit beim Schopf: »Mein Onkel hat dich auf dem Markt des raurikischen Oppidums am Knie des Rhenus eingekauft. Aber woher kommst du eigentlich. Von welchem Stamm?«

Wandas Lippen wurden schmäler. Sie schaute mich etwas abschätzig, ja fast mitleidig an, und ich vermißte jene Wärme in ihren Augen, die mir so oft die Hitze in den Kopf steigen ließ.

»Ich bin deine Sklavin, Herr«, sagte Wanda kühl. Offenbar erwartete sie, daß ich ihr die Freiheit schenkte, bevor sie mir ihre Geheimnisse preisgab. Ich weiß es nicht. Ich war wütend und verärgert. Auf mich. »Hast du eigentlich schon vergessen, daß ich dir das Leben gerettet habe?«

Wanda schaute geradeaus. »In Divicos Langhaus? Ich wußte gar nicht, daß keltische Fürsten zum Frühstück junge Germaninnen verspeisen.«

»Wärst du denn lieber die Sklavin von Divico geworden?« Jetzt war ich auch wütend auf Wanda. Ich konnte meinen Ärger nicht mal lauthals hinausschreien, weil der Druide Verucloetius, der zwei Pferdelängen vor uns herritt, spitzere Ohren hatte als eine Meute Jagdhunde.

»Divicos Töchter und Enkelinnen waren sehr nett zu mir, ich habe vorzüglich gespeist und wunderbar geschlafen.«

»Jaja«, stänkerte ich, »sie hielten dich ja auch für meine Frau. Aber als Sklavin …«

»Ich bin nicht als Sklavin geboren, Herr. Fürst Divico hat gleich erkannt, daß ich nicht gewöhnlicher Abstammung bin. Deshalb wollte er mich.«

»Oh«, spottete ich, »du bist wohl eine Fürstentochter.«

»Ich bin deine Sklavin und werde deshalb weiterhin das jämmerliche Blöken eines weidwunden Schafbockes erdulden.«

»Dafür werde ich dich in Genava auspeitschen lassen«, zischte ich und stieß meinem Pferd die Fersen in die Seite.

Verucloetius hatte bestimmt jedes Wort mitgehört. Er lächelte. »Manches Geschenk entpuppt sich als Last, während manches Unglück sich im nachhinein als Glück erweist.«

Das war wieder mal typisch Druide. Das konnte nämlich alles bedeuten. Es konnte bedeuten, daß sich die von Onkel Celtillus geerbte Sklavin als Last erweisen würde, es konnte aber auch bedeuten, daß das Unglück »Wanda« sich später mal als glückliche Fügung entpuppen würde.

»Verucloetius«, fragte ich ungeduldig, »wie gehen die Germanen eigentlich mit ihren Frauen um?«

Verucloetius schmunzelte. »Ihre Frauen haben den Status von Sklavinnen. Während sich der Mann mit zahlreichen Frauen vergnügen darf, ist es einer Germanin unter Androhung der Todesstrafe verboten, das gleiche zu tun. Wenn ein Germane Geld braucht, kann er seine Frauen auf dem Sklavenmarkt verkaufen.«

Ich war einigermaßen überrascht. Wer weiß, vielleicht war Wanda deswegen verkauft worden? Das würde einiges erklären. Ich ließ mich wieder etwas zurückfallen, bis ich auf gleicher Höhe mit ihr war, und fragte sie, ob die Germanen aus Liebe heiraten.

Wanda schwieg. Sie hatte mittlerweile den Charme eines carthagischen Silberbarrens. Nach einer Weile sagte sie trocken: »Natürlich heiraten die Germanen aus Liebe, Herr. Die Eltern suchen den Ehepartner aus, dann feilschen die Eltern um den Preis, und nicht selten sehen sich die Brautleute am Hochzeitstag zum ersten Mal. Es ist Liebe auf den ersten Blick.«

»Und das laßt ihr euch gefallen?«

»Ja, Herr. So wie du deine Behinderung nicht als Behinderung empfindest, weil du seit Geburt nichts anderes kennst, so empfindet eine germanische Frau diesen Brauch nicht als schlecht, weil sie ja nichts anderes kennt.«

»Aber du, Wanda, du weißt doch jetzt, daß es auch anders geht.«

»Ja, Herr, aber jetzt bin ich eine Sklavin. Ich habe möglicherweise nicht mehr Rechte als vorher, nur weiß ich jetzt, daß es auch andere, bessere Bräuche gibt. Das ist wohl die größere Strafe.«

»Du meinst, auch eure Götter haben Humor?«

Wanda antwortete nicht. Sie schaute gelangweilt nach vorne und nahm ihr Pferd etwas zurück.

Vor uns stauten sich die Karren. An einem Wagen war die Achse gebrochen. Wir verließen den Troß und ritten zum Wald hinauf. Hier führte ein schmaler Fußweg parallel zum unter uns liegenden Trampelpfad Richtung Süden. Als wir alle drei am Waldrand standen, sahen wir auf den riesigen Wagentroß hinunter, der sich zwischen den brachliegenden Feldern hindurchschlängelte.

Verucloetius warf mir einen kurzen Blick zu. Ich gab Wanda zu verstehen, daß sie hier warten solle. Verucloetius zog seine Kapuze hoch und ritt langsam in den Wald. Zweige und hochgewachsene Büsche schlugen ihm ins Gesicht. Nach einer Weile stieg er vom Pferd und band es an einen Ast. Ich folgte seinem Beispiel. Vor uns lag eine kleine Lichtung, die zur Rechten von einem Felsen begrenzt war. Fast ehrfürchtig folgte ich Verucloetius über die Lichtung. Plötzlich fühlte ich mich heiter. Ich mußte an Onkel Celtillus denken. Es war mir, als würde er mich in diesem Augenblick begleiten. Ich spürte ganz deutlich, daß es ihm gutging. Ich glaube, er lachte über Wanda und mich.

Verucloetius blieb unvermittelt stehen, und ich sah, daß sich hinter wildem Gestrüpp der Eingang einer Höhle verbarg. Verucloetius teilte behutsam die Zweige, die den Zugang zur Höhle schützten. Er ließ die Zweige, die er zur Seite bog, nicht einfach zurückschnellen, nein, er wartete, bis ich den Zweig ergriff und ihm folgte. Selbst in den Zweigen wohnt der Geist der Götter. Es schien mir plötzlich, als hörte ich ein Summen und Plätschern, ich dachte an irgendwelche Stimmen, doch es war das Sprudeln einer

Quelle, die neben dem Höhleneingang entsprang und in einen Bach mündete. Aus dem Wasser ragten unförmige, kunstlos geschnitzte Statuen, die in morschen Baumstümpfen steckten. Das Holz war vermodert und blaß. Dieser Ort gehörte den Göttern.

Ich nahm den goldenen Torques unseres Dorfältesten Postulus aus meinem großen Lederbeutel und opferte ihn dort, wo sich das Quellwasser plätschernd mit dem Bach vereinte. Ich spürte wieder die Wärme von Onkel Celtillus, ja, ich hatte sogar diesen penetranten Geruch von Knoblauch und unverdünntem römischem Wein wieder in der Nase. Wir hatten die Anderswelt betreten. Im Gegensatz zu anderen Völkern trennen wir die Welt der Lebenden nicht von der Welt der Toten. Es sind Parallelwelten, die an heiligen Orten fließend ineinander übergehen. Höhlen, Seen und schwarze Quellen dienen als Eingang, aber oft genügt ein Wind, ein Nebel oder der nächtliche Schrei einer Eule, um zu sehen, was dem gewöhnlichen Menschen ein Leben lang verborgen bleibt.

Wir rasteten in einem niedergebrannten Gehöft, das die Bewohner bereits verlassen hatten. Verwilderte Hunde streunten um eine Feuerstelle herum, in der offenbar noch Eßbares schmorte. Ich setzte mich mit Lucia auf einen umgestürzten Pfosten, den die Flammen verschont hatten, und vertrieb mir die Zeit mit der Schleuder. Obwohl ich nicht die weichen, rhythmischen Bewegungen anderer Leute habe, hatte ich es mittlerweile zu einer hohen Zielsicherheit gebracht. Ich traf einen Ast auf hundertfünfzig Pes Entfernung. In der Regel. Irgendwie hatte ich es im Gefühl und war ziemlich stolz, als ich den einen Hund in den Hintern traf. Jaulend rannte er davon und riß gleich das ganze Rudel mit. Mit Pfeil und Bogen konnte ich wesentlich besser umgehen, aber selten bot sich mir die Möglichkeit, mich an beweglichen Zielen zu versuchen.

Seit ich mit Verucloetius den Wald mit der heiligen Quelle betreten hatte, hatten wir nicht mehr miteinander gesprochen. Ich spürte aber verstärkt seine Nähe und glaubte hier und da seine Gedanken zu lesen. Möglicherweise hatte er mich prüfen wollen. Er wollte wissen, ob die Götter mich annahmen und mit mir und zu mir sprachen. Mit der Opferung des goldenen Torques hatte ich bewiesen, daß ich die Stimmen der Götter vernommen hatte. Um Druide zu werden genügte es nicht, die heiligen Verse zu kennen. Es waren die Götter, die sich für einen entscheiden mußten. Denn es lag an ihnen, ob sie durch meine Stimme das Schicksal meines Stammes leiten, ob sie durch meine Hände heilen und ob sie meine Augen für die Geheimnisse des Universums öffnen wollen. Instinktiv griff ich nach dem Amulett, das mir Onkel Celtillus geschenkt hatte. Ich empfand wieder das gleiche Glücksgefühl wie an der heiligen Quelle.

Schweigend ritten wir zurück. Wanda hatte uns schon erwartet. Sie reichte mir ein paar Felle für die Nacht. Sie schaute mich nicht an. Ich ergriff ihre Hand, während die andere das Amulett von Onkel Celtillus berührte. Ich wußte, daß sie jetzt Onkel Celtillus spürte. Sie schien überrascht, ja heiter, und lächelte mich an. »Du bist ein Druide«, sagte sie erstaunt, mit einer Mischung aus Ehrfurcht und Angst.

Am nächsten Tag führte mich Verucloetius erneut in einen heiligen Wald, der an ein Sumpfgebiet grenzte. Er zeigte mir ein paar jener Pflanzen, über deren Wirkung er mir bereits einiges erzählt hatte.

»Das hier ist die Sumpfpflanze Samolus. Derjenige, der sie pflückt, darf nicht zurückschauen; er muß die Pflanze dort aufbewahren, wo man die Getränke lagert. Vor allem aber muß er den göttlichen Akt mit der linken Hand ausführen.«

Sorgfältig legte er die Pflanze in ein weißes Tuch und führte mich weiter. An einem kleinen Bach setzte er sich hin und wusch sich die Füße. Darauf warf er Brotstückchen ins Bachbett und goß Wein aus einem kleinen Lederschlauch ins Wasser. Er opferte den Wassergöttern. Er nahm seine Sandalen in die Hand und sagte, daß wir nach diesen Weiheopfern nun die Selago pflücken dürften. Es war schon erstaunlich, mit welcher Zielstrebigkeit er die einzelnen Pflanzen aufstöberte. Die Selago fand er inmitten eines verwilderten Himbeerbusches.

»Um die Selago zu pflücken, darf man ebenfalls keine eiserne Klinge benutzen. Man muß mit der rechten Hand links unter das Gewand greifen, als ob man etwas stehlen wolle. Außerdem muß man weiß gekleidet sein, mit gewaschenen Füßen barfuß gehen und zuvor ein Brot- und Weinopfer dargebracht haben.«

Mit seiner goldenen Sichel, dem Symbol der goldenen Sonne und des sichelförmigen Mondes, schnitt er eine Selago ab. Das war eine Pflanze, die andere Völker im Volksmund »Bärlapp« nennen.

»Die Selago«, sagte Verucloetius, und seine Stimme hatte etwas Melodiöses, Enthusiastisches, »die Selago ist die Pflanze der dunklen, geheimnisvollen Kräfte. Damit diese Kräfte beim Pflücken erhalten bleiben, muß der Druide mit nackten Füßen auf der Erde stehen. Während die rechte Seite stets die Seite des Lichts ist, bleibt die linke Seite stets die Seite der Mysterien und Schattenwelten. Die Selago kochst du in heißem Wasser. Aber denke daran: Das Wasser muß kalt und frisch sein, wenn du die Selago hineintust. Du darfst sie nie in kochendes Wasser legen!«

Ich nickte und fragte, welche Wirkung die Selago denn hätte.

Verucloetius lächelte still vor sich hin. Nach einer Weile sagte er: »Die Selago kann heilen und töten. Wenn die Götter dich auserwählt haben, um durch deine Hände zu sprechen, wird der Sud, den du zubereitest, heilen oder töten.«

Verucloetius legte auch die Selago in ein weißes Tuch und schnürte dann seine Sandalen.

»Ich zeige dir jetzt, wo man das Eisenkraut findet. Es lindert Schmerzen. Es läßt dich alles vergessen, was ist. Deshalb nutzen wir es auch für Weissagungen. Aber sei vorsichtig, Korisios! Denn nutzt du das Eisenkraut zu oft, wirst du für spätere Weissagungen immer mehr davon brauchen. Das Eisenkraut ist mächtig. Sehr mächtig! Es hat schon manchen Druiden zum Sklaven gemacht.«

Wir gingen weiter durch den Wald. Der Druide pflückte das Eisenkraut, das er ebenfalls in ein weißes Tuch wickelte. Er zeigte mir die Bäume, wie ich sie bisher noch nie gesehen hatte. Er zeigte mir die Wurzeln, die Rinde, die Äste und Blätter und erzählte, zu welcher Jahreszeit und zu welcher Tages- oder Nachtzeit es erlaubt war, welche Handlungen vorzunehmen. Und was man bei Vollmond besonders beachten mußte. Darauf summte er die heiligen Verse über die Schlacht der Bäume und Sträucher, einst stolze Krieger, die zu ihrem eigenen Schutz in Bäume und Sträucher verwandelt worden waren. Jetzt begriff ich auch, wieso ich manchmal, wenn ich alleine im Wald war, das unbestimmte Gefühl hatte, inmitten von Tausenden von Menschen zu stehen, die mich stumm beobachteten. Ich hatte den Eindruck, in ein weiteres Geheimnis eingeweiht worden zu sein. Jetzt verstand ich auch besser, wieso das Wort Druide eine Zusammensetzung aus »Wald« und »Wissen« war. Unser gesamtes Wissen war in den Wäldern.

Wanda hatten wir in dem abgebrannten Gehöft zurückgelassen. Bei unserer Ankunft sah Verucloetius wohl, wie meine Augen Wandas Körper beim Wiedersehen liebkosten. Er schloß für einen Augenblick die Augen und teilte mir dann mit, daß es für mich noch zu früh sei, ins heilige Druidenzentrum auf der Insel Mona zu gehen. Noch sei mein Durst nach irdischen Dingen groß und ungestillt. Ich würde ein besserer Druide werden, wenn ich mich zuvor noch in der Welt umsehen würde. Es sei für mich noch zu früh, dem Irdischen, das mich derart faszinierte, den Rücken zu kehren.

»Ich sehe, daß die Götter in dir wohnen, Korisios, ich bin auch überzeugt, daß die Götter mit dir etwas Besonderes vorhaben, aber vergib mir, wenn ich dir heute nicht sagen kann, was es ist. Ich sehe so vieles in deinen Augen. Ich sehe den Seher und Heiler, ich sehe aber auch den feurigen Liebhaber und Genießer. Ich sehe, daß sich die Götter noch nicht einig sind.«

Er legte seine Hand auf meinen Kopf und schloß die Augen. Dann reichte er mir die drei kleinen weißen Tücher mit den Kräutern und ermahnte mich, sorgfältig mit meinem Wissen, so klein und bescheiden es auch noch sein mochte, umzugehen.

»Bedenke stets, Korisios, daß man die Geister, die man ruft, so schnell nicht wieder los wird.«

Er zögerte kurz, aber schließlich überreichte er mir einen kleinen Lederbeutel. »Das ist die Nieswurz, Korisios, damit kannst du den Helleborus brauen. Tunkst du einen Pfeil in den Helleborus, wird das größte Tier zusammenbrechen, auch wenn du nur den Fuß triffst. Der Helleborus ist ein Toxicum. Es tötet jede Krankheit. Aber in 99 von 100 Fällen auch den Menschen.«

Verucloetius faßte lächelnd meine Hände. »Die großen Prüfungen stehen dir noch bevor, Korisios. Noch bist du niemandes Druide! Geh sorgfältig mit deinem Wissen um. Die Götter haben dich erkannt. Von jetzt an genießt du ihre besondere Aufmerksamkeit.«

Als wir in der Ferne den Lemannus-See in der Sonne glitzern sahen, verabschiedete sich Verucloetius von uns. Er wollte alle keltischen Stammesfürsten ermahnen, Rom keinen Vorwand für eine militärische Auseinandersetzung zu liefern. Es war eine schwierige Aufgabe, denn kein Stammesfürst akzeptierte die Einmischung eines anderen Kelten. Aber Verucloetius war Druide. Er mußte es wenigstens versuchen.

Wanda und ich verbrachten die nächsten Tage allein in

den Wäldern. Ich suchte Pflanzen und Kräuter, opferte den Göttern und versuchte zu hören, was sie mir zu sagen hatten. Sollte ich nun Druide werden oder ein Mann des Handels? Sollte ich mit den Helvetiern an den Atlanticus ziehen oder nach Massilia? Ich brauchte die Hilfe der Götter dringend. Onkel Celtillus hatte mir vieles beigebracht. Aber er hatte mir nie beigebracht, eigene Entscheidungen zu treffen.

III.

Die keltischen Allobroger leben zwischen zwei Flüssen. Der eine heißt Rhodanus, der andere Isara. Die Allobroger wurden vor rund fünfzig Jahren gemeinsam mit den keltischen Arvernern von Rom unterworfen. Ihr Gebiet ist heute römische Provinz. Die Römer nennen sie Gallia Narbonensis. Ihre äußerste Grenzstadt ist Genava. Sie grenzt direkt an das Gebiet der Helvetier. Eine Brücke über den Rhodanus verbindet das Land der freien Kelten mit der römischen Provinz. Ende März standen Wanda, Lucia und ich auf dieser Brücke. Von weitem schon sah man die drei Meter hohe Schutzgöttin der Allobroger. Es war eine Eichenholzfigur, die einen riesigen Torques aus Gold trug. Die Helvetier saßen bereits zu Tausenden am nördlichen Ufer des Rhodanus und warteten auf keltischem Boden die Versammlung der Stammesfürsten ab, die heute nacht stattfinden würde. Auf dieser Versammlung, zu der mich niemand eingeladen hatte, sollten nochmals alle Details besprochen und bekräftigt werden. Man wollte friedlich durch das Gebiet der von Rom unterworfenen Allobroger ziehen und in wenigen Monaten das Land der Santonen an der Küste des Atlanticus erreichen. Wir würden nochmals jene Gegend durchqueren, die der ruhmreiche Divico vor rund fünfzig Jahren zum Schandfleck der römischen Legionen gemacht hatte.

Als wir vor drei Jahren die Auswanderung beschlossen – damals war der reiche Orgetorix noch unser Führer –, hatten sich die Allobroger erneut gegen Rom erhoben und uns die Erlaubnis für den Durchzug erteilt. Doch der Aufstand war einmal mehr niedergeschlagen worden. Ihr Wort war nichts mehr wert. Jetzt zählte das Wort des neuen Prokonsuls, das Wort von Gaius Julius Cäsar. Wir wollten ihn offiziell um Erlaubnis bitten. Sollte er unsere Bitte abschlagen, würden wir das hinnehmen, die römische Provinz umgehen und den beschwerlichen Weg durch die Schluchten zwischen Rhodanus und Jura wählen und dann durch das Gebiet der ebenfalls mit uns befreundeten keltischen Sequaner und Häduer nach Westen ziehen. Dieser Umweg wäre sehr beschwerlich, aber wir würden ihn akzeptieren. Dem Frieden zuliebe.

Zusammen mit Wanda und Lucia überquerte ich also die Holzbrücke und betrat auf der anderen Seite das Oppidum der keltischen Allobroger. Nein, ich betrat die römische Provinz Gallia Narbonensis. Am anderen Ende der Brücke versperrten mir sechs römische Legionäre den Weg. Zollbeamte. Sie trugen eine bronzene Ausgabe unseres keltischen Helmes mit Wangenklappen, einen keltischen Kettenpanzer, der aus dreißigtausend kleinen Metallringen bestand, ein spanisches Schwert und einen Pilum. Dank Onkel Celtillus waren mir die gebräuchlichsten Waffen rund ums Mittelmeer vertraut. Aber ein bißchen enttäuscht war ich schon. Wie konnte jemand, der nicht mal eigene Waffen und Rüstungen erfinden konnte, das gesamte Mittelmeer beherrschen? Einige Legionäre waren auf ihre hohen ovalen Schilde gestützt. Die Schilde waren bunt bemalt.

»Atticen quaerat assibus sedecim«, scherzte ein Legionär, was soviel bedeutet wie: Attica macht's für 16 As. Offenbar tauschten sie gerade Berichte von der erotischen Front aus. Als ein Mann aus der Holzbaracke neben der Brücke trat, standen sie sofort stramm, als habe man ihnen ein Pilum durch den Rachen gebohrt. Der Kerl schien ein Offizier zu sein. Er trug einen Muskelpanzer nach griechischem Vorbild, versilberte Beinschienen und einen etruskisch-korinthischen Helm mit Federn. Er erinnerte mich stark an ein gepanzertes Huhn. Merkwürdigerweise roch er aufdringlich nach süßem Blütenstaub. Er fragte mich auf lateinisch, was ich hier wolle. Freundlich antwortete ich in fließendem Latein, daß ich Kontakt zu römischen Händlern suche. Er war offenbar überrascht, daß ich in seiner Sprache sprechen konnte. Auch die anderen Legionäre starrten mich verblüfft an. Anscheinend dachte man in Rom, Barbaren würden lediglich Grunzlaute von sich geben. Irgend etwas in der Art von »bar-bar«. Der Offizier gab mir mit einer Handbewegung zu verstehen, ich solle wieder auf die andere Seite des Flusses verschwinden. Ich zückte darauf ein paar Sesterzen, die ich für den Besuch der römischen Provinz zu opfern bereit war, und fragte: »Kann mir jemand das Quartier der Händler zeigen?«

Der Offizier nahm mir die großen Messingmünzen aus der Hand und zeigte links den Fluß hinunter.

»Dort findest du die Hyänen und Aasgeier des römischen Imperiums.« Jetzt sprach er plötzlich Keltisch! Vermutlich war er schon längere Zeit hier stationiert. Die Legionäre grölten vor Lachen und ließen uns passieren. Ich war wirklich enttäuscht. Ich hatte mir römische Soldaten größer und imposanter vorgestellt. Dabei waren sie eher von kleinem Wuchs. Nicht Zwerge, wie die Germanen behaupteten, aber doch erheblich kleiner als Kelten. Und dann diese Waffen und Rüstungen! Irgendwie alles geborgt! Nichts eigenes! Und daß man einen Offizier mit einigen Sesterzen bestechen konnte, enttäuschte mich maßlos. Bei uns Kelten wäre das eine Beleidigung gewesen, die in einem tödlichen Zweikampf geendet hätte. Aber hatte mir der Weinhändler Kretos nicht erzählt, daß in Rom alles käuflich war?

Das Lager der römischen Händler lag abseits der Wohn- und Handwerksviertel. Ich traute meinen Augen kaum. Ich hatte einen kleinen Markt erwartet, aber vor mir breitete sich eine Zeltstadt aus, die doppelt so groß war wie das eigentliche Oppidum! Das halbe Mittelmeer hatte sich vor den Toren dieser eher unbedeutenden Stadt versammelt! Es war unglaublich. Überall hatten die Händler ihre Zelte aufgeschlagen und ihre Waren ausgebreitet: farbige Stoffe, Baumwolle, roh oder verarbeitet, veredelte Häute, Pelze und Felle, Gewänder, Tuniken, Togen, Tücher, Satteldekken, Borten und Gürtel mit Metallbeschlägen, unzählige Töpferwaren, Amphoren in allen Größen und für jeden Zweck, Geschirr aus Campania und natürlich Schmuck aus Gold, Silber, Elfenbein und kostbaren Steinen: Karneol, Jaspis, Chrysopras, Onyx, Sardonyx. Ich kannte nicht alle Namen, aber ein syrischer Händler, der sich Titianos nannte und den iranischen Vornamen Mahes trug, erklärte mir bereitwillig Namen und Verwendungszweck der verschiedenen Steine. »Das ist der Rubin, der Saphir, der Turmalin, der Smaragd, das hier sind Perlen aus Indien und das ist Elfenbein. Dieser Elfenbeinzahn wiegt über 300 Librae, es gehört dem Loxodonta africana, das ist ein riesengroßes, graues Tier, das soviel wiegt wie acht Hengste zusammen.«

Ich schaute Mahes Titianos etwas skeptisch an und befühlte diesen Elfenbeinzahn. »Ich kenne all die Geschichten von Hannibal und seinen Elefanten, aber das ist schon zweihundert Jahre her. Ich frage dich deshalb: Gibt's diese Tiere wirklich, ich meine, hast du jemals so ein Tier gesehen?«

»Natürlich«, schrie Mahes Titianos, »das sind nicht bloß Geschichten! Elefanten sind nicht einfach Riesenpferde mit Riesenzähnen. Elefanten sind Elefanten. Es ist wahr, daß Hannibal mit diesen Tieren über die Alpen gezogen ist.«

Wanda und ich mußten lachen.

»Warst du dabei?« fragte Wanda. Ich schaute sie befremdet an. Es stand ihr nicht zu, sich zu äußern, ohne ausdrücklich dazu aufgefordert worden zu sein. Aber irgendwie benahm sie sich überhaupt nicht mehr wie eine Sklavin, seit wir die römische Provinz betreten hatten.

»Glaubt mir, es ist alles wahr, was ich euch erzähle. Der Loxodonta africana kann bis zu siebzig Jahre alt werden, und man kann ihn ganz einfach zähmen, wie ein Pferd.«

»Du meinst«, erwiderte ich zögernd, »ich könnte bei dir so einen Elefanten bestellen?«

»Wenn du genügend Gold hast, ganz bestimmt. Ich könnte ihn bereits in zwei Jahren liefern.«

War das nicht wundervoll? Hatte ich nicht seit Jahren davon geträumt, einmal mit Händlern aus aller Welt reden zu können? Und mit Lateinisch und Griechisch kam man offensichtlich überall durch.

»Ich weiß nicht«, versuchte ich das Thema abzuschließen. »Wenn ich mir so ein Riesenvieh mit Elfenbeinzähnen kaufe, muß ich ja ständig fürchten, daß mir jemand nachts das Elfenbein stiehlt.«

»Ich kann dir auch Papageien besorgen, Affen, Giraffen oder Nashörner. Nashörner sind auch gut, etwas eigensinnig und jähzornig, aber die römischen Aedile sind ganz verrückt danach. Wenn sie mir ihre Wunschlisten für die Spiele vorlegen, ist immer ein Nashorn dabei.«

Ich winkte ab, bedankte mich höflich und ging mit Wanda zum nächsten Stand. Ich hatte wirklich nicht vor, einen Wanderzirkus zu eröffnen. Die Gerüche trieben mich weiter. Ein Geruch zog mich magisch an. Ein Geruch, der mir nicht bekannt war. Es war weißer Nebel, der aus den schmalen, kreisförmigen Öffnungen eines geschlossenen Bronzebehälters emporstieg.

»Das ist Weihrauch«, sagte ein Mann in gebrochenem Griechisch. Ein kleiner Dicker, so um die fünfundvierzig, trat aus dem Zelt und blickte mir offen und freundlich ins Gesicht. Er hatte ein weißes Tuch um den Kopf geschlungen. Sein Gesicht konnte man kaum erkennen, da er einen wildwuchernden, pechschwarzen Bart trug, der bis unter die großen, lachenden Augen reichte, die an glückbringende Smaragde erinnerten.

»Weihrauch?« wiederholte ich.

»Ja«, lachte der Orientale, »jeder Mensch, egal ob arm oder reich, braucht diese wunderbaren Körner. Ich verkaufe dir eine Handvoll für ein As.«

»Wir Kelten brauchen keinen Weihrauch.«

»Oh«, entfuhr es dem Händler, und er schien plötzlich ernsthaft betrübt, »wie opfert ihr denn euren Göttern?«

»Wir haben keine Tempel«, lachte ich, »unsere Götter sind überall, in den Steinen, Gewässern und Bäumen.«

»Bitte, Kelte, nenne mir deinen Namen und sei mein Gast. Ich bin Niger Fabius, Sohn eines Freigelassenen. Sei mein Gast, und erzähl mir von deinem Volk.«

Ich nannte ihm meinen Namen und fragte, ob ich unsere Pferde irgendwo anbinden dürfe. Daraufhin umarmte er mich wie einen alten Freund. Offenbar freute er sich, daß ich seine Einladung angenommen hatte. Ich war im ersten Augenblick etwas verwundert, aber seine Freundlichkeit wirkte ansteckend. Ich denke, wenn man freundlich auf einen Menschen zugeht, kann er fast nicht anders, als ebenfalls freundlich zu reagieren. Niger Fabius klatschte zweimal in die Hände. Ein Sklave kam aus dem Zelt und verbeugte sich tief. Niger Fabius zeigte auf unsere Pferde. Der Sklave verbeugte sich erneut und führte unsere Pferde hinter das Zelt. Ich folgte ihm, um mich zu vergewissern, daß die Pferde gut untergebracht wurden, und blieb erstaunt stehen. Auch Wanda stutzte. Wir standen vor einem ziemlich komischen Ding, das größer war als mein Pferd und eine schwabbelnde Beule auf dem Rücken hatte.

»Das ist ein Kamel«, lachte Niger Fabius. »Es ist ein genügsames Tier und wird deinen Pferden nichts tun.«

Er erklärte mir, daß man in seiner Heimat Kamele als Lasttiere einsetzte, so wie wir für uns Esel und Maultiere arbeiten ließen. Sie hatten dort offenbar ödes Land, das die Sonne vollständig ausgebrannt hatte, und wenn sie dieses Land, das sie Wüste nennen, durchqueren, dann reiten sie auf diesen Kamelen. Denn diese Kamele können soviel Wasser speichern, daß sie wochenlang nicht mehr trinken müssen.

»Das ist doch unmöglich«, lachte ich, »aber es ist eine ziemlich komische Geschichte.«

»Nein«, rief Niger Fabius, »Kamele können wirklich Wasser speichern, in ihrem Höcker. Und wenn sie durstig sind, fließt es von dort in ihren Körper zurück.«

»Das müssen ja göttliche Tiere sein«, überlegte ich. »Kann man diese vierbeinigen Amphoren auch kaufen?«

»Was willst du denn mit einem Kamel anfangen?«

Er zog mich ein Stückchen weiter zu zwei arabischen Pferden von einer Schönheit, Kraft und Eleganz, wie ich sie mir nie hätte träumen lassen. Eine Schimmelstute und ein rabenschwarzer Hengst. Langsam näherte ich mich den beiden Pferden. Nur kurz spitzten sie die Ohren und bliesen durch die Nüstern. Ich streckte ihnen die offene Hand entgegen und gab ihnen Zeit, an mir zu schnuppern. Die Stute trat näher und leckte meine Stirn, während sie mit ihrer Oberlippe nach meinem Haar schnappte. Ich sprach leise und ruhig auf sie ein, während ich ihr sanft über die Nüstern fuhr.

»Luna mag dich, Korisios. Du sprichst die Sprache der Pferde.«

Wanda hatte offenbar am schwarzen Hengst Gefallen gefunden. Sanft rieb er seinen Kopf an ihrer Schulter.

»Wenn ich mit jemandem Geschäfte machen will, zeige ich ihm meine Pferde. Luna sagt mir sofort, ob ein Mensch gut oder schlecht ist«, lachte Niger Fabius und nahm mich nochmals herzlich in seine Arme. Als er mich losließ, verlor ich das Gleichgewicht. Wanda war mit einem Satz hinter mich gesprungen und fing mich auf. Niger Fabius schien betrübt.

»Sag mir, wieso deine Beine so schwach sind und dein Gleichgewicht so wackelig ist – vielleicht habe ich ein Kraut, das dich heilen kann.«

»Nein«, lachte ich, »ein Kraut kann Kranke heilen, vielleicht, aber ich bin nicht krank. Unsere Götter haben meinen Körper als Behausung ausgesucht, und deshalb brauche ich genausowenig Beine, wie die Esche ein Rad braucht.«

Niger Fabius zuckte leicht zusammen. »Bist du etwa Druide?«

»Ja«, entgegnete ich spontan, obwohl es nicht ganz richtig war. Aber es wäre zu umständlich gewesen, ihm Genaueres zu erzählen. Wanda schien anderer Meinung. Ihr Blick verriet mir, daß sie mich für einen kleinen, miesen Lügner und Betrüger hielt.

»Das ist meine Sklavin Wanda«, sagte ich trocken und schaute ihr dabei frech ins Gesicht. Ich wußte, daß sie mir das im Lauf des Tages wieder heimzahlen würde. Aber es war mir egal.

Niger Fabius führte uns in ein Lederzelt, das von Sklaven bewacht wurde. Es war vollgestopft mit Holzkisten, Fässern, Leinensäcken und geflochtenen Körben. Niger Fabius zeigte mir die verschiedensten Weihrauchkörner. Er gab mir Myrrhe und Balsam zum Riechen. Er reichte mir Hölzer, die eigenartig dufteten: kleine Figuren aus Sandelholz mit Augen aus blauschimmerndem Lapislazuli.

Dann öffnete er wohlriechende Lederbeutel mit exotischen Aromapflanzen und deckte große Körbe mit Schößlingen verschiedener Sträucher ab.

»Zimt benutzen die Römer gerne zum Kochen. Zimt gewinnt man aus der Rinde eines Baumes. Das hier ist Safran, Ingwer und scharfer Curcuma. Damit kann man Wollstoffe färben.«

Er drückte mir eine kleine bronzene Statue in die Hand, die einen nackten afrikanischen Sklaven in der Hocke zeigte. »Schüttle ihn«, forderte Niger Fabius mich auf, »und halte deine Hand darunter.«

Ich schüttelte die Statue, und kleine, schwarze Körner fielen auf meine offene Hand. Kaum hatte ich daran gerochen, mußte ich kräftig niesen.

»Das ist ein Pfefferstreuer. Ich habe bereits ganz Rom damit eingedeckt.« Ich reichte den Pfefferstreuer Wanda, die ihn neugierig untersuchte. Der Sklave in der Hocke hatte in den Hinterbacken kleine Löcher, aus denen die Pfefferkörner herausfielen. Ich hätte nie gedacht, daß man überhaupt auf die Idee kommen konnte, so was herzustellen. Dagegen sind unsere ausgehöhlten und mit Goldblech ausgelegten Totenschädel ziemlich humorlos. Gierig zogen wir den Duft von Muskat, Kümmel, Nelken und anderen Gewürzen in uns ein. Wie abwechslungsreich mußte doch die Küche eines reichen Römers sein. Falls ich mich jemals in Rom einmieten würde, würde ich bestimmt ein Zimmer über einer römischen Küche nehmen.

Niger Fabius brach den Verschluß von kleinen Tongefäßen auf und gab uns nun Parfüms und Öle zum Riechen. Ein Geruch erinnerte mich an den römischen Offizier. Ich war überrascht, als er uns erzählte, daß sich römische Frauen damit einrieben. Eigentlich gefiel mir Wandas Geruch, der eine Mischung aus Pferdeschweiß, nassem Hundefell und frisch geschnittenem Gras war, wesentlich besser. Aber ich behielt das selbstverständlich für mich. Niger Fabius betupfte mit dem Parfüm Wandas Handwurzel. Es war schon erstaunlich, daß ein einziger Tropfen einen derart starken Duft hinterlassen konnte. Niger Fabius schien unser nicht mehr endenwollendes Staunen zu beflügeln.

Wie ein Zauberer nahm er ein buntbesticktes Tuch aus einer abgewetzten braunen Ledertasche und reichte es mir. Das Tuch war weder aus Wolle noch aus Leinen. Es war sehr zart, und die beiden goldschimmernden Pferde darauf waren nicht gemalt und auch nicht aus Gold. Ich war begeistert. Ich hatte niemals zuvor einen derartigen Stoff in Händen gehabt. Ich reichte ihn Wanda, die verwundert auflachte.

»Das ist Seide. Der kostbarste Stoff unter dem Himmel. Die Perser benutzen Seide bereits für ihre Feldzeichen. Aber Seide ist sehr, sehr teuer. An der römischen Reichsgrenze bezahle ich dafür fünfundzwanzig Prozent Zoll. Nur der Weihrauch ist zollfrei.«

»Beleidigst du gerade das römische Volk und den Senat,

Niger Fabius?« Vor uns stand der Offizier, den ich vorhin an der Brücke bestochen hatte.

Niger Fabius lachte und umarmte den römischen Soldaten.

»Das ist Silvanus«, lachte Niger Fabius. »Ohne ihn hätten mich die römischen Zölle längst ruiniert.« Silvanus lachte laut. Es war ihm einerlei, daß all die herumstehenden Menschen von seiner Bestechlichkeit erfuhren. Das war allerbeste Werbung. Für den Römer sind das keine Bestechungen. Für den Römer sind das einfach Gebühren, die nirgends festgeschrieben sind. »Und das ist mein Freund Korisios, ein keltischer Druide.«

Silvanus starrte mich an, als sei ich ein dreiköpfiger Gott. Mißtrauisch wich er einen Schritt zurück. »Nimm dich vor diesen Druiden in acht, Silvanus. Man sagt, sie können Tiere verzaubern und dich mit heiligen Versen töten. Ich hoffe für dich, du hast ihm nicht zu viele Sesterzen abgeknöpft.«

Silvanus griff blitzschnell in seinen Beutel und warf mir die Sesterzen beinahe angeekelt zu. Fürchtete er sich vor einem keltischen Druiden? Dazu lachte er laut und gekünstelt und flachste, daß er einem Freund von Niger Fabius selbstverständlich kein einziges As abverlangen würde. Doch in seinen grüngrauen Augen pulsierte die Angst und gab ihm das Aussehen eines herzkranken Frosches. Für mich war das eine interessante Entdeckung. Der Aberglaube eines Römers war offenbar so stark, daß selbst ein gehbehinderter Barbar einen durchtrainierten und bewaffneten römischen Offizier in die Knie zwingen konnte. Wenn er Druide war, wohlverstanden!

»Silvanus«, lachte Niger Fabius, »du stinkst ja wie ein ganzes Zelt voller Konkubinen. Ein einziger Tropfen Parfüm genügt!«

»Gib mir noch etwas mehr davon. Die Offiziere sind verrückt danach.«

»Und ich dachte immer, römische Legionäre müßten nach Zwiebeln und Knoblauch stinken.«

»Legionäre, aber nicht Offiziere!«

Niger Fabius bat uns zum Essen in das große Hauptzelt. Dort lagen bereits ein Dutzend Händler, die man an ihren Togen unschwer als römische Bürger identifizieren konnte, auf gepolsterten Sofas ausgestreckt. Sie ließen sich von nubischen Sklaven Wein, gekochte Eier und mit Sesam gespickte Brotfladen bringen. Nur einer der Gäste saß auf einem Stuhl. Es war kein Römer. Er trug eine ziemlich dicke, langärmelige Tunika, die mit bunten Streifen verziert war und bis zu den Knöcheln reichte. Er hatte einen zerzausten Bart und einen Wuschelkopf, der ihm ein wenig den Ausdruck eines Phantasten und Philosophen verlieh. Erst als er mich freundlich anlächelte, erkannte ich ihn wieder. Es war Mahes Titianos, der syrische Händler mit dem iranischen Vornamen. Ich lächelte ihm kurz zu und beobachtete dann wieder die beiden Sklaven, die vor dem offenen Zelt ein Schwein über der Feuerstelle brieten. Der eine Sklave arbeitete mit einem großen Pinsel aus weißem Pferdehaar, den er monoton wie ein Zeremonienmeister in ein mit Sauce gefülltes Tongefäß tunkte und anschließend den Schweinerücken einstrich, während der andere Sklave, auch er ein dunkelhäutiger Nubier, zufrieden lächelnd den Spieß drehte.

»Korisios!« hörte ich jemanden rufen. Einer der Römer sprang hoch, und ich wußte sofort, daß ich dieses abscheuliche Gekrächze schon irgendwo gehört hatte. Piso, Lucceius' Spion, Schuldeneintreiber, Provokateur und Speichellecker, trat auf mich zu und verkündete den Anwesenden lauthals, daß ich ein helvetischer Druide sei, der alle Sprachen rund ums Mittelmeer beherrschte. Das war natürlich übertrieben. Aber aus Höflichkeit wollte ich in diesem Punkt nicht widersprechen. Was die Herkunft betraf, hingegen schon.

»Ich bin vom Stamme der keltischen Rauriker«, korrigierte ich ihn, »wir wohnen dort, wo der Rhenus ein Knie bildet und das Gebiet der Kelten vom Gebiet jener Völker trennt, die ihr Germanen nennt.«

Ein Händler, der eine Nase hatte wie eine verunstaltete Baumwurzel, sagte, daß das doch alles einerlei sei, Barbaren seien Barbaren. Die Händler, die um ihn herum und hinter ihm gruppiert waren, applaudierten. Mahes Titianos erwiderte lächelnd, daß es doch erstaunlich sei, einen jungen Mann von solchem Wissen Barbar zu nennen. Ich bedankte mich mit einem Nicken. Mahes Titianos reichte mir daraufhin ein bronzenes Amulett, in das ein Auge eingraviert war.

»Das wird dir Glück bringen, es hält das Böse fern.«

»Es ist aber kein keltisches Auge«, sagte ich leise, »deshalb wird es mir kaum Glück bringen.«

Die Händler brachen in ein orkanartiges Gelächter aus. »Amulette aus Judäa bringen nur Unglück, das hast du richtig erkannt, Druide«, sagte einer von ihnen. Die Händler hatten bereits reichlich dem großzügig ausgeschenkten Rotwein zugesprochen und brachen wegen jeder Kleinigkeit in lautstarkes Gelächter aus.

Mahes schwieg. Er schien beleidigt.

»Barba non facit philosophum«, spottete Piso, was soviel hieß wie: Der Bart allein macht noch keinen Philosophen.

Ein Sklave reichte mir einen Becher Wein.

»Caecuber aus Campanien«, grinste Silvanus anerkennend und zwinkerte mir zu. Ich hatte noch nie Caecuber getrunken. Es war ein kräftiger Wein, aber sehr fruchtig und angenehm im Abgang. Der Sklave hinter mir öffnete eine neue Amphore und goß den Wein durch einen leinenen Filtriersack in einen Bronzekessel, den ein zweiter Sklave hielt. Anschließend wurde Wasser beigefügt. Niger Fabius war ein vorzüglicher Gastgeber. Jetzt ließ er das Schwein tranchieren und in kleine Stücke schneiden. Er kannte die römischen Sitten. Zum Fleisch wurden gelbe, weichgekochte Körner gebracht.

»Das ist Oryza«, sagte unser Gastgeber, »eigentlich ist sie weiß, aber wir kochen sie mit Safran. Daher die gelbe Farbe.«

»Willst du uns vergiften?« fauchte Silvanus und schnupperte skeptisch an seiner Reisschale.

Piso lachte schallend und demonstrierte damit, daß er ein Mann von Welt war. »Im Osten essen es bereits die römischen Offiziere. Und sie behaupten, die Kranken würden damit schneller wieder gesund.«

»Dann wirst du in Cäsar einen willigen Abnehmer finden«, grinste Silvanus. Die Händler lachten.

»Wenn der Preis stimmt«, johlte der Mann mit der Wurzelnase, »aber ihr Araber seid doch alle Blutsauger!«

»Dann bist du bei Cäsar gerade richtig«, krächzte Piso mit erhobenem Zeigefinger. »Verzehnfache den Preis, und Cäsar ist dein Kunde! Für ihn ist nur gut genug, was sich kein anderer leisten kann.«

Wieder lachten alle, während die Sklaven nun die Sauce schöpften. Es mußte etwas ganz Besonderes sein, denn Niger Fabius' Augen leuchteten, während er einen Gast nach dem andern aufmerksam musterte. Es war die Krönung: eine Weinsauce mit gemörserten Zwiebeln, Knoblauch, Zimt, Pfeffer und Lorbeer. Ich lächelte Niger Fabius anerkennend zu, während die andern vor Wollust wie rammlige Stiere stöhnten und die Augen verdrehten. Man hätte meinen können, die Brunftzeit sei ausgebrochen.

Doch Niger Fabius war nicht nur ein ausgezeichneter Gastgeber, sondern auch ein geschickter Geschäftsmann. Er wies die Sklaven an, Wein nachzuschenken, und hob dann ein römisches Vexillum aus roter Seide in die Höhe. Das Vexillum war das Feldzeichen der Manipel, einer römischen Heereseinheit. Es bestand aus einem Speer mit Lorbeerblattspitze und einem unter der Spitze befestigten Querholz, an dem ein rechteckiges Tuch aus roter Seide hing. Darauf waren ein goldener Stier aufgestickt und die Buchstaben LEG X. Offenbar war die zehnte Legion im Tierkreiszeichen des Stiers gegründet worden und stand nun unter dem Schutz des Iupiters, dem die Römer Stiere opfern. Am unteren Rand des roten Seidentuchs war ein

Fransenband angenäht. Und an beiden Enden des Querholzes hingen bronzebeschlagene Lederstreifen. Die Gäste waren verstummt. Sie starrten alle ehrfürchtig das Vexillum der zehnten Legion an, das ein orientalischer Händler in den Händen hielt. Silvanus stand auf und prüfte mit dem Blick des Sachverständigen die Aufhängung des Querholzes. Dann befühlte er die Seide und schaute Niger Fabius verblüfft an.

»Seide«, flüsterte Niger Fabius. »Wenn die Sonne scheint, sieht man es schon von weitem, und es jagt Angst und Schrecken ein, denn von weitem sieht es aus wie eine Sonne, die auf dich zurollt.« Silvanus schwieg betreten, als stünde er dem Vertreter einer höheren Zivilisation gegenüber.

»Cäsar wird dir dafür ein Vermögen bezahlen«, sagte ein Händler, der sich bisher eher zurückgehalten hatte. Er hieß C. Fufius Cita und war ein privater Unternehmer, der den römischen Legionen folgte und diese mit Getreide versorgte. Er machte einen ruhigen, fast würdevollen Eindruck. Mir war schon aufgefallen, daß er bloß lächelte, wenn die anderen grölten.

Piso grinste. »Cäsar ist abgebrannt. Er braucht bereits neue Kredite, um seine Zinsraten bezahlen zu können.«

Der Händler mit der Wurzelnase lachte. »Hat ihn das etwa davon abgehalten, seiner geliebten Servilia eine Perle im Wert von sechs Millionen Sesterzen zu schenken? Sechs Millionen für ein paar Nächte! Das muß man sich mal vorstellen. Also wenn ihr mich fragt, der Mann ist verrückt. Er setzt alles auf einen einzigen Wurf. Alles oder nichts.«

»Was meint ihr«, fragte Mahes Titianos, »sind Cäsars Legionäre auch an Amuletten interessiert?« Die römischen Händler lachten und ließen sich Wein nachschenken. »Wenn Cäsar nach Britannien übersetzt, um die Zinngruben zu plündern«, fuhr er trotzig fort, »werden seine Legionäre etwas brauchen, das sie vor dem Sturm schützt.« Mahes Titianos reichte Piso ein Amulett. »Es kostet fast nichts und schützt dich vor manchen Gefahren.«

Piso warf Mahes das Bronzeplättchen mit dem stilisierten Auge angeekelt zurück. »Ich will mit deinen Dämonen nichts zu tun haben!«

»Mein Gott ist gütig!« rief Mahes. »Wenn du das kaufst, wirst du gerettet werden, wenn die Welt in Stücke zerrissen wird.«

»Aber gegen Pompeius konnte es offenbar nichts ausrichten. Judäa ist in römischer Hand, und Jerusalem ist gefallen!«

Piso und die andern lachten herzhaft und prosteten sich zu.

»Weißt du, Korisios«, begann Piso, »in Judäa wimmelt es nur so von Propheten, Wunderheilern, Dämonenaustreibern, Heilanden, Gottessöhnen und anderen religiösen Fanatikern und Messiassen, die als Retter und Erlöser verehrt werden. Seit hundert Jahren predigen sie schon das Ende der Welt. Pompeius hat in Judäa schon Hunderte von diesen Irren ans Kreuz schlagen lassen, aber sie wachsen wie Unkraut nach! Du findest sie an jeder Straßenecke. Ihre Reinheits- und Speisevorschriften sind eine Folter, und sie maßen sich an, Verbrecher von ihrer Schuld zu befreien, ohne Gericht, ohne Tempel, ohne Priester, ohne Sühneopfer. Das ist hundertfache Götterlästerung! Aber das verrückteste ist: Sie haben nur einen einzigen Gott!«

Piso und die anderen Römer kugelten sich vor Lachen. Eine Religion, die nur einen einzigen Gott kannte, war nun wirklich das Dümmste, was sich ein Mensch überhaupt ausdenken konnte. Wenn wir mit einem Gott zerstritten waren, konnten wir uns wenigstens an einen anderen wenden.

»Wie wollt ihr über einen Gott urteilen, wenn ihr nicht mal den Unterschied zwischen Kelten und Germanen kennt? Ihr seid doch nichts anderes als ein ungehobelter Haufen versoffener Römer«, protestierte Mahes.

Die Römer lachten noch lauter und ließen sich von den stumm hinter ihnen stehenden nubischen Sklaven ihre

Weinbecher nachfüllen. Silvanus rieb sich kichernd die Tränen aus den Augen: »Sag mal, Mahes Titianos, welchem unserer Götter entspricht denn dein einsamer Gott am ehesten? Iupiter oder ...«

»Unser Gott ist der größte und der einzige wirkliche Gott«, schrie Mahes Titianos aufgebracht.

»Wieso hilft er dir nicht, deine Amulette zu verkaufen?« lachte Piso und klopfte sich vergnügt auf die Schenkel. »Du solltest Merkur opfern, der würde dir helfen!«

»Laßt ihn doch ausreden«, sagte C. Fufius Cita mit ruhiger Stimme und wandte sich interessiert an Mahes Titianos. »Der römische Merkur entspricht dem griechischen Hermes, dem keltischen Thur und dem germanischen Wotan, es ist wohl stets der gleiche Gott, der bei den verschiedenen Völkern nur einen anderen Namen trägt, aber dein Gott ...«

»Sein Gott der Apokalypse ...«, grölte einer, und alle lachten und machten eine vernünftige Diskussion unmöglich.

»Mahes Titianos«, gluckste Silvanus, »wenn dein Geschwätz nicht derart vergnüglich wäre, hätten wir dich schon längst gepfeffert und als römisches Schwein den Barbaren verkauft.«

»Er hat recht!« sagte ein Händler, der Ventidius Bassus hieß und mit Handmühlen und Karren handelte. »Wir Römer dulden Hunderte von Göttern und machen dabei keinen Unterschied, ob es eigene oder fremde sind, aber wenn einer kommt und behauptet, es gebe nur einen einzigen Gott, dann beleidigt er alle unsere Götter! Und deshalb wirst du eines Tages wie ein Verbrecher am Kreuz enden!«

Ventidius Bassus erhielt johlenden Beifall. Die meisten waren bereits so betrunken, daß sie wegen jeder Kleinigkeit in schallendes Gelächter ausbrachen. Entsprechend derb wurden auch ihre Sprüche. Ich konnte Niger Fabius' Blicken ablesen, daß er die Gesellschaft der Römer zwar erduldete, aber sie für ihre Zügellosigkeit verachtete.

Ein weiterer Römer betrat das Zelt. Es war kaum zu fassen. Es war Kretos! Der Weinhändler Kretos! Mit seiner Hündin Athena! Welch eine Überraschung! Er brüllte meinen Namen, als müsse man ihn bis nach Massilia hinunter hören, und umarmte mich herzlich. Es war mir, als würde ich einen kleinen Teil von Onkel Celtillus umarmen. Ich war richtig glücklich, Kretos in meinen Armen zu halten. Jetzt war Massilia nur noch ein Katzensprung! Und ich war richtig stolz, daß er mich inmitten von all diesen Händlern sah. Ich war nicht mehr der kleine Rauriker am Fuße der Eiche!

»Mir scheint, du stehst sicherer auf den Beinen, Korisios.« Das sagte er jedes Mal, wenn er mich wieder traf. Ich weiß nicht, ob er mir bloß Mut machen wollte oder ob es wirklich so war. Kretos bückte sich zu Lucia hinunter und strich ihr über den Kopf. Athena beschnupperte sie und wimmerte leise. Athena war Lucias Mutter. Ihre Schnauze war grau geworden. Aber sofort hatte sie Lucia als ihr »Junges« erkannt. Irritiert schaute sie zu ihrem Meister hoch und gab seltsame Töne von sich. Ich denke, wir Menschen werden wohl nie verstehen, was wir den Tieren antun.

»Du bist groß geworden, Korisios. Ist dein Onkel Celtillus auch hier?« Ich zögerte. Das reichte Kretos bereits, um alles zu verstehen. Er nahm mich nochmals in die Arme und murmelte irgend etwas, das vermutlich für seine Götter bestimmt war. Dann begrüßte er die römischen Händler. Die meisten kannte er mit Namen. Auch Piso war ihm kein Unbekannter.

»Kretos, ich hab für dich was Neues entdeckt. Im Gasthof des Syrers Ephesus arbeitet eine gewisse Julia. Die hat so einen kleinen, satten Arsch …« Einige skandierten »Julia« und hoben ihre Becher. »Julia! Julia!« Als sich die Römer endlich über Julias offenbar außerordentlichen Hintern einig geworden waren, fragte ich die Anwesenden, wieso hier so viele Händler zusammengekommen seien.

Ob hier regelmäßig ein Markt stattfinde? Schallendes Gelächter war die Antwort. Silvanus kotzte vor lauter Lachen auf den Boden, was die anderen noch mehr belustigte.

»Hier findet kein Markt statt, sondern Krieg«, lachte Piso und wischte sich die Tränen aus dem Gesicht.

»Haben sich die Allobroger gegen Rom erhoben?« fragte ich verwirrt.

Sie brachen erneut in Gelächter aus, doch es ebbte schnell wieder ab. Offenbar tat ich ihnen leid. Mahes Titianos schaute mich ernst an. »In Rom geht das Gerücht, die Helvetier wollten die römische Provinz überfallen.«

»Das ist eine Lüge!« schrie ich. »Wir sind ein Volk auf Wanderschaft. Wir sind keine Armee auf Kriegszug. Wir wollen nicht in die römische Provinz einfallen. Wir durchqueren sie bloß, um nach Westen an den Atlanticus zu ziehen. Die Santonen haben uns fruchtbares Land überlassen.«

Piso schaut mich mitleidig an. Ich tat ihm tatsächlich leid. Offenbar gab es da etwas, das ich nicht verstand. »Korisios, ihr Kelten seid das Volk des Goldes. Während sich alle Völker in Bergwerken für jedes Staubkorn abrackern müssen, findet ihr den Goldstaub sackweise in euren Flüssen.«

»Ich sehe den Zusammenhang nicht«, log ich.

Der Händler mit der Wurzelnase lachte laut auf und grölte: »Ihr geht auf Wanderschaft? Das Volk des Goldes geht auf Wanderschaft? Ihr habt euer gesamtes Hab und Gut dabei! Euer gesamtes Gold! Auf Wanderschaft! Und du verstehst den Zusammenhang nicht?«

»Das ist so, als würde Julia mit ihrem Arsch an Cäsar vorbeischlenkern«, ergänzte Silvanus.

Piso grinste. »Es gibt für Gaius Julius Cäsar keine bessere Gelegenheit, an Gold zu kommen. Er muß keine Städte belagern, er muß sich keiner Armee stellen, er überfällt ein Volk, das mit Weib und Kind und Ochsenkarren und seinem gesamten Gold auf Wanderschaft ist.«

C. Fufius Cita bestätigte ihn: »So ist es, Kelte. Man sagt, der Wagenzug reiche bereits von der germanischen Grenze bis hierher. Über fünfzig Meilen. Das ist ein Spaziergang, das ist wie ein Wochenende auf Capri.«

Piso ließ sich verdünnten Caecuber nachschenken und lehnte sich müde zurück. Seine Augen waren vom vielen Wein gläsern und klein geworden. Ich war leicht irritiert. An diese Möglichkeit hatte ich nie gedacht. War Rom denn nicht ein Freund des keltischen Volkes? Hatte der häduerische Fürst und Druide Diviciatus das nicht mehrmals Divico versichert?

»Nimm's Cäsar nicht übel«, murmelte Piso, »es ist nichts Persönliches. Er hat nichts gegen euch. Er hat bloß Schulden.«

Wieder lachten alle. Bis auf Wanda, Mahes Titianos und Niger Fabius. Er schien mit mir zu leiden. Kretos versuchte den Mittelweg. Bei Scherzen lachte er verhalten mit, verstummte aber gleich, wenn sich unsere Blicke trafen.

»Cäsar hat bereits wieder über dreißig Millionen Schulden. Deshalb wird es Krieg geben.«

»Dann werden wir eben nicht durch die römische Provinz ziehen«, entgegnete ich trotzig.

»Tut mir leid, Druide«, entgegnete Piso, »aber Cäsar wird ein schutzloses Volk bis ans Ende der Welt verfolgen, um dieses Gold zu kriegen. Er kämpft, wie gesagt, nicht gegen euch. Er kämpft gegen seine Schulden.«

Der Händler mit der Wurzelnase, der so unsympathisch war, daß ich mir beinahe aus Trotz seinen Namen nicht merken wollte, fragte, ob es wahr sei, daß wir Kelten tonnenweise Gold in unseren Flüssen und Seen versenken würden. Ich schwieg. Ich war wütend.

»Ihr holt den Goldstaub aus dem Bach, schmelzt ihn zu Barren, verarbeitet ihn zu Schmuck und werft ihn dann wieder in den Bach.« Der Händler hielt kurz inne, damit die römischen Händler ausgiebig kichern konnten, und fuhr dann fort: »Ich habe gehört, daß ihr selbst die Kriegsbeute euren Wassergöttern opfert, jedes Pferd, jedes Schwert, jede Sesterze.« Ja, so war es. Schließlich kämpfen wir für die Ehre, und nicht für ein Weltreich. Aber ich schwieg weiter. Jetzt saßen sie tatsächlich wie Geier und Hyänen um mich herum.

»Ist es wahr, daß nur die Druiden wissen, welche Flüsse heilig sind?«

Ich überlegte fieberhaft, wie ich hier wieder rauskommen würde. Piso kratzte sich Essensreste aus den Zahnzwischenräumen.

»Aber all dieses Gold und Silber, dieser Schmuck und diese Waffen, die bleiben doch alle auf dem Grund dieser Seen. Und wenn ihr diese Seen seit Menschengedenken als Opferstätten benutzt, dann müssen dort ja unvorstellbare Reichtümer liegen.«

Der Kerl mit der Knollennase schaute mich an und meinte, wir könnten auf dieser Basis eigentlich ins Geschäft kommen. Ob man mich als Fremdenführer mieten könne? Er sei privater Unternehmer, Altmetallhändler und Lumpensammler, er habe von der römischen Armee eine Lizenz, die Schlachtfelder zu räumen. Aber in keltischen Flüssen fischen, das würde ihm mehr Spaß machen. Alle schauten mich erwartungsvoll an. Ich schaute jeden einzelnen an, bevor ich mich zu einer Antwort entschloß.

»Römer! In unseren Flüssen werdet ihr nicht nur Gold finden, sondern auch römische Standarten und Feldzeichen, römische Schwerter und Kettenhemden und hier und da einen römischen Adler.«

Beim Wort »Adler« waren alle zusammengezuckt. Es galt als größte Schande Roms, ihn zu verlieren. Selbst Piso schien vorübergehend wieder nüchtern geworden zu sein. Ich war stolz auf die Wirkung meiner Worte und fuhr gleich fort: »Wir Kelten kämpfen nicht, um uns zu bereichern…«

»Das ist wahr«, unterbrach mich Silvanus, »es ist fast unmöglich, den Kelten in unseren Hilfstruppen Disziplin beizubringen. Die betreiben den Kampf wie die Griechen das Diskuswerfen. Die denken nur an eins: Köpfe sammeln. Sieg oder Niederlage, das ist ihnen völlig egal.« Auch was Silvanus sagte, war den meisten egal. Sie wollten jetzt mehr erfahren. Über das Gold.

»Wenn die Götter uns den Sieg schenken«, fuhr ich fort, »dann gebührt die Beute ihnen. Das sind wir den Göttern schuldig. Aber damit nicht irgendein niederträchtiger Wurm auf die Idee kommt, unsere heiligen Orte zu plündern, zerstören wir die Gegenstände, bevor wir sie ins Wasser werfen.«

Der Kerl mit der Wurzelnase schüttelte verärgert den Kopf. »Sei doch vernünftig, Kelte, wem nützt denn all dieses Gold auf dem Grund der Seen und Flüsse?«

»Es gehört den Göttern! Wir verarbeiten es und geben ihnen das meiste davon wieder zurück.«

»Hör auf! Ich würde es gerne bergen und wieder einschmelzen, aber man müßte natürlich wissen, wo diese heiligen Flüsse und Weiher sind.« Er stieß auf breite Zustimmung. Und wieder waren alle Augen auf mich gerichtet. Auch Wanda schaute mich an, als wolle sie sagen: Siehst du, das kommt davon, wenn man sich als Druide ausgibt!

»Wer versucht, das zu nehmen, was den Göttern ist, findet den Tod. Es ist kein leichter Tod. Es ist der qualvollste Tod, den man sich nur denken kann«, sagte ich mit leiser, prophetischer Stimme.

Die Händler schwiegen. Verärgert griff der Altmetallhändler zu einem Stück Fleisch und ließ sich den Becher nachfüllen. Piso suchte das vertrauliche Gespräch mit C. Fufius Cita, Cäsars privatem Getreideversorger, während sich Silvanus an Ventidius Bassus wandte und sich nach den Preisen für Handmühlen erkundigte. Ich war froh, daß die Diskussion ums Gold vorläufig beendet war. Aber ich machte mir keine Illusionen. Das Thema Gold ist nie beendet. Jedes Gold, das einmal geraubt worden ist, wird wieder geraubt.

Ich setzte mich zu Kretos. »Bist du unterwegs in den Norden oder auf dem Rückweg nach Massilia?« Beim Wort »Massilia« bebte meine Stimme, denn so nahe war ich meinem Ziel noch nie gekommen. Kretos lächelte. Er kannte meine Träume. »Tut mir leid, Korisios, ich bin unterwegs in den Norden. Ich werde mit Ariovist Handel treiben. Dann werde ich über Gallien nach Massilia zurückkehren.«

»Es ist seine letzte Reise in Gallien«, spottete der Kerl mit der Knollennase, »denn wenn Cäsar Gallien erobert, brauchen wir die Griechen aus Massilia nicht mehr. Dann übernimmt Rom die Handelsrouten in den Norden und zu den britischen Zinninseln.«

»Hast du denn jemals einen Germanen gesehen?« schrie Kretos. »Ich prophezeie euch, daß ihr wie kreischende Weiber auseinanderstieben werdet! Nicht wahr, Korisios?«

Die Runde war etwas stiller geworden. Alle Augen ruhten auf Wanda; sie musterten sie wie Vieh auf dem Fleischmarkt. Wanda widerstand ihren Blicken, stolz und spöttisch. Und dann sagte sie: »So reden Hühner, wenn sie über den Wolf reden.« Mahes Titianos lachte laut auf, während Piso grinste und der Kerl mit der Knollennase rot anlief.

Plötzlich stürzte ein römischer Centurio in unser Zelt und schrie: »Cäsars Vorhut ist da!« Silvanus sprang sogleich hoch und rannte hinaus.

Auch der Schrotthändler, dessen Name ich mir nicht merken wollte, eilte hinaus und nahm zum Glück all die Händler mit, die die ganze Zeit über seinen Sprüchen lauthals applaudiert hatten. Nur C. Fufius Cita bedankte sich höflich für die Gastfreundschaft, bevor er uns verließ.

Piso ließ sich Wein nachschenken und setzte sich dann mit einer versöhnlichen Geste neben mich. »Siehst du, Korisios, das sind die Hyänen Roms.« Den Spruch hatte ich schon mal gehört. »Diese Händler folgen den römischen Legionen wie die Aasfresser den Nomaden. Sie versorgen die römischen Legionäre mit allem, was sie brauchen. Und sie kaufen ihnen all den Plunder ab, den sie mit Cäsars Erlaubnis plündern. Und wenn er die Helvetier besiegt und versklavt, dürften seine Soldaten gegen hunderttausend Sklaven erhalten. Und was sollen sie damit anfangen? Die Händler werden sie ihnen abkaufen und sie mit ihren Privatarmeen nach Rom bringen.« Er grinste zu Wanda rüber. »Bei den Frauen dauert es etwas länger. Aber wie auch immer – es gibt für einen Händler kein besseres Geschäft, als einem römischen Heer zu folgen. Die Händler sind genauso wichtig wie die Nutten, die du am Rande der Zeltlager finden wirst. Alexia ist übrigens die beste. Noch besser als Julia. Sag ihr, daß ich dich geschickt habe, dann macht sie's umsonst.« Piso versuchte aufzustehen. Nach dem zweiten Anlauf gelang es ihm sogar. Wankend wie ein benommener Krieger suchte er den Ausgang. Während er seinen Blähungen einen geräuschvollen Abgang erlaubte, bahnte er sich einen Weg auf dem mit Knochen, Fischgräten, Traubenstielen, Salatblättern und anderen Speiseresten übersäten Zeltboden. Ein Festmahl für Lucia!

Kretos ließ sich nochmals Wein nachschenken und griff nach einem Stück Fleisch. »Nimm's nicht persönlich, Korisios, Geschäft ist Geschäft. Wenn du willst, nehm ich dich auf dem Rückweg nach Massilia mit. Du kannst schreiben und lesen und beherrschst viele Sprachen. Du bist gescheit und kannst rechnen. Ich könnte einen wie dich gebrauchen. Selbst gebildete griechische Sklaven können da nicht mithalten.« Er schaute wieder zu Lucia runter und schüttelte schwach den Kopf, als könne er nicht begreifen, wie man einen dreifarbig gefleckten Hund schön finden konnte. Jetzt, wo Massilia in Reichweite lag, war ich wieder unschlüssig. Etwas hilflos schaute ich Wanda an. Sie lächelte und zeigte ihre schönen Zähne. Kretos wertete mein Zögern als Desinteresse.

»Korisios, wenn du dich bewährst – und daran zweifle ich keinen Augenblick –, würde ich sogar dafür sorgen, daß du Bürger von Massilia wirst.« Ich warf ihm einen skeptischen Seitenblick zu. »Bürger von Massilia?« fragte ich.

»Ja«, sagte Kretos, »als Bürger von Massilia darfst du dir in Rom die Spiele ansehen und auf den Rängen Platz nehmen, die den römischen Senatoren vorbehalten sind. Verstehst du, was es bedeutet, Bürger von Massilia zu werden? Wir haben zwar keine großen Armeen, aber als Kaufleute werden wir von Rom genauso geachtet wie gefürchtet.«

»Wie lange werden dich deine Geschäfte mit Ariovist aufhalten?«

»Ein halbes Jahr. Bleib mit deiner Sklavin so lange in Genava. Hast du genug Geld?«

»Ja«, sagte ich stolz, »ich könnte damit sogar zwei Jahre in Rom leben.«

Er legte mir die Hand auf die Schulter und suchte nach Worten. Schließlich sagte er: »Wenn es dir in Genava langweilig ist, kannst du dich auch in Cäsars Heer um eine Anstellung bewerben. Wenn du in Cäsars Diensten stehst, werde ich auch immer wissen, wo du bist, und dich dann abholen, wenn ich aus dem Norden zurückkomme.«

Kretos sah offenbar alles aus der Sicht des Händlers. Er teilte die Welt nicht in Kelten und Römer ein, sondern in interessante und weniger interessante Märkte.

»Komm, Korisios, du solltest dir Cäsars Ankunft nicht entgehen lassen. Dann wirst du vieles besser verstehen. Ihr Kelten könnt Cäsar nicht aufhalten, dafür seid ihr viel zu zerstritten. Aber Massilia könnte es.« Er hob bedeutungsvoll die Augenbrauen. Seine Augen blickten geheimnisvoll, während er wie ein allwissender Gott lächelte. Ich lächelte zurück, obwohl ich von seinen Andeutungen überhaupt nichts verstand. Wir ließen uns von den Sklaven Wasserschüsseln zum Händewaschen bringen und verließen anschließend das Zelt.

Gemeinsam ritten wir zum Südtor des allobrogischen Oppidums, in dem schon Hunderte von Menschen die Hauptstraße säumten. Römische Legionäre und Hilfstruppen drängten die Schaulustigen mit ihren Speeren und Schilden zurück und hielten die Straße frei.

Als erste passierten allobrogische Kundschafter das Südtor. Diese berittene Hilfstruppe setzte sich meist aus Einheimischen zusammen. Wenig später trafen Kohorten der zehnten Legion ein. Ihre Schilder waren nicht wie üblicherweise auf dem Marsch mit Leder überzogen und am Rücken festgemacht, sondern griffbereit. Es war eine kampfbereite Legion. Offenbar wollte Cäsar für alle Eventualitäten gewappnet sein. Die Allobroger galten als launisch und aufständisch. Die nagelbeschlagenen Caligae der Legionäre und das Aneinanderreiben von Hunderten von Metallteilen erzeugten einen seltsamen, ja bedrohlichen Klang. Die Legionäre mußten in einem Gewaltmarsch hierhergebracht worden sein. Sie wirkten aber kaum von den Strapazen gezeichnet. Sie waren Härte und Disziplin gewohnt. Dafür wurden sie bezahlt. Sie marschierten in gleichmäßigem Schritt, jeweils vier Legionäre in einer Reihe. Ihre ovalen Schilde waren leicht nach innen gewölbt und reichten vom Kinn bis zu den Knöcheln. Doch im Gegensatz zu den Schilden der Zollbeamten waren die Schilde der zehnten Legion rot bemalt. Rot ist für uns Kelten die Farbe der Anderswelt, die Farbe des Sonnenuntergangs, die Farbe des Verderbens, die Farbe des Blutes, die Farbe der totalitären Macht. Die Männer dieser zehnten Legion waren nicht zu vergleichen mit den trägen Gestalten, die ich an der Rhodanusbrücke angetroffen hatte. Es waren Männer, die es gewohnt waren, gewaltige körperliche Anstrengungen ohne jedes Murren zu akzeptieren. Es waren Männer, die ihrem Feldherrn bedingungslos gehorchten. Es waren Cäsars Männer. Nicht Roms Legionäre. Cäsar hatte ihnen reiche Beute versprochen. Über die Herkunft der Beute hatte er sich allerdings ausgeschwiegen.

»Heil dir, Cäsar!« Plötzlich erschallten außerhalb des Oppidums begeisterte Rufe: »Heil dir, Cäsar!« Ich sah, wie ein Mann auf einem Schimmel das Südtor passierte. Er ritt aufrecht und stolz. Er trug einen kunstvoll verzierten Muskelpanzer. Über den Schultern trug er einen roten Umhang. Links und rechts wurde er von berittenen Hilfstruppen flankiert. Hinter ihm folgten die Offiziere, Legaten, Tribune und Präfekten. Doch ich hatte nur noch Augen für den Mann auf dem Schimmel. Ich hätte gerne von ihm gesagt, daß er den Eindruck einer vollgefressenen Ratte machte, aber es wäre nicht wahr gewesen. Gaius Julius Cäsar war eine Erscheinung, die es in gewissem Sinne mit unserem glorreichen Divico aufnehmen konnte. Auch er verkörperte die Unerschrockenheit und den Todesmut der Kelten, auch er präsentierte sich wie eine Naturgewalt, die durch nichts aufzuhalten war. Aber er hatte nicht wie Divico die Wildheit und Freiheitsliebe des Todesmutigen in den Augen, nein, in Cäsars Zügen sah ich die Skrupellosigkeit des kühl berechnenden Zynikers. Er war hager und blaß. Abschätzig und kalt musterte er die Menschen. Aber da war auch dieses stille Schmunzeln in seinen Mundwinkeln, dieser leise Spott, der den verschwenderischen Genießer und hemmungslosen Triebmenschen charakterisierte. Während der hinterlistige Taktiker siegt, stirbt der Mutige an seinem Mut. Cäsar war kein Kelte. Er war durch und durch Römer. Ehrgeizig bis in den Tod. Lieber sterben, als der Zweite sein.

»Heil dir, Cäsar«, schrien seine Legionäre erneut und reckten dabei den rechten Arm steil in den Himmel. Cäsar quittierte es mit einem Lächeln, als hecke er gerade einen besonders boshaften Plan aus.

Ich hatte genug gesehen. Ich mußte zurück zu meinem Stamm am anderen Ufer des Rhodanus. Aber zuvor wollte ich bei Niger Fabius dieses wunderschöne seidene Halstuch mit den beiden aufgestickten Pferden kaufen. Wer weiß, ob ich jemals wieder eine römische Provinz betreten würde. Ich hatte zwar all die Jahre immer davon geträumt, nach Massilia zu ziehen und eines Tages Rom zu sehen, aber jetzt war mir die Lust vergangen. Träume sind manchmal seltsam. Sie verleihen einem eine ungeheure Kraft. Man versetzt Berge, um ihnen ein Stück näherzukommen. Und wenn sie greifbar nahe sind, wendet man sich enttäuscht von ihnen ab. Ich war durcheinander. Was trieben die Götter für ein Spiel mit mir?

Ich verabschiedete mich von Kretos und sagte ihm, ich wolle sein Angebot noch ein paar Nächte überschlafen. Kretos hatte Verständnis.

»Laß dir Zeit, Korisios, ich werde bestimmt noch zehn Tage hiersein. Ich muß herausfinden, was Cäsar im Schilde führt.«

Niger Fabius freute sich sehr, mich noch einmal zu sehen. Er wollte mich gleich bewirten, aber ich sagte ihm, daß ich es sehr eilig habe. Er bot mir das Halstuch für zwei Silberdenare an und überließ es mir schließlich für einen. Daraus lernte ich, daß man grundsätzlich nie mehr als die Hälfte bezahlen sollte. Niger Fabius umarmte mich herzlich und betonte, daß ich jederzeit willkommen sei.

Mit Wanda ritt ich zur Brücke zurück. Ein bißchen wehmütig dachte ich an meine Ankunft in Genava. Ich hatte mich so gefreut, und plötzlich waren mit Cäsar schwarze Wolken am Himmel aufgezogen. Alles, was ich bisher über ihn gehört hatte, war plötzlich real und faßbar. Und vor allem bedrohlich.

Der Weg zur Brücke war von Hunderten von Legionären versperrt. Unter den Kommandos ihrer Centurionen legten die Soldaten ihre Kettenhemden ab und ergriffen das Werkzeug, das offenbar jeder mit sich führte. Die Legionäre waren so zahlreich, daß ich nicht bis zum Fluß hinuntersehen konnte. Man hörte bloß das Hämmern der Zimmerleute, die schweren Sägen der Pioniere und das Aufsplittern der Holzplanken unter den wuchtigen Axthieben der Legionäre. Ich ritt abseits des Zollareals zum Ufer hinunter. Ich traute meinen Augen kaum. Die Brücke wurde gerade abgerissen. Cäsar hatte den Befehl gegeben, die Brücke abzureißen! Wollte er uns nur davon abhalten, seine Provinz zu betreten, oder wollte er uns provozieren? Auf der anderen Seite des Ufers ging es ziemlich laut zu. Die Stimmung in den keltischen Zeltlagern mußte miserabel sein. Die meisten Auswanderer saßen seit Tagen gelangweilt herum und tranken vermutlich bereits die letzten römischen Weinfässer leer, die eigentlich bis an die Küste hätten reichen sollen. Einige Hitzköpfe brüllten, sie würden rüberschwimmen und Legionärsköpfe einsammeln. Es bedurfte vermutlich der Kraft und Autorität aller keltischen Fürsten und Druiden, um diese Heißsporne von ihrem Vorhaben abzubringen. Denn selbst wenn die Fürsten Frieden beschlossen hatten, wurde normalerweise toleriert, daß die Jungen nachts zum Spaß auf Kopfjagd gingen. In diesem Fall wollte man aber Cäsar nicht den geringsten Vorwand liefern.

Wanda und ich verließen trotzdem Genava. Wir wollten sehen, ob es entlang des Rhodanus irgendeine Möglichkeit gab, den Fluß zu überqueren.

Was uns außerhalb des Oppidums erwartete, überstieg jedoch erneut mein gesamtes Vorstellungsvermögen. Auf freiem Gelände errichtete Cäsars zehnte Legion in Windeseile ein Militärlager von etwa einer halben Meile auf eine halbe Meile.

»Korisios!« Ich entdeckte Kretos, der zusammen mit einigen seiner Freigelassenen, allesamt ehemalige griechische Sklaven, auf einem kleinen Hügel saß und den Legionären bei der Arbeit zusah. Wir setzten uns zu ihm.

»Paß gut auf«, sagte Kretos, »ein römisches Legionärslager ist wie ein Spielzeug, das die Götter in die Wildnis fallen lassen. Jedes wird nach dem gleichen Schema errichtet. Egal wie lange die Legionäre marschiert sind, am Ende des Tages schütteln sie ein Legionärslager aus dem Ärmel ihrer Tunika.«

Bereitwillig erklärte mir Kretos die Besonderheiten eines militärischen Lagers, während ich mir ernsthaft darüber

Gedanken machte, wie eine Armee, die zu derartigen Leistungen fähig war, von einem Haufen undisziplinierter Kelten besiegt werden könnte.

Nach einigen Stunden überragte das römische Militärlager bereits jedes keltische Oppidum an planerischer Intelligenz und Verteidigungskraft. Ich konnte es kaum glauben. Diese zehnte Legion war tagelang marschiert und hatte nun in wenigen Stunden eine regelrechte Stadt in die Wildnis gezaubert. Man durfte nicht daran denken, was geschehen würde, wenn diese Männer den Spaten mit dem Gladius tauschen würden. So klein, unbedeutend und machtlos hatte ich mich noch nie gefühlt.

Kretos schien betrübt. Seine Augen waren still und melancholisch. »Korisios, es ist alles wahr, was man erzählt. Cäsar spricht nur noch von Gallia Aurifera. Das Gold interessiert die Legionäre bald mehr als die Mädchen.« Nach einer Weile fügte er überraschend hinzu: »Ich sollte in Gallien eine Filiale eröffnen, um die Legionäre mit den Produkten aus ihrer Heimat zu beliefern. Aber wo, Korisios? Wo wird Cäsar im Herbst sein Winterlager errichten?«

Es war offenbar nicht der Krieg, der Kretos betrübte. Er hatte nur Angst, daß ihm ein Geschäft durch die Lappen ging. Er lächelte listig. »Ich brauche jemanden, der in Cäsars Dienste tritt und mir über alle Truppenbewegungen Bericht erstattet. Jemand, der Kontakte zu örtlichen Handwerkern knüpft und mir Listen von ihren Erzeugnissen schickt. Ich müßte auch wissen, welche Waren in welchen Gebieten rar, aber sehr gefragt sind. Ich müßte die Preise kennen, die man für einheimische Waren bezahlt, und die Preise, die man für Importgüter bezahlen würde.«

Ich konnte diesen Kretos einfach nicht verstehen. Cäsar war dabei, das keltische Gebiet, das er Gallien nennt, mit einem Privatkrieg zu überziehen, und er überlegte, wie er damit Geld verdienen konnte. Was war los mit mir? Kretos schien meine Gedanken zu erraten. Er berührte mein Knie und redete eindringlich auf mich ein: »Korisios, ich bin kein Feldherr, ich bin Kretos, der Weinhändler aus Massilia. Ich habe keine Armeen. Ich kann Cäsar nicht daran hindern, etwas zu tun, was sein Ehrgeiz oder seine Schulden ihn zwingen zu tun. Ich kann nur versuchen, das Beste daraus zu machen. Du kannst einen Sturm, der übers Land zieht, nicht aufhalten, Korisios, du kannst nur versuchen, ihn zu überleben.«

Na ja, jeder Mensch denkt sich im Laufe der Jahre irgend etwas aus, um seine Handlungen zu rechtfertigen. Ich lächelte Kretos versöhnlich zu. Er hatte immerhin soviel Feingefühl gehabt, meinen Zwiespalt zu erkennen und darauf einzugehen. Wir vereinbarten, in den nächsten Tagen nochmals darüber zu sprechen. Lucia mochte ihn nicht sonderlich. Sie hatte nur Augen für ihre alte Mutter Athena.

Wanda und ich ritten noch eine Weile den Rhodanus entlang, aber da es bereits dunkel wurde, beschlossen wir, es morgen nochmals zu versuchen. Allerdings hatte ich bereits so meine Zweifel, daß es irgendwo noch eine Furt gab, die nicht von Legionären besetzt war.

Auf dem Rückweg ins Lager der Händler ritten wir an der abgerissenen Rhodanusbrücke vorbei. Überall waren allobrogische und kretische Bogenschützen, balearische Schleuderer und römische Legionäre in Stellung gegangen. Es war nicht zu übersehen, daß die Allobroger zwar ihren Dienst verrichteten, aber die Römer nicht sonderlich mochten. Und die Römer mißtrauten den unterworfenen Allobrogern zu Recht. Kein vernünftiger Feldherr wäre auf den Gedanken gekommen, in einem allobrogischen Oppidum zu übernachten. Sie waren für ihre spontanen Aufstände berühmt.

In der Mitte des Flusses ragten nur noch die im Flußbett verankerten senkrechten Pfosten aus dem Wasser. Sämtliche Planken und Querverstrebungen waren bereits entfernt worden. Planke für Planke arbeiteten sich die letzten römischen Pioniertruppen ans eigene Ufer zurück, wo sich mittlerweile eine ansehnliche Zahl von Legionären in einer Reihe aufgestellt hatte, dicht nebeneinander, wie ein Palisadenzaun aus Fleisch und Blut.

Die Nacht verbrachten wir in Niger Fabius' Zelt. Er erzählte uns mehr über Judäa, das Land und die Leute, und den Gott von Mahes Titianos. Ein einziger Gott war für Kelten, Germanen, Römer oder Griechen ungefähr so attraktiv wie die Vorstellung, sich ein Leben lang von ungewürzter Hirse und eingedicktem Mulsum zu ernähren.

»Weißt du, Niger Fabius, bei uns wohnen die Götter in der Natur, in den Seen, Flüssen, Hainen, Sümpfen, in den Bäumen und Wäldern, in den schwarzen Quellen und den Steinen. Wir haben Dutzende von Göttern. Jeder sucht sich den Gott aus, mit dem er am besten kann, denn jeder Gott ist anders und hat seine Vorzüge und Nachteile. Der eine Gott trinkt gern, der andere reitet gern, der eine beschützt uns im Krieg, während uns der andere einen bösen Streich spielt. Aber Mahes' Idee von einem einzigen Gott ...« Ich schüttelte den Kopf.

Niger Fabius lächelte. »Es ist in der Tat eine sehr merkwürdige Religion. Während alle anderen Völker, die ich kenne, den von ihnen unterworfenen Stämmen ihre Götter lassen, beharren die Anhänger dieser seltsamen Religion darauf, daß es nur einen einzigen Gott gibt. Stell dir vor, es wäre die Religion der Römer: Die ganze Welt läge bereits in Schutt und Asche!«

»Ja«, pflichtete ich ihm bei. »Man kann ein Volk besiegen, aber man darf es nicht seiner Götter berauben!«

Niger Fabius winkte einem Sklaven. Jetzt, wo keine Römer mehr unter seinem Zeltdach speisten, gab's noch besseren Wein zu trinken: Falerner. Ich mache mir nichts aus Marken und Papyrusetiketten, aber wer jemals Falerner getrunken hat, weiß, wie schlecht alle gepanschten Weine sind, die er bisher getrunken und überlebt hat. Ich will sogar noch weitergehen und behaupten, daß möglicherweise der

Falerner mich davon abgehalten hat, Druide zu werden. Ich meine das durchaus ernst. Zweitausend heilige Verse auswendig zu können ist schön und gut – Falerner ist besser.

Im Laufe des Abends gesellte sich Kretos zu uns. Er hatte zu seinem Schutz einen Söldner mitgebracht. Er ließ ihn draußen vor dem Zelt warten.

»Du solltest Sklavenhändler werden, Korisios«, brummte Kretos, als er sich niederließ und dankbar den Becher nahm, den ihm der Sklave reichte, »die können wenigstens alleine nach Rom laufen. Amphoren haben keine Beine.«

»Aber Amphoren haben keine traurigen Gesichter«, rief ich und ließ mir noch einen Becher Falerner nachschenken. »Nie im Leben werde ich Sklavenhändler. Das schwöre ich bei Taranis, Esus und Teutates. Die Erde soll mich verschlucken, die Sonne verbrennen und der Wind aus meinen Lungen weichen, wenn ich die Unwahrheit sage«, posaunte ich mit gestenreichem Pathos.

Wanda ließ sich nichts anmerken. Aber so, wie sie gelangweilt den Sklaven beim Nachschenken zuschaute, wußte ich genau, was sie dachte – daß ich mich zum Gespött machte. Was soll's. Welcher Gott schrieb mir vor, daß ich wie eine Salzsäule hier verharren sollte? Sucellos bestimmt nicht.

Kretos schien übelgelaunt. Möglicherweise hatte er meinen Alkoholpegel noch nicht erreicht. Vielleicht hatte er auch woanders bereits zuviel getrunken und die melancholische Stufe erreicht, die kurz vor dem Katzenjammer einsetzt. Hastig schlang er einen Bissen nach dem anderen runter, schüttete den Falerner wie Flußwasser in sich hinein, und es machte ganz den Anschein, als habe dieser Weinhändler aus Massilia beschlossen, sich zu Tode zu fressen.

»Wieso sollte Korisios Sklavenhändler werden?« fragte Niger Fabius. »Gegen die Händler aus Rom und Massilia kann er doch nicht antreten. Wie sollte er ein paar tausend Sklaven irgendwohin bringen? Die Sklavenhändler haben regelrechte Armeen von bezahlten Söldnern, die sie begleiten. Die verhandeln direkt mit Cäsar und kaufen ihm auf einen Schlag zwanzig-, dreißig- oder gar fünfzigtausend Sklaven auf einmal ab.«

»Ich würde ihn anheuern«, sagte Kretos und schaute mich prüfend an, »ich habe genug Geld und Männer, um in den Sklavenhandel einzusteigen.«

»Wenn auf einen Schlag fünfzigtausend Sklaven nach Rom gebracht werden, bricht der ganze Sklavenmarkt zusammen«, lachte ich. »Ich würde lieber etwas erfinden, eine Maschine, die zum Beispiel ganze Legionen vernichtet.«

Kretos schielte mißmutig zu mir rüber. Ich glaube, daß er sich ernsthaft überlegt hatte, in den Sklavenhandel einzusteigen. Ich hatte ihn offenbar enttäuscht. Wir aßen und tranken und entwarfen feuerspuckende Streitwagen, deren Räder mit scharfen Messern bestückt waren. Wanda saß wie eine gekränkte Ehefrau in der Ecke und beobachtete mich mit unverhohlener Mißbilligung. Als ich schließlich aufstehen wollte und es alleine nicht mehr schaffte, kannte ihre stumme Verachtung kaum noch Grenzen. Ich weiß nicht mehr, wie sie mich in Niger Fabius' Gästezelt brachte. Es hieß, ich hätte spät in der Nacht Niger Fabius' Pferden noch heilige Verse vorgesungen. Es hieß auch, ich hätte seiner Stute den Lauf der Gestirne erklärt und sei dabei von ihr sanft zu Boden geschubst worden. Ich weiß auch nicht, ob es wahr ist, daß ich meine Sklavin küßte, als sie mir wieder auf die Beine half.

In den frühen Morgenstunden riß jemand unsere Zeltplane zur Seite und schrie meinen Namen. Es war Silvanus, der Zolloffizier.

»Korisios, Cäsar sucht einen Dolmetscher! Die Helvetier setzen mit einer Delegation über den Fluß.«

Ich wusch mein Gesicht in einer Schale Wasser, die mir einer von Niger Fabius' Sklaven reichte, und war sofort hellwach.

»Komm mit, Wanda. Wir müssen aufbrechen.«

Ich hatte natürlich wenig Lust, Cäsars Dolmetscher zu werden, aber es war eine gute Möglichkeit, anschließend wieder ans andere Ufer zu gelangen.

Silvanus begleitete uns zum Militärlager. Dort herrschte bereits ein lebhaftes Treiben. Vor jedem Zelt loderten die Feuer der Kochstellen. Die Burschen der Legionäre versorgten die Maultiere, reinigten die Waffen, mahlten Getreide oder buken bereits Brotfladen in der Asche. Einige Legionäre hatten ihren freien Tag. Im Viertel der Handwerker wurde emsig gearbeitet. Legionäre, die ihren Centurio nicht ausreichend hatten bestechen können, reinigten die Latrinen. Hier und da sahen wir berittene Hilfstruppen der Allobroger, die sich offenbar frei im Lager bewegen konnten.

Wir ritten die Via Praetoria hinunter und blieben vor dem Praetorium, Cäsars gigantischem Feldherrenzelt, stehen. Es bestand aus mehreren voneinander getrennten Arbeits- und Privaträumen. Vor dem Zelt standen mehrere junge Männer herum. Um die Hüfte trugen sie die Schärpe, die sie als Tribunen auswies. Zu jeder Legion gehörten sechs dieser Grünschnäbel, einer stammte jeweils aus einer Senatorenfamilie, die übrigen fünf aus ritterlichen Familien. Die meisten von ihnen verrichteten hier ihren einjährigen Pflichtdienst, bevor sie in Rom die ersten Bestechungsgelder für ihre politische Karriere zahlten. Sie musterten uns abschätzig. Für sie waren wir nichts anderes als minderwertige Wilde. Zwei Prätorianer, Soldaten aus Cäsars Leibgarde, nahmen uns die Pferde ab. Darauf wurde der Eingang des Zeltes zurückgeschlagen, und ein Offizier mit verzinntem Muskelpanzer trat ins Freie.

»Ich bin Titus Labienus, Legat der zehnten Legion.«

Die Legaten waren bei Abwesenheit des Feldherrn die eigentlichen Kommandanten einer Legion. Labienus musterte mich nachdenklich. Er schien enttäuscht. Er wandte sich an Silvanus: »Ist das der Mann, von dem du mir erzählt hast?«

»So ist es, Legat Labienus«, antwortete Silvanus militärisch knapp.

Labienus war um die Vierzig, hatte freundliche Augen und machte im Grunde genommen einen aufrichtigen, gradlinigen Eindruck.

»Wie heißt du, Kelte?« fragte er mich.

»Ich bin Korisios vom Stamme der keltischen Rauriker. Ich verstehe und spreche die keltischen Dialekte, ich verstehe auch das Germanische und spreche fließend Lateinisch und Griechisch.«

Labienus nickte geduldig und anerkennend. Dann lächelte er. »Und wo willst du das alles gelernt haben?«

»Er ist Druide«, sagte Silvanus leise.

Labienus' Lachen verflog.

»Ist das wahr? Du bist Druide?«

Das war es also. Sie hatten riesige Angst vor keltischen Druiden. Sie waren hier in der Wildnis und stießen auf Sitten und Bräuche, die ihnen fremd und unheimlich waren. Ich versuchte ein weises Lächeln aufzusetzen. Labienus hatte sich längst wieder gefaßt. Er schmunzelte. »Du bist noch sehr jung. Ich dachte immer, keltische Druiden tragen weiße Roben und schlohweiße Bärte und wandern mit goldenen Sicheln lautlos durch die Wälder.«

»Du suchst einen Dolmetscher«, entgegnete ich, »hier bin ich. Wenn du meine Dienste in Anspruch nehmen willst, so sag es.« Ich sprach laut und deutlich, ohne ihn aus den Augen zu lassen. Ich dachte, daß ich eine größere Wirkung erzielen würde, wenn ich die Frage, ob ich Druide sei, nicht beantwortete. Im übrigen würde bald die keltische Delegation hier eintreffen. Ich wollte nicht kompromittiert werden. Labienus versuchte mich immer noch irgendwie einzuschätzen. Er schien Vor- und Nachteile gegeneinander abzuwägen. Schließlich sagte er auf griechisch: »Am Flußufer wartetet eine Delegation von Helvetiern auf unsere Genehmigung, den Boden unserer Provinz betreten zu dürfen. Bist du bereit, für uns zu übersetzen? Wir bezahlen dir dafür einen Silberdenar.«

»Ich bin gerne bereit, als Dolmetscher für dieses eine Treffen zu dienen«, entgegnete ich vorsichtig, ebenfalls auf griechisch, »aber meine Dienste kosten zwei Denare, Legat Labienus.«

Labienus lächelte kurz. Schließlich nickte er und gab Silvanus, der immer noch hoch zu Roß saß, ein Zeichen. Darauf preßte Silvanus die Schenkel in die Flanken seines Braunen und galoppierte die Via Praetoria hinunter.

»Wer ist diese Frau?« fragte Labienus freundlich und musterte sie noch eindringlicher, als er mich gemustert hatte. Zufrieden streiften seine Blicke ihre Brüste und ihre wohlgeformten Hüften, die sich unter der rotkarierten Tunika abzeichneten.

»Sie hat hier keinen Zutritt«, sagte er ruhig, während er sie unverhohlen anlächelte.

»Sie ist meine Sklavin«, antwortete ich wie ein stolzer Hahn, »sie ist mein linkes Bein.« Ich hakte dabei beide Daumen links und rechts in meinen Gurt. Jetzt sah Labienus endlich die blonde Mähne an meinem Gurt. Er schaute kurz hoch, direkt in meine Augen: »Germanenhaar? Gekauft?«

»Nein, Legat Labienus. Das Haar gehörte einem germanischen Fürsten, den ich im Zweikampf getötet habe. Seine Seele gehört jetzt mir und somit auch sein Haar.«

Labienus schien überrascht. Traute er mir den siegreichen Zweikampf gegen einen Germanen nicht zu, oder erstaunte ihn die Logik eines Kelten?

»Nun gut«, erwiderte Labienus, »Cäsars Dolmetscher soll zwei Beine haben. Wartet hier«, sagte er und kehrte ins Zelt zurück.

Wir standen nun vor dem kniehohen Wall, der Cäsars Feldherrenzelt umgab, und warteten. Die jungen Tribune tuschelten. Offenbar hatten sie noch nie eine Germanin gesehen. Jetzt verließ ein weiterer Offizier Cäsars Zelt. Er stellte sich als Primipilus vor, als ranghöchster Centurio der zehnten Legion. Im Gegensatz zu den Legionären trug er kein Kettenhemd, sondern einen verzinkten Schuppenpanzer, der in der Sonne wie Silber glänzte. In der Hand hielt er einen knorrigen Rebstock, die berüchtigte Vitis, die ihm erlaubte, über Leben und Tod eines Legionärs zu entscheiden. Er strotzte nur so vor Energie und Tatendrang. Er war ein typischer Vertreter jener Sonderlinge, die sich nur in abgeschotteten Männergesellschaften so richtig wohl fühlen und dann ganz unerwartet viel Herz und Fürsorge zeigen. Er strahlte mich an wie ein stolzer Vater. »Du solltest in Cäsars Schreibkanzlei eintreten, Kelte. Bedenke, daß du als Dolmetscher und Schreiber in römischen Diensten den Sold eines Unteroffiziers erhalten würdest. Wenn du unterschreibst, kriegst du ein Handgeld von dreihundert Sesterzen und danach dreihundert im Jahr. Das ist anderthalb mal mehr, als ein römischer Infanterist verdient.«

»Wie hoch ist der Sold eines Reiters? Ich kann nämlich auch reiten«, scherzte ich.

Der Primipilus lachte und musterte abschätzig die jungen Tribunen, die naserümpfend vor Cäsars Zelt ausharrten. Ein Primipilus ist ein Mann, der sich von ganz unten emporgearbeitet hat. Und zwar auf dem Schlachtfeld. Er stammt weder aus dem Ritter- noch aus dem Senatorenstand. Für eine berufliche Karriere steht ihm nur das Militär offen. Er hat verständlicherweise nichts übrig für diese eingebildeten jungen Spunde mit ihren gereckten Hälsen und bunten Schärpen. Der Primipilus hieß Lucius Speratus Ursulus. Er war kleiner, als es Römer eh schon sind. Aber seine Schultern waren breit und kräftig, und auch das Becken war viel breiter als bei den Menschen im Norden, so daß er den Eindruck eines gepanzerten Würfels machte.

»Überlege es dir gut, Kelte. Du findest nirgends unter der Sonne so gute Kameraden wie in der Legion. Und das Essen ist ausgezeichnet!«

Es war offensichtlich, daß mich dieser Lucius Speratus Ursulus ins Herz geschlossen hatte. Ich sagte ja schon mal, daß die größten Muskelprotze in meiner Nähe seltsame Beschützerinstinkte entwickeln. Ich kann gehen, wohin ich will. Stets taucht ein bärenstarker Kerl auf, der sich meiner annimmt.

Der Primipilus verabschiedete sich freundlich und ging die Lagerstraße hinunter. Wenig später hörten wir ihn wütend auf einen Legionär einschlagen, weil er offenbar seine Tuba nicht ordentlich gereinigt hatte. Als sein Stock brach, eilte ein Sklave mit einer neuen Vitis herbei, und der Primipilus, dem ich soeben rührende Beschützerinstinkte attestiert hatte, ergriff den neuen Stock und schlug dem armen Kerl, der winselnd zu seinen Füßen lag, eine blutige Schramme über die Stirn. Dann schaute er kurz zu mir rüber, lächelnd wie ein warmherziger, besorgter, stolzer Vater, so, als hätte er mir damit demonstrieren wollen, wozu er fähig wäre, wenn mir jemand in Zukunft auch nur ein Haar krümmen sollte. Anschließend schritt er energisch die Straße hinunter und inspizierte die Ehrengarde, die die Standarten, Adler und Vexilla bewachte.

Ich unterhielt mich ein bißchen mit Wanda auf germanisch. Das heißt, wir machten uns über die jungen Tribunen lustig, die unsere Sprache nicht verstanden.

Plötzlich ertönte eine Tuba. Sie klang wie das Stöhnen eines hemmungslos kopulierenden Stieres. Die ganze Via Praetoria füllte sich mit Legionären, die, angeführt von löwenfellbehangenen Standartenträgern, auf das Praetorium zumarschierten. Sie hielten vor dem kniehohen Wall, der Cäsars großes Feldherrenzelt umgab, an und bildeten eine Gasse. Darauf folgten verschiedene Offiziere und Verwaltungsbeamte, die vom Lagerpräfekten angeführt wurden. Sie blieben vor dem Praetorium stehen und stellten sich am Rand der Straße auf. So verteilten sich die Legionäre nach links und rechts, bis wir am Ende der Straße endlich die keltische Delegation sahen.

Sie wurde vom Fürsten Nammejus und dem vornehmen Druiden Verucloetius angeführt. Sie trugen prächtig versilberte Kettenhemden, kunstvoll verzierte Eisenhelme mit versilberten Wangenklappen und einem bronzenen Falken obenauf. Diese Falken hatten ausgestreckte, versilberte Schwingen, die bei jeder Bewegung auf und ab schwangen und den Helmträger noch größer und bedrohlicher erscheinen ließen. Es waren die Helme unserer Vorfahren. Sie waren uralt und wurden nur bei besonderen Gelegenheiten getragen. Beide Männer trugen protzigen, schweren Goldschmuck. Während sie aufrecht und stolz die Legionärsallee hinunterritten, ruhte die rechte Hand auf dem goldenen Knauf des langen Eisenschwertes. In der Linken hielten sie einen mannshohen goldenen Schild mit hervorstehenden Tiergestalten und Ornamenten, die von außergewöhnlicher Kunstfertigkeit waren. In ihrer Gefolgschaft fanden sich weitere Adlige, die nicht minder protzig herausgeputzt waren. Sogar die Druiden beteiligten sich an dieser kuriosen Hahnenschau. Sie trugen aufwendig bestickte weiße Roben und wurden von halbnackten germanischen Sklaven in kurzen Felltuniken begleitet. Man hatte ohne Zweifel die größten, breitschultrigsten und kräftigsten Germanen ausgesucht, denn ich selbst hatte noch nie derartige Männer gesehen. Man kann schon sagen, daß unsere Delegation einen imposanten Eindruck machte. Besonders mit diesen hünenhaften Sklaven, die die römischen Legionäre um zwei Köpfe überragten und so wild und ungezähmt dreinschauten, als könnten sie einen jederzeit anspringen und mit ihren schaufelartigen Pranken zerquetschen. Amüsiert registrierte ich den Schrecken, der sich auf den bleichen Gesichtern der Tribunen breitmachte. So was hatten die noch nie gesehen. Die keltischen Fürsten genossen das stumme Erschauern der kleingewachsenen Römer. In diesem Augenblick war ich richtig stolz, ein Kelte zu sein. Aber über das viele Gold, das die keltische Delegation zur Schau stellte, freute und ärgerte ich mich gleichermaßen. Bestätigten sie damit nicht das Gerücht, wonach wir das Volk des Goldes waren? Hatte Cäsar seinen Legionären nicht reiche Beute in »Gallia Aurifera« versprochen?

Die Delegation kam vor Cäsars Zelt zum Stehen. Prätorianer nahmen die Zügel ihrer Pferde und führten sie hinters Zelt. Cäsar ließ sich Zeit. Er ließ sich Zeit, obwohl ich aufgrund des Schattens erkannte, daß er bereits hinter dem Zeltvorhang stand. Dann trat er in Begleitung seines Legaten Labienus und seiner zwölf in blutrote Togen gekleideten prokonsularischen Liktoren ins Freie. Wie Pfeile schossen die Arme der Legionäre steil in den Himmel empor. »Heil dir, Cäsar!« erscholl es von überallher. Der Adler wurde stoßweise in den Himmel gereckt. Die Legionäre schlugen mit den Gladien auf ihre blutrot bemalten Schilde. Das Spektakel der sechstausend Legionäre war beeindrukkend. Es klang wie das Aufheulen einer gigantischen Kriegsmaschine. Cäsar genoß den Empfang und blickte die keltische Delegation respektlos an. Zu Fuß war Cäsar eher enttäuschend. Dünn und schmächtig. Ja, er wirkte fast zerbrechlich. Er war kein Krieger, der imponieren konnte. Unheimlich war nur dieses Lächeln, das um seine Lippen spielte. Es war das Lächeln eines Mannes, der sich seiner geistigen Fähigkeiten bewußt war und unbeirrt und unerschrocken seine egoistischen und ehrgeizigen Ziele verfolgte. Seine lebhaften schwarzen Augen strahlten eine Unbeugsamkeit und Rücksichtslosigkeit aus, die schlicht beängstigend war. Das war kein Mann, der das Gespräch oder den Konsens suchte. Dieser Mann suchte den Erfolg um jeden Preis. Er suchte den totalen Sieg.

»Ich bin Gaius Julius Cäsar, Prokonsul der Provinz Gallia Narbonensis. Meine Tante Julia stammt mütterlicherseits von den Königen ab, knüpft väterlicherseits an die unsterblichen Götter an. Denn von Ancius Marcius, dem vierten König Roms, stammen die Marcier mit dem Beinamen Rex, und so hieß meine Mutter. Von der Venus hingegen stammen die Julier, und zu dieser Sippe gehört meine Familie. Also lebt in meinem Geschlecht die Majestät der Könige, die unter den Menschen am mächtigsten sind, und die Heiligkeit der Götter, in deren Gewalt selbst die Könige stehen.«

Mit weitausholenden, theatralischen Gesten hatte Cäsar seine Abstammung kundgetan.

Cäsar schaute kurz zu Labienus hinüber. Der Legat nickte mir zu. Ich begann nun, meine zwei Silberdenare zu verdienen. Die keltische Delegation hörte meiner Übersetzung unbeeindruckt zu. Als ich fertig war, nickte ich Labienus zu, und Cäsar fuhr fort:

»Kelten! Sprecht! Rom hört.«

Ich übersetzte gleich, ohne Labienus vorher einen Blick zuzuwerfen.

Nammejus ergriff das Wort. Im Gegensatz zu Cäsar schaute er mich jeweils kurz an, wenn er wünschte, daß ich mit der Übersetzung fortfuhr. Auch er konnte es natürlich nicht lassen, seine edle Abstammung hervorzuheben, genauso wie die heldenhaften Taten all unserer Vorfahren. Obwohl ich keinerlei Sympathie für diesen römischen Prokonsul empfand, lag mir doch einiges daran, ihn zu beeindrucken. Vielleicht war es auch bloß mein keltisches Blut, das nach Ruhm, Ehre und öffentlicher Anerkennung lechzte. Aber ich stellte zu meiner eigenen Überraschung fest, daß ich nicht der keltischen Delegation, sondern diesem Gaius Julius Cäsar imponieren wollte.

Endlich kam Nammejus zur Sache: »Ich bin Nammejus, Fürst der Helvetier, und beauftragt, für sie zu sprechen. Vor drei Jahren beschloß unser Volk die Auswanderung ins Gebiet der mit uns befreundeten Santonen an den Atlanticus. Die Allobroger gaben uns damals die Erlaubnis, ihr Gebiet zu durchqueren. Dieses Gebiet ist heute römische Provinz. Prokonsul, wir sind willens, deine Provinz ohne Feindseligkeiten zu durchqueren. Wir haben keine andere Möglichkeit, das Gebiet der Santonen zu erreichen. Wir bitten dich hiermit um die Erlaubnis, durch deine Provinz marschieren zu dürfen. Wir haben genügend Proviant, um niemandem zur Last zu fallen. Und wir bieten große Mengen Gold als Pfand an.«

Cäsar nickte knapp und setzte einen gelangweilten Gesichtsausdruck auf. Er schaute kurz zu mir, musterte mich emotionslos und begann dann zu sprechen.

»Fürst Nammejus, ich habe das Anliegen deines Volkes zur Kenntnis genommen. Ich muß mir euer Vorhaben überlegen. Trage dein Anliegen an den Iden erneut vor. Dann werde ich dir meine Antwort geben. Es ist die Antwort des römischen Senats und des Volkes von Rom.«

Mit diesen Worten verschwand Cäsar wieder in seinem Zelt, und das Gestöhn des verendenden Ochsen, das die Römer als musikalisches Signal ihrer Tuba betrachten, erschallte über das gesamte Lager.

»Nammejus«, fragte ich den Fürsten, »darf ich mit euch zurückkehren?« Ich sprach in helvetischem Dialekt, so daß es kein Römer verstehen konnte. Anstelle von Nammejus antwortete der Druide Verucloetius.

»Korisios, in diesem Zelt wirst du deinem Volk von größerem Nutzen sein. Bleib hier, bis wir wiederkommen. Hab Geduld, Korisios, denn die Taten der Götter sind oft unergründlich, und erst spät offenbart sich der göttliche Plan, der ihnen zugrunde liegt.«

Ich nickte dem Druiden zu. Ich war bereit, acht Tage hier auszuharren.

Die Prätorianer brachten die Pferde wieder, und die keltische Delegation verließ das Lager.

Labienus trat zu mir und reichte mir zwei Silberdenare. »Komm morgen wieder, zu Beginn der siebten Stunde.« Das war so um die Mittagszeit.

»Braucht ihr morgen einen Dolmetscher?« fragte ich erstaunt, bereits ein Komplott witternd.

»Aulus Hirtius will dich sehen.«

»Aulus Hirtius?«

»Er leitet den Schriftverkehr des Prokonsuls in dessen Schreibkanzlei.«

Labienus reichte mir eine versiegelte Pergamentrolle und schmunzelte. »Das ist für einen Kelten die einzige Möglichkeit, lebend ein römisches Lager zu betreten. Also, trag es bei dir, wenn du morgen vor der Porta praetoria stehst.«

Ich kehrte mit Wanda zu Niger Fabius zurück und erzählte ihm, was ich soeben gesehen und gehört hatte. Ich wollte gerade diesen Aulus Hirtius erwähnen, als der Centurio Silvanus das Zelt betrat. Draußen standen ein paar Legionäre rum.

»Niger Fabius, kaufst du meinen Männern ungemahlenes Korn ab? Jeder hat zwei Librae …«

»Und wieviel seid ihr?« lächelte Niger Fabius.

»Wir sind fünfzehn.«

»Wofür brauchen deine Männer Geld?« lachte Niger Fabius.

»Du wirst es nicht glauben, Niger Fabius, aber damit kaufen sie gebackenes Brot. Sie sind zu faul, um ihre Kornration zu mahlen. Statt Korn zu mahlen, wollen sie auf den Feldern Barbarinnen vögeln.«

Ich muß gestehen, daß ich die derbe Sprache der Legionäre nie gemocht habe. Und für diesen parfümierten Zolloffizier Silvanus hatte ich ohnehin nie etwas übriggehabt. Er hatte mir heute Arbeit verschafft, sicher, aber nicht, um mir zu helfen, sondern um sich beim Lagerpräfekten einzuschmeicheln.

»Silvanus«, sagte ich, »wieso lassen sich die Legionäre auf ein derart schlechtes Tauschgeschäft ein? Ein fertiges Brot kostet soviel wie zwei Tagesrationen Weizen!«

Silvanus winkte ab. »Im Lager ist das Goldfieber ausgebrochen. Alle reden vom Krieg und von der bevorstehenden Beute. Sie haben Kopf und Verstand verloren und beginnen sich zu verschulden. Jeder rechnet mit zwei bis drei

Sklaven und einer Handvoll Gold. Jeder sieht sich schon als Crassus im Kettenhemd!«

Die Soldaten, die draußen vor dem Zelt standen, brachten den Weizen in Säcken herein. Niger Fabius bezahlte. Mit einem Teil des Erlöses kaufte Silvanus Reis und Safran. Offenbar hatte ihm das Reisgericht geschmeckt.

»Wo bleiben eigentlich die Legionäre der zehnten Legion?« fragte Niger Fabius. »Die würden in einer Stunde all meine Vorräte aufkaufen«.

Silvanus grinste übers ganze Gesicht.

»Sie bauen am Flußufer einen Damm mit vorgelagertem Graben. Neunzehn Meilen lang und sechzehn Fuß hoch. Von Genava hinüber zum Jura.«

»Das kann ja ein Lebenswerk werden«, spottete ich, bemüht, nicht die Fassung zu verlieren.

»Cäsar hat bereits zusätzliche Männer rekrutieren lassen. Sie roden Bäume und errichten in regelmäßigen Abständen feste Türme.«

»Glaubt Cäsar denn wirklich, daß wir ohne seine Einwilligung den Fluß durchqueren?« Ich war richtig wütend. Dieser schmächtige Zwerg von Prokonsul rüstete unverdrossen zum Krieg, obwohl keiner mit ihm kämpfen wollte.

»Wenn ihr versuchen würdet, den Fluß zu überqueren, würdet ihr Cäsar einen großen Gefallen tun«, grinste ein Legionär, der mechanisch ein Lorbeerblatt zwischen den Zähnen kaute. »Wenn ihr es nicht tut, werden wir uns am Schluß noch als Kelten verkleiden müssen, damit es ein bißchen Krach gibt und die in Rom zusätzliche Legionen bewilligen.«

Am nächsten Morgen saß ich mit Wanda am Ufer und schaute zu, wie ein paar tausend Legionäre unter präziser Anleitung ihrer Centurionen routiniert und diszipliniert einen Graben aushoben. Den Aushub verwendeten sie gleich für den dahinterliegenden Damm. Es grenzte einmal mehr an Zauberei. Ich verstehe, wieso manchmal Händler erzählen, daß Rom die Welt mit dem Spaten erobert. Eine römische Legion besteht nicht aus Individualisten, sondern aus einem gesichtslosen, monumentalen metallenen Bauwerk, das wie eine Lawine durch die Wildnis rollt und alles plattmacht, was sich ihm in den Weg stellt.

Der Primipilus hatte sich inzwischen zu uns gesellt, und zusammen kommentierten wir den Fortgang der Arbeiten.

Lucius Speratus gab mir einen freundlichen Klaps auf die Schulter und zeigte dann in die Ferne: »Schau mal Korisios, der Turm steht bereits.«

Es war wirklich unfaßbar. Am Ufer war ein hölzerner Turm mit drei Stockwerken errichtet worden. Eigenartig gekleidete Bogenschützen kletterten flink die Leiter hinauf und gingen auf dem obersten Stockwerk in Stellung.

»Das sind kretische Bogenschützen. In wenigen Tagen wird das linke Rhodanusufer auf einer Länge von neunzehn Meilen verschanzt sein, und es werden ein Dutzend Befestigungstürme stehen.«

»Neunzehn Meilen?« Ich war schockiert.

»Ja, neunzehn Meilen. Aber an einigen Stellen ist das Ufer so steil, daß uns die Natur die Arbeit abgenommen hat.«

Es war erstaunlich, mit welcher Leichtigkeit diese Wehrtürme hochgezogen wurden.

»Das ist das Verdienst des Ritters Mamurra! Er ist der genialste Ingenieur unter der Sonne. Aber geh ihm aus dem Weg. Er ist ein übler Hurenbock!«

Ursulus überblickte stolz das linke Rodanusufer. Dann schaute er mich an und meinte, ich hätte Glück, am linken Ufer zu sitzen.

»Ursulus, eure Götter müssen sich wirklich noch was ausdenken, wenn sechstausend Legionäre ein keltisches Heer von neunzigtausend aufhalten wollen.« Ich hatte die Zahl der waffenfähigen Krieger, nach römischer Art, kurz verdoppelt.

»Wir haben Zeit«, brummte Ursulus. »Cäsar läßt in der Umgebung bereits neue Truppen ausheben. Wir müssen nur Zeit gewinnen. Wir müssen nicht kämpfen. Denn häufiger vernichtet die Not ein Heer. Der Hunger ist schrecklicher als das Eisen. Wie wollt ihr ein ganzes Volk ernähren, das über Wochen an einem Ufer festklebt? Ihr werdet eure Pferde schlachten. Wir werden euch besiegen, ohne einen einzigen Pfeil abgeschossen zu haben.«

»Wenn Cäsar uns den Durchmarsch verweigert, werden wir halt einen anderen Weg suchen. Aber wir werden die Grenzen der römischen Provinz achten. Wir wollen an den Atlanticus, nicht in die Anderswelt.«

»Tritt in Cäsars Dienste, Korisios. In Cäsars Diensten bist du der stärkste Kelte!« sagte Ursulus, während er Lucia sanft über den Rücken strich.

»Meinst du?« fragte ich und rümpfte theatralisch die Nase.

Ursulus erhob sich vielsagend lächelnd und schritt stolz erhobenen Hauptes das Ufer hinunter. Hier und da rief er einem Optio oder Legionären etwas zu oder packte selber mit an. Er war der Primipilus, von seinen Männern vergöttert. Heute hatte er sogar seinen gefürchteten Rebstock vergessen.

Ich ritt mit Wanda das Ufer entlang und legte mich an einer Stelle, die noch keine römische Nagelsandale zertrampelt hatte, ins Gras. Ich konnte schließlich nicht den ganzen Tag zuschauen, wie ein Turm nach dem anderen hochgezogen wurde. Schweigend lagen wir da, Wanda und ich. Lucia lag unten beim Fluß auf der Lauer. Ich glaube, es war ein ganz banales Mauseloch. Meine Gedanken schweiften ziellos umher. Massilia, Kretos, Cäsars Schreibkanzlei, Basilus, die Insel Mona, Wein, Wanda. Die Stunden vergingen.

»Was hast du eigentlich vor, Herr?«

Ich schaute Wanda überrascht an. Sie spielte mit Lucia, die ohne Erfolg von ihrer Mäusejagd zurückgekehrt war.

»Jaja«, spottete sie, »es steht einer Sklavin nicht zu, ihren Herrn über seine Pläne auszufragen. Von mir aus kannst du dir vorstellen, daß dein Ledergurt soeben zu dir gesprochen hat.«

So kannte ich Wanda gar nicht. Sie legte plötzlich einen eigenartigen Humor an den Tag. Und dann dieser Blick! Ich wurde richtig verlegen und wußte nicht mehr, wohin mit meinen Augen und Händen. Ich zog das seidene Tuch mit den goldenen Pferden unter meinem Gurt hervor und befühlte die zarte Seide. Lucia schnupperte daran und wollte damit spielen, aber dafür war es wirklich zu kostbar.

»Willst du mir das schenken?« fragte Wanda.

Jetzt wurde sie auch noch frech. Kein Mensch schenkt einer Sklavin ein Seidentuch.

»Gefällt es dir?«

»Oh ja«, lachte sie.

»Es gehört sich nicht, eine germanische Sklavin zu beschenken, aber an deinem Hals ist es besser aufgehoben als an meinem Gurt.«

Wanda glaubte mir kein Wort. Amüsiert reckte sie ihren Hals, damit ich ihr das seidene Halstuch umbinden konnte. Ihr Mund kam mir dabei so nah, daß ich ihren Atem riechen konnte. Und plötzlich hörte ich mich sagen: »Weißt du eigentlich, daß du viel besser riechst als all die Parfüme und Öle von diesem arabischen Händler?«

Ich ließ mir Zeit mit dem Umbinden.

»Und deine Augen sind schöner als all die kostbaren Smaragde, Rubine und Lapislazuli, die ich gestern gesehen habe, Korisios.«

Sie schloß die Augen und suchte meine Lippen. Ich nahm sie sanft in meine Arme und hielt sie fest. Wild und stürmisch, zuckend wie eine Schlange, drängte ihre Zunge in meinen Mund, während sie mit flinken Handbewegungen mein Glied freimachte und sich rittlings auf mich setzte. Sie warf den Kopf zurück und kreuzte die Hände im Nacken. Mit rhythmischen, stummen Bewegungen stieß sie ihr Becken immer rascher nach vorn, während mein Glied immer härter und tiefer in sie eindrang. Ich preßte sie an mich, liebkoste mit den Lippen ihre Brüste, die spitz und hart waren, und ich spürte, wie sich ihre Fingernägel in meine Schulterblätter gruben, während ihr Atem laut und gehetzt wurde und ich wie ein aufheulender Wolf ihren Namen in die Nacht hinausschrie: Wanda!

Erst in den frühen Morgenstunden fielen wir erschöpft und satt in den verdienten Schlaf. Ich fühlte mich leer und ausgepumpt. Es war eine friedliche Leere, die Leere der Liebenden, in der es weder Nächte noch Tage gibt, die Leere, in der keine Stunden mehr gezählt werden und Vergangenheit und Zukunft zerrinnen, als hätte die Welt den Atem angehalten.

Als die Sonne im Osten aufstieg, lagen wir immer noch erschöpft nebeneinander, und aus jeder Pore drang der Geruch von Schweiß und Liebe. Mein Glied brannte. An einer Stelle war es etwas geschwollen. Lucia beobachtete mich, hob kurz den Kopf und ließ ihn dann wieder mit einem Seufzer auf ihre ausgestreckten Vorderläufe gleiten. Es schien so, als wolle sie mir mitteilen, daß man auch in der längsten Nacht nicht alles nachholen kann, was man in den letzten Jahren versäumt hat.

Wir wuschen uns in einem nahen Bach und befühlten liebevoll und zärtlich die Wunden, die wir uns letzte Nacht in unserer wilden Leidenschaft zugefügt hatten.

»Sind die germanischen Frauen alle so wild?« flüsterte ich.

»Und die keltischen Männer?« lächelte Wanda.

»Na ja«, sinnierte ich, während wir uns auf die großen Steine im Bachbett setzten. »Onkel Celtillus hat mir erzählt, daß die Frauen sehr unterschiedlich seien. Es gebe solche, bei denen man einschliefe, aber auch solche, die einen in einen Vulkan verwandeln. Und bei den Männern soll es ähnlich sein.«

Lucia wartete ungeduldig am Ufer und bellte uns an. Ich spritzte sie an, doch sie wich nur kurz zurück, schüttelte sich und kam wieder näher ans Wasser, um weiter zu bellen. Ich setzte mich rittlings hinter Wanda auf den flachen Stein und nahm ihr das seidene Halstuch ab. Ich griff nach einem kleinen, von der Strömung kugelrund geschliffenen Kiesel und umwickelte ihn mit dem Halstuch. Ich band die vier Enden so fest, daß er nicht mehr herausfallen konnte. Dann warf ich den mit dem kostbaren Seidentuch umwickelten Stein in den Bach.

»Ein ganzer Silberdenar, nicht wahr«, murmelte Wanda vorwurfsvoll. Ich zog sie näher an mich heran, so daß ich ihren Nacken liebkosen konnte.

»Die Götter haben mir deine Liebe geschenkt. Es wäre nicht gut, wenn ich mich dafür nicht bedanken würde.«

»Ich lag in deinen Armen, Herr, nicht deine Götter.«

Ich knabberte an ihrem linken Ohr und flüsterte, daß Onkel Celtillus hier sei. Er lebe zwar in der Schattenwelt, aber die Anderswelt der Toten und unsere Welt seien eins. Und ich spüre ganz deutlich, daß Onkel Celtillus jetzt am Flußufer säße. Denn Lucia wimmerte leise. Sie schien bewegt, beunruhigt, aber nicht beängstigt. Sie wich nicht von der Stelle. Onkel Celtillus hatte mir nicht nur eine Sklavin geschenkt, er hatte mir offenbar auch die Liebe dieser Sklavin geschenkt.

Mein Glied brannte, als ich von hinten in Wanda eindrang, doch jetzt, wo ich Onkel Celtillus am Ufer wußte, konnte mir nichts mehr passieren. Ich spürte, daß er seine Freude daran hatte.

»Druide«, flüsterte Wanda, während die Brustwarzen ihrer Brüste, die ich von hinten fest umklammert hielt, hart wurden wie die Spitzen eines Pfeiles, »Druide, sollten wir nicht warten, bis unsere Schürfungen geheilt sind?«

»Unverdünnter Wein wird unsere Wunden reinigen, und der Honig wird die Wunden verschließen«, keuchte ich, während ich ihr erklärte, wie man mit Baldrian und

Myrrhe Wundbrand verhinderte, und ihr die wichtigsten Kräuterezepturen erklärte, die auf Basis von Harz- und Fettbeimischungen erstellt wurden. Und bald wußten wir beide nicht mehr, ob der Schmerz oder die Lust größer waren, und laut, besessen und hemmungslos erreichten wir den Höhepunkt, und es hätte mich nicht gewundert, wenn wir dadurch die zehnte Legion angelockt hätten.

Gegen Mittag ritten wir zum römischen Lager zurück. Immer wieder suchten wir den verliebten Blick des andern und begriffen nicht so recht, wie uns geschehen war. Als wir uns der Porta praetoria auf hundert Schritte genähert hatten, sahen wir eine Einheit von syrischen Bogenschützen mit spitzen Helmen. Ihre Kleidung war orientalisch: lange, dunkelgrüne Tuniken, die bis zur Ferse reichten, darüber ein überlanges Kettenhemd mit zackenartigem Abschluß. Sie spannten ihre kurzen Reflexbögen und legten Pfeile auf. Ich reichte dem leitenden Wachposten die Papyrusrolle, die Labienus mir gestern gegeben hatte. Der Posten zog einen Offizier zu Rate, der mich aufmerksam musterte. Dann gab er einem keltischen Reiter den Befehl, uns zur Kanzlei zu bringen. Der Kelte hieß Cuningunullus und war Häduer. Obwohl in römischen Diensten, trug er immer noch die karierte keltische Wollhose, die an den Knöcheln mit einem Lederriemen zugeschnürt war. Auch Schwert und Lanze waren keltisch. Selbst in römischen Diensten war er noch stolz darauf, ein Kelte zu sein, und wenn er unter römischen Standarten gegen Kelten kämpfte, würde er vermutlich als stolzer Kelte kämpfen, wie mein Vater damals in römischen Diensten als stolzer Kelte gekämpft hätte, wenn nicht diese unsägliche Geschichte mit der Muschel gewesen wäre, an der er sich einen Zahn ausgebissen hatte.

»Ich habe gehört, du bist Druide«, sagte Cuningunullus. Ich nickte. Dieses würdevolle Schweigen war mir mittlerweile zur Gewohnheit geworden.

»Gibt es ein Kraut, das den Augen hilft, die Berge wieder klar zu sehen?«

»Nein«, entgegnete ich knapp.

»Aber die Römer kennen Hunderte von Salben …«, gab er ungeduldig zurück.

»Die Römer kennen deshalb Hunderte von Salben, weil keine davon etwas taugt.« Cuningunullus grinste übers ganze Gesicht. Offenbar leuchtete ihm meine Antwort ein.

»Siehst du die Berge hinter einem Schleier, oder siehst du Zwillinge?« fragte ich Cuningunullus.

»Verschleierte Zwillinge«, brummte der Häduer zögernd.

»In deinen Augen leuchtet die gelbe Farbe. Es ist nicht das Gelb der Sonne, sondern das Gelb eines stinkenden Eis. Du solltest weniger saufen, Cuningunullus.«

Der Häduer blickte mich verwirrt an. Offenbar hatte er es nicht für möglich gehalten, daß jemand ihn auf den ersten Blick als notorischen Säufer entlarvte. Er grinste. »Ich werd's versuchen, Druide. Als Dank möchte ich dir dafür einen Rat geben. Ich habe gehört, daß du das Gespräch zwischen der helvetischen Delegation und dem Prokonsul übersetzt hast und daß dich Aulus Hirtius, der Leiter von Cäsars Schreibkanzlei, gerne verpflichten würde. Ich rate dir, dieses Angebot anzunehmen. Unsere Väter konnten bloß als Söldner anheuern. Aber wir können als Auxiliareinheiten in Cäsars Dienste treten. Wir haben immer genug zu essen, wir werden großzügig entlohnt, und nach Abschluß unserer Dienstzeit erhalten wir sogar das römische Bürgerrecht. Deine Nachkommen werden römische Bürger sein! Denk an deine Kinder, und nimm das Angebot an, Druide.«

»Ich weiß«, gab ich eher gelangweilt zurück, denn es konnte ja nicht sein, daß ein gewöhnlicher Kelte einem Druiden etwas beibringen konnte, »einige Söldner kriegen sogar Muscheln zu essen.«

Cuningunullus schüttelte unwirsch den Kopf. Es ärgerte ihn, daß er den Sinn meiner Worte nicht verstand.

»Na ja«, brummte er, »wenn du in Cäsars Dienste trittst, kann dir kein Kelte mehr auf den Kopf scheißen. Seit wir Häduer uns mit Rom verbündet haben, werden wir in ganz Gallien geachtet.«

Ich schmunzelte und sagte: »Ich denke nicht, daß Cäsar lange hierbleiben wird. Somit wäre meine Anstellung von sehr kurzer Dauer.«

»Cäsar hat Boten nach Aquileia geschickt. Dort überwintern die siebte, achte und neunte Legion. Das sind achtzehntausend Mann. In einem Gewaltmarsch läßt er sie über die Alpen kommen.«

Ich versuchte krampfhaft mein Lächeln zu behalten, aber es schien mir einzufrieren und sich zu einem zitronensauren Schmollmund zu verzerren. Somit würde Cäsar in wenigen Wochen bereits vier Legionen haben, also rund vierundzwanzigtausend Legionäre.

Cuningunullus hielt vor einem großen Offizierszelt und meldete mich bei der Wache an. Ich wurde bereits erwartet. Die Wache schob die linke Zeltplane beiseite und bat mich einzutreten. Es war ein großes Zelt, das auf einem mit Holz verschalten einstufigen Podest ruhte. So hatte man auch bei Regen stets trockene Füße. An den Wänden standen stabile hölzerne Gestelle, in denen Pergamentrollen aufbewahrt wurden. In der Mitte waren vier große Arbeitstische zu einem Viereck angeordnet. Im Hintergrund waren Liegesofas und ein runder Tisch mit Früchten, Wasserschalen, Weinkrügen und Bechern. Ein älterer Mann um die Fünfzig kam freundlich auf mich zu. Er trug eine schlichte, ärmellose Tunika aus dickem, rotem Wollstoff mit Fischgrätenmuster. Um die Taille trug er einen Ledergurt mit kunstvoll emaillierten Rosetten und einer goldenen Schnalle. Obwohl er seine Tunika über dem Gurt bauschig hochgezogen hatte, reichte sie immer noch bis zu den Waden. Nur Offiziere trugen die Tuniken so lang. Einem einfachen Legionär wäre diese Länge beim Marschieren hinderlich gewesen.

»Ich bin Gaius Oppius, römischer Ritter und Offizier in Cäsars Stab. Ich bin für das Nachrichtenwesen verantwortlich.«

»Wie bescheiden!« lachte ein bärtiger Mann, der tief über eine Pergamentrolle gebeugt war und mit ruhiger Hand eine Abschrift verfaßte. »Gaius Oppius ist Cäsars Geheimdienstchef. Er hat mehr Augen und Ohren ...«

Gaius Oppius nickte dem bärtigen Schreiber ungeduldig zu und unterbrach ihn: »Das ist Aulus Hirtius, Offizier und für Cäsars Korrespondenz zuständig.«

Aulus Hirtius machte seinem Namen alle Ehren, denn »Hirtius« heißt »borstig« oder »zottig«. Und es schien so, als hätte er seinen Bart entsprechend wuchern lassen. Das war schon erstaunlich, daß ich hier einen Römer mit Bart antraf. Denn Bärte und Schambehaarung galten allgemein als tierische Attribute der minderwertigen, wilden Barbaren. Ich mochte diesen Aulus Hirtius sofort. Ich ging ein paar Schritte auf ihn zu und schaute ihm über die Schulter. In schönen griechischen Buchstaben übertrug er einen Text, der auf einer Wachstafel eingraviert war, auf Pergamentpapier.

»Aulus Hirtius braucht dringend eine zusätzliche Schreibkraft, um den zunehmenden Schriftverkehr zu bewältigen«, sagte Gaius Oppius und musterte mich von Kopf bis Fuß. Nach einer Weile sagte er: »Kriege werden nicht nur auf dem Schlachtfeld gewonnen. Was nützt ein Sieg, den man nicht kundtun kann? Ich bestimme, wie viele Kopien angefertigt und an welche Nachrichtenagenten und Verbündeten in Rom sie geschickt werden.«

Aulus Hirtius schmunzelte. »Und er bestimmt auch, ob es in Gallien schneit oder regnet.«

Ich wußte nicht genau, was das zu bedeuten hat, aber ich nehme mal an, daß er damit sagen wollte, daß Gaius Oppius Nachrichten auswertete und entsprechend dem gewünschten Nutzen umschrieb. Ich nickte, ohne mir Zustimmung oder Ablehnung anmerken zu lassen. Gaius Oppius registrierte es mit Wohlwollen.

»Man behauptet, du seist Druide«, sagte er freundlich. Ich nickte wieder, so, wie ich es bei unseren aristokratischen Druiden gesehen hatte.

Gaius Oppius klatschte dreimal in die Hände. Sofort erschien ein schwarzgelockter Jüngling und verneigte sich vor Gaius Oppius. Vermutlich ein Grieche.

»Olus, bring uns heißen Wein mit Zimt und Muskat.«

Der Jüngling verneigte sich wieder und verschwand. Offenbar mußte der arme Kerl stundenlang im hinteren Teil des Zeltes warten, bis Gaius Oppius in die Hände klatschte.

Wenig später kam er mit einem Bronzekessel heißen Wassers zurück und schüttete einen Teil davon in eine Kanne. Er fügte unverdünnten römischen Wein hinzu, Muskat und Zimt, und verrührte dann alles mit einer Holzkelle. Nachdem er jedem von uns – Wanda, der Sklavin, natürlich nicht – einen Silberbecher gereicht hatte, schickte Gaius Oppius ihn mit einer Handbewegung fort. Wir erhoben unsere Becher, und während Gaius Oppius und Aulus Hirtius ihr »Ave Cäsar« skandierten, begnügte ich mich mit einem schlichten »Carpe diem«, was Gaius Oppius zu einer Frage veranlaßte: »Ist es wahr, daß ihr Druiden die lebendigen Bücher der Kelten seid?«

»Factus est«, erwiderte ich in perfektem Latein, was soviel heißt wie »so ist es« und erneut den Beweis lieferte, daß ich selbst mit römischen Redewendungen vertraut war. Zugegeben, das war Prahlerei. Jetzt lächelte auch Gaius Oppius. Offenbar wirkten Barbaren, die römische Kultur demonstrieren wollten, etwas komisch. Aber Gaius Oppius nahm meine Anpassungsversuche eher als Kompliment. Ich war überhaupt erstaunt über die Atmosphäre, die in diesem Zelt herrschte. Ich hatte mich auf die Begegnung mit eingebildeten, arroganten Römern eingestellt und war nun einigermaßen verblüfft, einem Gelehrten wie

Aulus Hirtius gegenüberzustehen. Er legte keinen großen Wert auf äußere Zeichen seines Ranges. Sein ganzer Habitus war der des neugierigen Gelehrten. Es schien fast so, als würde er die Welt nicht in Römer und Nichtrömer unterteilen, sondern in Wissende und Nichtwissende.

»Setz dich doch, Korisios«, bat Aulus Hirtius, als wolle er mich etwas näher betrachten.

Ich reichte Wanda meinen Becher und setzte mich an den Tisch ihm gegenüber. Gaius Oppius blieb wie ein Zeremonienmeister seitlich von uns stehen. Mit sichtbarem Befremden sah er, daß Wanda offenbar hinter meinem Rücken einen Schluck aus meinem Becher trank. Tja, das war mir ziemlich peinlich. »Sie ist meine Vorkosterin«, entgegnete ich halb im Scherz.

»Dann solltest du ihr beibringen, daß sie vor und nicht nach dir kostet«, grinste Gaius Oppius.

»Vielleicht wollen sie im Ernstfall gemeinsam sterben?« schmunzelte Aulus Hirtius. Sie hatten anscheinend längst bemerkt, daß Wanda meine Geliebte war.

»Ich werde sie nachher dafür auspeitschen lassen«, gab ich knapp zurück.

Gaius Oppius lachte. »Hast du denn kein Mitleid? Sie zittert ja schon wie Espenlaub.« Ich drehte mich nicht um, denn ich konnte mir sehr gut vorstellen, wie Wanda dastand, meinen Weinbecher in der Hand, mit einem stolzen und ironischen Gesichtsausdruck.

»Frauen haben keinen Zutritt zu den Offizierszelten«, sagte Gaius Oppius mit leisem Bedauern in der Stimme.

»Sie ist mein linkes Bein«, sagte ich, »ich brauche sie auf Schritt und Tritt.«

Gaius Oppius nickte. »Vielleicht sollten wir eine Ausnahme machen. Ich glaube nicht, daß Cäsar einen einbeinigen Schreiber wünscht.«

Aulus Hirtius nahm einen weiteren Schluck und stellte seinen Becher auf dem Tisch ab. Er wollte zur Sache kommen.

»Korisios, unser Prokonsul Gaius Julius Cäsar hat beschlossen, dem Senat und dem Volk von Rom in periodisch erscheinenden Berichten Rechenschaft über seine Tätigkeit in Gallien abzulegen. Jeden Herbst soll ein Bericht erstellt und nach Rom geschickt werden. Nach Abschluß seines Prokonsulats sollen diese gesammelten Bulletins in Buchform erscheinen, so daß sie auch der Nachwelt erhalten bleiben. Wir wollen in diesen Büchern berichten über das Land jener Stämme, die wir Gallier, ihr aber Kelten nennt. Wir wollen Bericht erstatten über eure Berge und Flüsse, wir wollen Bericht erstatten über eure Sitten und Gebräuche, über eure Götter... Wir wollen Bericht erstatten über die Art und Weise, wie ihr Land bebaut, wie ihr Tiere zähmt, wie ihr Kinder großzieht und unterrichtet...«

Gaius Oppius, dem Aulus Hirtius offenbar unterstellt war, unterbrach ihn und präzisierte: »Wir werden kein wissenschaftliches Werk für die Bibliothek von Alexandria verfassen, sondern einen Rechenschaftsbericht für den römischen Senat. Zu diesem Zweck haben wir dich rufen lassen, Kelte. Du sollst dem Legaten Aulus Hirtius, der für diese Aufgabe freigestellt worden ist, dein Wissen zur Verfügung stellen und ihm bei der Erstellung der Berichte behilflich sein.«

»Wird es Krieg geben in Gallien?« fragte ich.

»Es wird Krieg geben«, antwortete Gaius Oppius sachlich, »so wie es immer Krieg gibt, wenn fremde Stämme an die neuen römischen Provinzgrenzen stoßen.«

»Wenn ihr zur Sicherung euer Provinzgrenzen ständig die Nachbarvölker unterwerfen wollt, dann müßt ihr die ganze Welt unterwerfen, bis Rom an Rom grenzt«, entgegnete ich trocken.

»Eine römische Welt mit römischem Recht wäre nicht die schlechteste von allen«, entgegnete Aulus Hirtius. »Wir vernichten keine Völker und Kulturen, sondern schaffen eine neue Ordnung. Wo die Legion ist, herrscht Frieden, wo die Lex Romana gilt, blüht der Handel. Als Schreiber in

Cäsars Schreibkanzlei hast du Anrecht auf ein eigenes Zelt und einen eigenen Burschen. Das Essen mußt du dir nicht selber zubereiten. In den Winterlagern wirst du eine geheizte Unterkunft aus Holz haben.«

»Und ich darf meine Sklavin behalten und stets bei mir haben?«

»Ja«, erwiderte Gaius Oppius, »aber sie soll sich auch wie eine Sklavin benehmen. Sonst ist es den Legionären gegenüber ungerecht. Ihre Konkubinen und unehelichen Kinder leben außerhalb des Lagers.«

Ich schaute kurz zu Wanda rüber, die wieder an meinem Becher nippte. Gaius Oppius und Aulus Hirtius schmunzelten. Offenbar hatte es so ausgesehen, als hätte ich mich nach Wanda umgedreht, um ihre Zustimmung einzuholen.

»Nun gut, Druide, bist du bereit, in Cäsars Schreibkanzlei zu arbeiten?« fragte mich Gaius Oppius. Ich zögerte.

»Ich würde mich freuen, dich in meiner Schreibkanzlei aufzunehmen«, fügte Aulus Hirtius hinzu und lächelte mich freundlich an. Er meinte es aufrichtig. Ich wollte gerade antworten, als wir draußen jemand brüllen hörten.

»Wo gibt's hier Glühwein?« schrie jemand vor dem Zelt. Kaum hatten wir uns umgedreht, stand der Kerl schon im Zelt. Er trug die vornehme weiße Tunika eines Offiziers mit vergoldeten Fransen und lila Schärpe.

»Mamurra! Wir sind mitten in einer Besprechung«, entfuhr es Gaius Oppius. Doch Mamurra hatte nur noch Augen für den Glühwein. Er ging zum Tisch, griff nach dem Krug und trank.

»Das ist Mamurra, Cäsars Praefectus fabrum, er ist Cäsars Schatzmeister«, sagte Aulus Hirtius.

»Aber er versteht nicht nur was von raffinierten Finanzgebilden, er ist auch für die Konstruktion der Holztürme verantwortlich«, fügte Gaius Oppius anerkennend hinzu.

»Genug, genug!« lachte Mamurra und entledigte sich flink seiner vom Schmutz verspritzten Lederstiefel: »Wo ist meine Frau? Sie soll mir ein Bad richten!«

Gaius Oppius klatschte dreimal in die Hände. Olus trat in das Zelt und strahlte wie ein Feuerwerk. Mamurra zwinkerte ihm zu. »Du sollst mir ein Bad herrichten. Und wenn es zu heiß ist, reiß ich dir die Eier ab und schick dich an den Eunuchenhof von Alexandria.«

Olus grinste und verschwand.

Gaius Oppius nahm einen Becher und füllte ihn mit Wein. Dann reichte er ihn Mamurra. Mamurra stürzte ihn hinunter und musterte dabei aufmerksam Wanda. »Wo hast du die gekauft?«

Gaius Oppius: »Das ist die Sklavin des Kelten.«

»Kelten?« grinste Mamurra. »Ist das eine neue Gewürzmischung?«

»Für weniger gebildete Menschen wie dich, Mamurra, ist es ein Gallier.«

Mamurra nickte theatralisch. »Und er will dir die Germanin verkaufen.«

»Nein, Mamurra! Der Kelte heißt Korisios und ist Druide. Er wird unter Aulus Hirtius in Cäsars Schreibkanzlei arbeiten.«

Jetzt musterte Mamurra auch mich, und ich konnte an der Art und Weise, wie er meinen Körper mit seinen Augen abtastete, unschwer erkennen, daß er Männer und Frauen gleichermaßen begehrte. Hatte mich nicht Ursulus, der Primipilus, vor einem Mamurra gewarnt?

»Druide!« strahlte Mamurra. »Das hab ich mir schon lange gewünscht. Einem richtigen gallischen Druiden zu begegnen. Ich kenne euer Bier und eure behaarten Weiber, aber einen richtigen Druiden… Sag mal, Druide, gibt es tatsächlich ein Kraut, das dir die Kraft eines Vulkans verleiht und dein Geschlecht so steif macht wie ein römisches Pilum.«

Gaius Oppius und Aulus Hirtius lachten. Offenbar waren sie seine erotischen Phantastereien gewohnt.

»Ja«, antwortete ich, »ich habe davon gehört. Ich denke, es ließe sich machen. Laß mich darüber nachdenken.«

»Wenn du das Mittel findest, Druide, mach ich dich zum Statthalter von Gades!«

Mamurra stürzte den Wein nur so runter. Offenbar hatte er ein enormes Nachholbedürfnis. »Wenn meine Legionäre so flink wären wie ich mit dem Stilus, wir hätten bereits ganz Gallien mit einer Befestigungsanlage umzingelt.«

»Es sind immer noch Cäsars Legionäre, Mamurra«, grinste Gaius Oppius.

»Ach, Cäsar«, stöhnte Mamurra, während er sich erneut einen Becher einschenkte, »stellt euch vor, unser Prokonsul hat in Italien zwei neue Legionen ausheben lassen, die elfte und die zwölfte. Er will sie in Aquileia mit den drei Legionen aus dem Winterlager zusammenführen und mit allen fünf über die Alpen kommen ... Der Kerl ist verrückt geworden! Und ich behaupte ...«

»Der Senat hat ihm nicht erlaubt, neue Legionen auszuheben«, unterbrach ihn Gaius Oppius. »Damit bricht er schon wieder römisches Gesetz. In welches Amt soll er sich denn nach seinem Prokonsulat in Gallien noch flüchten, um seine Immunität zu bewahren?«

Mamurra zuckte die Schultern und zeigte mit einer Kopfbewegung auf Aulus Hirtius. »Das ist deine Arbeit, Gaius Oppius. Es liegt an euch, Rom klarzumachen, daß die Grenze der römischen Provinz Narbonensis bedroht ist. Und wie ich dich kenne, Gaius Oppius, wirst du es sogar schaffen, daß Cäsar am Schluß als Retter Roms einen zehntägigen Triumphzug erhält.«

Mamurra sprang hoch und goß sich erneut Wein nach. Er war ein quirliger Kerl mit schier unerschöpflicher Energie. Und großer Trinkfestigkeit.

»Fünf Legionen ...«, murmelte Aulus Hirtius anerkennend.

»Zusammen mit der zehnten, die er hier stationiert hat, stehen ihm bereits sechs Legionen zur Verfügung«, entgegnete Mamurra, »aber zwei davon muß er selbst finanzieren! Also ich sag euch, es ist einfacher, eine Holzbrücke nach Britannien zu schlagen, als Cäsars Finanzen zu verwalten. Wie soll ich zwei Legionen finanzieren, wo ich doch kaum Geld habe, um seine Schuldzinsen zu begleichen?«

Sechs Legionen! Das waren über dreißigtausend Soldaten. Dazu kamen noch zehntausend Mann keltische Hilfstruppen und ein paar tausend keltische Reiter. Um die Helvetier am Übergang des Rhodanus zu hindern, brauchte man keine fünfzigtausend Soldaten! Während also die keltischen Stämme am anderen Flußufer auf Cäsars Antwort warteten, rüstete der Prokonsul bereits zum Krieg. Und zwar ohne Einwilligung des römischen Senats!

Ich hatte nur noch einen einzigen Gedanken: So schnell wie möglich raus hier! Ich mußte um jeden Preis ans andere Flußufer und mein Volk warnen. Dieser Cäsar plante einen Privatkrieg und wartete nur auf einen Vorwand, um ihn endlich führen zu können. Nur so würde er nachträglich die ohne Einwilligung des Senats ausgehobenen Legionen rechtfertigen können.

Cäsar hatte vier Gründe, gegen die Gallier Krieg zu führen: Er sehnte sich nach unsterblichem Ruhm, wie jeder anständige Patrizier, er brauchte militärische Macht, um seine Position in Rom zu festigen, er mußte dringendst seine Schulden begleichen, und jetzt mußte er auch noch die gesetzwidrige Aushebung der beiden Legionen rechtfertigen.

Der Sklave Olus steckte den Kopf in die Schreibstube und nickte Mamurra zu. Dieser sprang auf, schlug sich mit der Faust gegen die Brust und grölte: »Ave Cäsar.« Dann griff er seinem Lustknaben grob an den Hintern und verschwand mit ihm.

»Seine Umgangsformen sind nicht sehr gepflegt ...«, sagte Aulus Hirtius verlegen.

»Deshalb haben wir ihn auch nicht in Cäsars Schreibkanzlei angestellt«, scherzte Gaius Oppius, »aber er ist sehr zuverlässig und absolut loyal. Er braucht einfach jeden Abend einen griechischen Lustknaben, dann baut er am nächsten Tag die verrücktesten Sachen – und wer weiß, vielleicht wird er eines Tages sogar Cäsars Finanzen sanieren.«

»Aber wenn Mamurra weiter so über Cäsar spricht«, orakelte Gaius Oppius, »wird Cäsar ihn in seiner Badewanne ersäufen lassen.«

»Noch schlimmer«, erwiderte Aulus Hirtius, »er wird seinen Lustknaben Olus verführen...« Das war eine der immer wiederkehrenden Anspielungen auf die homoerotische Beziehung, die Cäsar vor Jahren mit Nikomedes, dem König von Bithynien, unterhalten haben soll, als er Offizier unter Thermus war. Obwohl diese Sache schon lange zurücklag, war sie immer noch Gegenstand der Spottverse, die Soldaten bei Triumphzügen ungestraft singen durften. Ich war ziemlich überrascht, daß Offiziere derart offen über ihren Feldherrn sprachen. Aber was kümmerte mich dieses ganze Geschwätz? In meinem Kopf jagten sich die Gedanken, und immer drängender wurde der Wunsch, von hier zu verschwinden und die Kelten auf der anderen Seite des Flusses zu warnen. Ich hörte gar nicht mehr, wie viele Silberdenare, zusätzliche Vergünstigungen und Privilegien Gaius Oppius mir versprach, nein, ich war wie erstarrt beim Gedanken an diesen heuchlerischen Plan, den sich Mars nicht boshafter hätte ausdenken können, diese niederträchtige List, die Cäsar wie eine Schlinge ausgelegt hatte und die sich jetzt unaufhaltsam zusammenzog, weil die keltischen Auswanderer noch nicht wußten, daß sie in der Falle saßen. Ahnungslos warteten sie am anderen Ufer des Flusses, Hunderttausende von Männern, Frauen und Kindern mit all ihrem Hab und Gut, und sie wußten nicht, daß sie bereits Morituri waren: Todgeweihte auf der Schlachtbank.

»Nun gut«, sagte Gaius Oppius gerade, »du mußt dich nicht heute entscheiden, Druide, du kannst dir ruhig Zeit lassen.«

»Ich werde mich in sieben Tagen entscheiden.«

So lange würde es nämlich dauern, bis die keltische Delegation zur vereinbarten zweiten Unterredung erscheinen würde. »Falls ihr in der Zwischenzeit aber meine Dienste braucht, bin ich gerne bereit, euch behilflich zu sein.«

Gaius Oppius und Aulus Hirtius nahmen meine Antwort mit Genugtuung zur Kenntnis. In diesem Augenblick wurde die Zeltplane beim Eingang zurückgeworfen, und ein völlig verdreckter Mann in einem trichterförmigen, ärmellosen Mantel aus grobem, schwarzem Wollstoff und hohen Lederstiefeln betrat das Zelt. Er hatte eine laute Stimme und sprach mit einem starken iberischen Akzent: »Balbus grüßt Cäsars Dichter!«

»Balbus!« entfuhr es Gaius Oppius und Aulus Hirtius fast gleichzeitig. Mit offenen Armen gingen sie auf ihn zu und umarmten ihn herzlich. Erschöpft ließ sich Balbus auf das Liegesofa fallen und atmete erleichtert auf. »Endlich! Die Händler werden es uns danken, wenn wir in Gallien anständige Straßen bauen.« Gaius Oppius ließ sofort einen Sklaven kommen. Der zog Balbus die Stiefel aus und reichte ihm frisches Wasser, damit er Hände und Gesicht waschen konnte.

Aulus Hirtius warf mir einen kurzen Blick zu. »Das ist Balbus, Lucius Cornelius Balbus, Gaditaner, er war in Spanien Cäsars Praefectus fabrum. Und heute ist er …«

»Cäsars Geheimagent in Rom«, posaunte Balbus stolz und trank genüßlich den Glühwein, den ihm Gaius Oppius reichte.

»Das ist Korisios, ein keltischer Druide vom Stamme der Rauriker. Er wird uns vermutlich beim Erfassen der Jahresberichte helfen«, sagte Gaius Oppius.

»Wir dürfen hoffen, nicht wahr, Korisios?« fragte Aulus Hirtius.

Ich nickte.

»War die Reise anstrengend?« erkundigte sich Oppius.

»Er kommt direkt aus Rom«, erklärte mir Hirtius.

Balbus griff nach einer Traube und zupfte eine Beere ab, die er dann genießerisch zum Mund führte. »Was heißt hier anstrengend? Seit ich nicht mehr Cäsars privater Schatzmeister bin, empfinde ich selbst den verrücktesten Ritt durch die barbarische Wildnis als Spaziergang. Wie geht's denn meinem Nachfolger? Hat er sich bereits erhängt?«

»Mamurra vergnügt sich gerade mit Olus in der Wanne«, lachte Aulus Hirtius. Ich suchte nach einem günstigen Augenblick, um mich zu verabschieden, aber Gaius Oppius und Aulus Hirtius wollten mich noch nicht gehen lassen.

»Balbus ist die Verbindung zwischen unserem Heerlager und Rom«, erklärte Gaius Oppius.

Balbus nickte. »Durch mich weiß mein Freund Gaius Julius Cäsar jederzeit, ob Pompeius ihn lieber erdolchen oder vergiften lassen möchte und ob Crassus bereits einem thrakischen Gladiator die Freiheit versprochen hat, wenn er ihm Cäsars Kopf bringt. Roms Ehemännern wäre Cäsars Schwanz allerdings lieber.« Balbus lachte laut.

»Erinnert ihr euch an die dunkelhaarige Serena? Die hat doch so einen kleinen, schwarzhaarigen Mann, gehört zu Cäsars Klienten. Die hat eine Tochter geboren … Und die hat blondes Haar! Dabei hat sie Cäsar nur ganz kurz in einer Grundstücksangelegenheit aufgesucht.«

Jetzt lachten auch Gaius Oppius und Aulus Hirtius.

»Jaja«, sinnierte Balbus, »es ist schon tragisch, Pompeius hat im Osten ein Weltreich erobert, Crassus hat die halbe Republik aufgekauft, und unser Cäsar macht nur mit seinem Schwanz Furore. Aber das werden wir ändern, denn Cäsar ist aus anderem Holz geschnitzt.« Dann fügte er etwas ernster hinzu: »Ja, mit dem Gold der Helvetier hätte er genügend Geld, um mit Crassus gleichzuziehen und sich eigene Legionen zu kaufen. Er könnte im Westen ein Weltreich erobern, das Pompeius' Taten verblassen läßt und ihn zum uneingeschränkten Herrscher Roms macht. Das einzige, was zählt, sind Legionen. Und wer zehn Legionen aus der eigenen Tasche finanzieren kann, ist wahrlich der mächtigste Mann Roms.«

Oppius und Hirtius nickten zustimmend. Ich nutzte den kurzen Augenblick der Stille, um mich zu verabschieden.

»Ihr findet mich im Zelt des Niger Fabius, wenn ihr mich sucht.«

Ich suchte sofort Kretos auf. Er saß mit anderen Händlern aus Massilia in seinem Zelt und verfluchte das römische Imperium. Wenn Rom sich in Gallien breitmachte, würden sie ihre lukrativen Handelsrouten zu den britannischen Zinninseln und zu den Germanen verlieren. Kretos sprach deshalb eindringlich auf seine Kollegen ein und riet ihnen, die Angst der Römer vor den Barbaren zu schüren. Doch die meisten Händler hörten ihm schon nicht mehr zu. Das Gerücht, Cäsar werde bald über sechs Legionen verfügen, hatte sich bereits wie ein Lauffeuer verbreitet. Und die Preise in die Höhe getrieben. Überall waren Freigelassene unterwegs, um im Auftrag ihrer Herren Waren zu kaufen. Kretos hatte sogar einige seiner Burschen nach Massilia zurückgeschickt, um Nachschub zu besorgen. Denn sechs Legionen, das waren fünfzigtausend Kunden. In den umliegenden Höfen war bereits alles aufgekauft. Selbst die Ernte, die noch gar nicht gesät war. C. Fufius Cita, Cäsars privater Getreideaufkäufer, war allen zuvorgekommen. Wer auch nur einen kleinen Wissensvorsprung hatte, machte das große Geschäft. Die andern hatten das Nachsehen. Den allobrogischen Bauern war es völlig egal, wem sie ihre Ernte verkauften.

Als Kretos mich sah, stand er auf und nahm mich beiseite. »Korisios, du mußt unbedingt in Cäsars Schreibkanzlei eintreten! Ich brauche einen Informanten in Cäsars Heer!«

»Und ich brauche ein Faß Wein, Kretos! Und vier Burschen, die mich ans andere Ufer begleiten!«

Kretos winkte ab. »Dann kannst du dein Geld auch gleich in den Fluß werfen.«

»Nein«, protestierte ich, »ich werde den Zolloffizier Silvanus bestechen!«

»Korisios«, flüsterte Kretos mit heiserer Stimme, »dann nimm gleich zehn Fässer mit.«

»Nein«, widersprach ich, »ich hab Silvanus ja noch nicht gefragt. Und ich brauche den Wein nur zur Tarnung. Damit niemand Verdacht schöpft, wenn ich ans andere Ufer gehe. Ich will nur ein einziges Faß, und wenn der Wein dir zu schade ist, dann füll mir das Faß mit Wasser. Aber gib mir vier Männer dazu.«

»Wieso soll mir der Wein zu schade sein, Korisios? Ich hoffe doch sehr, daß du ihn bezahlen wirst. Ich bin hier, um Geschäfte zu machen. Und wenn du deinen Silvanus noch nicht bestochen hast, dann ist mir dieser Transport zu riskant. Ich kann dir nicht mal ein leeres Faß geben. Wenn du in Cäsars Dienste eintreten und für mich als Informant arbeiten würdest, sähe die Sache anders aus.«

Wir einigten uns schließlich auf ein kleines Faß billigen Landwein, das mir Kretos zu einem Wucherpreis verkaufte. Eher unwillig überließ er mir zwei Sklaven, beharrte aber darauf, daß ich sie ihm bei Verlust bezahlen müsse. Sogar einen Vertrag mußte ich deswegen unterschreiben. Kretos wollte bei Verlust neunhundert Sesterzen pro Sklaven. Das war ziemlich genau der Jahressold eines römischen Legionärs. Also wenn's ums Geld geht, lernt man sogar seine vermeintlichen Freunde kennen. Ich protestierte, denn auf dem Markt gab's ja bereits Maultiere für fünfhundertzwanzig Sesterzen. Aber Kretos antwortete lakonisch, es stehe mir frei, mir irgendwo anders Sklaven zu leihen. Aber hier sei alles in Aufruhr. Jeder Sklave, jede Sesterze werde gebraucht. Ich muß ihn mit sehr großem Befremden angeschaut haben, denn plötzlich wurde er ruhig und legte mir freundlich den Arm um die Schulter.

»Korisios, ich habe doch deinem Onkel Celtillus versprochen, daß ich ein Auge auf dich haben werde. Also, mein Freund, schlag dir diese Idee aus dem Kopf. Ich bitte dich, wozu willst du die Helvetier warnen? Meinst du wirklich, die wüßten noch nicht Bescheid? Wenn du ein großer Händler werden willst, mußt du lernen, die Risiken abzuwägen. Was du heute nacht vorhast, bringt nichts. Du kannst nur verlieren. Tritt in Cäsars Schreibkanzlei ein, und werde mein Informant. Unser Handelshaus in Massilia muß Cäsars Umfeld kennen, um den Markt richtig einschätzen zu können. Wissen ist alles. Du mußt uns ja keine militärischen Geheimnisse verraten. Ich will nur wissen, was auf den gallischen Märkten fehlt. Und was Cäsar vorhat. Damit wir vor den anderen Händlern dort sind. Vielleicht eröffnen wir in Vesontio oder an der Küste eine Filiale ... Ich würde dich zum Filialleiter machen.«

Stirnrunzelnd überflog ich den Vertrag.

»Du brauchst diesen Vertrag nicht zu unterschreiben, wenn du in Cäsars Schreibkanzlei eintrittst und mein Informant wirst, Korisios! Die beiden Sklaven leihe ich dir gerne, kostenlos. Das bin ich Celtillus schuldig. Und ich liebe dich wie meinen eigenen Sohn.«

Ich ließ ihn reden und gestikulieren und erinnerte die Götter, die sich zu meinen Gunsten zusammengeschlossen hatten, an ihre Pflichten. Und unterschrieb den Vertrag.

Ich fand Silvanus in der Holzbaracke neben der abgerissenen Brücke. Er war von meiner Idee, am anderen Ufer ein Faß Wein zu verkaufen, überhaupt nicht begeistert. Als ich ihm einen Silberdenar gab, hielt er die Idee für überlegenswert, aber erst als ich ihm einen zweiten Silberdenar gab, machte er mir den Vorschlag, ihn an diesem Geschäft zu beteiligen. Aber er wollte den Gewinn im voraus. So gab ich ihm einen dritten Silberdenar. Den vierten Silberdenar gab ich ihm, damit er auch den Centurio bestechen konnte, der die schmale Furt bewachte, die wir benutzten wollten. Den fünften Silberdenar kassierte er, damit er endlich seinen Hintern hochbrachte und mich zusammen mit den beiden Sklaven zu der schmalen Furt begleitete.

Doch unten am Fluß hielt kein Centurio mit seinen Legionären Wache, sondern eine Auxiliareinheit von allobrogischen Kelten. Silvanus gab ihnen den Befehl, mich ans andere Ufer zu lassen. Der Führer der allobrogischen Auxiliarwache fand die Idee großartig. Er machte deshalb den Vorschlag, ihm und seinen Männern das Faß als Geschenk zu überlassen.

Die Idee hingegen fand Silvanus nicht besonders gut. Wozu sollte ich dann noch ans andere Ufer? Ich wollte ja angeblich rübergehen, um mit einem Faß Wein Geld zu machen.

Der allobrogische Auxiliarführer grinste übers ganze Gesicht. »Er soll doch einfach rübergehen und Bestellungen entgegennehmen. Wir liefern nächste Nacht. Wenn das kein Geschäft ist!«

So wurde ich also fünf Silberdenare und ein 100-Liter-Weinfaß los. Ich winkte Kretos' Sklaven herbei. Im Schutze der Dunkelheit begleiteten sie mich über die schmale Furt ans andere Ufer.

Kaum hatten wir das andere Ufer erreicht, lösten sich dunkle Gestalten aus dem Gestrüpp und kamen lautlos auf uns zu.

»Ich muß zu Divico«, flüsterte ich. Doch da hörte ich bereits das Summen einer Schwertklinge in der Luft. Mit einem sauberen Hieb wurde einem Sklaven der Kopf vom Rumpf getrennt. »Ich bin Korisios, der Rauriker!« schrie ich.

»Was willst du hier? Wir hielten dich für einen Allobroger!« Ich war von jungen helvetischen Kriegern umzingelt. An meinem Dialekt hatten sie erkannt, daß ich kein Allobroger war.

»Ich war in Cäsars Schreibkanzlei. Ich bin Druide und bringe Neuigkeiten für Divico.«

Der eine Helvetier erinnerte sich an mich. »Du warst bei Divico zu Gast, nicht wahr?«

»Ja«, sagte ich, während ich meinen Blick vom abgetrennten Kopf des Sklaven losriß.

»Dann bist du der Mann mit der dreifarbigen Hündin, der den germanischen Fürsten erledigt hat!«

»Ja, aber bringt mich jetzt zu Divico!«

»Dann bist du der Freund von Basilus!« schrie einer.

»Ja, aber bringt mich endlich zu Divico!«

Sie wollten unbedingt trinken, mich zum Essen einladen und nochmals meine abenteuerliche Geschichte hören. Aber ich bin sicher, daß Basilus sie mittlerweile derart ausgeschmückt erzählte, daß ich alle enttäuscht hätte.

Ich befahl dem Sklaven, am Ufer auf mich zu warten, und ließ mich von den andern zu Divico führen. Entlang des Ufers waren Tausende von Zelten aufgeschlagen. Sie reichten bis tief ins Landesinnere. Überall saßen Menschen an Lagerfeuern. Sie tranken, aßen und unterhielten sich lautstark. In der Dunkelheit hörte man vereinzelt das Klagen und Stöhnen der Kranken und Alten. Ein penetranter Geruch von Kot und Urin hing in der Luft. Irgendwo wurde heftig gestritten. Man hörte, wie Männer mit den Fäusten aufeinander losgingen. Divicos Zelt lag ungefähr eine Meile vom Ufer entfernt. Er war alleine mit seinen Sklaven und Familienangehörigen. Der alte Mann saß erschöpft auf einem hölzernen Schemel. Die Strapazen der langen Reise hatten ihn sichtlich mitgenommen. Im flakkernden Licht der Öllampen sah ich den fiebrigen Schweiß auf seiner Stirn. Sein Atem ging flach. Nachdem er mir die Erlaubnis zu sprechen gegeben hatte, erzählte ich ihm, was ich in Cäsars Schreibkanzlei gehört hatte. Doch zu meiner Verblüffung kannte Divico bereits jedes Detail.

»Worauf wartet ihr dann noch? Wieso nehmt ihr nicht den Weg durch die Schluchten?«

Nammejus trat aus dem Dunkeln hervor. Er wollte mich zurechtweisen, weil es nicht Sache eines siebzehnjährigen Raurikers war, dem großen Divico Ratschläge zu erteilen. Doch Divico gab Nammejus ein Zeichen, still zu sein.

»Korisios«, begann Divico mit schleppender Stimme, »ich verstehe durchaus, daß Cäsar die Helvetier fürchtet. Deshalb hat er zusätzliche Legionen ausgehoben. Aber wenn er uns die Durchreise durch seine Provinz verbietet, werden wir seinen Entschluß hinnehmen und einen anderen Weg wählen. Es ist seine Provinz.«

»Er wird euch auch außerhalb der Provinz verfolgen.«

»Ich weiß, Korisios, das erzählen auch die Sklaven, die jede Nacht über den Fluß zu uns fliehen. Sollte Cäsars uns tatsächlich angreifen, wird ein weiterer Fluß den Namen einer römischen Schmach tragen. Wir werden dem Kampf nicht ausweichen. Wir sind es gewohnt, dem Feind die offene Feldschlacht anzubieten. Wir kämpfen lieber gegen sechs römische Legionen als gegen zwei. Denn dieser Sieg ist größer und ehrenhafter.«

Ich war fassungslos. Ich hatte fünf Silberdenare und ein 100-Liter-Weinfaß in den Sand gesetzt. Für nichts. Das Angebot für Speis und Trank lehnte ich dankend ab. Niemand bedankte sich dafür, daß ich mein Leben aufs Spiel gesetzt hatte. Wozu auch? Es war ja absolut überflüssig gewesen. Ich versuchte meine Enttäuschung so gut es ging zu verbergen. Verärgert verließ ich Divicos Zelt.

Draußen erwartete mich bereits Basilus. Wir strahlten uns an wie zwei himmlische Kometen. Er begleitete mich zum Fluß zurück. Unterwegs erzählte ich ihm all die Geschichten mit Mamurra, Balbus, Gaius Oppius und Aulus Hirtius. Und welchen Eindruck ich von Cäsar hatte.

Als ich mit dem Sklaven wieder in den kalten Fluß watete, rief mir Basilus zu: »Korisios! Sehen wir uns wieder?«

»Ja«, flüsterte ich, »wir sehen uns wieder. In dieser Welt!«

Erneut überquerten wir im Schutze der Dunkelheit die schmale Furt. Am anderen Ufer ging es bereits recht laut zu. Es klang nach allobrogischen Heldenversen. Oder sagen wir mal: nach fünfzig Litern Landwein. Mein Sklave hatte es plötzlich eilig. Ich wollte mich gerade aufrichten, um den Allobrogern unsere Rückkehr zu melden, als ein Pfeilhagel Kretos' Sklaven niederstreckte.

»Ihr verfluchten Hurensöhne«, brüllte ich so laut ich konnte, »ich bin's, Korisios …«

Doch zu meiner Überraschung klatschten erneut Dutzende von Pfeilen in meiner Umgebung ins Wasser.

»Ich bin Cäsars Druide!«

Ich lag nun flach auf dem Bauch und suchte robbend Schutz hinter dem toten Sklaven.

»Taranis!« brüllte ich. »Verbanne den nächsten, der einen Pfeil auf mich abschießt, in die Tiefen des Meeres und laß seine Nachkommen bis ins dritte Glied verflucht sein! Versperr ihnen die Anderswelt auf alle Ewigkeit …«

»Hör auf, Druide!« hörte ich jemanden rufen.

»Holt den Druiden ans Ufer«, rief ein anderer. Es war der Anführer der allobrogischen Wachmannschaft: »Beruhige dich, Druide, es war ein Versehen!«

»Wo ist Silvanus?« fragte ich.

Der Allobroger starrte mich ängstlich an. »Bist du wirklich Druide?«

»Ja!« schrie ich. »Wo ist Silvanus?«

»Er hat sich aus dem Staub gemacht.«

»Hilf mir die Böschung hinauf«, befahl ich dem Allobroger. Er nahm sanft meinen Arm und half mir, während er ununterbrochen auf mich einredete: »Nimm den Bann von uns, Druide, es war nicht Absicht, ich schwöre es …«

»Unterlaß das gefälligst«, herrschte ich ihn an, »deinen Nachkommen zuliebe!«

»Aber Druide, verzeih uns bitte …«

»Ich kann dir verzeihen«, zischte ich, »aber wird Taranis, unter dessen Schutz ich stehe, dir verzeihen können?«

»Sollen wir ein Opfer bringen?« fragte der Allobroger verzweifelt.

»Bring mich ins Lager der Händler. Aber mit einem Pferd!«

Am liebsten hätte ich mein Geld zurückverlangt, aber ich wußte, daß Taranis das nicht gutgeheißen hätte. Ein Druide durfte nie mit den Göttern drohen, um sich zu bereichern. Also ließ ich mich von ihm ins Lager der Händler zurückbringen und trug ihm auf, den Flußgöttern den restlichen Wein zu opfern. Und drei Soldatenköpfe. Erleichtert sank der Allobroger vor mir auf die Knie und bedankte sich. Ich schickte ihn unwirsch weg. Denn so, wie er meine Knie umarmte, brachte er mich beinahe zu Fall.

Müde ließ ich mich in Niger Fabius' Zelt nieder. Wanda und der Araber hatten mich bereits sehnsüchtig erwartet. Kaum hatte ich das Zelt betreten, gab Niger Fabius seinen Sklaven ein Zeichen, das Essen aufzutragen. Er ließ über dem Feuer gebratene Fische bringen, deren Bäuche mit Koriander und Rosinen gefüllt waren. Dazu gab es eine scharfe Sauce, eine Mischung aus Honigwein, Essig, Öl, gewürzt mit Pfeffer, Liebstöckel, geröstetem Kümmel, Zwiebeln und entsteinten Damaszenerpflaumen. Ich erzählte meine haarsträubende Geschichte und schlang das Essen trotzig hinunter. Ich war deprimiert. Ich hatte mein Leben aufs Spiel gesetzt, um meinem Volk zu helfen. Und was taten sie? Nichts!

Niger Fabius hatte längst bemerkt, daß sich zwischen Wanda und mir etwas verändert hatte. Stillschweigend schenkte er fortan Wanda die gleiche Aufmerksamkeit und ließ sie als erste einen gelblichen Weißwein aus Korfu kosten, der zur Haltbarkeit mit Harz versetzt worden war. Als ich meine Geschichte zu Ende erzählt hatte, schaute ich zum ersten Mal von meinem Essen auf. Ich sah, daß Niger Fabius und Wanda übers ganze Gesicht grinsten.

»Siehst du«, sagte Niger Fabius, »um dich zu beschützen, ist ein Gott allein zuwenig.«

Er hatte wohl recht. Ich nahm Wanda in meine Arme und küßte sie leidenschaftlich. Ich war so glücklich, wieder bei ihr zu sein. Wanda waren meine Liebkosungen in Anwesenheit von Niger Fabius fast ein wenig peinlich. Obwohl sie sich auch schon nach mir gesehnt hatte, war sie dennoch darauf bedacht, mein Ansehen nicht zu beschädigen. Ein keltischer Druide durfte öffentlich keine Sklavin küssen. Aber Niger Fabius war unser väterlicher Freund. Sogar Lucia hatte sich angewöhnt, zu seinen Füßen zu liegen.

»Du hast heute keine Gäste, Niger Fabius?«

»Nein, mein Freund, jetzt haben alle viel zu tun. Fünfzigtausend Legionäre sind im Anmarsch. Das ist kein Heer mehr, das ist eine lebendige Stadt. Und wenn sie länger als einen Monat irgendwo kampieren, findest du im Umkreis von hundert Meilen weder Hirsch noch Hase, weder Korn noch Fisch. Und wenn sie einen weiteren Monat bleiben, schießen rund um das Militärlager herum Häuser, Märkte und Proviantdepots wie Unkraut aus dem Boden. Wenn die Armee weiterzieht, hinterläßt sie eine funktionierende Stadt, die langsam wieder schrumpft. Deshalb, mein junger Freund, habe ich heute keine Gäste.«

Am nächsten Morgen gab ich Wanda Geld, damit sie Lebensmittel und zwei frische Pferde kaufen konnte. Ich bat sie auch, ihr Haar mit einer Vitta, einer roten Wollbinde, zusammenzubinden.

»Wieso, Herr?«

»Dann lassen dich die Römer in Ruhe.«

»Wegen einer roten Wollbinde?«

»Na ja«, entgegnete ich ungeduldig, »nimm Lucia auch mit. Das wird auch ein bißchen nützen.« Ich wollte ihr nicht sagen, daß verheiratete Römerinnen rote Wollbinden tragen.

Als Wanda gegangen war, bat ich Niger Fabius um sauberes Wasser und die Erlaubnis, es selber kochen zu dürfen. Er willigte ungern ein, denn es ist nicht gut, wenn Sklaven sehen, daß Herren solche Arbeiten verrichten. Dennoch ließ mich Niger Fabius gewähren und verscheuchte seine neugierigen Sklaven, damit ich in Ruhe arbeiten konnte.

»Übrigens«, sagte er noch, »Kretos hat nach dir gefragt, er sucht seine beiden Sklaven. Er war ziemlich wütend …«

Ich hatte keine Zeit für Kretos. Ich kaufte bei einem römischen Händler einen Mörser, eine Reibschale mit Ausgießer und einen unbenutzten Trinkschlauch. Dann kehrte ich in das Zelt von Fabius Niger zurück. Mit den vorsichtigen Bewegungen eines Anfängers begann ich ein Kraut nach dem andern mit dem Mörser in der rauhen Schale zu bearbeiten, während vor mir das Wasser kochte. Nur das Bilsenkraut ließ ich ungestampft. Meine Freunde und Verwandten wären stolz auf mich gewesen. Ich hoffte inbrünstig, sie würden irgendwo dabeisein und mir zusehen. Ich konzentrierte mich auf meinen Körper, so, wie es mir Santonix beigebracht hatte, und spürte allmählich die Wärme in meinen Muskeln, ohne daß dabei jedoch die Aufmerksamkeit für die Zubereitung der Mixtur vermindert worden wäre.

Als ich die Kräuter im heißen Wasser aufgekocht hatte, ließ ich den Sud erkalten und füllte ihn dann in einen neuen Trinkschlauch. Am nächsten Morgen wollte ich hinausreiten, Richtung Massilia, und an einem heiligen Ort mit den Göttern in Verbindung treten. Sie sollten mir den Weg weisen. Da ich eine kultische Handlung vorbereitete, durfte ich die Nacht nicht mit Wanda verbringen. Ich wollte es ihr in dem kleinen Zelt, das uns Niger Fabius zur Verfügung gestellt hatte, erklären, doch als ich vor ihr kniete und ihr erklärte, wieso man zwischen der Zubereitung einer geheimen Mixtur und der Anrufung der Götter keiner Frau beiwohnen durfte, strich sie mir verständnisvoll über die Schenkel, bis ich so erregt war, daß sie mich mühelos auf ihr Schlaffell ziehen konnte. Ich muß gestehen, daß mich kein schlechtes Gewissen plagte. Wenn Wanda mich ansah, hing ich wie ein Fisch am Köder, erregt zappelnd und nur noch von dem Wunsch besessen, in sie einzudringen. Jede ihrer Berührungen fesselte mich, und ihre Stimme machte mich heiter und glücklich, wie ein gutgelagerter Falerner. Und wenn das den Göttern nicht paßte, dann hätten sie uns halt anders machen sollen. Gegen Morgen schliefen wir ein, erschöpft und ineinander verschlungen.

Ich ritt alleine südwärts. Lucia hatte ich zu Wandas Schutz zurückgelassen. Wir Kelten haben zahlreiche heilige Orte. Einige sind regelrechte Wallfahrtsorte, die von der ganzen Bevölkerung gekannt, geschätzt und besucht werden, andere wiederum kennen nur die Druiden. Aber im Grunde genommen wohnen die Götter überall. Man spürt sie, wenn man die Wälder betritt. Ich versuchte mich auf den bevorstehenden heiligen Akt zu konzentrieren, aber immer wieder hörte ich Wandas Stimme, roch den Duft ihres Haares, und mir war, als seien meine Hände noch feucht von ihren Schenkeln. Ich weiß nicht, ob ich mit meinen Gedanken die Geduld der Götter auf eine harte Probe stellte, aber Wanda war wie ein Geist, der sich in mir eingenistet hatte und heranwuchs wie ein Kind, das man sich sehnlichst gewünscht hatte. Es war der Geist der Liebe.

Ich mußte über mich lachen, wenn ich an den naiven Jüngling dachte, der auf dem raurikischen Hof unter der Eiche gesessen und davon geträumt hatte, das größte und dickste und angesehenste Buch der Kelten zu werden. Mit Wanda zu schlafen machte bedeutend mehr Spaß! Sicher, die Gestirne mit Hilfe astronomischer Berechnungen zu erforschen war ohne Zweifel interessant. Aber war es nicht bezaubernder, den Körper einer Frau mit Liebkosungen zu erforschen? Ich versuchte aufrichtig, diese übermütigen Gedanken loszuwerden, damit kein übelgelaunter und gelangweilter Gott sich darüber ärgern mußte, aber es gelang mir nicht wirklich.

Nach einigen Stunden Ritt erreichte ich einen kleinen Bergsee. Die Sonne stand senkrecht über uns, und das Wasser glitzerte wie kleine Bronzespiegel in der Sonne. Das Wasser war glasklar und sauber. Auf dem Grund des Sees schimmerten metallene Gegenstände. Ohne Zweifel war hier in der Vergangenheit schon mehrfach geopfert worden. Ich zog meine Lederschuhe aus und wusch meine Füße. Danach reinigte ich meine Hände. Einen Augenblick war ich irritiert, denn ich dachte, ich hätte den richtigen Vers vergessen. Hatte mich Santonix nicht vor den Gefahren des Weines gewarnt? War es nicht so, daß der Wein das Gedächtnis beschädigte, wie ein Feuer, das Löcher ins Pergament brennt?

Ich kniete nieder und streckte beide Arme zum Himmel.

»Oh Götter, oh Taranis, Esus und Teutates, als ich erschaffen wurde, formte mein Schöpfer mich, aus der Frucht der Früchte, aus den Stockrosen und den Blumen der Hügel, aus den Blüten der Bäume und Sträucher, aus den Blüten der Nessel, ich war verzaubert von der Weisheit der Götter und ihren Kindern.«

Ich setzte ehrfürchtig den Trinkschlauch an und trank – und es verschlug mir den Atem. Ich weiß nicht, ob ich den falschen Vers aufgesagt oder den Trank falsch zubereitet hatte. Auf jeden Fall fühlte ich sogleich, wie die Götter in mich eindrangen, mein Herz aus der Verankerung rissen und weit wegschleuderten. Ich wurde mitgerissen, schwebte in hohem Bogen über die Felder, die immer bunter und ungestümer unter mir davonflogen, und ich hörte Onkel Celtillus lachen, so laut, daß das Wild aus den Wäldern floh und die Vögel in Panik davonstoben.

Ich hatte die Götter befragen wollen. Ich wollte, daß sie mir einen Blick auf das Schicksal meines Volkes gestatteten. Doch statt dessen verwandelten sich die Hügel zu prallen Brüsten, die Bäume glichen erigierten Penissen und das entlegene Waldstück, auf das ich zuflog, der pulsierenden Scham einer Barbarin, die sich langsam, gleich einer Knospe, öffnete. Zu spät realisierte ich, daß die Erdkruste unter mir aufbrach, und ich stürzte in eine enge Schlucht, deren Granitwände so eng waren, daß ich während des Falls geschält wurde wie eine Zwiebel.

Als ich wieder zu mir kam, lag ich ratlos mit dem Kopf in meinem eigenen Erbrochenen. Das erste, was mir in den Sinn kam, waren Zwiebeln und Kretos' wütendes Gesicht. Mir war so übel, daß ich die Götter anflehte, mich sterben zu lassen. Mir war so elend. Immer wieder mußte ich mich übergeben. Mein Magen war längst leer. Ich erbrach bereits Galle, und die Götter hatten immer noch nicht genug. Was bei Epona hatte ich denn falsch gemacht?

»Ich weiß es nicht, Druide«, antwortete eine fremde Stimme. Ich öffnete die Augen und sah verschwommen die Gesichter, die wolkenartig über mir schwebten. Hatte ich bereits die Anderswelt betreten? War die Anderswelt unserer Welt so ähnlich?

»Celtillus?« fragte ich mißtrauisch.

»Was ist mit Celtillus?« fragte der Fremde ruhig.

»Celtillus ist tot«, murmelte ich.

Für einen kurzen Augenblick sah ich den Fremden sehr deutlich. Er trug keinen Schnurrbart, wie es die Kelten tun. Sein Haar war gelockt, aber kurz geschnitten. Doch an seinem Hals trug er den goldenen Torques eines Adligen. Auch die Fibel, die seinen Reiterumhang zusammenhielt, war sehr kostbar.

»Haben die Römer Celtillus getötet?« fragte der Fremde. Ich verstand nicht ganz, woher sein Interesse an meinem Onkel rührte.

»Nein«, sagte ich gequält, »du weißt ganz genau, daß kein Römer Celtillus umgebracht hat. Wir Barbaren bringen uns selber um.«

Ich versuchte die Augen offenzuhalten und klar zu sehen. Aber es gelang mir jeweils nur für ganz kurze Zeit. Zu groß waren die Schmerzen, die meine Schläfen durchbohrten. In mir tobte ein Gewitter. Es war mir, als würde ich gleich in Stücke gerissen.

Der Fremde mit dem gelockten Haar erinnerte mich an einen adligen Kelten in römischen Diensten. Stolz stand er da, umringt von anderen Kelten, die ihm offenbar untergeordnet waren. Er war bestimmt keine fünfundzwanzig Jahre alt, aber er hatte bereits die Autorität eines Führers. Groß war das Ansehen, das er bei seinen Begleitern genoß. Als Kelte mußte er sich dieses Ansehen auf dem Schlachtfeld verdient haben. Er beugte sich zu mir herunter.

»Sag mir, Druide, mußte mein Vater Celtillus sterben, weil er König der Arverner werden wollte? Oder weil mein Onkel Gobannitio es so wollte?«

Ich begriff überhaupt nichts mehr. Der Fremde war offenbar vom keltischen Stamme der Arverner. Offenbar hatte sein Vater den gleichen Namen wie mein Onkel. Bei Taranis, ich war wirklich nicht in der Stimmung, ihm dies zu erklären. Geschweige denn in der Lage.

»Im Land, das die Römer Gallien nennen, muß jeder Kelte sterben, der König seines Volkes werden will«, antwortete ich mit letzter Kraftanstrengung.

»Was ist mit meinem Onkel Gobannitio?! Bitte, Druide, sag es mir! Gobannitio haßt mich. Er hat mich aus Gergovia verbannt. Ohne ihn wäre ich nie im Leben in die römische Legion eingetreten. Werde ich Gergovia jemals wiedersehen?«

»Ja«, stöhnte ich, von Schmerzen geplagt. Dann fingen die Krämpfe wieder an. Wie ein verletzter Wurm krümmte ich mich, bis die Knie beinahe meine Stirn berührten, und kotzte erneut gelbe Galle. Ich spürte, wie ich wieder das Bewußtsein verlor. Es war mir, als würde mein Kopf auf etwas aufschlagen, wie ein Ei auf dem Rand eines Bronzekessels. Ich stürzte in etwas Gelbes, das wie eine heiße Quelle blubberte. Ich schrie um Hilfe. Ich spürte, wie das Gelb langsam fester und härter wurde. Und dann sah ich riesengroß über mir Kretos' Mund, und er fragte mich tatsächlich nach dem Verbleib seiner beiden Sklaven. Er war wütend. Er nahm diesen komischen Pfefferstreuer, der einen Sklaven in der Hocke darstellt, und schüttelte ihn zornig über dem Bronzekessel. Wie gehärtetes Lavagestein schlugen die schwarzen Körner auf meinem Kopf auf.

»Korisios!« hörte ich eine Stimme verzweifelt rufen. Es war nicht Kretos' Stimme. Bestimmt nicht. Ich riß die Augen auf.

»Lucia hat dich gefunden«, hörte ich jemand sagen. Ich versuchte die Person zu sehen, aber mein Kopf schmerzte immer noch, als würden fünfzig Schmiede meinen Schädel auf einem glühenden Amboß bearbeiten. Ich schloß wieder die Augen.

»Erkennst du mich, Herr?«

Bei Canturix und der ganzen göttlichen Vereinigung, die sich in diesem Augenblick über mich lustig machte, es war Wanda, die da vor mir kniete und mir mit Blättern und Grasbüscheln das Erbrochene aus dem Gesicht wischte.

»Als es dunkel wurde, haben wir uns Sorgen gemacht. Lucia hat dich gefunden, Herr. Du warst in Begleitung von Reitern.«

»Reitern?« fragte ich verblüfft. Ich konnte mich sehr wohl an das Gespräch mit diesem jungen Arverner erinnern. Aber ich konnte mich ebensogut an die prallen Brüste in der Landschaft und das brutzelnde Eigelb erinnern.

»Reiter?« wiederholte ich. »Arverner?«

»Ja«, sagte Wanda ungeduldig, »aber komm jetzt, wir müssen zurück.«

»Ich kann nicht«, stöhnte ich wie ein sterbender Krieger auf dem Schlachtfeld, »laß mich bitte liegen. Nicht anfassen.«

»Aber es wird kalt, Herr, wir müssen zurück, bevor es ganz dunkel ist. Bald werden die ersten römischen Patrouillen hier aufkreuzen. Sie werden dich für einen feindlichen Kelten halten.«

Sie hatte recht. Ich rollte mich zur Seite. Dann winkelte ich die Beine an und drehte mich auf den Bauch. Ich atmete tief durch und hob den Oberkörper, während mir Lucia stürmisch das Gesicht leckte. Immerhin, jetzt war ich schon auf allen vieren. Ich spürte etwas in meiner Faust. Ich öffnete sie und blickte auf eine kleine goldene Statuette.

Es war ein Mann ohne Arme und Beine. Er trug einen Torques, und auf seinem Bauch erkannte ich ein Wildschwein.

»Was ist das, Wanda?«

Wanda nahm mir die goldene Statuette aus der Hand und steckte sie ein.

»Ich weiß nicht – beeil dich!«

Mir wurde wieder schwarz vor Augen.

»Wanda, in meiner Ledertasche sind Misteln. Falls ich … ein einziges Blatt … hörst du? Auf die Zunge …« Langsam streckte ich den Oberkörper zurück, und plötzlich spürte ich eine Hand, die gleich einer glühenden Kralle in meinen Gedärmen herumwühlte. Ich verlor das Bewußtsein und fiel mit dem Gesicht ins Gras.

»Du hast drei Tage geschlafen«, sagte Wanda, als ich das linke Auge etwas öffnete und gleich wieder erschöpft zumachte. Ich hörte ihre Stimme, aber ich hatte nicht die Kraft, zu antworten oder die Augen zu öffnen. Willenlos ließ ich sie meinen Kopf hochheben. Ich atmete schwer, mit halboffenem Mund. Jetzt spürte ich etwas Nasses an meinen Lippen. Kaltes, frisches, sauberes Wasser. Als ich kurz darauf die Augen öffnete, trank Wanda Wasser aus einer hölzernen Schale. Sie beugte sich wieder über mich und suchte meine Lippen. Wie ein feines Rinnsal floß das Wasser über ihre Lippen in meinen Mund.

»Was macht unser Zauberlehrling?« lachte Niger Fabius. Er stand vor mir mit seinen freundlich leuchtenden Augen. Ohne Turban sah er mit seiner rabenschwarzen Mähne und dem Vollbart noch wilder und exotischer aus. Er klatschte in die Hände. Schmerzverzerrt verzog ich das Gesicht. Jedes Geräusch war eine Tortur.

»Mein liebster Freund, es gibt gebratene Aprikosen mit zerstampftem Pfeffer, Minze, Honig und Weinessig.«

Bei dem Wort Wein zuckte ich leicht zusammen.

»Danach gibt es gebratene Eier, Hühnerbeine und Schweineleber in Zwiebelbrühe, gekochten Fisch mit Jerichodatteln und zur Krönung einen mit geröstetem Kümmel bestreuten Wildschweinbraten in einer salzig-pfeffrigen Weinsauce mit Pinienkernen, Senf und Liquamen. Dein Körper braucht Salz!«

Ich nickte.

»Bei uns im Orient sind Heilkunst und Kochkunst fast dasselbe. Du bist, was du ißt.«

Ich nickte müde. »Und du kotzt, was du gegessen hast.«

Auf ein Zeichen von Niger Fabius hoben mich die beiden Sklaven hoch, aber ich muß plötzlich weißer als Kalkstein geworden sein, denn sie setzten mich sofort wieder ab.

»Bringt ihm das Essen hier im Zelt«, ordnete Niger Fabius an. Und so geschah es auch. Die Sklaven brachten Wasserschalen und Tücher, um mir die Hände zu reinigen, und trugen anschließend ein königliches Mahl auf.

Zaghaft und zögernd nahm ich kleine Bissen zu mir, führte vorsichtig den Becher Wasser zum Mund, genoß das kalte Naß in meinem ausgetrockneten und überhitzten Körper, der unter den Augen von Niger Fabius und Wanda allmählich wieder zu neuem Leben erwachte. Plötzlich fiel mein Blick auf eine kleine goldene Statuette, die auf dem Tisch lag. Ich erinnerte mich schwach.

»Die hattest du in der Hand, als ich dich fand«, sagte Wanda.

»Du meinst, die haben mir die Götter geschenkt?« fragte ich ungläubig. Das hätte mich allerdings sehr überrascht. Die Götter waren unersättlich wie die Flüsse und Seen, in denen wir ihnen opferten. Und daß ein Gott jemals etwas zurückgegeben hätte, das hatte ich noch nie gehört. Ich nahm die kleine Statuette in die Hand und betrachtete sie sorgfältig. Sie hatte ein Loch im Hals, damit man einen Lederriemen durchziehen und sie um den Hals hängen konnte.

»Ich glaube, das ist eine Gottheit der Arverner. Ich bin mir nicht ganz sicher, aber sie heißt Euffigneix oder so, es ist ein wilder Gott …«

»Den hat dir vermutlich dieser junge Arverner in die Hand gedrückt. Ich erinnere mich, daß er beim Abschied deine Hand zu einer Faust schloß.«

»Du hast diesen jungen Arverner auch gesehen?« fragte ich überrascht.

»Ja«, antwortete Wanda, »er war mit seinen Kriegern bei dir, als Lucia dich fand. Er war begeistert, weil du den Tod seines Vaters Celtillus gesehen und ihm die Rückkehr nach Gergovia prophezeit hast.«

Ich fuhr mir langsam übers Haar und massierte meinen steifen Nacken. Jetzt erinnerte ich mich wieder. Ich war diesem Arverner also tatsächlich begegnet. Ich hatte von Onkel Celtillus gesprochen, und da der Vater des Arverners ebenfalls Celtillus hieß, hatte er mich völlig mißverstanden.

»Und als du dann gekommen bist, sind die Arverner weitergeritten?«

»Ja, Herr. Sie waren unterwegs zu ihrer Einheit. Ihr Anführer dient als Reiteroffizier in der römischen Legion.«

»Hat er noch etwas gesagt?«

»Nein, ich rief ihm noch nach: Nenne mir deinen Namen, Arverner ...«

»Und?« fragte ich neugierig.

»Vercingetorix. Der junge Mann hieß Vercingetorix.«

Ich hatte den Namen noch nie gehört.

Plötzlich kam mir Kretos in den Sinn.

»Hat sich ein Weinhändler aus Massilia nach mir erkundigt?« fragte ich zaghaft. Niger Fabius nickte gewichtig mit dem Kopf. »Ja, Druide. Mir schien, als würde er sich tatsächlich um deine Gesundheit sorgen.«

»Ist das alles?«

»Nein ..., er war auch ... auf der Suche nach zwei neuen Sklaven. Er sagte, er habe seine zwei besten Sklaven verloren.«

»Jaja«, murmelte ich, »die Toten sind im nachhinein immer die besten. Sie waren bestimmt dreisprachig, die besten Wagenlenker Roms und konnten Sand in Gold verwandeln.«

»Woher weißt du das?« scherzte Niger Fabius.

Ich winkte ungeduldig ab. »Ich habe einen Vertrag unterschrieben. Bei Verlust kriegt er für jeden Sklaven neunhundert Sesterzen!«

»Vierhundertfünfzig Silberdenare!« empörte sich Niger Fabius.

»Na ja«, murmelte ich zähneknirschend, »ich habe wirklich einen Haufen Geld in den Sand gesetzt. Ich frage mich, ob mein Götterrudel da oben geschlafen hat.«

Wanda zog ein langes Gesicht. Sie war mein einziger Besitz. Aber ich bezweifle, daß Kretos sie mir für neunhundert Sesterzen abgekauft hätte. Wenn ich nirgends einen Kredit aufnehmen konnte, konnte ich mich auch gleich in die Sklaverei verkaufen. Ich war Kretos ausgeliefert. Ich war richtig sauer auf meine Götter.

»Sag mal, wie viele Tage habe ich eigentlich geschlafen? War die keltische Delegation bereits wieder hier?«

»Du hast sechs Tage geschlafen, Herr«, antwortete Wanda. Ihre Stimme klang traurig.

»Das bedeutet, daß die Helvetier morgen wieder vorsprechen. Falls Cäsar Wort hält.«

»Ja«, entgegnete Niger Fabius, »morgen muß Cäsar Farbe bekennen. Ich bin gespannt, wie er sich aus der Affäre ziehen wird.«

»Mit rund fünfzigtausend Soldaten dürfte das kein Problem sein.«

»Sie sind in Eilmärschen unterwegs«, brummte Niger Fabius, während er einen Hühnerknochen abnagte. Lucia stand bereits neben ihm. Sie hatte ihre triefende Schnauze auf sein Knie gelegt und wartete geduldig, daß er sich ihrer erbarmte. Offenbar hatte er sie in den letzten Tagen verwöhnt.

»Sie ist nicht von deiner Seite gewichen, Korisios. Erst als du nach drei Tagen zum ersten Mal getrunken hast, hat sie auch uns wieder wahrgenommen. Da wußten wir, daß du gesund wirst.«

Wanda lächelte gequält. Mir wurde bewußt, daß sie die ganze Zeit über schwer gelitten hatte. Und jetzt haderte sie wohl mit dem Schicksal, weil sie befürchtete, in die Sklaverei verkauft zu werden. Ich lächelte, als wollte ich ihr sagen, daß alles in Ordnung sei.

»Lucia ist ein göttlicher Hund«, sagte Wanda stolz, »deshalb wußte sie, daß die Götter entschieden hatten, Korisios leben zu lassen.«

Niger Fabius lächelte höflich. Er wollte nicht widersprechen. Für ihn zählte nur, daß ich überlebt hatte. Es war offenbar einfacher, sich als Druide auszugeben, als einer zu sein.

Silvanus betrat das Zelt. »Seid gegrüßt, Barbaren«, scherzte er und nahm meine Anwesenheit erfreut zur Kenntnis. »Wie ich sehe, hat dich die Totenwelt wieder ausgespuckt.«

»Ja, Silvanus, sie baten mich, später wieder mal vorbeizuschauen. Ich habe dich übrigens neulich nachts am Flußufer vermißt. Ich wurde mit einem Pfeilhagel empfangen.«

»Ach, diese Allobroger«, schimpfte Silvanus etwas gekünstelt, »man kann sie keinen Augenblick aus den Augen lassen. Stell dir vor, vor ein paar Tagen fanden wir drei abgetrennte Köpfe der vierten Kohorte am Ufer. Sie waren auf Pfählen aufgespießt, die jemand ins Flußufer gerammt hatte.«

»Sieht nach einem Götteropfer aus«, sagte ich scheinheilig.

»Wenn du mich fragst, waren das die Allobroger!«

Ich zuckte die Schulter. Insgeheim genoß ich das Gefühl, diesen Allobrogerführer derart eingeschüchtert zu haben, daß er meinem Befehl gefolgt war. Wenn Cäsar Gallien erobern wollte, mußte er wohl zuerst alle Druiden aufhängen.

»Aber wegen dieser Geschichte bin ich nicht hier. Aulus Hirtius und Gaius Oppius haben sich Sorgen um dich gemacht. Sie scheinen dich zu mögen. Ich soll dich fragen, ob du morgen für die keltische Delegation dolmetschen willst?«

»Ja, Silvanus, ich werde dasein.«

Plötzlich kam mir ein Gedanke, fast wie eine Erleuchtung. Hatten mich etwa die Götter aus einem ganz bestimmten Grund außer Gefecht gesetzt? Na ja, ein Grund fiel mir nicht ein, aber so ist das nun mal mit den Göttern. Sie denken sich was aus, und wir zerbrechen uns den Kopf darüber, was sie damit wohl gemeint haben könnten. Die einfachste Lösung war natürlich die, daß ich nicht zum Druiden taugte. Aber diese Deutung überzeugte mich nicht.

»Nun zu dir, Niger Fabius ...«, sagte Silvanus.

»Setz dich, Silvanus, sei mein Gast ...«

»Danke. Stell dir vor, wenn Ursulus zum Lagerpräfekten befördert wird, hab ich Aussichten, zum ersten Centurio befördert zu werden.«

»Oh, das muß dich ja ein Vermögen gekostet haben«, scherzte Niger Fabius.

»Willst du meine Tapferkeit in Abrede stellen, Araber?« fauchte Silvanus ungewohnt heftig.

»Nein, tapferster Silvanus«, lachte Niger Fabius, »nur deine Finanzkraft. Die fünf Silberdenare, die du meinem jungen Freund abgeknöpft hast, werden dafür wohl nicht reichen.«

»Gibst du mir einen Kredit?« bat Silvanus plötzlich sehr ernst.

»Nein«, sagte Niger Fabius streng, »von mir kriegt kein Römer in Gallien einen Kredit. Das Land ist mir zu unruhig.«

»Hör mir gut zu, Araber: Der scheidende Praefectus castrorum möchte Cäsar ein Pferd schenken. Weil er ihm ihn Rom eine lukrative Pacht zugeschanzt hat.«

»Ich dachte, Cäsar macht sich mehr aus Frauen als aus Pferden«, sagte Niger Fabius.

»Die Frauen nimmt er sich einfach. Aber die Pferde muß er kaufen.«

»Tut mir leid, Silvanus, ich habe keine Pferde zu verkaufen«, entgegnete Niger Fabius freundlich.

»Und die beiden da draußen? Ich biete dir achthundert Silberdenare für beide Tiere.« Silvanus war leicht gereizt, weil er ahnte, daß Niger Fabius nicht verkaufen würde.

»Ich verstehe durchaus den Ehrgeiz des scheidenden Lagerpräfekten, Gaius Julius Cäsar mit seiner Tüchtigkeit zu beeindrucken. Aber falls er dich beauftragt hat, für achthundert Denare ein Pferd zu kaufen, hat er wohl ein Maultier oder einen Esel gemeint.«

»Neuntausend Denare für beide«, gab Silvanus knapp zurück und ignorierte Niger Fabius' Ironie, die für andere Römer eine folgenschwere Beleidigung gewesen wäre. Neuntausend Denare, das waren immerhin zwei Jahreslöhne eines Primipilus.

»Silvanus, kennst du den Frachttarif pro Lagerscheffel von Alexandria nach Rom? Sechzehn Denare. Ein Pferd entspricht ungefähr eintausendachthundert Lagerscheffeln. Das wären also achtundzwanzigtausendachthundert Denare für einen unterernährten, seekranken, lahmen Gaul. Aber meine Pferde sind die schnellsten rund ums Mittelmeer. In Rom kriegen die Sieger mittlerweile zwölftausendfünfhundert Silberdenare für ein einziges Rennen.«

»Du wirst doch nicht vierzigtausend Silberdenare für ein Pferd verlangen!« entrüstete sich Silvanus.

Niger Fabius lächelte. Mit heller, melodiöser Stimme rief er plötzlich: »Luuuuna!«

Wenig später steckte die Schimmelstute ihren muskulösen Kopf, der majestätisch auf dem breiten Hals des reinrassigen Araberpferdes ruhte, in das Zelt.

»Soll ich dich verkaufen, Luna?« fragte Niger Fabius.

Luna wieherte und schüttelte den Kopf, wobei ihr sauber gekämmter Schweif Silvanus ins Gesicht fuhr.

»Komm zu mir, Luna.«

Luna kam ins Zelt und stellte sich hinter Niger Fabius. Lucia kam zu mir rüber und setzte sich zu meiner Linken. Offenbar war ihr der neue Gast nicht geheuer.

»Hast du Hunger, Luna?«

Die Stute hob die Nüstern und schnappte mit den Lippen nach dem im schwarzen Haar versteckten linken Ohr. Niger Fabius nahm eine Dattel, steckte sie kurz in den Mund und reichte sie dann Luna, die sie dankbar entgegennahm. Sie schmatzte und zeigte dabei ihre riesengroßen Zähne. Es schien so, als würde sie lachen.

»Geh jetzt wieder, Luna.«

Gehorsam und elegant stolzierte die Araberstute zum Zelt hinaus.

»Seht ihr?« sagte Niger Fabius mit Stolz in der Stimme. »Jedes Tier ist so, wie man es behandelt.« Dann wandte er sich an Silvanus. »Für euch Römer sind alle Tiere Nutztiere, selbst die schönsten Exemplare laßt ihr in der Arena abschlachten. Ich habe gehört, daß Cäsar als Aedil zu Ehren Iupiters Tierhetzen veranstaltet haben soll, die fünfzehn Tage und Nächte gedauert haben.«

Silvanus winkte ab. »Gerüchte haben Flügel, aber oft sind sie falsch. Cäsar hat dreihundertzwanzig Gladiatorenpaare in silbernen Rüstungen antreten lassen. Wir hatten Angst, er plane einen Umsturz. Deshalb sind Cäsars Spiele bei den Patriziern ins Gerede gekommen. Aber das römische Volk rechnet es ihm hoch an, daß er sich als Aedil so hoch verschuldet hat, um dem Volk Brot und Spiele zu bieten, die alles Bisherige in den Schatten gestellt haben.«

»Jaja«, murmelte Niger Fabius, »Cäsar und seine ewigen Schulden… Vor vier Jahren soll er der höchstverschuldete Mann Roms gewesen sein…«

»Was gehen dich Cäsars Schulden an!« schrie Silvanus ungeduldig.

»Wenn ein krankhaft ehrgeiziger Mensch enorme Schulden hat, kann er der ganzen Menschheit gefährlich werden.«

»Niger Fabius! Noch ein Wort gegen den Prokonsul, und ich laß dich in den Lagerlatrinen ersäufen. Ich biete dir fünfzigtausend Silberdenare für beide Pferde. Du kannst stolz sein, daß Cäsar deine Pferde reiten wird.«

»Du meinst, ich werde meinen Kindern eines Tages erzählen können, daß Roms größter Bankrotteur meine Pferde gekauft hat? – Nein, sonst wird Cäsar behaupten, er habe Gallien ausplündern müssen, um meine beiden Pferde bezahlen zu können. Ich weiß, daß Cäsars Zunge gefürchteter ist als sein Schwert.«

Silvanus' Miene verfinsterte sich. »Ich habe nicht viel Zeit, Niger Fabius. Wenn du sie dem Lagerpräfekten nicht verkaufen willst, dann verkaufe sie wenigstens mir, oder nenne mir die Gründe für dein Verhalten!«

»Das will ich gerne«, sage Niger Fabius ernst, »denn Luna liegt mir mehr am Herzen als manche junge Frau in meinem Frauengemach. Ich liebe Luna wie meine eigene Tochter. Deshalb würde ich sie nie einem zweibeinigen Menschen verkaufen. Denn Menschen halten Tiere für dumm. Weil sie keine Tempel und Straßen bauen? Tiere brauchen weder Tempel noch Straßen.«

»Aber wir Römer lieben die Tiere. Würden wir ihnen sonst Grabsteine meißeln lassen und Trauerverse in Auftrag geben?« Gereizt griff er nach dem Weinbecher, den ihm ein Sklave reichte, und stürzte den Wein hinunter. »Bist du eigentlich Händler oder Philosoph?« blaffte Silvanus.

Niger Fabius erhob sich, und das Leuchten in seinen Augen erlosch. »Silvanus. Der keltische Druide Korisios ist mein Freund. Dein Feldherr Gaius Julius Cäsar bereitet die Vernichtung seines Volkes vor. Ich werde es nicht verhindern können. Aber er soll es nicht auf dem Rücken eines meiner Pferde tun.«

»Achtzigtausend Silberdenare, das ist mein letztes Wort.«

Niger Fabius lächelte. »Ich weiß, daß in Rom alles käuflich ist. Aber ich habe dir meine Antwort gegeben. Sie ist endgültig und unwiderruflich.«

»Die Antwort eines Arabers ist nie unwiderruflich. Ihr ändert doch zu jeder vollen Stunde eure Meinungen und Bündnisse! Euer Charakter ist so standhaft wie eine Fahne im Wind.«

»Du beleidigst mein Volk, Römer«, erwiderte Niger Fabius ruhig.

»Du hast komische Prinzipien«, ereiferte sich Silvanus. »Die Pferde willst du nicht verkaufen, aber Reis, Perlen, Kräuter, das alles verkaufst du uns ohne jeden Skrupel ...«

»Ich habe zu einem Reiskorn nicht die gleiche Beziehung wie zu Luna. Ich weiß nicht, ob dir das aufgefallen ist, Römer?«

Silvanus stürzte den nächsten Becher Wein hinunter und drohte, während seine rechte Hand blitzschnell den Knauf seines Dolches umfaßte: »Wenn du mir die Pferde nicht verkaufst, werde ich dafür sorgen, daß kein römischer Legionär mehr bei dir einkauft!«

»Verbote haben schon immer das Geschäft belebt. Ich wäre dir deshalb für eine solche Geste sehr dankbar. Was Rom verbietet, Silvanus, verbreitet sich garantiert übers ganze Mittelmeer. Und im übrigen kenne ich keinen römischen Legionär, der eine Portion Reis mit Safran abschlagen würde. Darf ich dir etwas davon zum Mitnehmen anbieten?«

Silvanus stand da, als hätte man ihn im Stehen bewußtlos geschlagen.

»Von mir aus«, zischte er. »Und gib mir noch ein paar Jerichodatteln mit.«

Niger Fabius beauftragte den Sklaven, der stumm als Mundschenk neben dem Ausgang stand, Silvanus' Wunsch zu erfüllen. Mit einem brummigen »Valete semper« verabschiedete sich Silvanus von Niger Fabius und riet mir, mich morgen pünktlich zur vierten Tagesstunde vor dem Praetorium einzufinden. Er zog eine kleine, versiegelte Wachstafel unter seinem Gurt hervor und warf sie mir zu. »Dein Passierschein, Druide.«

Dann verließ er das Zelt. Nach einer Weile sagte ich: »Am liebsten hätte er dich umgebracht. Statt dessen nimmt er Geschenke von dir an. Wie kann man sich bloß so erniedrigen?«

Niger Fabius lächelte. »Das ist ein ganz normales Geschäft. Jemanden, der einen beschenkt, bringt man nicht um. Und wenn niemand mehr bei mir einkauft, ziehe ich weiter. Ich glaube nicht, daß Silvanus das recht wäre.«

Wir lachten, denn so hatten Wanda und ich die Angelegenheit noch nie betrachtet.

»Gibt es bei euch eine Schule, in der man diese Art der Gesprächsführung lernt?« fragte ich.

»Nein«, lachte Niger Fabius, »es ist das Leben, das dich lehrt, welche Art der Gesprächsführung am einträglichsten ist. Ich habe bereits als kleiner Junge meinen Vater auf seinen Reisen begleitet. Er war Sklave, aber sein Herr vertraute ihm. Und er hat mich gelehrt, wie man vermeidet, ein loderndes Feuer zu schüren, und wie man aus jeder Situation geschäftlichen Nutzen ziehen kann.«

»Das Geschenkangebot, das du Silvanus zum Abschluß gemacht hast, hätte dich bei einem Kelten den Kopf gekostet. Jeder Kelte hätte dies als Beleidigung empfunden.«

»Ein Kelte vielleicht, aber kein keltischer Händler. Die meisten Menschen sind käuflich und empfinden es nicht als Schande, ein Geschenk als Bestechung anzunehmen. Die Freude über das Geschenk ist größer als die Scham.«

Ich war beeindruckt. Bisher hatte ich Niger Fabius lediglich als herzensguten Orientalen kennengelernt. Aber die Berührung mit den Kulturen rund ums Mittelmeer hatte seinen Horizont erweitert und seinen Verstand geschärft.

»Sag mir, Niger Fabius, wieso gelten die Araber als schlüpfrige Fische?«

Niger Fabius lächelte breit. »Wenn du die Mentalität unseres Volkes verstehen willst, reicht es nicht, das Kamel mit dem Pferd zu vergleichen?« Niger Fabius wartete geduldig auf ein Zeichen, daß ich seinen Vergleich verstanden hatte, und fuhr dann fort: »Die Nomadenvölker in den arabischen Wüsten haben den Ruf, täglich ihre Meinungen und Bündnisse zu wechseln. Das mag für einen Griechen oder Römer den Anschein der Unzuverlässigkeit haben. Aber sie vergessen dabei, daß für einen Nomaden eine geäußerte Meinung nichts Endgültiges und auch ein Bündnis nicht für die Ewigkeit gedacht ist. Deshalb messen wir Meinungen und Bündnissen keine besondere Bedeutung bei, da beide Seiten wissen, daß sie jederzeit geändert werden können. Somit ist für uns die Änderung einer Meinung oder die Aufkündigung eines Bündnisses nichts Gravierendes. Andere Völker, die einem Bündnis eine beinahe sakrale Bedeutung geben, haben natürlich Mühe, mit uns Verträge zu schließen. Aber wie ich schon sagte, sie vergleichen Kamele mit Pferden.«

Niger Fabius bat die Sklaven, frisches Wasser zu bringen, damit wir uns vor dem abschließenden letzten Gang die Hände waschen konnten. Er erzählte noch viel über die wilden Reiterstämme im Osten, über die nomadisierenden Fürstenstämme in der arabischen Wüste, und allmählich begriffen Wanda und ich, daß Nomaden, die ihr Leben lang durch die Wüste ziehen, eine ganz andere Beziehung zum Endgültigen haben als ein Volk, das in Steinhäusern lebt und kaum Wechseln unterworfen ist. Niger Fabius war ein großartiger Erzähler, und es faszinierte mich, Vergleiche zwischen den einzelnen Kulturen und Mentalitäten anzustellen, herauszufinden, wie die verschiedenen Sitten entstehen und wieso sie manchmal derart gegensätzlich sind, daß die Menschen glauben, sie nur mit Gewalt überwinden zu können.

Wenig später besuchte ich Kretos, um die Sache mit den beiden Sklaven zu bereinigen. Es war sinnlos, die Geschichte noch länger vor mir herzuschieben. So löst man keine Probleme. Doch Kretos war nicht da. Es hieß, er sei unterwegs und würde erst in ein paar Tagen wieder zurückkommen. Als ich einen seiner Freigelassenen fragte, ob Kretos sehr wütend gewesen sei, grinste er anzüglich und wünschte mir viel Vergnügen für meine letzten Tage in Freiheit…

Als die keltische Delegation das andere Ufer erreichte, stellte sie fest, daß sich in den vergangenen acht Tagen eine ganze Menge verändert hatte. Das römische Ufer war mit einem Wall befestigt und gegen Norden durch Gräben abgesichert worden. Den Weg ins Heerlager säumten kampfbereite Legionäre mit blankgeputzten Rüstungen und Waffen. Es war kein triumphaler Empfang. Nirgends blies ein Cornu oder eine Tuba. Selbst die herrenlosen Hunde, die man in der Nähe von menschlichen Siedlungen immer irgendwo knurren oder bellen hörte, schienen verstummt. Diese Stille hatte etwas Gefährliches, Bedrohliches. Nur das gedämpfte Aufschlagen der Hufe auf der weichen Erde war zu hören.

Ich wartete hoch zu Roß vor dem Heerlager, gemeinsam mit den jungen Tribunen, Praefekten, Cäsars Prätorianergarde und Silvanus auf das Eintreffen der keltischen Delegation. Cäsar hatte verboten, die Delegation ins Lager zu lassen. Ich sollte die Abgesandten begrüßen und um Geduld bitten. Cäsar würde jeden Augenblick eintreffen.

Nammejus und Verucloetius nahmen Cäsars Beleidigung ohne Gefühlsregung zur Kenntnis. Stolz und furchtlos saßen sie aufrecht auf ihren reichgeschmückten Pferden. Als dicke graue Wolken die Sonne verdeckten und ein schneidend kalter Wind uns frösteln machte, erschien die graue Szenerie noch trostloser. Ich spürte den Blick des Druiden Verucloetius und schaute ihm offen in die Augen. Nach einer Weile sagte ich: »Druide, ich habe vor einigen Tagen…«

Doch Silvanus unterbrach mich: »Habe ich dir die Erlaubnis gegeben zu sprechen, Kelte?«

»Nein, Silvanus, aber ich möchte vom Druiden wissen, weshalb ich vor einigen Tagen beinahe gestorben wäre.«

»Du hast wohl bei deinem arabischen Freund zuviel von diesem griechischen Harzwein gesoffen«, grinste Silvanus, »aber frag ihn ruhig, ob Rattenpisse tödlich ist.«

Ich fragte den Druiden also, was ich bei der Zubereitung der Mixtur falsch gemacht hatte. Ich schilderte ihm, welche Kräuter ich verwendet, wie ich sie zubereitet und in welchem Verhältnis zueinander ich sie in das kochende Wasser geworfen hatte.

»Die Zubereitung war so, wie es uns unsere Ahnen seit Jahrtausenden lehren. Und doch mußt du etwas falsch gemacht haben, Korisios. War dein Geist nicht rein?«

»Oh doch«, log ich, »ich war absolut rein.«

»Das ist merkwürdig«, entgegnete der Druide, »mir ist kein vergleichbares Erlebnis bekannt.«

»Vielleicht hab ich zuviel davon getrunken …«, sagte ich einigermaßen ratlos.

»Getrunken?!!« entrüstete sich Verucloetius. »Die Mixtur mußt du inhalieren! Nicht trinken!«

Nammejus, der jedes Wort mitgehört hatte, begann leise zu lachen, zuerst nur leise, doch als auch die anderen in der keltischen Delegation zu lachen anfingen, verloren sie alle ihre Zurückhaltung und lachten sich die ganze Anspannung von der Seele.

Silvanus schaute mich mürrisch an. »Warum lachen sie?«

»Wenn du schon die Araber nicht verstehst, wie willst du dann die Kelten verstehen?« gab ich zurück. Die Gelegenheit schien mir günstig, und ich berichtete Verucloetius, was ich bereits Divico zu erklären versucht hatte, daß nämlich Cäsar einen Krieg um jeden Preis brauchte.

Silvanus beobachtete mich immer argwöhnischer. Ich ahnte, daß er mir bald das Wort verbieten würde. Deshalb fragte ich Verucloetius noch, ob er mir einen Rat geben könne. Was sollte ich tun? Mit den anderen nach Westen ziehen, mit Wanda nach Massilia... Doch Verucloetius sagte, ich solle warten, bis die Götter entschieden hätten. Warten? Hier in der römischen Provinz? Oder gar als römisches Haustier?

Wuchtige Tubaklänge zerrissen die Stille, und unter wilden Trommelwirbeln wurden die großen zweiflügeligen Holztore der Porta Praetoria geöffnet, während wir mit leisem Zureden unsere Pferde wieder beruhigten.

Jetzt kam er auf uns zugeritten, der Prokonsul Gaius Julius Cäsar. Von überall erschallten die Rufe »Heil dir, Cäsar«, als gelte es einen Gott zu begrüßen. Flankiert wurde er von seinen zwölf in blutrote Togen gekleideten prokonsularischen Liktoren, an seiner Seite ritten der Legat Titus Labienus und Ursulus, der Primipilus der zehnten Legion. Das »Heil dir, Cäsar«, das die Legionäre skandierten, klang wie die anfeuernden Rufe des Taktgebers auf einer Rudergaleere. Römische Standarten, Vexilla und goldene Adler wurden rhythmisch in die Höhe gereckt. »Heil dir, Cäsar! Heil dir, Cäsar!« Plötzlich dröhnte eine Donnerstimme: »Gladios stringite«, worauf alle Legionäre ihre Schwerter zückten. Dann erscholl der Befehl: »Scuta pulsate«, und die Legionäre schlugen auf die blutroten Schilde mit den gezackten Blitzen. Sie schlugen gleichmäßig, stur und monoton, während sie weiterhin ihr »Heil dir, Cäsar« brüllten.

Als Cäsar nur noch eine Wagenlänge von Nammejus und Verucloetius trennte, hielt er sein Pferd an. Drei kurze Stöße aus der Tuba ließen alle verstummen. Blitzschnell wurden die Gladien in die Scheiden zurückgestoßen und wieder Haltung angenommen.

»Rom hat entschieden«, begann Cäsar.

Wieder lag dieses herausfordernde Lächeln auf seinen Lippen. Diese Ironie in seinen Augen. Seine Haltung verriet Unerschrockenheit und Unbeugsamkeit. Im Grunde genommen war er nichts anderes als ein Glücksspieler, der jedes Mal um alles oder nichts spielte.

»Nammejus und Verucloetius, Fürsten der Helvetier und der Tiguriner, ihr habt Rom gebeten, euch den Durchmarsch durch unsere Provinz Narbonensis zu gestatten. Ihr habt versprochen, es ohne Feindseligkeiten zu tun. Nun hört die Antwort Roms! Noch haben wir nicht vergessen, daß die Helvetier vor neunundvierzig Jahren den römischen Konsul Lucius Cassius getötet, dessen Heer geschlagen und die Überlebenden unter dem Joch hindurchgetrieben haben. Wir können deshalb nicht glauben, daß ein Volk von derart feindseliger und gewalttätiger Gesinnung unsere Provinz durchqueren würde, ohne Schaden anzurichten.

Aus all diesen Gründen und auch nach Brauch und Herkommen des römischen Volkes ist es Rom nicht möglich, euch den Durchzug durch unsere Provinz zu gestatten. Solltet ihr jedoch versuchen, gewaltsam in die römische Provinz einzudringen, so werden wir euch erfolgreich zurückschlagen. Nehmt euch also in acht vor dem römischen Adler! Wenn ihr ihn reizt, wird er nicht eher ruhen, bis er euch der gerechten Strafe zugeführt hat. Rom hat gesprochen.«

Cäsar wartete, bis ich den letzten Satz übersetzt hatte. Dann streckte er das blasse, spitze Kinn keck nach vorne und schaute Nammejus direkt ins Gesicht. Sein ganzer Auftritt war eine einzige Herausforderung. Er brauchte dringend einen Krieg! Nur deshalb erwähnte er diese alte Geschichte. Damit er nochmals öffentlich kundtun konnte, wie gefährlich die Helvetier waren. Er wußte ganz genau, daß die damaligen Vorkommnisse nicht annähernd mit der heutigen Situation vergleichbar waren. Aber das spielte keine Rolle. Es ging ihm lediglich darum, seine eigennützigen Pläne als Verteidigung Roms zu verkaufen.

»Wir werden die Grenzen der römischen Provinz achten und einen anderen Weg einschlagen«, antwortete Nammejus.

Cäsar schien enttäuscht. Für einen Augenblick wirkte er

hilflos wie ein Faustkämpfer, der allein in der Arena steht. Doch gleich hatte er sich wieder gefaßt. Ein Lächeln huschte über sein Gesicht. Er schwieg.

Verärgert rissen die keltischen Fürsten ihre Pferde herum und ritten den Weg, den sie gekommen waren, wieder zurück. Mich ließen sie allein inmitten dieser Adler und blutroten Schilde.

In dieser Nacht konnte ich nicht schlafen. Immer wieder kamen mir Dinge in den Sinn, die ich der keltischen Delegation vielleicht noch hätte sagen sollen. Sicher, das Wichtigste hatte ich ihnen mitgeteilt. Aber ich hätte ihnen mehr über Cäsar erzählen müssen, damit sie begriffen, was das für ein Gegner war, der ihnen am anderen Ufer gegenüberstand. Natürlich war die römische Innenpolitik kein Buch mit sieben Siegeln, aber ich hätte mehr sagen können. Ich hatte seine Augen gesehen.

Wanda, die meine Unruhe bemerkte, machte den Vorschlag, zum Fluß hinunterzugehen.

»Ich denke nicht, daß du dir Vorwürfe machen mußt, Herr«, beruhigte sie mich, als wir uns am Ufer niederließen, »die keltischen Fürsten wissen sehr genau, daß Cäsar sie nur hingehalten hat, um sich zusätzliche Legionen zu beschaffen.«

Ich nickte und streichelte nachdenklich Lucias Rücken. Sie hatte sich zwischen uns gedrängt. Offenbar hatte sie die Eifersucht entdeckt.

Auch im Lager der Helvetier wollte keine Ruhe einkehren. Einzelne junge Krieger standen nackt am Ufer und beschimpften die Römer. Manchmal sprang einer ins Wasser und schwamm herüber. Doch spätestens in der Mitte des Flusses surrte ein Pfeilhagel auf ihn hernieder und durchbohrte ihn. Immer mehr Leichen trieben auf dem Wasser. Die römischen Wachposten auf dem Damm konnten überhaupt nicht verstehen, wieso diese jungen Kelten so achtlos ihr Leben wegschmissen.

»Korisios«, flüsterte Wanda; immer wenn sie meinen Namen aussprach und nicht dieses förmliche Herr benutzte, wußte ich, daß sie sich der Liebe hingeben wollte. Und sie nannte mich fast nur noch Korisios.

In den frühen Morgenstunden wurden am anderen Ufer Flöße ins Wasser gelassen, die einige Kelten in der Nacht gebaut hatten. Geschützt von einer Schildewand versuchten diese nun über den Fluß zu setzen. Sie waren erfolgreicher als die nackten Schwimmer, doch kaum waren sie bis auf einen Steinwurf an das andere Ufer herangelangt, hagelten die römischen Geschosse auf die Flöße. Einige Kelten warfen, kaum hatten sie die Flußmitte erreicht, die Schildewand ins Wasser und präsentierten sich nackt den römischen Legionären. Sie prahlten mit ihrem Geschlecht, trommelten sich mit den Fäusten auf die Brust und lobten die mutigen Taten ihrer Vorfahren. Die meisten wurden von kretischen Pfeilen durchbohrt. Wer das Ufer erreichte, wurde von Pilen niedergestreckt. Die Römer, die kaum ein Wort von all diesen Beschimpfungen verstanden, mußten den Eindruck haben, wilden Tieren gegenüberzustehen.

»Wieso sind sie nackt?« fragte eine Stimme.

Ich hatte Aulus Hirtius nicht kommen hören.

»Sie glauben, dadurch vermehrt göttliche Hilfe empfangen zu können«, antwortete ich. Irgendwie war es mir peinlich, denn jedem vernünftigen Menschen war schließlich klar, daß ein Kettenhemd sicherer war als die nackte Haut. Und ein Penis kein Pilum war.

Aulus Hirtius setzte sich neben mich und sah dem seltsamen Treiben am anderen Ufer zu.

»Wieso setzt ihr nicht geschlossen und organisiert über den Fluß?«

»Ich weiß nicht, ob du das verstehen kannst, Aulus Hirtius, aber was du da siehst, ist keine militärische Aktion. Es sind junge Kelten, die ihre Mädchen beeindrucken wollen, das ist Sport und nicht Krieg …«

»Aber ihr habt heute nacht auf diese Weise schon weit über hundert Krieger verloren«, entgegnete Aulus Hirtius und schüttelte verständnislos den Kopf.

»Verloren… Nein, Aulus Hirtius, wir haben sie nicht wirklich verloren. Sie sind in die Schattenwelt übergetreten, verstehst du? Sie können bereits morgen wiedergeboren werden, als Hase, Pferd, Wildschwein oder Adler. Oder als Mensch.«

Aulus Hirtius schaute mich skeptisch an und beobachtete dann wieder das Treiben am anderen Ufer. »Worauf wartet ihr eigentlich? Auf Cäsars Legionen?«

»Man könnte es meinen«, sagte ich. »Also ich würde mich entlang des rechten Ufers zurückziehen und den Umweg durch die Schluchten zwischen Rhodanus und Jura wählen. So kommen wir auch nach Westen an die Küste.«

»Aber der Weg ist beschwerlich und führt durch das Gebiet der Sequaner und Häduer«, entgegnete Aulus Hirtius. Ich hatte keine Bedenken, mit ihm die möglichen Strategien zu erörtern, denn sie lagen ohnehin alle offen zutage, und egal welche Möglichkeit ich vorzog, ich konnte weder voraussehen noch erraten, wie sich Divico und seine keltischen Fürsten entscheiden würden.

Die nächsten Tage verbrachten wir meist am Ufer, Aulus Hirtius, Wanda, Lucia und ich. Ab und zu dachte ich an Kretos. Wann würde er zurückkommen? Und wie würde er reagieren? Das Zusammensein mit Hirtius war mir eine willkommene Abwechslung. Ich erzählte ihm eine Menge über unser Volk. Er hörte mir gerne zu und stellte mir viele Fragen, die ihn seit Jahren beschäftigten. »Ist es wahr, daß sich oben im Norden schreckliche Berge erheben und daß die Winter so kalt sind, daß die Menschen nachts erfrieren und die Überlebenden über die Seen marschieren können, weil sie monatelang gefroren sind? Und daß die Winde so stark sind, daß sie selbst Pferde durch die Luft blasen? Stimmt es, daß die Schneefälle manchmal über Tage andauern und ganze Dörfer unter ihren weißen Massen begraben?«

In der römischen Welt herrschten in der Tat recht seltsame Vorstellungen über das Land der Kelten. Das meiste Wissen stammte von redseligen Händlern, die ihre Erzählungen gerne ausschmückten. Ich beantwortete alle Fragen so gut und sachlich wie nur möglich, doch eine Antwort blieb ich ihm schuldig. Wo hörte die Welt auf? Das Land der Kelten und Germanen wird auf der einen Seite von einem Ozean, auf der anderen Seite von Wäldern begrenzt, aus denen noch niemals ein Mensch zurückgekommen war. Man erzählte sich, daß in diesen Wäldern unheimliche Tiere wohnten, aber ich bin überzeugt, daß es der Wald der Götter ist, und daß nach diesem Wald gar nichts mehr kommt. Dort hört die Zivilisation auf. Und ich nehme an, daß es anderswo ähnlich ist. Ich vermute, daß es im Westen das Wasser ist, im Süden die Wüste und im Osten die Berge, die bis in den Himmel ragen. Dort hört die Welt auf.

Aulus Hirtus vertrat hingegen die Meinung eines Gelehrten aus Massilia, wonach die bewohnte Welt in allen vier Richtungen von riesigen Meeren umgeben sei, unheimlichen Gewässern, in denen auf geheimnisvolle Weise die Länder wie Schiffe auf dem Grund verankert seien. Aulus Hirtius hatte mir auch von einigen Griechen erzählt, die tatsächlich behaupteten, die Erde sei rund wie eine Kugel. Denn wenn ein Schiff in See stach und man ihm lange genug nachschaute, verschwand zunächst der Rumpf und erst später die Segel. Damit glauben diese Griechen offenbar beweisen zu können, daß sich die Ozeane nach allen Seiten nach unten krümmen. Ein faszinierender Gedanke! Aber wenn die Erde eine Kugel war, so war mir nicht ganz klar, wieso die Schiffe wieder zurückkamen und nicht einfach hinunterfielen.

Die Gespräche mit Aulus Hirtius waren sehr anregend. Sie gaben mir das Gefühl, nicht ganz verloren zu sein in dieser römischen Provinz. Wir fachsimpelten und plauderten tagelang, und wir ahnten nicht, daß zur gleichen Zeit bereits keltische Reiter unterwegs waren, um den Häduerfürsten Dumnorix um Vermittlung zu bitten. Er sollte die Sequaner dazu überreden, den Helvetiern den Marsch durch ihr Gebiet zu gestatten. Dumnorix war ein erklärter Gegner Roms und im Gegensatz zu seinem prorömisch gesinnten Bruder, dem Druiden Diviciatus, sowohl bei seinem eigenen Volk als auch bei den Sequanern und Helvetiern äußerst beliebt. Die Bande zu den Helvetiern waren besonders eng, seit Dumnorix die Tochter des getöteten Helvetierfürsten Orgetorix zur Frau genommen hatte. Also die Tochter jenes Orgetorix, der den Auszug der Helvetier initiiert und geplant hatte, aber wegen seines Strebens nach der Königswürde zum Selbstmord gezwungen worden war. Diese miteinander verfeindeten, ewig kämpfenden und streitenden keltischen Sippen, das war Galliens Achillesferse. Wir waren kein zentral organisiertes und befehligtes Imperium, sondern kleine Häppchen, die man einzeln problemlos verspeisen konnte. Doch im Augenblick hatte Divico die Zügel noch fest in der Hand.

Bereits einige Tage später meldeten keltische Häduer, die sich bei der römischen Legion einschmeicheln wollten, daß die Sequaner und Helvetier sich gegenseitig Geiseln stellten, um die friedliche Durchquerung zu garantieren.

Eines Morgens sagte Wanda, daß Kretos wieder im Lager der Händler sei. Ich wollte es hinter mich bringen und suchte ihn gleich auf. Wanda begleitete mich. Kretos empfing uns freundlich wie immer. Ich hoffte schon, er würde mir aus reiner Freundschaft all meine Schulden erlassen. Er nahm eine Papyrusrolle vom Tisch und hielt sie in die Höhe.

»Korisios«, scherzte er, »ich freue mich, daß du mir nicht in die Anderswelt entwischt bist! Ich habe dich mehrmals besucht, weißt du ...«

»Ja, ich weiß ... Aber wegen deinen Sklaven tut es mir leid ...«

»Was machen wir jetzt?« fragte Kretos, während er sich mit der Papyrusrolle auf die offene linke Hand klopfte. Ich wußte genau, daß er sich etwas überlegt hatte. Ich setzte mich auf ein Liegesofa und kraulte Lucia, die zu mir hochgesprungen war. Wanda stand wie eine Statue in der Ecke und wartete gespannt auf Kretos' Vorschlag. Sie wußte ganz genau, daß in dieser Stunde über ihr Schicksal entschieden wurde.

»Den Wein hast du bezahlt, Korisios, aber meine beiden Sklaven hast du mir nicht mehr zurückgebracht.« Kretos grinste. Es schien ihm nichts auszumachen. Im Gegenteil. Das Unglück seiner beiden Sklaven betrachtete er eher als Geschäft. Er würde mich auf keinen Fall ungeschoren davonkommen lassen. Ich leerte meinen Beutel, in dem die keltischen, schüsselförmigen Goldmünzen waren, die ich noch nicht in Sesterzen umgetauscht hatte, auf dem Tisch aus.

»Das ist alles, was mir geblieben ist, Kretos. Du weißt, daß es mir leid tut wegen deiner Sklaven. Aber es war nicht meine Absicht. Ich habe sie nicht ausgeliehen, um Geschäfte zu machen. Ich wollte mein Volk warnen. Und wenn mir die Götter nicht dieses linke Bein gegeben hätten, hätte ich bestimmt keine Begleitung gebraucht.«

»Du hast völlig recht«, entgegnete Kretos, »ich habe Verständnis dafür. Du verdienst meine Achtung und mein Mitgefühl, doch wir haben einen Vertrag, junger Mann. Wozu sollen Verträge gut sein, wenn man sie nicht einhält?«

Ich verstand Kretos' Verhalten wirklich nicht. Hatte er mich nicht wie einen guten Freund in die Arme geschlossen, als wir uns hier zum ersten Mal wieder getroffen hatten? Und war er nicht ein Freund meines Onkel Celtillus gewesen? Hatte er nicht sogar behauptet, mich wie seinen eigenen Sohn zu lieben? Langsam, aber sicher hatte ich den Eindruck, daß es mit meiner Menschenkenntnis nicht allzuweit her war.

»Was schlägst du vor, Kretos? Es tut mir sehr leid ...«

»Mir tut es für dich leid, Korisios, denn gemäß unserem Vertrag schuldest du mir jetzt achtzehnhundert Sesterzen.«

»Achtzehnhundert Sesterzen! Woher soll ich das Geld nehmen?«

»Du kannst doch nicht Verträge unterzeichnen, die du im schlimmstmöglichen Fall nicht einhalten kannst. Das sind die Gesetze des Handels. Das sind auch die Risiken des Handels. Wenn alle Handelsgeschäfte Geld bringen würden – jeder Freigelassene würde Handel treiben.«

»Aber was machen wir jetzt, Kretos? Ich hab keine achtzehnhundert Sesterzen! Diese Goldmünzen sind alles, was mir geblieben ist. Das meiste habe ich auf der Reise nach Genava verloren. In einem Unwetter!«

Kretos spielte den Betrübten. Dann schaute er scheinheilig zu Wanda rüber und zog die Augenbrauen hoch.

»Kommt überhaupt nicht in Frage!« schrie ich.

»Dann bleibt dir nichts anderes übrig, als dich selbst in die Sklaverei zu verkaufen«, entgegnete Kretos in ähnlich scharfem Ton.

»Bist du von Sinnen, Kretos? Ich soll mich in die Sklaverei verkaufen?«

Kretos hatte sich wieder beruhigt. »Wir befinden uns hier auf römischem Boden. Hier gelten römische Gesetze. Vielleicht findest du einen Silberwechsler, der dir Geld leiht. Aber auch bei ihm wirst du Sicherheiten hinterlegen müssen ...«

Er schaute wieder zu Wanda rüber.

»Woher weißt du eigentlich, daß deine beiden Sklaven nicht einfach abgehauen sind? Vielleicht hast du sie schlecht behandelt? Und ich muß dir auch sagen, Kretos, daß die beiden nicht gerade den hellsten Eindruck machten. Vielleicht haben sie den Nachhauseweg nicht gefunden. Wie kommst du überhaupt auf deine achtzehnhundert Sesterzen?«

»Entscheidend ist, was in unserem Vertrag steht, Korisios. Selbst wenn die beiden Dummköpfe nur hundert Sesterzen wert gewesen wären: In unserem Vertrag stehen zweimal neunhundert Sesterzen. Und es spielt auch keine Rolle, ob die beiden abgehauen oder im Fluß ersoffen sind. In unserem Vertrag steht nur, daß du bezahlst, falls sie nicht mehr zurückkommen. Du kannst sie auch suchen gehen ...«

»Das werde ich tun«, antwortete ich trotzig. Ich brauchte Bedenkzeit. Kretos warf unseren Vertrag auf den Tisch und setzte sich neben mich auf das Liegesofa. Er legte seinen Arm um meine Schultern. »Junger Freund, wir wollen doch nicht wegen achtzehnhundert Sesterzen streiten, oder?«

»Das meine ich auch«, sagte ich, »aber wenn wir Freunde sind, sollten wir auch nicht davon sprechen, daß ich mich in die Sklaverei verkaufen muß, um meine Schulden zu begleichen.«

»Korisios, du wolltest doch stets ein großer Händler in Massilia werden. Erinnerst du dich noch, wie ich dir die Rendite eines Frachtschiffes erklärt habe? Hm? Erinnerst du dich? Du leihst dir Geld, kaufst sechstausend Amphoren mit Weinkonzentrat, mietest ein Schiff mit Besatzung ...«

»Ich weiß, ich weiß«, entgegnete ich abwehrend, »Schiffe haben drei schlechte Angewohnheiten: Sie kentern. Schiffe, die nicht kentern, werden von Piraten überfallen, und Schiffe, die weder kentern noch überfallen werden, werden das Opfer von Stürmen.«

Ich machte das Spiel mit. Vielleicht konnte ich Kretos dadurch etwas nachgiebiger stimmen.

»Und was passiert mit den sechstausend Amphoren, Korisios?«

»Sie gehen unterwegs zu Bruch. Was nicht zu Bruch geht, wird von der Besatzung gesoffen. Und die tausend Amphoren, die für einen Gewinn ausreichen würden, gehen mit dem Schiff verloren.«

»So ist es, Korisios, und du sagtest stets, daß dich diese Risiken reizen würden. Wenn du tatsächlich Händler werden willst, mußt du als erstes lernen, Risiken abzuschätzen und für Verluste einzustehen. Aber du mußt auch lernen, Mißerfolge auszubaden. Ich habe deinem Onkel Celtillus damals versprochen, daß ich aus dir einen Händler machen würde, solltest du jemals nach Massilia kommen. Was du jetzt lernst, Korisios, ist deine erste Lektion. Deshalb bestehe ich darauf, daß du mir die achtzehnhundert Sesterzen bezahlst.«

Jetzt wollte dieser Kretos seine Geldgier auch noch als erzieherische Maßnahme tarnen! Ich habe einfach immer die Tendenz, Menschen viel zu positiv zu bewerten.

»Du hast drei Möglichkeiten, Korisios. Du beschaffst dir Geld bei einem Silberwechsler, du verkaufst mir deine Sklavin, oder du trittst in Cäsars Schreibkanzlei ein und kassierst die Einstellungsprämie von dreihundert Sesterzen.«

Er meinte es tatsächlich ernst. »Was soll ich mit dreihundert Sesterzen?« rief ich verzweifelt.

»Damit bezahlst du die Zinsen«, entgegnete Kretos sachlich. Zinsen! Die Geldgier dieses Kerls war wirklich grenzenlos.

»In Cäsars Schreibkanzlei würde ich dreihundertdreißig Silberdenare ..., eintausenddreihundertzwanzig Sesterzen im Jahr verdienen. Davon brauche ich bestimmt sieben- bis achthundert zum Leben. Dann bleiben mir noch sechshundert Sesterzen.«

»In drei Jahren hättest du alles zurückbezahlt.« Kretos war die Ruhe selbst.

»Drei Jahre! Für die beiden dümmsten Sklaven der römischen Republik!«

»Ja«, sagte Kretos, »da hast du recht. Die beiden wollten ursprünglich Händler werden, haben sich verschuldet und mußten sich deshalb in die Sklaverei verkaufen. Es waren in der Tat die beiden dümmsten Sklaven der römischen Republik. Und wenn du nicht aufpaßt, Korisios, bist du morgen der dümmste Sklave von Massilia.«

Ich hatte verstanden. »Läßt du mir drei Tage Bedenkzeit?«

Kretos zog sein Gesicht theatralisch in die Länge. »Ich warte schon eine ganze Weile auf meine beiden Sklaven. Aber in Anbetracht unserer Freundschaft, will ich dir drei Tage Zeit lassen.«

Ich löste mich aus Kretos' Umarmung und erhob mich. Beim ersten Schritt schnellte mein linkes Bein unkontrolliert nach vorn und scherte nach rechts aus. Ich stürzte einmal mehr über mein eigenes Bein. Wanda war sofort zur Stelle und half mir hoch. Kretos' helfende Arme hätte ich am liebsten weggestoßen.

»Noch eins, Korisios. Wir haben doch mal darüber gesprochen, daß ich einen Vertrauensmann brauche, der Cäsars Heer begleitet. In Cäsars Schreibkanzlei wärst du mir natürlich von größtem Nutzen.«

Jetzt ging mir allmählich ein Licht auf. Hatte mir dieser alte Bock einen derartigen Schrecken eingejagt, damit ich nun jeden Strohhalm dankbar ergriff?

»Ich werde darüber nachdenken«, sagte ich.

Kretos nickte. »Es ist alles nicht so schlimm. Wenn alle Stricke reißen, gebe ich mich mit deiner Sklavin zufrieden.«

»Ich werde mir Geld leihen«, sagte ich.

»Bei Fabius Niger?« grinste Kretos.

Ich schwieg.

»Du kannst es ja versuchen«, murmelte Kretos.

Als wir gegen Abend zu Niger Fabius zurückkehrten, war sein Zelt von zahlreichen Legionären umstellt. Silvanus kam gerade heraus. Als er uns sah, winkte er uns herbei.

»Was ist passiert?« fragte ich erschrocken. Ich ahnte Schlimmes, denn hinter dem Zelt knieten die Sklaven von Niger Fabius. Man hatte ihnen die Hände auf dem Rücken zusammengebunden. Silvanus musterte uns skeptisch. Dann schlug er den Zelteingang zurück und befahl uns einzutreten. Auf dem Boden lag Niger Fabius. Er lag nackt auf dem Rücken. Unter seinem Kopf hatte sich eine riesige Blutlache gebildet. Dort, wo die Haut den Boden berührte, sah man bereits deutliche rotviolette Verfärbungen. Ich hatte plötzlich Angst. Verzweifelt kniete ich vor Niger Fabius nieder. Es war unbegreiflich. Was einmal war, war für immer vorbei. Niger Fabius war tot. Ich spürte, daß alle Augen auf mich gerichtet waren, und ich versuchte mich zusammenzureißen.

»Die Leichenflecken bilden sich in der Regel nach einer halben Stunde«, sagte ich leise. Meine Stimme bebte. Ich drückte mit dem Daumen auf die rotvioletten Stellen am Po. Sogleich hellte sich die Haut auf. Der Druck verdrängte das Blut.

»Das Blut ist noch nicht dick geworden«, sagte ich zu Silvanus, »es braucht sechs bis zwölf Stunden, bis es sich vollständig gesetzt hat.« Jetzt hatten weitere Römer das Zelt betreten. Es waren keine einfachen Soldaten, sondern Offiziere, Militärärzte aus dem Ritterstand. Der erste Medicus kniete auf der anderen Seite der Leiche nieder und befühlte ebenfalls die Leichenflecken. »Ich bin Calidius Severus, der erste Medicus der zehnten Legion. Und wer bist du?«

»Der Tote ist Niger Fabius. Ich war sein Gast. Niger Fabius war der Sohn eines Freigelassenen«, antwortete ich.

»Ich habe dich gefragt, wer du bist«, wiederholte Calidius Severus.

»Er ist Druide, ein keltischer Druide«, sagte Silvanus, und seine Stimme klang fast anklagend. Der Medicus blickte hoch und musterte mich. Dann nahm er die Hand des Toten in seine Hand und befühlte vorsichtig die Gelenke der einzelnen Finger. Er richtete den Kopf auf und schaute mich an. Er schien mich aufzufordern, es ihm gleichzutun. Sorgfältig befühlte ich die kleinen Gelenke an der linken Hand. Dann rutschte ich auf den Knien ein

Stückchen weiter und ergriff das linke Bein. Sorgfältig beugte ich das Knie. Die Leichenstarre hatte bereits eingesetzt, und ihr Stadium bestätigte die Vermutungen, die ich aufgrund der Leichenflecken angestellt hatte.

»Er ist vor drei bis fünf Stunden ermordet worden«, sagte ich.

Silvanus schaute fragend zu Severus hinunter. Severus nickte und gab mir ein Zeichen, die Leiche auf den Bauch zu drehen. Das Genick war gebrochen. Er war mit einer verknoteten Schnur aus Tiersehnen erdrosselt worden. Die Schnur hatte drei Knoten.

»Eine Garotte«, murmelte Severus. »Damit ist er schnell und sauber gestorben.«

Der Tod durch die Garotte war ein Gnadentod. Man zieht eine Tiersehne um den Hals. Zwischen Hals und Sehne steckt man einen Knebel. Sobald der Knebel umgedreht wird, quetscht man die Luftröhre zusammen und bricht die Halswirbel.

»Zuerst hat man ihm den Schädel eingeschlagen, und dann, als er vermutlich schon betäubt war, hat man ihm noch die Halswirbel gebrochen«, sagte der Medicus und schüttelte den Kopf.

»Das ist noch nicht alles«, sagte ich und drehte den Kopf des Toten zur Seite. Er war seltsam verrenkt und lag schief in der rechten Schulterbeuge. Der Kiefer war gebrochen.

»Jemand hat ihm die Halsschlagader durchgeschnitten, um ihn ausbluten zu lassen.«

»Das ist ein Opfer!« empörte sich Silvanus. »Dieser Araber ist irgendeinem keltischen Gott geopfert worden!«

Plötzlich waren alle Blicke auf mich gerichtet. Was sollte ich dazu sagen?

»Ist er ausgeraubt worden?« fragte ich.

»Nein«, antworte Silvanus, »das ist ja das Merkwürdige an der Sache. Ich habe mal gehört, daß ihr Kelten eure Opfer dreifach tötet. Das ist doch ein keltisches Opfer! Deshalb ist er nicht ausgeraubt worden!«

Jetzt war auch Ursulus, der Primipilus, im Zelt erschienen. »Wo sind die Sklaven?« fragte er.

»Hinter dem Zelt«, sagte Silvanus.

»Bringt ihren Aufseher rein«, befahl Ursulus.

Ein Optio schleppte einen großgewachsenen Griechen herein, dem die Hände auf dem Rücken gefesselt waren.

»Bindet ihn los«, befahl Ursulus.

Der Optio band den Griechen los.

»Wie heißt du, und was ist deine Aufgabe?« fragte Ursulus militärisch knapp.

»Mein Herr nannte mich Pecunio, weil ich ihm als Faustkämpfer viel Geld einbrachte. Ich habe mich vor fünf Jahren freigekauft, aber bin in seinen Diensten geblieben. Seitdem beaufsichtige ich die Sklaven, Treiber und Burschen. Niger Fabius hat uns stets gut behandelt. Aber ich schwöre dir, Herr ...«

»Halt den Mund, bis ich dich danach frage«, herrschte Ursulus ihn an.

»Wäre das nicht eine Angelegenheit für den Lagerpräfekten?« fragte Silvanus.

Ursulus drehte sich blitzschnell zu Silvanus um und musterte ihn überrascht. »Paßt es dir nicht, wenn ich die Untersuchung leite? Der Lagerpräfekt hat mich ausdrücklich darum gebeten.« Dann wandte er sich wieder an den Sklaven: »Ist dein Herr ausgeraubt worden?«

»Nur das Geld ist verschwunden, und das seidene Vexillum.«

»Die Sklaven sind unschuldig«, sagte Silvanus, »sonst wären sie doch längst geflohen.«

»Das stimmt«, pflichtete ich bei. »Niger Fabius hat sie auch immer gut behandelt.«

Überraschend meldete sich plötzlich der Medicus zu Wort: »Druide, du warst Gast von Niger Fabius. Was hat es mit dem dreifachen Tod eines keltischen Menschenopfers auf sich?«

Einer der anderen Ärzte fragte, wo ich die letzten Stunden verbracht hatte. Jetzt waren wieder alle Blicke auf mich gerichtet.

»Wir Kelten haben Götter, die Menschenopfer verlangen. Taranis, der Sonnengott, Esus, unser Herr und Meister, und Teutates, der Gott aller Menschen. Für Taranis verbrennen wir unsere Opfer, für Esus hängen wir sie an heiligen Bäumen auf, und für Teutates werfen wir sie in heilige Teiche, damit Teutates sie in seine feuchten Arme schließen kann. Mein Freund und Gastgeber Niger Fabius hat hingegen keinen dreifachen Tod erlitten. Das Erdrosseln mit der Garotte und das Aufschneiden der Halsschlagader ist ein und dasselbe.«

»Das ist doch Haarspalterei!« polterte Silvanus.

»Nein, Silvanus«, entgegnete ich, »wenn wir den Göttern opfern, gelten sehr strenge Regeln. Wer das Ritual verletzt, zieht den Zorn der Götter auf sich. Kein Druide würde jemals einen Menschen auf diese Weise töten, um ihn einem Gott zu opfern. Das ist kein Opfer, das ist ein Mord. Das ist nicht die Tat eines keltischen Druiden, sondern die Tat eines Römers, der mit den keltischen Bräuchen nicht vertraut ist und den Verdacht auf einen Druiden lenken will.«

Ein lautes Raunen erhob sich unter den Umstehenden.

»Wo warst du während der vierten Tagwache?« fragte Silvanus.

»Bei Kretos, einem Weinhändler aus Massilia«, antworte ich.

»Bringt uns diesen Kretos her!« befahl Ursulus.

»Ich bin Kretos«, sagte eine Stimme im Hintergrund. Ein Mann trat zwischen den dicht gedrängt stehenden Offizieren hervor. Es war Kretos.

»Ich bin Kretos«, wiederholte er. »Ich kann bezeugen, daß der junge Druide den Nachmittag bei mir verbracht hat.«

Silvanus verließ das Zelt. Ich hatte keine Ahnung, wohin er wollte. Kretos fuhr fort: »Es gibt überhaupt keinen

Grund, wieso der Druide seinen Gastgeber hätte umbringen sollen. Er mochte ihn sehr. Im übrigen steht dieser junge keltische Gelehrte am Anfang einer blühenden Karriere. Er wird in Cäsars Schreibkanzlei eintreten, nicht wahr, Korisios?«

Ich nickte eifrig. Jetzt entschied Kretos über mein Schicksal.

»Dieser Mann ist über jeden Verdacht erhaben! Er ist Cäsars Druide!« beendete Kretos seine Rede.

Ursulus nickte zufrieden. Er war Kretos für seine Worte dankbar. Auch die anderen Offiziere schienen zuzustimmen.

Plötzlich erschien Silvanus wieder und schrie: »Schaut, was ich bei den Sklaven gefunden habe!«

Er hatte ein paar Silberdenare und Elektrumklümpchen in der Hand. Ursulus wandte sich an Pecunio: »Schau dir das an, Pecunio.«

Pecunios Augen waren vor Schreck immer noch weit aufgerissen. Beflissen ging er zu Silvanus und starrte auf dessen offene Hand.

»Ich verstehe das nicht«, stammelte Pecunio, »es trägt das Siegel des Nilpferdes, das ist das Siegel meines Herrn!«

Ursulus überlegte, während er die Offiziere der Reihe nach musterte. Schließlich sagte er: »Hiermit verfüge ich, daß alle Sklaven des Niger Fabius getötet werden. Sein gesamtes Hab und Gut wird von der zehnten Legion eingezogen. Auch seine Pferde. Wenn sich bis in drei Monaten kein rechtmäßiger Erbe gemeldet hat, geht der gesamte Besitz des Fabius Niger ins Eigentum der zehnten Legion über.«

Ursulus zeigte auf den Griechen und sagte: »Du, Pecunio, sollst deine Freiheit wieder verlieren, weil du deine Pflichten vernachlässigt hast. Du sollst wieder Sklave werden und der zehnten Legion dienen.«

Ich denke, Recht und Gerechtigkeit sind zwei verschiedene Paar Stiefel. Cui bono? Wer hatte etwas davon? Silvanus? Hatte er Niger Fabius getötet, weil dieser ihm die Pferde verweigert hatte? Hatte er ihn getötet, weil er dringend Geld brauchte, um sich den Posten des Primipilus zu kaufen? Oder steckte gar Kretos dahinter? Hatte er Fabius getötet, um meinen einzigen Kreditgeber zu eliminieren? War ihm ein Informant in Cäsars Schreibstube derart wichtig? Oder steckte er gar mit Silvanus unter einer Decke? Hatte er mir mit diesem ominösen Vertrag eine Falle gestellt, nachdem ich ihm klipp und klar eine Absage erteilt hatte? Hatte er Silvanus beauftragt, seine eigenen Sklaven bei der Rückkehr niederzuschießen, damit ich finanziell in seiner Schuld stand? Und welch eine göttliche Wendung mit diesem plötzlich aufgetauchten Klumpen Elektrum, den Silvanus angeblich bei einem von Niger Fabius' Sklaven gefunden hatte. Ausgerechnet Silvanus! Er war ja so bemüht gewesen, einen Täter zu finden. Diese Ausgeburt von Korruption und Falschheit! Er hatte die besten Gründe, Niger Fabius zu töten. Bessere Gründe als die Sklaven. Und bessere Gründe als Kretos, der ebenfalls von Niger Fabius' Tod profitierte. Und wo steckte eigentlich dieser Mahes Titianos? War es nicht seltsam, daß er plötzlich verschwunden war?

IV.

Ich unterschrieb im Lager der zehnten Legion. Ich wollte lieber Cäsars Druide werden, als ohne Wanda leben. Aus meiner Sicht hatte ich keine Wahl. Die Götter hatten mir keinen anderen Ausweg gelassen. Sie hatten entschieden. So, wie es mir der Druide Verucloetius prophezeit hatte.

»Ich bin überrascht«, sagte Gaius Oppius, als er mir und Aulus Hirtius in Cäsars Schreibkanzlei gegenübersaß und laut darüber nachdachte, wie man welche Nachrichten formulieren mußte, damit sie in Rom die gewünschte Wirkung erzielten.

»Seit den Kimbernkriegen löst die Nachricht von Völkerwanderungen in Rom Panik aus. Doch die größtmögliche Panik wird ausgelöst, wenn es sich um eine germanische oder keltische Völkerwanderung handelt. Seit den Kimbernkriegen sitzt uns diese Angst in den Knochen. Und was passiert jetzt? Die Helvetier kommen! Und was tun sie? Sie greifen nicht mal unsere Befestigungslinien an. Wie sollen wir dem Senat plausibel erklären, wieso wir ohne seine Einwilligung zwei neue Legionen ausgehoben haben?«

»Die Helvetier werden sich hüten, eine römische Provinz anzugreifen. Sie ziehen an den Atlanticus und nicht in den Krieg«, entgegnete ich und versuchte dabei so neutral und emotionslos wie möglich zu wirken. Gaius Oppius lächelte verständnisvoll. Er verstand meine Begründung. Sein Problem war jedoch ein ganz anderes.

»Korisios, dies ist kein gemeinnütziges Nachrichtenbüro, wir haben die Aufgabe, die Stimmung und die Ansichten in Rom zu steuern und gezielt zu beeinflussen. Wir sammeln Nachrichten und Neuigkeiten und überprüfen sie auf ihre Nützlichkeit. Eine schädliche Nachricht ist für uns keine Nachricht. Wir müssen begründen, wieso und wozu Cäsar sechs Legionen braucht. Nötigenfalls müssen wir die dazu passenden Nachrichten erfinden. Aber es müssen Nachrichten sein, die unsere Händler, die nach Rom zurückkehren, nicht widerlegen können.« Gaius Oppius lächelte schelmisch, während ihm Aulus Hirtius mit einer kurzen Kopfbewegung beipflichtete: »Er hat recht, Korisios, ich hatte am Anfang auch Mühe damit, aber man gewöhnt sich daran. Die Wahrheit gehört den Phantasielosen.«

»Dann braucht ihr wohl eher einen Barden als einen keltischen Druiden.«

»Du siehst das falsch, Korisios. Wir haben durchaus den Ehrgeiz, die Wahrheit über Gallien zu berichten. Wir werden nicht schreiben, daß in Gallien Elefanten für die Feldarbeit eingesetzt werden. Wir halten uns an die Wahrheit. Solange es Cäsar nicht schadet. Cäsar hat aber ohne Einwilligung des Senats diese zwei Legionen ausgehoben und damit erneut gegen römisches Recht verstoßen. Und stell dir vor, wie man in Rom über Cäsar herfallen wird, wenn er mit sechsunddreißigtausend Legionären in Gallien eintrifft, und weit und breit ist keine Bedrohung in Sicht! Cäsar würde lieber sterben, als sich lächerlich zu machen. Deshalb fordert er die Götter heraus. Entweder Ruhm oder Tod.«

Gaius Oppius und Aulus Hirtius beobachteten mich aufmerksam. Wie würde ich reagieren? Ich schwieg. Gaius Oppius fuhr fort: »Wir setzen Politik in Sprache um. Wir planen keine Enzyklopädie über das gallische Fischereiwesen. Wir machen mit Nachrichten Politik. Dafür werden wir von Cäsar bezahlt.«

»Weißt du, Korisios«, begann Aulus Hirtius in beinahe väterlichem Ton, »was wir hier tun, kann über Cäsars Leben und Tod entscheiden. Nach Ablauf seines Prokonsulats wird man ihn in Rom vor Gericht bringen. Rom hat Angst vor Cäsar. Als er für die Spiele dreihundertzwanzig Gladiatorenpaare aufmarschieren ließ, dachten alle, er plane den Umsturz. Stell dir vor, was die Leute in Rom denken, wenn sie hören, er hätte ohne Einwilligung des Senats zwölftausend zusätzliche Legionäre ausgehoben! Falls wir lügen müssen, tun wir es für Cäsar, und Cäsar tut es für Rom.«

»Ihr meint also, was ich mir da eingebrockt habe, ist im Grunde genommen eine Lebensstellung«, scherzte ich. Die Offenheit, mit der hier über Lügen gesprochen wurde, ließ mich bissig werden.

»Aber sicher«, erwiderte Aulus Hirtius. »Cäsar wird nach seinem Prokonsulat in Gallien so viele Gesetze mißachtet haben, daß er sich nur durch ein noch höheres Amt, das ihm die Immunität sichert, einem Gerichtsverfahren entziehen können wird.«

»Und welches Amt könnte das sein?« fragte ich spitz.

Aulus Hirtius und Gaius Oppius lachten.

»Denkt ihr da an ein bestimmtes Amt?«

Wir verstummten. Ganz langsam drehten wir uns um. Gaius Julius Cäsar hatte das Zelt betreten. Er legte sich auf das Sofa und schabte sich mit einer angesengten Nußschale die Haare von seinem Handrücken.

»Antwortet! Wie wird ein Cäsar seinen Kopf aus der Schlinge ziehen?«

»Nur als Diktator wirst du deinen Kopf noch retten können«, sagte Gaius Oppius.

»Und was machen die Römer mit Diktatoren?« grinste Cäsar.

»Das gleiche wie die Kelten mit ihren Königen«, schmunzelte Aulus Hirtius.

Cäsar schaute mich fragend an, während er lässig auf dem Sofa lag. »Hm? Ist es wahr, daß ihr euren Fürsten Orgetorix getötet habt, weil er König werden wollte?«

»Er ist eines gewaltsamen Todes gestorben, Prokonsul, das ist richtig. Aber ich weiß nicht, ob er selber Hand an sich gelegt hat oder vergiftet worden ist.«

»Das scheint bei euch eine Seuche zu sein, Gallier. Ich

kenne einen Adligen vom Stamme der Arverner. Er heißt Vercingetorix. Auch sein Vater wurde getötet, weil er König werden wollte.«

»Du kennst diesen Vercingetorix?« fragte ich überrascht.

»Ja«, schmunzelte Cäsar, »der Arverner ist einer meiner besten Reiteroffiziere. Er hofft, daß ich ihm eines Tages die Königskrone für ganz Gallien übergeben werde. Aber er ist sehr ungeduldig.«

Cäsar sah gelangweilt an mir vorbei, während er sich mit dem Nagel des kleinen Fingers den rechten Flügel seiner knochigen Nase kratzte. Ich war erstaunt, daß ihm die Zurschaustellung von soviel Überheblichkeit, Borniertheit und Arroganz nicht peinlich war. Aber für ihn waren wir nicht bedeutender als ein Sandkorn in der Wüste. Cäsar überflog die Korrespondenz, die ihm Gaius Oppius wortlos vorlegte, und lachte plötzlich kurz auf. »Der junge Trebatius Testa bittet um eine Anstellung in meinem Stab. Wer hätte das gedacht?«

»Siehst du«, lachte Gaius Oppius, »unsere Bemühungen sind nicht vergebens gewesen. Wenn dieser ehrgeizige Trebatius Testa eine Stelle in deinem Stab einer Karriere in Rom vorzieht, kann das nur bedeuten, daß man dir in Gallien einiges zutraut.«

»Trebatius Testa ist ein sehr fähiger, junger, ehrgeiziger Patrizier. Er ist intelligent. Aber wenn er der einzige ist, der mich um eine Anstellung bittet, dann bedeutet das, daß meine Schreibkanzlei nur ungenügende Arbeit geleistet hat. Erst wenn alle Senatoren mich um eine Anstellung für ihre Söhne bitten, weiß ich, daß man in Rom nur noch von Cäsar spricht.« Gaius' Heiterkeit verflog. Cäsar wandte sich an mich: »Ist es wahr, daß auch die Häduer und die Sequaner einen König wollten und gemeinsam mit eurem Orgetorix einen geheimen Bund schlossen?«

»Ja, der Häduer Dumnorix und der Sequaner Casticus wollten gemeinsam mit unserem Fürsten Orgetorix die Herrschaft über ganz Gallien an sich reißen. Aber der Geheimbund flog auf. Er war ungefähr so geheim wie dein Bund mit Pompeius und Crassus.«

Cäsar grinste matt. Er schätzte wohl meine Ironie, war aber zu stolz, um es offen zu zeigen. »Ist dir ein Häduer namens Diviciatus bekannt, Gallier?«

Ich spürte, daß Cäsar mich testen wollte und bloß Fragen stellte, deren Antworten er bereits kannte.

»Ja, ich bin ihm sogar schon begegnet, aber ich bin kein Gallier, Cäsar, ich bin Kelte, vom Stamme der Rauriker. Ich wohne dort, wo der Rhenus im Norden ein Knie bildet.«

»Und wer sind die Gallier?«

»Es gibt keine Gallier. Du kannst nach Norden oder nach Westen ziehen, bis du vor dem Ozean stehst, und du wirst unterwegs nur Kelten gesehen haben. Ihr Römer macht jedoch eine Unterscheidung, die uns Kelten fremd ist. Die Kelten im Norden bezeichnet ihr als Belger, die Kelten am Atlanicus als Aquitanier und den Rest als Gallier.«

Cäsar nickte ungeduldig. »Man könnte aber trotzdem sagen, daß Gallien in seiner Gesamtheit in drei Teile zerfällt...«

»Euer Gallien, Cäsar.«

»Und ihr seid alle nach Sprache, gesellschaftlicher Ordnung und Gesetzen verschieden«, murmelte Cäsar.

Ich nickte. Man sah Cäsar förmlich an, daß er soeben eine Schlußfolgerung gezogen hatte, die ihn zuversichtlich stimmte. Amüsiert fuhr er sich mit der Zunge über die Lippen und genoß es, daß wir ihm bei diesem albernen Schauspiel andächtig zusahen. Plötzlich sprang er wie von der Tarantel gestochen hoch, klatschte dreimal in die Hände und bat uns alle zum gemeinsamen Essen in das große Offizierszelt. »Aber ohne den Kelten!« sagte Cäsar. »Wenn der Gallier soviel weiß, muß er ein Druide sein.«

Rusticanus war Lagerpräfekt. Er hatte somit das Höchste erreicht, was sich ein Legionär in der römischen Armee erträumen konnte. Er hatte sich vom einfachen Legionär zum Primipilus hochgekämpft und war nun nach Abschluß seiner mehrfach verlängerten regulären Dienstzeit zum Lagerpräfekten ernannt worden. Als Praefectus castrorum konnte er in der Regel nochmals drei Jahre anhängen. Das war dann der endgültige Abschluß seiner militärischen Laufbahn. Es war also gleichzeitig die allerletzte Möglichkeit, sich nochmals richtig zu bereichern.

Der etwa fünfzigjährige Rusticanus war als Lagerpräfekt für den gesamten inneren Dienst zuständig. Er war verantwortlich für Bau und Unterhalt des Lagers, für den Wachdienst, die Ausbildung, die Herstellung und Wartung der Waffen und Geräte. Das Lager der zehnten Legion, das war gewissermaßen die Stadt des Rusticanus. Hier herrschte sein Gesetz. Dem Rang nach stand er gleich unter dem Legaten Labienus und dem senatorischen Tribun an dritter Stelle. Nach ihm kam Ursulus, der Primipilus. Wer also zum Beispiel vom Latrinendienst befreit werden wollte, zahlte dem Optio ein paar Sesterzen. Dieser Unteroffizier bestach seinen unmittelbaren Vorgesetzten, den Centurio, damit dieser den Primipilus bestach. War der bestochen, zahlte dieser dem Lagerpräfekten eine bestimmte Summe, damit jener seiner eigenen Schreibkanzlei den Auftrag gab, den Latrinenplan entsprechend zu ändern. Diese Bestechungen waren selbstverständlich, und kein Legionär konnte sich da raushalten. Er wurde so lange schikaniert, bis er die obligaten Bestechungsgelder zahlte. Im Endeffekt lief es darauf hinaus, daß alle Legionäre nach einer gewissen Zeit ihre Schmiergelder ablieferten und der Latrinendienst einigermaßen gerecht geregelt war. Das ist mit ein Grund, wieso ein Legionär nach Beendigung seiner Dienstzeit kaum Erspartes hatte. Er erhielt zwar seine zweihundertfünfundzwanzig Denare im Jahr, aber davon wurden sechzig Denare für Ernährung und weitere sechzig für Stroh zum Schlafen, Kleidung, Schuh- und Lederzeug, Lagerfeste und Bestattungsverein abgezogen. Somit blieben ihm rund hundert Denare für Bestechungsgelder. Die fünfundsiebzig Denare, die er zu Beginn seiner Dienstzeit als Antrittsgeld kassierte, mußte er ohnehin gleich wieder für Ausrüstung und Bewaffnung ausgeben. Was soll's? Die Armee war wie eine große Mutter, die all ihre Söhne fürsorglich in die Arme schloß. Und Rusticanus war ein angenehmer Mensch. Nichts konnte ihn aus der Ruhe bringen. Nur der Gedanke an sein Ausscheiden aus der Armee. Aber gegen diese düsteren Gedanken verschrieb er sich allabendlich einen Krug Falerner. Dazu gallische Würstchen mit diesem luftigen, hellen Brot. Er wies mir ein Offizierszelt in der Nähe von Aulus Hirtius' und Gaius Oppius' Unterkunft zu.

Das römische Heerlager zog immer mehr Händler an, und die für den Straßendienst abkommandierte vierte Kohorte hatte alle Hände voll zu tun, diesen Hyänen verständlich zu machen, daß die Zufahrtswege zum Lager für den militärischen Nachschub frei bleiben mußten. Links und rechts dieser Zufahrtsstraßen wuchsen die ersten Holzhütten aus dem Boden: Garküchen, Wirtshäuser und Bordelle. Auch die Konkubinen und unehelichen Kinder der Legionäre hatten mittlerweile das Lager erreicht. Besondere Aufmerksamkeit erregten die eintreffenden Sklavenhändler mit ihren Privatarmeen, die ganz offensichtlich mit den exotischen Rüstungen und skurrilen Waffen ausgerüstet worden waren, die man auf den Schlachtfeldern in Spanien, Nordafrika und im Osten aufgekauft hatte. Sie führten unzählige Wagen mit, die mit schweren Hals- und Beinketten beladen waren.

An freien Tagen oder Nachmittagen ging ich oft mit Wanda und Lucia zum Fluß hinunter. Wir beobachteten, wie die Helvetier ihre Ochsenkarren beluden und sich das dichtbesiedelte Ufer allmählich lichtete. Die Helvetier hatten beschlossen, den gefährlichen und strapaziösen Weg durch die Schluchten zwischen Rhodanus und Jura in Angriff zu nehmen. Auf keinen Fall wollten sie römische Grenzen verletzen und um jeden Preis eine militärische Konfrontation mit Rom verhindern.

Mein Antrittsgeld von fünfundsiebzig Denaren, bzw. dreihundert Sesterzen brachte ich Kretos, der sich sehr über unseren Besuch freute. Er wollte jedoch lediglich neunzig Sesterzen annehmen.

»Man soll eine Ziege, die Milch liefert, nicht schlachten«, lachte er und legte mir einen neuen Vertrag vor. Den Wein, den er mir dazu auftischte, lehnte ich dankend ab. Der Vertrag sah vor, daß ich Kretos viermal jährlich Bericht erstattete. Es sollten keine Spionage-, sondern Marktberichte sein. Was wird wo zu welchem Preis verkauft? Welche Waren sind zu welcher Jahreszeit knapp und begehrt? Für diese Arbeit, die ich exklusiv für ihn verrichten sollte, würden sich meine Schulden jedes Jahr um dreihundert Sesterzen verringern. Das bedeutete, daß ich mich im besten Fall nach sechs Jahren von Kretos freigekauft hatte. Ich hatte Schlimmeres erwartet. Offenbar wollte Kretos lediglich einen Vertrauensmann in Cäsars Heer. Wir verabredeten, daß ich alle Briefe an sein Handelshaus in Massilia richten sollte. Wichtig war auch, in allen Briefen Ort und Zeit genau festzuhalten. Nachdem ich den Vertrag unterschrieben hatte, zerriß er vor meinen Augen den alten und bot mir nochmals Wein an. Doch ich lehnte ab. Ich wollte allein sein, mit Wanda und Lucia.

Wir gingen in einen nahen Wald und machten es uns auf einer Lichtung mit trockenem Moos bequem. Über unseren Köpfen wuchsen wilde Beeren. Wir schäkerten und fütterten uns gegenseitig mit sauren Beeren.

»Du hättest mich gescheiter verkauft«, lachte Wanda, »ich werde dir nämlich nichts als Ärger bereiten. Hast du dem alten Divico selber erzählt.«

»Kretos verdient eine größere Strafe«, lachte ich.

»Vielleicht wäre es an der Zeit, deine Götter zu wechseln«, neckte sie mich. »Das meiste Geld, das dir Celtillus gegeben hat, hast du im Fluß verloren.«

»Was heißt hier verloren? Die Götter haben sich bei mir bedient. Und kein Kelte würde es wagen, auch nur eine einzige Sesterze aus einem Fluß zu fischen. Ich schwör dir, Wanda, du hättest das ganze himmlische Rudel auf den Fersen.«

»Trotzdem«, beharrte Wanda, »die Götter treiben ein übles Spiel mit dir.«

»Nein«, wehrte ich ab. »Es ist manchmal schwierig, die Zeichen der Götter zu verstehen. Kretos ist eine miese Ratte, aber kann man nicht auch von einer Ratte etwas lernen? Was meinst du, Wanda, werde ich jemals wieder leichtfertig einen Vertrag unterschreiben? Werde ich jemals wieder ein Faß Wein zu einem völlig überhöhten Preis kaufen? Ich bezahle nicht für meine Dummheit, ich bezahle für meine Ausbildung.« Dann kniete ich mich aufrecht hin und posaunte feierlich in den Wald:« Ich habe nach wie vor die feste Absicht – und heute mehr denn je –, eines Tages Massilia zu sehen und dort einer der größten Händler des Mittelmeeres zu werden.«

Wanda löste den Haken an meinen Gurt und zog mich zärtlich zu sich hinunter. »Sei still, Korisios«, flüsterte sie.

Am Abend fand ein kleines Lagerfest statt. Rusticanus hatte mich und ein Dutzend Offiziere eingeladen, darunter auch Mamurra, Cäsars privaten Vermögensverwalter und genialen Baumeister, Fufius Cita, Cäsars Getreidelieferant, der außerhalb des Lagers wohnte, Antonius, der erste Medicus, Ursulus, der Primipilus, Labienus, der Legat der zehnten, Aulus Hirtius und Gaius Oppius und einige bedeutende Heereslieferanten, die ich allerdings, mit Ausnahme des knollennasigen Ventidius Bassus, nicht mit Namen kannte.

Rusticanus ließ gebratene Eier, Weißbrot, lukanische

und gallische Würstchen und sizilianischen Landwein bringen. Cäsar hatte nach seiner Absage an die Helvetier das Lager verlassen und war seinen näher kommenden Legionen entgegengeritten.

»Wir kriegen Probleme«, sinnierte Rusticanus, als ihm während des Essens ein Laufbursche die Wachstafel mit dem letzten Stand der Lagervorräte überbrachte. »In einigen Tagen werden hier sechsunddreißigtausend römische Legionäre sein. Wer soll sie ernähren?«

»Der Krieg ernährt sich selbst«, spottete der Primipilus.

»Wieso sechsunddreißigtausend Legionäre? Ich glaube nicht, daß Cäsar mit ihnen nach Genava kommt, wenn die Helvetier von hier verschwinden«, gab Antonius zu bedenken.

Die Männer lachten. Sie wußten, was dies zu bedeuten hatte.

»Bei Cäsar kann man nie wissen«, sagte Ursulus, »er ist uns mit seinen Gedanken stets voraus.«

Rusticanus wandte sich an Fufius Cita: »Wieso lieferst du nicht mehr Getreide, Cita?«

»Mein Budget ist beschränkt, und überall schießen die Preise in die Höhe.« Cita warf dabei Mamurra einen kurzen Blick zu.

»Schau mich nicht so an. Ich verwalte nicht Cäsars Vermögen, sondern seine Schulden. Ich muß jetzt bereits für zwei zusätzliche Legionen aufkommen!«

»Ich hatte den Auftrag, Getreide für die zehnte zu beschaffen«, rechtfertigte sich Cita, »nicht für sechs Legionen. Wieso erhöht ihr den Allobrogern nicht den Tribut …«

Rusticanus winkte ab. »Bloß das nicht – ich rechne jeden Augenblick mit einem Aufstand. Wir sollten gescheiter Gesandte zu den Häduern schicken, damit sie uns rechtzeitig Getreide bereitstellen.«

Rusticanus tunkte zwei Finger in seinen Weinbecher und schüttelte die Tropfen dann ab, während er murmelnd den Beistand der Götter erflehte.

»Ich denke, nur ein Krieg kann uns retten«, philosophierte der senatorische Tribun und klopfte Labienus gönnerhaft auf die Schulter. »Wieso schickst du die erste Kohorte nicht splitternackt über den Fluß? Dann könnten sie sich am anderen Flußufer mit Hundekot einreiben und als verrückte Gallier auf uns losgehen. Damit hätten wir genügend Augenzeugen, die später in Rom berichten, daß die Gallier die Provinz angegriffen haben. So käme die Sache endlich ins Rollen.«

»Meine Männer sind römische Soldaten und keine Schauspieler«, entgegnete Labienus, dem dieses kumpelhafte Schulterklopfen unangenehm war. »Ich kann keinen einzigen Mann mehr entbehren. Wenn wir eine Gruppe für frisches Wasser oder Grünfutter losschicken, brauchen wir immer größere Eskorten. Es wird täglich schlimmer. Gestern habe ich einige rausgeschickt, um in den Wäldern Brennholz zu beschaffen. Zwei wurden mit abgetrennten Köpfen im Moor gefunden.«

»Wieso tun die das eigentlich?« fragte Fufius Cita und wandte sich an mich.

»Bei uns«, erwiderte ich, »ist das ein üblicher Zeitvertreib.« Mamurra prustete seinen Wein über den Tisch und klopfte sich röhrend auf die Knie.

»Ihr Römer bringt euren Mädchen Amulette oder gallische Räucherwürste nach Hause«, fuhr ich fort, »wir Kelten bringen unseren Mädchen Römerköpfe mit.«

»Ich werde diese Gallier nie verstehen«, sinnierte Rusticanus und starrte ins Leere. »Ich habe im Osten gedient unter Pompeius, ich war mit Cäsar in Spanien, aber hier in Gallien, in dieser Wildnis, wird es mir manchmal unheimlich: diese finsteren Wälder und heiligen Moore ...«

»Hör auf«, schrie Ventidius Bassus, »das grenzt an Gotterlästerung! Sind die römischen Götter etwa schlechter als die gallischen? Und stammt nicht Cäsar selbst von den unsterblichen Göttern ab? Hat er nicht zur Genüge bewiesen, daß er vom Glück begünstigt ist? Wir bringen den Wilden die Zivilisation!«

Mamurra wandte sich an mich: »Entschuldigung, Druide, aber was ist deine Meinung?«

»Wenn Ventidius Bassus unter Zivilisation Wein und Geschlechtskrankheiten meint, dann hat er absolut recht.«

Mamurra lachte laut auf. »Ventidius Bassus, mir scheint, der Druide hat mehr Verstand als du. Auf dem Sklavenmarkt würde ich für ihn auf jeden Fall das Hundertfache bezahlen!«

Alle lachten. Offenbar spielte Mamurra auch auf seine homoerotischen Neigungen an.

In diesem Augenblick stürzte L. Cornelius Balbus, Cäsars Geheimagent, in unser Zelt. Sofort erhoben alle ihren Weinbecher und riefen seinen Namen. Doch Balbus verlor keine unnötigen Worte: »Das Heerlager der zehnten Legion wird zum Basislager an der römischen Provinzgrenze ausgebaut. Cäsar hat sich mit seinen Legionen vereint und marschiert Richtung Lugdunum.«

»Er hat die römische Provinz verlassen?« schrie Rusticanus ungläubig.

»Ja, Rusticanus! Cäsar hat die römische Provinz verlassen! Cäsar kommt nicht mehr nach Genava. Er marschiert direkt auf die Helvetier zu. Er will ihnen den Weg abschneiden. Ich werde ihm mit der zehnten entgegeneilen. Cäsar wünscht, daß du das Lager hier zum befestigten Proviant- und Nachschublager ausbaust. Dreißig Meilen nordwestlich sollst du das nächste Proviantlager errichten. Wir brauchen eine durchgängige, stabile Proviantkette, die bis zu Cäsars Heer reicht.«

»Wieso überläßt er mir nicht die zehnte Legion?« fragte Rusticanus nervös.

»Die zehnte Legion ist die beste Legion, die Rom jemals gedient hat«, antwortete Labienus. »Jetzt dient sie Cäsar. Es ist seine Legion.«

»Ihr wollt mich doch nicht etwa alleine mit den frisch

ausgehobenen Männern der elften oder zwölften Legion zurücklassen?«

Die Männer lachten und stießen auf den bevorstehenden Krieg an.

Am nächsten Morgen lief unser Apparat zur gezielten Verbreitung manipulierter Nachrichten und Ansichten auf Hochtouren. Gaius Oppius hatte die Briefe, die Cäsar seinem Agenten Balbus mitgegeben hatte, sorgfältig gelesen und diktierte nun im Namen Cäsars einen Brief nach dem andern. Aulus Hirtius saß hinter seinem Schreibtisch, die Feder schreibbereit in der Hand. Ich saß ihm gegenüber, tief über den Papyrus gebeugt, und schrieb immer noch. »... ist nicht nur der Konsul Lucius Cassius getötet worden, sondern auch der Urgroßvater meiner Gemahlin Calpurnia ...« Cäsar hatte sich offenbar aus dem großzügigen Angebot, das ihm Gaius Oppius gemacht hatte, einen passablen Grund für seinen Angriff gegen das Volk des Goldes ausgesucht. Die Ehre. In Rom kam das immer gut an. Aber es war nicht nur die Ehre. Wenn Cäsar seinen Urgroßvater erwähnte, erwähnte er auch die gefürchteten Kimbernkriege! Wenn erneut die Gefahr bestand, daß Barbaren nach Süden zogen und möglicherweise nach Rom kamen, hatte Cäsar das Volk auf seiner Seite. Dann war er der vorausschauende Beschützer Roms! Ich muß gestehen, Cäsars Brief war äußerst raffiniert aufgebaut und formuliert. Ich war überrascht und beeindruckt.

Anschließend diktierte Gaius Oppius im Namen Cäsars einen Brief an Cicero: »Cäsar grüßt Cicero ... hochgeschätzter Freund ...« Aulus Hirtius schrieb ihn nieder. Gaius Oppius diktierte mit Hilfe von Cäsars Notizen einen haarsträubenden Brief, indem er Cicero in einer Angelegenheit um Rat bat, die er längst entschieden hatte. Gaius Oppius marschierte vor uns auf und ab, als wolle er Cäsars Mimik und Gestik vor Publikum einstudieren. Obwohl er körperlich mehr darstellte als Cäsar, blieb er in seiner gesamten Erscheinung nichts anderes als ein Offizier. Was bei Cäsar imponierte, kam aus dem Innern, aus der Tiefe. Das konnte man nicht einfach mit Gesten kopieren. Gaius Oppius diktierte konzentriert, ohne dabei aufzuschauen. Der nächste Brief war wieder für mich bestimmt. Ich hatte ihn gleich in griechischer Schrift niederzuschreiben, da der Empfänger nicht Lateinisch konnte. Obwohl er Druide war!

»Cäsar grüßt Diviciatus, den edlen Fürsten und weisen Druiden der Häduer. Mit großer Sorge vernehme ich, daß die kriegerischen Helvetier das Gebiet der Sequaner und Häduer durchqueren werden, um das Land der Santonen zu erreichen. Rom nimmt seine Bündnistreue ernst. Deshalb liegt mir viel daran, dich meiner Hilfe zu versichern, für den Fall, daß die kriegslüsternen Helvetier eure Äcker verwüsten, eure Städte erobern und eure Kinder in die Sklaverei verkauften sollten.«

Gaius Oppius wandte sich an Aulus Hirtius und setzte seinen Brief an Cicero fort, indem er die gemeinsame Freundschaft solcherart beschwor, daß man fast annehmen mußte, Cicero würde ihm bei jeder sich bietenden Gelegenheit in den Rücken fallen. Unter anderem bot er Ciceros Bruder einen Posten als Legat an, denn für seine neuen Legionärskommandanten seien nur Männer aus den edelsten Geschlechtern gut genug. Das war natürlich hanebüchen, denn Cicero war ein »homo novus«, kein alteingesessener Patrizier, sondern ein »Neuer« und überdies nicht aus Rom. Aber noch schäbiger und verschlagener war Cäsars Hilfsangebot an die Häduer. Als sie ihn seinerzeit um Hilfe gegen Ariovist gebeten hatten, war er auf allen Ohren taub gewesen. Ich konnte nur hoffen, daß die Häduer, die ohnehin in ein prorömisches und ein romfeindliches Lager gespalten waren, dies nicht vergessen hatten. Gaius Oppius' ausgestreckter Zeigefinger hatte sich auf mich gerichtet. Sein Mund war spitz zusammengezogen. Jetzt strahlte er mich an, als sei ich einer seiner Komplizen: »Ich, Cäsar,

Prokonsul der römischen Provinz Narbonensis, teile euch folgendes mit: Falls ihr, Häduer, die ihr euch so große Verdienste um das Wohl des römischen Volkes erworben habt, in Not geratet, so laßt es mich wissen, damit ich der Bündnispflicht Roms nachkommen kann, und händigt euer Hilfegesuch dem Boten aus, der euch diese Botschaft überbracht hat.«

Gaius Oppius grinste über beide Ohren. Diese Schlitzohrigkeit war nun wirklich der Gipfel an Heuchelei und Perfidie. Unermüdlich diktierte Gaius Oppius aufgrund von Cäsars Notizen Briefe unterschiedlichsten Inhalts an Freunde, Verwandte, Senatoren, vornehme Damen und Gläubiger. In jedem Brief wurde etwas anderes hervorgehoben. Für einige Senatoren sollte Cäsar der sich aufopfernde Patriot sein, für seine Gläubiger der gerissene Geschäftsmann, der eine Goldader entdeckt hatte und bald seine Schulden würde zurückbezahlen können. Für Cato hatte Cäsar in seinem Entwurf die Attribute eines sittenstrengen Römers angenommen. Ironischerweise sollte der Brief Cato von einer mit ihm verwandten Dame, die nicht gerade den besten sittlichen Ruf genoß, überbracht werden. Auch sie hatte Cäsar einst in Rom im Bett zur Verbündeten gemacht. Liebe war für Cäsar ein Geschäft wie jedes andere auch. Während man Männer mit allerlei Intrigen, Schachzügen, Bestechungen und Versprechungen in Schach hielt, wählte Cäsar bei Frauen stets das Bett, das Geschenk und die Diskretion. Gaius Oppius wußte als intimer Vertrauter Cäsars ganz genau, was er diktieren durfte und was nicht. Mit Ausnahme des Schreibens an Diviciatus würden ohnehin die meisten Briefe erst abgeschickt, nachdem Cäsar sie gelesen und mit seinem Siegel versehen hatte. Ich muß leider gestehen, daß mich dieser Mann, sosehr er mich auch anwiderte, nun doch zu faszinieren begann. So wie er seine Briefe diktierte, wie er Inhalte formulierte, konnte ich mir ein sehr präzises Bild vom Empfänger machen, und ich konnte mir sehr gut vorstellen, warum Cäsar einen bestimmten Punkt auswählte, mit dem er den Adressaten für sich zu gewinnen suchte. Allmählich begriff ich auch, daß die öffentliche politische Diskussion in Rom auf einer Ebene stattfand, die sich längst von der Wirklichkeit entfernt hatte. Im Grunde genommen waren sie allesamt Geschichtenerfinder, die sich auf gewisse Spielregeln geeinigt hatten. Im Gegensatz zu mir, der bei Mixturen nicht gerade eine glückliche Hand hatte, verstand es Cäsar meisterhaft, jedem einzelnen seine persönliche Mixtur an Lob, Nachrichten und Versprechungen zukommen zu lassen. Und so konnte er das öffentliche Leben in Rom selbst aus dem fernen Gallien mitgestalten. Über die Empfänger seiner Briefe blieb er Tagesgespräch. Kein Empfänger würde auf dem Forum verschweigen, daß Cäsar ihm ein persönliches Schreiben hatte zukommen lassen. Es würde so sein, als wären Dutzende von kleinen Cäsars auf dem Forum, die unermüdlich quasselten und sich gegenseitig ausspielten, bis Ansichten und Meinungen entstanden, die Cäsar nützlich waren. Cäsar war auch jenseits der Schlachtfelder ein virtuoser Stratege, der Gefechte ohne offenen Kampf zu gewinnen wußte. Der Kern der Aussage war immer der gleiche:

Rom ist in höchster Gefahr! Die römische Provinz Narbonensis wird von den unberechenbaren und mordlustigen Helvetiern bedroht. Jetzt verwüsten sie gerade das Land der Sequaner und Häduer, um dann die Atlantikküste zu erobern. Aber selbst dort, im Stammesgebiet der Santonen, werden sie gefährlich bleiben, denn sie werden im Osten nicht mehr weit vom Stammesgebiet der Tolosaten sein, die ja bereits zur römischen Provinz gehören. Was sollen wir tun? Können wir es zulassen, daß derart kriegerische Barbaren Nachbarn der römischen Provinz werden? Um die Bedrohung plausibel zu machen, hatte Cäsar die Santonen und Tolosaten gleich zu direkten Nachbarn gemacht. Cäsar hatte bewußt gelogen. Kein Mensch in Rom hatte genaue Kenntnisse von gallischen Stammesgrenzen.

Kein Mensch konnte Cäsar widersprechen. Alles was man in Rom über Gallien wußte, wußte man von Cäsar. Es ging nicht um die Wahrheit, es ging darum, eine Bedrohung plausibel zu machen. Seit Menschengedenken haben sich die Seßhaften von den Nichtseßhaften bedroht gefühlt. Und zugegebenermaßen: nicht selten zu Recht.

»Korisios!« Gaius Oppius riß mich aus meinen Gedanken heraus. »Reite sofort zu Dumnorix, und bringe ihm Cäsars Schreiben. Aber gib es ihm persönlich. Du kennst ihn. Warte, bis er dir geantwortet hat. Nimm frische Pferde mit! Cuningunullus wird dich mit ein paar Männern begleiten. Es wird auch noch ein junger Tribun dabeisein«, grinste Gaius Oppius. »Es steht ihm nicht zu, dir zu befehlen, aber Cäsar hat es so gewünscht, um ihm eine Lektion zu erteilen.«

Dann wandte er sich lächelnd an Labienus, der soeben mit besorgter Miene das Zelt betreten hatte: »Titus Labienus, wir sind fündig geworden. Es gibt einen Senatsbeschluß, der kriegerische Handlungen außerhalb der römischen Provinz gutheißt, sofern sie dem Hilferuf eines Verbündeten Folge leisten.«

»Hast du denn in Gallien schon jemanden gefunden, der deiner Hilfe bedarf?«

Gaius Oppius lächelte. »Versprich einem keltischen Fürsten die Königskrone, und er frißt dir aus der Hand.«

Als ich in meinem Zelt war und meine Sachen packte, fühlte ich mich elend. Ein bißchen wie die Maus in der Falle. Ich und mein imaginäres Handelshaus in Massilia! Groß, angesehen und bedeutend hatte ich werden wollen! Ein keltischer Crassus, der Bittsteller königlicher Abstammung empfing! Und Druide, Mittler zwischen Himmel und Erde hatte ich ja auch noch werden wollen! Dabei waren selbst meine Mixturen wortwörtlich zum Kotzen. Alles hatte ich werden wollen, genau wie Cäsar. Und ich schäme mich, es zu sagen, aber ich bewunderte die Schnelligkeit, mit der er Fakten miteinander in Zusammenhang brachte, Strategien entwickelte und in die Tat umsetzte, während seine Umgebung immer noch überlegte und abwägte. Ich glaube, daß die meisten stolz darauf waren, ihm zu dienen. Sogar Kelten. Irgendwie hat doch jeder Mensch das berechtigte Bedürfnis, einmal im Leben auf der Seite des Siegers zu stehen. Und von diesem Lob und Anerkennung zu erhalten!

Ich verabschiedete mich von Wanda und erklärte ihr, daß sie in einigen Tagen mit der zehnten Legion Richtung Nordwesten marschieren würde. Ich hatte mit Aulus Hirtius vereinbart, daß sie mit ihm reiten würde. Er ritt mit dem schweren Gepäck. Das war am besten geschützt. Wir verabschiedeten uns zärtlich. Es wurde ein langer und leidenschaftlicher Abschied. Als ich mich von Wanda löste und mich wieder ankleidete, fragte sie mich, ob sie nicht mitreiten könne. Schließlich würde ich mein linkes Bein brauchen.

V.

Am Tor wartete bereits Cuningunullus. Er hatte einen allobrogischen Krieger bei sich. Etwas abseits wartete der junge, ritterliche Tribun, dem Cäsar eine Lektion erteilen wollte. Er war sichtlich verärgert und schikanierte den Sklaven, der uns mit frischen Reservepferden begleiten würde. Die Leitung hatte ein römischer Offizier. Er hatte den Auftrag, mich zum Oppidum der Häduer zu bringen.

Als wir wenige Stunden später durch die Schluchten des Juras trabten, ritt Wanda an meiner Seite. Sie hatte die Nacht zuvor schlecht geträumt, und eine innere Stimme hatte ihr gesagt, daß sie nicht allein in Genava bleiben solle. Die Zeiten waren so unsicher, daß man nie wußte, ob man jemals zurückkehrte oder ob die Reise einen nicht in eine völlig andere Richtung verschlagen würde. Gegenüber den Göttern waren wir so machtlos wie ein Stück Treibholz im Ozean. Lucia war etwas erschöpft. Nachdem sie über Wochen die stark gewürzten Essensreste in Niger Fabius' Zelten gefressen hatte, war ihr Magen ziemlich verdorben. Deshalb hatte ich sie bäuchlings über meinen Sattel gelegt, nachdem sie ausgiebig Gras gefressen hatte, um endlich den letzten Rest arabischer Kochkunst auszukotzen.

Wir ritten meist schweigend, vorne Cuningunullus mit einem seiner Männer, der sich Dico nannte, in der Mitte ich und Wanda und hinter uns die beiden Römer. Der führende römische Offizier war ein erfahrener Mann aus Cäsars Stab. Er war für das planvolle Vorgehen bei der Ausbeutung der sogenannten barbarischen Wildnis zuständig. Seine sorgfältige und genaue Erfassung der Ressourcen ermöglichte den Beschaffungstrupps das Einholen von Getreide, Grünfutter, Wasser, Brennholz und anderen Gütern.

Wir waren eine bunt gemischte Reisegesellschaft. Während in der vordersten Reihe keltisch gesprochen wurde, unterhielt ich mich mit Wanda in germanischer Sprache, und die wortkargen Römer hinter uns sprachen lateinisch. Der Sklave mit den frischen Pferden wurde von niemandem wahrgenommen. Er war nicht mehr als ein intelligentes und gehorsames Gepäckstück.

An einer Furt überquerten wir den Rhodanus und folgten dann dem rechten Ufer. Wir ritten durch die gespenstischen Schluchten, deren steile Felswände in der anbrechenden Dämmerung immer bedrohlicher wirkten. In dem üppig wuchernden Wurzelwerk, das sich wie endlose Arme aus dem Gestein reckte, glaubten wir manchmal Augen zu erkennen, die uns langsam folgten. Es war, als hätten wir die Anderswelt betreten. Unsere Stimmen wurden wie Schneeflocken weggetragen, widerhallten an den Wänden, kamen zurück und stürzten dann die Schlucht hinunter, bis sie wie entfernte Hilferufe klangen, die niemand mehr erhören mochte.

Unseren beiden Römern wurde das ganze Schauspiel zunehmend unheimlich, aber sie versuchten Würde und Mut zu zeigen. Daß der junge Tribun ständig pinkeln mußte, erheiterte uns natürlich sehr.

Abends saßen wir um ein Lagerfeuer. Der Sklave mahlte Getreide, stellte Brotteig her und buk dann kleine Stücke auf Kohle. Dieses Brot nannten sie Panis militaris. Dazu gab es gallischen Käse, Speck und Posca, eine durstlöschende Mischung aus saurem Wein und Wasser. Den beiden Offizieren schmeckte das Brot überhaupt nicht, und wahrscheinlich hätten sie auch lieber verdünnten Wein als dieses bittere Gesöff getrunken.

»Fuscinus«, herrschte der junge Tribun den Sklaven an, »dein Brot ist zum Kotzen!«

»Panis militaris immer schwarz, Herr«, entgegnete Fuscinus, »so gelernt, Herr.« Fuscinus war ein älterer Bursche, der vermutlich in sehr jungen Jahren in die Sklaverei geraten war. Er hatte die Unterwürfigkeit des Sklaven völlig verinnerlicht. Sein Name »Fuscinus« war die Verkleinerungsform von »der Dunkelhäutige«. Hätte man auf dem Forum Romanum in Rom »Fuscinus« gebrüllt, wären bestimmt Hunderte von Sklaven herbeigestürmt. Er hatte den abgeklärten Blick eines Menschen, der viel erlebt und mittlerweile sein Schicksal akzeptiert hatte. Obwohl er eine unheimlich kräftige Statur hatte, war er gehorsam und unterwürfig wie ein mit äußerster Härte dressierter Hund. Es gibt nämlich sowohl Menschen als auch Hunde, die aus purer Angst gehorchen. Ich weiß nicht, ob Fuscinus jemals in einer Armee gekämpft hat, aber ich wollte ihn nicht danach fragen, denn irgendwie fühlte ich, daß dieser Mensch viel durchlitten hatte.

Der junge Tribun kehrte bei jeder Gelegenheit den stinkreichen Patrizier edelster Abstammung heraus, der nur feinste Speisen gewöhnt war. Obwohl er bloß Ritter war. Ritter konnte in Rom jeder römische Bürger werden, der ein Vermögen von mindestens vierhunderttausend Sesterzen nachweisen konnte.

»Von einem Fuscinus kann man wohl kein Weißbrot erwarten«, spottete der junge Tribun. Der Offizier lächelte müde. Er war schon gegen vierzig und die Flausen der jungen Tribunen gewohnt. Was wußten die schon vom Leben?

»Weißbrot nicht gut, Herr, Schwarzbrot gut für Verdauung…«

»Hört, hört, was dieser kleine iberische Kacker uns zu erzählen hat. Willst du damit sagen, daß sich ganz Rom falsch ernährt?«

»Seit wann besteht Rom nur noch aus Rittern und Patriziern?« fragte der Offizier lustlos.

Die beiden Häduer lachten laut. Offenbar hatten sie den Scherz verstanden. Cuningunullus kramte ein Stück Brot aus seinem Lederbeutel und warf es dem Tribun zu. »Das ist gallisches Brot. Weißbrot. Die Hefe dafür gewinnen wir aus dem Gärschaum des Biers. Deshalb wird das Brot so luftig und hell.«

Der junge Tribun nahm es, naserümpfend und skeptisch, und biß dann leicht angewidert ein Stück ab, als gelte es, einer verwesten Ratte den Kopf abzureißen. Alle beobachteten ihn. Nach einer Weile gab er das Brot an den Offizier weiter. »Das sollten wir für unsere Soldaten einkaufen. Das würde ihnen besser schmecken.«

Der Offizier steckte das Brot in den Mund. »Sehr gut«, sagte er anerkennend und nickte Cuningunullus freundlich zu, »aber unsere Legionäre brauchen das Panis militaris, sonst funktioniert die Verdauung nicht.«

Der Offizier teilte die Wachen ein und legte sich dann in einer dicken Wolldecke schlafen. Der junge Tribun machte es sich in seiner Nähe bequem und sabberte noch viel dummes Zeug, das niemanden interessierte. Ich blieb mit den beiden Häduern, Wanda und dem Sklaven noch einige Stunden am Feuer sitzen.

»Bist du jetzt endlich in Cäsars Dienste eingetreten?« fragte mich Cuningunullus, nachdem er den Weinschlauch weitergereicht hatte.

»Ja, ich werde Cäsar folgen und nicht an den Atlanticus gehen.«

Cuningunullus winkte ab. »Die Helvetier werden nie den Atlanticus erreichen. Überlege doch mal, Druide. Cäsar hat alle Hebel in Bewegung gesetzt, um sechs Legionen zusammenzukriegen, und wenn er die nicht bald einsetzt, werden die sich totlachen in Rom oder ihn beschuldigen, die Republik stürzen zu wollen. Der Mann bringt sich immer selber in Zugzwang, er läßt sich kein Hintertürchen offen. Er ist ein Spieler. Alles oder nichts.«

Ich zuckte bloß die Schultern.

»Was hast du denn gegen Cäsar, Druide?« entgegnete der andere Häduer. »Man darf Cäsar nicht bekämpfen, man muß ihn zum Verbündeten haben. Schau mal, Druide, Cuningunullus und ich waren mittellose Fürstensöhne, niemand nahm uns ernst, in einigen Jahren wären wir so verschuldet gewesen, daß wir uns in die Sklaverei hätten verkaufen müssen.«

»Das ist wahr«, pflichtete Cuningunullus bei. »Bei Cäsar hab ich ein eigenes Kommando, einen anständigen Sold, wir sind an allen Plünderungen beteiligt, und wenn wir unsere Dienstzeit beendet haben, werden wir das römische Bürgerrecht erhalten, und Cäsar wird uns an die Spitze unserer Stämme setzen. Ich frag dich, Druide, sind wir Cäsars Sklaven oder Handlanger? Nein, wir benutzen ihn, um in unserem Volk die Achtung zurückzukriegen, die wir verdienen.«

»Was hätten wir auch davon, uns gegen Cäsar zu stellen?« fragte Dico, der andere Häduer. »Was ist mit den Allobrogern passiert? Sie werden von der römischen Steuerlast schier erdrückt. Sie müssen Hilfstruppen stellen und selber ihren Sold bezahlen. Sie müssen einen großen Teil ihres Getreides abliefern. Sie müssen die römischen Straßen in ihrem Gebiet instand halten, und wer nicht bezahlt, kommt in die Sklaverei. Wir Häduer kennen all diese Nöte nicht. Wenn die Allobroger nur einen einzigen romfreundlichen Kelten hätten, würde Cäsar ihn noch heute zum König machen. Aber die Allobroger sind stur und dumm.«

In den nächsten Tagen ritten wir weiter Richtung Nordwesten. Wir durchquerten das Gebiet der Sequaner. Es sah ein bißchen aus, wie es eben aussieht, wenn ein paar Tage zuvor eine Viertelmillion Menschen mit Vieh und Karren durchgezogen sind. Ziemlich niedergetrampelt. Von einer Anhöhe aus sahen wir die bewaffnete Nachhut des helvetischen Zuges. Sie hatten bereits das Gebiet der Häduer erreicht und näherten sich jetzt dem Arar. Der Fluß würde sie vermutlich eine ganze Weile aufhalten. Sie hatten keinen Mamurra in ihren Reihen.

Wir lagerten auf der Anhöhe und schauten dem entfernten Treiben der Helvetier zu, während Fuscinus eine Mahlzeit zubereitete. Er kochte Getreideschrot mit Wasser und fügte ein bißchen Salz, Zwiebeln, Knoblauch, Kräuter und Gemüse hinzu. Den Brei gab es wenig später mit Feldbohnen und Speck. Die Eier waren unterwegs kaputtgegangen. Lucia durfte den mit Stroh ausgelegten ledernen Eiersack auslecken.

In der Dämmerung wiederholten sich die Gespräche der letzten Abende. Der junge Tribun motzte, der Offizier hörte gelangweilt zu, während die beiden Häduer nicht aufhören konnten, von ihrem glücklichen Alltag in römischen Diensten zu erzählen. Doch immer öfter schielten sie zu Wanda rüber. Mir schienen ihre Blicke immer unverhohlener und begieriger. Es war, als würden sie ihr die Kleider vom Leib reißen. Ich befahl ihr, nicht mehr von meiner Seite zu weichen. Die Zeit vertrieb ich mir mit Bogenschießen, ohne die andern dabei aus den Augen zu lassen. Insgeheim wollte ich die Männer wohl ein bißchen beeindrucken und sie von unbedachten Handlungen abhalten. Das gelang mir auch. Teilweise. Wenigstens an jenem Abend. Auch die beiden Römer und die beiden Häduer wollten ihr Glück mit dem Bogen versuchen. Cuningunullus war erstaunlich gut, aber ich war der Beste. Mein einziger Nachteil war nur, daß ich nicht im Laufen schießen konnte. Ich brauchte dafür einen festen Stand.

Am nächsten Morgen sagte der junge Tribun plötzlich, daß er die Nase voll habe von diesem eintönigen Militärleben, ob es hier in der Nähe nicht eine Stadt gebe, wo man sich ein bißchen amüsieren könne. Er sehne sich nach Thermen, Weibern und Wein.

»In der Wildnis mußt du dir angewöhnen, davon zu träumen, Tribun«, sagte der Offizier.

»Verkaufst du mir deine Sklavin, Druide?« fragte der Tribun ziemlich forsch. Ich schüttelte lächelnd den Kopf.

»Und wenn ich es dir befehle?« Ich schüttelte erneut den Kopf. »Du kannst es mir nicht befehlen, Tribun.«

»Und ob ich das kann«, schrie der Grünschnabel und baute sich vor mir auf. Ich blieb ruhig sitzen.

»Komm her, Sklavin! Wir gehen in den Wald!«

Wanda war verwirrt. Der junge Tribun ließ mir keine Wahl. Ich schaute ihm gelassen in die Augen. »Tribun, es gibt etwas, das noch besser ist als eine germanische Sklavin!«

»Was denn, Druide?«

»Ich kann dir etwas zubereiten, das dich mehr befriedigt als alle Frauen Galliens zusammen. Es ist der Rausch der Götter.«

»Stimmt«, entfuhr es dem Offizier, »Mamurra hat mir davon erzählt. Der Druide kann dir ein Wässerchen mixen, das dich so scharf macht, daß du den Schwanz eines Esels kriegst.«

»Ist das wahr, Druide?«

»Ja, so ist es.«

»Dann fang damit an!« johlte der junge Tribun.

Ich rührte mich nicht von der Stelle.

»Was ist, Druide? Wieso fängst du nicht an?«

»Ich brauche dafür heißes Wasser ...«

Der junge Tribun gab dem Sklaven einen Wink.

»... und ich brauche dafür gewisse ... Kräuter ...«

»Was willst du damit sagen?«

»Ich bin in einer Stunde zurück. Dann werde ich haben, was ich brauche.«

»Du weißt, was auf Desertion steht, Druide!« grinste der junge Tribun.

»Ich bin Cäsars Druide«, antwortete ich. »Meinst du im Ernst, ich würde das Weite suchen, nur weil einer wie du meine Sklavin begehrt?« Ich machte eine kurze Pause und fügte dann hinzu: »Wenn ich wollte, wärst du längst tot! Aber ich habe einen Auftrag aufzuführen. Und den werde ich auch ausführen!«

Ich gab Wanda einen Wink, mir zu folgen. Mit gemischten Gefühlen beobachteten die Männer, wie ich den Lagerplatz verließ. Ich hatte unterwegs häufig Haselsträucher gesehen. Davon würde ich eine Menge brauchen. Die Haselnuß erhöht den Druck des Blutes in den Adern. Aber ich brauchte noch mehr. Kleine rote Beeren. Ihr Saft ist gefährlich. Wenn man sie pflückt, muß man das eine Auge schließen und sie mit der linken Hand abreißen.

»Bist du sicher, daß es funktioniert?« fragte Wanda.

Sie saß auf einem Baumstumpf und beobachtete mich mit tiefen Falten auf der Stirn.

»Klar«, gab ich selbstbewußt zurück, »ich hab's schon mal ausprobiert, das heißt, etwas Ähnliches, nicht ganz vergleichbar, aber doch in der Art…«

Wanda schaute mich sehr skeptisch an.

»Korisios! Wann hast du das ausprobiert? Und mit wem?«

»Sei still, ich muß mich konzentrieren.«

Wanda kraulte Lucia, die sich an ihr Bein schmiegte.

»Siehst du den Felsen dort drüben?«

Wanda nickte.

»Ich werde nachher alleine ins Lager zurückreiten. Eine Stunde später werde ich dann wieder hiersein. Warte hinter diesem Felsen auf mich.«

»Wie du meinst, Herr«, murmelte Wanda. Ihre Zweifel standen ihr deutlich ins Gesicht geschrieben.

Als ich alleine ins Lager zurückritt, waren die Männer sichtlich enttäuscht. Ich tröstete sie damit, daß der Sud besser sei als alles, was sie jemals in ihrem Leben erlebt hätten. Ich schickte die Männer fort, damit ich in Ruhe über der offenen Feuerstelle die geheime Mixtur zubereiten konnte.

Als das Wasser kochte, fügte ich die Zutaten bei, während ich fieberhaft überlegte, ob ich auch die richtige Menge Wasser hatte. Die Druiden hatten es ja leicht. Die hatten immer ihre heiligen Bronzekessel und wußten ganz genau, bis zu welcher Markierung sie Wasser einfüllen mußten, um diese oder jene Rezeptur herzustellen. Aber ich benutzte einen ziemlich verbeulten Römerkessel, in dem kurz zuvor noch Bohnen gekocht worden waren.

Ich rief die Männer herbei und lieh mir den Pugio des jungen Tribuns. Ich steckte den Dolch in die Mitte des Kessels und sagte: »Wenn soviel Wasser verdampft ist, daß die Wasserlinie die Klinge erreicht, nehmt ihr den Kessel vom Feuer und laßt ihn erkalten. Aber nicht vorher. Trinkt davon, soviel ihr wollt. Bei Beginn der Dämmerung wird die Wirkung nachlassen, und auch der Sud, der dann noch im Kessel ist, wird seinen Zauber verloren haben.«

»Und wo gehst du hin?« fragte der junge Tribun streitsüchtig.

»Ich bin dir keine Rechenschaft schuldig, Tribun.«

»Druide«, sagte der Offizier in strengem Ton, »wir sind hier, weil wir einen Auftrag haben. Ich erwarte, daß bei Anbruch der Dämmerung alle wieder einsatzbereit sind. Ich kann keine Wachen brauchen, die vor sich hindösen.«

Ich nickte ihm zu. »Mach dir keine Sorgen. Wenn ihr euch an meine Anweisungen haltet, werdet ihr nicht enttäuscht sein. Ich werde mich jetzt zurückziehen und die Götter bitten, euch zu verwöhnen. Kurz vor Anbruch der Dämmerung werde ich wieder hier sein.«

»Und du bist ganz sicher, daß wir keine Frau begehren werden?« fragte Dico.

»So ist es«, sagte ich.

Dico hatte Mühe, sich das vorzustellen. Er zeigte auf eine Rauchwolke, die von einem sehr kleinen Gehöft kam.

»Im Notfall reiten wir da runter«, lachte Cuningunullus. »Egal was wir tun, man wird es ohnehin den Helvetiern zuschieben.«

Ich ließ mir vom Sklaven aufs Pferd helfen und trabte davon. Ich schaute nicht zurück. Als ich mich eine Meile vom Lager entfernt hatte, drückte ich meinem Pferd die Fersen in die Flanken und galoppierte los. So schnell ich nur konnte.

Den Kessel hatten sie längst vom Feuer genommen. Einmal mehr tunkte der junge Tribun seinen Finger in den Sud. Dann grinste er breit und schöpfte mit seinem Feldbecher von der seltsam riechenden Flüssigkeit. Der Offizier tat das gleiche, dann folgten die beiden Häduer. Und vermutlich waren alle überrascht, wie plötzlich das Feuer in ihre Lenden schoß. Als alle sich bereits stöhnend das Geschlecht rieben und nicht so recht wußten, ob sie die paar Schritte zu ihren Pferden noch schaffen würden, formte der Sklave Fuscinus mit beiden Händen eine Schale, tunkte sie in den Kessel und schlürfte gierig die Flüssigkeit, während er ängstlich das Treiben der anderen beobachtete. Der Offizier rannte stöhnend in den Wald, wo er sich mit dem linken Arm an einer Rotbuche festklammerte, während er sich mit der anderen Hand hastig befriedigte. Die beiden Häduer rannten schweratmend auf ihre Pferde zu. Während Cuningunullus bereits davongaloppierte, sprang Dico mit hochrotem Kopf auf sein Pferd und stürzte auf der anderen Seite wieder hinunter. Er hielt sich schreiend vor Schmerz den Unterleib. Zur selben Zeit packte der Sklave Fuscinus den jungen Tribun von hinten am Nacken. Seine Pranke umschloß ihn wie eine eiserne Halsfessel. Fuscinus drückte den jungen Tribun zu Boden, auf die Knie und stieß ihm von hinten sein Glied in den After. Der junge Tribun schrie wie von Sinnen um Hilfe, schlug wild um sich und erflehte den Beistand diverser Götter. Doch Fuscinus packte die Arme des Tribuns und drückte sie ihm fest auf den Rücken. Der Römer hatte keine Chance, seinem Peiniger zu entkommen. Sein Kopf war nach vorne in die Erde gedrückt. Er konnte sich nicht mehr von der Stelle rühren. Hilflos war er den wuchtigen Rammstößen des kräftigen Sklaven Fuscinus ausgeliefert. Der Tribun weinte hemmungslos. Doch Fuscinus zeigte keine Regung. Es war nicht dieser junge Tribun, den er da schändete, nein, es war die römische Republik, die er erniedrigen wollte. Der Sud hatte ihn in ein wildes Tier verwandelt. Der Offizier kam keuchend aus dem Wald zurück. Er zog den Gladius und wollte damit auf den Sklaven losgehen, doch erneut ging er gequält in die Knie und rieb wie von Sinnen an seinem Geschlecht, um sich von dieser schmerzhaft quälenden Erregung zu befreien. Dico lag regungslos auf dem Rücken, Schaum vor dem Mund. Die Hose hatte er bis zu den Knien hinuntergeschoben. Zwischen seinen Lenden ragte sein erigierter Penis empor wie der Stab eines Centurio. Dico war tot.

Ja, ich war schon sehr unruhig. Zusammen mit Wanda stand ich hinter dem Felsen am Wegrand und wartete. Die Staubwolke, die sich auf uns zubewegte, konnte nichts Gutes bedeuten. Ich bat Wanda, mir auf den Felsen hinaufzuhelfen und mir dann Pfeil und Bogen nachzureichen. Ich bat sie, die Pferde anzubinden.

»Druuuiiiiide!!« Das mußte Cuningunullus sein. Er ritt wie auf Flügeln und näherte sich in mörderischem Galopp. Welch ein Anblick! Cuningunullus war nackt und sein Körper so rot, als leide er unter einem exotischen Ausschlag. Grob riß er die Zügel herum und sprang vom Pferd. Torkelnd kam er auf mich zu, während er in einem fort an seinem Geschlecht rieb.

»Druiiide, wo ist deine Sklavin!!«

Ich bewegte Daumen und Zeigefinger der rechten Hand einen Spalt weit auseinander. Die Sehne schnellte zurück. Der Pfeil schoß durch die Luft und durchbohrte Cuningunullus' Brust nur ein paar Finger unter seinem Torques. Cuningunullus gab keinen Laut von sich. Überrascht griff er mit beiden Händen nach dem Pfeil, der in seinem Körper steckte, und schaute dann hoch. Er sah den Schützen. Er sah mir gerade in die Augen. Er sah gerade noch, wie ein zweiter Pfeil abgeschossen wurde und ihm die linke Hand durchbohrte, die den ersten Pfeil umklammert hielt. Der zweite Pfeil durchbohrte die linke Hand und drang tief in die Brust des Häduers ein. Ich hatte mich kaum bewegt. Ruhig und mit höchster Konzentration legte ich einen dritten Pfeil auf.

»Meinst du nicht, daß es genügt?« fragte Wanda mit überlauter Stimme, als wolle sie die Anspannung von sich abschütteln. Ich ließ die Sehne zurückschnellen. Der dritte Pfeil durchbohrte die rechte Hand des Kelten und heftete auch diese an seinem Brustkorb fest. Cuningunullus fiel auf die Knie, der Kopf kreiste in langsamen Bewegungen, dann kippte er nach vorne und schlug auf dem Boden auf.

»Wieso war der Kerl so rot?«

»Er verträgt das Klima nicht...«

»Korisios!«

»Was weiß ich«, gab ich unwirsch zurück. »Er hatte eine gesteigerte Durchblutung, irgendeine Hitze, die sein Herz in einen Vulkan verwandelte. Der Druide sagte mir, daß diese Mixtur in den Blutadern einen Sturm auslösen würde. Aber was soll diese Fragerei?!«

Wir harrten noch einige Stunden hinter unserem Felsen aus. Dann entschied ich, zu unserem Lagerplatz zurückzukehren. Zuvor rissen wir dem toten Häduer noch die Pfeile aus der Brust und vergruben sie in der Nähe. Auch den Torques nahm ich ihm ab. Ich wollte ihn später den Wassergöttern opfern.

»Was meinst du?« fragte ich Wanda. »Laufen die immer noch mit hochroten Köpfen rum?«

»Wenn's nur der Kopf wäre«, murmelte Wanda. »Aber wer ist hier eigentlich Druide? Du oder ich?«

»Wir sollten jetzt wissen, was sich im Lager abgespielt hat.«

»Du willst doch nicht wirklich in das Lager zurückreiten?«

»Ich muß wissen, was passiert ist!«

»Das kann ich dir sagen!« schrie Wanda. »Die sind wie Wölfe übereinander hergefallen. Und wenigstens einer hat überlebt, der den Römern erzählen wird, daß du ein Mörder und Verräter bist. Siehst du? Du hättest mich gescheiter verkauft und wärst nach Massilia! Jetzt kannst du Kretos deine Schulden nicht mehr zurückbezahlen. Er wird dich suchen. Und die Römer werden dich auch suchen.«

Wanda hatte absolut recht. Ich war noch ein gutes Stück tiefer gesunken! Aber was hätte ich denn tun sollen? Ich bin sicher, daß sie noch in dieser Nacht über Wanda hergefallen wären. Und ich hätte es nicht verhindern können. Keiner hätte mir geholfen!

»Unterhalb unseres Lagerplatzes ist doch eine Schlucht. Wenn wir jetzt auf die andere Seite reiten, können wir von dort aus alles sehen, ohne uns irgendeiner Gefahr auszusetzen. Ich möchte einfach wissen, wie die Stimmung ist. Vielleicht ...«

»Du meinst, man könnte es vielleicht den Helvetiern in die Schuhe schieben?«

»Was heißt hier, in die Schuhe schieben? Es ist durchaus möglich, daß die Römer so was denken.«

Wir ritten also um die Schlucht herum und waren stets darauf gefaßt, daß sich irgendein rot angelaufener Halbnackter mit erigiertem Penis aus den Baumkronen auf uns stürzen würde.

Nach einer Weile fragte mich Wanda: »Korisios, was hast du den Männern eigentlich zusammengebraut?«

»Ich bin noch in der Ausbildung, Wanda«, versuchte ich mich zu verteidigen.

»Aber hast du diese Mixtur schon mal ausprobiert?«

»Ja, schon ... an einem Esel.«

»An einem Esel?!« entfuhr es Wanda.

»Ja, wir nehmen manchmal Tiere. Und da uns Hühner, Hunde und Pferde zu sehr am Herzen liegen, bleiben unter den Vierbeinern eigentlich nur noch die Esel.«

»Und was ist mit dem Esel passiert?«

»Also geschmeckt hat ihm die Tinktur, denn er hat die ganze Tränke leer gesoffen. Sein Glied schwoll ungeheuer an, und das arme Tier wurde immer wilder und heftiger. Rasend vor Wut besprang es die weiblichen Maultiere, bis sie sich mit Tritten und Bissen wehrten. Schließlich mußten wir das arme Tier mit Pfeilen niederstrecken. Ein zu Hilfe gerufener Bauer tötete es mit einem gezielten Axthieb auf die Halsschlagader. Das Blut spritzte nur so in die Höhe. Das war kein Vergleich mit den weißen Ochsen, die wir manchmal opfern. Da gibt's bloß einen kurzen Schwall, und das Tier bricht zusammen. Aber in den Adern dieses Esels tobte ein furchtbares Gewitter, und aus seinem Maul quoll weißer Schaum.«

Wanda schwieg eine Weile. Dann sagte sie: »Und dieses Gebräu hast du den Männern zubereitet?«

»Es gibt nichts Langweiligeres für einen Flötenspieler, als Melodien zu spielen, die andere komponiert haben. Ähnlich ergeht es mir, Wanda. Ich habe versucht, die Kräuter, die das männliche Tier im Mann verstärken, etwas anders zu dosieren.«

»Was heißt das?«

»Das wissen vermutlich nur die Götter. Sie lenken die Hände des Druiden!«

Wanda schenkte mir einen ratlosen Blick. »Ich weiß nicht, was ich hoffen soll. Daß sie alle noch leben oder alle tot sind.«

»Was hätte ich denn tun sollen? Das hab ich für dich getan, Wanda!«

»Du meinst, ich wäre gescheiter in Genava geblieben!«

»Ja, Wanda! Jetzt brauche ich die Hilfe sämtlicher Götter! Wenn sie überleben und zu Cäsar zurückkehren, wird mich der Prokonsul jagen wie einen weißen Tiger und im Zirkus den Bären zum Fraß vorwerfen.«

»Wolltest du nicht ohnehin mal nach Rom?«

»Ja, aber nicht als Tierfutter.«

Als wir die Anhöhe auf der anderen Seite der Schlucht erreicht hatten, war es noch hell. Auf unserem Rastplatz herrschte eine merkwürdige Stille. Für meinen Geschmack war es eher zu ruhig. Der junge Tribun lag auf dem Bauch. Vielleicht war er eingeschlafen. Der Offizier lehnte an einem Baum. Auch er schien vor sich hinzudösen. Plötzlich sah ich, wie sich etwas im Wald bewegte. Es war der Sklave Fuscinus. Er schleppte etwas hinter sich her. Es war Curio, der Häduer. Er zog ihn an einem Bein über den Lagerplatz. Vor dem jungen Tribun ließ er das Bein des Kelten zu Boden fallen, griff ihm unter die Arme und hievte ihn auf den Rücken des Römers. Dann verwischte er mit einem Reitermantel die Schleifspuren. Plötzlich hielt er inne und lauschte. Er war sehr nervös. Er griff nach dem Schwert des toten Kelten und wich langsam in den Wald zurück. Als er auf gleicher Höhe mit dem Offizier war, der gegen den Baum lehnte, schlug er ihm blitzschnell den Kopf ab. Jetzt erst sah ich die Pferde am Waldrand. Sie waren bereits bepackt.

Wanda und ich hatten genug gesehen. Nur der Sklave Fuscinus hatte überlebt. Wir mußten uns dringend eine Geschichte einfallen lassen.

»Das ist doch deine Spezialität«, zischte Wanda und wandte sich herausfordernd von mir ab.

»Wir waren im Wald, Beeren sammeln. Als wir zurückkamen, waren alle tot und der Sklave verschwunden. Das klingt doch plausibel.«

»Und dann?« fragte Wanda skeptisch.

»Na ja, dann sind wir weitergeritten, nach Bibracte. Wir haben schließlich einen Auftrag zu erfüllen.«

»Das klingt zwar alles einleuchtend«, sagte Wanda bedächtig, »aber mit dir, Korisios, wird es bestimmt schiefgehen. Ich glaube langsam … Also ich weiß nicht, ob in dir die Götter wohnen. Manchmal denk ich, du bist lediglich ihr Zeitvertreib.«

Wir ritten also weiter, Richtung Nordwesten. Unser Ziel war Bibracte, die befestigte Hauptstadt der keltischen Häduer. Unterwegs opferte ich Schmuck und Waffen des toten Cuningunullus den Wassergöttern. Und damit es nicht so aussah, als würde ich mich im Grunde genommen nur der kompromittierenden Gegenstände entledigen, warf ich auch noch ein paar Sesterzen dazu. Ungern, muß ich zugeben, aber ich hab's getan. Eigentlich schade, daß man nicht auch seine Schulden opfern kann.

Das Oppidum der Häduer war von beeindruckender Größe. Ähnlich wie beim Oppidum der Tiguriner waren auch hier die Handwerksbetriebe von den Wohnvierteln getrennt. Im Handwerkerviertel hatte man zudem die feuergefährlichen Betriebe an den äußersten Rand verlegt. Die Torwache ließ uns sofort zu Diviciatus bringen. Sein Langhaus lag am Rande des Wohnviertels. Gegenüber befanden sich bereits die Werkstätten der Emailleure und Metallstecher. Auffallend waren die zahlreichen römischen Händler, die sich im Oppidum aufhielten. Einen von ihnen hatte ich bereits in Genava kennengelernt. Es war der römische Ritter Ventidius Bassus, der sich auf den Verkauf von Karren und Getreidemühlen spezialisiert hatte. Er verhandelte gerade mit einer Gruppe von Häduern über den Verkauf eines Karrens und wehrte dabei ständig die zahlreichen Kinderhände ab, die nach irgend etwas grabschen wollten, das in den Ledertaschen seiner schwerbeladenen Lasttiere war. Hunde und kleine Schweine streunten umher, doch Lucia zeigte keinerlei Interesse an ihnen.

Diviciatus war nicht zu Hause. Sein Sklave sagte uns, er sei bei seinem Bruder Dumnorix. Es war ein keltischer Sklave. Vermutlich irgendein armer Tropf, der sich hoffnungslos verschuldet hatte. Bei Schulden hört bei den meisten Menschen der Spaß auf. Nicht nur bei Kretos. Wir ritten durch die Wohnquartiere zurück und nahmen den breiten Weg den Hügel hinauf. Hier oben waren die prächtigsten Langhäuser. Hier wohnte der Romgegner Dumnorix. Vor dem Haus des Dumnorix war eine größere Menschenansammlung, und wie immer, wenn mindestens zwei Kelten beieinanderstanden, wurde heftig gestritten. Unter den Zuschauern erkannte ich auch den römischen Ritter Fufius Cita, Cäsars Getreidelieferant. Er hatte offenbar Cäsars Bitte um Bereitstellung von Getreide vorgetragen und wollte nun über den Preis reden, doch die Häduer waren sich uneins, ob man Cäsar überhaupt Getreide verkaufen sollte. Mitten in diese Diskussion platzten wir herein.

»Fürst Diviciatus! Cäsar schickt dir einen Boten!« schrie der Reiter, der uns vom Tor ab begleitet hatte.

Die Menschenmenge wich etwas auseinander, so daß wir in das Innere des Kreises vorstoßen konnten. Hier stiegen wir ab. Vor dem einen Langhaus stand ein stolzer Kelte, breitbeinig und protzig, mit stolzem Schnurrbart und dickem Torques, aber mit einem freundlichen Schalk im Gesicht. Ihm gegenüber stand Diviciatus, lang und hager, mit tiefen Furchen um den Mund, die Bitterkeit und Schmach verrieten. Ich bemerkte, daß er mich erkannte, aber es ziemte sich für einen Druiden fürstlicher Abstammung nicht, einen gewöhnlichen Kelten zu erkennen. So göttlich unsere Druiden auch sein mögen, in dieser Beziehung sind sie sehr menschlich. Aber was heißt hier menschlich? Gibt es einen Gott, der frei ist von Standesdünkel, Neid und Mißgunst?

»Jetzt schreibt ihm Cäsar sogar Briefe!« spottete der stolze Kelte und baute sich vor Diviciatus auf, während der Druide die Papyrusrolle entrollte. »Ich würde mich schämen, in den Arsch eines Römers zu kriechen...« Die Umstehenden lachten und applaudierten, indem sie sich mit der flachen Hand auf die Schenkel klopften.

»Häduer!« rief Diviciatus in die Runde. »Wer hat den Arvernern die Vorherrschaft über Gallien wieder entrissen? Mein Bruder Dumnorix oder Rom? – Häduer! Wer hat die Anzahl unserer Klientenstämme innerhalb weniger Jahre verdreifacht? Mein Bruder Dumnorix oder Rom? – Bezahlen wir deswegen Tribute wie die Allobroger? Müssen wir uns deswegen einen römischen Statthalter gefallen lassen, der über unsere Sitten und Bräuche entscheidet? Wir sind das angesehenste keltische Volk, und deshalb sucht Cäsar unsere Freundschaft. Es ist die Freundschaft unter gleichen. – Mein Bruder Dumnorix hingegen suchte stets die Freundschaft zu den Helvetiern. Aber was tun die Helvetier? Sie fliehen wie aufgescheuchte Hühner vor den vorrückenden Horden des

Suebenfürsten Ariovist. Sag uns, Dumnorix, sind das deine Freunde?«

Dumnorix war wütend, denn er spürte, daß die Rede seines Bruders ihre Wirkung nicht verfehlte.

»Die Helvetier sind Kelten und opfern denselben Göttern ...«

»Auch die Arverner sind Kelten ... und trachten uns nach dem Leben. Auch die Sequaner sind Kelten und brennen unsere Dörfer nieder!«

»Hat dir Cäsar die Königswürde versprochen?« schrie Dumnorix bebend vor Wut.

»Du wolltest doch König werden, Dumnorix, nicht ich, du und deine Freunde bei den Helvetiern und Sequanern. Was haben uns denn die Helvetier und Sequaner gebracht? – Hört, Häduer, wir haben mit Rom das mächtigste Volk mit den mächtigsten Legionen zum Verbündeten. Mit Rom an unserer Seite wird uns kein Nachbar irgendwelche Zölle oder Dienstbarkeiten streitig machen. Wieso sollen wir uns also Rom zum Feind machen?«

Diviciatus hob triumphierend die Papyrusrolle in die Höhe und schrie: »Cäsar fragt mich, Diviciatus, ob die Helvetier unser Land verwüsten. Wenn ich mich beklage, wird er die Helvetier bestrafen und vernichten. Es liegt in meiner Macht, über das Schicksal der Helvetier zu entscheiden. Ich krieche Rom nicht in den Arsch, Dumnorix – Cäsar bietet mir seine Dienste an! Denn Cäsar nimmt seine Freundschaftspflichten ernst!«

»Die Helvetier sind unsere Freunde, Diviciatus«, erwiderte Dumnorix mit finsterer Miene, »sie haben uns ihre edelsten Kinder, Frauen und Männer als Geiseln gestellt, um ihre friedlichen Absichten zu untermauern. Deshalb wird kein Helvetier unser Land verwüsten. Diviciatus, wenn du also der Meinung bist, daß die Helvetier plündernd durch unser Land ziehen, dann schicke ihnen die abgeschlagenen Köpfe ihrer Geiseln zurück, aber bevor du das tust, Bruder, zeige uns die zerstörten Felder, die gebrandschatzten Höfe und Dörfer, lasse geschändete Frauen ihr Leid klagen! Oder schweige für immer!«

Diviciatus schwieg. Gebannt starrten die Menschen auf den hageren Mann, der in der Mitte des Kreises stand.

»Den Häduern«, begann Diviciatus zögernd, »gebührt die Vorherrschaft unter den Kelten. Jeder Stamm, der geschwächt wird, stärkt unsere Macht. Wenn die Helvetier erst den Atlanticus erreichen, werden sie dort früher oder später die Seevölker unterwerfen und den Handel mit den Britischen Inseln an sich reißen. Nein, Häduer, der Welpe, den ihr heute schützt, ist der Wolf, der morgen eure Schafe reißt.«

Die beiden Brüder stritten noch bis in die frühen Morgenstunden. Sklaven brieten Wildschweine am Spieß, die Fürsten ließen Bier und Wein bringen. Die Argumente wurden immer lauter vorgetragen und notfalls auch mal mit einem Faustschlag untermauert. Und als Dumnorix plötzlich die törichte Idee hatte, jemand habe seine helvetische Frau beleidigt, artete die Diskussion in eine Massenschlägerei aus. Wahrlich ein keltisches Volksfest.

Die Gastfreundschaft des Druiden Diviciatus war nicht gerade legendär. Wir übernachteten deshalb im Gästehaus eines Händlerkonsortiums. Zu später Stunde trafen dort auch Fufius Cita und Ventidius Bassus ein. Sie waren von den widerspenstigen Häduern derart zermürbt, daß sie den Wein gleich unverdünnt tranken. Ihre Sklaven und Troßknechte übernachteten draußen in den Wagen. So hatten sie hier ihre Ruhe, und die Waren waren auch nachts geschützt. Für Fufius Cita war Cäsars Auftrag, seine Legionen in Gallien mit Getreide zu versorgen, natürlich das Geschäft seines Lebens. Jeder Händler, der mit den Legionen Geschäfte machen konnte, kehrte als steinreicher Mann nach Rom zurück. Die beiden Römer tranken Wein und sprachen über Handelsmargen, Zölle, Handelsverbindungen und Schiffsrouten, und jeder hätte genügend

Ideen gehabt, um ganz Gallien über Nacht in einen riesigen Marktplatz zu verwandeln. Fufius Cita schwärmte immerfort von Cenabum. Das lag weiter oben im Norden, im Herzen Galliens.

»Glaubst du denn, daß Cäsar sich auf ein derart großes Abenteuer in Gallien einlassen wird?« fragte Bassus hellhörig.

»So wie Cäsar plant, wird es kein kurzes Abenteuer sein. Cäsar ist dabei, Gallien zu erobern. Nur hat das noch keiner bemerkt. Wenn Cäsar mir sagt, wo er in zwei Monaten Getreide brauchen wird, dann weiß ich, wo die Legionen die nächsten Schlachten schlagen werden. Cenabum liegt im Nordwesten, auf halbem Weg zu den Britischen Inseln. Wer dort eine Handelsstelle eröffnet, wird ein zweiter Crassus.«

»Aber nimm dich vor den Händlern aus Massilia in acht!« warnte Ventidius Bassus. »Überall wo man Geschäfte machen kann, triffst du einen Händler aus Massilia. Diese elenden Griechen! Man hätte ihnen niemals Massilia überlassen dürfen!«

»Wenn Cäsar sich in Gallien behauptet, gehört der gesamte gallische Markt den römischen Händlern. Massilia weiß das. Man munkelt, sie würden sogar Ariovist bestechen, damit er Cäsar aus Gallien rauswirft.«

Wanda war in meinen Armen eingeschlafen. Ich hatte meine Augen geschlossen und fühlte, wie mein Körper schwerer und schwerer wurde. Und irgendwann schlief ich ein, während sich die beiden Händler vermutlich noch bis in die frühen Morgenstunden Schauermärchen über Ariovist und Massilia erzählten. Ja, ich habe gehört, wie einer sagte, daß die Bürger von Massilia nach dem Sieg des Marius ihre Felder mit den Leichen der Germanen und Kelten gedüngt hätten. Und deshalb sei der Wein aus Massilia noch heute so rot wie das Blut ihrer Feinde.

Bibracte war kein angenehmer Fleck. Die erbitterte Feindschaft zwischen den romfeindlichen und romfreundlichen Kräften schien selbst die Flechtwerkmauern und

Eichenpfosten zu durchdringen. Die romfreundlichen Häduer kauften ihre Töpferware selbstverständlich nur bei einem romfreundlichen Töpfer, während der romfeindliche Häduer sein Faß nur beim romfeindlichen Böttcher kaufte. Lag am Morgen ein Schwein mit aufgeschlitzter Gurgel in seinem Blut, konnte man davon ausgehen, daß in der nächsten Nacht ein Langhaus der Gegenseite in Flammen aufgehen würde. Entsprechend parteiisch war auch die Rechtsprechung. Einzelne Sippen zogen es mit der Zeit vor, Bibracte zu verlassen. So auch Wanda und ich. Diviciatus diktierte mir seine Antwort an Cäsar in keltischer Sprache auf eine Papyrusrolle und signierte den Text mit seinem Rollsiegel. Der Papyrus wurde zusammengerollt und mit rotem Siegellack verschlossen. Auf dem Markt kauften wir luftiges Weißbrot, geräucherte Schweinswürste und einen Schlauch Wein. Bei einem Glasverarbeiter sahen wir einen verlockend schönen Armreif aus blauem Glas, das in unregelmäßigen Abständen leuchtende Kreise aufwies. Er gefiel mir sehr, aber es hätte bestimmt kein Glück gebracht. Der Handwerker erklärte uns, daß er die Leuchtfarben mit dem Einschluß von oxidierten Metallen erreiche. Kobalt ergab Blau, Kupfer Grün, Blei Gelb und Eisen Rotbraun. Als ich nach dem Preis fragte, wollte der Handwerker wissen, ob ich bei Dumnorix oder Diviciatus übernachtet hätte. Offenbar würde das den Preis bestimmen. Von diesem Augenblick an hatte ich überhaupt keine Lust mehr, in diesem Oppidum irgend etwas zu kaufen. Konnte irgend etwas Glück bringen, das auf diesem Boden hergestellt worden war?

Wir ritten wieder zurück, südwärts, und machten jeweils ausgiebig Rast, wenn wir hungrig waren oder einen schönen Flecken entdeckten, der von der Frühlingssonne erwärmt wurde und Liebende dazu einlud, sich dort niederzulassen und in die Arme zu nehmen.

Am übernächsten Tag erblickten wir in der Ferne eine Staubwolke, die auf ungefähr ein Dutzend Reiter schließen ließ. Wir verließen sofort die Straße und versteckten uns abseits des Weges. Ein Dutzend Reiter bedeutete meist Ärger. Man traf in dieser Gegend überall auf Krieger, die von ihren Stämmen verstoßen worden waren und nun in kleinen Gruppen Reisende und abgelegene Gehöfte überfielen. Dieser Arvernerfürst Vercingetorix soll auch mal dazugehört haben. Doch diesmal waren es Helvetier, die johlend über die Ebene preschten, während sie von römischen Kundschaftern verfolgt wurden. Kurz vor der Stelle, an der wir die Straße verlassen hatten, teilten sich die helvetischen Reiter in drei Gruppen. Während die eine Gruppe etwas verlangsamt weiterritt, bogen die anderen beiden mit einer scharfen Wendung nach links und rechts und preschten plötzlich in die Flanken der siegessicheren Verfolger. Nun kehrte auch die vordere Gruppe um und ritt frontal auf die verwirrten römischen Reiter zu, die plötzlich von drei Seiten angegriffen und niedergehauen wurden. Im Kampf Reiter gegen Reiter hatten die Römer nicht die geringste Chance. Ihre Köpfe flogen weich wie Kürbisse von den Schultern. Die jungen keltischen Reiter sprangen von ihren Pferden, traten die Reiterhelme von den abgetrennten Köpfen und versuchten diese an ihren Pferden festzubinden. Doch die meisten Legionäre trugen das Haar zu kurz. Erzürnt warfen die jungen Kelten die Köpfe in einen Leinensack, fledderten die Leichen und verschwanden johlend und kreischend, wie sie gekommen waren, mit den erbeuteten Pferden.

Wenn Cäsar seine Meldereiter bereits so weit in den Norden hinaufschickte, konnte dies nur bedeuten, daß er plante, bis hierher vorzustoßen. Daß die Helvetier jemals den Atlanticus erreichen würden, hielt ich mittlerweile für ausgeschlossen. Nach dem Besuch in Bibracte gab es für mich nicht mehr den geringsten Zweifel. Denn so wie in Bibracte sah es im Grunde genommen in allen keltischen Oppida aus. Zerstrittene Grüppchen von rivalisierenden und intrigierenden Adligen, denen die Niederlage des keltischen Widersachers in den eigenen Reihen wichtiger war als der Sieg des ganzen Volkes. Jeder kämpfte gegen jeden. Gegen diese bestens organisierte Militärmaschine von durchtrainierten Berufssoldaten, die dank hervorragender Planung und Versorgung über Jahre permanent Krieg führen konnten, hatten wir keltischen Saisonniers nicht die geringste Chance. Hatten die Helvetier drei Jahre gebraucht, um den Auszug an den Atlanticus vorzubereiten, genügten Cäsar bereits wenige Wochen, um die Versorgung seiner rasch anrückenden Legionäre sicherzustellen. Und in jedem keltischen Stamm würde Cäsar einen willigen Adligen finden, der ihn bereitwillig unterstützte, wenn Cäsar ihm nur seine Legionen lieh, damit er seinem Bruder, Rivalen oder Nachbarn eins auswischen konnte.

»Was willst du also tun, Herr?« fragte Wanda, nachdem sie sich meine ausführlichen Überlegungen angehört hatte.

»Frag lieber die Götter«, gab ich ratlos zurück.

»Deshalb frag ich dich ja. Die Götter wohnen doch in dir.« Wanda hatte so eine trockene Art, Gehörtes ad absurdum zu führen. Sie machte sich selten über etwas lustig. Nein, sie nahm es ernst und führte es ad absurdum.

»Jaja«, sagte ich, »die Götter wohnen in mir, aber sie gönnen sich gerade eine Pause.«

»Ich denke nicht, daß sich die römischen Spähtrupps auch eine Pause gönnen werden. Ich bin überzeugt, daß es hier nur so von Römern wimmelt.«

»Wir reiten zu Cäsar«, sagte ich. »Ich halte die Antwort von Diviciatus in Händen und reite damit zu Cäsar.«

»Sie werden dich ans Kreuz schlagen!«

»Wieso?« gab ich scheinheilig zurück. »Meinst du im Ernst, ich würde zu Cäsar zurückreiten, wenn ich auch nur das geringste mit diesem bedauerlichen Zwischenfall auf dem Rastplatz zu tun hätte? Daß ich Diviciatus' Antwort zurückbringe, beweist doch nur meine Treue.«

»Das leuchtet allerdings ein«, schmunzelte Wanda. »Mir scheint, die Götter in dir sind wieder aufgewacht.«

Wir ritten also weiter, Richtung Süden.

Als wir nach einigen Tagen an den Arar gelangten, sahen wir, daß auch die Helvetier mittlerweile die Gegend erreicht hatten. Mit all ihren Karren und Ochsen kamen sie nur langsam voran. Der beschwerliche Umweg hatte große Opfer gekostet; viele zertrümmerte Wagen und zerfetzte Lasttiere waren in den Schluchten zurückgeblieben, die sie endlich hinter sich gelassen hatten. Da die Dämmerung anbrach, befahlen die Adligen das Überqueren des Flusses einzustellen und hier ein Lager aufzuschlagen. Drei Viertel der Helvetier waren bereits am anderen Ufer des Arar. Diesseits des Ufers waren nur noch Tiguriner, rund achtzehntausend Männer, Frauen, Kinder und Alte. Sie wollten morgen früh mit Flößen und zusammengebundenen Kähnen übersetzen. Trotz der Verzögerung in Genava und dem anstrengenden Umweg waren die Tiguriner frohen Mutes. Da sie sich Cäsars Verbot, die römische Provinz zu durchqueren, gefügt hatten, mußten sie nicht mehr mit weiteren Schwierigkeiten rechnen. Geschweige denn mit Krieg. Wie wir im Lager erfuhren, hatten die Helvetier mit den Sequanern und Häduern tatsächlich Geiseln für die Dauer ihres Durchzuges ausgetauscht. Es verstand sich von selbst, daß kein Helvetier das Leben einer helvetischen Geisel gefährden würde, indem er plünderte, irgendwelche Güter verwüstete oder sich in einer anderen Art rüde verhielt. Aber es ist wohl jedem klar, daß eine Völkerwanderung andere Spuren hinterläßt als eine Horde Wildschweine. Ich erkundigte mich nach Divico, Nammejus und Verucloetius, doch sie waren alle bereits am anderen Ufer. Die Tiguriner richteten sich für die Nacht ein. Es wurden praktisch keine Wachen aufgestellt. Weit und breit war keine römische Legion, und man wollte ja bereits in den frühen Morgenstunden über den Fluß setzen. Doch während der vierten Nachtwache, es wurde bereits hell, hörte ich plötzlich vereinzelte laute Rufe. Ich richtete mich auf und horchte. Ich überlegte gerade, ob sich ein paar Betrunkene in die Haare geraten waren, als ich plötzlich, ganz leise, das metallische Scheuern von Kettenhemden hörte, zuerst nur schwach, mal hier, mal dort, doch plötzlich fügten sich die einzelnen Geräusche zu einer mächtigen Klangmauer zusammen, die unaufhörlich auf uns zumarschierte.

»Wanda!« schrie ich. »Die Legionen kommen! Hol die Pferde!«

Wanda sprang sofort hoch und eilte zu den Pferden. Das Lager war jetzt hellwach. Flöße wurden plätschernd ins Wasser gestoßen, übermüdete Kinder stänkerten lauthals und trotzten ihren zu Tode erschrockenen Müttern, die in aller Eile Decken und Geschirr auf die Ochsenkarren luden. Wanda half mir auf das Pferd, das nervös zu tänzeln begann. Im Licht der aufgehenden Sonne erkannten wir allmählich die endlosen Reihen römischer Legionäre, die sich über die Hügel unserem Lager näherten. Es schien so, als hätte ein Gott den kahlen Hügel plötzlich mit einem silbernen Pelz überzogen. Doch jedes einzelne Haar war ein Pilum, und jedes einzelne Pilum wurde von einem römischen Legionär getragen. Im Laufschritt kamen sie in geordneten Reihen auf uns zugerannt. »Pila deorsum!!« hörten wir rauhe Männerstimmen brüllen, und die Legionäre in den vordersten Reihen schleuderten ihre Pila auf uns, während sich die heranstürmenden römischen Linien beim Erschallen von kräftigen Tubenklängen zu verwirrenden Rechtecken und Keilen formten. Pila bohrten ihre biegsamen Spitzen in die Erde, durchbohrten Leiber von fliehenden Frauen, kreischenden Kindern, trotzig am Boden verharrenden Alten und Kriegern, die sich mit halbnacktem Körper dem Feind entgegenstellten. Flucht war sinnlos. Wir waren bereits eingekesselt. In rechteckigen Formationen walzten uns die römischen Legionäre nieder. Dort wo keltische Krieger Schild an Schild standen, verwandelten sich die römischen Formationen mit spielerischer Eleganz in einen spitzen Keil, der gleich einem

Rammbock unsere Schildewand aufbrach. Wer der Umkreisung entfliehen konnte, wurde sogleich von der römischen Reiterei verfolgt und von hinten niedergehauen. Es waren kleine berittene Auxiliartruppen, meist keltische Allobroger, Arverner und Häduer, die speziell für diese Aufgabe abkommandiert worden waren. Sie kämpften für Cäsar. Man brauchte nicht den Flug der Elster zu deuten, um zu wissen, daß Cäsar die vollständige Vernichtung angeordnet hatte. Es ging nicht darum, jemanden aufzuhalten oder zu besiegen, nein, Cäsar wollte alle diese achtzehntausend Tiguriner niedermetzeln. »Accelerate! Accelerate!« Von überall her schallte der anspornende Ruf der Centurionen über das Schlachtfeld.

Plötzlich ergriff ich das goldene Rad unseres Sonnengottes Taranis, das an meinem Hals hing, und schrie, so laut ich konnte: »Onkel Celtillus!!!« Wanda nickte mir ungeduldig zu. Wir gaben unseren Pferden die Fersen und ritten so schnell wir konnten das Ufer hinauf, während uns Pila und steinerne Fluggeschosse um die Ohren flogen. Parallel zu uns ritten ein Dutzend Auxiliarreiter. Sie verfolgten ein paar Tiguriner, die sich in den Wald retten wollten. Das war unser Glück. Nein, das hätte unser Glück sein können. Denn plötzlich lösten sich vier Reiter aus der Staffel und kamen direkt auf uns zu. Zwei ließen sich leicht zurückfallen, vermutlich allobrogische Kelten, und ritten nun dicht hinter uns, während die anderen beiden versuchten, uns den Weg abzuschneiden und uns zum Fluß hinunterzutreiben. Ich weiß nicht, was in mich fuhr, aber plötzlich zog ich die versiegelte Papyrusrolle, die ich unter meiner Tunika trug, hervor und schwenkte sie wie wild. »Ave Cäsar«, brüllte ich, so laut ich konnte. Ich weiß, es ist peinlich, und noch beschämender, wenn man es erzählt, aber ich brüllte tatsächlich: »Ave Cäsar!«

Der eine Reiter, der nun fast auf gleicher Höhe war mit mir, schrie: »Wer bist du?« Es war der junge Arverner Vercingetorix. Er ritt zusammen mit seinen ebenfalls verstoßenen Stammesangehörigen für Cäsar. Ich zeigte ihm das goldene Amulett mit dem Ebergott, das an meinem Gurt baumelte.

»Ich bin Korisios, Cäsars Druide, ich bin ein Freund von Labienus und ein Freund des Primipilus der zehnten und ein Freund ...«

»Dann halte deinen Gaul an, Druide!« lachte Vercingetorix. Er hatte mich endlich erkannt. Zögernd nahm ich das Pferd etwas zurück und ließ die Reiter hinter mir aufschließen. Von der Seite nahte leichte numidische Kavallerie.

»Bringt mich sofort zu Cäsar«, herrschte ich die Arverner wütend an. Ich hatte die Erfahrung gemacht, daß die meisten Leute bedingungslos gehorchen, wenn man sie nur ordentlich anfährt.

»Bist du nicht der Druide, der mit Cuningunullus und Dico geritten ist?« fragte einer von Vercingetorix' Männern.

Ich nickte. Der Arverner schwieg, aber es war deutlich zu sehen, daß er irgend etwas über den Verbleib von Cuningunullus und Dico wußte. Mir wurde kotzübel vor Angst. Ich spürte wieder das unsichtbare Kettenhemd, das meine Muskeln steif und hart werden ließ. An eine Flucht war nicht mehr zu denken. Die Reiter eskortierten mich und Wanda. In einem riesigen Bogen ritten wir um das Lager der Tiguriner herum, während unten am Fluß alles niedergemacht wurde. Wenigstens hatte ich überlebt. Aber hatte ich überlebt, um am Kreuz zu enden?

Ich warf Vercingetorix einen kurzen Blick zu. Er schien das Kriegshandwerk gewohnt. Amüsiert beobachtete er das Vorgehen der römischen Legionen. Zwischendurch schaute er immer wieder zu mir rüber.

»Wieso kämpfst du für Cäsar, Vercingetorix?« fragte ich den Arverner, um das quälende Schweigen zu brechen.

Vercingetorix grinste. »Es gefällt mir und meinen Männern nicht schlecht in Cäsars Kavallerie. Vorher waren wir Straßenräuber, Ausgestoßene – jetzt werden wir dafür bezahlt.«

Er und seine Männer lachten laut.

»Aber ich wollte dich was fragen, Druide: Du hast mir damals prophezeit, daß ich eines Tages nach Gergovia zurückkehren werde. Aber du hast mir nicht gesagt, wann.« Vercingetorix lachte. »Weißt du, ich und meine Männer, wir können es kaum erwarten, nach Gergovia zurückzukehren und meinem Onkel Gobannitio zu fragen, wieso mein Vater so früh in die Anderswelt mußte.«

Ich erinnerte mich schwach an die Begegnung mit dem großgewachsenen Arverner. Ich hatte damals ein etwas größeres Problem gehabt.

»Was hat dir Cäsar versprochen? Die Königskrone der Arverner?«

»Was kümmert einen König, wer ihn dazu gemacht hat?« schrie einer der Arverner. Sie waren jung und unbekümmert, liebten die Gefahr und den Kampf.

»Druide«, hakte Vercingetorix nochmals nach, »du beantwortest meine Frage nicht?«

»Du hörst die Antwort nicht, Vercingetorix, das ist alles.«

Vercingetorix übergab mich einer Gruppe von Römern und Allobrogern und ritt mit seinen Männern wieder zum Fluß hinunter.

Cäsars Zelt war auf einer Anhöhe aufgeschlagen worden. Von hier aus konnte man das ganze Schlachtfeld überblicken. Ständig kamen und gingen Meldereiter und übermittelten die momentanen Standorte der einzelnen Truppenteile. Wir standen einen Steinwurf weit entfernt und warteten darauf, daß einer unserer Eskorte bei Cäsar vorsprechen konnte.

Plötzlich hörte ich eine schwache Stimme meinen Namen rufen. »Druide …«

Meine allobrogische und römische Eskorte starrte gebannt auf das Schlachtfeld.

»Druide …« Die Stimme klang leidend, ja flehend. Das konnte nicht die Stimme der Götter sein. Wanda hatte sich umgedreht und blickte mich nun mit offenem Mund an. Der Schrecken stand ihr ins Gesicht geschrieben. Ich drehte mich ebenfalls um. Hinter mir war ein mächtiges Kreuz in die Erde gerammt. Und an dieses Kreuz war ein dunkelhäutiger, nackter Mann genagelt: Fuscinus.

Auch das noch. »Was macht Fuscinus da oben?« fragte ich etwas ungeschickt. Es war wirklich nicht meine Absicht, etwas Komisches zu sagen. Doch der Allobroger muß es mißverstanden haben.

»Fuscinus bewundert den Sternenhimmel«, antwortete er trocken.

Die nächsten Augenblicke verstrichen zähflüssig wie tropfendes Harz. Was sollte ich erzählen? Der chronologische Ablauf war mir entfallen. Das ist das Problem von allen Lügenkonstruktionen. Fuscinus röchelte wieder sein flehentliches »Druiiide ...«

Von allen Todesarten ist die Kreuzigung wohl eine der gräßlichsten. Deshalb bleibt sie entflohenen Sklaven und Verbrechern vorbehalten. Ich konnte nur hoffen, daß man mich enthaupten würde. Und Wanda und Lucia? Wanda würde man natürlich kreuzigen. Und Lucia wohl ersäufen. Tief bewegt griff ich erneut nach dem goldenen Rad an meiner Halskette. Ich schwor den Göttern, nie mehr in meinem Leben von meinen bescheidenen druidischen Kenntnissen Gebrauch zu machen. Ich begehrte auch nicht mehr die Aufnahme in die erlesene Gemeinschaft der Druiden. Ich versprach, das Göttliche nie mehr mit meinen Experimenten zu beschmutzen. »Taranis, Gott der Sonne, gib mir Kraft und Erleuchtung«, flehte ich mit zusammengepreßten Lippen, »Belenus, Gott und Heiler, Herrscher über das Licht, zeige mir einen Ausweg, Artio, Göttin des Waldes ...« Von mir aus konnte sie als Bärin erscheinen und mich entführen. »Camulus, Gott des Krieges, laß die Tiguriner wieder auferstehen und dieses römische Heerlager dem Erdboden gleichmachen, Cernunnos, Herr der Tiere, verleihe meinem Pferd Flügel, Epona ...« Nein, nicht schon wieder die Göttin Epona. »Sucellus, schleudere deinen Hammer auf diese römischen Legionen, und beim Teutates, regt euch endlich und tut eure Arbeit!« In meiner Verzweiflung griff ich sogar zu der goldenen Eberfigur, die an meinem Gurt baumelte. Ich brauchte jede erdenkliche Hilfe. Und zwar dringend.

»Korisios!« Aulus Hirtius trat aus dem Zelt und bat mich freundlich herein. Ich und Wanda stiegen von unseren Pferden und folgten Aulus Hirtius. Im Zelt standen bereits Gaius Oppius und Julius Cäsar über eine Karte gebeugt. Beide blickten hoch und musterten mich kühl. Am liebsten wäre ich im Erdboden versunken. Ich reichte Cäsar sofort die Papyrusrolle, die mir Diviciatus diktiert und übergeben hatte.

»Hier, Prokonsul, die Antwort des Druiden Diviciatus. Wir sind so schnell geritten, wie wir konnten. Aber die Gegend ist gefährlich, ich mußte oft marodierenden Banden ausweichen.«

Alle schienen über meine hastig vorgetragenen Worte überrascht zu sein. Nur Aulus Hirtus lächelte breit. Er schien sich darüber zu freuen.

»Hab ich euch nicht gesagt, daß wir Korisios trauen können?« Aulus Hirtius wandte sich an mich: »Wir haben den Sklaven Fuscinus auf der Flucht erwischt. Er hat uns erzählt, daß ihr von marodierenden helvetischen Reitern überfallen worden seid. Wir dachten, ihr seid alle tot.«

»Das ist wahr«, log ich. »Wir wurden von einer Handvoll junger Reiter überfallen. Aber wieso habt ihr Fuscinus gekreuzigt?«

Gaius Oppius grinste breit. »Er ritt in die falsche Richtung.«

»Mit dem Pugio des jungen Tribuns«, fügte Aulus Hirtius hinzu.

»Fuscinus ist vermutlich während des Überfalls geflohen, genau wie ich«, versuchte ich Fuscinus zu helfen.

»Und wie kommt ein Sklave an einen Offiziersdolch?«

»Ich weiß es nicht. Hat denn keiner überlebt?« fragte ich so gelassen wie möglich.

Cäsar und die anderen beiden wechselten einen kurzen Blick. Gaius Oppius ergriff das Wort: »Sie lagen alle nackt in einer Schlucht. Der Legionsarzt sagt, daß der junge Tribun zuvor noch aufs grausamste geschändet worden sei.«

»Der frühe Tod erspart mancher Familie große Schande«, bemerkte Cäsar kühl. »Ich denke nicht, daß der junge Tribun zu etwas taugte. Er war parfümiert wie eine Hure und dachte nur ans Fressen. Um den Offizier des Beschaffungstrupps tut es mir allerdings leid. Er dachte auch nur ans Fressen. Aber das war seine Aufgabe.« Cäsar hielt die Papyrusrolle von Diviciatus lächelnd in der Hand und überflog zufrieden den Text. Dann reichte er die Rolle Aulus Hirtius. »Ich will fünfzig Abschriften davon. Boten sollen sie morgen früh nach Rom bringen. Die ganze Republik soll erfahren, daß unser Bündnispartner Rom um Hilfe gebeten hat!« Er wandte sich an mich und zeigte mit dem Finger auf einen Stuhl. Ich sollte offenbar weiterschreiben, obwohl die Schlacht gar noch nicht beendet war. Aber in Gedanken hatte er sie bereits gewonnen und den nächsten Schachzug geplant. Cäsar diktierte:

»Kapitel 12. Als nun Cäsar durch seine Kundschafter erfuhr, daß drei Viertel der helvetischen Scharen den Fluß bereits überschritten hätten, ungefähr der vierte Teil sich aber noch auf dem diesseitigen Ufer befände, brach er während der dritten Nachtwache (Mitternacht) mit drei Legionen aus dem Lager auf und gelangte zu dem Teil, der noch nicht über den Fluß gegangen war. Diesen nun griff er an, da sie kampfunfähig und ahnungslos waren, und hieb einen großen Teil nieder.«

Cäsar hielt einen Augenblick inne und wandte sich dann an Aulus Hirtius.

»Davor fügen wir nun ein Kapitel 11 ein, das das Hilfegesuch der Häduer betrifft.« Aulus Hirtius nickte kurz und setzte die Feder an. Cäsar blieb hinter seinem Rücken stehen und diktierte:

»Kapitel 11. Die Helvetier hatten ihre Scharen bereits durch den Engpaß und das Gebiet der Sequaner geführt, waren in das Land der Häduer gekommen und verheerten nun deren Felder.«

Aulus Hirtius hielt kurz inne: »Cäsar, aber auf den Feldern wächst noch kein Getreide ...«

»Ja und?« entgegnete Cäsar unwirsch. »Hab ich dich darum gebeten, ein genaues Datum zu nennen oder auf diesen Umstand aufmerksam zu machen? Wen kümmert das in Rom? Schreib, was ich dir diktiere, Aulus Hirtius.« Und Cäsar diktierte weiter:

»... waren in das Land der Häduer gekommen und verheerten nun deren Felder. Die Häduer, nicht in der Lage, sich und ihre Habe gegen sie zu verteidigen, schickten Gesandte an Cäsar und baten um Hilfe. Sie hatten sich jederzeit um das römische Volk so große Verdienste erworben, daß man wahrlich nicht ruhig zusehen sollte, wenn beinahe vor den Augen unseres Heeres ihre Äcker verwüstet, ihre Kinder in die Sklaverei geführt, ihre Städte erobert würden.«

Wir hörten, daß sich Reiter in strengem Galopp näherten. Vor dem Zelt hielten sie an und sprangen von den Pferden. Ein Meldereiter betrat das Zelt und reckte die ausgestreckte Hand in die Höhe: »Heil dir, Cäsar! Unsere siegreichen Soldaten haben die Tiguriner vernichtet. Einigen wenigen ist die Flucht in den nahen Wald gelungen. Die Soldaten fragen ihre Centurionen, ob du ihnen die Plünderung erlaubst.«

»Durchkämmt die Wälder. Kein Tiguriner soll diesen Tag überleben. Danach sollen die Centurionen ihren Männern die Plünderung erlauben.«

Der Meldereiter verneigte sich kurz vor Cäsar. »So sei es, Cäsar.« Eilig verließ er das Zelt, und wir hörten, wie er davongaloppierte. Cäsar zeigte kurz auf mich und fuhr mit dem Diktat fort: »Fortsetzung Kapitel 12: Die übrigen suchten ihr Heil in der Flucht und verbargen sich in den nächsten Wäldern. Es waren dies die Bewohner des Tigurinergaues, denn das ganze helvetische Volk …«

Cäsar unterbrach und sprach mich direkt an: »Wie viele Gaue haben die Helvetier?«

»Vier«, antwortete ich.

»Also«, fuhr Cäsar fort, »denn das ganze helvetische Volk ist in vier Gaue geteilt. Gerade dieser Stamm hatte zur Zeit unserer Väter seine Heimat verlassen, den Konsul Lucius Crassus getötet und dessen Heer unter das Joch geschickt. So sollte denn, sei es durch Zufall oder nach dem Ratschluß der unsterblichen Götter, gerade jener Teil des helvetischen Volkes, der den Römern einst eine so empfindliche Niederlage beigebracht hatte, zuerst dafür seine Strafe empfangen. Dabei rächte Cäsar eine Unbill, die nicht allein den Staat, sondern auch seine Person berührte, da die Tiguriner den Legaten Lucius Piso, den Großvater seines Schwiegervaters Lucius Piso, in derselben Schlacht, in der Cassius fiel, getötet hatten.«

Cäsar schaute kurz in die Runde, ernst und nachdenklich. Wir erwiderten achtungsvoll seinen Blick. Plötzlich hellte sich seine Miene auf, und er grinste entspannt über das ganze Gesicht.

»Sag mir, Druide, wieso bist du eigentlich zu mir zurückgekehrt?«

»Wieso hätte ich das nicht tun sollen?« antwortete ich scheinheilig. »Hast du die Kelten schon gezählt, die jeden Tag für dich ausreiten und wieder zurückkehren?«

Cäsar lächelte. »Du bist anders, Druide, und du weißt das. Wozu soll ich dich also mit anderen Kelten vergleichen?«

Er fixierte mich dabei eindringlich, nicht böse, aber auch nicht sonderlich freundlich, einfach so, als wolle er in meinen Augen lesen oder prüfen, ob ich seinem Blick standhalten konnte. Das war natürlich lächerlich. Ich stellte mir einfach vor, daß Onkel Celtillus im Zelt war und die Prüfung beobachtete. Und ich bestand sie. Cäsar quittierte es mit einem freundlichen Lächeln.

»Kannst du auch Träume deuten, Druide?« fragte er ruhig.

»Manchmal.«

»Kannst du die Zukunft vorhersagen?«

»Ich weiß, daß kein Helvetier jemals den Atlanticus sehen wird.«

Cäsar schien überrascht. Er mußte über alle Maßen abergläubisch sein. Aber Herkunft und Stellung verbaten ihm, den Aussagen eines jungen Kelten, der nicht einmal adliger Abstammung war, irgendwelche Bedeutung beizumessen. Oder es gar zu zeigen. Andererseits hatte ich ihm etwas prophezeit, was er in seinem Innersten erhoffte. Und selbst Menschen, die sich nichts aus Prophezeiungen machen, hören gerne, wenn man ihnen Gutes prophezeit. Sie kommen dann immer wieder und wollen mehr hören, obwohl sie weiterhin beteuern, sich nichts aus Prophezeiungen zu machen. Cäsar befand sich mit einem römischen Heer in der Wildnis. Er hatte keine Ahnung, was ihn hier wirklich erwartete, wie stark die keltischen Truppen tatsächlich waren. Daß nun ein Kelte, der Land und Leute genau kannte, diese Prophezeiung machte, erfüllte ihn mit Zuversicht. Denn selbst wenn diese Prophezeiung jeglicher göttlichen Eingebung entbehrt hätte, so war sie doch zumindest die Einschätzung eines Druiden. Cäsar wandte sich an Aulus Hirtius: »Erstelle eine Liste aller umliegenden Stämme, und nimm sie in Kapitel elf auf. Auch sie sollen Cäsar um Hilfe gebeten haben. Es sind die gallischen Stämme, die Cäsar herbeirufen und ihn zum Richter machen.«

Dann wandte er sich an mich: »Druide, wir werden jetzt eine Brücke über den Arar schlagen und die Helvetier einholen. Wie werden sie sich verhalten?«

»Sie werden Gesandte zu dir schicken, Cäsar.«

Cäsar nickte. »Du sollst das Gespräch mit den Gesandten übersetzen und anschließend das dreizehnte Kapitel schreiben. Ruh dich jetzt aus.«

Als ich mit Wanda gehen wollte, fragte er mich, ob ich noch einen Wunsch habe.

»Ja«, entgegnete ich, »schenk mir das Leben des Sklaven Fuscinus.«

»Fuscinus?«

Ich nickte.

»Wieso willst du ausgerechnet den Kopf von Fuscinus retten?«

»Wenn Fuscinus mir das Leben verdankt, wird er mir ewig treu sein.«

Cäsar überlegte kurz, dann gab er den Befehl, den Sklaven Fuscinus sofort zu töten. »Merke dir, Druide, du solltest dich nie für jemanden einsetzen, der sich gegen Cäsar gewandt hat.«

Als ich Cäsars Zelt verließ, hing Fuscinus immer noch am Kreuz. Aber er schwieg. Drei Pilen hatten seine Brust durchbohrt.

Einer von Cäsars Burschen führte uns zu unserem Zelt, das die Sklaven der Schreibkanzlei bereits aufgeschlagen und hergerichtet hatten. Der Boden war mit sauberem Stroh und Fellen ausgelegt. Erschöpft legten wir uns nieder. Lucia beschnupperte das Inventar.

»Jetzt sind wir wieder zu Hause«, lächelte ich verlegen und legte meinen Arm um Wandas Hüfte.

»Ja, Herr«, schmunzelte Wanda.

Vor unserem Zelt tauchte plötzlich die Silhouette eines großen Menschen auf. Während das lederne Dach lichtundurchlässig war, waren die Wände eines Offizierszeltes aus hellem Leinen, welches Licht durchließ. Aber wer war der Kerl, der da um unser Zelt herumschlich und die Figur eines germanischen Gladiators hatte. Plötzlich hörten wir ihn rufen: »Druide Korisios, ich muß dich sprechen.«

Ich löste mich von Wanda und richtete mich auf. »Komm rein!« rief ich.

Ein Turm von Mensch trat in unser Zelt. Er trug die einfache Tunika eines Sklaven. Er war so groß, daß er gebückt stehen mußte, um mit dem Kopf nicht an das Lederdach zu stoßen.

»Ich bin Krixos, Sklave der zehnten Legion und persönlicher Besitz des Prokonsuls. Ich bin ein Geschenk an dich. Der Prokonsul will sich damit für deine Dienste bedanken.«

Er platzte beinahe vor Stolz. Wanda und ich wechselten erstaunte Blicke.

»Wo sollen wir dich denn unterbringen?« war mein erster Gedanke. Es verging schließlich keine Nacht, in der Wanda und ich uns nicht leidenschaftlich liebten.

»Keine Sorge«, lächelte Krixos freundlich, »ich werde uns ein größeres Zelt besorgen. Der Lagerpräfekt hat uns eines in Aussicht gestellt. Bis dahin werde ich draußen schlafen.«

»Sag uns, was du kannst, Krixos!«

»Ich reinige regelmäßig das Zelt und die Kleider, ich besorge das Essen und bereite es zu. Ich koche übrigens vorzüglich, Herr, und wenn dich jemand belästigt, breche ich ihm sämtliche Knochen.

»Kannst du noch mehr?« fragte ich skeptisch.

»Aber sicher, Herr. Ich kann geräuschlos Wachen erwürgen, griechische Verse aufsagen und eigentlich alles beschaffen, was man mit Geld bezahlen kann.«

Ich nickte ihm anerkennend zu. »Krixos heißt du also, wie der berühmte Mitstreiter des Spartacus.«

Crassus, Roms reichster Mann, hatte Spartacus vor rund dreizehn Jahren vernichtend geschlagen. Mein Onkel Celtillus hatte damals als Söldner in Crassus' Heer gedient. Aber der Senat hatte nicht Crassus den begehrten Triumphzug gestattet, sondern Pompeius, der auf dem Nachhauseweg noch ein paar Sklaven niedergemetzelt und das

Gerücht verbreitet hatte, er, Pompeius, habe in Wirklichkeit den Sklavenaufstand beendet. Ja, Cäsar hatte durchaus recht. Was nützt ein Sieg auf dem Schlachtfeld, wenn man ihn nicht publik machen kann? Ich denke, daß man die Bedeutung von Cäsars Kriegsberichten gar nicht hoch genug einschätzen kann. Und ich war einer seiner Schreiber. Und ich schlief in einem Offizierszelt, hatte eine Geliebte, einen bärenstarken und gebildeten Sklaven und einen Sold, der mir erlaubte, meine Schulden zurückzuzahlen. Irgendwie hatten meine Götter meine Hilferufe erhört.

»Hast du einen Wunsch, Druide?«

»Ja, Krixos, bring uns heißen Würzwein und Brot.«

Krixos verneigte sich freundlich und verließ das Zelt.

»Was sagst du dazu?« fragte ich Wanda.

Sie nickte anerkennend. »Deine Götter legen sich mächtig ins Zeug! Hast du ihnen etwa gedroht?«

»Kommt ihnen doch zugute, wenn sie meinen Körper als Wohnung benutzen«, grinste ich.

Draußen herrschte ein ständiges Kommen und Gehen, und die vielen Silhouetten, die an unserem Zelt vorbeihuschten, nahmen uns die Lust, weiter im Zelt zu bleiben. Wir gingen wieder hinaus und setzten uns an die Feuerstelle, die Cäsars berittene Prätorianergarde vor ihren Zelten errichtet hatte. Schweigend stocherten sie mit Ästen in der Asche herum. Sie hatten Fladenbrotteig mit Mohnsamen gespickt und in die Asche gelegt. Sklaven brachten wahlweise stark verdünnten Wein oder frisches Wasser. Es war schon erstaunlich: Egal wo Cäsar sich gerade aufhielt, egal wie lange seine Soldaten in der Nacht zuvor marschiert waren, es gab stets ausreichend zu essen und frisches Wasser.

Cäsars Beschaffungstrupps waren von unermeßlicher Wichtigkeit. Wir Kelten haben lange nicht begriffen, daß man allein mit der Vernichtung dieser Beschaffungstrupps riesige Heere zum Stillstand bringen konnte. Wenig später brachte Krixos den Würzwein. Ich bat ihn, auch die übrigen Soldaten am Lagerfeuer damit zu versorgen.

Unten am Fluß brannten einzelne Karren. Die Legionäre fledderten die Leichen. Gold war am begehrtesten. Es war klein und handlich und hatte überall einen beachtlichen Gegenwert. Auch Silber, Schmuck und Waffen waren gefragt. Die Nahrungsmittel wurden vom legionseigenen Frumentator sichergestellt. Auch die Pferde wurden den Legionsbeständen zugeteilt. Nur die Ochsen, Schafe, Ziegen und Schweine überließ man den Plünderern. Die Tiere waren auf dem Marsch zu langsam, und sie brauchten Futter, das man ebenfalls mitführen mußte. Also überließ man das lebendige Fleisch den Plünderern, die es gleich den Händlern weiterverkauften. Die Hyänen der römischen Republik, die den drei Legionen in sicherem Abstand gefolgt waren, hatten bereits ihre Stände aufgestellt und gaben lauthals ihre Angebote ab. Sie bezahlten die Legionäre stets in bar. Schon deshalb brauchte jede handeltreibende Hyäne eine Privatarmee zur eigenen Sicherheit.

Wenig später meldeten Kundschafter, daß die Helvetier ihren Zug fortgesetzt hätten und keine Anstalten machten, erneut über den Arar zu setzen. Sie mieden den Kampf und setzten ihre Wanderung unbeirrt fort. Cäsar befahl Mamurra, sofort mit dem Bau der Brücke über den Arar zu beginnen. Obwohl Cäsar keinen Befehl gegeben hatte, die Plünderungen einzustellen, meldeten sich genügend Freiwillige für den Brückenbau. Die einen wollten damit ihre Centurionen beeindrucken, die anderen erhofften sich dadurch bei der nächsten Schlacht gegen die Helvetier eine bessere Ausgangslage. Denn jedem römischen Soldaten war klar, daß sie diesseits des Flusses zwar Gold gefunden hatten, aber noch lange nicht den legendären Goldschatz der Helvetier. Wenig später trafen drei weitere Legionen mit dem schweren Gepäck ein. Somit hatte Cäsar wiederum seine sechs Legionen vereint.

Ich hatte bereits gesehen, wie Mamurra in Genava die mehrstöckigen Holztürme hochgezogen hatte. Aber die Art und Weise, wie dieser verkommene Lebemann die Brücke über den Arar schlagen ließ, stellte alles Bisherige in den Schatten. Wir Kelten hatten viele Tage gebraucht, um über den Fluß zu setzen. Mamurra schaffte es an einem einzigen. Als die Brücke gegen Abend fertiggestellt war, erschienen am gegenüberliegenden Ufer helvetische Unterhändler und baten Cäsar um die Erlaubnis, eine Delegation ans andere Ufer zu schicken. Sie waren bestürzt und sprachen von Zauberei. Aber ich habe bei anderer Gelegenheit schon mal erwähnt, daß Rom die Welt nicht mit dem Schwert, sondern mit dem Spaten erobert hat. Dieser Brückenbauer Mamurra war derart genial, daß Cäsar ihn in seinen Berichten kaum erwähnte. Er wäre ihm wohl zu sehr in der Sonne gestanden.

Cäsar ließ den Unterhändlern ausrichten, daß er morgen zu einem Empfang bereit sei. Er befahl, große Gruben auszuheben, um alle Leichen darin zu verscharren. Er hatte mittlerweile die Plünderungen untersagt. Es gab auch nicht mehr viel zu holen. Die vertraglich berechtigten Händler, darunter auch der Kerl mit der Knollennase, klapperten nun das Schlachtfeld mit ihren Privatsoldaten nach brauchbaren Stoff- und Metallresten ab, und wie immer waren sie verärgert, wenn die Legionäre sie verscheuchten.

Am nächsten Morgen ließ Cäsar sein Zelt unten am Ufer aufstellen und diktierte weitere Briefe nach Rom. An jenem Tag war ein neues Gesicht in Cäsars Zelt. Valerius Procillus, ein Prinz vom Stamme der Helvier.

Dieser Stamm liegt zwischen dem Gebiet der Allobroger im Norden und dem Gebiet der Vocontier im Süden. Der Vater des Prinzen hatte vom damaligen Gouverneur, Valerius Flaccus, das römische Bürgerrecht erhalten und sich fortan, entsprechend der traditionellen Namengebung, Valerius Caburu genannt. Auch als Marionette Roms hatte er

Geiseln stellen müssen. Unter anderem seinen Sohn. Dieser war als Geisel nach Rom gebracht worden und hatte dort seine gesamte Kindheit verbracht und seine Ausbildung erhalten. So war Valerius Procillus eine dieser seltsamen geistigen Chimären, halb Römer, halb Kelte, und zahlreiche Gelehrte wollten an Wesen wie ihm deutlich machen, daß die Erziehung wichtiger war als die Abstammung. Heute gehörte das Gebiet der Helvier auf jeden Fall zum Hoheitsgebiet von Massilia. Procillus war vielleicht zehn Jahre älter als ich. Er stand hoch in Cäsars Gunst. Er diente ihm als Dolmetscher, und wer weiß, vielleicht hatte ihn Cäsar deshalb nachkommen lassen, weil er mir immer noch nicht traute. Vielleicht hatte er mittlerweile auch den Plan gefaßt, in Gallien verschiedene Kriegsschauplätze zu eröffnen. Dafür hätte er natürlich ebenfalls mehrere Dolmetscher benötigt.

Gegen Mittag erschien Divico mit einer adligen Delegation und bewaffneten Helvetiern am anderen Ende der Brücke. Cäsar schickte Valerius Procillus über die Brücke, um den Helvetiern mitzuteilen, daß er bereit war, sie zu empfangen. Langsam und würdevoll stapfte Divico über die knarrenden Querbalken der hölzernen Brücke. Die Delegierten folgten mit vier Schritt Abstand. Cäsar erwartete ihn, flankiert von seinen Liktoren, am anderen Ende. Auch er war zu Fuß. Divico blieb eine Pferdelänge vor Cäsar stehen. Unwirsch fegte er sich mit einer Handbewegung die weißen Strähnen aus dem Gesicht und schrie zornig: »Wir sind gemäß deinen Weisungen der römischen Provinz ausgewichen und haben einen anderen Weg gewählt! Wieso suchst du nun außerhalb der römischen Provinz den Krieg? Hast nicht du selbst, Cäsar, als Konsul in Rom, das Gesetz eingebracht, wonach ein Prokonsul außerhalb seiner Provinzgrenzen keinen Krieg führen darf? Du weißt genau, wieso wir unsere Heimat verlassen haben. Wir Helvetier wünschen den Frieden. Wenn das römische Volk mit den Helvetiern Frieden schließt, sind wir bereit, in jedes Land zu ziehen, das du uns zuweist, und uns dort niederzulassen. Sage uns, wo wir uns ansiedeln sollen, aber höre auf, uns außerhalb der römischen Provinz zu verfolgen. Falls du aber auf einer Fortsetzung des Krieges beharrst, so gedenke der früheren Niederlage des römischen Volkes und der Tapferkeit der Helvetier. Wenn du gestern hinterrücks einen unserer Stämme angegriffen hast, weil die übrigen, welche den Fluß bereits überschritten hatten, ihnen nicht mehr zu Hilfe eilen konnten, so sollst du dir deswegen nichts auf deine Tapferkeit einbilden. Wir Helvetier haben von unseren Vätern und Vorvätern gelernt, im Kampf zu siegen. Wir suchen unser Heil nicht in der List. Nimm dich deshalb in acht, Cäsar«, polterte Divico und reckte die geballte Faust in den Himmel, »nimm dich in acht! Nur zu leicht kann dein jetziger Lagerplatz von der Niederlage des römischen Volkes und der Vernichtung deines Heeres künden.« Ich weiß nicht, wieso ausgerechnet Divico diese Unterredung führte. Er wirkte kränklich, und das Feuer in seinen Augen war gänzlich erloschen. Die Götter hatten ihn entzaubert. Er war nichts als ein Greis, dem das Leben zerrann. Seine Rede hatte ihn erschöpft. Schwer atmend stand er nun da und wartete.

Als Procillus die letzten Sätze übersetzt hatte und Divico keine Anstalten mehr machte, weiterzusprechen, ergriff Cäsar mit ungerührter Miene das Wort: »Ich habe das, was ihr unseren Vorfahren angetan habt, mitnichten vergessen.« Umständlich erzählte Cäsar nochmals diese uralte Geschichte, vermied es aber, erneut Lucius Piso, den Großvater seines Schwiegervaters, zu erwähnen. Er redete und redete, und es schien fast so, als hätte er nicht einen einzigen Grund, mit dem er Divico seinen heimtückischen Überfall außerhalb der römischen Provinz erklären könnte.

»Gesetzt den Fall«, fuhr er fort, »ich wollte jene alte Schmach vergessen, wie könnte ich jemals euren Versuch, einen gewaltsamen Durchzug durch meine Provinz zu erzwingen, vergessen?«

»Wir sind hier im freien Gallien, Cäsar!« unterbrach ihn Divico. »Wenn wir die Absicht gehabt hätten, durch die römische Provinz zu ziehen, hätten wir es auch getan. Aber wir wollen Frieden mit dem römischen Volk und haben deshalb diesen beschwerlichen Umweg gewählt. Wieso hast du uns in Genava nicht gesagt, daß du uns so oder so verfolgen würdest? Was willst du von uns, Cäsar? Was hast du hier verloren? Wieso dringst du überhaupt in Gallien ein?«

»Unsere treuen Freunde, die Häduer, haben das römische Volk um Hilfe gebeten. Auch die Allobroger und Ambarrer haben sich über euch beklagt.«

»Wer gibt dir das Recht, dich hier als Richter aufzuspielen? Wir Kelten brauchen keine fremden Richter! Und unsere Freiheitsliebe hat schon manchem Heer Tod und Verderben gebracht!«

Cäsar saß trotz seines legendären Mundwerks in der Klemme. In Anwesenheit all seiner Liktoren, Tribune, Legaten, Centurionen und Tausender von Legionären mußte er hier öffentlich plausible Gründe angeben, die seinen Überfall erklärten und ihm das Recht gaben, die Helvetier weiterhin außerhalb der Provinz zu verfolgen. Er setzte deshalb gezielt auf eine Eskalation der Unterredung: »Ihr prahlt mit euren Siegen und wundert euch gleichzeitig, daß ihr trotz der damaligen Ungerechtigkeiten ungestraft davongekommen seid. Das zeigt ganz deutlich eure Gesinnung. Aber bedenke, Divico, die unsterblichen Götter gewähren manchmal jenen Menschen, die sie für ihre Ruchlosigkeit bestrafen wollen, größeres Glück und längere Straflosigkeit, damit sie den jähen Wechsel ihres Schicksals um so härter empfinden.«

Wie ein Kleinkrämer hackte Cäsar mangels Argumenten auf dieser uralten Geschichte herum. Er konnte ja nicht schweigen. Cäsar mußte antworten, reden. Im Grunde genommen sprachen sie beide aneinander vorbei, weil der eine Frieden suchte und der andere endlich zum nächsten Angriff übergehen wollte. Cäsar blickte kurz zu mir herüber und musterte dann seine Männer. Er wußte, daß er keine gute Figur abgab und daß man ihn in Rom der gesetzwidrigen Kriegstreiberei bezichtigen würde. Das bestellte Hilfegesuch der Häduer war zu durchsichtig. Also mußte Cäsar den Frieden anbieten und gleichzeitig Bedingungen stellen, die für Divico unannehmbar waren: »Trotz allem bin ich bereit, mit euch Frieden zu schließen«, sagte er völlig überraschend, »wenn ihr euch mit Geiseln für die Erfüllung meiner Forderung verbürgt und den Häduern Schadensersatz leistet.«

»Wir haben mit den Häduern für den Zeitraum des Durchmarschs Geiseln ausgetauscht. Hätten wir irgendwelchen Schaden angerichtet, hätten sie uns unsere Geiseln schon längst um einen Kopf kürzer zurückgeschickt. Dies aber ist nicht geschehen. Und es wird auch nicht geschehen.«

»Dann stellt auch dem römischen Volk Geiseln«, beharrte Cäsar.

»Wir Helvetier haben von jeher von Fremden Geiseln genommen, niemals aber ihnen welche gestellt.«

Divico entfernte sich, ohne Cäsars Antwort abzuwarten. Er hatte längst bemerkt, daß die ganze Unterredung pure Heuchelei war. Sie hatte stattfinden müssen, damit man in Rom berichten konnte, Cäsar habe sich um Frieden bemüht. Er war sichtlich zufrieden, als der greise Divico ihm endlich den Rücken kehrte.

Cäsar versammelte sogleich seine Tribune, Legaten und Centurionen in seinem Zelt.

»Wie ist die Stimmung unter den Soldaten?« fragte er als erstes.

Alle blickten auf Lucius Speratus Ursulus. Er kannte die Nöte seiner Männer aus nächster Nähe. »Nachdem man ihnen die Tapferkeit der Helvetier in allen Farben geschildert hat, sind sie überrascht über den leicht errungenen Sieg. Das Niedermetzeln von schlaftrunkenen Männern, Frauen und Kindern hat sie nicht sonderlich gefordert.«

»Sind sie wenigstens mit der Beute zufrieden?« fragte Cäsar.

Der Primipilus zögerte, schließlich sagte er mit gesenktem Haupt: »Nein, Cäsar, sie sagen, sie hätten Bauern ausgeraubt.«

Cäsar legte die Stirn in Falten und überlegte.

»Darf ich sprechen, Cäsar?« fragte ich laut.

Cäsar drehte sich um, als hätte eine Maus gequietscht. Er musterte mich mißtrauisch. »Sprich, Druide, aber faß dich kurz.«

»Cäsar«, begann ich, »wenn du den Soldaten sagst, sie hätten den ganzen Stamm der Tiguriner vernichtet, dann suchen sie zu Recht nach deren Fürsten und deren Gold. Ist Divico nicht auch ein Tiguriner? Wieso befinden er und seine Fürsten sich nicht unter den Toten?«

Cäsar begriff sofort, daß er sich mit seinen Lügengeschichten selber ein Bein gestellt hatte. Aber er schien nicht verärgert, daß ich ihn darüber öffentlich aufklärte, nein, er grinste, als gefiele es ihm, daß ein keltischer Druide sein vielschichtiges Netz von Taktiken, Lügen und Intrigen weiterzuspinnen versuchte.

»Du hast recht, Druide«, erwiderte Cäsar, »wo Bauern sind, ist kein Gold, wo Gold ist, sind keine Bauern, denn das Gold ist bei den Stammesadligen. Und wenn unter den Toten keine Fürsten sind, dann waren sie bereits auf der anderen Seite des Flusses. Und wenn sie bereits auf der anderen Seite des Flusses waren, dann ist auch das Gold bereits auf der anderen Seite des Flusses.«

»Und was soll ich nun den Männern sagen?« fragte der Primipilus.

»Sag ihnen, daß sie töricht sind, wenn sie wirklich glaubten, die Kelten würden eine Armee zurücklassen, um Schafe und Ziegen zu beschützen. Die keltischen Krieger sind auf der anderen Seite des Flusses. Dort befindet sich auch das Gold der Helvetier. Und, Lucius Speratus Ursulus, erinnere die Männer an den römischen Feldherrn Caepio, der vor fünfzig Jahren in Tolosa über fünfzig Tonnen Gold und Silber in den heiligen Tempeln und Seen der Kelten gefunden hat. Erzähle das den Legionären! Und erlaube ihnen, Briefe nach Hause zu schreiben.«

Er wandte sich nun an die Legaten: »Schickt unsere gesamte Reiterei über den Fluß. Sie sollen den Helvetiern auf den Fersen bleiben und uns zu jeder Tag- und Nachtwache über den neusten Stand unterrichten. Aber untersagt ihnen jede Kampfhandlung.«

Als die Männer gegangen waren, diktierte er mir mit Procillus' Gedächtnishilfe die Unterredung mit Divico. Er gab sie im großen und ganzen authentisch wieder, unterschlug jedoch Divicos Entgegnung, daß die Helvetier gar nicht in die römische Provinz eingefallen waren. Er erwähnte auch nicht, daß die Helvetier mit den Häduern Geiseln ausgetauscht hatten. Denn jeder vernünftige Mensch würde sich fragen: Wo bleiben da die wütenden Häduer, die aus Rache die Geiseln der Helvetier töten? Also ließ er dieses Detail bei der Wiedergabe von Divicos Antwort einfach weg. Er vergaß aber, daß er in einem früheren Bericht die Geiselstellung der Helvetier an die Häduer bereits einmal erwähnt hatte. Ich unterließ es, Cäsar darauf aufmerksam zu machen. Die Nachwelt sollte ruhig erfahren, daß Cäsars Berichte nicht besonders wahrheitsgetreu waren. Über weite Strecken waren sie durchaus korrekt, weil Cäsar angesichts der zahlreichen Augenzeugen nichts Gegenteiliges behaupten konnte. Aber wer von den Händlern und Soldaten konnte überprüfen, ob die Häduer Rom tatsächlich um Hilfe gebeten hatten? Und wie viele Augen haben das nachträglich eingetroffene Hilfegesuch des Diviciatus gesehen? Hier konnte Cäsar diktieren, was ihm nützte. Er konnte nicht behaupten, daß die Häduer aus Rache helvetische Geiseln geköpft hatten, wenn es nicht wahr war. Denn dieser Akt hätte nicht unter Ausschluß der Öffentlichkeit stattfinden können. Ohne geköpfte Geiseln war aber Cäsars Behauptung, daß sich die Häduer über die Helvetier beklagten, ziemlich unglaubwürdig. Cäsar entschied sich für die einfachste Lösung: Er erwähnte, was ihn bloßstellen konnte, mit keinem Wort und hoffte auf die Hilfe der allmächtigen Götter.

»Cäsar«, fragte Aulus Hirtius, »sollten wir nicht noch eine Angabe über die Heeresstärke einbringen?«

Cäsar überlegte. Der Vorschlag war nicht von der Hand zu weisen. Procillus rechnete vor: »Wir hatten drei Legionen zu je sechstausend Mann und viertausend Reiter. Also achtzehntausend Legionäre und viertausend Reiter.« Nun blickten alle in meine Richtung.

»Wie groß ist der Stamm der Tiguriner?« fragte Aulus Hirtius.

»Achtzehntausend Männer, Frauen und Kinder, davon sind ungefähr ein Viertel waffenfähig. Das würde bedeuten, daß achtzehntausend Legionäre und viertausend Reiter gegen viertausendfünfhundert Tiguriner gekämpft haben. Da aber Divico nicht der einzige Tiguriner ist, der bereits auf der anderen Seite des Flusses gewesen ist, kann man annehmen ...«

»Du hast uns überzeugt, Druide«, sagte Cäsar, »wir werden erst Zahlen nennen, wenn ich es für richtig halte. Wenn hundert Menschen ein Wildschwein essen, ist dies nichts Besonderes. Wenn hingegen hundert Menschen zehntausend Wildschweine essen, hält die Welt den Atem an. Das Geheimnis ist, daß wir dafür ausreichend Zeit haben. Und genauso wie wir uns das Essen in kleinen Häppchen mundgerecht bringen lassen, werden wir uns auch in Gallien stets kleine Einheiten vornehmen. Deswegen werden wir erst Zahlen nennen, wenn wir berichten können, daß hundert Römer zehntausend Wildschweine verspeist haben.«

VI.

In den nächsten Tagen marschierten wir mit Cäsars drei Legionen den Helvetiern hinterher. Der Abstand unserer Vorhut zur Nachhut der Helvetier betrug jeweils fünf bis sechs Meilen. Unter den Legionären war das Goldfieber ausgebrochen. Die Schlacht gegen die eher bäuerischen Tiguriner hatte sie nachträglich in Euphorie versetzt. Cäsars Kanzlei hatte gute Arbeit geleistet. Die Fakten hatten sich nicht verändert. Nur ihre Darstellung. Und die Art und Weise, wie man sie den Legionären verkaufte. Die Aussicht auf weitere Plünderungen und große Goldmengen machten die Beine der Legionäre wieder frisch und munter. In Reih und Glied folgten sie dem Troß der Helvetier, der sich langsam durch das Land der Häduer bewegte. Cäsars Reiterei bestand fast ausschließlich aus häduerischen und allobrogischen Adeligen und ihren bessergestellten Klienten. Vertreten waren auch aus keltischen Oppida ausgestoßene Adlige wie die Leute um den Arverner Vercingetorix. Sie alle waren für sehr viel Geld und mit dem Versprechen auf Keltengold angeworben worden.

Unter ihnen war erstaunlicherweise sogar Dumnorix, der erklärte Romhasser. Tag für Tag reizten er und seine Männer, gegen Cäsars Befehl, den Zug der Helvetier, jagten jeden Trupp, der in den umliegenden Dörfern Nahrung beschaffen wollte. Sie reizten, forderten heraus, aber sie mieden den direkten Kampf. Schon das Ausbleiben von Grünfutter für die Tiere konnte den ganzen Treck zum Erliegen bringen. Ein paar Stunden Regen reichten bereits aus, damit das zickige Schwein, wie die Legionäre den Helvetierzug nannten, im Morast steckenblieb. Der Umweg über die Schluchten hatte Kraft gekostet, und die beinahe völlige Ausrottung der Tiguriner hatte viele deprimiert. Die Helvetier wurden zunehmend nervös. Einmal verlor die berittene Nachhut die Nerven, und fünfhundert helvetische Reiter galoppierten auf die viertausend berittenen Häduer zu. Der schlitzohrige Dumnorix ergriff mit seinen Leuten als erster die Flucht und löste unter den viertausend Häduern eine Panik aus. Fünfhundert helvetische Reiter schlugen viertausend häduerische Reiter in die Flucht. Diese Nachricht blieb auf beiden Seiten nicht ohne Wirkung. Das war auch Dumnorix' Absicht gewesen. Er wollte unter den Römern Panik und schlechte Laune verbreiten. Nur wenn Cäsar sich in die Provinz zurückzog, konnte er seinen prorömischen Bruder Diviciatus politisch vernichten.

Nach zwei Wochen kam Fufius Cita, Cäsars Getreidebeschaffer, aus dem Oppidum Bibracte zurück und teilte Cäsar mit, daß er das Getreide auf Schiffe verladen habe und den Arar hinaufbrachte. Die Flüsse in Gallien waren die schnellsten, billigsten und sichersten Transportwege überhaupt.

»Was nützen mir deine Schiffe, Fufius Cita«, schrie Cäsar wutentbrannt, »die Helvetier sind vom Arar abgebogen und bewegen sich jetzt auf Matisco zu! Wenn ich ihnen auf den Fersen bleibe, entferne auch ich mich vom Arar und somit vom Nachschub. Dieses Getreide nützt mir nichts mehr! Ich brauche neues Getreide. Diviciatus persönlich hat mir die Lieferungen versprochen!«

»Cäsar, der Winter in Gallien war in diesem Jahr ungewöhnlich lang, das Getreide auf den Feldern ist noch nicht reif. Wir haben nicht mal ausreichend Grünfutter. Aber die Häduer...«

»Was meinen diese Häduer eigentlich, wen sie vor sich haben? Habe ich ihnen die Freiheit gelassen, damit sie mich zum Narren machen? Jeden Tag neue Versprechungen! Das Getreide kommt... es wird bereits zusammengetragen... es ist bereits unterwegs... Meine Geduld ist zu

Ende! In wenigen Tagen erhalten unsere Soldaten ihre Nahrungsmittelration für die nächsten zwei Monate, zwei Modien pro Kopf! Und wir haben keinen Sack Getreide mehr im Heer! Fufius Cita«, tobte Cäsar, »der Hunger ist schrecklicher als das Eisen! Du kannst eine Schlacht gegen Männer gewinnen, aber nicht eine Schlacht gegen den Hunger!«

»Ich weiß, Cäsar«, gab Fufius Cita kleinlaut zu, »ich habe deshalb Diviciatus und Liscus mitgebracht. Sie warten draußen vor dem Zelt, um mit dir zu sprechen.«

Cäsars Miene hellte sich auf. »Führt sie rein! Und ruft die Legaten!«

Soldaten von Cäsars Prätorianergarde führten die beiden häduerischen Adligen rein. Gleichzeitig betraten auch Cäsars Legaten das Zelt. Diviciatus sah noch zermürbter aus als vor einigen Wochen. Wie eine langgezogene Pflaume, die zu lange in der Sonne gelegen hatte. Liscus war ein stets händereibender, untersetzter Häduer um die vierzig, mit einem Bart, den er so üppig wuchern ließ, als wolle er sich darin verstecken. Er hatte kleine Schweinsaugen, und seine untertänige und heuchlerische Art war eher abstoßend.

»Gallier«, begann Cäsar, alle Höflichkeit außer acht lassend, »wie könnt ihr es bloß wagen, mich in einer solchen Lage nicht zu unterstützen? Wo ist das versprochene Getreide? Ihr laßt mich im Stich, obwohl ich euretwegen hier bin. Auf eure Bitten hin habe ich mich zu diesem Krieg entschlossen!«

Liscus schaute Diviciatus verwirrt an. Hatte er das Hilfegesuch nicht geschrieben, um Cäsar einen Gefallen zu tun? Cäsar argumentierte so, als ob nicht er in der Schuld von Diviciatus stünde, sondern Diviciatus in seiner. Das war eine verkehrte Welt! Diviciatus verschlug es förmlich die Sprache. Liscus hob zaghaft die Hand und begann dann die verzwickte Angelegenheit näher zu erläutern: »Großer Cäsar, es gibt bei uns ...« Liscus bohrte hektisch in seinem linken Ohr und rang nach Worten, »... es gibt bei uns gewisse Leute, die beim einfachen Volk ein sehr hohes Ansehen genießen. Und obwohl sie kein öffentliches Amt bekleiden, haben sie im Grunde genommen mehr Macht als unsere Obrigkeit. Diese Leute versuchen nun seit Wochen, das Volk durch böswillige und aufrührerische Reden von der Lieferung des versprochenen Getreides abzubringen. Sie sagen, wenn die Häduer nicht mehr in der Lage seien, ihre Vormachtstellung in Gallien zu behaupten, dann sei es immer noch besser, sich einer gallischen Macht unterzuordnen als einer fremden, römischen Macht. Diese Leute behaupten, daß du ganz Gallien erobern würdest, wenn du mit den Helvetiern fertig wärst. Und sie sagen auch, du würdest allen Galliern die Freiheit rauben.«

Liscus gab sich alle Mühe, leidend und gequält zu klingen. Wenn sein Bartwuchs nicht alles verdeckt hätte, wir hätten bei genauerem Hinsehen vielleicht sogar eine Träne entdeckt, die er mit viel Mühe kunstvoll herauspreßte. »Cäsar«, flehte er nun mit bebender Stimme, »wir haben keine Möglichkeit, diese Leute in die Schranken zu weisen, und du machst dir keine Vorstellung davon, welcher Gefahr ich mich aussetze, wenn ich dir das alles berichte. Denn alles, was wir bereden und beschließen, wird schon morgen den Helvetiern mitgeteilt. Denn zwischen Helvetiern und Häduern gibt es sehr viele Blutsverwandte.«

Ich übersetzte, so schnell ich konnte. Auch Liscus konnte kein Wort Lateinisch. Und von den Nöten eines Dolmetschers hatte er keine Ahnung. Er sprudelte wie ein Wasserfall. Diviciatus starrte resigniert auf den Zeltboden. Eine erbärmliche Kreatur mit herunterhängendem Unterkiefer, ein Mann, der nur noch Bitterkeit und Resignation ausstrahlte. Cäsar schaute Diviciatus an, doch dieser wagte nicht mehr, den Kopf zu heben. Cäsar entließ darauf die Versammlung.

»Liscus?« Liscus wollte gerade wie ein Wiesel entwischen, da rief ihn Cäsar zurück. »Ich möchte dich noch etwas fragen.« Liscus kam ins Zelt zurück. Auf seiner Stirn bildeten sich Schweißperlen.

»Du sprachst stets von gewissen Leuten. Sprachst du von Dumnorix, dem Bruder des Diviciatus?«

»Ja!« stieß Liscus erleichtert hervor. »Ja, Cäsar, Dumnorix ist der Anstifter und an allem schuld – das Volk liebt seinen kühnen Unternehmungsgeist, seine Freiheitsliebe. Niemand wagt gegen ihn vorzugehen, und das, obwohl wir alle wissen, daß er auf einen Umsturz hin arbeitet. Seit Jahren hat er die Zölle und übrigen Staatsgeschäfte in Pacht. Für einen Spottpreis.«

»Werden bei euch die Pachten nicht versteigert?« fragte Cäsar. Ich hatte das mal beiläufig erwähnt. Ich war überrascht, wie Cäsar sich stets an jedes Detail erinnerte und bei Bedarf bereit hatte. Wenn es ihm nutzte.

»Doch, Cäsar, aber wenn Dumnorix eine Summe bietet, wagt niemand ihn zu überbieten. Das wäre tödlich. Dumnorix ist sehr reich. Er unterhält eine eigene Reiterei. Auch bei den benachbarten Stämmen ist er äußerst beliebt. Seine Frau ist eine Helvetierin. Seine Mutter hat er einem mächtigen Fürsten aus dem Land der Bituriger zur Frau gegeben. Alle seine weiblichen Verwandten gibt er anderen keltischen Stammesfürsten zur Frau. Dich, Cäsar, haßt er aber abgrundtief, denn du hast seinem Bruder Diviciatus die einflußreiche und ehrenvolle Stellung zurückgegeben, die er früher hatte. Du hast seine Macht beschnitten. Dumnorix beschimpft öffentlich seinen Bruder, weil dieser Roms Legionen zu Hilfe gerufen hat, um sich im eigenen Hause behaupten zu können. Er tadelt dies als Verrat an den keltischen Bräuchen. Und wenn dir ein Unglück geschieht, Cäsar, dann wird er nicht zögern, sich mit Hilfe der Helvetier zum König aller Stämme ausrufen zu lassen.« Liscus' Stimme wurde immer weinerlicher. Er kam während des Sprechens so richtig in Fahrt. Es hätte wohl wenig gefehlt, daß er wie ein altes Klageweib zu Boden gesunken und sich wie ein Wurm im Staub gewunden hätte. Wenn ich auf einem einzigen Bein hätte stehen können, ohne das Gleichgewicht zu verlieren, wer weiß, ich hätte diesem Liscus vielleicht einen tüchtigen Tritt in den Hintern gegeben. Wie konnte ein Mann sich bloß so erniedrigen!

Den ganzen Tag über empfing Cäsar weitere Adlige aus der Gefolgschaft von Diviciatus und Liscus. Es war schon erstaunlich, mit welcher Selbstverständlichkeit Cäsar sich in dieser Wildnis als Herr und Richter aufspielte. Aber die meisten Kelten machten es ihm leicht. Sie stellten seine Autorität nicht in Frage. Gegen Abend empfing Cäsar dann nochmals Diviciatus zum Gespräch. Er bat alle Dolmetscher und Schreiber, das Zelt zu verlassen. Nur mir befahl er zu bleiben. Nachdem er mich bei der öffentlichen Unterredung mit Divico öffentlich zurückgesetzt hatte, gewährte er mir also wieder eine besondere Ehre. Ich bin sicher, daß dieses Wechselspiel von Milde und Härte von Cäsar gezielt eingesetzt wurde, so, wie man auch Brot und Peitsche zur Dressur bestimmter Tiere einsetzt. Nun gut, ich war nicht Cäsars Haustier, aber Cäsars Druide.

Cäsar eröffnete das Gespräch, indem er Diviciatus überschwenglich lobte. Das war sehr geschickt. Will man jemanden kritisieren, sollte man stets mit Lob beginnen. Cäsar lobte also Diviciatus' Freundschaft, seine Treue, sprach von bewegenden menschlichen Augenblicken, die er in seiner Gegenwart erfahren durfte. Er klopfte den alten Mann regelrecht weich mit all seinem Lob, wie ein Faustkämpfer, der pausenlos auf seinen Gegner einschlägt, bis dieser stehend das Bewußtsein verliert. Diviciatus saß auf einem Stuhl. Er war nervlich völlig zerrüttet, und wie bei vielen Menschen, die sehr lange mit dem Schicksal hadern, flossen die Tränen in Strömen, wenn einer ihnen ein bißchen Verständnis und Liebe entgegenbrachte.

»Ich sollte deinen Bruder Dumnorix hinrichten lassen. Das befehlen mir Gesetz und Brauch. Aber mein Herz sagt mir, daß ich einen treuen Freund, wie du es bist, Diviciatus, nicht verletzen darf.«

Ich übersetzte Cäsars Satz und versuchte mit leiser, bewegter Stimme, die Rührung zu erzeugen, die Cäsar beabsichtigt hatte. Ich spürte förmlich, wie Cäsars Sätze Diviciatus' Körper durchdrangen. Auch Cäsar bemerkte es. Für einen Augenblick glaubte ich Anerkennung in Cäsars Augen zu lesen. Für einen ganz kurzen Augenblick waren wir Verbündete. Ich genoß es, den Hauch einer Bewunderung zu erfahren. Sicher, es war überheblich und abstoßend, sich als Maß aller Dinge zu betrachten, so wie es Cäsar tat, aber wer weiß, möglicherweise genoß er wirklich den besonderen Schutz der unsterblichen Götter, die er bei jeder Gelegenheit aufs neue bemühte. Ich setzte meine Übersetzung fort, leise und einfühlsam, während Diviciatus beschämt den Kopf senkte und von einem stummen Weinkrampf geschüttelt wurde. Als Cäsar freundschaftlich seine Schulter berührte, fiel Diviciatus auf die Knie und weinte hemmungslos, während er wie ein ertrinkendes Kind Cäsars Knie umklammerte. Diviciatus klagte Cäsar sein Leid und gestand ihm, daß alles wahr sei, was man ihm erzählt habe.

»Nur durch mich ist mein Bruder damals zu Ehre und Ansehen gelangt. Doch er hat es besser als ich verstanden, sich überall beliebt zu machen. Und jetzt schadet er mir, wo immer er kann.«

Es war einfach unerhört, wie sich nun auch Diviciatus vor Cäsar erniedrigte! Ich brauchte ein Höchstmaß an Konzentration, um dieses Gestammel zügig übersetzen zu können. Diviciatus hing zitternd an Cäsars Knien und bat um Gnade für seinen Bruder. Ein beschämender Augenblick für einen Kelten. Ich weiß nicht, ob nicht dieses Verhalten auch dazu beitrug, daß Cäsar die Achtung vor den Kelten allmählich verlor.

»Alle Häduer wissen, daß ich deine Freundschaft genieße, Cäsar. Wenn du also meinen Bruder bestrafst, werden alle denken, ich hätte es veranlaßt, und alle werden sich von mir abwenden!«

Cäsar fühlte sich langsam unwohl. Er ergriff Diviciatus' Hand und bat ihn aufzustehen. Dann wandte er sich von ihm ab, und während er sich mit einem Leintuch Diviciatus' Tränen von seinen nackten Knien wischte, versicherte er ihm, seine Bitte zu erhören.

»Geh jetzt, Diviciatus, und schick deinen Bruder zu mir.«

Diviciatus nickte und verließ beschämt das Zelt. Cäsar setzte sich wieder auf seinen Stuhl und starrte kopfschüttelnd und angewidert zum Zelteingang. Dann schaute er kurz zu mir rüber. »Ist das Gallien?«

»Nein«, sagte ich, »das war Diviciatus.«

Cäsar grinste breit.

»Du bist ein guter Übersetzer, Druide.«

»Wie willst du das beurteilen, Cäsar? Sprichst du die Sprache der Kelten?«

Cäsar lachte. »Aber noch besser ist dein Verstand. Dir gebührt ein Königreich in Gallien.« Cäsar klatschte in die Hände und befahl dem herbeieilenden Sklaven, verdünnten Wein zu bringen. Einer von Cäsars Leibwache kündigte Dumnorix an. Cäsar hieß ihn eintreten. Es ist schon sonderbar, wie verschieden Brüder sein können. Das muß auch Cäsars erster Gedanke gewesen sein. Dumnorix verkörperte den stolzen Kelten, der lieber untergeht, als in Knechtschaft zu geraten.

Cäsar bot Dumnorix einen Stuhl und einen Becher Wein an. Dumnorix lehnte mit einer stolzen Geste ab. Cäsar nahm es ungerührt zur Kenntnis und faßte alle Vorwürfe zusammen, die er im Laufe des Tages gehört hatte. Als er jedoch Dumnorix vorwarf, den Helvetiern den Durchmarsch durch das Gebiet der Sequaner vermittelt zu haben, ohne ihn, Cäsar, um Erlaubnis zu bitten, unterbrach ihn Dumnorix barsch. Er sprach laut und klar, damit seine Gefolgsleute vor dem Zelt jedes Wort verstehen konnten:

»Seit wann müssen wir, freie Kelten, den Prokonsul der römischen Provinz um Erlaubnis bitten, wenn wir außerhalb seiner Provinz unseren Geschäften nachgehen? Bitten die Römer uns um Erlaubnis, wenn sie in Ostia gebrannten Kalk in die Latrinen werfen oder die Via Appia pflastern? Was hast du hier verloren, Cäsar? Wieso bleibst du nicht in deiner Provinz? Wieso verfolgst du die Helvetier durch freies Gebiet? Was haben sie dir getan? Wer hat dir überhaupt erlaubt, das Land der Sequaner zu betreten?«

»Schweig, Dumnorix«, herrschte Cäsar ihn verärgert an. »Du verkennst die Lage, wenn du meinst, du könntest mich einem Verhör unterziehen. Ich bin der, der über dich richtet. Ich bin hier, weil die Häduer Rom gerufen haben.«

»Nein«, schrie Dumnorix, »ich habe dich nicht gerufen!«

Cäsar ignorierte nach bewährter Manier, was ihm nicht paßte, und fuhr fort: »Wenn die Häduer mit den Aufrührern in ihren eigenen Reihen nicht fertig werden, wird Rom ihnen dabei behilflich sein. Und ich rate dir jetzt, Dumnorix, vermeide jeden Anlaß zur Klage, vermeide jeden erneuten Verdacht. Deinem Bruder Diviciatus zuliebe will ich dein Leben schonen, aber von nun an sollen dich auf Schritt und Tritt fünfzig Männer begleiten, die mein Vertrauen genießen. Du stehst unter Aufsicht, Dumnorix.«

»Du kannst mir das Leben nehmen, Cäsar, vielleicht, aber nie wirst du meinem Land die Freiheit nehmen.«

Cäsar war erbost von seinem Stuhl aufgesprungen. Beide Männer standen sich feindselig gegenüber. Dumnorix' Hand umklammerte bereits den Griff seines Hiebschwertes. Da fing Cäsar plötzlich an zu lachen und sagte: »Dumnorix, dein Mut gefällt mir. Ich werde dir deshalb nicht das Leben nehmen, sondern dich zum König der Häduer machen!«

Dumnorix war verwirrt. Schließlich zupfte er an seinem borstigen Schnurrbart und nickte Cäsar anerkennend zu.

»Dumnorix, du sollst das einflußreiche Amt des Vergobreten übernehmen und als oberster Richter eures Stammes über Leben und Tod entscheiden. Überlaß deinem Bruder für diese Zeit die politische Führung der Häduer. Sobald ich Gallien befriedet habe, sollst du dann König der Häduer werden.«

»So überzeugend hat noch keine Frau um mich geworben«, lachte Dumnorix, »aber was hast du mit den Sequanern im Sinn? Die haben germanische Söldner über den Rhenus geholt und unserem Volk übel zugesetzt. Mittlerweile sind bereits über hunderttausend Germanen über den Rhenus gekommen und tanzen den Sequanern auf dem Kopf herum.«

»Beruft eine Versammlung der Stammesfürsten ein«, riet Cäsar »und versucht euch mit den Sequanern zu einigen. Dann kommt zu mir und laßt uns die Sache besprechen.«

Dumnorix bedankte sich bei Cäsar und verließ mit erhobenem Kopf das Zelt. Man mußte wahrlich nicht in irgendwelchen Eingeweiden herumstochern, um vorauszusehen, daß Dumnorix mit Milde oder Härte nicht beizukommen war. Nur mit der Aussicht auf die Königskrone.

Cäsar schaute zu mir rüber.

»Ist das Gallien, Druide?«

»Gallien hat viele Gesichter«, antwortete ich, »Rom aber nur eins.«

Cäsar lächelte und bot mir einen Becher Wein an. Ich setzte mich zu ihm. Lucia streckte ihre Vorderläufe von sich und gähnte geräuschvoll. Dann tippelte sie in kurzen Schritten zu mir herüber und setzte sich wieder auf meine Füße.

»Du erinnerst mich an meinen Grammaticus, Druide.«

»An deinen was?«

»An meinen Grammaticus. Das war mein Lehrer. Antonius Gripho. Er unterrichtete mich zu Hause. Er war Gallier. Ursprünglich war er als Geisel nach Rom verschleppt worden. Aber er hat sich bei uns so gut eingelebt, daß er auch nach Ablauf seiner regulären Zeit geblieben ist. Er hat mir leider nicht sehr viel über Gallien erzählt. Was denkst du, Druide, was ist der größte Unterschied zwischen Rom und Gallien?«

»Die Pferde«, schmunzelte ich.

»Die Pferde? Du meinst, die Pferde in Gallien sind größer und stärker als die Pferde in Rom?«

Ich schwieg und nippte an meinem Becher. Es war Cäsars Hauswein, den ich da trank, ein blutroter Tropfen aus Massilia.

Cäsar insistierte: »Was willst du damit sagen? Daß ihr besser mit Pferden umgehen könnt? Daß ihr die besseren Reiter seid?«

»Nein, Cäsar. Die Pferde in Gallien haben nicht nur vier Beine wie die Pferde in Rom, sondern auch vier Köpfe. Und jeder Kopf vertritt eine andere Meinung, und jedes Bein gehorcht einem anderen Kopf.«

Cäsar musterte mich nachdenklich, dann setzte er seinen Becher an die Lippen und trank ihn in gleichmäßigen Schlucken leer. In diesem Augenblick war ich stolz, Cäsar gegenüberzusitzen. Der jämmerliche Anblick von Diviciatus und Liscus hatte etwas in mir zerbrochen. Vielleicht den Stolz, ein Kelte zu sein. Von diesem Tag an stellte ich mich Fremden nicht mehr als Kelte vor. Sondern als Rauriker. Ich war Rauriker und würde immer ein stolzer Rauriker sein. Aber noch lieber war ich: Cäsars Druide!

Kundschafter meldeten, daß die Helvetier am Fuße eines Berges ruhten. Sofort sandte Cäsar Reiter aus, um die Beschaffenheit des Berges auszukundschaften. Wenig später meldeten sie, der Berg sei von allen Seiten leicht zu besteigen. Deshalb schickte Cäsar während der dritten Nachtwache seinen ersten Legaten, Titus Labienus, mit zwei Legionen auf den Bergkamm hinauf. Cäsar selbst folgte um die vierte Nachtwache den Spuren der Helvetier. Die Reiterei bildete die Vorhut. Publius Considius wurde mit Spähern vorausgeschickt. Ich blieb mit Wanda im Lager zurück und kopierte in Cäsars Sekretariat Briefe und Dokumente, die aus Rom eingetroffen waren. In der Zwischenzeit hatte Labienus mit den beiden Legionen den

Bergkamm besetzt. Cäsar war nur noch anderthalb Meilen entfernt, als ihm Publius Considius die Falschmeldung brachte, daß die Bergspitze von den Helvetiern besetzt sei. Er habe es deutlich an den glitzernden Rüstungen und Abzeichen erkannt. Cäsar zog sich darauf auf den nächsten Hügel zurück und stellte sein Heer in Schlachtordnung auf. Da Labienus erst angreifen durfte, wenn Cäsar in unmittelbarer Nähe des feindlichen Lagers war, wartete Labienus geduldig auf seiner Bergspitze, während auch Cäsar geduldig auf seinem Hügel ausharrte. Als Kundschafter endlich das Mißverständnis klärten, waren die Helvetier bereits weitergezogen.

Publius Considius wurde am Abend vor der versammelten Legion degradiert und mußte zu seiner Schande zusammen mit seiner Reiterstaffel drei Wochen außerhalb des befestigten Nachtlagers schlafen. Als wir am nächsten Tag aufbrachen, fanden wir hier und da Leichen von Publius Considius' Reitern. Sie waren allesamt nackt und enthauptet. Die Köpfe fanden wir später. Man hatte sie auf angespitzte Pfähle aufgepflockt und am Waldrand in den Boden gerammt.

Wir folgten den Helvetiern. Sie hatten zu keinem Zeitpunkt auch nur die kleinste Chance. Sie waren zu langsam. Und siegen würde schließlich derjenige, der den Nahrungsmittelnachschub besser organisiert hatte. In dieser Beziehung hatte Cäsar plötzlich ein großes Problem. In zwei Tagen mußte er seinen Soldaten den Proviant für die nächsten zwei Monate aushändigen. Zwei Modien pro Kopf.

Cäsar berief den Kriegsrat ein und verlangte von allen Offizieren die neuesten Meldungen. Die Stimmung war schlecht. Die meisten machten die unzuverlässigen Häduer für den Schlamassel verantwortlich. Einerseits war es ein Kinderspiel, Gallien im Handstreich einzunehmen, aber andererseits schien es so, als hätte sich alles gegen Cäsars Plan verschworen. Cäsar schickte die Offiziere wieder hinaus und blieb alleine mit Aulus Hirtius und mir zurück. Gereizt überflog er die Korrespondenz aus Rom. Schließlich donnerte er die Faust auf den Tisch. »Da läuft dieses fette Wildschwein seit Wochen vor mir her, und ich kriege es nicht zu fassen. Weshalb, Druide?«

»Du meinst, Publius Considius habe Wahnvorstellungen gehabt, als er dir gestern meldete, die Helvetier hätten den Berg bereits besetzt«, sagte ich.

»Er hat zuviel gesoffen und Wahnvorstellungen entwickelt. Das sagen auch seine Männer. Er hat die Rüstungen verwechselt …«

»Nein, Cäsar, es sind die Wälder, die ihn um den Verstand gebracht haben. In den Wäldern wohnen unsere Götter. In jedem Baum sind sie zu Hause, und sie können nach Belieben ihr Erscheinungsbild ändern. Als Publius Considius glaubte, die Helvetier auf dem Berg zu sehen, sah er in Wirklichkeit unsere Ahnen. Sie haben ihm den Verstand geraubt.«

»Ach, hör auf, Druide, ich kann deine Geschichten nicht mehr hören! Ich werde dir zeigen, welche Götter sich für einen Cäsar entschieden haben. Aber zuerst brauchen meine Männer zu essen. Wir marschieren morgen nach Bibracte. Wenn die Häduer uns kein Getreide geben, werden wir es uns gewaltsam holen.«

Am anderen Morgen brachen wir gegen Ende der vierten Nachtwache auf und marschierten gegen Bibracte. Über Nacht hatte es geregnet. Die Wege waren aufgeweicht und matschig, und die Legionäre hatten an diesem Tag noch mehr zu schultern. Denn wie üblich waren in der Nacht wieder Sklaven verschwunden. Einige von ihnen waren zu den Helvetiern übergelaufen und hatten ihnen Cäsars Pläne verraten. In der Marschkolonne der Helvetier machte sich darauf Hochstimmung breit. Cäsar hatte die Verfolgung aufgegeben! Nein, ein ängstlicher Cäsar floh vor den mutigen Helvetiern! Während die Helvetier weiter nach Westen zogen, entfernten sich die Römer Richtung Norden. Hatten gestern Cäsar und Labienus nicht Hügel und Berg besetzt und trotz günstiger Position die Schlacht vermieden? Die Helvetier wurden geradezu euphorisch, denn es liegt nun mal in der Natur des Menschen, daß er die angenehmste Deutung stets für die wahrscheinlichste hält. Aus den Verfolgten wurden Verfolger. Die Ungeduldigsten unter den helvetischen Reitern ritten zurück und provozierten nun ihrerseits Cäsars Nachhut. Cäsar reagierte prompt. Er ließ die beiden Legionen, die er kürzlich im diesseitigen Gallien ausgehoben hatte, auf einem Hügel in Stellung gehen, flankiert von leichtbewaffneten Söldnern mit Rundschild, Lederhelm, Schwert und mehreren Wurfspeeren; auch einige Bogenschützen waren unter ihnen. Ihre Aufgabe war der Schutz des Gepäcks. Unterhalb dieser unerfahrenen Legionen, ungefähr auf halber Höhe des Hügels, stellte Cäsar seine vier altgedienten Legionen auf.

Ich stand mit Wanda zuoberst auf dem Hügel inmitten von Karren, Katapulten und zusammengerollten Lederzelten und sah, wie die helvetische Kavallerie ungestüm auf uns zupreschte und gar nicht erst wartete, bis die helvetische Marschkolonne, die größtenteils noch zum designierten Schlachtfeld unterwegs war, den Ort erreicht hatte. Cäsar gab seiner Kavallerie den Befehl zum Angriff. Die Cornubläser übertrugen die Kommandos in akustische Tonfolgen, deren Bedeutung allen Soldaten bekannt war. Auf dieses Signal hin stürmte die häduerische Kavallerie in Cäsars Diensten auf die Helvetier hinunter. Doch die helvetischen Reiter standen derart eng beieinander, daß die Häduer abrupt zum Stillstand kamen und niedergehauen wurden; fluchtartig stoben sie nach allen Seiten auseinander. Angst und Schrecken stand in den Gesichtern der Rekruten. Den Krieg kannten sie nur vom Hörensagen. Aber jetzt standen sie irgendwo in der Wildnis auf einem Hügel und wurden von Tausenden von Barbaren bedrängt.

Und es wurden immer mehr. In wenigen Stunden würden die letzten Kelten der helvetischen Marschkolonne den Kriegsschauplatz erreicht haben. Es war wie ein Fluß, der sich am Fuße des Hügels in einen immer breiter werdenden Ozean ergoß. Cäsar handelte rasch. Demonstrativ ließ er sein Pferd und die Pferde seiner Offiziere wegbringen. Er setzte, wie so oft in seinem Leben, alles aufs Spiel. Sein fanatischer Ehrgeiz erlaubte ihm keine Niederlage. Jede Auseinandersetzung geriet sofort zur Überlebensfrage. Sieg oder Tod. Diese Haltung versuchte er auf seine Legionäre zu übertragen. Keiner sollte auch nur einen Augenblick an Flucht denken. Die Gefahr sollte für alle gleich sein. Ein Kälteschauer durchfuhr mich. Ich setzte mich mit Wanda und Krixos auf einen Stapel Lederballen und schaute gebannt den Hügel hinunter. Links von uns sammelten sich Hunderte von Troßknechten wie zu einer Vorstellung in einer römischen Arena und schlossen Wetten ab. Unter ihnen waren auch ein paar Sklaven, die für den Fall einer römischen Niederlage ihre Flucht erörterten.

»Römer!« brüllte Cäsar den Hügel hinunter. »Soldaten! Vor euch stehen die Nachfahren jener Barbaren, die wir schon vor Massilia geschlagen haben. Es sind Räuber, die nur Krieg und Verderben bringen und nie müde werden, sich ihrer Taten zu rühmen. Wenn wir ihnen heute gegenüberstehen, so ist es der Wunsch der unsterblichen Götter, diese Barbaren ein für allemal zu bestrafen. Römer! Legionäre! Wir sind von den Göttern auserkoren, das Schicksal der Helvetier zu erfüllen. Kämpft, Legionäre! Holt euch das Gold der Helvetier! Es gehört euch! Kämpft, Legionäre! Verdient euch die Achtung eurer Centurionen. Verdient euch Cäsars Achtung. Rom blickt auf euch. Der Kampf möge beginnen!«

Die Legionäre brüllten sich die ganze Angst aus dem Bauch, in rhythmischen Versen ließen sie Rom und Cäsar hochleben und machten sich gegenseitig Mut, während die Kelten am Fuße des Hügels ein seltsames Schauspiel boten. Ein keltischer Adliger stand nackt zwischen den helvetischen und römischen Reihen und forderte lauthals den Primipilus zum Zweikampf auf. Hätte ich all seine Worte, die von den keltischen Kriegern mit lautem Hohngelächter kommentiert wurden, mitgeschrieben, ich hätte vermutlich eine kleine Enzyklopädie der keltischen Fäkalsprache veröffentlichen können. Doch kein Centurio ließ sich herausfordern. Vier Legionen standen dem nackten Kelten gegenüber. Vier Legionen, die jeweils drei hintereinanderliegende Reihen bildeten. Die häduerische Kavallerie war zurückgezogen worden. Cäsar traute ihr nicht mehr. Der nackte Kelte trommelte sich auf die Brust und brüllte weitere Verwünschungen zu den Legionen hinüber. Schließlich pinkelte er verächtlich in ihre Richtung. Als er ihnen dann den nackten Hintern zeigte und in die Hocke ging, traf ihn ein gezielter Pfeil zwischen den Schultern. Wütend rissen sich einige keltische Adlige Rüstungen und Kleider vom Leib und traten ebenfalls nackt und wild gestikulierend nach vorne. Die Feigheit der Römer war ihnen absolut unbegreiflich. Was nützte ein heimtückisch errungener Sieg? Die Römer verweigerten den ehrenhaften Kampf! Sie wollten bloß einen Sieg! Die nackten Fürsten waren außer sich vor Wut. Schließlich verlor ein Centurio aus der zweiten Reihe die Nerven und rannte nach vorn. Sein Mut wurde von den Kelten mit einem orkanartigen, zustimmenden Geschrei gewürdigt. Die nackten Kelten wollten sich schon darüber streiten, wer mit dem Römer kämpfen durfte, als ein weiterer nackter Kelte in den breiten Korridor trat, der die keltischen Schlachtreihen von den römischen Linien trennte. Der Centurio ging sofort in Verteidigungsstellung und zog den Gladius. Der nackte Kelte war hochgewachsen und nur mit einem langen Schwert und einer Axt bewaffnet. Während der Centurio ständig die Position von Schild und Schwertarm veränderte, stampfte der nackte Riese furchtlos auf den eher kleingewachsenen Centurio zu. Dieser tänzelte geschmeidig und taktisch klug von einem Fuß auf den anderen, um notfalls blitzschnell ausweichen zu können. Doch da sauste die Axt des nackten Kelten durch die Luft, spaltete den rotgefärbten Scutum des Centurios, schlitzte ihm das Kettenhemd auf und blieb in seinem Brustbein stecken. Mit zwei Schritten stand der nackte Riese vor dem nach Luft ringenden Centurio und hieb ihm mit einem glatten Schnitt den Kopf ab. Die keltischen Schlachtreihen stießen johlend ihre Schwerter in die Luft. Der Riese bückte sich nach dem abgeschlagenen Kopf und hob ihn auf. Mit kreisenden Bewegungen schwang er den Blut spritzenden Kopf durch die Luft. Ein Pfeilhagel streckte den Kelten nieder. Ein ungeheuerlicher Vorgang! Es war nicht zu fassen, wie unsportlich sich diese Römer verhielten! Wie Feiglinge standen sie da. Sie nannten das Disziplin. Unruhig warteten sie auf das Angriffssignal der Cornus. Unten am Hügel drängten sich immer mehr Kelten in die vordersten Reihen. Als wolle jeder beim Sterben der erste sein. Sie standen so dicht beieinander, daß die Schilder übereinanderlappten. Plötzlich erklangen aus allen Richtungen die ohrenbetäubenden Stöße der Cornus. Die Legionäre warfen ihre Pila und stürmten den Hügel hinunter. Wie ein eisernes Netz zischten Abertausende von Wurfgeschossen durch die Luft und verdeckten für kurze Zeit den Blick auf die keltischen Schlachtreihen. Weil die Helvetier so eng standen, durchbohrten die Pila oft zwei Schilde und hefteten sie so aneinander. Vergebens versuchten die Kelten die Pila, deren weiche Eisenspitze sich nach dem Aufprall verkrümmte, abzuschütteln. Entnervt ließen viele ihre Schilde fallen und wurden von den nachfolgenden Wurfspeeren, die nun die Legionäre aus der zweiten und dritten Reihe herabschleuderten, durchbohrt. Als die mit gezücktem Gladius herunterrennenden Legionäre die helvetische Schlachtreihe erreichten, klafften dort bereits riesige Löcher, und es war für die kampferprobten Römer ein leichtes, den verdutzten Kelten den Schild ins Gesicht zu donnern, während sie gleichzeitig mit dem Gladius zustachen und gezielt Achselhöhle oder Unterleib durchbohrten. Da die Römer in enger, aber nicht beengender Aufstellung kämpften und ein kurzes Schwert benutzten, das vor allem zum Stoßen geeignet war, waren sie den verdutzten Kelten, die überlange und deshalb unhandliche Hiebschwerter benutzten, weit überlegen. Unerwartet rasch zogen sich die Helvetier auf einen Berg zurück, der kaum tausend Schritte entfernt war. Die siegessicheren Legionäre rückten unaufhaltsam vor. Doch plötzlich erschienen rund fünfzehntausend Bojer und Tiguriner auf dem Schlachtfeld. Sie hatten die Nachhut des Helvetierzuges gebildet. Sie griffen sofort in den Kampf ein und stürzten sich in die rechte, ungeschützte Seite der nachrückenden Legionäre. Als die Helvetier, die sich auf den Berg zurückgezogen hatten, die lautstark eintreffende Verstärkung sahen, gingen sie erneut zum Angriff über und rannten wieder den Berg hinunter. Mit voller Wucht prallten sie auf ihre Verfolger, die nun von zwei Seiten arg bedrängt wurden. Cäsar ordnete sofort an, daß die ersten beiden Reihen der vier Legionen den Helvetiern auf dem Berg trotzen sollten, während die dritte und letzte Reihe die heranstürmenden Bojer und Tiguriner aufhalten müsse. Auf beiden Seiten wurde erbittert gekämpft. Die Helvetier wußten, daß eine Niederlage das Ende ihrer Atlantikträume war, und jeder Legionär war sich bewußt, daß eine Niederlage in dieser Wildnis den sicheren Tod bedeutete. Auf beiden Seiten sah man niemanden fliehen. Nur die römischen Sklaven, die oben auf dem Hügel beim verschanzten Gepäck gebannt dem Schauspiel folgten, glaubten plötzlich die Römer unter Druck. Zuerst grinsten sie sich nur frech an. Allmählich verschwand der eine oder andere auf der Rückseite des Hügels, und plötzlich rannten sie zu Hunderten weg. Johlend und spottend. Die Centurionen verboten den Rekruten, die Verfolgung aufzunehmen. Sie brauchten jeden Mann Reserve. Der Kampf unten am Hügel artete in eine regelrechte Abschlachterei aus, die von Mittag bis tief in die Nacht dauerte. Auf beiden Seiten waren die Verluste riesig, die Zahl der Verletzten unüberschaubar. Doch selbst jene, die sich mit schwersten Verwundungen vorübergehend aus dem Kampfgeschehen zurückgezogen hatten, erhoben sich nach einer Weile wieder, um weiterzukämpfen. Jede Seite versuchte immer wieder mit einem allerletzten Aufbäumen die Entscheidung herbeizuführen. Die Männer fielen und starben, zu Tausenden lagen sie auf der blutgetränkten Erde. Ein Centurio rannte wie von Sinnen mit abgetrennten Armen durch das unüberschaubare Leichenfeld, bis er in einem Brei von dampfenden Gedärmen ausglitt und der Länge nach hinfiel. Ein Kelte torkelte in die feindlichen Linien und versuchte dabei das abgeknickte Pilum aus seinem Hals zu ziehen. Ein Schwerthieb spaltete ihm den Kopf. Ein großes Auge kullerte über den bronzenen Muskelpanzers eines jungen Tribuns, der bewegungslos, aber mit weit aufgerissenen Augen in den Himmel starrte. Ein Kelte brach tot über ihm zusammen. Der Gladius steckte noch in seiner Achselhöhle. Und langsam wurden die Rufe der Kelten schwächer. Die Bojer und Tiguriner zogen sich allmählich zurück. Sie taten es so ruhig und geordnet, daß man den Eindruck haben konnte, sie hätten nun genug von der Schlacht. Die Frauen und Alten, die an der Stelle geblieben waren, wo der lange Treck sich am Mittag aufgelöst hatte, hatten mittlerweile eine Wagenburg gebildet. Die zurückkehrenden Bojer und Tiguriner stiegen auf die Ladeflächen, verschanzten sich hinter Getreidesäcken und Fässern und schleuderten von dort ihre Speere auf die diszipliniert nachrückenden Legionäre. Die Helvetier hatten sich auf ihren Berg zurückgezogen und versuchten die nachrückenden Römer aufzuhalten, bis sie ihr Gepäck in Sicherheit gebracht hatten. Da schrie ein Centurio, daß Cäsar den ersten, der in das helvetische Lager eindringe, persönlich belohnen werde. Daraufhin rannten die Legionäre mit Todesverachtung gegen die keltischen Stellungen an.

Schließlich gelang es ihnen, in das Herz des Lagers einzudringen und sich des Trosses zu bemächtigen. Die Kinder der angesehensten Fürsten gerieten in Gefangenschaft, die legendären Goldreserven in die Hände der römischen Soldaten. Die überlebenden Helvetier, Rauriker, Bojer und Tiguriner verließen den Kriegsschauplatz. Stumm und ohne Eile, als zollten sie dem wimmernden Schlachtfeld die letzte Ehre.

Die Römer sanken erschöpft zu Boden und dankten den Göttern, daß der Alptraum vorüber war. Viele weinten leise vor sich hin. Einige zitterten am ganzen Körper und murmelten wirres Zeug, als hätten sie den Verstand verloren. Ich war wie gelähmt. Die ganze Nacht über hörten wir das Flehen, Stöhnen und Wimmern der Sterbenden. Bis in die frühen Morgenstunden mußten erschöpfte Legionäre jungen Rekruten beistehen, die sich, von Weinkrämpfen geschüttelt, am Boden krümmten oder verstört herumirrten. Was hatte man ihnen alles erzählt, über die glorreichen Schlachten ihrer Ahnen, über die Feldzüge, an denen Verwandte teilgenommen hatten! Aber niemand hatte ihnen gesagt, was Krieg wirklich war.

Cäsar saß starr in seinem Zelt. Ein Kundschafter meldete, daß die Helvetier ihren Zug fortgesetzt hätten. Er schätzte die Überlebenden auf sechzig- bis siebzigtausend. Cäsar befahl, die Verfolgung aufzunehmen.

»Dazu sind wir nicht mehr in der Lage«, murmelte Labienus. Cäsar wußte, daß die Schlacht unentschieden geendet hatte. Er hätte genausogut als erster das Schlachtfeld verlassen können. Aber so wie ich Cäsar mittlerweile kannte, bin ich sicher, daß er den Ausgang der Schlacht als Zeichen der Götter wertete.

»Wie lange werden wir brauchen, um die Toten zu bestatten?« fragte Cäsar in die Runde.

»Mindestens drei Tage, Cäsar.«

Fast beschämt blickte er auf seine lehmverschmierten

Lederstiefel. Drei Tage, das bedeutete, daß er immense Verluste erlitten hatte.

»Labienus, schick Boten zum Stamm der Lingonen. In ein, zwei Tagen werden die Helvetier ihr Gebiet erreicht haben. Ich verbiete den Lingonen, den Helvetiern zu helfen. Bei Zuwiderhandlungen werde ich die Lingonen so behandeln, wie ich die Helvetier behandelt habe. Sage es ihnen.«

»Cäsar«, sagte einer der jungen Tribune, »wir haben im Lager der Helvetier Unmengen Gold gefunden. Sollen wir …«

»Kann Gold meine toten Männer wieder zum Leben erwecken oder die Sterbenden heilen?« fauchte der Centurio Lucius Speratus Ursulus. Sein linkes Auge war blau unterlaufen. Unter dem zerschlissenen rechten Ärmel seiner Tunika hatte sich eine Blutkruste gebildet.

»In gewissem Sinne schon«, antwortete Cäsar ruhig. »Gold bedeutet Legionen, Legionen bedeuten Macht, und Macht bedeutet Rom. Bringt mir das Gold der Helvetier!«

In einem riesigen Zelt, das von Cäsars Leibgarde bewacht wurde, hatten die Rekruten das Gold der Helvetier gestapelt. Raubgold. Es waren ganze Wagenladungen von groben Goldbarren, unzählige Fässer mit keltischen, massaliotischen, römischen und griechischen Gold- und Silbermünzen. Cäsar hatte darauf bestanden, daß ich ihn begleitete. Da der Boden zum Teil glitschig war, hatte ich Wanda mitgenommen. Cäsar nahm einem Soldaten seiner Leibwache die Fackel ab und schickte ihn raus. Jetzt stand er allein inmitten seines Goldes. Es hatte einen Gegenwert von einigen hundert Millionen. Und es war Cäsars Gold.

»Bist du deswegen ins freie Gallien eingefallen?« fragte ich Cäsar.

Cäsar griff in ein Faß mit massaliotischen Silbermünzen, nahm eine Handvoll und ließ sie wieder ins Faß zurückfallen.

»Druide«, antwortete Cäsar, in Gedanken versunken, während an den Zeltwänden die Schatten der Wachsoldaten patrouillierten, »hast du jemals Alexander gefragt, wieso er ein Weltreich erobert hat?«

Cäsar war ein Besessener. Es war nicht das Gold, das ihn faszinierte, sondern die Möglichkeiten, die dieses Gold ihm nun bot. Es war ihm nicht möglich, das bisher Erreichte zu genießen. In Gedanken war er bereits bei der Verwirklichung eines noch tollkühneren Planes. Cäsar war, so gesehen, der Sklave seines Ehrgeizes.

Plötzlich erregte eine alte Holzkiste mit vergoldeten Scharnieren seine Aufmerksamkeit. Er kniete davor nieder und wollte sie öffnen.

»Tu es nicht«, warnte ich Cäsar.

Er drehte sich um und reichte mir die Fackel, damit er beide Hände frei hatte.

»Wieso sollte ich sie nicht öffnen, Druide? Die Kiste ist nicht mal verschlossen.«

»Sie ist deshalb nicht verschlossen, weil kein Kelte auf die Idee käme, sie zu öffnen.«

Cäsar drehte sich um. Er grinste über beide Ohren. Das gefiel ihm. Ein Kelte verbot ihm, eine Kiste zu öffnen.

»Es ist die Kiste eines Druiden. Du solltest sie zurückgeben, bevor die Götter dich bestrafen.«

Jetzt war für Cäsar endgültig klar, was er zu tun hatte. Ich hatte ihm mit der Strafe der Götter gedroht. Wenn er die Kiste öffnete, machte er sich die keltischen Götter zu Gegnern. Das war ganz nach seinem Geschmack. Sich mit Göttern anzulegen. Sie besiegen oder untergehen. Als Cäsar die Kiste öffnete, wandte ich mich beschämt ab. Ich stellte die Fackel in einen eisernen Trichter, der an einer Stange in der Mitte des Zeltes befestigt war. Ich wollte nicht sehen, wie dieser gottlose Römer die heiligen Sicheln unserer Druiden beschmutzte.

In den nächsten Stunden begann Mamurra die Beute zu katalogisieren. Er wurde dabei von gebildeten griechischen Sklaven unterstützt. Die Arbeit war dringend, denn die Höhe der Beute entschied über den Anteil der einzelnen Soldaten. Während der Zählung stürmte Ursulus, der Primipilus, begleitet von anderen aufgebrachten Centurionen, ins Goldzelt und bat Cäsar, sich endlich an die Männer zu wenden. Cäsar gab dem Drängen nach und trat vor die Legionen, die sich bereits in Reih und Glied aufgestellt hatten. Er lobte ihre Tapferkeit und versprach jedem einzelnen eine Prämie in Höhe eines Jahressolds. Trebatius Testa, ein junger Spezialist für Verwaltungsrecht, der gerade erst aus Rom eingetroffen war, nahm die Rede mit Kopfschütteln zur Kenntnis. Wie konnte Cäsar einen Jahressold versprechen, wenn er noch nicht wußte, ob er dieses Versprechen halten konnte? Aber auch das war ein typischer Charakterzug Cäsars. Er setzte sich permanent mit voreiligen Versprechen und Taten unter Druck. Sollte er zuwenig Gold haben, um sein Versprechen zu erfüllen, wäre er gezwungen, zusätzliches Gold zu beschaffen.

Ich zog mich mit Wanda in unser Zelt zurück und bat Krixos um eine Kanne Wein. Ich hatte Lust, mich zu besaufen. Es war bereits Mitternacht.

»Was meinst du, Wanda? Liegt dem Schicksal eines jeden Menschen ein göttlicher Plan zugrunde?«

»Ich weiß es nicht«, lächelte sie, während sie ihren Arm fester um meine Taille schlang. Lucia spielte mit den Lederschnüren meiner Schuhe. Ich war froh, sie bei mir zu haben. Ich erwähne Lucia ausdrücklich, weil man Hunde meist erst dann erwähnt, wenn sie sterben. Lucia war mir stets sehr wichtig gewesen. In gewissem Sinne war sie wie ein Schwamm, der all meine Sorgen aufsog. Nach einigen Schlucken Wein fühlte ich mich schwermütig und melancholisch. Ich war unruhig. Ich hatte plötzlich Angst, Wanda zu verlieren. Ich weiß nicht, ob es daran lag, daß in den letzten Tagen so viele Menschen soviel verloren hatten. Ich weiß es nicht. Oder war es eine Vorahnung? Eine Botschaft der Götter? Ich nahm Wanda in die Arme und hielt sie fest.

Cäsar stand immer noch draußen vor seinen Legionären. Seine Stimme drang bis in unser Zelt. Einmal mehr bemühte er die unsterblichen Götter, die Rom zu diesem Sieg verholfen hatten.

Sieg? Cäsars Männer waren am Ende. Drei Tage wurden die Verletzten gepflegt und die Toten verscharrt. An eine Verfolgung der Helvetier, die Weidetiere und Karren zurückgelassen hatten, war nicht mehr zu denken.

Unterdessen marschierten die Helvetier beinahe Tag und Nacht. Richtung Norden. Sie wollten sich bei den Lingonen verpflegen und sich für die nächste Schlacht rüsten. Doch die Lingonen hatten bereits Cäsars Boten empfangen und seine Drohung zur Kenntnis genommen. Die Lingonen schlossen die Tore ihrer Oppida und verweigerten den Helvetiern jede Hilfe. Sie schickten Gesandte zu Cäsar und boten Frieden an. Einen Zweifrontenkrieg konnten sich die hungernden Helvetier nicht leisten. Cäsar, der nach drei Tagen die Verfolgung der Helvetier wieder aufgenommen hatte, empfing die Gesandten und beschied ihnen knapp, sich nicht mehr von der Stelle zu rühren und seine Ankunft zu erwarten.

Die erste Nachtwache hatte bereits begonnen, als Cäsar die keltische Gesandtschaft in seinem Feldherrenzelt empfing. Sie wurde von Nammejus und Verucloetius angeführt. Cäsar saß in einem mit rotem Leder überzogenen Stuhl, dessen breite Armlehnen in Bronze eingefaßt waren. Der Boden des Zeltes war mit Brettern ausgelegt, doch dort, wo Cäsar saß, war er um einen Tritt höher. So thronte Cäsar, leicht erhöht, inmitten seiner Tribune, Präfekten und den Legaten A. Cotta, Crassus, D. Brutus, S. Galba, C. Fabius und dem treuen T. Labienus. Zu beiden Seiten waren Tische für die Schreiber und Dolmetscher aufgestellt. Cäsar hatte mich, Aulus Hirtius, Gaius Oppius, Valerius Procillus und Trebatius Testa mit den Kanzleiarbeiten beauftragt. Cäsar ergriff sofort das Wort: »Helvetier, im Namen Roms fordert Cäsar eure sofortige Kapitulation.«

Procillus übersetzte. Cäsar gab dem jungen Trebatius Testa einen Wink. Testa war ein ansehnlicher junger Mann, schlank und mit griechisch anmutenden Gesichtszügen. Seine Stimme war angenehm weich, seine Worte präzise und verständlich: »Die Kapitulation beinhaltet die sofortige Abgabe aller Waffen, die Rückerstattung aller entlaufenen Sklaven und das Stellen von Geiseln. Mit der Annahme der Kapitulation stimmt ihr einem provisorischen Rechtszustand zu, der Roms Herrschaftsanspruch zum Inhalt hat. Stimmt ihr der Kapitulation zu, werde ich euch anschließend die Einzelheiten der Bestimmungen vorlesen.« Testa schaute kurz zu Cäsar. Als Procillus die Übersetzung beendet hatte, ergriff Cäsar wieder das Wort: »Helvetier, stimmt der Kapitulation zu, oder lehnt sie ab.«

»Cäsar«, begann Nammejus, »die Götter waren dir wohlgesonnen. Sie haben unsere Pläne zunichte gemacht. Aber sie haben uns nicht vernichtet. Unser Kampfeswillen ist ungebrochen. Deshalb sag uns, wo du uns ansiedeln willst, wenn wir kapitulieren.«

»Ich befehle euch, in eure Heimat zurückzukehren. Baut eure Häuser und Oppida wieder auf.«

»Hat Cäsar denn den Grund vergessen, wieso wir vor drei Jahren beschlossen haben, unsere Heimat zu verlassen? Will Cäsar uns schutzlos den Angriffen der Germanen überlassen? Wenn Cäsar uns zurückschickt, damit Ariovist nicht in die verlassenen Gebiete nachrücken kann und zum Nachbarn der römischen Provinz wird, dann soll Cäsar uns wenigstens unsere Waffen lassen.«

Cäsar schüttelte unwirsch den Kopf.

»Ihr habt keine Bedingungen zu stellen, Helvetier. Ihr sollt bis morgen abend, bis zur ersten Nachtwache, alle eure Waffen abgegeben haben. Jeder Kelte, der dann noch

Waffen trägt, wird gewaltsam entwaffnet und in die Sklaverei geschickt. Wer die Kapitulation annimmt, kann in seine Heimat zurückkehren. Dort wird er seine Waffen wiedererhalten.«

Die helvetische Delegation beriet sich kurz. Offenbar hatten sie die möglichen Szenarien vorher schon genau besprochen. Nammejus löste als erster den vergoldeten Haken seines Waffengurtes und warf das Gehänge mitsamt dem Schwert erhobenen Hauptes zu Boden. Dann lösten zwei Sklaven die Lederschnallen seines Brustpanzers und legten die Rüstung zu Boden. Die anderen Fürsten folgten seinem Beispiel. Es war ein Augenblick, der mich stark bewegte und unendlich traurig stimmte. Wir alle wußten, daß Cäsar einen ungerechten Krieg geführt hatte. Ich verstand nicht, wieso unsere Götter dies zugelassen hatten. Oder war es vielleicht doch so, wie Cäsar behauptete, daß die Götter gerade denjenigen, den sie besonders strafen wollen, länger unter ihre Fittiche nehmen, damit der plötzliche Sturz ins Unglück um so grausamer empfunden wird? Ich wußte es nicht. Der Druide Verucloetius kam auf mich zu und ergriff meine Hand.

»Divico ist tot, Korisios. Geh deinen Weg, und denk an die Prophezeiung.«

Ein kalter Schauer fuhr mir den Rücken hinunter. Ich sollte also im Alleingang einen Mann vernichten, den eine ganze keltische Armee nicht hatte vernichten können. Ich nickte Verucloetius zu, aber ich meinte es nicht wirklich. Für einen Druiden wie Verucloetius war Cäsar natürlich das größere Problem. Seine Armeen brachten die lateinische Schrift, sie brachten Wissen, Wissen und Wein. Sie brachten neue Götter und frisches Geld aus Rom. Und dort, wo einst blutige Schlachten geschlagen worden waren, blühte später der Handel. Die Druiden würden ihre ganze Macht verlieren! Für immer. Ihr sorgsam gehütetes Wissen! Und die Adligen bangten um ihre Privilegien. Deshalb hatte sich der Häduer Diviciatus auf die Seite Cäsars geschlagen. Deshalb ritt der Arverner Vercingetorix in der römischen Kavallerie. Mir schien plötzlich, als würde keinem keltischen Vornehmen sein Land wirklich am Herzen liegen. Jeder wollte bloß sein Eigentum beschützen. Wenn nötig, mit Cäsars Hilfe.

»Ich soll auch nicht mehr Druide werden, nicht wahr?«

»Die Götter haben bereits zu dir gesprochen«, lächelte Verucloetius, »du sollst kein verschlossenes Buch der Kelten werden, Korisios, du sollst ein sprechendes Buch werden.«

Um schöne Worte waren die Druiden nie verlegen. In dieser Stunde wurde mir klar, daß ich vermutlich nie die Chance gehabt hatte, jemals Druide zu werden. Innerlich hatte ich mich schon entschieden. Lieber Wandas Geliebter als Druide auf der Insel Mona. Aber es kränkte mich, daß es nicht meine Entscheidung gewesen sein sollte. Selbst wenn ich mich dafür entschieden hätte, den Weg der Druiden zu gehen, heute wäre ich abgewiesen worden. Spätestens heute hätten mich die Druiden aus ihrer Gemeinschaft ausgeschlossen. Ich war nun mal nicht adliger Abstammung. Wollte ich gesellschaftlich aufsteigen, so konnte ich dies nur in Cäsars Heer. Ausgerechnet in Cäsars Heer. Ich denke, daß der Tag der Kapitulation für mich ähnlich einschneidend gewesen ist wie der Anblick der erbärmlich weinenden Häduer Diviciatus und Liscus.

Ich verabschiedete mich von Verucloetius. Und auch ein bißchen von meinem Stamm. Ich wußte, daß ich den Druiden nie mehr wiedersehen würde. Jetzt erst bemerkte ich, daß Cäsar mich die ganze Zeit über beobachtet hatte. Er lächelte. Es schien, als hätte er meinen Abschied von Verucloetius mit Genugtuung zur Kenntnis genommen. Und seine Augen suchten erneut meine Freundschaft.

Das Lager der Helvetier war mittlerweile mit einer endlosen Palisade in einen Freiluftkäfig verwandelt worden. Als die Delegation ins Lager zurückgekehrt war, hörte man aufgeregte Stimmen. Es wurde auch gestritten und hier und da gekämpft. Gegen Mitternacht gelang sogar über sechstausend Kriegern die Flucht aus dem Lager.

Am anderen Morgen inszenierten Cäsars Legaten und Tribune den offiziellen Kapitulationsakt. Sechs Legionen standen Spalier. Am Ende der Allee war ein Holzpodest aufgebaut. Cäsar saß wie ein König in seinem roten Lederstuhl, umringt von seinen Offizieren. Ein Kelte nach dem andern schritt den Weg zwischen den Legionärsreihen hinunter und warf vor Cäsar seine Waffen ab. Als der Stamm der Rauriker an der Reihe war, hielt ich die Luft an. Wer hatte überlebt? Doch Basilus war einer der ersten.

»Basilus!« brüllte ich, so laut ich konnte. Die römischen Offiziere schauten verdutzt zu mir rüber. Wanda schubste die jungen Tribune vor mir beiseite und zerrte mich nach vorn. Jetzt endlich sah mich Basilus. Sein Oberkörper war nackt und von Wunden gezeichnet. Aber er schien keine bleibende Verletzung zu haben. Er bewegte sich aufrecht und stolz und kam leichtfüßig auf mich zu. Übers ganze Gesicht strahlend, reckte er sein Schwert in die Höhe.

»Korisios!«

Sofort sprangen einige Prätorianer von Cäsars Leibwache vor ihren Feldherren und schützen ihn mit ihren Schilden. Links und rechts legten kretische Bogenschützen auf Basilus an. Er blieb stehen und genoß den Schrecken, den er den Römern eingejagt hatte. Lachend warf er sein langes Hiebschwert auf den Eisenhaufen zu Cäsars Füßen.

»Werden wir uns wiedersehen, Korisios?« fragte Basilus. Er schrie es freudig heraus.

»Ja«, antwortete ich spontan, »wir werden uns wiedersehen, Basilus, aber es werden einige Winter vergehen.«

Die Prätorianer gingen nun mit gezückten Gladien auf Basilus zu. Einige Legionäre hatten bereits ihre Pila gesenkt und schubsten ihn vorwärts. Gereizt drehte er sich um und schaute die Legionäre, die ihre Pilumspitzen nur eine Handbreite vor seiner nackten Brust hielten, verächtlich an. Er hatte keine Angst. Er wußte ja aufgrund meiner Prophezeiung, daß heute nicht sein Tag zum Sterben war. Basilus lachte furchtlos und ging dann weiter. Mir schien, als sei er älter geworden. Sein Gesicht war eingefallen und von den Strapazen gezeichnet.

Die Waffenübergabe dauerte den ganzen Morgen. Am Nachmittag wurden die geforderten Geiseln gestellt. Es waren grausame Szenen. Die Kinder weinten jämmerlich. Es brach einem das Herz mitanzusehen, wie die Legionäre die schweren Handschellen um ihre zarten Gelenke schlugen. Procillus kamen bei diesem Anblick die Tränen. Obwohl er längst ein erwachsener und gestandener Mann war, weckten diese Bilder wieder die Erinnerung an seine eigene Verschleppung. Gerne hätte ich den Kindern die keltische Weisheit mit auf den Weg gegeben, wonach ein Unglück, das man sofort annimmt, viel leichter wiegt. Aber heute hätten sie es nicht verstanden. In einigen Tagen würde man den Kindern und Frauen die Handschellen abnehmen und sie fortan wie Gäste behandeln. Die Kinder würden ja nicht allein sein, es gab auch adlige Männer jeglichen Alters, die als Geiseln gestellt wurden. In der Regel versuchte man alle Sippen zu berücksichtigen und wählte stets die Beliebtesten aus, denn nur diese boten die Gewähr, daß sich der Besiegte auch wirklich im Sinne Roms verhielt.

Gegen Abend wurden die übergelaufenen Sklaven zurückgebracht. Jene, die sich gewaltsam ihrer Rückführung widersetzt und dabei Legionäre verletzt hatten, wurden ans Kreuz geschlagen. Diese Sitte stammt übrigens von den Carthagern. Es war ursprünglich ein Opferritus gewesen. Die Römer übernahmen diese Hinrichtungsart jedoch, um ihre Opfer der Lächerlichkeit preiszugeben.

In den nächsten Tagen bewilligte Cäsar mehrere Lagerfeste. Er kaufte die Märkte in der Umgebung leer und ließ seine Legionäre fürstlich bewirten. In einer feierlichen Rede lobte er ihren Mut und ihre Tapferkeit und verkündete erneut, daß er seinen Quästor angewiesen habe, jedem Legionär eine Prämie in Höhe eines Jahressoldes zu schenken. Obwohl normalerweise nur römische Bürger in diesen Genuß kamen, wich Cäsar auch in diesem Punkt vom Üblichen ab. Er ordnete an, daß auch die Auxiliartruppen, die berittenen Kelten in seinen Reihen, eine Prämie erhalten sollten. Er empfing die keltischen Reiterführer, die geschlossen mit all ihren Gefolgsleuten Cäsars Auxiliarkavallerie beigetreten waren, persönlich in seinem Zelt und überreichte ihnen das Geld. Er machte sie zu reichen Leuten und trieb den Keil zwischen den rivalisierenden keltischen Stämmen damit noch tiefer. Um die hohen Prämien zahlen zu können, mußte Cäsar einmal mehr seine private Feldherrenkasse belasten. Mamurra war deswegen außer sich vor Wut.

»Du gibst das Geld aus, bevor ich es gezählt habe. Wieso zahlen wir nicht endlich deine Schulden zurück, Cäsar?«

Er war einer der wenigen, die so mit Cäsar sprechen konnten.

»Was habe ich davon, wenn ich schuldenfrei bin und Gallien verliere?« fragte Cäsar lakonisch. »Die Häduer sind für mich mehr wert als irgendein befestigtes Proviantdepot mitten in dieser Wildnis.«

»Du versprichst viele Königskronen«, grinste Mamurra versöhnlich und führte Cäsars Befehle aus.

Die Abende verbrachte Cäsar meist mit dem Diktieren von Briefen. Ganz Rom sollte erfahren, daß er hier in Gallien auf eine Goldader gestoßen war. Ganz Rom sollte erfahren, daß er die Helvetier, die wegen ihrer Nachbarschaft zu den Germanen als besonders mutig galten, besiegt hatte.

Die Helvetier, Latobriger, Tiguriner und Rauriker schickte er in ihre Heimat zurück und wies die Allobroger an, den Heimkehrenden genügend Lebensmittel bis zur ersten Ernte zur Verfügung zu stellen. Die Allobroger waren nicht zu beneiden. Sie unterstanden der römischen Verwaltung der Provinz Gallia Narbonensis. Sie hatten zu tun, was Cäsar ihnen befahl. Als die Helvetier hingegen in ihre Heimat zurückkehrten, waren sie immer noch ein freies Volk.

Cäsar ließ in der Nähe von Bibracte ein befestigtes Lager errichten und gönnte seinen Männern Ruhe und ausgiebig Verpflegung. Die Häduer hatten nach der Unterwerfung der Helvetier ihre Verzögerungstaktik aufgegeben. Nun versorgten sie das römische Heer mit allen gewünschten Nahrungsmitteln und Materialien. Die zahlreichen Verletzten wurden fürsorglich gepflegt und mit doppelten Nahrungsrationen verwöhnt, die übrigen Legionäre durften sich nach Erledigung ihrer Pflichten zu den Händlern und Prostituierten begeben, die im Umkreis des Lagers wieder ihre Zelte aufgeschlagen hatten und bereitwillig den keltischen Schmuck aufkauften, den die Legionäre den Toten geraubt hatten. Die zahlreichen Waffen und Rüstungen der toten Kelten wurden von der Legion eingesammelt und entweder für die spätere Ausrüstung von Hilfstruppen aufbewahrt oder den Großhändlern verkauft. Ein gewaltiger Geldkreislauf war in Bewegung geraten. Täglich entstanden außerhalb des Lagers noch mehr Bordelle, noch mehr Garküchen und noch mehr Weinstuben. Jeder Legionär, so klein und pockennarbig er auch sein mochte, wurde von den keltischen Huren und Bauern wie ein vornehmer Herr empfangen. Er konnte nach Knoblauch stinken und wie ein alter Hund furzen, für die Menschen in der Umgebung war er ein von Esus gesandter Prinz. Er brachte Geld. Viel Geld. Und dreißigtausend Legionäre brachten noch mehr Geld. Diesen Kelten hatte Cäsar nicht Tod und Verderben gebracht, sondern den wirtschaftlichen Aufschwung. Selbst Helvetier, die Cäsar vor kurzem noch erbittert bekämpft hatten, bewarben sich nun bei den Präfekten um eine Anstellung in der Legion. Und Cäsar war nicht nachtragend. Für ihn zählte die Leistung. Er gab deshalb die Order, daß auch adlige Helvetier mit ihrer gesamten berittenen Gefolgschaft geschlossen seiner Auxiliarkavallerie beitreten konnten. Cäsar war nur an Reitern interessiert.

Auch mir gegenüber zeigte er sich großzügig. Ich erhielt eine Prämie in Höhe von zwei Jahreslöhnen. Es war ein seltsames Gefühl, von Cäsar etwas entgegenzunehmen, was dieser zum Teil meinem eigenen Volk gestohlen hatte. Aber hätte irgendein adliger Helvetier oder Rauriker mir jemals auch nur eine Sesterze geschenkt? Hatte man mir nicht selbst das Tor zum Druidenberuf verschlossen? Ich weiß, mittlerweile zog ich Wandas Körper den himmlischen Gestirnen vor, aber factum war, daß ich nie die Möglichkeit gehabt hätte, Druide zu werden. Selbst wenn ich es gewollt hätte. Und das machte mich wütend. Ich brauchte diese Wut, um Cäsars Geschenk annehmen zu können. Sein Arm ruhte auf meinen Schultern, als er selbst mir die Silberdenare aushändigte. Seine Augen waren sanft und milde und boten mir erneut seine Freundschaft an. Ich widerstand nicht mehr. Cäsar hatte mir mehr geboten als jemals irgendein fremder Kelte! An jenem Tag war ich zum ersten Mal wirklich stolz darauf, sein Druide zu sein.

Wenig später diktierte mir Cäsar bereits die Fortsetzung seines Rechtfertigungsberichtes: »Den Häduern gestattete Cäsar auf ihre Bitte, die Bojer, die als Leute von seltener Tapferkeit bekannt waren, in ihrem Lande anzusiedeln. Die Häduer gaben ihnen also Ländereien und gewährten ihnen (später) dieselbe rechtliche und bürgerliche Stellung, die sie selbst hatten.«

Ich mußte innerlich schmunzeln, als ich diese Zeilen schrieb. Denn jeder halbwegs intelligente Mensch in Rom würde sich wundern, daß die Häduer, die Cäsar ja angeblich um Hilfe gerufen hatten, ihn nun darum baten, die Bojer, die ja angeblich mit den anderen Auswanderern ihre Felder verwüstet hatten, in ihrem Land aufnehmen zu dürfen. Während des Diktats brachte Ursulus Tafeln, die man im helvetischen Lager gefunden hatte. Auf diesen Tafeln war in griechischer Schrift festgehalten, wie viele Waffenfähige, Kinder, Greise und Frauen an der Auswanderung teilgenommen hatten. Die Zahlen waren für Cäsar eher ernüchternd. Er konnte von Glück reden, daß Ursulus nicht Griechisch lesen konnte. Die Tafeln sprachen von insgesamt hundertvierundachtzigtausend Personen, davon sechsundvierzigtausend Waffenfähigen. Überlebt hatten fünfundfünfzigtausend Menschen. Somit hatten Cäsars Legionen innerhalb weniger Wochen weit über hunderttausend Menschen niedergemetzelt und ausgeplündert. Cäsar ließ sich verdünnten Wein bringen. Gespannt warteten Aulus Hirtius und ich auf die Fortsetzung des Diktats. Schließlich diktierte Cäsar weiter:

»Die Summe belief sich auf 263.000 Helvetier, 36.000 Tulinger, 14.000 Latobriger, 23.000 Rauriker und 32.000 Bojer; darunter befanden sich gegen 92.000 Waffenfähige. Alles in allem waren es gegen 368.000 Köpfe. Die Anzahl derer, die in ihre Heimat zurückkehrten, betrug nach der von Cäsar befohlenen Zählung 110.000.«

Cäsar hatte jede Zahl verdoppelt. So einfach wurde Geschichte geschrieben. Es ist stets die Geschichte der Sieger.

VII.

Während Cäsar von seinem Sieg über die Helvetier berichtete, starben in den Sanitätszelten täglich Dutzende von Legionären. Jeden Morgen erstattete Antonius, der erste Medicus, Bericht über die Zahl der in der Nacht Verstorbenen. Wer schwer verletzt war, starb schnell. Während man Fleisch- und Knochenwunden relativ erfolgreich behandeln konnte, stand man inneren Verletzungen machtlos gegenüber. Heikel waren auch offene Fleischwunden, die sich entzündeten und Eiterherde bildeten. Dem ersten Medicus, Antonius, standen zahlreiche Fachleute zur Verfügung. Einige waren gelernte Metzger, die in der Legion umgeschult worden waren. Für festsitzende Geschosse waren sie die idealen Chirurgen. Entweder wurde das Geschoß rückwärts aus dem Wundkanal gezogen oder am anderen Ende herausgedrückt. Dazu schnitt man mit dem Skalpell das Fleisch bis zur Geschoßspitze auf. Nur selten wurden dabei Adern und Sehnen durchtrennt. Komplizierter und anspruchsvoller waren jedoch die zahlreichen Amputationen, die nach der Schlacht vorgenommen werden mußten. Der Patient wurde gefesselt und auf einem Tisch festgebunden. Bevor der Medicus mit der Operation begann, schob er dem Unglücklichen ein Stück Holz zwischen die Zähne. War zum Beispiel ein Bein unterhalb des Knies zerfetzt, schnitt man das Fleisch oberhalb des Knies bis auf den Knochen ein und schälte das Fleisch über dem blanken Knochen zurück. Dann wurde der Knochen durchgesägt. Die aufgerauhte Sägestelle wurde sorgfältig geglättet, und dann zog man die zurückgestülpte Haut wieder nach vorne. Überlebte der Legionär die Wundheilung, erhielt er vom Zimmermann frische Krücken und wurde feierlich aus der Legion entlassen. Abends an den

Lagerfeuern wurde oft darüber debattiert, ob ein Leben mit einem Arm noch lebenswert war oder ob der Tod einem Leben mit zwei abgetrennten Beinen vorzuziehen sei. Die Mehrheit vertrat die Meinung, daß das Leben lebenswert blieb, solange man sich noch zu einer Prostituierten schleppen und Wein trinken konnte. Wie auch immer: Nach einer Schlacht mit hohen Verlusten war die Stimmung im Lager stets eine sehr fragile Angelegenheit. Sie konnte jederzeit kippen. So war es auch nach der Schlacht bei Bibracte. Zuerst hörte man nur vereinzelte Kritik, die hinter vorgehaltener Hand weitergegeben wurde. Doch die Kritik fiel auf fruchtbaren Boden. Einige Offiziere, die lukrative Beförderungen oder noch größere Beute erwartet hatten, warfen Cäsar vor, einen unnötigen und unerlaubten Krieg gegen die Helvetier geführt zu haben, der nur seiner persönlichen Bereicherung und der Befriedigung seines krankhaften Ehrgeizes gedient hatte. Cäsar hatte in der Tat nicht nur in Rom Feinde. Auch unter seinen Offizieren befanden sich etliche Männer, die spionierten, intrigierten und sich Cäsars Gegnern in Rom verpflichtet fühlten. Obwohl Cäsar in der Regel einen guten Riecher hatte, blieb ihm dieser aufkeimende Widerstand zunächst verborgen. Ich hielt es nicht für meine Aufgabe, ihm darüber Bericht zu erstatten. Vielleicht wußte er auch davon und ignorierte ihn, weil er in diesen Tagen mehr denn je überzeugt war, von den Göttern begünstigt zu sein.

In den nächsten Wochen empfing Cäsar zahlreiche keltische Fürsten, die ihm ihre Aufwartung machten. Sie baten ihn um Erlaubnis, in Gallien eine Versammlung der Stammesfürsten abhalten zu dürfen. Cäsar gestattete es ihnen, aber er war verblüfft. Keiner warf ihm vor, in ihr Land eingedrungen zu sein. Nein, sie hießen ihn willkommen und machten ihn zum Richter. Jeder wünschte ihn sich als Verbündeten. Auch Vercingetorix sprach bei Cäsar vor. Er brannte darauf, nach Gergovia zurückzukehren und sich an der Sippe seines Onkels zu rächen. Aber Cäsar sicherte ihm bloß seine Freundschaft zu und bat ihn erneut um Geduld. Er hatte andere Pläne. Mir schien, als hätte auch dieser ehrgeizige Vercingetorix allmählich andere Pläne …

Eines Morgens, die vierte Nachtwache war noch nicht vorüber, wurde ich von Lucias Knurren geweckt. Ich warf einen Blick auf Wanda, die sanft und friedlich neben mir schlief, und freute mich darüber, daß die Götter es bisher so gut mit mir gemeint hatten. Rückblickend war die Geschichte gar nicht so übel, die sie sich für mich ausgedacht hatten. Ich behaupte ja stets, daß die Wege der Götter oft unergründlich sind und daß man den göttlichen Plan, der ihnen zugrunde liegt, erst viel später erkennen kann.

»Korisios!« Jetzt hörte ich die Rufe. Die Stimme kam von draußen. Es war Krixos. Ein Prätorianer stand neben ihm.

»Cäsar will dich sprechen!«

Ich stand sofort auf und folgte dem Prätorianer zu Cäsars Feldherrenzelt. Wanda begleitete mich. Noch herrschte Ruhe im Lager. Die Wachen auf den Wällen waren in dicke Wollmäntel gehüllt und wärmten sich die Hände über kleinen Feuern. In den frühen Morgenstunden war es noch kühl. Von weitem schon sah ich den heißen Dampf aus Cäsars Zelt hochsteigen. Sklaven verließen gerade mit leeren Bronzekesseln sein Zelt. Der Duft von warmgerührten Eiern lag in der Luft. Der Prätorianer schob die Zeltplane zur Seite und ließ mich eintreten. Im Zeltinneren staute sich heißer Dampf. Man konnte nicht mal die eigene Hand vor dem Gesicht erkennen. Ohne Wanda wäre ich wohl über das erstbeste Hindernis gestolpert.

»Setz dich, Korisios«, hörte ich Cäsars Stimme. Ich tastete mich vorsichtig zu einem Stuhl und setzte mich. Es war irgendwie unangenehm. Irgend etwas in meinem Rücken. Ich drehte mich um. Über der Stuhllehne hing ein ledernes Gehänge mit einem Gladius und einem Pugio. Ich war plötzlich hellwach. War heute der Tag, an dem sich die Prophezeiung des Druiden Santonix erfüllen sollte? Ich umklammerte den Griff des Gladius. Er war aus kunstvoll verarbeitetem Rinderknochen. Jeder Finger paßte genau in die runden Einkerbungen. Ein kalter Luftzug drang ins Zelt und lichtete den Dampf. Ich erschrak. Cäsar lag vor mir, keine drei Schritte entfernt, in einer hölzernen Wanne, die randvoll mit warmem Wasser gefüllt war. Den Kopf hatte er zurückgelegt, die Augen geschlossen. Müde ruhte sein verschwitztes Haupt mit dem schütteren Haar auf dem Rand der Wanne. Aber es war nicht die Hitze, die ihm zu schaffen machte. Cäsar schien zu leiden. Er hatte Schmerzen. Ein Diener hatte das Zelt betreten und stellte einige Schalen auf den kleinen Tisch, der vor der Wanne stand. Genauso leise, wie er gekommen war, verschwand er wieder. Dabei strömte erneut kalte Luft ins Zelt und machte die Sicht noch klarer.

»Kannst du heilen, Druide?« fragte Cäsar mit matter Stimme.

»Ich kann den heilen, den die Götter heilen wollen«, antwortete ich.

Cäsar schien zu überlegen. Nach einer Weile sagte er: »Druide, als die Kelten ihre Waffen abgelegt haben, hast du einen Krieger begrüßt. Basilus hast du ihn genannt.«

»Ja, wieso fragst du?«

»Er hat dich gefragt, ob ihr euch jemals wiedersehen würdet.«

»Ja, das ist richtig.«

»Wieso hat er dich gefragt? Kannst du die Zukunft lesen? Sprichst du etwa mit den Göttern?«

»Wovor hast du Angst, Cäsar? Stehst du nicht selber unter dem Schutz der unsterblichen Götter?«

Cäsar richtete sich abrupt auf. Dabei schwappte das Wasser über den Rand der Badewanne. Cäsars Brust war glattrasiert. Nirgends auch nur ein einziges Härchen.

»Ein Cäsar hat keine Angst, Druide. Meinst du etwa, ich hätte nachts Alpträume, nur weil ich die goldenen Sicheln deiner Druiden habe einschmelzen lassen.«

»Du hast die goldenen Sicheln nicht einschmelzen lassen, Cäsar«, sagte ich mit absoluter Bestimmtheit. Ich ging ein hohes Risiko ein. Aber Cäsars Überraschung bestätigte mich.

»Woher weißt du das, Druide?«

»Wenn du es getan hättest, hättest du keine Alpträume. Ich glaube nicht, daß unsere Götter derart nachsichtig mit dir umgehen würden.«

»Rom verlieh mir den Titel des Pontifex maximus. Ich bin somit der oberste Priester der zivilisierten Welt. Wieso soll es mir nicht zustehen, eure Heiligtümer zu plündern? Wem soll es zustehen, wenn nicht mir, dem Pontifex maximus der römischen Republik?«

»Die menschliche Ordnung erheitert die Götter immer wieder, Cäsar. Das Gold hat deinen Verstand getrübt. Schon lechzt du nach mehr und denkst, du könntest nun auch über die heiligen Stätten der Kelten herfallen. Hast du nicht selber gesagt, daß die Götter einem manchmal eine längere Phase des Glücks gönnen, nur damit der jähe Absturz um so grausamer empfunden werde?«

Cäsar lehnte sich wieder in der Wanne zurück und legte seinen Kopf auf den mit Leintüchern gepolsterten Rand. Er schloß die Augen. Sein Kiefer war angespannt. Er schien Schmerzen zu haben.

»Ich verstehe euch Kelten nicht«, murmelte er. »Was habe ich denn getan, daß mir plötzlich ganz Gallien zu Füßen liegt?«

»Der erste Schritt im Moor ist stets einfach, doch wenn dein Körper langsam verschlungen wird und du hilflos mit den Armen ruderst und wider Willen deinen Untergang beschleunigst, dann erst, Cäsar, merkst du, daß der erste Schritt der verhängnisvollste gewesen ist.«

»Willst du damit sagen, daß mir all diese gallischen Fürsten, die hier vor mir im Staub kriechen, eine Falle stellen wollen?«

»Nein, Cäsar, ihre kampflose Unterwerfung ist redlich. Es sind die Götter, die mit dir ihr Spiel treiben.«

Cäsar schwieg. Nach einer Weile forderte er mich auf, etwas zu essen. Er selber hatte keinen Hunger.

»Es ist ein punischer Brei«, murmelte Cäsar, »ich hatte mir punischen Brei gewünscht …« Seine Stimme klang schleppend, ja schwermütig. Ich reichte Wanda die Schale mit dem Brei. Es war ein wohlriechender gallischer Frischkäse, der mit Emmergraupen, Honig, Eiern und frischer Milch aufgekocht worden war. Eine Delikatesse! Dazu gab's Knoblauchkugeln. Das war frischer Käse, den man mit frischen Kräutern und zahlreichen Knoblauchzehen zerrieben und mit Öl und Essig vermengt hatte. Die Paste wurde zu Kügelchen geformt und mit salzigem Brot serviert.

»Schmeckt vorzüglich, dieser punische Brei. Hat euch Hannibal das Rezept nach Rom gebracht?«

»Nur vor die Tore Roms«, lächelte Cäsar matt. »Weißt du eigentlich, wie die Punier in ihrer Sprache das Wort Elefant übersetzen?«

Ich schüttelte den Kopf und aß weiter.

»Cäsar. Cäsar bedeutet in der Sprache der Carthager Elefant. Und wir haben diesen Beinamen erhalten, weil einer unserer Vorfahren in einer Schlacht gegen Hannibal einen Elefanten getötet hat.« Nach einer Weile fügte Cäsar hinzu: »Einige behaupten, es sei im ersten punischen Krieg geschehen. Aber mir gefällt der zweite punische Krieg besser. Es ist allemal ehrenhafter, einen von Hannibals Elefanten getötet zu haben.«

Im Lager erschallte das Signal zum Aufstehen. Cäsar murmelte: »Gibt es Kräuter, die die Sinne erhellen, und solche, die die Sinne trüben?«

»Ja«, antwortete ich zögernd, »so wie der Wein dich fröhlich und heiter stimmen kann, können gewisse Kräuter dich ängstlich und mutlos machen. In unserem Inneren sieht es aus wie in einem Kochtopf. Es liegt an uns, ob es bitter oder süß schmeckt. Nüsse geben neue Kraft.«

»Dann laß mir Nüsse bringen, Druide«, murmelte Cäsar und suchte meine Hand. »Ich danke dir, Druide, für deine

Ehrlichkeit. Einen Römer hätte ich dafür kreuzigen lassen. Aber noch ziert kein Halbmond deinen Fußknöchel.«

»Was bedeutet der Halbmond?« fragte ich ganz aufgeregt.

»Der Halbmond? Nur römische Bürger tragen den Halbmond. Und in Rom tun es nur die Söhne der Senatoren.«

Cäsar bemerkte meine Aufregung wohl. Doch er war zu müde, um darauf zu reagieren. Wie von selbst fielen ihm die Augen zu. Dann murmelte er, ich solle ihn nun in Ruhe lassen.

Draußen blieben wir noch eine Weile unter dem überdachten Eingang stehen und plauderten mit den Prätorianerwachen. Obwohl ich fieberhaft über Cäsars Worte nachdachte, sprachen wir über Eier. Das zweitwichtigste Thema eines Legionärs ist nun mal das Essen. Und wenn man übers Essen spricht, spricht man über Eier. War man endlich in einem Standlager und nicht mehr unterwegs, wollte jeder wissen, wo es die billigsten Eier gab. Dreißigtausend Legionäre hatten nur noch Eier im Kopf: rohe Eier, gekochte Eier, gerührte Eier. Eieromelette, Eiersaucen und Eierbrei.

Als wir zu unserem Zelt zurückgingen, herrschte bereits überall reger Betrieb. Vor den Legionärszelten brannten schon kleine Feuer. Über den Feuerstellen hingen die Bronzetöpfe mit den hübschen Henkeln. In den bronzenen Kasserollen richteten die Sklaven den Frühstücksbrei an.

Ich dachte noch lange über die merkwürdige Unterredung mit Cäsar nach. Ich begriff, daß er vermutlich jedem Römer mißtraute. Jeder Römer, der mit ihm verkehrte, war ein potentieller Konkurrent in Rom. Vielleicht schätzte er deshalb meine Gesellschaft. Ich war kein Rivale. Vielleicht erinnerte ich ihn auch ein bißchen an seinen Grammaticus Antonius Gripho. Was man als Kind geliebt hat, liebt man oft ein Leben lang.

In der Zwischenzeit hatten all jene gallischen Stammesführer, die Cäsar zu seinem Sieg über die Helvetier gratuliert hatten, eine Versammlung der gallischen Stämme einberufen. Wenig später standen sie wieder Schlange vor dem römischen Lagertor und baten, bei Cäsar vorsprechen zu dürfen. Die Delegation wurde angeführt vom Druiden Diviciatus, der mittlerweile die politische Führung bei den Häduern zurückerhalten hatte. Begleitet wurde er nicht nur von sequanischen Abgesandten und Fürsten anderer Stämme, sondern auch von Vertretern unzähliger Klientenstaaten. Diviciatus bat den senatorischen Tribun, der ihn vor dem Tor empfing, mit Cäsar vertraulich verhandeln zu dürfen. Doch als man ihm die Bitte vortrug, wollte Cäsar lediglich wissen, ob sich die Gallier nun endlich geeinigt hätten oder nicht. Der senatorische Tribun wurde wieder zu den Galliern geschickt, und als Cäsar erfuhr, daß sich die Häduer und Sequaner tatsächlich geeinigt hatten und nun gekommen waren, um ihn öffentlich um ein Eingreifen gegen Ariovist zu bitten, ließ er sie fürstlich bewirten und beschenken. In der Zwischenzeit ließ er eilig seinen Stab zusammentrommeln und erläuterte Diviciatus in seinem Feldherrenzelt Sinn und Zweck der Rede, die der Häduer vor den römischen Offizieren zu halten hatte. Ich versuchte so ungerührt wie möglich zu übersetzen. Cäsar sollte anhand meines Gesichtsausdruckes weder Zustimmung noch Ablehnung erkennen können.

Wenig später hatte sich der Stab mit allen Tribunen, Offizieren, Legaten und Schreibern im großen Zelt, das als Kommandozentrale diente, versammelt.

Als erster ergriff Diviciatus, der mittlerweile den Charme einer ausgehungerten Fledermaus hatte, das Wort und bat um absolute Geheimhaltung ihres Treffens. Er konnte sicher sein, daß Ariovist davon erfuhr, bevor er den letzten Satz beendet hatte. Mit schleppender Stimme trug er sein Gejammer in keltischer Sprache vor, während ich laufend übersetzte.

»Cäsar, ganz Gallien ist in zwei Parteien gespalten. An der Spitze der einen stehen die Häduer, an der Spitze der anderen die Arverner. Seit Generationen kämpfen beide erbittert um die Vorherrschaft in Gallien. Um den endgültigen Sieg zu erringen, haben die Arverner und die Sequaner vor einigen Jahren germanische Söldner zu Hilfe gerufen. Anfangs kamen nur fünfzehntausend germanische Krieger über den Rhenus. Doch rasch fanden sie Gefallen an unserem Land. Jetzt stehen bereits hundertzwanzigtausend Germanen in Gallien unter Waffen. Gemeinsam mit unseren Bundesgenossen haben wir schon unzählige Schlachten gefochten. Doch stets sind wir vernichtend geschlagen worden. Wir haben mittlerweile unseren ganzen Adel, unseren Obersten Rat und unsere gesamte Reiterei eingebüßt.«

Während ich übersetzte, schrieben die anderen Schreiber die Rede des Diviciatus nieder. Ich mußte grinsen, als Diviciatus den Verlust seiner Reiterei erwähnte. Hatten nicht noch vor ein paar Wochen viertausend häduerische Reiter auf Cäsars Seite gekämpft?

»Cäsar, das Volk der Häduer ist gebrochen«, stöhnte Diviciatus. Cäsar hoffte wohl insgeheim, daß Diviciatus nicht wieder wie eine Klette seine Knie umklammerte. »Cäsar, dank unserer Gastfreundschaft und unserem guten Einvernehmen mit dem römischen Volke waren wir Häduer bisher die größte Macht in Gallien. Doch jetzt sind wir gezwungen, den Sequanern Geiseln zu stellen. Wir mußten schwören, Rom nicht um Hilfe zu bitten und den Wünschen der suebischen Germanen stets Folge zu leisten. Ich, Diviciatus, bin der einzige Häduer, der sich damals durch Flucht diesem Eid entzogen hat. Deshalb spreche ich heute zu dir, weil ich weder durch Geiseln noch durch einen Schwur gebunden bin.«

Diviciatus legte eine kurze Pause ein, um die Wirkung seiner Worte zu überprüfen. Alle blickten zu den schuldigen Sequanern, die mit gesenkten Köpfen dastanden. »Aber mittlerweile«, fuhr Diviciatus fort, »ist es den siegreichen Sequanern noch schlimmer ergangen als den besiegten Häduern. Nachdem Ariovist ihnen bereits ein Drittel ihres Gebietes weggenommen hat, fordert er nun das zweite Drittel. Und weißt du, für wen, Cäsar? Für vierundzwanzigtausend Haruder, die vor wenigen Wochen zu ihm gestoßen sind.«

Cäsar hatte ihm eingehämmert, die Gefahr der Haruder ausführlich zu schildern und die historischen Wurzeln ausgiebig zu würdigen. Das tat Diviciatus auch: »Die Haruder wohnten ursprünglich im hohen Norden. Sie sind damals mit den kriegslüsternen Kimbern ausgezogen und vorübergehend in Germanien geblieben. Doch jetzt drängen sie nach Gallien. Und Ariovist hat ihnen die Tore geöffnet. Wenn wir nichts unternehmen, werden immer mehr Germanen über den Rhenus kommen und uns aus unserem Land vertreiben. Deshalb haben wir uns mit den Sequanern wieder versöhnt. Bedenke, Cäsar: Ariovist führt ein stolzes und grausames Regime. Er ist wild und jähzornig. Wir Häduer und Sequaner können seine Herrschaft nicht mehr länger ertragen. Cäsar, wenn du uns keine Hilfe gewährst, müssen wir dasselbe tun wie die Helvetier und auswandern! Das wird das Schicksal aller keltischen Stämme sein. – Nur du, Cäsar, kannst verhindern, daß noch mehr Germanen über den Rhenus kommen. Nur du, Cäsar, kannst Gallien vor Ariovist schützen. Wenn du uns vor Ariovist schützt, schützt du auch deine Provinz. Denn wenn wir vor Ariovist fliehen, wird der Suebenkönig an deiner Provinzgrenze stehen. Aber nicht lange. Dann steht er vor den Toren Roms. Deshalb flehen wir dich an, so schnell wie möglich zu handeln. Nur du kannst Ariovist bezwingen. Dank deinem Ansehen und der Achtung, die sich dein siegreiches Heer verdient hat. Dank deinem Ruhm, der sich in ganz Gallien verbreitet hat, und dem stolzen Namen des römischen Volkes.«

Diviciatus schwieg. Cäsar vermied es, das Wort zu ergreifen. Die Worte sollten weiterwirken. Er wollte zuerst sehen, in welche Richtung der Wind blies. Ich muß schon sagen, dieser Diviciatus, der nicht ein Wort Lateinisch oder Griechisch verstand, war ein vorzüglicher Schauspieler, und Cäsar, der ihm diese eindrückliche Sprechrolle auf den Leib geschrieben hatte, ein begnadeter Dramatiker. Ich bin sicher, daß er in Rom als Komödienschreiber ebenfalls zu Ruhm und Ehre gelangt wäre. Die Rede des Diviciatus hatte auf jeden Fall zwiespältige Gefühle ausgelöst.

Labienus ergriff das Wort: »Cäsar, wir müssen das Übel an der Wurzel packen und Ariovist das Handwerk legen. Unsere sechs Legionen sind kampferprobt und stehen bereit.«

Der junge Crassus, der Sohn des reichsten Mannes von Rom, erwiderte ihm: »Labienus, wie willst du in Rom diese Politik verständlich machen? Ich stimme dir zu, wir müssen das Übel an der Wurzel packen. Aber wieso, wird man sich in Rom fragen, haben wir das nicht gleich getan? Wieso haben wir nicht gleich mit den Helvetiern zusammen Ariovist zurückgeschlagen?«

»Die Helvetier haben uns nicht um Hilfe gebeten«, sagte Cäsar ruhig. Einige der jungen Tribune schmunzelten. Sie kannten Cäsar. Einer bemerkte spitz, daß es nicht so einfach sein würde, gegen Ariovist vorzugehen: »Trägt er nicht den Titel ›König und Freund des Römischen Volkes‹? Und hat nicht ausgerechnet ein gewisser Gaius Julius Cäsar ihm diesen Titel verliehen, als er letztes Jahr noch Konsul war? Derselbe Cäsar, der ein Gesetz eingebracht hatte, wonach ein Prokonsul außerhalb seiner Provinz keinen Krieg anzetteln darf?« Einige Legaten und Tribune lachten. Sie konnten sich dieses Auftreten leisten, weil die Opposition unter den Offizieren mittlerweile groß war.

»Gerade weil ich Ariovist diesen Titel verliehen habe«, sprach Cäsar, »wiegt sein Verhalten so schwer. Noch schwerer wiegt aber die Tatsache, daß die Häduer, die vom römischen Senat als Brüder und Blutsverwandte anerkannt worden sind, von einem Barbaren gedemütigt und mißhandelt werden. Das ist für ein Volk, das die Welt beherrscht, die größte Schmach überhaupt.« Cäsar wandte sich an die Legaten und Tribune, die bereits am Abend das Gehörte in Briefen nach Rom berichten würden, und fuhr fort: »Die Barbaren werden sich nie und nimmer mit Gallien begnügen. Sie werden dem Beispiel der Kimbern und Teutonen folgen und weiter vordringen, um bald darauf in Italien einzufallen. Labienus! Schick Gesandte an Ariovist. Cäsar wünscht eine Unterredung!«

Cäsar nahm mich und Diviciatus erneut beiseite und versprach dem Häduer die Vorherrschaft über ganz Gallien. Er sicherte Diviciatus zu, daß er auch die bisherigen Klientenstaaten der Häduer und der Sequaner achten würde. Hingegen solle das übrige Gallien nach der Niederlage des Ariovist ihm, Cäsar, ganz alleine zustehen. Diviciatus war sofort einverstanden. Erfreut und stolz gesellte er sich zu den übrigen Galliern, die bereits lautstark dem Wein zusprachen. Ich blieb alleine mit Cäsar zurück.

»Ist das Gallien?« fragte er schmunzelnd. Ich zuckte bloß die Schultern. Gallien war in der Tat ein verwirrendes Gemisch von Wirtschaftsinteressen, verworrenen Bündnissen und uralten Stammesfehden.

»Gallien ist ein reiches Land, ihr habt mutige Männer. Gallien könnte die Welt beherrschen. Statt dessen fällt uns Gallien wie ein reifer Apfel zu. Und weißt du, wer schuld daran ist, Druide?«

»Ja«, sagte ich leise. Ich wußte es.

»Eure Druiden sind schuld daran! Sie sind nicht Mittler zwischen Himmel und Erde, sie sind die Hüter des Wissens, die Hüter der Macht. Sie fördern nicht, sie verhindern. Sie verhindern jegliche geistige Öffnung, sie verhindern jeglichen Fortschritt. Wie sollen Analphabeten ein Weltreich regieren? Wie sollen Analphabeten einen Staat regieren? Wie sollen Analphabeten eine Armee ausheben, ausbilden und unterhalten?«

»Ja«, wiederholte ich leise.

»Wenn Gallien befriedet ist, wird der Handel blühen bis ins Nordmeer hinauf, und jedem Gallier wird es unter dem römischen Adler bessergehen als vorher. Nur die Druiden werden unsere Feinde bleiben. Denn wir öffnen Gallien das Tor zum Universum des Wissens.«

»So ist es«, murmelte ich, und ich hatte in diesem Augenblick überhaupt kein Interesse mehr, irgendwelche kruden Prophezeiungen zu erfüllen.

Als ich abends mit Wanda zu unserem Zelt zurückkehrte, bemerkten wir überrascht, daß Krixos ein neues Zelt aufgestellt hatte. Er empfing uns wie ein stolzer Besitzer.

»Ein Geschenk Cäsars, Herr.«

Ich nickte ihm anerkennend zu. Das neue Zelt war doppelt so groß wie unser altes und in zwei Räume unterteilt. Neugierig bückten wir uns unter dem Vordach und betraten das Vorzimmer. Es hatte einen richtigen Tisch und vier Liegen. Auf dem Tisch standen eine Schale mit frischem Obst und Nüssen und ein Krug Wasser. Dahinter befand sich das Schlafzimmer mit zwei gepolsterten Liegen, Fellen und Wollmänteln, einem kleinen Gestell mit Spiegel und allerlei Zubehör für die Körperpflege. Und: eine hölzerne Badewanne! Ich befahl Krixos sofort, uns ein Bad herzurichten und uns dann in Ruhe zu lassen. Krixos entfachte vor dem Zelt ein kleines Feuer und schaffte es in kürzester Zeit, daß auch Sklaven von anderen Herren einen Kessel heißes Wasser in unsere Holzwanne gossen. Die Wanne war rasch gefüllt. Vergnügt warfen Wanda und ich unsere Kleider ab und stiegen in die Wanne. Krixos hatte sie mit wohlriechenden Ölen eingerieben. Es liegt wohl an der Beschaffenheit einer Wanne, daß zwei Menschen in einer Wanne sich der Lust hingeben. Das Wasser schwappte über den Rand, so daß die Erde unter den mit Bronze verstärkten Holzfüßen immer weicher wurde. Schließlich sank der eine Fuß ein. Und die Wanne kippte …

Am frühen Morgen erreichte Balbus, Cäsars Geheimagent, unser Lager. Er sprengte wie von der Tarantel gestochen ins Lager und riß nur wenige Schritte vor Cäsars Zelt das Pferd unsanft zurück, um abzusteigen. Seine Begleiter waren Speculatores, Elitereiter mit speziellen Geheimdienst- und Kurieraufgaben. Sie führten etliche Reservepferde mit, die mit Proviant und Dokumenten bepackt waren. Balbus zu dienen galt als Privileg. Denn Balbus genoß als Cäsars Erster Geheimagent Sondervollmachten. Seine Ankunft wurde sofort gemeldet. Zu dieser Tageszeit hielt sich Cäsar gewöhnlich in der Schreibkanzlei auf, wo er Aulus Hirtius und mir Briefe und Berichte über seinen Gallischen Krieg diktierte oder mit Gaius Oppius und Trebatius Testa neue Strategien der Kommunikation entwickelte. Der keltische Prinz Valerius Procillus hingegen war von der täglichen Arbeit suspendiert. Er gehörte zu Cäsars privaten Reisebegleitern. Das waren Menschen, die mittels ihres Wissens oder besonderer Begabungen den tristen Alltag des Feldherrn auflockerten. Sozusagen geistige Konkubinen. Während der Offiziersessen lagen sie stets in seiner näheren Umgebung. Balbus trat ins Vorzimmer der Schreibkanzlei, breitbeinig und triumphierend wie üblich. Er hatte erneut seine Bestzeit unterboten. Dann trat er ein paar Schritte vor, während er Aulus Hirtius, Gaius Oppius und Trebatius Testa Briefe zuwarf, die sie mit leuchtenden Augen auffingen. Balbus war nur für Cäsar zuständig, aber einige bessergestellte Familien in Rom erfuhren jeweils von seiner Rückkehr und baten ihn dann persönlich, Briefe für ihre Söhne nach Gallien mitzunehmen. Balbus stampfte auf den ungehobelten Brettern herum, mit denen mittlerweile der erdige Zeltboden abgedeckt worden war.

»Dann stimmt es also, Cäsar, was man in Rom erzählt – du willst dich hier niederlassen?«

Balbus ließ sich auf das Liegesofa fallen, das neben dem Durchgang zum hinteren Zimmer stand, und befahl dem herbeigeeilten Sklaven, ihm seine Stiefel auszuziehen und sorgfältig zu reinigen. »Und vergiß nicht, sie anschließend einzufetten!«

Der Sklave verschwand lächelnd. Mamurra trat ins Zelt und begrüßte Balbus mit einer innigen Umarmung. »Balbus! Erzähl, spricht man in Rom über meine Brücken und Belagerungstürme?«

Balbus lachte. »Man spricht nur von deinem griechischen Lustknaben!«

Alle lachten. Mamurra jammerte: »Die Dame des Hauses hat mich verlassen, stell dir vor. Während der Schlacht in Bibracte hat sie das Weite gesucht. Dabei wollte ich ihr die Freiheit schenken!«

Alle schauten Mamurra verwundert an.

»Wißt ihr«, sagte er schelmisch, »unser Lagerpräfekt hat tatsächlich mitten im Lager ein Bordell eröffnen lassen. Und wißt ihr, wer dort arbeitet... Sie servierte früher in Genava ... im Gasthaus des Syrers Ephesus ...«

»Juuulia!« lachte Gaius Oppius. »Ich glaube, die Dame ist mittlerweile fast so bekannt wie unser Prokonsul.«

»Und wißt ihr, wer mir diese erotische Pfefferschote empfohlen hat?« fragte Mamurra. Alle kicherten bereits leise vor sich hin.

»Die Dame des Hauses?« fragte Oppius.

»So ist es«, sagte Mamurra in das laute Gelächter, »das ist der letzte Dienst, den sie mir vor Bibracte erwiesen hat.«

»Vielleicht könnten wir gelegentlich zur Sache kommen«, sagte Cäsar ungeduldig. Er trat neben Balbus, ließ sich vom Diener einen Becher Wein reichen und nippte daran. Er schaute Balbus eindringlich an. Cäsar hatte genug von diesem ganzen Geschwätz. Er wollte Neuigkeiten, Fakten. Balbus nickte, während er noch schnell einen Becher Wein leerte und nach geräucherten Gallierwürsten verlangte.

»Cäsar, deine Kanzlei leistet miserable Arbeit. Du würdest gescheiter Julia in den Senat schicken und auf dem Forum gallische Räucherwürste und dieses unverschämt gute luftige Weißbrot verteilen lassen. Das wäre überzeugender! Was nützen alle Siege auf dem Schlachtfeld, wenn du den Krieg der Meinungen und Stimmungen verlierst?«

Das Lachen war uns plötzlich vergangen. Dankbar griffen wir nach dem verdünnten Wein, den die Sklaven brachten.

»Sprich endlich! Was erzählt man sich in Rom?«

Cäsars Stimme klang scharf und zornig. Balbus ließ einen klangvollen Rülpser entweichen und überbrachte dann endlich die sehnlichst erwarteten Neuigkeiten.

»Seit dein Kettenhund Clodius Volkstribun geworden ist, haben sich die Sitten geändert. Cicero ist zwar endlich in der Verbannung, aber mir wäre es lieber gewesen, Clodius hätte weiterhin nachts mit seinen Schlägertrupps in den Gassen politische Gegner erschlagen.«

»Arbeitet er denn gegen uns?« fragte Cäsar erstaunt.

»Nein«, rief Balbus, »nicht gegen uns, aber der Narr legt sich mit Pompeius an. Mit unserem großen Alexander der Neuzeit, der untätig in Rom sitzt, ohne Amt und Heer! Seine einzige Beschäftigung ist die Bewirtung des armenischen Prinzen Tigranes, den er bei sich in Geiselhaft hält. Und was macht Clodius? Er befreit den Prinzen Tigranes und verhilft ihm zur Flucht. Dabei weiß er doch ganz genau, daß er nichts unternehmen darf, was das Triumvirat Cäsar, Pompeius und Crassus belasten könnte. Damit treibt er einen Keil zwischen Pompeius und dich. Du mußt dich entweder für Clodius und gegen Pompeius oder gegen Clodius und für Pompeius entscheiden. Ich hab dich stets vor Clodius gewarnt! Er ist so berechenbar wie ein besoffener Gallier.«

Cäsar reagierte wütend. »Und was sagt Crassus dazu?«

»Nichts«, lachte Balbus, »er wird jeden Tag fetter und reicher. Er ist froh, wenn du seinen Sohn weiterhin als Legaten in deinem Heer beschäftigst. Er hält nämlich Gallien für eine Goldgrube.«

»Soso«, murmelte Gaius Oppius, »mir scheint, Crassus hat das Streben nach Ruhm und Ehre aufgegeben.«

»Aufgegeben?« spottete Cäsar. »Der Dicke weiß einfach, daß man sich weder auf dem Schlachtfeld abmühen noch im Senat heiser reden muß, um Rom zu beherrschen. Geld allein genügt. Er setzt sein Geld ein wie die Götter den Regen. Was genehm ist, wird bewässert, der Rest kann verdorren.«

»Wird denn Pompeius zum Problem?« fragte Gaius Oppius.

»Ich habe ihm meine einzige Tochter, Julia, zur Frau gegeben!« antwortete Cäsar an Balbus' Stelle, als wären damit alle Probleme gelöst.

»Die Ehe soll sehr gut sein. Es soll sogar Liebe sein! Stell dir das vor, man spricht in Rom von Liebe!« schmatzte Balbus.

Cäsar nickte befriedigt und fuhr dann fort: »Ohne Heer und Amt kann Pompeius nicht die Seite wechseln. Und solange ich hier Krieg führe, habe ich auch die Legionen, die ich brauche.«

»Ja«, pflichtete Gaius Oppius bei, »wir brauchen diese Legionen, um in Rom überleben zu können. Selbst wenn wir wollten, wir können uns nicht einfach in die Provinz Narbonensis zurückziehen, die Hälfte unserer Legionen abgeben und Statthalter spielen. Wir brauchen diesen Krieg in Gallien. Damit wir unsere Legionen behalten können.«

»Hm«, brummte Balbus, »Cäsars Krieg stößt in Rom auf geteilte Reaktionen. Die meisten Senatoren sagen, daß man keinen Krieg führen darf, der nicht zuerst angedroht und dann erklärt worden ist. Und eine Kriegserklärung ohne vorherigen Senatsbeschluß finden sie geradezu unerhört. Man spricht in Rom von einem Skandal, Cäsar! Du weißt, daß es dir gesetzlich verboten war, ohne Vollmacht des Senats die Grenzen deiner Provinz zu überschreiten. Wozu haben wir diese Gesetze erlassen, fragen die Senatoren? Um solch selbstherrliche Unternehmen ruhm- und beutegieriger Feldherren zu verhindern!«

Cäsar stampfte mißmutig durchs Zelt und schaute uns Schreiber vorwurfsvoll an. Als wären wir für den ganzen Schlamassel verantwortlich.

»Ich habe mich stets an die Gesetze gehalten!« schrie Cäsar. »Aber all diese Gesetze sind während meines Konsulats nur dazu benützt worden, meine Politik zu blockieren und zu hintertreiben! Die zerstörerische Verschleppungspolitik der patrizischen Senatoren hat mich gezwungen, Gesetze zu brechen! Was sind denn das für Gesetze, die einem Cato erlauben, eine Dauerrede zu halten, damit ich meine Anträge nicht mehr fristgerecht vortragen kann? Was sind denn das für Gesetze, die einem Aedilen erlauben, das halbe Jahr zum Feiertag zu erklären, damit der Senat nicht mehr tagen und ich einmal mehr meine Vorlagen nicht einbringen kann? Ja, ich habe Gesetze gebrochen! Für Rom und das römische Volk!«

»Cäsar! Die Senatoren haben Angst, daß du es weiter tust. Sie sind der Ansicht, man müsse einen wie dich stoppen, bevor du die Republik zerstörst und dich zum Diktator machst. Es gibt sogar Stimmen, die behaupten, es sei oberste Bürgerpflicht, dich zu töten. Man munkelt in Rom, daß du mit dem Überfall auf die Helvetier deine Karriere ruiniert hast.«

Trebatius Testa meldete sich überraschend zu Wort: »Balbus, was die Senatoren sagen, gilt für den Angriffskrieg. Was Cäsar in Gallien führt, ist aber ein Verteidigungskrieg. Wir verteidigen die Grenzen der römischen Provinz.«

Balbus hob amüsiert die Augenbrauen. »Weißt du eigentlich, wie viele Tage ich geritten bin, seit ich die Provinzgrenze überschritten habe?«

Trebatius Testa ließ sich nicht beirren. »Wir haben die Pflicht, die Provinz zu verlassen, wenn uns Bundesgenossen zu Hilfe rufen.«

Balbus grinste. »Ich hoffe, ich kann eine Abschrift von so einem Hilfegesuch mit nach Rom nehmen.«

»Ja«, sagte Cäsar ernst, »das werde ich dir mitgeben.«

»Das wird nicht genügen. Wir brauchen nicht die Wahrheit, Cäsar, wir brauchen überzeugende Gründe.«

Jetzt grinste Cäsar. »Die wirst du erhalten. Aber es werden nicht Worte sein, die ich dir mitgeben werde. Es werden Geschenke sein: goldene Torques, mit Emaille und Korallen verzierte bronzene Gefäße, Schmuck und faßweise Goldmünzen ... Du wirst alles unter den Senatoren verteilen. Und zwar so, als würdest du Nüsse verteilen. Außerdem werde ich dir gebildete Sklaven und hübsche Sklavinnen mitgeben, die du den Senatoren schenken wirst. Und dann werden mir die Senatoren Briefe schreiben und mich bitten, ihre Söhne ins Heer aufzunehmen. Und ich werde es tun und sie mit Säcken voller Gold wieder nach Rom zurückschicken. Und dann möchte ich noch einen einzigen Senator sehen, der gegen meinen Krieg ist!«

»Cato«, grinste Gaius Oppius.

»Ist ein Mann, der im Winter in Sandalen rumläuft, sich nur mit eiskaltem Wasser wäscht, Weib und Gesang verschmäht und das Glied nur zum Pinkeln benutzt, überhaupt ein Mann?« fauchte Cäsar.

Alle lachten. Skepsis, Zweifel und Besorgnis hatten sich in nichts aufgelöst. Es wurde reichlich Wein getrunken und gescherzt. Alle fühlten sich in ihrer Meinung bestärkt, auf der richtigen Seite zu stehen. Auf der Seite des Siegers.

»Rom braucht keinen Umsturz zu fürchten«, scherzte Cäsar. »Wieso soll ich mit sechs Legionen in Rom einmarschieren, wenn zwei Hände genügen, um den Senat zu erobern?«

Alle Augen waren gebannt auf Cäsar gerichtet, der genüßlich an seinem Weinbecher nippte. »Mit der einen Hand packst du ihre Schwänze, während du mit der anderen Hand ihre Taschen mit Keltengold füllst. So eroberst du den römischen Senat.«

Einige Tage später traf der Bote ein, den Cäsar kürzlich zu Ariovist geschickt hatte. Dieser ließ ausrichten, daß sich Cäsar selber zu ihm bemühen solle, wenn er etwas von ihm wolle. Auch würde er es nicht wagen, ohne Heer die gallischen Gebiete zu betreten, die Cäsar gewaltsam besetzt habe. Und überhaupt sehe er nicht ganz ein, was die Römer in Gallien verloren hätten. Er habe Gallien nach geltendem Kriegsrecht unterworfen. Gallien gehöre ihm, nicht Cäsar.

Cäsar reagierte wütend und diktierte umgehend das Antwortschreiben an Ariovist:

»Unter Cäsars Konsulat bist du mit dem Titel ›König und Freund des Römischen Volkes‹ ausgezeichnet worden. Ist das der Dank für die außergewöhnliche Gunst, die Cäsar und das römische Volk dir gewährt haben? Wenn du meine Einladung zu einer Unterredung nicht annehmen willst und auch Beratungen über gemeinsame Angelegenheiten ablehnst, dann stelle ich, Cäsar, die Forderungen. Erstens wirst du keine weiteren Scharen über den Rhenus nach Gallien führen. Zweitens wirst du den Sequanern erlauben, den Häduern ihre Geiseln zurückzugeben. Drittens wirst du nicht mehr gegen Häduer oder Sequaner kämpfen. Kommst du diesen Forderungen nach, werden Cäsar und das römische Volk stets in Frieden mit dir leben. Kommst du den Forderungen nicht nach, gilt …« Cäsar forderte Trebatius mit einem Blick auf, den relevanten juristischen Text gleich selbst zu diktieren: »… gilt der Senatsbeschluß aus dem Konsulatsjahr des Marcus Messala und Marcus Piso, daß der Statthalter der gallischen Provinz, soweit er dies ohne Nachteil für den Staat tun kann, die Häduer und die anderen Bundesgenossen des römischen Volkes beschützen muß.«

Cäsar nickte Trebatius anerkennend zu. Er schickte den Boten weg und diktierte einen Brief an den Senat, worin er dringend darum ersuchte, den heimkehrenden Helvetiern den Titel ›König und Freund des Römischen Volkes‹ zu verleihen und sie damit zu Bundesgenossen zu machen. Er brauchte ihre Reiterei im Kampf gegen Ariovist.

Labienus betrat das Zelt. »Die Soldaten werden unruhig, Cäsar. Man munkelt, du willst Ariovist angreifen.«

»Wenn die Helvetier im täglichen Kampf gegen die Germanen bestanden haben, werden wir es wohl auch schaffen. Und jetzt sind meine Legionen kampferprobt. Was willst du mehr, Labienus?«

»Einen plausiblen Grund, Cäsar!«

»Ich kann den Helvetiern nicht vorschreiben, in ihre Heimat zurückzukehren, und sie dann im Stich lassen. Ich kann den Hilferuf unserer häduerischen Bundesgenossen nicht überhören. Und wenn ich die Probleme im Norden nicht löse, habe ich sie bald in der Provinz Narbonensis. Dann hat sie Rom!«

»Ich werde das den Offizieren mitteilen«, antwortete Labienus. »Aber sag mir, wie du Ariovist besiegen willst. Seine Reiterei ist vergleichbar mit der Reiterei der Helvetier. Haben wir jemals die Reiterei der Helvetier geschlagen? Nein! Und wer sagt dir, daß uns nicht auch noch die Helvetier und Sequaner in den Rücken fallen, wenn wir Ariovist angreifen?«

»Weil wir Ariovist mit der sequanischen und helvetischen Reiterei angreifen werden. Das ist in deren eigenem Interesse.«

»Dann beeil dich, daß der Senat die Helvetier zu Bundesgenossen macht. Sonst hast du sie im Rücken.«

Der Disput zwischen Cäsar und Ariovist schien in eine regelrechte Brieffreundschaft auszuarten. Ariovist schrieb erneut zurück. Er teilte Cäsar mit, daß es das Recht des Siegers sei, mit den Besiegten nach Belieben zu verfahren. So würden auch die Römer mit den Besiegten verfahren. Ariovist betonte, daß er dem römischen Volk keine Vorschriften mache, und daß das römische Volk deshalb auch nicht das Recht habe, ihm Vorschriften zu machen. Die Häduer seien ihm nun mal tributpflichtig geworden, weil sie das Kriegsglück versucht und in offener Schlacht verloren hätten. Cäsar begehe ein großes Unrecht, wenn er Ariovists Einnahmen schmälern wolle. Er werde deshalb den Häduern ihre Geiseln nicht zurückgeben, aber auch nicht gegen sie in den Krieg ziehen, wenn sie ihren jährlichen Zahlungsverpflichtungen nachkämen. Sollten sie sich jedoch weigern, zu bezahlen, dann würde ihnen der Titel ›Freunde des Römischen Volkes‹ wenig nützen. Und wenn ihn Cäsar warne, dann möchte er ihn nur daran erinnern, daß er selbst bislang immer siegreich aus jedem Kampf hervorgegangen sei. Ariovist höhnte, Cäsar möge sein Glück nur versuchen, wenn er dazu Lust habe. Er werde schon erfahren, was die unüberwindlichen Germanen, die waffengeübtesten Leute, die seit vierzehn Jahren nicht mehr unter einem festen Dach lebten, mit ihrer Tapferkeit vermochten.

Cäsar war außer sich vor Wut. Noch nie war er einem Mann begegnet, der ihm derart unverfroren die Stirn bot. Er las das Schreiben, das ich zusammen mit Wanda für ihn ins Lateinische übersetzt hatte, zweimal durch und bat mich, den Inhalt weitgehend identisch in die regelmäßig erscheinende Rechtfertigungsschrift über den Gallischen Krieg zu übernehmen.

Er baute dabei noch ein paar neue Klagen und Bitten der Häduer ein und ergänzte diese mit Beschwerden der germanischen Treverer. Ich weiß nicht, ob ein treverischer Abgesandter tatsächlich bei Cäsar vorgesprochen hatte. Ich habe das Gespräch auf jeden Fall nicht übersetzt. Ich weiß, daß sich Procillus mehrmals mit germanischen Händlern unterhalten hat, die auch bei Cäsar hatten vorsprechen dürfen. Vielleicht hatten die gemeldet, daß sich am östlichen Rhenusufer zahlreiche germanische Stämme versammelt hatten, die jeden Augenblick den Fluß überqueren konnten. Mag sein. An ihrer Spitze standen auf jeden Fall zwei Brüder: Nasua und Cimberius. Und sie hatten angeblich die Absicht, sich nach der Rhenusüberquerung mit Ariovist zu vereinen. Ich weiß nicht, ob es wahr ist. Auf jeden Fall löste die Nachricht eine große Unruhe in Cäsars Heer aus. Schließlich befanden sich die Legionäre in der Wildnis, auf fremdem Gebiet, ohne geographische Karten und Stützpunkte. Man konnte nie wissen, was einen hinter dem nächsten Berg erwartete. Ein paar Wilde in Höhlen oder eine moderne Kavallerie mit unbekannten Waffen. Cäsar reagierte wie immer prompt und befahl den sofortigen Aufbruch. In Eilmärschen bewegten wir uns auf Ariovist zu. Während die Legionäre normalerweise fünf Stunden pro Tag marschierten, befahl Cäsar plötzlich neun Stunden. Selbst für mich, der ich nur auf dem Rücken eines Pferdes saß, war dieser Gewaltmarsch ziemlich anstrengend. Mein Sklave Krixos, der irgendwie unsichtbar, aber dennoch immer da war, wenn man ihn brauchte, schien mittlerweile auch meine Gedanken lesen zu können. Er organisierte auf einem Proviantwagen, der im Troß mitgeführt wurde, einen bequemen Platz, der aus vier aneinandergereihten Liegen bestand. Es war eine willkommene Abwechslung, denn das Liegen entlastete die Gesäßmuskulatur – aber ich muß wohl nicht betonen, daß man sich auf diesen holprigen Straßen nur mit leerem Magen in einen Wagen legen durfte. Lucia leistete mir Gesellschaft. Zitternd stand sie da, während ihr der Speichel in langen Fäden hinuntertropfte. Dann sperrte sie das Maul weit auf, duckte sich und kotzte erbärmlich. Dennoch zog sie es vor, mir Gesellschaft zu leisen. Begleitet wurden wir von unzähligen Häduern, darunter auch Diviciatus. Er wollte seinen Männern beweisen, daß die römischen Legionen ihm zu Diensten waren. Er, der Häduer Diviciatus, würde die keltischen Sequaner von ihrem Joch befreien. Er war zurückgekehrt, mit römischen Legionen. In Wirklichkeit hatte ihm Cäsar die Begleitung befohlen, um auch den letzten seiner Offiziere davon zu überzeugen, daß er diesen Krieg nur auf Bitten der Häduer führte. Cäsar war fest entschlossen, den Krieg auf der ganzen Linie zu gewinnen.

Bereits nach drei Tagen meldeten Cäsars Späher, daß Ariovist mit allen Truppen aufgebrochen war, um Vesontio, die Hauptstadt der Sequaner, zu besetzen. Am Abend diktierte

Cäsar einen Bericht, den er zusammen mit den bisherigen Kriegsberichten an Balbus übergab, und bat ihn, damit nach Rom zurückzukehren. Er mußte verständlich machen, wieso er Vesontio auf keinen Fall Ariovist überlassen durfte. Obwohl er jetzt noch viel weiter von der römischen Provinz entfernt war als damals vor Bibracte. Vesontio verfügte über Kriegsmaterial und Lebensmittel und war fast vollständig von einem Fluß umschlossen. Vom Dubis. Und dort, wo der Fluß fehlt, ragen steile Felsen in die Höhe, die zu einer massiven Festungsmauer ausgebaut worden waren. Deshalb eilte Cäsar in langen Märschen nach Vesontio. Einmal mehr hatte er sowohl seine Offiziere als auch seine Gegner überrascht.

Erschöpft lagerten die Männer innerhalb der Mauern von Vesontio. Cäsar hatte blitzschnell reagiert und sein Heer mit unglaublicher Schnelligkeit in die richtige Position gebracht. Was er hingegen noch nicht geschafft hatte, war, seinen ausgepumpten Soldaten klarzumachen, daß es ihr Krieg war. Und nicht sein Privatkrieg.

Die Männer waren total erschöpft und gereizt. Viele klagten über Blasen an den Füßen, schmerzhafte Rötungen an den Innenschenkeln und blutige Schürfungen an den Schultern. Es waren kleine Wunden, aber beim Marschieren äußerst schmerzhaft. Viele ließen ihrem Ärger beim geringsten Anlaß freien Lauf. Obwohl es keiner zugeben wollte, mißfiel vielen, daß man innerhalb eines keltischen Oppidums lagerte. Wo blieb da die Erholung, wenn man mit einem offenen Auge schlafen mußte? Die Gallier waren absolut unberechenbar. Aber um Ariovist zuvorzukommen, mußte Cäsar das Oppidum besetzen. Für die Centurionen wurde die Aufrechterhaltung der Disziplin immer schwieriger. Es war unmöglich, die Legionäre von der Bevölkerung fernzuhalten. Egal ob die Soldaten Eier kauften, auf den Märkten flanierten oder sich in Gasthöfen mit jungen Sequanerinnen vergnügten, sie kamen alle kreidebleich zurück. Überall wurde nur noch von den bärenstarken Germanen gesprochen, die angeblich nackt in finsteren Wäldern übernachteten und sich von rohem Fleisch ernährten. Noch niemand hätte sie besiegt, sie seien wie riesige Bestien, von Göttern erschaffen, um die Menschheit zu bestrafen, und selbst wenn man sie mit Pila durchbohre, kämpften sie weiter, bis sie ihrem Gegner die Rippen zerquetscht hätten. Ja, selbst wenn man ihnen den Kopf abschlug, würden sie noch lachen, so rauh und tief dröhnend, daß man nachts, von Alpträumen geplagt, aus dem Schlaf gerissen würde und tagelang nichts mehr essen könne. In den Wirtshäusern wurden jene alten Gallier, die schon mal mit den Germanen gekämpft hatten, umlagert wie siegreiche Wagenlenker in Rom. Gebannt lauschte man ihren Erzählungen, hing wie hungrige Fledermäuse an ihren Lippen, beobachtete mit Gänsehaut, wie sie zum Sprechen ansetzten, während sie wie versteinert ins Leere starrten. »Ja«, erzählten sie, »gar oft bin ich ihnen begegnet, das ist wahr, aber wir konnten nicht mal den stechenden Blick ihrer Augen ertragen ...« Ein Raunen erfüllte dann den Raum, und jemand befahl dem Wirt, noch einen Krug Roten zu bringen.

Wanda und ich, wir hatten nicht wirklich Angst. Die Nächte gehörten uns. Kaum hatte ich die Arbeit in der Kanzlei erledigt, eilte ich in unser Zelt, wo mich Wanda erwartete. Meistens lag sie bereits nackt unter dem Fell. Ich riß mir die Kleider vom Leib und ließ mich in die Arme meiner Geliebten sinken. Mal liebten wir uns zärtlich und sanft, mal feurig und wild, mal setzte sich Wanda auf mich und hielt mich an den Armgelenken fest, mal spreizte sie ihre Beine und umklammerte meinen Rücken, setzte sich auf den Tisch oder streckte mir ihr Gesäß entgegen. In diesen Augenblicken war es mir einerlei, ob Cäsar in Gallien war oder Ariovist in Rom. In Wandas Armen verlor alles andere an Bedeutung. Wir waren absolut verrückt nacheinander. Wenn ich ihre Zunge auf meinen Lippen spürte, vergaß ich alles, was zwischen Massilia und Rom lag. Zum

Glück waren wir im Quartier der Offiziere untergebracht. Sie hatten ihre Sklavinnen dabei oder ließen sich Sequanerinnen ins Lager bringen. So gab es weder Neid noch Mißgunst. Krixos ließ sich nichts anmerken. Ich denke, so gerissen wie dieser Bursche war, hatte er bestimmt ausreichend Gelegenheit, sich mit anderen Sklavinnen zu vergnügen. Doch in jener Nacht rief er meinen Namen.

»Herr! Du hast Besuch, es ist wichtig!«

Verärgert löste ich mich von Wanda und küßte nochmals ihre Scham.

»Wer ist es?« fragte ich ungeduldig.

»Der Ritter Publius Considius!«

Das war der nervöse Kerl, der seinerzeit vor Bibracte Labienus' Männer auf dem Hügel mit Helvetiern verwechselt hatte und deshalb nicht ganz unschuldig am merkwürdigen Schlachtverlauf gewesen war. Er hatte seine Strafe, drei Wochen außerhalb des befestigten Lagers leben zu müssen, im Gegensatz zu manchen seiner Kameraden, überlebt. Aber der Kerl war immerhin Reiterführer gewesen. Also warf ich mir einen Wollmantel über und trat ins Vorzimmer.

Krixos stand verlegen unter dem Vordach und hob die Plane, die den Eingang bedeckte, hoch.

»Er sagt, es sei dringend, Herr!«

Und wie dringend! Publius Considius schob Krixos beiseite und trat in das Vorzimmer.

»Schreiber, ich will sofort mein Testament machen. Ich bezahle dir dafür zwei Silberdenare!« Seine Lider waren dunkel und schwer, und der Angstschweiß hatte die Fransen auf seiner Stirn verklebt. Ich war einigermaßen überrascht.

»Drei Denare!« zischte Publius Considius.

»Danach bin ich an der Reihe«, flüsterte ein Legionär, der frech den Kopf zwischen die Lederplanen beim Eingang steckte. Ich sah, daß vor meinem Zelt eine ganze Menge dunkler Gestalten standen. Dem Geflüster nach zu urteilen, kamen immer neue dazu. Ich ließ mir also von Krixos eine Fackel und ausreichend Papyrusrollen bringen und wies jeden einzelnen darauf hin, daß er das Testament morgen vom Lagerjuristen Trebatius Testa beglaubigen lassen mußte. Bis in die frühen Morgenstunden schrieb ich den Letzten Willen von Dutzenden von Legionären nieder. Jeder wollte noch etwas Gutes tun, einen Menschen berücksichtigen, dem er Unrecht getan oder zuwenig Achtung und Aufmerksamkeit entgegengebracht hatte, und natürlich sollte die Nachwelt ihn ewig als besten Menschen zwischen Himmel und Erde in Erinnerung behalten. Im Angesichts des Todes waren sie nachdenklich, melancholisch und gefühlvoll zugleich. Vielleicht muß ich mich an dieser Stelle noch genauer ausdrücken, diese Legionäre litten nicht an einer unheilbaren Krankheit. Nein, sie hatten Angst vor Ariovist. Ihr Mut hatte sie verlassen. Sie verabschiedeten sich von ihren Angehörigen!

Cäsar war wütend, als er am nächsten Morgen erfuhr, was sich in der vergangenen Nacht ereignet hatte. Jeder einigermaßen schreibkundige Mensch war um seinen Schlaf gebracht worden. Im ganzen Lager gab es praktisch keine unbeschriebenen Papyrusrollen mehr. In einzelnen Zeltgemeinschaften sollen sich wahre Dramen abgespielt haben. Junge Legionäre, die sich in Weinkrämpfe gesteigert hatten, waren von ihren Kollegen bewußtlos geschlagen worden, andere hatten sich bereits etwas voreilig die Pulsadern aufgeschnitten.

Während Cäsar den Berichten des Lagerpräfekten zuhörte, schüttelte er immer wieder heftig den Kopf. Schließlich schrie er: »Was hab ich für eine Scheißarmee!«

»Acht Legionäre haben ihren Selbstmordversuch überlebt …«

»Verbindet ihre Wunden, laßt sie danach öffentlich auspeitschen und zwei Tage lang nackt am Pranger stehen. Dabei sollen sie einen Hasen in den Armen halten! Und dann setzt sie eine Woche auf Gerstenkost!«

Gerste war das übliche Kraftfutter für Pferde und Maultiere. Wer auf Gerstenkost gesetzt wurde, wurde öffentlich erniedrigt, weil er mit seinem Verhalten die Würde der Legion beschmutzt hatte. Nackt am Pranger zu stehen, mit irgendeinem lächerlichen Gegenstand, das war üblich in der Legion. Während der Lagerpräfekt die weiteren Vorfälle der vergangenen Nacht berichtete, bat ein junger Kriegstribun um ein Gespräch mit Cäsar. Der junge Mann gehörte zu jenen Tribunen, die dem Rittergeschlecht entstammten und wohl oder übel ein oder zwei Jahre in einem Heer dienen mußten, damit sie in Rom Karriere machen konnten. Während die einen mit der Zeit eingefleischte Militaristen wurden, die den Geruch von Knoblauch und Soldatenstiefeln den feinen Parfums der Senatoren vorzogen, blieben die meisten ein Häufchen Herrensöhne, das jeden Schmutz und jede Anstrengung vermied und selbst beim Stuhlgang auf offenem Feld den Aristokraten herauskehrte. Der junge Mann, der hier vortrat, gehörte zu letzteren. Er war ein enger Freund jenes Tribuns gewesen, der vom Sklaven Fuscinus vergewaltigt und ermordet worden war. Er hieß Gaius Tullus und stank nach Parfum. Seine Hände waren von den Salben und vom Nichtstun geschmeidig und zart. Der schmale Purpurstreifen auf seiner frischen Tunika war makellos geglättet. Stolz bat er Cäsar um die Bewilligung eines Urlaubs. Sein Vater liege im Sterben.

»Dein Vater liegt im Sterben?« fragte Cäsar.

»Ja«, antwortete der junge Tribun mit staatsmännischer Miene. »Ich muß so schnell wie möglich nach Rom. Wann kann ich abreisen?«

»Und woher weißt du, daß dein Vater im Sterben liegt?« fragte Cäsar.

»Meine Mutter hat mir geschrieben.«

»Zeig mir den Brief.«

Der Tribun lief rot an, doch schnell faßte er sich wieder und reckte gekränkt den Kopf.

»Dieses Schreiben, Cäsar, ist mir leider ... verlorengegangen. Im Feuer. Aber du wirst wohl nicht ernsthaft am Wort eines Gaius Tullus zu zweifeln wagen.«

»Im Feuer ...«, wiederholte Cäsar. »Das macht nichts, Tribun, ich habe nämlich auch einen Brief von deiner Mutter erhalten.«

Der junge Tribun schien in keiner Weise überrascht. Mit einer Handbewegung wischte er ein imaginäres Stäubchen von seiner Tunika, als wolle er damit ausdrücken, daß man ihm nichts anhaben konnte.

»Deine Mutter teilt mir in ihrem Brief mit, daß dein Vater leider bereits verstorben ist. Du sollst hierbleiben, für deine Familie Ehre einlegen ... und dich wie ein Mann benehmen!« Die letzten Worte schrie Cäsar.

»Kann ich den Brief meiner Mutter ... ich meine, den Brief, den meine Mutter, dir, Cäsar, geschrieben hat ...«

»Auch dieser Brief ist verlorengegangen, Tribun! Im Feuer. Du wirst es nicht glauben, aber er ist im Feuer verlorengegangen. Und du wirst doch nicht ernsthaft am Wort eines Juliers zweifeln!«

Der Tribun stand da wie ein Tölpel.

»Du kannst gehen, Gaius Tullus, aber niemand von deiner Familie soll jemals wieder einen Julier um einen Gefallen bitten. Und ganz Rom soll es wissen. Geh jetzt!«

Der junge Tribun war sichtlich durcheinander. Er wußte nicht mehr so recht, wie er sich verhalten sollte. Schließlich verließ er das Zelt. Doch kaum hatte er es verlassen, betraten einige Legaten und Centurionen das Vorzimmer, an ihrer Spitze Lucius Speratus Ursulus, der sofort das Wort ergriff. »Cäsar, im Lager herrscht Panik. Nicht nur die Rekruten jammern, mittlerweile auch die erfahrenen Legionäre. Und seit heute früh zittern auch die Centurionen vor Angst.«

»Er hat recht«, pflichtete ihm der Legat Labienus bei, »die meisten Tribunen bitten um Urlaub. Plötzlich sind alle Mütter und Väter in Rom todkrank, eine regelrechte

Epidemie. Selbst den Offizieren der Reiterei steht der Schrecken deutlich ins Gesicht geschrieben.«

»Und wie schätzt ihr die Situation ein?« fragte Cäsar und schaute einen nach dem andern an. Schließlich trat der senatorische Tribun Laticlavius einen Schritt vor.

»Ich frage mich, ob wir genügend … Lebensmittel haben. Wir befinden uns hier in … in der Wildnis … niemand kennt die Gegend … wo sind die nächsten Oppida … wo können wir uns mit Nahrung versorgen … den Galliern ist nicht zu trauen, Cäsar, viele Männer machen sich Sorgen um unsere Verpflegung.«

Labienus lachte bitter auf. »Cäsar, es ist einfach so, daß dir viele Männer den Gehorsam verweigern werden! Wenn du den Befehl zum Aufbruch gibst, werden die Legionäre rebellieren. Es wird das definitive Ende dieses gallischen Abenteuers sein.«

»Laß die Rädelsführer hinrichten, Cäsar«, empfahl der junge Jurist Trebatius Testa.

»Nein«, lachte Labienus spöttisch, »es wird eine Rebellion geben. Die Männer wissen, daß man sie in Rom dafür nicht bestrafen wird.«

»Ja«, murmelte Cäsar, »ich hatte gehofft, für fünf Jahre der römischen Politik entfliehen zu können, aber ich stelle fest, daß ich all die Kröten und Intriganten mit nach Gallien geschleppt habe. Sie sind mitten unter uns. So wie sie mich seinerzeit in Rom mit ihrer Verzögerungspolitik an der Ausübung meines Konsulats gehindert haben, so hindern sie mich jetzt mit dem Aufwiegeln der Männer am Weitermarsch.«

Alle schwiegen betreten. Doch da meldete sich plötzlich überraschend der junge Crassus zu Wort. Er war der Sohn des fetten Milliardärs, der nie zu militärischen Ehren gekommen war, obwohl er (und nicht Pompeius) seinerzeit Spartacus besiegt hatte. Am Beispiel seines Sohnes konnte man unschwer erkennen, daß für einen römischen Bürger Ehre und Anerkennung mehr zählten als Milliarden von

Sesterzen. Denn Crassus' Sohn war, im Gegensatz zu seinem Vater, ein brillanter Legat und Stratege, und er kämpfte mit beispiellosem Mut, ja mit einer schier keltisch anmutenden Todesverachtung. Und dieser Crassus meldete sich zu Wort:

»Cäsar«, sagte der junge Crassus, »die Offiziere haben vor wenigen Tagen Post aus Rom erhalten. Ihre Väter und Freunde haben ihnen geschrieben, daß nur dein Ehrgeiz sie in diesen Krieg führe. Sie sagen, daß dieser Krieg weder gerecht noch offiziell befohlen worden sei. Sie sagen, ganz Rom habe sich gegen dich gewandt. Das ist der wahre Grund der Rebellion. Deshalb haben sie die jungen Rekruten, die voller Angst aus den gallischen Wirtshäusern zurückgekehrt sind, nicht besänftigt, sondern diese Angst geschürt und sie regelrecht in eine Panik hineingeredet. Rom hat dich fallenlassen, sagen sie. Du stehst hier als Privatmann, und es gibt keinen Grund mehr, dir zu folgen. Das sind die wahren Gründe, Cäsar.«

Der junge Crassus hatte mit dieser ehrlichen Rede einmal mehr Charakter bewiesen. Cäsar schätzte Charakter, obwohl es ihm mißfallen mußte, daß nun alle wußten, was bisher nur ein paar wenige hinter vorgehaltener Hand gemunkelt hatten. Cäsar schien zu überlegen, ob der junge Crassus im Auftrag seines Vaters gehandelt hatte oder nicht. War dieser junge Mann gegen ihn oder für ihn? Cäsar reagierte wie immer – er setzte alles auf eine Karte.

»Versammelt alle Legaten, Tribune, Präfekten und Centurionen vor meinem Zelt. In einer halben Stunde werde ich zu euch sprechen!«

»Soldaten«, schrie Cäsar von seinem hölzernen Podest hinunter, das man vor dem Eingang seines Zeltes errichtet hatte, »wer gibt euch das Recht, unser Vorhaben zu hinterfragen oder über den Zweck unseres Feldzuges nachzudenken? Hat euch der Senat etwa zu Feldherren erkoren? Ich bin hier, um Ariovist Vorschläge zu unterbreiten. Und

Ariovist, da bin ich mir sicher, wird diese Vorschläge annehmen, denn er legt Wert auf den Titel, den ihm der römische Senat verliehen hat. Er ist König und Freund des römischen Volkes. Wenn aber Ariovist aus Wut oder Verblendung uns dennoch den Krieg erklären sollte, wovor sollten wir uns dann fürchten? Habt ihr denn kein Vertrauen in euren Feldherrn? Haben sich denn nicht schon unsere Vorfahren mit diesem Feind gemessen, als sie die Kimbern und Teutonen schlugen? Hat sich kürzlich nicht auch der große Crassus mit diesem Feind gemessen, als er den Aufstand des Spartacus niederschlug? Waren das nicht alles germanische und gallische Sklaven, die Crassus ans Kreuz schlagen ließ? Und haben nicht auch die Helvetier diesen Feind in häufigen Kämpfen immer wieder besiegt? Dieselben Helvetier, die unseren Heeren nicht gewachsen waren! Die Furcht der Gallier mag euch beeindrucken, aber die Gallier sind von den langen Kriegen zermürbt und haben keinen Feldherrn von Rang und Namen.«

Ironischerweise hob Cäsar hervor, daß Ariovist ein Feigling sei, der eher durch List als durch Tapferkeit siege. Er kritisierte auch jene, die ihre Angst hinter der angeblichen Sorge um die Verpflegung versteckten. Obwohl er den Männern klar zu verstehen gab, daß es nicht ihre Sache war, über irgend etwas nachzudenken, erklärte er bereitwillig seine Vorsorgungspläne und nannte die Stämme, die ihm Getreide liefern würden. Und schließlich hob er nochmals scharf die Stimme an und kritisierte das, was ihn am meisten erbost hatte: »Legionäre! Das ist nicht mein Krieg! Sollen wir uns etwa zurückziehen und warten, bis Hunderttausende von Germanen die römische Provinzgrenze erreicht haben? Wir müssen nicht die Flammen bekämpfen, sondern den Feuerherd. Und deshalb führen wir hier oben im Norden einen Verteidigungskrieg. Für Rom und das römische Volk. Legionäre! Dieses Gerede, daß ihr mir angeblich den Gehorsam verweigern wollt, läßt mich ganz und gar gleichgültig. Ich weiß wohl, daß jeder Feldherr, dem das Heer den Gehorsam verweigert, seine Sache schlecht gemacht hat, kein Glück gehabt hat oder der Habgier überführt worden ist! Aber meine Uneigennützigkeit ist durch mein gesamtes Leben belegt! Mein Glück ist durch den Krieg mit den Helvetiern erprobt!«

Ich hörte den leisen Spott in seiner Stimme. Hochmütig preßte er die schmalen Lippen zusammen und schaute voller Verachtung über die Köpfe seiner Legionäre hinweg. Er schien dem Irdischen entrückt. Dieser Mann war anders.

»Eigentlich hätte ich noch ein paar Tage hierbleiben wollen«, fuhr er fort, »aber wenn es so ist, werden wir bereits in der nächsten Nacht nach der vierten Nachtwache das Lager abbrechen, damit ich mich so schnell wie möglich davon überzeugen kann, ob bei euch Scham und Pflichtgefühl oder Furcht überwiegt. Und sollte mir tatsächlich niemand folgen, dann werde ich alleine mit der zehnten Legion losziehen. Denn an der zehnten habe ich noch nie gezweifelt, und deshalb soll sie in Zukunft auch die Männer meiner Leibgarde stellen!« Cäsar stieg die vier Stufen von seinem Podest herunter. Ein Prätorianer schlug die Zeltplane zur Seite. Cäsar verschwand in seinem Zelt. Er ließ mich rufen und bat mich, ihm Gesellschaft zu leisten. Cäsar war verärgert. Fortuna schien ihn zu verlassen. Er haderte mit den Göttern. Hatte er die Beweglichkeit seiner Offiziere überschätzt? War er ihnen zu schnell, wurde er ihnen zu mächtig? Er hatte es immer gehaßt, sich von irgendwelchen Leuten oder Umständen aufhalten zu lassen. Mit atemberaubender Geschwindigkeit zog er seine kraftvollen Furchen durch den Acker der Weltgeschichte, und er würde weiterpflügen, solange er konnte.

»Woran liegt es, Druide? Wenn du es weißt, so sag es mir.«

»Du ruderst zu schnell Cäsar, und du wunderst dich, daß die anderen nicht mitrudern. Wieso sollen sie sich anstrengen, wenn doch nur einer als Sieger an Land geht.«

»Ja«, murmelte Cäsar, »ein Brutus hat vor vierhundertfünfzig Jahren den letzten Tyrannen getötet. Aber was haben uns Republik und Konsulat gebracht? Eine erneute Tyrannei! Die Tyrannei der republikanischen Gesetzgebung. Nicht umsonst bedeutet Brutus Dummkopf.«

Cäsar schwieg. Am liebsten hätte er sofort die Schlacht gegen Ariovist geschlagen. Sachzwänge schaffen, für sich und die andern, das war eine seiner Stärken.

»Was meinst du, Druide? Was werden sie tun?«

»Sie werden dir folgen, Cäsar, sie werden daherkriechen wie die Schnecken und Schleimspuren der Heuchelei hinterlassen. Sie werden behaupten, daß sie nie Angst gehabt oder deine Fähigkeiten in Frage gestellt hätten. Sie werden dir sagen, daß sie darauf brennen, für Rom und das römische Volk in den Kampf zu ziehen.«

»Sagst du das, um mir einen Gefallen zu tun?«

»Das wäre töricht, Cäsar, denn in wenigen Augenblicken wirst du es wissen.«

Und tatsächlich meldete ein Prätorianer wenig später den Primipilus Lucius Speratus Ursulus. Er verneigte sich vor Cäsar und dankte ihm im Namen der zehnten Legion für das günstige Urteil, das Cäsar öffentlich über sie abgegeben hatte. Es war typisch für einen römischen Centurio, daß er von günstigem Urteil und nicht von Lob sprach. Hätte er strahlend von Lob gesprochen, man hätte es als unwürdige Prahlerei empfunden. Die Centurionen waren das Herz einer jeder Legion. Es waren ausschließlich Männer, die sich von ganz unten mit Mut, Tapferkeit und Ausdauer nach oben gekämpft hatten. Sie hatten aufgrund ihrer niedrigen Herkunft keinerlei Aussichten auf irgendwelche zivilen Karrieren. Die Legion war ihr Leben, ihre einzige Chance. Sie waren stolz auf diese männliche Lebensweise. Was zählte, war die Anerkennung der Legionäre, der Ehrgeiz der ranghöheren Offiziere, ihren Feldherrn zufriedenzustellen.

»Cäsar, wir können es kaum erwarten, für dich in den Kampf zu ziehen. Für dich geht die zehnte durchs Feuer.«

Cäsar ging auf den Primipilus zu und ergriff seinen Arm.

»Ich danke dir, Lucius Speratus Ursulus. Von jetzt an stehst du in Cäsars Gunst. Solltest du oder einer deiner Angehörigen jemals einen Wunsch haben, den ein Julier dir erfüllen kann, so wende dich an mich.«

Das war für den alten Centurio zuviel des Guten. Er war sichtlich bewegt, räusperte sich und schluckte hektisch. Dann verbeugte er sich knapp und bat Cäsar, ihm deswegen keinerlei Gunst zu gewähren, denn er habe nur aus Pflicht- und Ehrgefühl gehandelt. Und das sei die Aufgabe eines Primipilus und dürfe deshalb nicht belohnt werden. Eine Belohnung würde bedeuten, daß Cäsar sein Verhalten nicht für selbstverständlich halten würde. Und das würde ihn kränken und sein Ansehen bei den Legionären mindern.

Cäsar schien gerührt. »Dein Wunsch sei dir gewährt«.

Der Primipilus streckte den ausgestreckten Arm schräg in die Höhe und schrie sich die Erleichterung von der Seele: »Ave Cäsar! Ave Imperator!«

Mit dem »Ave Imperator« hatte er natürlich noch eins draufgesetzt. Denn wenn Soldaten ihren Feldherrn mit »Ave Imperator« grüßten, dann bedeutete dies, daß sie für ihn in Rom einen Triumphzug verlangten.

Wenig später kamen die Tribune und Legaten. Sie alle schworen Cäsar ewige Treue. Nicht Cäsar hatte Angst gehabt, Ariovist mit nur einer Legion entgegenzutreten, nein, die fünf übrigen hatten Angst gehabt, daß Cäsar sie auflöse. Als der letzte Offizier gegangen war, grinste Cäsar breit und schaute mich anerkennend an.

»Komm, Druide, der gallische Krieg geht weiter. Ich werde dir noch einen kurzen Abschnitt diktieren. Denn morgen brechen wir auf.«

Cäsar erwähnte in seinem Diktat alle Vorfälle und nannte auch die Ursachen. Aber er vermied es zu erwähnen, daß der Auslöser nicht nur die Angst vor den Germanen gewesen war, sondern die Haltung der Offiziere, die in Cäsars Einfall in Gallien keinen gerechten Krieg, keinen römischen Krieg, keinen offiziellen Krieg erkennen konnten. Er erwähnte nicht, daß zahlreiche Offiziere ihm vorwarfen, diesen unnötigen Krieg aus maßlosem Ehrgeiz, krankhafter Ruhmsucht und grenzenloser Geldgier zu führen. Doch Cäsar wäre nicht Cäsar gewesen, hätte er sich auch nur einen Augenblick länger als notwendig mit dem niedergeschlagenen Widerstand beschäftigt. Cäsar ließ durch Diviciatus, einem der wenigen Gallier, denen er vertraute, einen sicheren Weg auskundschaften, und brach dann um die vierte Nachtwache auf. Zuvor verfaßte ich noch einen Handelsbericht an Kretos und ließ ihn von einem römischen Kundschafter, der nach Genava aufbrach, mitnehmen.

Nachdem wir sieben Tage marschiert waren, erhielt Cäsar von seinen Kundschaftern die Nachricht, daß Arivoist mit seinen Truppen nur noch vierundzwanzig Meilen entfernt war.

Kaum hatten wir unser Marschlager aufgeschlagen, ritten bereits germanische Unterhändler ins Lager. Ariovist hatte dazu regelrechte Riesen ausgesucht. Sie trugen römische Offiziersstiefel! Die dunklen Wollhosen waren über den Knöcheln mit Lederriemen zusammengebunden. Über der bläulichen Reitertunika trugen sie eine dunkle, langärmelige, aber sehr kurze Tunika. Den Rücken bedeckte ein langer, dicker Wollmantel, den vorne am Hals dicke Goldspangen zusammenhielten. Das auffallendste Merkmal war jedoch der lange rotblonde Haarschopf, den sie seitlich mit einem Knoten zusammengebunden und mit einer zusätzlichen Stirnbinde fixiert hatten. Die Schnurrbärte trugen sie nicht so üppig und wuchernd wie die Kelten. Auch die Kinnbärte waren seitlich beschnitten und verlängerten die Gesichter. Sie wirkten noch hagerer. In den Gesichtszügen lag eine Gelassenheit und Ruhe, die eine gewisse Abgeklärtheit ausstrahlte. Es waren sieben

Gesandte. Sie wurden höflich empfangen und zu Cäsar geführt. Vor dem Feldherrenzelt ließ man sie warten. Prätorianer wollten ihnen die Pferde abnehmen, aber sie weigerten sich abzusteigen. Als einer der Prätorianer dabei etwas zu forsch vorging, versetzte ihm einer der Germanen einen Fußtritt ins Gesicht. In diesem Augenblick trat Cäsar aus seinem Zelt. Er hatte mich, Wanda und Procillus als Dolmetscher ausgewählt und erklärte, daß es mit Ariovist vermutlich noch zahlreiche Unterredungen geben würde, nicht nur im römischen, sondern auch in Ariovists Lager. Offenbar wollte Cäsar nicht seine Legaten riskieren. Und schon gar nicht die jungen Tribune, die ihm den Zorn ihrer Väter in Rom zugezogen hätten. Er hatte ja bereits einen verloren.

»Bist du Cäsar?«

»Ja«, antwortete Wanda, »er ist Cäsar.« Sie sprach, ohne gefragt worden zu sein. Die germanischen Gesandten schauten erstaunt zu ihr hinunter. Sie hatten nicht erwartet, daß eine gallo-römisch gekleidete Frau akzentfrei Germanisch sprach.

»Höre, was Ariovist dir zu sagen hat. Da du seinem Wunsch entsprochen hast und näher gerückt bist, kann Ariovist einer Unterredung zustimmen, ohne sich in Gefahr zu begeben. Die Unterredung soll in fünf Tagen stattfinden.«

Cäsar nickte dem Gesandten zu und sagte in lateinischer Sprache, daß er damit einverstanden sei. Er würdigte Wanda keines Blicks. Da Procillus erkannt hatte, daß Cäsar sich daran störte, von einer Frau übersetzt zu werden, hatte er mir einen Wink gegeben, die Übersetzung zu übernehmen.

Die Gesandten stellten die Bedingung, daß Cäsar zur Unterredung kein Fußvolk mitbringen dürfe. Beide Seiten sollten mit ihrem berittenen Gefolge erscheinen. Falls Cäsar damit nicht einverstanden sei, solle er überhaupt nicht kommen.

Cäsar erwiderte, daß er die Bedingung akzeptiere.

Wenig später rief Cäsar seine Offiziere zusammen. Es waren nur die Legaten und die obersten Tribune anwesend. Er war besorgt. War Ariovists Forderung, ohne Fußvolk zu erscheinen, eine Falle? Auch Ariovist wußte, daß Cäsar praktisch über keinerlei römische Reiter verfügte. Wollte Ariovist ihn zwingen, sich der häduerischen Reiterei anzuvertrauen? Cäsar wollte die Meinungen der höheren Offiziere hören. In Wirklichkeit wollte er vermutlich nur herausfinden, wer ihn einer Gefahr aussetzen wollte und wer nicht. Wer für und wer gegen ihn war. Etliche Tribune lobten scheinheilig die Zuverlässigkeit der Häduer, doch schließlich meldete sich der Legat Brutus zu Wort und empfahl Cäsar, den Häduern alle Pferde wegzunehmen und die zehnte Legion damit auszurüsten.

»Nachdem du die zehnte bereits zu deiner Leibwache ernannt hast, kannst du sie ja auch gleich noch zu deiner Reiterei machen«, scherzte Labienus. »Ich finde den Vorschlag des Legaten Brutus vernünftig.«

Ein Tribun gab zu bedenken, daß man mit dieser Geste die Häduer beleidigen könnte, aber er wagte nicht zu insistieren, denn er spürte, daß man ihm jede Hartnäckigkeit als Cäsarfeindlichkeit auslegen würde.

Fünf Tage später ritt Cäsar kurz vor Mittag aus dem Lager. Er wurde von einigen ausgewählten Legaten, Offizieren und Dolmetschern eskortiert. Die zehnte Legion war nun eine berittene Legion. Wir ritten eine gute Stunde über eine weite Ebene, bis wir schließlich einen hohen Erdhügel erreichten, der wie ein erdener Schildbuckel aus dem flachen Gelände ragte. Dieser Hügel war von beiden Lagern in etwa gleich weit entfernt. Cäsar befahl den Soldaten, ungefähr zweihundert pes vor dem Hügel haltzumachen. Von hier aus konnten sie nicht nur den Kamm des Hügels im Auge behalten, sondern auch das, was sich in der Ebene dahinter abspielte. Dort war mittlerweile Ariovist mit seinen Reitern eingetroffen. Auch er gab seinen Männern den

Befehl, sich in einer Entfernung von zweihundert pes aufzustellen. Wie vereinbart nahmen sowohl Cäsar als auch Ariovist je zehn Reiter mit und ritten auf den Hügelkamm hinauf. Auf Wunsch Ariovists sollte die Besprechung zu Pferde stattfinden. Fast gleichzeitig erreichten beide Parteien den Kamm. Während die Feldherren ihre Pferde zum Stehen brachten, gruppierten sich Dolmetscher und Offiziere links und rechts von ihnen. Ich erkannte die Gesandten, die vor einigen Tagen unser Lager besucht hatten. Wir begrüßten uns gegenseitig mit einem achtungsvollen Kopfnicken. Ariovist hingegen grinste Cäsar an, so respektlos und frech, wie es kein Römer bisher getan hatte. Der Germane war eine stattliche Erscheinung, breitschultrig und hager, und wenn er lachte, sah man das kräftige, gesunde Gebiß. Er mußte über eine außergewöhnliche Gesundheit verfügen, denn in seinem Alter hatten die meisten Menschen, die nicht in festen Häusern lebten, die meisten Zähne bereits verloren. Ja, dieser Ariovist strotzte vor Gesundheit und Selbstbewußtsein. Er trug einen vergoldeten keltischen Zeremonienhelm mit versilberten Hörnern, als wolle er damit verdeutlichen, daß er Herr über Gallien war. Während des ganzen Gesprächs ruhte seine rechte Hand auf dem Knauf seines Schwertes.

Cäsar ergriff als erster das Wort. Ich hatte die Ehre zu übersetzen. Manchmal korrigierte mich Wanda leise.

»Ariovist, du hast vom römischen Senat den Titel ›König und Freund des römischen Volkes‹ erhalten. Du hast von uns so viele Geschenke erhalten wie kaum ein anderer Freund.«

Ariovist lächelte. Er war von Cäsars schmächtiger Statur sichtlich enttäuscht. Ich sah den Spott in seinen Augen. Und diese Gefühlsduseleien über Freundschaft und Titel hielt er für heuchlerisch und verlogen, wußte er doch ganz genau, daß Rom niemandes Freund war.

»Ariovist, üblicherweise schenken wir Titel und Vermögen nur jenen, die sich in besonderer Weise den Dank des römischen Volkes verdient haben. Du aber, Ariovist, hast diese Gunst noch durch nichts gerechtfertigt. Du hast diese Gunst vor allem mir, Cäsar, zu verdanken.«

Cäsar erwähnte die alte Freundschaft mit den Häduern, um seine Anwesenheit außerhalb der römischen Provinz zu legitimieren. Er zitierte verschiedene Senatsbeschlüsse, die in bestimmten Fällen Aktivitäten außerhalb der Provinz legitimierten. Während er also in einem fort auf Ariovist einredete, versuchte er gleichzeitig seine römischen Begleiter zu überzeugen.

»Es ist nicht ungewöhnlich«, fuhr Cäsar fort, »daß unsere Bundesgenossen und Freunde nicht nur nichts von ihrem Besitz verlieren, sondern auch an Einfluß, Ansehen und Ehre gewinnen.«

Schließlich kam Cäsar auf den Punkt und forderte von Ariovist, der ihm immer noch ruhig und lächelnd gegenüber saß, die sofortige Einstellung der kriegerischen Handlungen gegen die Häduer und Sequaner. Er forderte die Rückgabe aller Geiseln und die Zusage, daß keine weiteren Germanen über den Rhenus kämen.

Cäsar hatte seine Rede beendet. Nun war die Reihe an Ariovist. Zur Überraschung aller sprach Ariovist in perfektem Latein. Wir waren sprachlos, ja regelrecht schokkiert. Ariovist genoß die Überraschung der römischen Delegation. Man hatte ihn unterschätzt. Hatte man ihn etwa auch in anderen Punkten unterschätzt? Saßen wir bereits in der Falle? Die Römer waren wie vor den Kopf geschlagen. Da begegneten sie in dieser geheimnisvollen Wildnis einem primitiven Barbaren. Und dieser Barbar sprach Lateinisch! Und mehr noch: Er beherrschte sogar die Redekunst in all ihren Facetten.

»Cäsar, ich habe den Rhenus nicht aus freien Stücken überschritten. Ich bin darum gebeten worden. Ich habe den Sequanern kein Land geraubt. Sie haben mir als Zeichen ihrer Dankbarkeit Land geschenkt. Ich habe von keinem gallischen Stamm Geiseln gefordert. Sie wurden mir freiwillig gestellt, wie das in Gallien auch zwischen befreundeten Stämmen üblich ist. Nicht ich habe in Gallien den Krieg gesucht, sondern gallische Stämme haben mich angegriffen. Wer in der Schlacht sein Glück sucht und verliert, muß nach geltendem Kriegsrecht dem Sieger Tribut zahlen. Es steht den Besiegten frei, in einer weiteren Schlacht ihr Glück zu versuchen. Aber sie ziehen es vor, Tribut zu bezahlen. Was ist daran falsch?

Es ist richtig, daß ich mich um die Freundschaft des römischen Volkes bemüht habe. Aber diese Freundschaft soll mir nützen und nicht schaden. Hast du nicht selbst gesagt, daß es Roms Wunsch ist, das Ansehen seiner Freunde zu mehren? Wenn das römische Volk mir nun Tribut und Untertanen streitig machen will, so verzichte ich gerne auf seine Freundschaft. Ich werde aber dann noch mehr Germanen über den Rhenus holen. Zu meinem Schutz. Ich habe ein Anrecht auf Gallien. Ich war schon früher in Gallien als das römische Volk. Noch nie hat es ein römischer Prokonsul gewagt, seine Provinz zu verlassen. Was sucht dein Heer in Gallien? Was willst du hier, Cäsar? Warum dringst du in meine Gebiete ein? Gallien ist meine Provinz, so, wie die Provinz Narbonensis deine Provinz ist. Du hast kein Recht, hier zu sein, Cäsar. Du hast kein Recht, mir Vorschriften zu machen.

Ich weiß, daß ihr die Menschen außerhalb eurer Grenzen Barbaren nennt. Aber ihr unterschätzt uns. Ich beherrsche nicht nur eure Sprache und die der Gallier, ich bin mit den Verhältnissen in Rom durchaus vertraut. Und ich weiß, daß alle von dir zitierten Freundschaften nicht beständiger sind als ein Tropfen Wasser in der Sonne. Haben euch denn die Häduer geholfen, als ihr die Allobroger angegriffen habt? Habt ihr andererseits den Häduern geholfen, als sie von den Sequanern niedergemacht wurden?

Deshalb muß ich annehmen, daß du diese Freundschaften nur benutzt, um dein Heer nach Gallien zu bringen. Dein Heer dient nicht der Freiheit, sondern der Unterdrückung Galliens. Wenn du mit diesem Heer nicht abziehst, werde ich dich nicht mehr als Freund betrachten, sondern als Feind.«

Bei diesen Worten lächelte Ariovist breit und zeigte wieder sein kräftiges Gebiß. Seine Augen blitzten listig, als er fortfuhr: »Ich werde dich als Feind betrachten, Cäsar, dich, aber nicht das römische Volk und nicht den Senat von Rom. Denn ich habe unter den Vornehmen und Großen des römischen Volkes viele Freunde! Ich würde ihnen allen einen sehr großen Gefallen erweisen, wenn du hier den Tod finden würdest. Zahlreich sind die Boten aus Rom und Massilia, die täglich bei mir eintreffen und mir Geschenke und Briefe bringen. Wenn ich dich töte, Cäsar, wird mir die Gunst all dieser einflußreichen Männer in Rom und Massilia gewiß sein.«

Cäsar kochte vor Wut. Was Ariovist hier vortrug, war Wasser auf die Mühlen jener Offiziere, die behaupteten, er führe einen Privatkrieg. Cäsar hatte Ariovist vollkommen unterschätzt. Dieser Barbar pflegte offenbar ausgezeichnete Beziehungen nach Rom und Massilia.

Obwohl falsche Behauptungen durch ständige Wiederholung nicht wahrer werden, bestand Cäsar erneut darauf, seinen lieben Bundesgenossen in Gallien beistehen zu müssen. Überraschend zog er einen Quintus Fabius Maximus aus dem Ärmel, der bereits vor dreiundsechzig Jahren gegen die Arverner gekämpft und gesiegt hatte. Aber Rom habe den Arvernern verziehen, ihnen die Freiheit gelassen und auch keinen Tribut verlangt. Damit hätten die Römer also viel ältere Rechte und Ansprüche.

Die Pferde wurden allmählich unruhig. Wir spürten alle instinktiv, daß sich die Unterredung zuspitzte. Unten in der Ebene war einiges in Bewegung geraten. Germanen und Römer beschimpften sich in einem fort. Einige ritten bis auf wenige Schritte aufeinander zu und bewarfen sich mit Steinen. Fast gleichzeitig erschienen Reiter hinter Ariovist und Cäsar und meldeten die Vorfälle. Wütend und entnervt brach Cäsar die Unterredung ab, wendete sein Pferd, ohne sich von Ariovist zu verabschieden, und preschte, von seinen Offizieren und Dolmetschern begleitet, den Hügel hinunter. Dort erwartete ihn bereits die berittene zehnte Legion, die ihn in strengem Galopp ins Lager zurückbegleitete. Dort erhielten die Häduer wieder ihre Pferde.

Gegen Abend rief Cäsar die Legaten und Offiziere zusammen und berichtete ihnen detailliert über seine Unterredung mit Ariovist. Aufgrund der zahlreichen Zeugen war es ihm kaum möglich, Wichtiges zu unterschlagen. Man spürte aber, daß er über die Entwicklung nicht wirklich verärgert war. Er wünschte sehnlichst den Krieg gegen Ariovist. Mit jedem Tag konnte die Opposition innerhalb der Offiziere von neuem aufflammen. Nur ein Krieg würde dem Geschwätz ein Ende setzen und vollendete Tatsachen schaffen. Im übrigen entwickelten sich die Ereignisse für Cäsars Geschmack ohnehin viel zu schleppend. Denn in Gedanken war er bereits im Norden. Eifrig ließ er militärische Einzelheiten über die belgischen Stämme sammeln.

Zwei Tage später trafen erneut germanische Gesandte im Lager ein. Ariovist wünschte eine weitere Besprechung. Er bat Cäsar um einen Terminvorschlag oder um die Entsendung von Vertrauten. Cäsar ging zum Schein darauf ein. Während er bereits die Schlacht vorbereitete, sollte Ariovist glauben, daß man demnächst wieder verhandeln würde. Daß Cäsar ausgerechnet mich und den Prinzen Valerius Procillus als Gesandte schickte, empfanden wir als Auszeichnung. Am Anfang wenigstens.

Die germanischen Reiter brachten uns ins Lager des Ariovist. Wir waren beide stolz, als Repräsentanten Roms dem germanischen Suebenführer vorgestellt zu werden.

Das Lager des Ariovist hatte keinerlei Befestigung. Im Gegensatz zu einem römischen Marsch- oder Standlager konnte man auch keinerlei Ordnung erkennen. Die ganze Ebene schien innerhalb weniger Stunden in eine gigantische Zeltstadt verwandelt worden zu sein. An manchen Stellen waren Karren zu einer Wagenburg zusammengezogen worden. Offenbar kampierten auch die Germanen nach Sippen und Familien geordnet. Unser Erscheinen löste im Lager kaum Aufsehen aus. Ab und zu flog uns ein abgenagter Knochen um die Ohren, denn überall saßen die Leute um Feuerstellen herum und brieten und aßen Fleisch. Einmal mehr imponierte uns der in der Tat erstaunlich hohe Wuchs der Germanen, der breite, knochige Körperbau, die helle Haut, die mit Talg und Asche eingerieben wurde, um sie noch heller erscheinen zu lassen, und die rotblonden Haare, die im Süden kaum bekannt waren. Auf ihre Art waren diese Germanen viel exotischer als dunkelhäutige Nubier oder Ägypter. Aber vor allem furchterregender.

Ariovists Zelt war weit geöffnet. Im Innern stapelten sich Felle, Tücher und Wolldecken wie in einem Handelshaus in Massilia. Zahlreiche junge Frauen, vermutlich häduerische Geiseln, saßen inmitten von angeheiterten Kriegern bei einem opulenten Mahl. Plötzlich erhob sich einer der Krieger zwischen Kisten und Fässern und kam auf uns zu. Erst jetzt erkannten wir, daß es Ariovist war. Seine Kleidung war bescheidener als die mancher seiner Gäste.

»Cäsar schickt uns Kelten!« brüllte Ariovist. »Hat er Angst um seine römischen Offiziere!«

Procillus erwiderte: »Ariovist, ich bin Procillus, Fürst der Helvier und …«

»Legt sie in Ketten, diese Spione!«

Wir hatten gar keine Zeit, uns zu wehren. Während Ariovist uns wieder den Rücken zudrehte und sich seinen Gästen zuwandte, wurden wir unsanft aus den Sätteln gerissen und in Ketten gelegt. Ein paar Krieger schleppten uns zu einem Platz, wo vier Karren zu einem Rechteck zusammengefügt worden waren. Innerhalb dieses Rechtecks stand ein Baum, an dem mehrere Gefangene angekettet waren. Einige waren verletzt und lagen im Sterben. Auch auf den vier Karren, die wie Mauern angeordnet worden waren, lagen Verletzte, die leise wimmerten und zu ihren Göttern flehten. Auch Procillus war erstaunt. Eben waren wir noch stolz gewesen, als Roms Vertreter bei Ariovist vorzusprechen. Jetzt waren wir seine Gefangenen. Ich war froh, daß Wanda nicht mitgekommen war.

»Druide«, flüsterte Procillus, »du kennst die Sitten und Bräuche der Germanen besser als ich – was haben die mit uns vor?«

»Das wissen die selber noch nicht, Procillus, aber mir wird da gerade etwas ganz anderes klar ...«

Procillus schaute mich ungeduldig an. Ich sagte es ihm: »Ich begreife allmählich, wieso Cäsar nicht einen Legaten oder Tribun geschickt hat. Sondern uns zwei. Er hat uns geopfert. Er wußte, daß seine Unterhändler nicht mehr zurückkehren werden.«

Procillus schien gekränkt. Daß Cäsar seine Ehre verletzt hatte, schien ihn mehr zu kümmern als sein baldiger Tod. Ich hielt Ausschau nach Lucia. Als sei dies irgendwie noch von Belang.

Zwischen den einzelnen Wagen standen germanische Wachen. Über dem Lager hing der Duft von gegrilltem Schweinefleisch und Kräutern. Ich setzte mich, während Procillus stolz stehen blieb. Der Germane, der uns am nächsten stand, nagte an einem Knochen. Manchmal schaute er zu uns rüber. Sein Blick war leer. Plötzlich bewegte sich etwas hinter ihm. In einem der Wagen. Ich erkannte das mit Kalkwasser gebleichte und stachelförmig frisierte Haar eines Kelten. Tatsächlich, langsam richtete sich ein junger Kelte, der offenbar bäuchlings im Karren gelegen hatte, auf. Jetzt kniete er hinter dem Germanen, der sich mit dem Fingernagel Fleisch aus den Zähnen pulte. Blitzschnell warf der junge Kelte seine Handketten über den Kopf seines Bewachers und schnürte ihm die

Kehle zu. Ohne einen Ton von sich zu geben, sackte der Germane zusammen. Seine Fleischkeule fiel zu Boden. Der junge Kelte trug einen goldenen Torques. Er mußte ein häduerischer Adliger sein, der als Geisel gehalten wurde. Gelenkig sprang er vom Karren herunter, die Hände immer noch aneinandergekettet. Er wollte gerade um den Karren herumschleichen, als eine Lanze seine Brust durchbohrte. Hinter dem Karren kam ein blonder Hüne hervor. Während der junge Kelte noch mit schmerzverzerrtem Gesicht mit dem Tod rang, schlug der Germane ihm die Faust auf den Kopf. Der Kelte ging zu Boden und blieb auf dem Rücken liegen. Der Germane riß ihm die Lanze aus den Rippen, reinigte die blutverschmierte Spitze an der karierten Hose seines Opfers und verschwand wieder, als sei nichts geschehen. Von den Gefangenen hatte sich niemand gerührt. Kein Wort war gefallen. Unter dem Wagen entdeckte ich jetzt Lucia. Sie knabberte gierig an der Fleischkeule, die der toten Wache aus der Hand gefallen war.

Bereits wenige Stunden später wurden wir auf die Karren getrieben und mit anderen Geiseln zusammengepfercht. Ariovist marschierte Cäsar entgegen. Unterwegs starben einige der verletzten Geiseln. Unsere Bewacher nahmen ihnen einfach die Fuß- oder Handfesseln ab und warfen sie aus den Karren. Lucia folgte unserem Wagen. Sie schien nervös. Als habe sie Angst, mich inmitten all dieser Beine, Spuren und Gerüche zu verlieren. Obwohl meine Lage ziemlich hoffnungslos war, war ich doch immer wieder besorgt, wenn Lucia aus meinem Blickfeld verschwand, und ich freute mich wie ein Kind, wenn ich sie nach Stunden wieder erblickte.

Im Angesicht des Todes hatte sich Procillus von mir abgesondert. Ich weiß nicht, warum. Er suchte immer weniger das Gespräch. Die gemeinsame Notlage schien uns nicht miteinander zu vereinen. Wahrscheinlich war ihm bewußt geworden, daß sein großer Freund Cäsar ihn geopfert hatte. Er war halt doch bloß ein Kelte, ein Gallier, auch wenn er seine Erziehung und Ausbildung in Rom erhalten hatte.

Gegen abend erschien eine zahnlose Greisin bei den Geiseln, verkrümmt und knorrig wie eine alte Wurzel. Sie stank nach Schweinefett. Doch die Adligen, die sie begleiteten, behandelten sie äußerst respektvoll. Sie trat vor einen jungen Kelten, der neben uns angekettet war, und schleuderte ihm plötzlich Asche vor die Brust, die sie in der geballten Faust versteckt hatte. Dann kniete sie nieder und vermischte die Asche mit Erde. Nachdem sie ein paar gutturale Laute ausgestoßen hatte, ging sie wieder. Gleich darauf erschienen Fackelträger, die den jungen Kelten losbanden und wegschleppten. Wir hörten seine Schreie, als sie ihn dem Feuergott opferten.

Am nächsten Tag führte Ariovist seine Truppen an Cäsars Lager vorbei und lagerte dahinter. So schnitt er Cäsar von seinen Nachschubwegen ab. Die Verbindungslinie Bibracte, Genava, Massilia war unterbrochen. Ariovist hatte von den Römern schon eine ganze Menge gelernt. Zum Beispiel, daß der Hunger das Eisen besiegt. So würde es nicht mehr lange dauern, bis Cäsar abziehen mußte, um das nächste Proviantlager aufzusuchen.

Ariovist spielte auf Zeit. Er wich jeder Schlacht aus.

Acht Tage lang versuchten beide, ihre Ausgangslage für die bevorstehende Schlacht zu verbessern, und wechselten deshalb immer wieder ihre Position. Dieses ständige Vorrücken und Zurückweichen wurde immer wieder von Gefechten der Reiterei begleitet. Zwar hatten auch die heimkehrenden Helvetier Cäsar ein berittenes Kontingent abgetreten, doch die germanischen Reiter waren weit überlegen. Die Fußtruppen hielt Ariovist sorgfältig in seinem Lager zurück. Noch wollte er keine offene Feldschlacht. Ihm genügten die täglichen Scharmützel, aus denen er stets als Sieger hervorging. Sie stärkten die Moral seiner Truppe. Und schwächten die der Römer. Cäsar geriet in Zugzwang. Er konnte nicht warten, bis ihm seine Männer wegen der täglich verlorenen Reitergefechte und der sich zuspitzenden Versorgungslage davonliefen. Er brauchte eine schnelle Entscheidung. Es war auch schon Ende September. Bald würden Regen und Stürme die Lagerplätze, Schlachtfelder und Wege in Schlammgruben verwandeln. Cäsar bestimmte einen günstigen Lagerplatz. Hier sollte ein zweites, kleines Lager entstehen, das nur das Notwendigste für die bevorstehende Schlacht bereitstellen sollte. Dann stellte er das Heer in drei Reihen auf. Während die letzte Reihe das kleine Lager befestigte, marschierten die ersten beiden gegen Ariovist. Ariovist schickte ihm sechzehntausend Mann und die gesamte Reiterei entgegen, doch Cäsar hielt diesem Angriff stand, setzte die Befestigung des kleinen Lagers fort und rüstete es mit allem aus, was er für die bevorstehende Schlacht brauchte. Zwei Legionen ließ er in diesem Lager zurück, zwei Legionen und den Großteil der häduerischen Hilfstruppen. Die vier anderen Legionen führte er ins große Lager zurück. Dort wartete vermutlich Wanda auf meine Rückkehr. Auch ihr Überleben hing mittlerweile von Cäsars Kriegskunst und Glück ab.

Mein Überleben hing in jener Nacht von einer alten Frau ab. Diesmal schmiß die Alte mir die Asche an die Brust, kniete nieder und stocherte mit einer Astgabel im Dreck herum. Plötzlich wich sie entsetzt zurück, legte schützend ihre Hand vor die Augen und ging weg. Enttäuscht verließen die Adligen mit ihren Fackelträgern den Platz. Im Morgengrauen hörte ich, wie zwei germanische Wachen sich über die Weissagungen ihrer Seherinnen unterhielten. Sie hatten in der Nacht prophezeit, daß Ariovist erst nach Neumond erfolgreich sein könne. Vermutlich ging es in Cäsars Lager nicht anders zu. Die Römer hatten meist ihre weißen Hühner bei sich. Man deutete dann die Art und Weise, wie die Hühner ihre Körner pickten.

Am nächsten Tag rückte Cäsar mit allen Legionen gleichzeitig aus und stellte seine Soldaten zur Schlacht auf. Doch Ariovist rührte sich nicht. Cäsar war überrascht, daß dieser Barbar Taktik und strategische Positionswechsel mindestens so hoch bewertete wie Mut und Tapferkeit auf dem Schlachtfeld. Aber hätte Cäsar bei einem Barbaren, der fließend Lateinisch und Keltisch sprach, nicht damit rechnen müssen? Um die Mittagszeit führte Cäsar seine Legionen wieder in die beiden Lager zurück. Wenig später griff Ariovist überraschend das kleine Lager an, das nur von zwei Legionen verteidigt wurde. Beide Seiten kämpften verbissen, heftig und ohne Gnade. Römer und Germanen fielen übereinander her wie molossische Kampfhunde, die man zu lange an der Kette gehalten hatte. Die Schlacht artete in eine regelrechte Abschlachterei aus. Es genügte nicht, den Gegner zu töten, nein, er wurde aufgeschlitzt und verstümmelt. Bei Sonnenuntergang zogen sich die Germanen zurück. Auf beiden Seiten waren die Verluste beträchtlich.

Von Gefangenen erfuhren die Centurionen die Prophezeiung der Seherinnen. Die Götter würden den Germanen den Sieg erst nach Neumond schenken.

Daraufhin rückte Cäsar am nächsten Morgen erneut mit allen seinen Legionen aus. In beiden Lagern ließ er nur wenige Männer zurück. Vor dem kleinen Lager stellte er zum Schein seine Hilfstruppen auf und rückte dann in dreifacher Schlachtlinie auf Ariovists Stellung zu. Ariovist hatte keine Wahl. Er mußte kämpfen. Links und rechts der germanischen Schlachtreihen und auch dahinter ließ Ariovist Wagen und Karren eng aneinanderreihen, damit kein Krieger die Flucht ergreifen konnte. Auch für Ariovist galt nun die Devise: Sieg oder Tod. Unser Gefangenenwagen wurde auf der linken Seite abgestellt. Wir waren eingeklemmt zwischen Hunderten von Wagen, die sich gegenseitig behinderten. Frauen und Kinder standen aufgeregt auf den Karren und warteten auf den Beginn der Schlacht. Lucia hatte mich mittlerweile wieder gefunden, war zu mir hochgesprungen und hatte sich unter meinem Arm zusammengerollt. Sie zitterte.

Cäsar eröffnete die Schlacht auf der rechten Seite. Kräftige Tubastöße gaben das Signal zum Angriff. In makelloser Schlachtformation rückten die römischen Legionäre vor. Über ihren glitzernden Bronzehelmen wurde die Feldherrnfahne geschwungen, und kurz darauf ertönte das Angriffssignal aller ihrer Hörner und Trompeten. Die Legionäre gingen in leichten Laufschritt über und skandierten ihren Schlachtruf. Die Germanen stemmten sich in der üblichen Phalanxformation den Römern entgegen. Es war eine äußerst phantasielose Aufstellung, denn eine Mauer von aneinandergereihten Männern, die zu zehnt hintereinander standen, war unbeweglich und nicht zu manövrieren. Die römischen Legionäre hingegen rückten zwar als geschlossene Linie vor, konnten sich aber blitzschnell in wendige kleine Manipel aufteilen, die nach Bedarf dirigiert werden konnten. Die Schlacht war genauso brutal wie am Vortag. Mit unvorstellbarem Haß und unglaublicher Grausamkeit schlachteten sich die Männer gegenseitig ab. Doch die Götter waren unschlüssig, wem der Sieg zu schenken war. Während die Germanen auf der linken Seite leicht zurückgedrängt wurden, stießen sie auf der rechten Seite tiefer in die römischen Reihen vor. Dies bemerkte der junge Legat Publius Crassus, der tüchtige Sohn des milliardenschweren Triumvirn. Er war Anführer der Reiterei und hatte strikten Befehl, sich vorläufig nicht an der Schlacht zu beteiligen. Doch Publius Crassus handelte eigenmächtig; er schickte die dritte Schlachtreihe, die Cäsar als Reserve zurückbehalten hatte, in den Kampf und griff gleichzeitig mit seiner Reiterei auf der rechten Seite an. Die Germanen waren über diesen unerwarteten Angriff derart überrascht, daß sie auf der rechten Seite zurückwichen, bis sie sich schließlich ganz vom Gegner abwendeten und Hals über Kopf die Flucht ergriffen. Die

Frauen auf den Karren entblößten ihre Brüste und schrien ihren Männern zu, sie sollten weiterkämpfen, damit sie nicht von römischen Zwergen geschändet würden. Die Wirkung blieb aus. Die Panik griff wie ein Waldbrand um sich. Immer mehr Karren wurden aus der Wagenburg herausgelöst und eilig abgezogen. Während sich einzelne Verbände ebenso todesmutig wie kopflos den diszipliniert vorrückenden Legionen entgegenwarfen, hatten andere bereits die Flucht ergriffen. Ich flehte zu den Göttern, unser Gefangenenwagen möge noch lange eingekeilt bleiben, doch es schien, als hätten meine Hilferufe Gegenteiliges bewirkt. Während andere Wagen sich nicht von der Stelle bewegten oder wegen Achsbrüchen steckenblieben, ratterte unser Karren wenig später inmitten der flüchtenden Germanen Richtung Rhenus. Zwei bis drei Tage würde die Flucht dauern. Der Fluß war noch weit entfernt. Aber die römische Kavallerie setzte den Germanen nach. Es ging nicht darum, eine Schlacht zu gewinnen. Cäsar hatte die Vernichtung der Sueben gefordert. Sie sollten nie mehr in der Lage sein, über den Fluß zu kommen. Der Rhenus sollte fortan die Grenze zur zivilisierten Welt sein. Die gesamte Kavallerie beteiligte sich an der Verfolgung der Germanen. Von hinten schlitzte man den Fliehenden den Rücken auf. Man machte keinen Unterschied zwischen Kriegern, Frauen und Kindern.

In unserem Wagen versuchten mittlerweile einige ihre Ketten aus den Holzplanken zu reißen, doch germanische Reiter, die an uns vorbeipreschten, schlugen sie mit Schwerthieben nieder. Ich legte mich flach auf den Wagenboden und preßte mein Gesicht aufs Holz, als wollte ich die Beschaffenheit der Eisennägel analysieren, die die Planken mit den Querbalken verbanden. Ich konnte nur hoffen, daß unser Wagen bald auseinanderbrechen oder sich auf den holprigen Wegen überschlagen würde. Doch plötzlich hörten wir ganz in der Nähe die Angriffssignale der römischen Reiterei. Ich richtete mich etwas auf und sah, daß die germanischen Reiter, die noch auf gleicher Höhe mit uns waren, reihenweise von den Pferden fielen. Gleich wurden wir von römischen und häduerischen Reitern überholt. Darunter erkannte ich auch Cäsar. Er trug seinen wallenden roten Feldherrnmantel. Jetzt sah er Procillus. Cäsar stürmte auf unseren Wagen zu. Der Lenker brachte sich mit einem Sprung in Sicherheit und wurde von den nachrückenden Reitern niedergemacht. Cäsar riß die Zügel der Pferde an sich und brachte den Wagen zum Stehen. Er wandte sich an uns, und man sah, daß es ihm eine große Genugtuung war, uns persönlich befreit zu haben. Er gab einem Reiterführer Befehl, uns die Ketten abzunehmen und ins große Lager zurückzubringen. Ein häduerischer Reiter brachte uns herrenlose Pferde. Stumm trabten wir am Rande des Schlachtfeldes ins Lager zurück. Überall Leichen und das Stöhnen der Sterbenden. Doch was sich hier abgespielt hatte, war nicht vergleichbar mit Bibracte. Hier hatte man selbst den Tieren und Kindern die Bäuche aufgeschlitzt, ja, es lagen sogar Hunde herum, denen man alle vier Pfoten abgehackt hatte.

Ich war glücklich, als ich Wanda endlich wieder in meine Arme schließen konnte. Ich schämte mich, daß ich an den Göttern gezweifelt hatte.

Am nächsten Tag ritten Wanda und ich hinaus und wuschen uns an einem Bach. Bei einer Quelle opferte ich den Göttern die Silberdenare, die ich für die Erstellung der Testamente erhalten hatte, und versuchte den heiligen Stimmen zu lauschen. Wo war Kretos? Würde ich jemals Massilia sehen? Würde ich jemals in einem massilianischen Handelshaus residieren und mich von nubischen Sklavinnen verwöhnen lassen, so, wie ich es als Junge auf unserem raurikischen Hof immer geträumt hatte? Oder hatte ich hier eine höhere, eine göttliche Aufgabe zu erfüllen? Lag es an mir, Cäsars Schicksal zu besiegeln? Aber ich fühlte keinen Haß mehr gegen diesen Menschen, den sich jeder keltische Stamm zum Freund machen wollte, um über seinen Nachbarn herzufallen. Hatte er mir nicht zu einem gesellschaftlichen Status verholfen, der mir in der keltischen Gemeinschaft stets verwehrt geblieben wäre? Hatte er mir heute nicht gar das Leben gerettet? Hatte er sich nicht sogar persönlich darum bemüht? Meine Gefühle ihm gegenüber waren wechselhaft und zwiespältig. In gewissem Sinne war ich vielleicht sogar schon sein Komplize geworden. Jede Aufmerksamkeit, die er mir schenkte, erfüllte mich mit Stolz. Ich ertappte mich auch immer öfter beim Versuch, ihm zu helfen, ihm beizustehen, ihm meine Treue zu zeigen, nur um seine Anerkennung zu finden. An anderen Tagen wiederum war er mir unheimlich, und ich freute mich klammheimlich über Ungereimtheiten in seinen Rechtfertigungsberichten, weil ich hoffte, daß die Nachwelt ihn deswegen eines Tages entlarven würde. Aber diese Tage wurden immer seltener. Das Schicksal hatte uns immer enger miteinander verknüpft. Hätte Cäsar gegen Ariovist verloren, ich hätte vermutlich Wanda nie mehr gesehen. Da war ein merkwürdiger Zwiespalt in mir. Vielleicht war es auch der Zwiespalt der Götter. Ich war von den Göttern begünstigt. Aber Cäsar war es auch.

Am nächsten Tag zog ich mich in die Finsternis der Wälder zurück. Verdorrtes Geäst bedeckte den trockenen Boden. Bei jedem Schritt zerbrachen trockene Zweige unter meinen Füßen. Kein Lichtstrahl drang zwischen den dichten Baumkronen hindurch. Ich spürte einen trockenen Luftzug. Es waren Winde aus der Anderswelt. Ich wußte, daß ich nicht mehr allein war. Obwohl alles um mich herum seit Jahrhunderten tot schien. Ich war auf der Suche nach Kräutern und Wurzeln. Doch plötzlich hörte ich Stimmen, die nicht zur Anderswelt gehörten. Es waren keine heiligen Stimmen, denn sie klangen laut, respektlos und rauh. Langsam ging ich weiter, den Stimmen entgegen. Ich hielt mich dabei immer wieder an

Ästen und Sträuchern fest und versuchte die Füße so hoch wie möglich zu heben, damit ich nicht ständig über Wurzeln und Gestrüpp stolperte. Schließlich erreichte ich eine felsige Anhöhe, von der aus ich eine enge Schlucht überblicken konnte. In dieser Schlucht floß ein Bach. Und in diesem Bach standen römische Legionäre. Sie fischten all die verbogenen Schwerter und goldenen Torques heraus, die bereits unsere Ahnen an diesem Ort den Göttern geopfert hatten. Ich erschauerte bei diesem Anblick. Wie konnte es jemand wagen, die Götter derart herauszufordern?

Am nächsten Tag ließ mich Cäsar in sein Zelt kommen. Er hatte Kopfschmerzen.

»Was tut ihr Druiden, wenn der Kopf schmerzt?«

Cäsar lag ausgestreckt auf der Liege und hatte einen Arm übers Gesicht gelegt.

»Kommen die Schmerzen vom Wein, empfehlen wir, den Händler zu wechseln. Kommen die Schmerzen von den warmen Winden, empfehlen wir einen Becher verdünnten Rotweins, kommen die Schmerzen jedoch von geplünderten keltischen Heiligtümern …«

Cäsar richtete sich auf, hielt in der Bewegung inne und verzog schmerzhaft das Gesicht.

»Was willst du damit sagen, Druide?«

»Du forderst die Götter heraus, Cäsar!«

»Ich stehe unter dem Schutz der unsterblichen Götter! Mit Glück habe ich die Helvetier besiegt, mit Glück habe ich Ariovist besiegt, und mit demselben Glück werde ich ganz Gallien unterwerfen. Ich brauche den Schutz deiner Götter nicht, Druide! Um Gallien zu erobern, brauche ich Legionäre! Und Legionäre brauchen Geld, sehr viel Geld! Und all meinen Feinden in Rom werde ich mit Keltengold das Maul stopfen und ihnen jedes Jahr mehr Sklaven schicken, als sie in den letzten zehn Jahren gesehen haben! Setz dich, Druide!«

Ich setzte mich Cäsar gegenüber auf einen Stuhl. Cäsar saß jetzt auf seiner Liege und stützte seinen Kopf mit beiden Händen. Er hatte die Augen geschlossen.

»Was ist es, Druide?« stöhnte Cäsar. »Gibt es denn kein Mittel dagegen?«

»Ich kann es versuchen«, sagte ich nach einer Weile. Bei diesen Worten zitterte ich am ganzen Körper. Die Anspannung, die die ganze Zeit über meine Muskeln verhärtet hatte, ließ nach.

»Versuch es, Druide«, murmelte Cäsar und streckte sich wieder auf der Liege aus.

Ich ging nach draußen und befahl den herumstehenden Prätorianern, Wasser zu kochen. In der Zwischenzeit holte ich aus meinem Zelt die nötigen Kräuter und überlegte. Hatten die Götter die Entscheidung über Cäsars Leben in meine Hand gelegt?

Ich versuchte mich an die Kräutermischung zu erinnern, die ich seinerzeit Fumix zubereitet hatte. Fumix? Ja, Fumix. Das war gar nicht so einfach, denn entscheidend war nicht nur der Anteil eines einzelnen Krautes am Ganzen, sondern auch die Dauer, die ein Kraut im heißen Wasser verbrachte. Auch ob ein Kraut kaltem, warmem oder kochendem Wasser zugesetzt wurde, war von wesentlicher Bedeutung. Je nach Dosierung und Zubereitung konnte ein heilendes Kraut töten und ein tödliches Kraut heilen. Wenn ich ganz ehrlich bin, muß ich gestehen, daß ich mich an die genaue Zubereitung nicht mehr erinnerte. Man mag sich wundern, wieso ich nach all den druidischen Mißerfolgen der letzten Monate erneut den Zauberlehrling spielte. Ich gebe zu, das ist schwer zu verstehen. Aber etwas in mir drängte mich dazu. Und insgeheim war ich sicher, daß es die Götter waren, die mich drängten, und daß die Götter meine Hände leiten würden. Die Götter sollten entscheiden, ob Cäsar leben oder sterben sollte.

Ich gab die Kräuter in das kochende Wasser und bat die Prätorianer, auf meine Rückkehr zu warten. Wanda überredete ich dazu, den Kräuterkessel zu überwachen. Ich wollte nicht, daß mir jemand ins Handwerk pfuschte.

Allein ritt ich nun hinaus zu den uralten Wäldern, die sich westlich von unserem Lager über die Hügel ausbreiteten. An einem Fluß wusch ich Hände und Füße und ritt dann langsam und andächtig in die Tiefe des Waldes hinein, vorbei an bizarr geformten Felsen und knorrigen alten Bäumen. Ich hörte den Ruf der Elster, den Flügelschlag des schwarzen Falken und den Schrei der Eule. Im Dickicht verharrten drei Hirsche. Ich weiß nicht, ob es eine Sinnestäuschung war, denn als ich wieder hinüberschaute, waren sie verschwunden. Dieser Wald war anders als der abgestorbene mit dem toten Geäst am Boden. Es war ein lebendiger Wald, der mich wie einen Triumphator empfing, freudig und heiter. Als ich die drei Hirsche wieder sah, hörte ich das Plätschern einer Quelle. Ich stieg ab und näherte mich mit demütig gesenktem Kopf dem heiligen Ort. Ich spürte, wie eine heiße Kraft meinen Körper durchflutete. Im hellgrünen Moos kniete ich nieder und streckte meine Hände in das frische, glasklare Quellwasser, das gleichmäßig aus dem Erdboden sprudelte, um das Licht der Sonne zu empfangen. Dann tat ich etwas, was nur wenige Menschen vor mir getan haben. Ich, Korisios, Druidenlehrling aus dem Stamme der Rauriker, erflehte die Hilfe der Erdmutter-Göttin. »Du, Allmutter Natur, Beherrscherin der Elemente, erstgeborenes Kind der Zeit, Höchste der Gottheiten, Königin der Seelen, Erste der Himmlischen, du, die vereint die Gestalten aller Götter und Göttinnen, ergreife meine Hände, damit sie besiegeln das Schicksal unseres Volkes.« Und während ich ihre Hilfe erflehte, mehr in Gedanken als in Worten, schloß ich die Augen und öffnete den Mund, so daß ich vom heiligen Quellwasser, das aus ihrer Scham sprudelte, trinken konnte. Ich bot ihr mein Leben zum Tausch für Cäsars Tod! Denn bei uns Kelten gilt auch im Religiösen das Prinzip der Gegenseitigkeit. Wer mit den Göttern Tauschhandel betreiben will, muß fair sein. Wer einen Todkranken retten will, muß einen Kerngesunden opfern. Aber dieser Tausch sollte nicht ein Tausch zwischen Mensch und Gott sein, sondern ein Tausch zwischen den Göttern, die Cäsar beschützten, und jenen, die sich zu meinen Gunsten vereint hatten. Deshalb bot ich mein Leben an, damit beide Seiten den gleichen Einsatz hatten. Ich mußte lächeln, als ich die kleinen Pilze sah, die auf dem feuchten Moos am Rande der Quelle wuchsen. Santonix hatte mir davon erzählt. Wenn die Götter den Dialog aufnehmen, hat plötzlich alles seine Richtigkeit. Mit der linken Hand griff ich nach einem Pilz und aß ihn. Dann nahm ich noch einen Schluck des heiligen Wassers und bedankte mich für ihre Liebe. Ich spürte, wie mich die Göttin in ihre Arme schloß, und hörte ihr Lachen, als ich in dem Weiher untertauchte, der sich unter der Quelle gebildet hatte.

Als ich wieder ins Lager zurückritt, fühlte ich mich so, als hätte ich zuviel Rotwein getrunken. Nur: Mund und Gaumen waren weder trocken noch pelzig. Ich hatte auch keinen Durst. In meiner Hand hielt ich frische Kräuter. Ich weiß nicht, wie ich dazu gekommen bin. Die Druiden behaupten, daß die Götter die Sinne der Auserwählten mit Pilzen trüben, bevor sie ihnen die Plätze zeigen, an denen die heiligen Kräuter wachsen. Die Wachen am Lagertor waren seltsam verändert, sie glichen untersetzten Fröschen mit aufgeblasenen Backen. Und wenn sie sprachen, klang es wie das Gurren einer Taube. Ich mußte lachen. Auch Wanda hatte sich verändert. Ihre Brüste waren so groß wie die Hügel, die ich einst gesehen hatte, als dieser Arvernerfürst Vercingetorix mich gefunden hatte. Ihr Kopf war derart klein, daß man ihr Haar gerade noch erkennen konnte, und für einen Augenblick fragte ich mich, ob sie vielleicht auf dem Kopf stand, doch unter den Brüsten sah ich dann den großen Bauch, der so dick und rund war, als würde er noch diese Nacht sechs keltische Legionen gebären. Ich hörte mich fragen, ob in meiner Abwesenheit alles nach meinen Wünschen verlaufen sei. Sie nickte, während die gepanzerten Frösche vor dem Zelt sich leise gurrend unterhielten. Ich sah, wie meine Hand die getrocknete Mistel zwischen Daumen und Zeigefinger zerbröselte und ins heiße Wasser gab. Bei den anderen Kräutern, die mir die Götter aus dem Wald mitgegeben hatten, war ich mir nicht sicher, ob sie nur der Geschmacksverbesserung oder auch dem Wohlbefinden dienen würden. Obwohl meine Wahrnehmung sehr gestört war, waren meine Gedanken von einer erstaunlichen Klarheit! Ich spürte, daß die Götter meine Hände führten. Nicht ich bereitete diesen Trank zu. Ich war nur das Werkzeug der Götter. Fast verwundert nahm ich zur Kenntnis, daß ich auch Kräuter hinzufügte, die ich bereits vor meinem Ritt in den Wald dem kochenden Wasser beigegeben hatte. Aber offenbar hatte ich mich geirrt. Und die Götter korrigierten meinen Fehler. Es war ein ganz besonderes Kraut, das ich da in großen Mengen erneut beifügte. Man sagte ihm nämlich nach, es würde die Blutgefäße erweitern. Die Verengung der Blutgefäße war ja laut Santonix mithin ein Grund für den Druck, der manchmal in den Schläfen entsteht. Ich rief den Küchenburschen und befahl ihm, mir verschiedene Rotweine und Trinkgefäße zu bringen. Den göttlichen Sud ließ ich in eine flache Schale, die meist für kultische Zwecke verwendet wurde, umschütten. Darin würde er am schnellsten abkühlen. In einem versilberten, schlanken Becher auf hohem Fuß ließ ich mir frisches Wasser bringen. Ich würde es brauchen, um die Weine zu verdünnen.

Sklaven hatten inzwischen die verschiedenen Weinamphoren in Cäsars Vorzelt gebracht. Dort standen sie nun vor mir, wie eine im Morgennebel wartende römische Schlachtreihe. Ich begann mit einem zwanzigjährigen Albaner. Sorgfältig und würdevoll wie ein Priester brach der Küchenmeister den Pechverschluß auf und gab den Sklaven Anweisung, mit dem Einschenken zu beginnen.

Während er selbst einen leinenen Filtriersack über die Trinkschale hielt, goß der Sklave langsam den beinahe schwarzen Wein ein. Er roch abscheulich. Ich nahm einen kleinen Schluck und spuckte ihn sofort wieder aus. Ich fügte frisches Wasser hinzu und kostete mit höchster Konzentration. Der Wein hatte sich bereits in einen bitteren Honig verwandelt. Ich erhob mich und schaute mir nun die Aufschriften der verschiedenen Amphoren genauer an. Bei den besseren Weinen stand auf Papyrusetiketten Jahrgang und Produzent, bei einfacheren waren die Angaben in Kreide vermerkt. Aber etwas ganz anderes fiel mir in diesem Augenblick auf. Mein Gleichgewicht war vorzüglich. Ja, ich möchte sogar behaupten, daß sich meine Muskeln noch nie so sanft und geschmeidig bewegt hatten wie nach dem Verzehr dieses göttlichen Pilzes. Ich kniete vor den Amphoren und las die Etiketten. Ich entschied mich schließlich für einen vierjährigen Sabiner, der etwas herb und trocken und vermutlich mit Marmorstaub und Aschenlauge durchsetzt worden war. Aber zum Mundspülen hatte er durchaus seine Berechtigung. Wesentlich besser waren ein dunkler Caecuber aus Latium und ein Mamertinus aus dem sizilianischen Messina. Ich denke, diese beiden Weine konnte man auch bei übertriebenem Genuß durchaus überleben. Ich versuchte nun auch hier mit der Gewissenhaftigkeit eines keltischen Druiden das optimale Mischverhältnis herauszufinden. Während die einen drei Teile Wasser und einen Teil Wein bevorzugen, schwören die andern auf zwei Teile Wasser und einen Teil Wein. Einige wollen den Wein kalt oder gar mit Schnee versetzt, andere wiederum gekocht und mit Minze, Anis oder Veilchen verhunzt. Ich hingegen brauchte eine Mischung, die die Blutgefäße erweiterte, bevor man sie wieder herauskotzte. Es wurde immer schwerer, eine Entscheidung zu treffen, denn mit jedem Becher Wein, den ich probeweise leerte, schien die göttliche Kraft und Weisheit in mir abzunehmen. Ich glaube, die Erdmuttergöttin hatte nicht damit gerechnet, daß ich mich nach der Pilzverkostung noch derart aufopfernd dem Wein hingeben würde. So überwog die Wirkung des Weines bald die Wirkung des Pilzes, und ich torkelte mit schwerem Zungenschlag zwischen den Sklaven und Amphoren herum und wußte nicht mehr, welchen Wein ich in welcher Konzentration bereits gekostet hatte. Schließlich verlangte ich nach einem Bronzesieb und ließ mir einen echten Falerner einschenken. Welch ein Geschenk der Götter! Als hätte Bacchus persönlich den Kelterungsprozeß überwacht! Keine Spur von Terpentin, Kreide, Harz, Schwefel, Salz, Marmorstaub oder Aschenlauge! Das war ein richtiger Wein, schwer und tiefrot, aber samtig weich und mit dem schmeichelhaft feinen Geschmack von altem Faßholz und Nüssen. Diesen Falerner trank ich unverdünnt. Ich legte mich dazu auf die Liege und genoß den Rausch, der mich von allen Sorgen und Ängsten befreite und mir das euphorische Gefühl eines Imperators verlieh. Am liebsten wäre ich aufgestanden, nach Rom geritten und hätte mich dort zum Konsul ausrufen lassen! Doch als ich meine Trinkschale zum Nachfüllen ausstreckte, verlor ich das Gleichgewicht und fiel vom Sofa.

»Druide, der Sud ist nun kalt«, sagte der Küchenmeister leise, während er mir diskret unter die Arme griff. Den hatte ich beinahe vergessen. Ich torkelte ein paar Schritte nach vorne und stützte mich dann an der Tischplatte ab. Der Tisch kippte, die bronzenen Gefäße und Becher flogen scheppernd durch das Vorzelt. Ich stürzte der Länge nach hin und riß ein paar Amphoren mit, die in Metallgestellen standen und sich nun wie rohe Eier gegenseitig die Köpfe aufschlugen. Welche Tragödie für einen Weinfreund! Der Wollstoff meiner Tunika sog sich mit dem blutroten Traubensaft voll. Mir war, als würde mir jemand das Zelt um die Ohren schwingen. Alles drehte sich. Kraftlos blieb ich in einer Weinlache liegen. Neben mir lag meine Trinkschale. Der herausspritzende Wein der zerbrechenden Amphoren hatte sie wieder aufgefüllt. Das mußte ein Wink der Götter sein. Ich zwinkerte dem Küchenmeister zu, der irritiert das ganze Chaos betrachtete.

»Schütte den Sud in einen Tonkrug. Aber nichts verschütten! Dann gibst du Wasser und Falerner hinzu, aber gib acht, daß alle drei Teile gleich groß sind.«

Der Küchenmeister schien erleichtert, daß ich nicht die Absicht hatte, das Ganze selber umzuschütten. Mit seinem Dolch markierte er den Stand der Flüssigkeit in der Trinkschale und goß den Sud schließlich in einen Tonkrug. Dann füllte er die Schale bis zur eingeritzten Kerbe mit Wasser und Falerner. Zuletzt schickte er die Sklaven mit den Amphoren hinaus. Wohl meiner Gesundheit zuliebe. Und dann kam der Augenblick, den ich in keiner Weise herbeigesehnt hatte. Vom Küchenmeister gestützt wurde ich in den hinteren, privaten Teil von Cäsars Feldherrenzelt geführt. Cäsar lag immer noch wie erschlagen auf der Liege, den einen Arm über der Schläfe. Am liebsten hätte ich mich neben ihn gelegt und wäre eingeschlafen. Doch der Küchenmeister setzte mich vorsichtig auf einen Stuhl und füllte eine Trinkschale mit meiner Kreation. Allein der Gedanke daran machte mich krank. Mir war mittlerweile kotzübel.

»Cäsar«, flüsterte der Küchenmeister. Cäsar war wach. Er richtete sich auf, nahm die Schale und trank sie in wenigen Schlucken leer, ohne mich anzuschauen. Cäsar reichte dem Küchenmeister die Schale, damit dieser nachschenke. Der Küchenmeister schaute mich fragend an. Ich nickte, obwohl ich keine Ahnung hatte, wieviel man von diesem Gebräu trinken konnte. In meinem Kopf jagten sich die Gedanken. Fieberhaft versuchte ich zu rekonstruieren, was ich eigentlich zusammengebraut hatte. Einerseits befand ich mich in ausgelassener Stimmung, wie ein Gott, der vergnügt mit seinen Gespielinnen in den Wolkenfeldern schäkert, andererseits geisterte das Stichwort »Fumix« durch mein Hirn.

»Bring dem Druiden einen Falerner«, murmelte Cäsar, während er tief ein- und ausatmete.

Der Küchenmeister starrte mich entgeistert an und verschwand dann im Vorzelt. Cäsar legte sich wieder und schloß die Augen.

»Du bist ein seltsamer Druide, Korisios«, murmelte Cäsar. »Mein Grammaticus, Antonius Gripho, hat mir seinerzeit erzählt, daß Druiden nur Wasser und Milch trinken.«

»Ja«, versuchte ich mit klarer Stimme zu antworten, »das ist schon richtig, der Wein ist für uns kein Genuß-, sondern ein Heilmittel. Wir benutzen ihn zu kultischen Zwecken. Es versteht sich von selbst, daß auch wir Druiden ... eh ...« Ich hatte den Faden verloren. Die letzten Worte hatte ich ohnehin nur noch gelallt.

»Badet ihr auch darin?« fragte Cäsar mit leidender Miene, während er angeekelt die Nase rümpfte. Ratlos glättete ich meine vom Wein durchnäßte Tunika über den Knien. Der Küchenmeister brachte einen Krug Falerner und schenkte mir einen Becher ein. Der Schlaumeier hatte ihn stark verdünnt. Aber zu seinem Glück war er bereits wieder hinausgeschlichen. Cäsar lachte leise vor sich hin. Dann sagte er: »Wenn ich das richtig verstehe, Druide, dann sauft ihr keinen Wein, ihr sauft Heilmittel.« Cäsar kicherte leise, vorsichtig, als befürchte er durch die kleinste Erschütterung eine Verstärkung seiner Kopfschmerzen. Ich trank meinen Becher in wenigen Zügen leer und beobachtete nun aufmerksam jede Regung in Cäsars Gesicht. Das heißt, ich saß da wie versteinert, nahm zur Kenntnis, daß ich nicht vom Stuhl kippte, und glotzte Cäsar an. Er lag immer noch auf der Liege, den rechten Arm über den geschlossenen Augen. Würden sich die Lippen dunkelblau verfärben, oder würde sich zuerst die Halsmuskulatur zu einem ausgedörrten Rebstock verzwirnen? Würden die Hände zittern und die Bewegungen fahrig werden, oder würde er einfach Wasser lassen und geräuschlos in die Anderswelt hinübergleiten? Vielleicht würde er auch toben und schreien und lauthals nach der Prätorianergarde verlangen oder den Verstand verlieren und den Marsch nach Britannien befehlen. Meine Zunge war bereits pelzig und trocken. Ich sehnte mich nach süßen Früchten und Honig und frischem Wasser ... Und nach frischer Luft und einem Stück Wiese, um mich zu übergeben. Mir war heiß, und das Herz pochte bis in den Hals hinauf. Ich schwitzte aus allen Poren warmen, klebrigen Schweiß, der nach abgestandenem Wein stank.

»Druide«, sagte Cäsar plötzlich mit einer verblüffenden Leichtigkeit in der Stimme. Er setzte sich auf die Kante seiner Liege und schaute mich fast heiter an. Seine Augen suchten erneut meine Komplizenschaft, während seine Hand mein Knie berührte, »Druide«, wiederholte er, »die Schmerzen sind aus meinem Körper gewichen.«

Ich überlegte, ob Fumix kurz vor seinem grausamen Sterben auch ein kurzes Gefühl von Glück und Erleichterung empfunden hatte, aber ich konnte mich an nichts Derartiges erinnern. Fumix war wie eine tollwütige Ratte, schäumend und zuckend, verendet. Nein, Cäsar war wohlauf. Langsam fragte ich mich ernsthaft, ob die Auswahl der Kräuter und die Zubereitung überhaupt eine Rolle spielten. Entschieden die Götter nicht ohnehin nach eigenem Gutdünken und Ermessen? Oder war ich ganz einfach ein bemitleidenswerter Dilettant, der alles sein und können wollte, und deshalb nichts richtig beherrschte? Oder liebten mich die Götter so sehr, daß sie mein Opfer nicht annahmen und deshalb auch Cäsar am Leben ließen? Diese Variante war natürlich auch nicht übel. Aber ich konnte es drehen und wenden, wie ich wollte. Es half nichts. Tief in mir spürte ich eine ungeheure Schmach. Ich fühlte mich von den Göttern erniedrigt und gedemütigt. In diesem Augenblick war mir wirklich zum Heulen zumute. Und kotzübel.

»Mir scheint«, scherzte Cäsar, »als würden mir selbst deine Götter beistehen.«

Cäsar hatte meine rechte Hand ergriffen. Er hielt sie fest, fast zärtlich. Liebevoll strich er mir über den Handrücken und lächelte mich an, dankbar. Meine Gefühle und Empfindungen verwirrten mich. Mir war, als würde ich Cäsar in diesem Augenblick alles verzeihen, was ich ihm jemals vorgeworfen hatte. Hatten mich meine Götter erniedrigt, damit ich mich zornig von ihnen abwandte? Hatten sie mich gedemütigt, damit ich Cäsar um so bereitwilliger in mein Herz schloß? Ich weiß es nicht. Ich erinnere mich aber, daß ich mich leicht nach vorn beugte und mit beiden Händen seine Hand ergriff. Ich war endgültig Cäsars Druide geworden.

Ich war stolz, Cäsars Anerkennung gefunden zu haben. Manch einer in Rom hätte Millionen von Sesterzen dafür ausgegeben. Cäsar ließ meine Hand los und erhob sich. Es schien so, als hätte ein unsichtbarer Regen alle Schmerzen von ihm gewaschen. Die Vertraulichkeit, die eben noch zwischen uns geherrscht hatte, wich wieder der Nüchternheit des ehrgeizigen Feldherrn, der nur sein egoistisches Ziel vor Augen hatte. Aber doch schien mir, als sei irgend etwas in mir zurückgeblieben. Ein Gefühl der Loyalität? Ich weiß es nicht. Ich war ziemlich verwirrt. Vielleicht auch bloß betrunken. Das auf jeden Fall.

»Das erste Jahr in Gallien ist vorbei. Das soll das erste Buch sein. Ich will es heute nacht beenden und morgen abreisen.« Erschrocken zog ich die Augenbrauen hoch und versuchte angestrengt Feder und Papyrusrolle zu finden. Das Zelt schien sich zu bewegen, wie ein Floß auf hoher See. Die Konturen und Farben verschwammen zu einem grotesken Schauspiel. Das flackernde Licht ließ auf meinem Schreibtisch ekstatische Tänzerinnen entstehen, die ihre Schatten wild zuckend auf die Papyrusrollen warfen. Ich sehnte mich wirklich nach einem Stück Wiese. Cäsar rollte eine beschriebene Papyrusrolle vor mir aus und drückte mir einen Griffel in die Hand. Obwohl wir seit Tagen nicht mehr daran gearbeitet hatten, hatte Cäsar noch alles präsent und diktierte einfach weiter: »Gaius Valerius Procillus, den seine Wächter auf der Flucht in dreifachen Ketten fortschleppten, fiel Cäsar selbst in die Hände, als dieser die Feinde mit der Reiterei verfolgte. Und dieser Umstand bereitete Cäsar keine geringere Freude als der Sieg selbst.« Ich war überrascht, daß Cäsar unsere Befreiung erwähnte. Wollte er damit ausdrücken, daß ihm das Wohl jedes einzelnen am Herzen lag? Natürlich war dies für mich nicht die zentrale Frage. Ich wunderte mich darüber, daß Cäsar Procillus erwähnte, mich aber nicht, und daß Cäsar mich für die Niederschrift ausgewählt hatte und nicht Procillus. Ich denke, daß auch für einen Römer nur die Rettung eines Adligen erwähnenswert ist. Vielleicht wollte er auch die Intimität beenden, die zwischen uns geherrscht hatte. »So hatte Cäsar in einem einzigen Sommer zwei sehr bedeutende Kriege zu Ende gebracht und ließ daher früher, als es die Jahreszeit verlangte, sein Heer bei den Sequanern das Winterlager beziehen, den Oberbefehl übergab er dem Labienus. Er selbst begab sich ins diesseitige Gallien, um Gerichtstage zu halten.«

Gegen Mitternacht fand ich endlich das langersehnte Stück Rasen im Freien. Krixos besorgte mir frisches, kaltes Wasser und eine neue Tunika. Als ich in den frühen Morgenstunden in mein Zelt zurückkehrte, hatte Cäsar das Lager bereits Richtung Süden verlassen. Wanda nahm mir meine Eskapaden übel. Ich versuchte ihr die Pflichten eines Druiden zu erklären, doch sie schimpfte mich einen Säufer und behauptete, nicht Cäsars Legionen würden Gallien unterwerfen, sondern der römische Wein. Ich schwieg. Ich glaube, ich habe vor langer Zeit mal angedeutet, daß es Sklavinnen gibt, die ihren Herren die Leviten lesen. »Dafür werde ich dich auspeitschen lassen«, murmelte ich, während ich entweder das Bewußtsein verlor oder aus kulinarischer Überanstrengung einschlief.

VIII.

Das Winterlager wurde in unmittelbarer Nähe des Oppidums Vesontio errichtet. Für die Legionäre unterschied es sich kaum von den üblichen Marschlagern. Sie übernachteten weiterhin zu acht in niedrigen Giebelzelten aus Ziegen- und Kalbsleder. Der Zeltboden wurde mit Stroh ausgelegt. Um das Zelt herum wurden kleinere Gräben gezogen, damit das Regenwasser abfließen konnte. Die Offiziere erhielten Holzbaracken, die Legaten sogar solche mit Hypokaustheizungen. Auf besondere Anordnung von Gaius Oppius und Aulus Hirtius hatte der Lagerpräfekt mir ebenfalls eine beheizte Baracke errichten lassen. Im Sekretariat hatten längst alle bemerkt, daß meine Muskeln bei Regen und Kälte derart hart wurden, daß mein Schriftbild nicht mehr weich und fließend war, sondern so, als hätte ich die Zeilen auf einem ratternden Ochsenkarren geschrieben.

Die Baracken boten einen weiteren Vorteil: Licht. Während es in den niedrigen und lichtundurchlässigen Lederzelten stockfinster war, hatten wir in den Holzbaracken Öllampen.

Fast jeden Monat schrieb ich Kretos einen Brief und erstattete Bericht. Ich hoffte innigst, bis zum Frühling von ihm zu hören. Aber Kretos schwieg.

»Was meinst du, Wanda, wo mag er wohl sein?«

»Kretos? Ich weiß es nicht, Herr. Vielleicht war er in Ariovists Lager und ist bei der Schlacht umgekommen.«

»Vielleicht. Vielleicht auch nicht. Wie auch immer. Ich werde den Vertrag einhalten, meine Schulden zurückzahlen und dann nach Massilia reisen.«

»Du machst immer noch Pläne, Herr? Das wird deine

Götter belustigen. Vielleicht machen dich Cäsars Götter zum römischen Bürger und später gar zum Senator!«

Wanda strahlte mich an.

»Als Junge träumte ich immer davon, eines Tages in Massilia ein großes Handelshaus zu führen und von nubischen Sklavinnen verwöhnt zu werden …«

»Du willst nubische Sklavinnen?« fragte Wanda mit deutlichem Mißfallen.

»Ja«, scherzte ich, »aber zuvor werde ich dir die Freiheit schenken, Wanda.«

»Ist das wahr, Korisios?«

Sie nannte mich wieder Korisios. Ich nahm sie in die Arme.

»Im Grunde genommen bist du doch auch ein Sklave. Du bist der Sklave deiner Schulden, du bist Kretos' Sklave, und manchmal bist du auch der Sklave deiner Sklavin«, flüsterte Wanda, während sie ihre Tunika über den Kopf zog und übers ganze Gesicht strahlte, wie nur Verliebte strahlen können, »aber es geht uns gut.«

Wanda hatte recht. Wir hatten eine warme Unterkunft, genug zu essen, ich verdiente ganz ordentlich und hatte manchmal ganze Wochen zu meiner freien Verfügung, an denen ich mich um Kretos' Angelegenheiten kümmern konnte. Ich lernte die Märkte in Vesontio kennen, die Wirtshäuser und Kneipen, und die langen Winternächte verbrachte ich in Wandas Armen. Sorgfältig notierte ich alles, was hier hergestellt und verkauft wurde, notierte die dafür gebotenen Mindest- und Höchstpreise, erstellte Listen von Waren, die hier gewünscht, aber kaum angeboten wurden, ich schrieb die Namen der Händler und ihrer Produkte auf, die Namen der kleinen Fabriken, und ich staunte nicht schlecht, als ich immer wieder feststellte, daß man hier in Gallien praktisch alles gegen römischen Wein tauschen konnte. Ja, auch die milchtrinkenden Druiden in Vesontio schimpften, die Römer würden Gallien weder mit dem Schwert noch mit dem Spaten erobern, sondern mit ihrem Wein. Als hätten einige von uns sich nicht schon vor dem Einfall der Römer mit ihrem honigsüßen Weizenbier um den Verstand gesoffen! Für einen Weinliebhaber wie mich waren die druidischen Vorwürfe gelinde gesagt etwas einseitig. Man muß auch als Kelte zugeben können, daß der römische Wein dem keltischen Weizenbier überlegen ist. Aulus Hirtius war sogar der Meinung, daß Kolonisatoren die Eingeborenen seit Menschengedenken mit ihren berauschenden Getränken beglücken. Wie auch immer, ich habe die römischen Weinimporte nie den juckenden Geschlechtskrankheiten gleichgesetzt, sondern als Geschenk ihres Handelsgottes Merkur betrachtet. Auf den Märkten konnten wir zwar keinen Falerner kaufen, aber immerhin die Zutaten für einen richtigen Würzwein: griechischen geharzten Weißwein, Honig, schwarzen Pfeffer, Lorbeerblätter, Safran und Datteln. Überall, wo die Legionäre länger als ein paar Monate lagerten, tauchten, solange die Straßen befahrbar waren, auf den einheimischen Märkten römische Waren und Lebensmittel auf. Im Dezember und Januar machten Eis, Schnee und Schlamm den Transport unmöglich. Wer sich also nicht rechtzeitig mit Harzwein eingedeckt hatte, konnte seinen Gästen bereits zum Jahresende keinen heißen Würzwein mehr anbieten. Und Wanda und ich hatten oft Gäste: die Offiziere aus Cäsars Schreibkanzlei, Legionäre, die Briefe nach Hause schreiben wollten, oder Ursulus, den Primipilus, der an mir offenbar einen Narren gefressen hatte. So lernte ich unter Krixos' Anleitung die Herstellung eines perfekten Glühweins. Gut, dieses Gebräu kommt natürlich nicht an einen sechsjährigen Falerner heran, aber es reicht aus, um einen Abend lang die Gesellschaft römischer Offiziere zu ertragen.

»Trebatius Testa«, scherzte eines Abends Gaius Oppius, als wir mit einigen Offizieren bei uns in der Baracke saßen, »wenn Cäsar hier in Gallien fertig ist, wird er Legionen von Juristen brauchen, die in Rom seinen Kopf retten.«

»Wer Geld hat«, entgegnete der junge Jurist, »kann sich mittlerweile sogar den Rechtsbeistand sparen.«

»Er hat recht«, pflichtete ihm Aulus Hirtius bei. »Mein Schwager hat mir geschrieben, daß die Amtsbewerber in Rom mittlerweile in aller Öffentlichkeit Tische aufstellen, an denen der wählenden Bevölkerung ungeniert Bestechungsgelder bezahlt werden! Stellt euch das mal vor! In Rom darf ein Amtsbewerber ungeniert in aller Öffentlichkeit die Wähler bestechen!«

»Unter Sulla«, polterte Ursulus, »wäre das nicht möglich gewesen!«

»Sicher«, scherzte Aulus Hirtius, »er hätte seine Gegner nicht bestochen. Sondern erstochen.« Alle lachten und ließen sich von den Sklaven ihre Becher nachfüllen.

»Das Gesetz des Marktes«, philosophierte Labienus, »gilt auch in der Politik. Cäsar hat bereits nach einem Kriegsjahr in Gallien genug Gold, um die nächsten Tribune zu kaufen. Sie werden seinen Kopf retten, indem sie sein Prokonsulat in vier Jahren nochmals um fünf Jahre verlängern. Dann hat er die Immunität, die er braucht.«

»Das bedeutet lediglich, daß das Problem weitere fünf Jahre aufgeschoben wird. Danach steht er wieder am Abgrund. Und dann?«

»Dann wird er seine Legionäre entlassen, und jeder einzelne wird ein kleiner Crassus sein. Dann werden sie Cäsar nicht den Prozeß machen, sondern ihn zum Gott erheben!«

»Ja«, sinnierte Labienus, »Cäsar ist bereits das Opfer der von ihm geschaffenen Sachzwänge geworden. Rom kann er nur mit Tributzahlungen, Beutegut, frischen Sklaven und ständig neuen Siegen zum Schweigen bringen. Aber neue Siege kann er nur mit neuen Rechtsverletzungen erreichen. Manchmal scheint mir, als habe Cäsar in Gedanken bereits den Rubico überschritten.«

Der Rubico war der Grenzfluß zwischen Italien und der römischen Provinz Gallia Cisalpina in der Poebene. Es war einem römischen Feldherrn verboten, diese Grenze mit seinen Legionen zu überschreiten. Ein Zuwiderhandeln wäre als Bedrohung Roms und als Beginn einer Tyrannei betrachtet worden.

»Ja«, murmelten einige nachdenklich, »Labienus hat recht. Für Cäsar ist der Rubico nur ein Fluß.«

Auch Aulus Hirtius pflichtete Labienus bei: »Weißt du, Labienus, Sulla hatte schon recht, als er damals die Senatoren vor diesem lose gegürteten Jüngling warnte. In Cäsar steckt tatsächlich mehr als ein Marius!«

»Worüber wollen wir uns eigentlich beklagen?« warf Marcus Mamurra ein. »Cäsar ist von den Göttern begünstigt. An seiner Seite werden wir zu Ruhm und Reichtum gelangen. Was kümmern uns seine Gesetzesbrüche? Wieso sollen wir kein Recht haben, uns auf seine Seite zu schlagen, wenn es selbst die Götter tun?«

»Du hast recht, Mamurra«, erwiderte Gaius Oppius. »Vergeßt nicht, daß Cäsar über 20 Millionen Sesterzen Schulden hatte, als er seine Statthalterschaft als Propraetor in Hispania ulterior antrat. Ohne Crassus' Bürgschaft wäre er seinen Gläubigern nicht entkommen? Und wie kam er aus Spanien zurück? Als steinreicher Mann! Ich will damit sagen, wenn Cäsar Gallien verläßt und nach Rom zurückkehrt, wird er reicher sein als Crassus!«

Labienus nickte. »So wird es sein. Und nachdem wir die Helvetier und Germanen besiegt haben, wird das übrige Gallien nicht anstrengender sein als ein gemütlicher Bummel über das Forum Romanum.«

Die Stimmung unter den jungen Tribunen und Offizieren hatte sich gewandelt. Alle waren überzeugt, daß man Gallien im Handumdrehen erobern und ausplündern würde.

»Wieso bist du so sicher, daß der Krieg hier weitergeht?« fragte ein junger Tribun, der schon lange zu Wort kommen wollte. »Kennst du Cäsars Pläne?«

»Wenn ihr mich fragt«, spekulierte Lucius Speratus Ursulus, »wenn ihr mich fragt, dann geht der Krieg in Gallien noch vier Jahre weiter. Warum führt Cäsar seine Legionen nicht in die Provinz zurück? Was haben wir hier oben verloren? Weit und breit keine Feinde? Was sollen wir in dieser Wildnis außerhalb der römischen Provinz?« Und der Primipilus der zehnten preßte die schmalen Lippen noch fester aufeinander und gab selbst die Antwort: »Wir sind hier, weil der Winter uns zwingt, den Krieg zu unterbrechen. Aber im Frühling werden wir genau dort weitermachen, wo wir im Herbst aufgehört haben. Und es wird keine Meuterei mehr geben. Denn es gibt im ganzen Heer keinen einzigen Mann, der behaupten könnte, er hätte vor diesem gallischen Krieg auch nur eine Sesterze mehr verdient. Unter Cäsar wird selbst ein Legionär zum Crassus! Bereits im ersten Jahr hat jeder mehr verdient als in vier Jahren bei Pompeius.«

Der Primipilus hatte wohl recht. Mittlerweile fragte kein einziger mehr nach der Rechtmäßigkeit von Cäsars Privatkrieg. Jedem Legionär war klar, daß Cäsar diesen vom Senat nicht gebilligten Krieg weiterführen würde. Gab es denn sonst einen Grund, in Vesontio zu bleiben?

Das Essen im Winterlager war abwechslungsreich, ja, ausgezeichnet. Auf den Märschen gab es meistens Puls, diesen polentaähnlichen Weizenbrei, der mit Salz, Gewürzen und geräuchertem Speck genießbar gemacht wurde. Puls ist schnell zubereitet. Aber jetzt gab's zusätzlich Frischfleisch, Käse, Eier, Milch und einheimisches Gemüse, das man auch um diese Jahreszeit auf den Märkten fand. Cäsar lag das leibliche Wohl seiner Soldaten wirklich am Herzen. Ein Soldat in seinen Diensten sollte privilegiert sein wie ein Wagenlenker in Rom. Das sollte sich herumsprechen. Ebenso wie sich herumsprechen sollte, daß man nirgends so schnell reich werden konnte wie in Cäsars Diensten. Obwohl Cäsar wegen seiner gesetzwidrigen Handlungen politisch arg unter Beschuß geraten war, trafen jede Woche Briefe von Senatoren ein, die Cäsar baten, ihre Söhne als

Tribun in seinen Stab aufzunehmen. Und sie alle boten dem unverbesserlich hochverschuldeten Cäsar neue Kredite an.

Ähnlich wie damals in Genava hatte Cäsar aber wieder ein kleines Problem. Er wollte Krieg, und kein einziger gallischer Stamm hatte Lust darauf.

Im Januar erreichte uns einer von Cäsars Meldereitern. Er brachte nur Post für Labienus. Der Legat behauptete, er habe die Meldung erhalten, daß die Belger zum Krieg gegen Rom rüsteten. Als er uns das in der Kanzlei mitteilte, wußten wir bereits, daß das so nicht stimmte. Labienus gab uns damit einfach den Auftrag, einen Nachrichtenangriff zu starten. Denn Cäsar wollte im diesseitigen Gallien zwei zusätzliche Legionen ausheben, und dafür brauchte er wiederum das Einverständnis des römischen Senats. Und er hatte noch nicht mal die Bewilligung für seinen gallischen Privatkrieg, geschweige denn für die bereits widerrechtlich ausgehobenen Legionen elf und zwölf! Deshalb erhielten wir Schreiber den Auftrag, beim Schreiben von Soldatenbriefen die belgische Gefahr zu erwähnen. Selbstverständlich schrieben wir genau das, was uns die Legionäre diktierten. Aber wir gaben ihnen Ratschläge und sagten, daß ihre Freunde in Rom sie für noch mutiger und tapferer halten würden, wenn sie eine unmittelbare belgische Gefahr erwähnen würden. Die Erwähnung der Belgergefahr war fast so standardisiert wie das »valete semper« am Ende eines Briefes. Und ich wußte ja aus eigener Erfahrung: Je öfter man eine Geschichte erzählt, desto besser wird sie. Sie wird nicht wahrer, aber besser.

Mittlerweile wurden aber auch die Belger tatsächlich immer unruhiger. Sie bemerkten, daß vor ihrer Haustüre ein Heer von vierzigtausend Soldaten überwinterte und keine Anstalten machte weiterzuziehen. Ihre Späher berichteten, daß dieses Heer nicht im Norden Galliens überwinterte, um die dortige Fauna zu erforschen. Den Belgern war klar, daß dieses Heer sofort losschlagen würde, wenn der letzte Schnee geschmolzen und die Wege wieder trocken waren.

Und so geschah es auch. Die Versorgungsfrage war geklärt, Cäsar kam zu seinem Heer zurück und führte innerhalb von zwei Wochen acht römische Legionen an die belgische Grenze. Im Osten sollte der Rhenus die natürliche Grenze zu Germanien sein. Es war für Cäsar deshalb nur logisch, daß er nach Norden marschierte, bis zur Flußmündung, um sein Gallien abzusichern.

Und auch hier traf Cäsar auf diese typisch keltische Konstellation von miteinander verfeindeten Stämmen, die alle unterschiedliche Wirtschafts- und Machtinteressen hatten und deren ambitionierte Führer selbst innerhalb ihrer Stämme und Sippen umstritten waren und permanent intrigierenden Rivalen gegenüberstanden.

Ähnlich wie die Häduer in Mittelgallien scherten die Remer kampflos aus der antirömischen Koalition aus und boten Cäsar Geiseln, Getreide, Aufnahme in ihren Städten und Soldaten an. Somit verfügte Cäsar im Handumdrehen über die nötige Infrastruktur, um mitten im Feindesland gegen die Belger vorzugehen, deren zahlreiche Stämme sich unter Galba, dem König der Suessionen, zusammengeschlossen hatten. Cäsars acht Legionen, mit den Hilfstruppen rund fünfzigtausend Mann, standen nun einer dreifachen Übermacht gegenüber.

»Wir müssen die gegnerische Front aufweichen«, sagte Cäsar, als er im Land der Belger den ersten Kriegsrat einberief. Erstaunlicherweise hatte er auch Diviciatus, den Führer der häduerischen Streitkräfte, zur Besprechung eingeladen. »Die stärkste Macht in der belgischen Allianz sind die Bellovacer. Deshalb wirst du, Diviciatus, mit deinen Männern ihre Felder verwüsten. Die belgische Allianz wird dann nur zwei Möglichkeiten haben: Entweder eilen sie geschlossen den Bellovacern zu Hilfe, oder die Bellovacer scheren aus, um ihren Sippen zu Hilfe zu eilen.«

Doch kaum waren die Häduer losgeritten, griff die belgische Allianz Bibrax, die Stadt der Remer, an. Sie wollten diese Verräter, die sich kampflos Cäsar unterworfen hatten, bestrafen. Wie bei uns Kelten üblich, war es für die Belger wichtiger, die verräterischen Nachbarn zu bestrafen, als sich dem fremden Angreifer aus dem Süden geschlossen entgegenzustellen!

Als Cäsar von der Belagerung Bibrax' erfuhr, schickte er numidische Hilfstruppen, kretische Bogenschützen und balearische Schleuderer zur Unterstützung seiner neuen Bundesgenossen. Die belgische Allianz sah ihre Chancen schwinden; sie zog sich zurück, steckte alles in Brand und marschierte nach dieser sinnlosen Übung auf Cäsar zu. Zwei Meilen vom römischen Lager entfernt schlugen sie ihre Zelte auf und warteten.

Cäsar ließ die beiden frisch ausgehobenen Legionen im Lager zurück und formierte die übrigen Legionen zur Schlacht. Sie fand nicht statt. Zwischen den römischen und belgischen Linien war nämlich ein Sumpf. Keiner wollte als erster den Sumpf durchqueren. Also ließ Cäsar seine Legionen ins Lager zurückführen. Doch die Belger hatten keine Zeit. Ihre Lebensmittel waren bereits knapp, obwohl sie im eigenen Land waren. Planung und Versorgung waren einfach nicht ihre Sache. Außerdem hatten die Bellovacer erfahren, daß ihre Felder von den Häduern verwüstet wurden, und wollten deshalb am nächsten Tag die belgische Allianz verlassen, um ihren Sippen zu Hilfe zu eilen. Deswegen entschloß sich die belgische Allianz trotz ungünstiger Ausgangslage zur sofortigen Schlacht und lief in ihr Verderben. Nach der Niederlage stoben sie noch in der gleichen Nacht in alle Himmelsrichtungen auseinander und flohen in ihre Stammesgebiete. Cäsar setzte ihnen nach. Es gibt nichts Einfacheres und Ungefährlicheres, als Fliehende niederzumetzeln. Nicht in der Schlacht fielen die meisten Soldaten, sondern auf der Flucht. Noch am selben Tag führte Cäsar sein Heer in einem vierzehnstündigen Gewaltmarsch ins Land der Suessionen und belagerte ihre Stadt Noviodunum. Als die Eingeschlossenen sahen, wie schnell die Römer vor der Stadt Dämme aufwarfen und Sturmlauben errichteten, verließ sie der Mut. Als Cäsar schließlich gigantische Türme und Belagerungsmaschinen gegen die Mauern fahren ließ, kapitulierten die Suessionen kampflos. Einmal mehr hatte Cäsar mit dem Spaten gesiegt. Cäsars gallischer Krieg wurde allmählich zum Spaziergang. Ich ärgerte mich über die Kelten und empfand zunehmend größere Bewunderung für die römischen Schanzarbeiten und Kriegsstrategien.

Cäsars Legionen marschierten weiter. Wie eine gepanzerte Schlange wand sich die römische Kampfmaschine durch die Schluchten und Täler der belgischen Landschaft. Bei ihrem Anblick unterwarfen sich auch die Bellovacer und stellten sechshundert Geiseln. Alle Heiligtümer, auf die man unterwegs traf, wurden entehrt und geplündert. Allmählich bröckelte die belgische Front. Cäsar hatte in seinem zweiten Jahr die belgischen Stämme besiegt. Bis auf die Nervier. Sie sollten den Abschluß von Cäsars zweitem Kriegsjahr bilden. Aber das sollte kein Spaziergang werden.

Wir waren unterwegs ins Land der sagenumwobenen Nervier. Bei einer Rast rief Cäsar die Offiziere seiner Spähtrupps zusammen.

»Wir wissen praktisch nichts über die Nervier«, klagte einer der Kundschafter im Offiziersrang. »Man sagt, sie duldeten nicht mal fremde Händler in ihrem Gebiet. Sogar die Einfuhr von Wein und anderen Genußmitteln ist verboten. Es ist ein unsichtbares Volk.«

Cäsar schaute mich kurz an, skeptisch und mißtrauisch.

»Aber sie opfern denselben Göttern, nicht wahr, Druide?«

»Ja«, antwortete ich.

»Schickt Kundschafter aus, um einen geeigneten Lagerplatz zu finden!«

Das Heer drang tiefer ins Gebiet der Nervier ein. Weit und breit waren keine Menschen zu sehen. Nur dichte Wälder, moorige Böden, stachelige Büsche, rauschende Birken und schwarze Wasserlachen. Manchmal hörten wir den Schrei eines Tiers, aber die Gegend schien tot, und doch wußten wir, daß wir uns im Stammesgebiet der Nervier befanden. Die Händler hatten uns den Weg gewiesen. Aber ihre unheimlichen Schilderungen waren weder für Kartographen noch für Feldherren brauchbar. Plötzlich meldeten Späher eine etwas seltsame Entdeckung. Cäsar wollte sie mit eigenen Augen sehen. Wir begleiteten ihn auf eine Waldlichtung. Der Geruch von verbranntem Fleisch und Haar war ekelhaft. In der Mitte der Lichtung lagen verkohlte Leichen auf einem Haufen. Cäsar schaute mich fragend an. Er vermißte den Scheiterhaufen.

»Wenn ein keltisches Volk vom Aussterben bedroht ist, können die Druiden das große Opfer für Taranis befehlen. Wir sperren Kriegsgefangene in riesigen Weidenkäfigen ein, ziehen sie hoch und setzen den Käfig in Brand.«

»Dann sind all diese Leichen römische Legionäre!«

»Ja«, antwortete ich, ohne zu zögern, »so will es Taranis, unser Donnergott!«

Cäsar wandte sich angeekelt ab. »Diese Nervier sind ja schlimmer als wilde Tiere ...«

»Wie viele tausend Tiere und Menschen schlachtet ihr jedes Jahr in Roms Arenen ab? Ihr macht es zum Spaß. Wir Kelten machen es, um Taranis zu huldigen. Was ist deiner Meinung nach ehrenwerter, Prokonsul?«

Cäsar erwiderte nichts. Er wollte raus aus diesem verfluchten Wald. Doch schon meldeten die Späher die nächste Entdeckung. Hoch oben in den heiligen Bäumen hingen drei Druiden. Cäsar befahl, die Leichen runterzuholen. Alle drei wiesen die gleichen Todesmerkmale auf. Sie waren erschlagen, erstochen und erhängt worden. Die Druiden der Nervier hatten damit ein eindeutiges Zeichen gesetzt. Sie würden kämpfen bis zum Tod. Sie hatten die bevorstehende Auseinandersetzung mit den Römern zum Überlebenskampf aller keltischen Völker gemacht.

»Wenn die Nervier Esus, unserem Herrn und Meister, drei Druiden opfern, dann steht in gewissem Sinne auch das Überleben der keltischen Götter auf dem Spiel. Verlasse dieses Land, Cäsar. Es wird dir Unglück bringen!«

In diesem Augenblick meldeten Offiziere, daß in einem Teich goldene Waffen gefunden worden wären. Wie von Sinnen stiegen die Römer in den Teich, griffen ins dunkle Wasser und fischten goldene Schwerter, Schilde und verschiedene Schmuckstücke heraus.

»Damit könntet ihr euch die besten Söldner der Welt kaufen«, murmelte Cäsar kopfschüttelnd, »und ihr schmeißt das einfach weg.«

»Cäsar«, lächelte ich, »du wirst es nie verstehen. Ihr Römer werft eine Sesterze in einen Brunnen, wir Kelten hingegen werfen unser ganzes Vermögen in einen Teich, denn alles, was wir besitzen, gebührt den Göttern. Kein Sieg ohne die Hilfe der Götter. Deshalb gebührt den Göttern die Beute. Kein toter Feind ohne die Hilfe der Götter. Deshalb gebührt den Göttern sein Kopf, sein Pferd und sein ganzer Besitz. Und alles Gold, das wir hineinwerfen, haben wir aus den Flüssen gewonnen, die den Göttern gehören. So geben wir stets zurück, was sie uns ausgeliehen haben. Es ist der ewige Kreislauf von Leben und Tod.«

Cäsar schaute dem Treiben im Wasser zu. Schließlich gab er Befehl, das Beutegut einzusammeln. Je weniger seine Männer von dem Fund wußten, desto besser. Am Ende kämen sie noch auf die Idee, eigenmächtig in Teichen und Flüssen nach Gold zu suchen.

»Wer sich am Eigentum der Götter vergreift, den wird Teutates in seine feuchten Arme schließen«, bemerkte ich gelassen. Cäsar lächelte mich an. Ich hatte ihn herausgefordert. Er stieg von seinem Pferd und griff nach ein paar Goldmünzen, die die fischenden Legionäre ans Ufer warfen. Er hob die Goldmünzen demonstrativ hoch und steckte sie dann ein.

»Auch ich genieße den Schutz der unsterblichen Götter, Druide. Und als Pontifex maximus, als Roms höchster Priester, steht mir jeder Tempelschatz auf römischem Grund und Boden zu.«

»Aber noch ist Gallien nicht römisch.«

»Ich vollziehe in Gallien, was die Götter mit Gallien beschlossen haben. Es spielt keine Rolle, ob ich es in diesem oder im nächsten Sommer tue. Da die Götter bereits beschlossen haben, Gallien dem römischen Volk zu schenken, bin ich damit schon Pontifex maximus von Gallien. Jetzt, Druide, und nicht erst, wenn Roms Bürokraten den Akt juristisch besiegelt haben.«

Was sollte ich darauf antworten? Woher wollte Cäsar wissen, was die Götter beschlossen hatten? Na ja, er war ja tatsächlich Roms Pontifex maximus! Der oberste Priester der Römischen Republik.

Wir ritten zur Truppe zurück. Unterwegs änderte Cäsar seine Meinung. Er wollte das im heiligen Teich erbeutete Gold nicht verheimlichen, sondern einzelnen Centurionen zeigen. Er wollte das Gerücht verbreiten, daß die Nervier bereits auf der Flucht waren und ihr ganzes Hab und Gut zurückgelassen hatten. Und darüber hinaus wären die Nervier derart verzweifelt, daß sich ihre Druiden bereits in den Baumkronen erhängt hatten.

Die Meldungen verfehlten ihre Wirkung nicht. Die Legionäre marschierten, als hätten sie in der Zwischenzeit stundenlang geruht und ausgiebig gespeist. Alle brannten darauf, die fliehenden Nervier niederzumetzeln und die heiligen Orte zu plündern.

Bereits nach einigen Stunden erreichten wir den Sabis. Links vom Fluß war ein stark bewaldeter Hügel, rechts davon eine kahle Anhöhe, die unsere Kundschafter als Lagerplatz bestimmt hatten. Cäsar schickte die Reiterei mit den Schleuderern und Bogenschützen los, um das Gelände genauer zu erkunden. Doch auch hier schien die Gegend unwirklich leer, als habe man sie der Anderswelt überlassen. Nur der warme Wind, der zwischen den Anhöhen ins Tal hinunterblies und die Birken und Sträucher melancholisch hin und her wippen ließ, täuschte Leben vor. Doch plötzlich waren sie da. Aus dem Wald sprengten keltische Reiter hervor. Mit unvorstellbarem Gebrüll stürzten sie sich auf die römische Reiterei. Doch kaum hatten sich die Männer formiert, traten die Nervier den Rückzug an und verschwanden in der Finsternis des Waldes, so schnell, wie sie gekommen waren. Doch nur wenige Augenblicke später preschten sie an anderer Stelle wieder hervor, griffen an, schlugen die verdutzten römischen und häduerischen Reiter nieder und verschwanden wieder im Schutze der Wälder. Niemand wagte sie zu verfolgen. Cäsar gab daraufhin Befehl, die Marschaufstellung zu ändern. Die sechs kampferprobten Legionen, über dreißigtausend Mann, gaben ihr Gepäck ab und marschierten nun an der Spitze der Kolonne in Kampfaufstellung.

Ich ritt an Cäsars Seite. Er hatte meine Begleitung ausdrücklich gewünscht. Für ihn war ich wie ein Buch, das man sich zeitweise auslieh und wieder zur Seite legte, wenn man genug davon hatte. Ich glaube auch, daß er mir in diesem zweiten Kriegssommer bereits großes Vertrauen schenkte. Er schätzte mein Wissen, amüsierte sich über meine oft spöttischen Bemerkungen und duldete meine Kritik, denn in seinem tiefsten Innern war er mittlerweile von meiner Loyalität überzeugt. Und nicht zu Unrecht. Ich war ihm nicht mal mehr böse, daß er Luna ritt, den wunderbaren Schimmel des ermordeten Niger Fabius. Cäsar war ja nicht schuld an seinem Tod. Und ob Kretos, Silvanus oder dieser Mahes für diesen schändlichen Mord verantwortlich waren, würde ich wohl nie erfahren.

»Druide, wenn du einem Menschen befehlen würdest, sich eine gallische Wildsau in den Mund zu schieben, er würde es nie im Leben schaffen. Zerlegst du das Tier aber in mundgerechte Portionen und gibst ihm ein paar Wochen Zeit, so wird er es mit Leichtigkeit schaffen«, sinnierte Cäsar. »Ihr Kelten seid wohl zahlreicher, vielleicht auch tapferer und mutiger, vielleicht auch stärker. Als gallische Wildsau seid ihr vielleicht sogar unbesiegbar, aber ihr selbst seid euer größter Feind.«

»Nein, Cäsar«, widersprach ich, »wir sind ein freiheitsliebendes Volk. Wir haben kein Rom, das uns befiehlt, was wir zu tun und was wir zu lassen haben. Eine Zentralregierung nach dem Muster Roms ist in Gallien nicht möglich. Oder denkst du, daß du eine Herde gallischer Wildschweine dazu bringen könntest, in Keilformation anzutreten?«

»Du magst recht haben, Druide, und doch hast du unrecht. Ihr wollt euch keiner Zentralregierung unterordnen, deshalb habt ihr auch kein stehendes Heer. Und gerade deshalb, weil ihr kein Rom in Gallien duldet, wird euch Rom unterwerfen. Und die Zentralregierung, die ihr in Gallien nie haben wolltet, wird euch von Rom auferlegt werden. Und sie wird römisch sein. Am Ende kriegt ihr also eine römische Zentralregierung, weil ihr eine gallische Zentralregierung abgelehnt habt.«

Cäsar hatte völlig recht. Trotzdem widersprach ich. Um ihn zu ärgern.

»Was gibt dir die Gewißheit, daß deine Feinde nicht von dir lernen werden, Cäsar?« fragte ich, nachdem wir eine ganze Weile stumm nebeneinander geritten waren.

Cäsar schmunzelte und stützte sich mit beiden Händen hinter seinem Gesäß ab. So ritt er am liebsten. Die Arme nach hinten gerichtet, die Handballen auf dem ledernen Sattelrand aufgestützt, aufrecht und stolz, den Blick nach vorne gerichtet, ohne jedoch die Wälder und Hügel links des Weges aus den Augen zu lassen. Die Nervier im Wald machten ihm keine Angst mehr. Er ahnte längst, daß sie die offene Feldschlacht fürchteten und mieden.

»Natürlich kann ein von Cäsar unterworfenes Volk von Cäsar lernen, aber es kann stets nur das lernen, was Cäsar gestern gewußt hat. Und das ist zuwenig, um morgen eine Schlacht zu gewinnen.«

Was sollte ich da noch erwidern? Gibt es etwas Überzeugenderes als den Erfolg?

Inzwischen hatten einige Kohorten bereits den Lagerplatz erreicht und steckten unter Anleitung eines Tribuns und einiger Centurionen die Fläche ab, damit die nachfolgenden Kohorten gleich mit dem Schanzenbau beginnen konnten. Doch kaum hatten die im Wald verborgenen Nervier unseren riesigen Gepäcktroß erblickt, der nun unten am Fluß zwischen den beiden Hügeln auftauchte, stürzten sie sich wie Raubtiere den Hang hinunter, während die Reiterei der Nervier erneut aus dem Wald preschte und die römische Kavallerie wie einen Vogelschwarm in alle Himmelsrichtungen verscheuchte. Mit der gleichen Schnelligkeit stürmten andere Einheiten der Nervier den Hang hinunter, überquerten blitzschnell den Fluß und stiegen auf der anderen Seite den kahlen Hügel hinauf, um dort oben auf dem Kamm die Legionäre an den Schanzarbeiten zu hindern. Cäsar ließ sofort das Vexillum, die rote Fahne des Feldherrn, hissen. Die Schlacht hatte begonnen.

Heftige Trompetenstöße dirigierten die chaotisch durcheinandergewirbelte Marschkolonne und verwandelten sie in kampfbereite kleine Zellen, die sich geschmeidig und flink in ein kolossales strategisches Kunstwerk einfügten. Die Legionäre, die schon mit der Schanzarbeit begonnen hatten, warfen ihre Schaufeln weg und zogen den Gladius, jene, die sich bereits weit entfernt hatten, um das für den Dammbau nötige Holz zu beschaffen, ließen alles fallen und rannten, obwohl sie ihre Kettenhemden abgelegt hatten, mit gezogener Waffe zurück. Wie ein Ameisenheer fraßen sich die Nervier in die sich formierenden römischen Schlachtreihen hinein. Mit gezielten Pfeilschüssen wurden Tubabläser von ihren Pferden gerissen. Cäsar gab seinem Pferd die Sporen und galoppierte zur zehnten Legion, die in arge Bedrängnis geraten war. Ich sah noch, wie er seine

Soldaten lauthals anfeuerte, während ihn ein Speer nur knapp verfehlte. Ich wendete mein Pferd und galoppierte den Weg zwischen toten Tragtieren und brennenden Gepäckstücken zurück, und schon allein das Schreien, Kreischen und Brüllen der Männer brachte mich beinahe um den Verstand. Unverletzt erreichte ich den hinteren Teil des Trosses, der noch nicht in die Gefechte verwickelt war. Bogenschützen streckten einige Geiseln nieder, die panisch die Flucht ergriffen hatten. Ich erblickte Krixos, der sich mit Wanda aus dem Getümmel entfernte. Ich stieß zu ihnen. Gemeinsam ritten wir auf eine kleine Anhöhe und warteten das Ende der Auseinandersetzung ab.

Obwohl einige Legionen keine Befehle mehr empfangen konnten, eröffneten sie selbständig den Kampf. Das war der unschätzbare Vorteil eines kampferprobten Berufsheeres. Jeder wußte, was er zu tun hatte, auch ohne Feldherr. Auf dem linken Flügel gewannen die neunte und zehnte Legion überraschend die Oberhand. Nachdem sie ihre Pila auf die heranstürmenden Feinde geschleudert hatten, waren sie nun selber zum Angriff übergegangen, trieben die Fliehenden über den Fluß zurück und setzten ihnen nach. Dadurch wurde die rechte Seite völlig entblößt. Die Nervier nutzten diese Schwäche und rückten unter dem Oberbefehl ihres Anführers Boduognatus in festgeschlossener Aufstellung vor. Dabei kamen sie der zersprengten römischen Kavallerie, die ins unfertige Lager flüchten wollte, in die Quere und trieben sie erneut in die Flucht. Die Kelten stimmten einen markerschütternden Gesang an, der sich wie ein Lauffeuer ausbreitete. Hunderte von Troßknechten und Burschen verloren darauf die Beherrschung und rannten Hals über Kopf davon. Die Nervier fielen über Lager und Gepäcktroß her und hieben alles nieder, was sich ihnen noch zur Wehr setzte. Die leichte numidische Kavallerie in Cäsars Diensten ergriff die Flucht. Darauf rannten auch die balearischen Schleuderer und kretischen Bogenschützen in Cäsars Diensten davon. Wie Schlachtvieh wurden die Legionäre zusammengetrieben. Die meisten römischen Bläser und Feldzeichenträger lagen erschlagen in ihrem Blut. Ohne Bläser und Feldzeichenträger waren die Legionen aber blind. Cäsar hatte die Fäden verloren. Jeder war auf sich selbst gestellt. Das ohrenbetäubende Schlachtgeschrei glich dem Aufschrei eines verwundeten Meeresdrachen aus der Anderswelt. Cäsar war am Ende. Wie ein zerfetztes Tuch flatterten seine Schlachtreihen auseinander. Das war das Ende des gallischen Krieges, der ein Spaziergang hatte werden sollen. Cäsars gesamte keltische Kavallerie verließ den Schauplatz. Cäsar war besiegt! Bald würden Pferde seinen verstümmelten Körper über die Ebene schleifen.

Aber noch tobte die Schlacht.

Fast ungläubig beobachtete ich aus sicherer Entfernung das grausige Schauspiel. Ich flehte die Götter an, Cäsar ein letztes Mal beizustehen. Denn würde Cäsar heute fallen, würden alle Überlebenden von den Nerviern versklavt werden. Mein Schicksal war untrennbar mit Cäsars Kriegsglück verbunden. Den Nerviern war es doch völlig egal, ob ich ein keltischer Rauriker war oder ein Römer!

Plötzlich entdeckte ich Cäsar im Schlachtgetümmel. Ich erkannte ihn an seinem purpurroten Feldherrenmantel. Er entriß einem Legionär den Schild und stürzte sich wild gestikulierend in die vorderste Reihe. Offenbar feuerte er seine Männer an. Und tatsächlich, es war so, als flöße Cäsar seinen Männern neue Kraft ein. Überall wo der flatternde rote Feldherrenmantel auftauchte, stabilisierten sich die Reihen, formten sich erneut zu Kampfverbänden und begannen die Feinde, wenn auch sehr langsam, zurückzudrängen. Unterdessen hatten zahlreiche Geiseln, die im Troß mitgeführt wurden, die wenigen Bewacher, die noch zurückgeblieben waren, erschlagen. Sie erbeuteten Reservepferde und ergriffen die Flucht. Dort, wo das Schlachtfeld mit Leichen übersät war, aber nicht mehr gekämpft wurde, erschienen immer mehr Troßknechte und Sklaven, die sich wie Aasgeier über die Leichen hermachten. Doch manch einer, der einem Toten gierig den goldenen Torques vom Hals riß, wurde von einem Pfeil niedergestreckt oder von Axthieben in Stücke gehauen.

Im Laufschritt erschienen die zwei Legionen, die die Nachhut des Trosses gebildet hatten. Sie hatten offenbar die zahlreichen Fahnenflüchtigen gesehen und den naheliegenden Schluß gezogen. Ihr Erscheinen gab den arg geschundenen Legionären neuen Auftrieb. Jetzt hatten die Nervier zwölftausend frische Soldaten im Rücken. Sie realisierten sofort, daß sie keine Chance mehr hatten. Dennoch kämpften sie weiter, und wenn der vorderste Mann tödlich verwundet zusammenbrach, rückte der Kelte dahinter nach und kämpfte weiter. Mittlerweile waren Tausende von Leichen zu regelrechten Wällen geworden, auf denen immer noch Kelten kämpften. Keiner verließ das Schlachtfeld. Die Römer hatten zu geordneten Formationen zurückgefunden. Daß selbst die Troßknechte und Sklaven zurückeilten und nun ins Schlachtgeschehen eingriffen, zeigte, daß jeder wieder an einen römischen Sieg glaubte.

Und Rom siegte. Einmal mehr hatten die Götter Cäsar begünstigt.

Cäsar ging im Schreibzelt hin und her und beobachtete mich dabei nachdenklich. Die Zählungen auf dem Schlachtfeld und die Befragung der wenigen überlebenden Nervier hatten ergeben, daß von sechshundert Adligen nur drei überlebt hatten. Von sechzigtausend Kriegern konnten nur noch fünftausend in die Sklaverei verkauft werden. Die Zahlen paßten Cäsar nicht.

»Nein«, sagte Cäsar, »schreib, daß von sechzigtausend Nerviern nur fünfhundert überlebt haben. Ich denke, Rom will die Zahl von fünfhundert Überlebenden.«

»Rom?« grinste ich. »Ich vermute eher, daß du den Erlös von viertausendfünfhundert Sklaven unterschlagen willst.«

»Was kümmern mich meine Schulden, Druide? Wenn die Nachwelt eines Tages über meine Taten berichtet, wird sie nicht über meine Schulden urteilen, sondern über meine Siege.«

Während er noch das zweite Buch des gallischen Krieges diktierte, erhielt Cäsar die Meldung, daß ein keltisches Heer den Nerviern hatte zu Hilfe eilen wollen. Es waren Aduatucer. Als sie von der Ausrottung der Nervier erfuhren, verschanzten sie sich in ihren Festungen. Cäsar ließ Mamurras Sturmlauben und Türme vorfahren, und die Aduatucer, die am Tage zuvor die römischen Legionäre noch als Zwerge verspottet hatten, ergaben sich kampflos. Über fünfzigtausend wurden in die Sklaverei verkauft. Und Cäsar plante bereits den Feldzug für das dritte Kriegsjahr.

»Soldaten«, rief Cäsar, als er anläßlich des großen Lagerfestes vor seine Legionen trat, »Gallia est pacata!«

Gallien ist befriedet? Na ja, nicht ganz. Aber seine Soldaten brüllten ihr »Ave Caesar!« in den Himmel hinauf, als wollten sie die Götter auf ihren Feldherrn aufmerksam machen.

»Soldaten! Ihr seid mir gefolgt in diese Wildnis, in dieses barbarische Land, das kein römischer Kartograph jemals erfaßt hat. Wir begegneten wilden Stämmen, die uns fremd und feindlich gesinnt waren. Jede andere Armee wäre vor ihnen zurückgewichen. Doch ihr wart standhaft. Ihr habt die Helvetier besiegt und in ihre Heimat zurückgeschickt, ihr habt die Germanen besiegt und über den Rhenus zurückgetrieben, ihr habt die Belger besiegt und sie zu Verbündeten gemacht, und soeben melden die Eilboten des Legaten Publius Crassus, daß er mit der siebten Legion die wilden Stämme an der Küste vernichtend geschlagen hat. Auch die Veneter und die anderen wilden Seevölker sind besiegt! Sie haben sich Rom unterworfen! Gallia est pacata!«

Die Legionäre johlten und schlugen mit den Gladien auf ihre Schilde.

»Soldaten, wir haben in Gallien reiche Beute gemacht. Tonnen von Gold und Silber, Waffen und Schmuck, Zehntausende von Sklaven. Doch all diese Schätze und Reichtümer habe ich nicht für mich erkämpft, sondern für Rom. Nichts davon beanspruche ich für mich. Die Gunst der Götter ist mir Dank genug. Ich habe eure Centurionen deshalb angewiesen, die Hälfte davon unter euch zu verteilen. Denn ihr habt mit eurem Mut, eurer Tapferkeit und mit eurem Blut die wilden Barbaren unterworfen. Zum Wohle Roms! Nicht der Senat hat Gallien befriedet, sondern ihr, Cäsars Soldaten!«

Jetzt kannte die Begeisterung der Legionäre keine Grenzen mehr. Sie brüllten nicht nur »Ave Cäsar!«, sondern auch »Ave Imperator!«. Letzteres bedeutete, daß sie für ihren siegreichen Feldherrn in Rom einen Triumphzug forderten! Ein Triumphzug, das war die Krönung eines siegreichen Feldzuges. Denn jede Tat, so groß sie auch sein mochte, verblaßte, wurde sie nicht öffentlich erwähnt, gewürdigt und gefeiert.

Als ich mitten in der Nacht in Cäsars Zelt geführt wurde, lag er in wilden Zuckungen auf der feuchten Erde und wand sich wie ein Wurm in Essigwasser. Weißer Schaum floß aus seinem Mund. Zwischen den Zähnen hatte er ein Stück Holz, die Vitis eines Centurios. Seine dunklen Augen waren weit aufgerissen. Sie kämpften, flehten um Hilfe, schrien ihr Leid zu den Göttern hinauf. Aber kein Wort kam über seine Lippen, kein Laut wollte diesem verkrampften Körper entweichen. Es war, als hätten die Götter ihn zu ihrem Spielzeug gemacht.

Ich hatte die Lederbeutel, in denen ich die getrockneten Kräuter aufbewahrte, mitgenommen, weil man mir gesagt hatte, Cäsar liege im Sterben. Aber er lag nicht im Sterben. Ich verlangte sofort nach Wasser und Wein und begann mit der raschen Zubereitung einer Tinktur. Ich fügte ein zerbröseltes Mistelblatt hinzu, nicht zuviel, denn die Mistel kann töten, wie sie den Druiden Fumix getötet hatte. Die Mistel kann aber auch heilen. Und andererseits ist sie nahezu wirkungslos, wenn schäumende Wellen sich im Körper eines Menschen bilden. Sie unterstützt jedoch die anderen Kräuter, die den Wind aus den Segeln des Schiffes nehmen, das die Anderswelt anpeilt.

Wenig später flößte ich ihm den dickflüssigen Sud ein. Natürlich hätte ich Cäsar töten können. Es wäre ein leichtes gewesen. Ich glaube nicht einmal, daß man mich dafür ans Kreuz geschlagen hätte. Der Medicus kannte die Kräfte des Waldes nicht. Er wußte, daß schäumende Menschen von den Göttern zu sich gerufen werden. Nein, ich glaube, man hätte mich nicht mal verdächtigt. Aber ich wollte Cäsar nicht töten. Ich wollte ihn heilen, ich wollte ihn retten. So wie auch er mich in der Schlacht gegen Ariovist gerettet hatte. Für uns Kelten ist es Pflicht, das eine mit dem andern abzugelten. Aber nicht nur deswegen rettete ich Cäsar. Ich half ihm, weil ich sein Druide war.

Langsam erschlafften seine Muskeln, die Lider senkten sich müde.

»Laßt mich mit dem Druiden allein«, murmelte Cäsar. Alle atmeten auf, freudig und dankbar, und ließen mich mit Cäsar allein.

»Was ist es, Druide?«

Ich schwieg.

»Werde ich das noch öfter haben?«

Ich schwieg.

»Sprich, Druide, was passiert, wenn ich das noch öfter habe?«

»Dann wird man dieses Leiden nach dir benennen, Cäsar.«

Cäsar öffnete die Augen und grinste. Vorsichtig griff er nach meinem Arm und hielt ihn fest.

»Es sind die Götter, nicht wahr?«

»Ja«, entgegnete ich, »du bist von den Göttern begünstigt. Du glaubst, als Pontifex maximus das Recht zu haben, ihre Tempel und Heiligtümer zu plündern. Aber so wie du in Rom Freunde und Feinde hast, hast du auch unter den Göttern Freunde und Feinde. Nimm dich deshalb in acht, Cäsar. Was du getan hast, würde kein Kelte wagen. Die heiligen Weiher, in denen wir unser Gold versenkt haben, sind bei uns nicht geheim. Denn kein Kelte würde es wagen, sich am Eigentum der Götter zu vergreifen.«

»Und wenn es doch einer tut?«

»Dann wird er grausam bestraft.«

»Ihr zieht ihm die Haut ab und salzt ihn ein …«

»Nein, Cäsar, der Tod ist keine Strafe. Wer sich am Eigentum der Götter vergreift, wird lebenslänglich von den Götterdiensten ausgeschlossen. Das ist weit schlimmer als hundert Tode.«

»Ich genieße den Schutz der Götter, Druide. Deshalb kann ich mir leisten, was sich kein Kelte erlauben könnte.«

»Auch ich genieße den Schutz der Götter«, drohte ich. Doch Cäsar faßte es nicht als Drohung auf. Er richtete sich auf und ergriff meine Hand.

»Druide, ist es wahr, daß es bei euch Götter gibt, die als gewöhnliche Menschen geboren worden sind?«

Ich nickte.

Cäsar schien nachdenklich. Dann hob er ratlos die Augenbrauen und sagte: »Wer weiß, wieso uns die Götter zusammengeführt haben.«

Cäsar öffnete eine mit Eisenbeschlägen und Bronzeverzierungen beschlagene Truhe, die so groß war, daß sich problemlos ein Mensch darin hätte verstecken können. Er nahm zwei schwere Lederbeutel heraus und stellte sie auf den Tisch.

»Öffne sie, Druide!«

Ich öffnete einen Lederbeutel. Er war mit schweren Goldmünzen gefüllt. Es waren frische Prägungen aus der Hauptstadt.

»Das ist kein Raubgold«, lächelte Cäsar, »das ist römisches Gold. Es gehört dir, Druide.«

Ich schaute Cäsar skeptisch an. Es war ein regelrechtes Vermögen, das er mir da anbot.

»Ich danke dir, Cäsar«, sagte ich.

»Ich habe gehört, daß du bei einem Händler aus Massilia noch Schulden hast …«

Ich mußte lachen, denn schließlich war Cäsar bis vor kurzem noch einer der höchstverschuldeten Männer Roms gewesen. Hatte ihm das jemals schlaflose Nächte beschert? Wieso machte er sich Sorgen um meine Schulden?

»Ja«, sagte ich, »aber ich darf laut Vertrag meine Schulden nicht auf einmal zurückbezahlen. Jedes Jahr ein bißchen. So will es Kretos. So bleibe ich in seiner Schuld und bin gezwungen, ihm zu Diensten zu sein.«

»In einigen Jahren«, lachte Cäsar, »wird es dir ein leichtes sein, Kretos' Handelshaus in Massilia zu kaufen. Nubische Sklaven werden dir zu Füßen liegen, und deinen linken Knöchel wird ein goldener Halbmond zieren.«

Ich war überrascht, das aus Cäsars Mund zu vernehmen. Es war die Prophezeiung, die ich schon von dem Druiden gehört hatte. In diesem Augenblick, als ich das schwere Gold in Händen hielt, glaubte ich tatsächlich, daß Cäsar nicht nur den Titel des Pontifex maximus trug, sondern möglicherweise von den Göttern abstammte. Ich rechnete es Cäsar hoch an, daß er mir kein entweihtes Keltengold angeboten hatte. Cäsar hatte auch mich zu einem reichen Mann gemacht. Durch ihn hatte ich nicht nur in der keltischen, sondern auch in der römischen Gesellschaft Ansehen und Anerkennung gefunden. Ich glaube nicht, daß ich es in der keltischen Gesellschaft so weit gebracht hätte. Sicher, Santonix war ein weiser und mir wohlgesinnter Mann gewesen, aber welcher adlige Kelte hätte sonst noch meine Berufung zum Druiden unterstützt? Nicht mal Verucloetius. Von Fumix wollen wir gar nicht reden. Auch all die adligen Fürsten, die uns das letzte Brot aus den Händen rissen und ihre hochnäsigen und selbstgefälligen Söhne brauchen wir nicht zu erwähnen. Ich will gerecht sein. Ich hatte Cäsar anfangs sehnlichst den Tod gewünscht, aber was er mir geboten hatte, das hat mir vor ihm kein Kelte geboten. Ich spreche jetzt von Achtung, Ansehen, Macht und Wissen. Und Geld.

Ich hatte jetzt endlich die Möglichkeit, mit einem kleinen Grundkapital meine langersehnte Händlerkarriere zu starten. Ich stand in Cäsars und Kretos' Diensten und konnte deshalb Cäsars Goldgeschenk problemlos zum Kauf eigener Handelswaren einsetzen.

Gemeinsam mit Wanda und Krixos besuchte ich die Märkte im Norden und kam zu dem Schluß, daß ich nicht verderbliche Lebensmittel, wie Blut- oder Gallierwürste, sondern lagerfähige Ware einkaufen mußte, die wertbeständig und im Süden nicht erhältlich war und somit hohe Gewinne versprach. Meine Wahl fiel auf Salz und Bernstein. Der Primipilus hatte zwar mal erwähnt, daß es eine Bernsteinstraße gebe, die irgendwo weiter östlich von Norden nach Süden führe, aber er wußte nichts Genaueres. Wie auch immer: Ich war entschlossen, meine Händlerlaufbahn mit Salz und Koniferenharz zu starten.

Wir erkundigten uns nach den Ständen der Bernsteinhändler. Sie waren meistens am Rand der Märkte angesiedelt. Fremdartige Händler bringen Bernstein aus dem Osten über den Rhenus ins Land der Belger. Ich war ausgesprochen stolz, als ich zum ersten Mal einem dieser sagenumwobenen Osthändler gegenübersaß. Wir hockten vor seinem Zelt, auf Teppichen, mit gekreuzten Beinen. Der Bernsteinhändler war, wie auch alle seine Männer, viel kleiner als wir Kelten, und sein Gesicht war gröber, wilder, die Haut wie dunkles Leder, von Sonne und Wind gezeichnet und mit Schweinefett eingerieben. Von seiner Oberlippe hing ein lichter schwarzer Schnauzer in langen Strähnen herunter. Das Haupthaar war unter einem fleckigen

Tuch versteckt, das er um den Kopf geschlungen hatte. Er roch stark nach altem Schweiß und geräuchertem Fleisch. Die Belger behaupten, daß diese Bernsteinhändler von östlichen Reitervölkern stammen und die Nacht auf dem Rücken ihrer Pferde verbringen. Ich weiß nicht, ob es wahr ist, denn ich konnte mich ja nicht mit ihm unterhalten. Ich zeigte auf einen Klumpen braungelben Bernstein. Der Händler nickte, zog ein Messer aus dem Gurt und hielt die Klinge übers Feuer. Dann drückte er die flache Klinge kurz auf den Klumpen, worauf sich die erhitzten Stellen verfärbten und weißlicher Rauch aufstieg, der wie Weihrauch roch. Ich nahm den gelblichbraunen Klumpen in die Hand. Er wog mindestens zwanzig Librae. Ich war begeistert.

Bernstein ist ein absolut faszinierendes Gestein. Im Grunde genommen ist es nichts anderes als das erhärtete Harz der Kiefer. Es ist ursprünglich Harz, aber es ist mindestens so alt wie die Götter selbst und mittlerweile hart wie Stein. In den faustgroßen Bernsteintropfen und -knollen findet man deshalb nicht selten noch Insekten, die es seit Ahnengedenken nicht mehr gibt, weil die Götter ihrer überdrüssig geworden sind. Ich legte den Klumpen Bernstein vor meine Füße und nahm eine Goldmünze aus meinem Lederbeutel. Ich legte die Goldmünze daneben. Der Händler nahm die Goldmünze, biß zweimal darauf und reichte sie dann einem Helfer, der mit einer Handwaage hinter ihm stand. Er wog die Münze und reichte sie wieder dem Händler. Dieser warf sie neben den Bernsteinklumpen und schüttelte den Kopf. Ich warf eine zweite Goldmünze in die Mitte. Und es folgten noch mehr. Wollte ich diesen Bernstein haben, mußte ich so lange Goldmünzen in die Runde werfen, bis der Händler mit dem Gegenwert in Gold einverstanden war. Ich war mächtig stolz, als mir der Händler mit einem dankbaren Lächeln den Klumpen überreichte. Doch das war erst der Anfang. Mit stummen Handbewegungen bat er mich zu bleiben und bot mir heißes Kräuterwasser an. Seine Männer schleppten Kisten von Bernstein an. Ich lehnte dankend ab, doch der Händler lächelte freundlich und zeigte auf meinen Lederbeutel. Ich lehnte ab. Der Händler lächelte verständnisvoll und griff nach seinem eigenen Geldbeutel. Er nahm zehn Münzen heraus, legte sie vor meine Füße und zeigte auf die Kiste. Jetzt begriff ich, daß er mir die Bernsteinkiste für zehn Goldmünzen verkaufen wollte. Das war natürlich das Geschäft meines Lebens. Wo würde ich jemals eine Bernsteinkiste für zehn Goldmünzen kaufen können! Ich schlug freudig in den Handel ein. Doch während wir so richtig gemütlich, wenn auch etwas wortkarg, das heiße Kräuterwasser tranken, brachten seine Männer erneut eine Bernsteinkiste. Dafür wollte der Kerl nur noch fünf Goldmünzen. Mich ärgerte natürlich, daß ich für den ersten Bernsteinklumpen derart viel bezahlt hatte. Ich konnte diesen Fehler nur korrigieren, indem ich auch diese zweite Kiste Bernstein kaufte. Zum Glück hatten wir genügend Lasttiere dabei, denn nachdem ich auch die zweite Kiste gekauft hatte, lud mich der Händler sogar zum Essen ein. Ich konnte nicht abschlagen, obwohl mich Wanda bereits mit ihrem einschlägigen Blick bestrafte. Spitz bemerkte sie, daß wir noch Salz kaufen wollten. Und daß wir das bei Tageslicht tun sollten. Ich brauche wohl nicht zu erwähnen, daß ich nach dem Essen noch eine dritte Kiste Bernstein kaufte. Dem Händler muß wohl aufgefallen sein, daß ich nach all diesen Käufen immer noch nicht pleite war. Jedenfalls bot er mir wunderbare schwarze und braune Bärenfelle an. Sie waren äußerst günstig. Wie hätte ich da nein sagen können? Obwohl es schon spät war, schafften wir es trotzdem noch, ein paar Säcke Salz zu kaufen, die aus germanischen Salinen stammten. Das Salz war ebenfalls sehr günstig, wie eigentlich alles, was ich an diesem Tag gekauft hatte. Ich war begeistert von meinem Einstand als Händler. Nur Wanda machte ein zunehmend besorgtes Gesicht. Krixos, der die Verantwortung für die Tragtiere hatte, verzog keine Miene. Aber ich war mir sicher, daß er eine eigene Meinung zu der ganzen Geschichte hatte. Schließlich hielt ich es nicht mehr aus und rief ihm zu:

»Sag mal, Krixos, hast du jemals in Gallien Bernstein gefunden?«

»Nein, Herr«, antwortete er. »Das heißt… nördlich von Rom gibt es… sagen wir mal, kleinere Vorkommen, und… eh… angeblich auch in Sicilia.« Krixos wählte seine Worte mit der gebotenen Vorsicht eines erfahrenen Sklaven. Wanda nickte vorwurfsvoll. Man hätte meinen können, wir wären bereits miteinander verheiratet.

»Aber in Gallien gibt es keine Bernsteinvorkommen! Und deshalb werden wir unseren Bernstein zum doppelten Preis verkaufen und den Grundstein zu einem blühenden Handelsimperium legen…«

Ich posaunte es in die Abenddämmerung hinaus, während ich den anderen voranritt. Ich überhörte Wandas leises Lachen so gut wie möglich. Denn ihr Spott war für das Selbstbewußtsein schädlicher als zehn Jahre auf einer Sträflingsgaleere.

Als ich mit Cäsar, Labienus und zwei Legionen das Lager im Land der Belger verließ, war die Kriegssaison vorüber, aber mit der Verwaltung der neuen gallischen Gebiete hatten wir alle Hände voll zu tun. Der Papyruskrieg nahm täglich zu. Von jeder Rolle mußten Kopien erstellt werden. Jede Kopie mußte mit entsprechenden Begleitschreiben versehen und versandt werden. Und da überall und jederzeit ein Feuer ausbrechen konnte, mußten die Dokumente zur Archivierung gleich mehrmals kopiert werden. Dazu kam noch die aufwendige Korrespondenz zwischen den einzelnen Winterlagern, die weit auseinanderlagen und aus Sicherheitsgründen in steter Verbindung bleiben mußten. Kein Ort in Gallien konnte von einem Tag auf den andern zusätzliche fünfzigtausend Menschen ernähren. Die Legion des siegreichen Publius Crassus wurde deshalb verlegt, Labienus und seine beiden Legionen schlugen ihr

Lager bei den Turonen und Carnuten auf, vier Legionen überwinterten im Belgerland und eine Legion am Fuße der Alpes. Die Verteilung der Legionen über ganz Gallien löste natürlich nicht nur das Versorgungsproblem, sondern dokumentierte aufs eindrücklichste, daß Cäsar nun die Herrschaft über ganz Gallien beanspruchte. Er hatte de facto ein selbständiges Reich gegründet, das ihm und seinen Legionen gehörte. Für die Gallier war Rom Cäsar.

Wanda und ich wurden Labienus, Cäsars treustem und erfahrenstem Legaten, zugeordnet. Sein Winterlager in Autricum war Cäsars neue bewegliche Hauptstadt in Gallien. Cäsar selbst verbrachte den zweiten Kriegswinter in seiner Provinz Illyrien.

Die Tage wurden kürzer und kälter. Ich genoß das Privileg der römischen Offiziere und überwinterte in einer geheizten Baracke. Auf meinem Bernstein blieb ich wortwörtlich sitzen. Die Kisten standen nebeneinander in meinem Schlafzimmer. Ich hatte eine Schicht Stroh darauf gelegt, ein paar Decken und darüber die wunderbar geschmeidigen Bärenfelle, auf denen ich nun die Nächte mit Wanda verbrachte. Ich konnte ihr noch so oft erklären, daß Bernstein das Gold des Ostens war, und die Tränen der Götter ... Solange unter uns die drei Kisten Bernstein lagerten, war alle Liebesmüh vergebens. Dabei wären die Märkte von Cenabum, der Hauptstadt der Carnuten, so nah gewesen. Doch die keltischen Handwerker hatten sich bereits im Frühherbst mit Rohstoffen und allem Nötigen eingedeckt, um im Winter arbeiten zu können. Das war ja ursprünglich auch meine Überlegung gewesen. Da die Straßen im Winter matschig und vereist waren, ruhte ab November der Handel. Meine Überlegung war durchaus richtig gewesen. Ja, sie war sogar richtig gut gewesen. So gut, daß auch die einfachsten Legionäre darauf gekommen waren und sich vor ihrer Abreise in den Süden ebenfalls mit Bernstein eingedeckt hatten. Sicher, die einzelnen Legionäre hatten nicht viel einkaufen können, aber wenn von fünfzehntausend Legionären jeder nur ein bißchen Bernstein kaufte und damit die Märkte im Süden erreichte, war die Nachfrage bis zum nächsten Frühling gedeckt. Und die Preise am Boden. Und genau das war geschehen. Die fünfzehntausend Legionäre hatten die Märkte der Carnuten ein paar Tage vor mir erreicht. Sie hatten mir alles versaut. Ich hatte mir das Leben als Händler doch etwas einfacher vorgestellt. Für ein paar Goldmünzen einkaufen, in irgendeine Himmelsrichtung reiten und dann für das Doppelte wieder verkaufen. Ich war ziemlich unzufrieden mit mir. Cäsar hatte mir ein kleines Vermögen geschenkt, und trotzdem mußte ich bereits im November jede Sesterze zweimal umdrehen, bevor ich sie ausgab, denn mein ganzes Vermögen steckte in den Bernsteinkisten unter meinen Bärenfellen. Wenn es hier im Land der Carnuten in diesem Winter etwas im Überfluß gab, dann Bernstein. Bernstein und Salz… Wenn im Winter Fleisch eingelagert wurde, brauchte man dafür tonnenweise Salz. Auch diese Überlegung war richtig gewesen. Aber als ich hier ankam, war das Fleisch bereits gepökelt und unter der Erde. Mir schien, Teutates hatte in diesem Jahr ungewöhnlich früh seinen Winterschlaf angetreten. Aber ich denke, selbst wenn ich ihm vor der Abreise in den Süden geopfert hätte, was mir ja aufgrund meiner Finanzlage gar nicht mehr möglich gewesen wäre, hätte es auch wenig gebracht. Eine römische Legion ist vergleichbar mit einem Schwarm Heuschrecken. Sie bringt Angebot und Nachfrage völlig durcheinander. Sie bringt eigentlich alles durcheinander: die Sitten, die Bräuche, die Feiertage, den gesamten Alltag der einheimischen Bevölkerung. Es gab wohl im Umkreis der finanzkräftigen Winterlager kaum ein keltisches Mädchen, das im Frühling nicht schwanger war. So verschmolzen die römischen und keltischen Sitten zur gallorömischen Kultur. Das römische Feindbild verblaßte, und die Buben der römisch-keltischen Konkubinatspaare hatten später keinen sehnlicheren Wunsch, als eines Tages in der römischen

Legion zu dienen. Und wenn Rom klug genug war, den keltischen Fürsten ihre Privilegien zu lassen, waren sie brauchbare Verwalter und willige Hampelmänner Roms. Solange sie in ihrer gewohnten sozialen Umgebung in Saus und Braus leben konnten, war es ihnen egal, wessen Diener sie waren.

Ich überlegte mir auch schon, ob ich zur Abwechslung mal Merkur, dem römischen Gott des Handels, opfern sollte. Falls aber Merkur und Teutates derselbe Gott waren, dann würde Teutates natürlich bemerken, daß ich von seiner Hilfe enttäuscht war. Aber war das etwa mein Fehler? Ich fand es überhaupt nicht komisch, einen Winter lang auf drei Kisten Bernstein schlafen zu müssen.

Es war ein strenger Winter. Das dritte Kriegsjahr hatte begonnen. In der Nacht froren die Seen und Flüsse, und morgens saßen nicht selten erfrorene Gestalten wie steinerne Skulpturen auf den schier unpassierbaren, matschigen Feldstraßen, die zu unserem Lager führten. Als die Erde etwas trockener und härter wurde, wagte ich mit Wanda und Krixos einen Ritt nach Cenabum, der Hauptstadt der Carnuten. Das Sekretariat hatte mir für drei Tage frei gegeben. Ich hatte die Hoffnung, noch in diesem Winter meinen Bernstein loszuwerden, noch nicht aufgegeben. Das Angebot auf den Märkten von Cenabum war dürftig. Es gab Fische, rote Wollstoffe und Rotwein im Faß, Metalle und Ramsch von den germanischen und belgischen Schlachtfeldern, aber im großen und ganzen ruhte der Handel. Dennoch befahl ich Krixos, sich mit ein paar Bernsteinklumpen am Rand des Fischmarktes aufzustellen und das Doppelte von dem zu verlangen, was ich bezahlt hatte.

»Ich werde erfrieren, Herr!«

»Das ist gut möglich«, sagte ich mit ernster Miene. »Aber bevor du erfrierst, bringst du mir den Bernstein ins ›Gasthaus zum Hahn‹.« Ich zeigte die Straße hinunter. Dort wo sie die Handelsstraße nach Süden kreuzte, stand ein zweistöckiges Gebäude mit Stallungen und Reisekutschen. Krixos nickte und sah mich mit herzzerreißender Miene an, aber ich ignorierte seinen Blick und schlenderte mit Wanda und Lucia an den kargen Ständen entlang, bis wir schließlich vor dem ›Gasthaus zum Hahn‹ standen. Hier roch es wunderbar nach fettem Braten, gegrilltem Fisch und Weizenbier. Ich drehte mich noch mal nach Krixos um. Der Kerl stand immer noch dort, wo wir ihn zurückgelassen hatten, und winkte nun heftig. Dann kreuzte er theatralisch die Arme vor der Brust, zog die Schultern ein und rieb sich kräftig die Oberarme, während der heiße Atem seines Maultiers wie weiße Rauchwolken hochstieg.

»Was meinst du, sollen wir ihn mitnehmen?«

»Krixos!?« empörte sich Wanda. »Merkst du denn nicht, daß er dich allmählich um den Finger wickelt? Das hast du nun davon, daß du ihn die ganze Zeit wie ein Familienmitglied behandelst! Er nützt dich aus!«

Ich war erstaunt über Wandas Empörung. Sie mußte doch wissen, wie diese Spielchen abliefen! Sie war schließlich Sklavin!

Wir banden unsere Pferde fest und betraten das Gasthaus; stickige Wärme schlug uns entgegen. In der Mitte des Saals loderte ein großes Feuer, über dem ein Wildschwein gebraten wurde. Der leicht angeschwärzte Kopf hatte einen merkwürdigen Ausdruck, so, als wundere sich das Tier immer noch darüber, daß es tot war. Zischend tropfte das Fett in die Flammen und verströmte einen wohlriechenden Duft. An den Tischen saßen fahrende Händler und Einheimische zusammen. Eifrig wurden Nachrichten und Gerüchte ausgetauscht. An einigen Tischen wurde gewürfelt, an anderen hingen die Gäste über ihren Trinkbechern und brummelten heroische Strophen, die ein paar Burschen, die wippend gegen den Schlaf ankämpften, monoton mitsummten.

Wir setzten uns in die Nähe der Feuerstelle und bestellten Fisch, Brot und Corma, das wohl beste Bier unter dem

Himmel. Eine junge Frau trat aus einem Nebenraum und machte mit verführerischem Flötenspiel darauf aufmerksam, daß sie für den nächsten Liebhaber frei sei. Doch niemand meldete sich. So brachte sie uns Weizenbier und fragte mich, ob wir hier übernachten wollten.

»Ja, mindestens eine Nacht.«

»Wir haben Zimmer für acht Personen, das Bett kostet vier As, Frühstück mit einem Sextarius Wein und Brot, ein As, das Mädchen acht As …«

Ein heftiger Fußtritt unterm Tisch erwischte mich am Schienbein. Es war meine Sklavin, die austrat wie ein störrisches Maultier!

»… und das Heu für die Tiere, zwei As …«

»In Ordnung«, sagte ich, »aber ohne Mädchen.«

Die junge Frau zog einen süßen Schmollmund und gab mir unmißverständlich zu verstehen, daß es auch ihr Spaß gemacht hätte: »Vier As, du kannst es dir immer noch überlegen und deine Sklavin im Schuppen übernachten lassen.«

Sie entfernte sich mit einem eleganten Hüftschwung. Sie trug den knielangen Wollstoff so eng, daß sich ihr Po bei jedem Schritt wie ein reifer Apfel unter dem Kleid abzeichnete. Ich überlegte gerade, ob Wanda vielleicht Krixos beim Verkauf des Bernsteins unterstützten sollte, als mich erneut ein heftiger Fußtritt traf. Wanda war wütend.

»Du bist ja schlimmer als Krixos! Du trittst bereits deinen eigenen Herrn mit Füßen!«

»Wenn du heute in den Armen dieser Hure einschlafen willst, will ich noch heute auf dem Markt verkauft werden!«

»Wieso soll ich Geld für ein Mädchen ausgeben, wenn ich eine Sklavin habe!« gab ich verärgert zurück, obwohl ich es genoß, daß Wanda so beleidigt war. Ihre Lippen waren trotzig aufeinandergepreßt; ihre Augen glühten wie Kohle in einer mondlosen Nacht. Sie würde mindestens eine Woche lang kein Wort mehr sagen.

Wortlos verspeisten wir den Fisch, den uns eine übergewichtige Gallierin brachte. Sie hätte meine Großmutter sein können, doch plötzlich begann sie um die Feuerstelle herumzutanzen und beugte sich ab und zu über einen Tisch, damit die Zecher und Spieler ihre großen Brüste betatschen konnten. Aber keiner wollte mit ihr aufs Zimmer. Schließlich hob sie ihren weiten Wollrock hoch. Ihre Scham sah aus wie der Rücken eines gerupften Huhns. Offenbar hatte die römische Kultur auch hier bereits Einzug erhalten. Römische Damen waren stets bis zu den Augenbrauen enthaart. Die Männer grölten und lachten.

Ich wischte mir gerade den Bierschaum mit der Zunge von der Oberlippe, als Krixos die Gaststätte betrat. Er schlotterte am ganzen Körper. Zwei Männer begleiteten ihn. Sie trugen schwere Kapuzenmäntel und hatten dicke Leinenstreifen um die Hände gebunden. An ihren ledernen Stiefeln konnte man sie jedoch unschwer als römische Bürger erkennen.

»Krixos!« Ich winkte ihm zu.

Die junge Frau goß dickflüssigen Würzwein über das Schwein. Die Sauce lief über den knusprig-braunen Schweinerücken und tropfte zischend ins Feuer. Eine unverschämt aromatische Dampfwolke stieg hoch und ließ mir das Wasser im Mund zusammenlaufen. Mir knurrte bereits der Magen. Krixos verneigte sich kurz vor mir und ließ die beiden Männer vor. Fast gleichzeitig warfen sie ihre Kapuzen zurück. Kretos! Und Fufius Cita, Cäsars persönlicher Getreidebeschaffer! Kretos umarmte mich wie einen Sohn. Im ersten Augenblick war ich gerührt, aber dann wurde mir bewußt, daß er sich wohl eher darüber freute, seinen Schuldner am Leben zu sehen. Hatte mir Kretos jemals irgend etwas geschenkt?

»Hast du meine Briefe erhalten?« fragte ich neugierig. Vielleicht wollte ich nur beflissen kundtun, daß ich meine Pflichten sehr ernst genommen hatte.

»Vier Briefe habe ich erhalten aus dem Land der Belger. Und du? Hast du meinen Brief erhalten?«

»Nein«, antwortete ich. »Was hast du mir denn geschrieben?«

Kretos winkte der jungen Frau und bestellte ebenfalls Fisch, Brot und Corma. Außerdem wollte er ein Stück von diesem saftigen Schweinebraten, der langsam seiner Vollendung entgegenschmorte. Immer öfter drehten sich die Männer nach der Feuerstelle um und hielten ihre Nase in die Duftschwaden. Ich gab Krixos einen Wink, sich zu setzen, und bestellte ihm Brot und Bier. Daß das Mädchen von Kretos sechzehn As die Nacht verlangte, erfüllte mich natürlich mit Stolz und Genugtuung. Kretos nickte ihr beiläufig zu. Die Vorstellung, Kretos in ihren Armen zu sehen, ärgerte mich.

»Zwei As für die Maultiere«, schimpfte Kretos. »Diese Carnuten treiben mich noch in den Ruin!«

Fufius Cita scherzte: »Und sechzehn As für ein Mädchen. Dafür kriegst du in Rom noch ein heißes Bad dazu!«

»Mir hätte sie es für einen As gemacht«, log ich und versuchte so beiläufig wie möglich, Kretos' Reaktion zu sehen.

»Einen As?« fragte Kretos schockiert. Ich zuckte scheinheilig die Schulter.

»Bei dir verlangt sie noch Schmerzensgeld, Kretos, deshalb kostet es für dich sechzehn As!« Fufius Cita lachte laut. Kretos war gekränkt. »Na ja, sechzehn As – im Grunde genommen brauche ich einen Zahnarzt und kein Mädchen!«

Als die junge Küchensklavin mit ihrem eleganten Hüftschwung wieder an unseren Tisch trat und verführerisch lächelnd Fisch, Brot und Bier brachte, nuschelte Kretos, daß er das Zimmer ohne Mädchen wolle. Er habe Zahnschmerzen.

»Gibt's hier in der Gegend einen Zahnarzt?«

»Versuch's mal beim Schmied, der hat Zangen«, grinste das Mädchen frech, drehte sich elegant um die eigene Achse und entfernte sich mit neckisch wippendem Po. Wanda traf unter dem Tisch ins Leere. Ich bin lernfähig.

»Richtige Zahnärzte findest du in dieser Wildnis nur in der Legion!« sagte Fufius Cita.

Kretos nickte und rieb sich entnervt die linke Backe. Dann wandte er sich an mich. »Du leistest hier wertvolle Arbeit, Korisios, aber sag mal, woher ist der Bernstein, den dein Sklave verkauft? Ich war weit oben im Norden und hab alles verloren, was ich mitgenommen hatte. Ariovist ist über den Rhenus entwischt. Der kommt so schnell nicht wieder. Und was ist zurückgeblieben? Marodierende Banden von entlaufenen römischen Legionären und keltischen Hilfstruppen. Sie haben mir alles genommen, sogar meine Träger und Sklaven. Der eine konnte sogar rechnen!«

»Brauchst du Bernstein?« fragte ich Kretos.

»Ja«, antwortete Kretos, »massenhaft. Die Leute in Rom sind verrückt nach Bernstein.«

»Jaja«, murmelte ich, »es ist schwierig mit dem Bernstein, sehr schwierig …«

»Dein Sklave behauptet, da ließe sich eventuell etwas machen«, beharrte Kretos.

Ich kratzte mich am Kopf, um etwas Zeit zu gewinnen, und schaute dann langsam zu Krixos rüber. Der Kerl hätte Schauspieler werden sollen. Er nagte in Gedanken versunken an einer makellos saubergeleckten Fischgräte und vermied jeden Augenkontakt.

»Ich habe eine Quelle … Vielleicht ließe sich da was machen …«, log ich.

Kretos nickte fahrig und tastete mit der Zunge wieder seinen Zahn ab.

»Aber eben … Bernstein ist sehr teuer …«

»Und wo krieg ich es her?«

»Hast du denn überhaupt Geld«, fragte ich, um etwas Zeit zu gewinnen.

»Fufius Cita wird mir Geld leihen«, sagte Kretos und schaute Cäsars Getreideeinkäufer eindringlich an.

Fufius Cita nickte. »Am Geld fehlt es nicht, aber an Getreide. Du müßtest deine Schuld in Getreide begleichen.«

Kretos nickte zustimmend.

»Wenn du nach Massilia zurückkehrst, besorgst du mir Getreide für die Proviantlager in der Narbonensis.«

»In der Narbonensis«, seufzte Kretos, »frißt uns Cäsar alles weg, und was er nicht schafft, verschiebt er an seine Proviantlager im Norden.«

»Du hast dich immer noch nicht an Cäsar gewöhnt«, lachte Fufius Cita.

»Wie könnte ich mich daran gewöhnen, daß Cäsar den römischen Kaufleuten die Handelswege nach Britannien und zum Nordmeer öffnet?«

»Ihr Massilianer müßt einfach aufhören, Cäsars Pläne zu hintertreiben. Jetzt, wo Ariovist mit allen euren Bestechungsgeldern über den Rhenus geflohen ist, bleibt euch nichts anderes übrig, als euch in den neuen Verhältnissen einzurichten«, lachte Fufius Cita. »Was Cäsar in Gallien bewegt und erreicht hat, sprengt alle menschliche Vorstellungskraft. Der Senat ehrte ihn mit einem fünfzehntägigen Dankfest. Das ist schier unglaublich. Den Rekord hielt bis dato der große Pompeius, unser großer Alexander! Zehn Tage hatte man Pompeius für seinen Sieg über Mithridates gewährt, und Cäsar erhielt nun fünfzehn Tage!« Fufius Cita wich vergnügt mit dem Oberkörper zur Seite, damit der saftig-rote Schweinerücken aufgetragen werden konnte, der bereits in Stücke vorgeschnitten war.

»In Cäsar offenbart sich der Wille der Götter. Selbst seine Boshaftigkeiten verdienen Bewunderung. Seine Handlanger in Rom haben die Sache so eingefädelt, daß ausgerechnet sein Verbündeter und ewiger Rivale Pompeius im Senat den Antrag für das Fest stellen mußte. Gibt es denn eine schönere Art, seinen Rivalen öffentlich zu kränken? Oder Cicero! Jammernd hat er sechzehn Monate lang im Exil um die Erlaubnis zur Rückkehr gebettelt. Jetzt ist er wieder in Rom und leckt Cäsar den Schweiß von den Füßen. Der Kerl ist nur noch ein Schatten seiner selbst. Und Cäsars Feinde? Sie nehmen bei ihm Kredite auf und flehen ihn an, ihre Söhne mit nach Gallien zu nehmen, damit auch sie sich hier bereichern können. Kretos, es hat gar keinen Sinn, Cäsars Pläne zu hintertreiben! Mit dem Sieg in Gallien ist Cäsar mächtiger denn je. Rom liegt ihm zu Füßen. Mit Gallien, das zweimal so groß ist wie Italien, ist Roms Macht in zwei kurzen Sommern gewaltig gewachsen. Ruhm, Gold und frische Sklaven, neue Handelsrouten und Zölle, zusätzliche Tribute und Steuerzahlungen fließen täglich nach Rom. Deshalb ehren wir fünfzehn Tage lang unseren berühmten Gesetzesbrecher Gaius Julius Cäsar.«

Fufius Cita hob seinen Becher. »Ave Cäsar, ave Imperator.«

»Deficit omne, quod nascitur«, entgegnete ich trocken, was soviel heißt wie: Alles, was entsteht, vergeht auch wieder.

Kretos lächelte matt und hob seinen Becher. »Es lebe der Bernstein, das Gold des Ostens.«

Wir schwatzten noch eine ganze Weile, bis unsere Bäuche zum Bersten voll waren. Gegen Abend gesellten sich noch andere Händler zu uns. Eifrig wurden Neuigkeiten über den Zustand der Wege und umliegende Märkte ausgetauscht. Der gesamte Handel in Gallien befand sich im Umbruch. Jeder wollte nur noch mit Cäsar Geschäfte machen, mit seiner marschierenden Stadt von fünfzigtausend Männern. Wo Cäsars Legionäre gerastet hatten, waren alle Proviantlager im Umkreis von zwanzig Meilen leer.

Zu Beginn der dritten Nachtwache verstummte Fufius Cita plötzlich. Er kippte einfach vom Stuhl und wurde von seinen herbeigerufenen Sklaven in den Schlafraum getragen. Der von Kretos offerierte Wein, der ihn redseliger hätte machen sollen, hatte ihn nun vollends zum Schweigen gebracht.

Die Küchensklavin begleitete uns mit einer Öllampe in den ersten Stock. Das Zimmer stank fürchterlich nach altem Schweiß und Urin. Die Wände waren mit allerlei Kritzeleien verschmiert. Als Betten dienten tiefe Holzgestelle, die mit bereits moderndem Stroh bedeckt waren. Darüber lagen fettige Felle. Über meinem Bett konnte ich gerade noch die Inschrift lesen: Wir haben ins Bett gepinkelt. Ich geb's zu, Wirt, das war nicht fein; fragst du, warum? – Es war kein Nachttopf da!

Erstaunlich war weniger der Text, sondern daß hier jemand übernachtet hatte, der schreiben konnte. Ich schlief mit allerlei beißendem Ungeziefer ein, während sich irgendein Gast in der Dunkelheit mit einer der Frauen, die im Gasthaus arbeiteten, vergnügte. Er keuchte so schwer, daß man um sein Leben fürchten mußte. Ich zog die Kapuze meines dicken Wintermantels über den Kopf und legte mich auf die Seite. So konnte ich durch das kleine Fenster in der Wand den Mond sehen, der magisch und göttlich zugleich zwischen den Gestirnen ruhte. Lucia hatte sich unter meinem angewinkelten Arm zusammengerollt. Ich liebte ihren Geruch und die Wärme ihres Körpers. Auch sie fand lange keinen Schlaf. Es war nicht das gequälte und stoßartige Schnarchen der Betrunkenen, die wie erschlagen auf ihren Holzgestellen lagen, das uns nicht einschlafen ließ, sondern das beunruhigende Piepsen und Rascheln der Mäuse und Ratten, das überall zu hören war. Irgendwann fragte mich Wanda, ob ich bereits schlafe. Es war noch kälter geworden. Sie kam mit ihrem Fell zu mir rüber. Lucia sprang aus dem Bett und begann zielstrebig mit der Mäusejagd.

»Herr, hast du nicht ein Mädchen bestellt?« scherzte Wanda, während sie sich zärtlich an mich schmiegte.

»Doch«, flüsterte ich, »aber meine Sklavin ist dagegen, und ich hab kein Geld mehr.«

»Das macht nichts«, hauchte mir Wanda ins Ohr, während ihre Zungenspitze meine Lippen suchte.

Am nächsten Tag ritten wir ins Lager zurück. Fufius Cita war wenig gesprächig. Ab und zu hielt er an und übergab sich am Wegrand. Er tat mir richtig leid. Gegen Mittag machten wir unter einem windgeschützten Felsvorsprung ein Feuer und kochten Wasser. Ich braute einen Sud und fügte, kurz bevor das Wasser kochte, ein paar getrocknete Kräuter hinzu. Als er abgekühlt war, füllte ich etwas davon in einen Becher und reichte ihn Fufius Cita.

»Das beruhigt den Magen«, sagte ich.

»Hast du auch etwas gegen Zahnschmerzen?« fragte Kretos. Er war ziemlich übel gelaunt. Ständig war er am Jammern und Meckern über alles und jedes. Ich sagte ihm, daß der Sud den Körper in den Schlaf wiege, ohne daß der Kopf dabei einschlafe. Kretos verstand kein Wort. Seine Zahnschmerzen waren aber so stark, daß er trotzdem seinen Becher in den Sud tauchte und trank.

Krixos kochte nochmals Wasser und bereitete mit gemahlenem Getreide und geräuchertem Speck einem Brei zu. Kretos meckerte, daß das Essen versalzen sei. Wanda und Krixos grinsten. Irgendwie mußte ich mein Salz ja loswerden.

»Der Körper braucht Salz«, murmelte ich.

»Wenn das ein Druide sagt, wird es wohl stimmen«, sagte Fufius Cita mit schwacher Stimme.

Wir ritten weiter durch die verschneite Landschaft. Die Bäume ließen ihre Äste unter der schweren Last des Schnees müde hängen. Die Wege waren von dicken, pulverartigen Schneemassen bedeckt. Ich liebte das knirschende Geräusch, das entsteht, wenn Hufe auf festgepreßten Schneedecken aufsetzen. Wanda und ich ritten wie zwei Frischverliebte nebeneinander und liebkosten uns mit den Augen. Sie war wirklich ein Geschenk der Götter.

Fufius Cita ritt mit einigen seiner Sklaven voran. Manchmal schaute er zur mir zurück, skeptisch, fast mißtrauisch. Er hatte sich wohl noch nie von einem Druiden behandeln lassen.

»Druide«, sagte er nach einer guten Stunde, »in Rom könntest du viel Geld verdienen. Ich fühle mich plötzlich so richtig wohl!«

»Du hast doch genug gekotzt!« stänkerte Kretos hinter uns. »Wenn der Magen leer ist, was willst du da noch rauskotzen?«

»Galle!« lachte ich. »Es ist nie zu spät, um noch ein bißchen Galle zu kotzen. Aber sag mal, Kretos, wie geht's deinem Zahn?«

»Die Schmerzen sind weg, aber das liegt vermutlich an der Kälte.«

Cita lachte leise vor sich hin. Schließlich rief er laut nach hinten: »Druide, kennst du ein Mittel, das griesgrämige alte Männer wie Kretos genießbar macht?«

»Ja«, scherzte ich, »das Schwert.«

Wir ritten über einen Hügel am Rande eines dichten Waldes entlang. In der Ferne sahen wir Rauch aufsteigen. Fufius Cita gab einem seiner Begleiter den Befehl vorauszureiten. Nach einer Weile kam er zurück und berichtete, daß ein paar Kelten ein Schwein am Spieß brieten und uns zum Essen einluden.

Wir berieten kurz das Für und Wider und beschlossen, uns zu ihnen zu gesellen. Wir hatten ja nichts bei uns, das einen Überfall rechtfertigte. Die Kelten empfingen uns freundlich und boten uns Wein und Fleisch an. Fufius Cita befahl seinen Sklaven, Brot und Nüsse zu verteilen. Es waren junge Kelten, keiner war über fünfundzwanzig. Sie schienen auf jemanden zu warten und hatten es nicht eilig aufzubrechen. Sie unterhielten sich mit mir über das Wetter und über den Flug der Vögel. Wir Kelten sind – wie alle anderen Menschen rund ums Mittelmeer auch – ständig auf der Suche nach irgendwelchen Zeichen der Götter. Fufius Cita und Kretos schwiegen. Sie wollten sich offenbar nicht als Römer zu erkennen geben, obwohl es aufgrund ihrer Kleidung nicht schwierig war, sie richtig einzuordnen. Aber ich denke, daß sie nicht unnötig provozieren wollten. Und so lächelten sie bloß nett und höflich, wenn ein Kelte ihnen zulächelte. Ein gutes Dutzend Kelten entfernte sich schließlich und steckte ungefähr fünfzig

Schritte von uns entfernt zwei Speere in den Boden. Beide Speere hatten ungefähr eine Speerlänge Abstand zueinander. Darüber befestigten sie mit Lederriemen einen dritten, querliegenden Speer. Ein Joch! Ich zweifle nicht daran, daß das Mittel, das ich Fufius Cita zur Beruhigung seines Magens gegeben hatte, seine Wirkung schlagartig verlor und Kretos wieder von pochenden Zahnschmerzen geplagt wurde. Beide wechselten nervöse Blicke. Auch Fufius Citas Sklaven und Träger wurden blaß und suchten bereits die Gegend nach möglichen Fluchtwegen ab. Die Kelten am Feuer grinsten vergnügt und beobachteten amüsiert, wie ihre Kameraden nun in ungefähr hundert Schritt Entfernung vom ersten ein weiteres Joch errichteten.

»Wer macht mit?« schrie einer, der über seiner Wollkleidung eine enganliegende Felltunika trug. Vor jedem Joch stand inzwischen eine kleine Gruppe kräftiger Kelten. Beim einen Joch waren es sechs, beim anderen sieben.

»Wir brauchen noch einen Mann«, schrie einer. Ein etwas dicklicher Kerl mit vom Trinken gerötetem Gesicht erhob sich taumelnd vom Lagerfeuer und stampfte durch den hohen Schnee. Nun standen vor jedem Joch sieben Kelten.

»Wo ist der Römer?« schrien einige. Fufius Cita schnitt eine Grimasse, als habe er sich eine Fischvergiftung geholt. Der Kerl mit der Felltunika wühlte mit dem Fuß im Schnee herum und fand schließlich etwas, das wir vom Lagerfeuer aus nur schwer erkennen konnten. Es schien rund und haarig. Und dann ging's los.

Die beiden Gruppen stürzten sich auf das runde Etwas und versuchten es mit Fußtritten vorwärtszubringen. Sie rempelten sich an, zerrten an ihren Mänteln und Tuniken und traten wie wild auf das Ding ein. Ein junger, schlaksiger Kerl preschte vor, stieß den Fuß gekonnt unter das Ding und schoß es elegant über alle anderen Spieler hinweg. Direkt vor die Füße des dicklichen Kerls, der sich etwas abseits gehalten hatte. Er schob das Ding mit der Innenseite des Fußes nach vorn und stürmte auf das gegnerische Joch zu. Der Kelte mit der Felltunika raste von der Seite auf ihn zu und rutschte ihm mit den Füßen voran zwischen die Beine. Der Dicke stürzte brüllend in den Schnee, während das Ding nun auf uns zurollte.

Das Ding war ein Kopf. Ein abgeschlagener Kopf.

Er rollte direkt auf unsere Feuerstelle zu und blieb dann im tiefen Schnee stecken. Ein Kelte, der gerade Holz nachlegte, packte den abgetrennten Kopf an den Haaren, schwang ihn in der Luft und warf ihn aufs Spielfeld zurück. Da löste sich der schlaksige Kelte aus der Gruppe seiner Mitspieler und schoß den Kopf, während er noch durch die Luft flog, mit einer prächtigen Direktabnahme direkt durchs gegnerische Joch. Mit einem Aufschrei sank er auf die Knie und ballte schreiend die Fäuste gegen den Himmel. Seine Mitspieler rannten zu ihm, gingen ebenfalls in die Knie und umarmten den erfolgreichen Schützen, während sich die Spieler der anderen Gruppe heftige Vorwürfe machten und auf das leere gegnerische Joch zustürmten. Einer hatte den Kopf unter den Arm geklemmt, während die anderen ihn auf allen Seiten deckten. Da niemand davorstand, war es ein leichtes, den Kopf zwischen den beiden Speeren hindurchzuwerfen. Dies mißfiel wiederum der anderen Gruppe, die ihren schlaksigen Schützen vor lauter Freude tief in den Schnee gedrückt hatte. Sie hielten dieses Vorgehen für unsportlich. Ein Wort gab das andere. Schließlich mündete die Auseinandersetzung in eine wüste Schlägerei. Doch dann nahten Reiter. Keltische Reiter. An ihrer Spitze ritt ein junger Mann, den ich irgendwo schon mal gesehen hatte. Als er bei der Feuerstelle vom Pferd stieg, eilte ein junger Kelte herbei und nahm ihm das Pferd ab. Die Kampfhähne auf dem Spielfeld stellten die Rauferei sofort ein.

»Wir haben Gäste?« sagte der junge Adlige mit leisem Spott. Er musterte uns kurz und eindringlich. Schließlich blieb sein Blick an mir haften. Ein Lächeln erschien auf seinen Lippen. Jetzt erkannte ich ihn. Es war der Arverner, der mich damals bei diesem Bergsee in der Nähe von Genava aufgelesen hatte, als ich von Krämpfen geschüttelt meine göttliche Mixtur auskotzte.

»Vercingetorix!«

»Druide! Was führt dich in diese Gegend?«

Fufius Cita und Kretos schöpften neue Hoffnung. Vercingetorix reichte mir die Hand, damit ich leichter aufstehen konnte, und führte mich ein paar Schritte weiter, wo die Reiter, die ihn begleitet hatten, ein zweites Lagerfeuer vorbereiteten. Wir setzten uns auf einen Baumstamm und musterten einander.

»Hab ich dir nicht gesagt, daß wir uns eines Tages wiedersehen würden?«

Vercingetorix nickte. Die Spieler hatten sich inzwischen darauf geeinigt, daß sich beide Seiten nach einem erfolgreichen Schuß unters Joch wieder neu aufstellen mußten. Jede Mannschaft vor ihrem Joch. Die beiden Gruppen wurden neu zusammengestellt und gleichmäßig mit einigen Reitern, die Vercingetorix begleitet hatten, verstärkt. Und das Treten, Zerren und Schlagen ging von neuem los.

»Druide«, sagte Vercingetorix, »genießt Cäsar wirklich den Schutz der Götter?«

»Was gestern war, kann morgen anders sein. Auch Götter ändern ihre Meinung. Cäsar fordert sie heraus. Cäsar kennt keine Grenzen, keine Mäßigung. Um zu gewinnen, nimmt er jedesmal den Tod in Kauf. Als Auxiliarreiter in Cäsars Diensten wirst du das schon oft genug erlebt haben.«

»Ich bin nicht mehr in Cäsars Armee«, unterbrach mich Vercingetorix unwirsch. »Er verspricht jedem adligen Kelten die Königswürde, um sich seines Wohlverhaltens zu versichern. Aber er macht uns nicht zu Königen, sondern zu Narren. Er spielt uns gegeneinander aus. Gemeinsam könnten wir Cäsar wie eine Laus zwischen den Fingern zerquetschen. Cäsars Legionen sind uns zahlenmäßig weit unterlegen, er kämpft auf fremdem Boden, er kennt unsere Schluchten und Wälder nicht, er ist ein Spieler und Hochstapler.«

»Aber seine Erfolge sprechen eine andere Sprache«, entgegnete ich vorsichtig.

»Er kämpft mit Kelten gegen Kelten. Er hat die Helvetier mit Glück besiegt. Jetzt kämpfen helvetische Reiter an seiner Seite. Er hat die germanischen Sueben mit Glück besiegt. Jetzt kämpfen germanische Reiter an seiner Seite.«

»Und häduerische Reiter. Und belgische Reiter…«

»Ohne Reiterei wäre Cäsar hier verloren. Die Kelten müssen sich zusammenschließen. Gemeinsam sind wir stark und unbesiegbar. Wir werden diesen hochnäsigen Wurm in seine Provinz zurücktreiben. Ich kenne seine Taktik und seine Listen, ich weiß, wie er denkt und rechnet.«

»Du hast recht, Vercingetorix, aber die Feindschaft unter den keltischen Stämmen ist älter als die Bekanntschaft mit Rom. Die Kelten wollen sich nicht vom römischen Joch befreien, sondern gemeinsam mit Rom ihre Nachbarn zu Klientenstaaten machen!«

»Das muß aufhören«, forderte Vercingetorix, »wir müssen von den Römern lernen und alle unsere Krieger unter einem Kommando vereinen.«

»Das ist unmöglich! Wer soll diese Streitmacht führen? Ein Häduer? Das werden die Arverner und Sequaner nicht wollen. Ein Sequaner? Das dulden die Häduer auf keinen Fall. Wenn du das vorschlägst, werden sich alle Kelten so lange die Köpfe einschlagen, bis nur noch einer übrigbleibt. Ein Feldherr ohne Heer.«

»Druide«, beschwor mich Vercingetorix, »du hast selber gesagt, daß das, was gestern war, morgen anders sein kann! Wir müssen Geiseln stellen und Tribute zahlen. Wir müssen den römischen Wolf Jahr für Jahr füttern. Wer weiß, ob nicht die Götter uns dieses Geschwür geschickt haben, damit wir uns endlich vereinen, zu einem einzigen Volk von Kelten!«

»Ich fürchte«, sagte ich langsam, die Rede von Vercingetorix sorgfältig abschätzend, »das Problem sind nicht die Krieger, sondern die Adligen. Ihnen geht es um die Macht, um ihre Klientenstämme, um ihre Steuer- und Zollhoheit. Wenn Cäsar ihnen diese Privilegien garantiert, gibt es für sie keinen Grund, gegen Cäsar vorzugehen. Schau doch mal Diviciatus an. Sein Bruder Dumnorix hatte alles an sich gerissen. Diviciatus war unbedeutender als ein Sandkorn in der Wüste. Mit Cäsars Hilfe, und nur mit Cäsars Hilfe, ist Diviciatus wieder groß und mächtig und vermögend geworden. Glaubst du wirklich, daß einer wie Diviciatus auf all das wieder verzichten würde? Wofür? Was kriegt er dafür?«

»Ein freies und stolzes Gallien«, flüsterte Vercingetorix wie zu sich selbst.

Ich weiß nicht, was ich von diesem Gespräch halten soll. War Vercingetorix enttäuscht von Cäsar, weil er immer noch nicht König der Arverner war? Ich wollte ihm nichts unterstellen. Vielleicht hatte er tatsächlich eine Vision. Die Vision von einem freien und stolzen Gallien. Die Vision einer großen keltischen Nation. Vielleicht. Vielleicht auch nicht.

»Was sagen denn die Arverner dazu?«

»Sie haben mich aus unserem Stammesgebiet vertrieben. Aber ich gelobe bei den Göttern, daß ich eines Tages mit meinen Getreuen zurückkehren werde! Ich werde meinen Onkel erschlagen und mich zum König der Arverner ausrufen lassen. Und dann, Druide, dann werde ich Gallien erobern, mit Worten oder mit Waffen, und ich werde es erobern, um Cäsar zu vernichten.«

Na ja, im Redenhalten sind wir sicher unschlagbar. Aber was war dagegen einzuwenden? Träumte nicht auch ich von meinem großen Handelshaus in Massilia? War der Grundstein eines jedes Erfolgs nicht eine Vision, ein Traum? War nicht auch Hannibals Alpenüberquerung ursprünglich nur eine Phantasterei gewesen? Und sagten nicht selbst unsere Druiden, daß man Visionen zuerst in den Träumen verwirklichen muß, bevor sie wahr werden können? Vercingetorix war ein junger, ungestümer und tatenfreudiger Mann. Ich denke, daß er dem jungen Divico, der seinerzeit die Römer unter dem Joch hindurchgeschickt hatte, nicht unähnlich war. Man spürte, daß er mehr leisten konnte als andere Menschen. Von ihm ging eine unwiderstehliche Kraft aus. Er hatte das magische Charisma, das die Götter nur jenen schenken, die sie auserwählen, ein Volk zu führen. Wenn er sprach, verstummten alle und hörten ihm zu. Wenn unsereiner das Wort erhebt, geht das Gerede munter weiter. Man wird nicht mal zur Kenntnis genommen.

Vercingetorix schien an jenem Tag irgendwie abwesend. Er trug das dicke, schwarze Haar viel länger als die adligen Arverner. Wie eine Mähne fiel es über seine Schultern. Die schwarzen Augen waren groß und finster, aber nicht kalt. Erbarmungslos, vielleicht, oder eher von einer gewissen Besessenheit. Seit ich ihn das letzte Mal gesehen hatte, war sein Gesicht noch hagerer geworden. Die Wangen waren stark eingefallen. Die schmale, lange Nase und das knochige, breite Kinn stachen noch stärker hervor. Als ich ihm so gegenübersaß, dachte ich, daß er das Unmögliche schaffen könnte. Ich hatte schon viele Kelten darüber reden gehört. Aber Stolz und Wille genügten nicht, um Cäsar zu besiegen. Man brauchte genaue Kenntnisse der römischen Kriegsführung, die Intelligenz, eine Strategie zu entwickeln, und die Weisheit, manchmal auch mit Geduld vorzugehen. Und den Glauben an die eigene Vision. Denn der größte Feind eines jeden Menschen sitzt in seinem eigenen Kopf. Es ist das ewige Zaudern des Mutlosen, der ewige Pessimismus der Verlierer und die Trägheit der Versager, deren Neid und Mißgunst die Erfolgreichen verfolgt.

»Vercingetorix! Die Römer durchwühlen unsere heiligen Moore und plündern unsere heiligen Gewässer. Sie rauben unsere Götter aus. Wenn irgend etwas uns Kelten zusammenschweißen kann, dann die Pflicht, diese Gotteslästerer zu bestrafen. Cäsars größter Feind sind nicht die Krieger. Es sind die Druiden! Nur unter den Druiden spielt die Stammeszugehörigkeit keine Rolle. Alle keltischen Druiden wählen einmal im Jahr im Wald der Carnuten ihr geistiges Oberhaupt. Wenn dieses Oberhaupt den heiligen Krieg gegen Rom befiehlt, werden alle Druiden diesen Befehl in ihre Stämme tragen und dafür sorgen, daß er ausgeführt wird. Vercingetorix, ich werde den Wald der Carnuten aufsuchen.«

Vercingetorix schaute mich verblüfft an. Es schien so, als würde er diesem Augenblick eine ganz besondere Bedeutung beimessen. Er ergriff meinen Arm, so wie es Cäsar immer getan hatte, wenn er um meine Komplizenschaft gebuhlt hatte, und sagte nachdenklich: »Nur die Druiden können den Stammesfürsten befehlen, zugunsten eines von allen Kelten anerkannten Heerführers auf ihre Herrschaft zu verzichten.«

Erregt packte mich Vercingetorix an beiden Schultern und schaute mich eindringlich an. »Sag mir, Druide, ist es zu schaffen?«

»Ja«, antwortete ich zutiefst überzeugt, »es ist zu schaffen, Vercingetorix. Aber das bedeutet nicht, daß es einer von uns schaffen wird. Es bedeutet nur, daß es einer unter uns schaffen könnte.«

»Wenn es zu schaffen ist, dann werde ich es schaffen«, sagte Vercingetorix und erhob sich. Mit leerem Blick schaute er den beiden Mannschaften zu, die den Kopf zwischen den beiden Jochen hin und her kickten. Ein Kelte gab Vercingetorix ein Zeichen. Vercingetorix nickte ihm zu. Darauf stiegen die Kelten, die ihn begleitet hatten, wieder auf ihre Pferde. Der Arverner reichte mir die Hand und führte mich zu meinen Begleitern zurück. Der verschneite Boden war heimtückisch, denn unter der weißen Pulverschicht waren oft vereiste Stellen, auf denen man schnell das Gleichgewicht verlor. Schmunzelnd bemerkte Vercingetorix, daß meine Begleiter heute Glück gehabt hatten, weil sie mittellos durch die Gegend ritten. Normalerweise würden seine Männer römische Händler wie Gänse ausnehmen.

Nachdem er mich zwischen Fufius Cita und Kretos wieder auf einem Baumstrunk abgesetzt hatte, ging er zu seinem Pferd zurück und sprang von hinten auf. Dann winkte er mir zu und ritt mit seinen Männern davon. Offenbar waren auf der anderen Seite des Waldes nicht ganz so mittellose Händler im Anmarsch.

Fufius Cita und Kretos schauten mich ungeduldig an. Als müsse ich ihnen unbedingt etwas erzählen. Ich grinste bloß und zeigte auf das Spielfeld, wo die beiden Mannschaften immer noch verbissen spielten. Sie hatten es aufgegeben, den abgeschlagenen Kopf mit den Füßen zu treten. Dafür war er viel zu schwer. Jetzt warfen sie sich den Kopf zu und versuchten bis vors gegnerische Joch zu stürmen.

»Das Spiel ist nicht übel«, bemerkte ich, »aber man sollte den Kopf durch etwas Leichteres ersetzen. Man könnte ein Stück Fell mit Moos oder Stroh füllen und dann so zusammennähen, daß das Ding einigermaßen rund ist.«

Fufius Cita winkte amüsiert ab. »Du warst noch nie in Rom, Druide. Jeder Junge spielt dort mit einer Pila. Sie haben große und kleine Stoffbälle oder aufgeblasene Schweinsblasen. Nein, nein, Druide, das Problem sind nicht die Bälle, das Problem sind die Spielregeln. Was uns fehlt, ist eine Art Pax Romana des Ballspiels. Und ein Spielleiter, der die Einhaltung der Spielregeln überwacht und bei Regelverstößen Strafen verhängt.«

Kretos winkte ab. »Ihr Römer kennt doch bloß das Würfelspiel. Mit euren Regeln macht ihr jedes Spiel kaputt«, stänkerte er und rieb sich wieder gequält seine geschwollene Backe.

»Und ihr Massilianer versteht überhaupt nichts vom Sport! Ich hab noch nie einen Massilianer auf einem Siegespodest in Rom gesehen! Dieses keltische Ballspiel ist nicht übel, aber man müßte, wie der Druide richtig sagt, den Kopf durch einen ledernen Ball ersetzen. Es sollte verboten sein, den Gegner mit Faustschlägen zu traktieren oder ihm die Hoden zu quetschen. Damit es auch für die Zuschauer spannend ist, müßten die beiden Parteien unterschiedliche Farben tragen wie die Wagenlenker in Rom.«

Ich nickte Fufius Cita anerkennend zu. Das war wieder diese typisch römische Eigenschaft, alles Fremde nach Brauchbarem abzutasten, um es dann neu und übersichtlich angeordnet als römische Erfindung in Rom einzuführen.

»Und irgendwie«, fügte ich hinzu, »sind auch zu viele Spieler auf dem Feld.«

»Nein, nein«, rief Fufius Cita. Er war begeistert, daß ich mir ebenfalls konstruktive Gedanken machte. »Es sind nicht zu viele Spieler auf dem Feld, sondern das Feld ist zu klein. Als Grundlage müßten wir eine römische Arena nehmen. Dann könnte jede Mannschaft aus zwanzig Spielern bestehen. Das würde funktionieren.«

»Aber das Joch ist doch viel zu klein!«

Cita überlegte einen Augenblick und sagte dann: »Du hast absolut recht, Druide. Wir brauchen ein ziemlich großes Joch. So groß wie das Tor eines römischen Winterlagers! Und damit der Ball nicht an der Wand der Arena abprallt, muß dieses Tor ein Fischernetz haben.«

»Dann ist doch jeder Schuß ein Tor!« protestierte ich.

»Richtig, Druide! Wir müssen die Spielregeln ändern. In jeder Mannschaft hat ein einziger das Recht, den Ball mit den Händen zu berühren. Alle anderen dürfen den Ball nur mit dem Fuß berühren.«

Fufius Cita war begeistert von unseren neuen Spielregeln. Weniger begeistert war hingegen Kretos, als ihm der abgeschlagene Spielkopf plötzlich zwischen die Beine klatschte. Er schrie angeekelt auf. Der Kopf stank gräßlich, und die Augen waren bereits aus den Augenhöhlen gefallen.

»Beinahe hätte ich es vergessen«, sagte ich beiläufig, »aber es ist gut möglich, daß sie bald einen Ersatz für ihren Ball brauchen. Man sollte sich verabschieden, solange man noch beliebt ist.«

Wie von der Tarantel gestochen sprangen alle auf, schnürten die Gurte an den Packtieren fest und bestiegen die Pferde. Es war unheimlich nett, wie Cita und Kretos den Kelten zulächelten. Sie liefen Gefahr, sich eine Zerrung der Gesichtsmuskulatur zu holen. Sie winkten artig, während sie ihre Pferde antrieben, um endlich von diesen arvernischen Wegelagerern wegzukommen.

Gegen Abend erreichten wir das römische Lager. Kretos hatte derart Angst vor dem Legionsarzt, daß er keinerlei Schmerzen mehr verspürte. Doch kaum hatte er sich entschieden, keinen Zahnarzt aufzusuchen, kamen die Schmerzen zurück, und Kretos betrat mit gesenktem Haupt das Zelt des Medicus Antonius.

Am nächsten Morgen stellte Krixos unsere Bernsteinkisten vor das Zelt. Kretos ließ nicht lange auf sich warten. Er war übel gelaunt und verkatert, denn der Medicus hatte ihm unverdünnten Wein gegeben, bevor er ihm den Zahn gezogen hatte. Ich sagte Kretos, wieviel die Kisten Bernstein wert waren. Es war ungefähr soviel, wie ich dafür bezahlt hatte.

»Und wo ist der Verrückte, der einen derartigen Preis verlangt?«

»Er ist heute früh weitergeritten«, log ich.

»Aha, und die Ware hat er dir einfach so überlassen?« spottete Kretos und zwinkerte mit dem linken Auge.

»Nein«, sagte ich, »ich habe das für dich ausgelegt …« Im selben Augenblick war mir bewußt, daß ich einen groben Fehler begangen hatte. Ich hätte Kretos genausogut erzählen können, daß ich die Ware bei den Belgern gekauft hatte.

»Und womit hast du bezahlt?« lachte Kretos und fügte gleich hinzu: »Paß auf, Korisios, du zappelst schon wie ein Fisch im Netz. Wenn du es wirklich mit deinem Geld bezahlt hast, dann nehme ich an, daß du von mir jetzt das Doppelte willst. Aber mit mir kannst du keine Geschäfte machen, Korisios. Du bist mein Angestellter. Ausschließlich meiner. Es ist dir somit gemäß Vertrag ausdrücklich verboten, für andere Leute Geschäfte zu tätigen. Du hast nicht mal das Recht, für dich selbst Geschäfte zu tätigen.«

Es war mir, als hätte man mich plattgedrückt wie eine prallgefüllte Zecke. Kretos sah meine Verwirrung. Jetzt fühlte er sich richtig gut.

»Also, Korisios, wo ist dein Händler?«

»Na ja«, entgegnete ich mürrisch, »Cäsar hat mich nach Beendigung des zweiten Kriegssommers reichlich für meine Dienste belohnt. Mit diesem Geld hab ich bei einem Händler aus dem Osten die Kisten gekauft. Ich dachte, wenn wir Richtung Süden ziehen ...«

Kretos winkte ab. »Aber die Legionen waren schneller. Die versauen uns das ganze Geschäft. Also, Korisios, du hättest nie im Leben bei einem Händler aus dem Osten kaufen sollen. Du hast ihm zuviel bezahlt. Die Hälfte wäre genug gewesen. Und von mir hast du das Vierfache verlangt. Zweitens: Es ist dir wie gesagt verboten, auf eigene Rechnung Geschäfte zu machen. Also hast du diesen Bernstein für mich gekauft. Aber du hast zuviel bezahlt. Ich werde dir deshalb nur die Hälfte von dem geben, was du tatsächlich bezahlt hast.«

Krixos und Wanda waren stocksauer. Sogar Lucia knurrte. Bei Merkur, wie hatte sich dieser massilianische Halsabschneider doch verändert!

»Sag jetzt nichts, Korisios, sei froh, daß ich dich nicht wegen Vertragsbruch verklage. Stell dir vor, man würde dir eine Geldstrafe auferlegen. Du müßtest dich in die Sklaverei verkaufen, um die Buße zu bezahlen. Also gib mir diesen Bernstein und sei zufrieden, daß du nur die Hälfte davon verloren hast.«

Ich schwieg. Ich war sprachlos. Und in juristischen Angelegenheiten nicht sehr bewandert. Aber das bißchen, das ich von Trebatius Testa wußte, sprach eher für Kretos' Behauptungen als für mich. Kretos sagte, er würde sich jetzt Geld leihen, Sklaven und Packtiere kaufen und mir dann den Bernstein abnehmen. Und zwar für die Hälfte des Preises, den ich dafür bezahlt hatte.

»Sei ruhig wütend auf mich«, lachte Kretos, »dann lernst du wenigstens etwas! Du wirst eines Tages ein guter Händler werden, Korisios, aber du mußt noch viel lernen. Ich hoffe, du wirst nie mehr in deinem Leben Bernstein kaufen, denn das ist wohl das Allerdümmste. Hast du eigentlich noch nie von der Bernsteinstraße gehört? Dagegen kannst du nicht anstinken.«

Worte, nichts als dumme Worte. Ich war unglaublich wütend.

»Ich hoffe, der Bernstein bringt dir Glück, Kretos«, sagte ich ernst. Kretos war einen Augenblick verwirrt.

»Wie meinst du das?«

»Erinnerst du dich an Onkel Celtillus?«

»Natürlich«, sagte Kretos. Er war verunsichert.

»Was meinst du, was Onkel Celtillus zu unserem Geschäft sagen würde?«

»Na ja«, sagte Kretos zögernd, »er würde sich freuen, daß ich mich um dich kümmere.«

»Ja«, murmelte ich und versuchte meiner Stimme etwas Zweideutiges zu geben, »er würde sich freuen und dafür sorgen, daß dir dieser Bernstein viel Glück bringt.«

»Ihr verfluchten Kelten mit euren zweideutigen Sprüchen, die alles und doch nichts bedeuten! Was soll dieser Unfug? Willst du mich einschüchtern? Für mich bist du kein Druide, Korisios! Sei froh, daß sich jemand um dich kümmert! Für mich bist du ein Träumer! Nichts als ein

Träumer. Und die Kräuter in deiner Tasche machen noch lange keinen Druiden aus dir!«

»Du hast mich beleidigt, Kretos! Du sollst an mich denken, wenn das nächste Mal der Schmerz in deinen Zähnen pocht!«

Wütend stampfte ich davon und schrie: »Wanda, bring mir den Vertrag, den ich mit dieser Kröte gemacht habe, in das Zelt des Trebatius Testa! Und du, Krixos, bleibst auf diesen Bernsteinkisten sitzen, bis ich zurück bin.«

Wenig später saß ich mit Wanda bei Trebatius Testa und bat ihn um Rat. Nachdem er den Vertrag gelesen hatte, ließ er nach Kretos rufen. Er wurde von zwei Offizieren ins Zelt gebracht. Er war ziemlich durcheinander. Er hatte es wohl nicht für möglich gehalten, daß ich römische Hilfe in Anspruch nehmen würde.

»Kretos«, begann der junge Trebatius Testa, während er sich lässig mit einer Hornnadel die Fingernägel reinigte, »gemäß Vertrag ist Korisios dein Angestellter, und gemäß diesem Vertrag darf er nur für dich arbeiten.«

»Das ist richtig«, frohlockte Kretos und wähnte den Sieg bereits nahe.

»Nun gut, Kretos. Korisios hat Bernstein gekauft. Das ist ihm gemäß Vertrag nicht verboten...«

»Er darf keinen Handel auf eigene Kosten treiben...«, protestierte Kretos.

»Der Akt eines Handels ist erst dann abgeschlossen, wenn die gekaufte Ware wieder verkauft worden ist. Korisios hat aber den Bernstein noch nicht verkauft. Somit hat er auch noch keinen Handel getrieben. Noch sind die Kisten sein persönliches Eigentum.«

Kretos war stinksauer. Dann winkte er ab. »Was soll's, er hat mir die Kisten bereits verkauft.«

»Nein, Kretos, der Handel ist ungültig, weil er auf Unwahrheiten basiert. Du hast Korisios erzählt, daß er verpflichtet sei, dir die Ware abzutreten. Das ist unwahr. Somit hast du, Kretos, versucht, mit einer Unwahrheit eine Leistung zu erschleichen. Somit hast du, Kretos, dich des Betrugs schuldig gemacht. Im übrigen entnehme ich diesem Vertrag, daß du für das Faß Wein, welches du damals in Genava Korisios überlassen hast, einen Wucherpreis verlangt hast!«

»Das ist mein gutes Recht!«

»Wenn du den Wein verkaufst, ja, aber nicht, wenn du für eine verlorene Ware einen Gegenwert einsetzen mußt. Das ist ein Unterschied!«

»Was soll diese Haarspalterei? Korisios war damit einverstanden! Wo kein Kläger ist, ist auch kein Richter.«

Trebatius Testa sprang hoch und zeigte mit dem Finger auf mich. »Hier ist der Kläger, und du bist der Angeklagte, und ich, Trebatius Testa, bin dein Richter.«

Wütend stürzte sich Kretos auf Trebatius Testa und packte ihn an der Gurgel. »Du kleiner, eingebildeter Rattenarsch ...« Doch fast im selben Augenblick stießen ihm die Wachen den Holzschaft ihrer Pila in die Rippen. Kretos ging brüllend zu Boden und blieb jammernd liegen. Die Wachen schleppten ihn hinaus.

»Kerkert ihn ein. Der Lagerpräfekt soll über ihn entscheiden.«

Das war mir überhaupt nicht recht. Das hatte ich nicht gewollt. Als hätte Trebatius Testa meine Gedanken geahnt, sagte er: »Mach dir nichts daraus, Druide. Wenn er gekonnt hätte, hätte er dich zur Schnecke gemacht.«

Am nächsten Tag wurde Kretos in Anwesenheit einiger Offiziere vom Lagerpräfekten Rusticanus verurteilt. Mein Vertrag mit Kretos wurde für null und nichtig erklärt. Der Lagerpräfekt legte eine Summe fest, die ich Kretos für den bei Genava verlorenen Wein zu entrichten hatte. Aulus Hirtius schoß mir das Geld vor. Das Urteil wurde schriftlich festgehalten. Kopien davon gingen nach Rom, Massilia und Genava. Ich genoß den Schutz der römischen Gesetze, den Schutz der römischen Republik.

Ich stand oben auf dem Westdamm und lehnte gegen die hölzerne Palisade, als Kretos' Silhouette am Horizont allmählich verschwand. Auf einem müden Esel hatte er das Lager verlassen. Jetzt verlor er sich wie ein Strich in der weißen Landschaft. Ich war erleichtert, obwohl ich wußte, daß ich nun einen erbitterten Feind hatte. Aber war es nicht unwahrscheinlich, daß sich unsere Wege jemals wieder kreuzten? Und wenn doch... Mit Rom an meiner Seite brauchte ich einen wie Kretos bestimmt nicht zu fürchten. Ich war beeindruckt von dem Beistand, den mir die Römer gewährt hatten. Es war nicht ein Kelte gewesen, der mich aus dem Sumpf gezogen hatte, kein Vercingetorix, kein Dumnorix, nein, es waren Cäsars Juristen, Cäsars Präfekten und Cäsars Offiziere.

Obwohl ich gestern noch mit dem Gedanken gespielt hatte, die Jahresversammlung der gallischen Druiden in den Carnutenwäldern zu besuchen, um die Sache der Kelten voranzutreiben, sah ich heute keine Veranlassung mehr dazu. Was kümmerte mich die Sache der keltischen Stämme, wenn nur die eigennützigen Interessen der Adligen zählten? Ich hatte keine Lust, für einen keltischen Adligen zu kämpfen. Hatte sich jemals einer um mich bemüht? Hatte jemals ein keltischer Adliger versucht, mich zum Druiden zu machen? Santonix, vielleicht. Aber ein keltischer Adliger liebt nur sich selbst. In dieser Hinsicht unterscheidet er sich kaum von einem römischer Patrizier oder Ritter. Daß ich meine Druidenausbildung nicht fortgesetzt hatte, lag natürlich nicht allein am Widerstand des keltischen Adels. Ich will fair sein. Möglicherweise liebte ich den Wein doch zu sehr. Und Wanda zog ich den heiligen Versen allemal vor. Sie leistete mir auch Gesellschaft, als ich meinen inneren Zwiespalt und Ärger mit einem verdünnten Roten aus Campanien zuschüttete. Krixos hörte andächtig zu. Er schien aus jedem Wort etwas lernen zu wollen.

»Ja«, seufzte ich, »was wäre aus mir geworden in der keltischen Gemeinschaft? Soll ich ihr ewig dankbar sein, daß sie mich bei meiner Geburt nicht ersäuft hat? Das war nicht Nächstenliebe. Die hatten bloß Angst, die Wohnung eines Gottes unter Wasser zu setzen. Rom hat mir die Augen geöffnet. Rom! Rom hat mir die Tore zum Universum des Wissens geöffnet. Rom! Nicht unsere Druiden. Hier, in diesem Lager, bin ich Cäsars Druide! Hier genieße ich Ansehen und Respekt.«

Ich sah, daß Wanda und Krixos besorgte Blicke austauschten.

»Was ist denn mit euch los?« schrie ich Krixos an.

»Herr, ich glaube, es ist jetzt genug«, flüsterte Krixos.

Ja, mir schien, daß alle meine Freunde in diesem römischen Lager waren. Wanda, Lucia, Krixos und all die Römer. Römer. Ich war darüber erfreut. Und traurig zugleich. Denn tief in meinem Herzen war ich immer noch – ein raurikischer Kelte. Aber in jener Nacht trat ich in die Welt der Römer über. Von den Kelten hatte ich die Nase gestrichen voll.

Am nächsten Tag unterschrieb ich einen Vertrag, der mich verpflichtete, bis zum Abschluß von Cäsars Prokonsulat in Gallien in seinen Diensten zu bleiben. Ich hatte mich endgültig für Rom entschieden. Wie Tausende von Galliern auch.

Der Winter verlief ruhig. Für uns jedenfalls. Denn in Gallien gibt es keine ruhigen Winter. In den befriedeten Gebieten lebten rund 200 keltische Stämme. Und acht Legionen sind im Winter machtlos dagegen. Die Römer hatten Mühe zu verstehen, wieso ein Volk, das sich Rom unterworfen hatte, plötzlich wieder aufständisch wird. Das mag daran liegen, daß wir die Freiheit über alle Maßen lieben und die Knechtschaft hassen. Um einen Krieg auszulösen, genügt es, daß ein angesehener Kelte während eines gemeinsames Besäufnisses öffentlich darüber jammert, daß der Gedanke, daß seine eigenen Söhne römische Geiseln sind, ihm den Verstand raubt. Dann können sie plötzlich losheulen, als wollten sie mit ihren Tränen das ganze Land bewässern. Und dann folgt der Zorn, der Griff nach den Waffen und der sofortige Aufbruch. Sofern sie noch laufen können. Und so beginnen in Gallien zahlreiche Kriege. Wir ändern unsere Meinungen wie die Götter das Wetter im Frühling. Während Cäsar den Aufstand der Veneter, die den Seehandel nach Britannien kontrollierten, niederschlug, zog ich mit Fufius Cita ins Oppidum der Carnuten, nach Cenabum. Dort hatte Fufius Cita ein zentrales Handelsbüro eingerichtet, das den Getreideeinkauf in Gallien regeln sollte. Fufius Cita belieferte nur noch Cäsars Armeen. Obwohl es juristisch nach wie vor ein privates Unternehmen war, gehörte es längst zum Versorgungsstab von Cäsars Heer. Somit war es naheliegend, daß mich Cäsars Schreibkanzlei anwies, vorübergehend in Fufius Citas Büro einen festen Außenposten für die Korrespondenz einzurichten. Denn Cenabum befand sich außerhalb der festgelegten Kriegsgebiete.

Ich sollte mich später wieder Cäsar oder Labienus anschließen. Somit erreichten mich alle weiteren Nachrichten von den Kriegsschauplätzen stets mit großer Verspätung. Cäsar schlug die Aufstände nieder, und nach diesem dritten Kriegssommer schien er Gallien fest im Griff zu haben. Den Winter verbrachte er wieder in seinen anderen beiden Provinzen, in Illyrien und Norditalien.

Ich blieb im Oppidum der Carnuten zurück und versuchte die kalten Monate in meiner römischen Schreibstube zu überleben. Dabei kämpfte ich mit meiner Rohrfeder gegen immer größere Berge von Papyrusrollen. Römische Stafettenreiter kamen und gingen, ihre Satteltaschen waren prall gefüllt mit Nachrichten aus Rom und den anderen Teilen Galliens. Cornelius Balbus führte nun in Rom Cäsars Geheimdienst. Was nützte es, Gallien zu erobern, wenn man dabei Rom verlor? Einer der Nützlichsten war der Speichellecker Cicero. Cäsar nahm jeden jungen Juristen in seinem Militärstab auf, den Cicero ihm empfahl. Cäsar, bei Kriegsbeginn einer der höchstverschuldeten Männer Roms, war dank des keltischen Raubgoldes mittlerweile Milliardär geworden und gewährte selbst dem ohnehin sehr vermögenden Cicero gigantische Darlehen. Cicero war seit seiner Rückkehr aus der Verbannung nicht mehr der gleiche. Der einstige Republikaner verteidigte nun in Rom die Interessen des Gesetzlosen Gaius Julius Cäsar. Vielleicht dachte er, über ihn größeren Einfluß zu gewinnen, weil er in der Vergangenheit trotz anfänglicher großer Verdienste von der Senatsnobilität stets übergangen worden war. Er war und blieb ein »homo novus«, ein Neuer, der nicht dazugehörte. Er konnte in der Erde wühlen, wo er wollte, er würde nie einen richtigen Ahnen ausbuddeln, der mit den einstigen Königen Roms in Zusammenhang gebracht werden konnte. War Cicero nicht gerade mit Cäsars Anliegen oder mit der Verwaltung eines seiner zahlreichen prächtigen Anwesen beschäftigt, kroch er den großen zeitgenössischen Historikern in den Hintern und flehte sie an, ihm nicht nur einen angemessenen Platz in der römischen Geschichtsschreibung einzuräumen, sondern seine Rolle etwas vorteilhafter zu schildern, als sie es in dieser unruhigen Zeit gewesen war. Da überall Spione und Spitzel lauerten, um jeden Fehltritt des politischen Gegners sofort öffentlich zu machen, war selbst ein vertrauliches Schreiben fast so geheim wie die Spiele in Rom … Die ganze römische Welt lachte über Ciceros Bettelbriefe. Abschriften davon trafen sogar im fernen Gallien ein. Über die Abschrift eines solchen Schreibens an den Historiker Lucceius lachten wir Tränen:

»Oft genug habe ich Anstalten gemacht, dir mündlich vorzutragen, was ich zu sagen habe, aber ich genierte mich, was freilich dem Weltmann übel zu Gesicht steht. Jetzt will ich es aus der Ferne dreist aussprechen, denn der Brief wird ja nicht rot.«

So wie Cicero sich gerne reden hörte, schrieb er auch gerne überlange Briefe. Es dauerte ein paar Rollen, bis er endlich zur Sache kam und seine Bitte an den Historiker Lucceius vortrug:

»Stelle meine Verdienste sogar etwas wärmer dar, als es vielleicht deiner Überzeugung entspricht, und laß in diesem Punkte die Gesetze der Historiographie ein wenig schlafen. Du hast in einer Vorrede so hübsch gesagt, die Freundschaft könne dich von der rechten Bahn sowenig abbringen wie den Hercules bei Xenophon die Wollust. Lege ich dir nun die Freundschaft meiner Person recht warm ans Herz, so weise sie nicht von dir und räume meiner Liebe sogar ein klein wenig mehr ein, als die Wahrheit gestattet.«

Na ja, nachdem der vermögende Cicero sich bei Cäsar enorme Summen geliehen hatte, dürfte es ihm nicht schwergefallen sein, seinem Anliegen Nachdruck zu verleihen. Es ist nämlich nicht nur so, daß der Sieger die Geschichte schreibt. Es schreibt in Rom auch der die Geschichte, der dafür am meisten bezahlen kann. Somit würde es mich nicht wundern, wenn Cicero in zweitausend Jahren als der Inbegriff des rhetorisch genialen Redners und weisen Politikers dastehen würde. Dabei ist und war Cicero eine jämmerliche Figur, ein erbärmlicher, feiger Wurm ohne Charakter und menschliche Größe.

Im Frühjahr des Jahres 699 erhielt ich Order, mich wieder Cäsars Legionen anzuschließen. Sie waren unterwegs nach Norden. Zwei germanische Völker, die Usipeter und die Tencterer, hatten den Rhenus überquert und waren in Cäsars Gallien eingedrungen.

Als die endlose römische Marschkolonne am Oppidum der Carnuten vorbeizog, schlossen wir uns dem Heer an. Wanda, Lucia, Krixos und ich. Wir schlugen das Marschlager in der Nähe des Oppidums auf. Hier hatte Fufius Cita bereits ein beachtliches Proviantlager errichten lassen. Ich war noch keine Stunde im Lager, als Cäsar mich rufen ließ. Er umarmte mich wie einen Sohn. Dann ließ er Wasser, Brot und Nüsse bringen. Er hatte sich verändert. Er war noch hagerer und zäher geworden. Er wirkte ernster und ruhiger. Fast still.

»Ich habe mit Freude erfahren, daß du dich für mich entschieden und einen Legionsvertrag unterzeichnet hast. Du wirst es nicht bereuen, Druide. Wer sich für die Julier entscheidet, entscheidet sich für die Gunst der Götter.«

Das Gespräch dauerte nicht lange, denn Cäsar war wie besessen von der Idee, sein gallisches Reich so schnell wie möglich zu ordnen und zu festigen. Selbst die pünktliche Bezahlung der Tribute überwachte er persönlich. Jeder im Lager rätselte, woher Cäsar die Kraft, diesen unerbittlichen Willen hatte. Er gönnte sich nur noch wenige Stunden Schlaf. Auf dem Marsch Richtung Norden ins Land der Eburonen marschierte er mit seinen Soldaten und teilte ihre karge Nahrung. Keine körperliche Strapaze war ihm zuviel. Die Mahnungen seiner Offiziere, mehr Rücksicht auf seine eher fragile Gesundheit zu nehmen, ignorierte er. Mit der Zeit machten sich selbst seine Legionäre Sorgen um ihn. Cäsar hatte weder den Körper noch das Training, um diese beschwerlichen Märsche durchzuhalten. Aber er hielt durch. Zu seinen Legionären entwickelte er auf dem Marsch ein beinahe kameradschaftliches Verhältnis. Sie vergötterten ihn. Er war einer von ihnen. Und doch war er der große Julier, der von den Göttern abstammte. Ein Mensch, der zu ihnen heruntergestiegen war, um sie von Sieg zu Sieg zu führen. Cäsar war ein anderer geworden. Er hatte Gallien unterworfen, aber Gallien hatte ihn verändert.

Als unsere Legionen nur noch einige Tagesmärsche von den beiden germanischen Stämmen entfernt waren, sandten sie Gesandte zu Cäsar. Ich hielt das Gespräch noch am selben Tage fest:

»Als er von dort nur noch wenige Tagesmärsche entfernt

war, kamen Gesandte von ihnen, welche folgende Erklärung abgaben: Die Germanen wollten keineswegs den Krieg gegen das römische Volk beginnen; würden sie aber angegriffen, so seien sie zum Kampf bereit. Denn die Germanen hätten von ihren Vorfahren die Sitte übernommen, jedem, der sie mit Krieg überzöge, Widerstand zu leisten, aber niemals zu Bitten Zuflucht zu nehmen. Nur soviel wollten sie erklären, sie seien gegen ihren Willen gekommen, da man sie aus ihrer Heimat vertrieben habe; wollten die Römer in gütlichem Einvernehmen mit ihnen stehen, so könnten sie denselben nützliche Freunde werden. Sie möchten ihnen in diesem Falle Ländereien anweisen oder sie im Besitz derjenigen lassen, die sie durch Waffengewalt erobert hätten. Sie stünden nur den Sueben nach, denen nicht einmal die unsterblichen Götter gewachsen seien. Sonst gäbe es auf Erden niemanden, den sie nicht überwinden könnten.«

Cäsar antwortete kühl, daß von Freundschaft zwischen ihm und ihnen keine Rede sein könne, solange sie in Gallien blieben. Er sprach nicht mehr von Rom. Er sprach von sich. Cäsar sagte, sie könnten nicht einfach fremdes Gebiet beanspruchen, weil sie ihr eigenes Gebiet nicht hatten verteidigen können. Im übrigen gebe es im übervölkerten Gallien längst kein Land mehr, das man irgend jemandem zuweisen könne, ohne die Rechte eines andern zu verletzen. Cäsar stellte ihnen jedoch in Aussicht, sich im Gebiet der Ubier, die auf der gegenüberliegenden Rheinseite lebten, ansiedeln zu dürfen. Da zur Zeit Adlige der Ubier im Lager waren, sollte in den nächsten Tagen darüber verhandelt werden. Die Bitte um einen Waffenstillstand lehnte Cäsar jedoch ab.

»Wieso gewährst du ihnen keinen Waffenstillstand?« fragte Labienus, als die Gesandten gegangen und sich der Kriegsrat zusammengesetzt hatte.

»Sie wollen nicht Frieden, sondern Aufschub. Der größte Teil ihrer Reiterei ist zum Plündern ausgeritten. Sie werden in drei Tagen zurückerwartet. Deshalb wollen die Usipeter einen Waffenstillstand. Sie wollen Zeit gewinnen.«

Vermutlich dachten wir alle an die Tage in Genava, als Cäsar die Helvetier auf später vertröstet hatte, um Truppen heranführen zu können.

»Wieso führen wir nicht Krieg gegen die Sueben? Es sind immer wieder die Sueben, die diese Völkerwanderungen auslösen«, sagte Crassus, der dank seiner Erfolge auf dem Schlachtfeld mittlerweile großes Ansehen genoß.

»Der Rhenus soll die natürliche Grenze sein, die im Osten das römische Reich von der barbarischen Wildnis trennt. Wenn ich den Rhenus überschreite«, sagte Cäsar und schaute mich dabei schmunzelnd an, »dann muß ich, wie ein keltischer Druide mir einst prophezeite, bis ans Ende der Welt. Bis Rom an Rom grenzt.«

»Was hast du vor, Cäsar?« hakte Labienus nach. »Willst du die Usipeter tatsächlich im Gebiet der Ubier ansiedeln? Sie werden früher oder später wieder über den Rhenus kommen und gallische Stämme in Aufruhr versetzen.«

»Laßt uns weitermarschieren und die Berichte der Kundschafter abwarten«, antwortete Cäsar, und dieses geheimnisvolle Lächeln, das mir bereits bei seinem Einmarsch in Genava aufgefallen war, huschte über seine Lippen.

Wanda schlief nicht. Sie hatte die letzten Tage kaum gegessen. Irgend etwas bewegte sie. Sie hatte sich auch geweigert, mich zum Treffen mit den Usipetern und Tencterern zu begleiten. Sie klagte über Übelkeit und Kopfschmerzen. Doch den Sud, den ich ihr braute, schüttete sie heimlich aus.

»Was quält dich, Wanda?« fragte ich in die Dunkelheit. Wanda stellte sich schlafend. Sie hatte mir den Rücken zugewandt.

»Ich weiß, daß du nicht schläfst. Dein Herz rast.«

Ich schmiegte mich an sie, umfaßte ihre Taille und legte die Hand auf ihren Bauch.

»Die Sueben scheinen sehr gefürchtet zu sein«, versuchte ich eine Konversation.

»Die Sueben!« ereiferte sich Wanda. »Sie sind weder mutig noch tapfer, sie sind bloß zahlreich.«

Ich war erstaunt, daß Wanda überhaupt reagiert hatte.

»Jedes Jahr schicken sie Abertausende in den Krieg, einfach so, zum Plündern. Sie haben zu viele Leute. Und wenn sie nach einem Jahr zurückkehren, stapeln sie die Beute, bis Händler sie ihnen abkaufen. Das ist das einzige, was die Sueben verkaufen: Beutegut. Und im nächsten Jahr gehen all jene in den Krieg, die zuvor die Felder bewirtschaftet haben.«

»Haben dich damals Sueben geraubt und versklavt?« fragte ich leise.

Wanda schwieg.

Ich löste mich von ihr und drehte mich auf die andere Seite. Ich dachte an unseren raurikischen Hof und an die Nacht, in der die Sueben uns überfallen hatten. Wanda war bei mir geblieben. Ich hatte mir darauf eine Menge eingebildet. Aber wenn sie die Sueben derart haßte, hatte sie wohl keinen Grund gehabt, zu ihnen überzulaufen. Es waren nutzlose Gedanken. Ich liebte Wanda, und sie liebte mich. Was spielte es da noch für eine Rolle, ob sie damals freiwillig, aus Pflichtgefühl oder mangels anderer Möglichkeiten bei mir geblieben war.

Cäsars Reiterei war mittlerweile auf fünftausend Mann angewachsen. Laut Auskunft unserer Kundschafter hatten die Ubier kaum achthundert Reiter zur Verfügung, weil der Großteil unterwegs war, um Essen zu besorgen. Sie wurden erst in drei Tagen zurückerwartet. Da Cäsar unverdrossen weitermarschierte, war es unvermeidlich, daß seine berittene Vorhut früher oder später auf germanische Reiter traf. Und da sowohl die germanischen Usipeter und Tencterer wie auch die Gallier in römischen Diensten ähnliche Vorstellungen von Ruhm und Ehre haben, entwickelte sich das kleine Scharmützel schnell in ein regelrechtes Gefecht. Einige Germanen legten dabei eine eigentümliche Taktik an den Tag. Sie sprangen plötzlich von ihren kleinen, häßlichen Tieren und rammten ihre Speere in den Unterleib der gallischen Pferde. Die Gallier purzelten aus dem Sattel und wurden niedergehauen. In Panik floh die gallische Übermacht in Cäsars Lager zurück. Zahlreich waren die Toten. Aber noch schlimmer als die Verluste war der Schrecken, den diese Nachricht im Lager auslöste.

Am nächsten Morgen erschienen alle Fürsten und Ältesten der Usipeter und Tencterer in Cäsars Lager. Cäsar war wütend. Dennoch empfing er sie sofort in seinem Zelt.

»Wieso habt ihr gestern meine Reiterei angegriffen?« fragte er ohne Umschweife. Ich kannte Cäsar mittlerweile gut genug, um zu wissen, daß er sie zum Sündenbock stempeln wollte, um das, was er vorhatte, später als Vergeltungsschlag bezeichnen zu können. Die germanischen Adligen schauten sich verwirrt an und murmelten ein paar Worte. Offenbar verstanden sie Cäsars Vorwurf nicht. Einer von ihnen ergriff das Wort.

»Ist es bei den Römern nicht üblich, daß sich junge Männer im Kampfe messen?«

»Ihr habt den Waffenstillstand gebrochen!« sagte Cäsar in scharfem Tonfall.

»Wie können wir einen Waffenstillstand gebrochen haben, den du uns nicht zugestanden hast? Wir haben beim ersten Treffen darum gebeten, aber du hast ihn abgelehnt. Somit besteht zwischen uns kein Waffenstillstand. Also können wir auch keinen gebrochen haben«, lächelte der Usipeter und fuhr gleich fort: »Wären wir denn heute hier, in deinem Zelt, wenn wir uns irgendeines Unrechts bewußt wären?«

»Nehmt diese Männer fest!« schrie Cäsar und verließ zornig das Zelt, während Dutzende von Prätorianern die

Gäste umzingelten. Ich sah das Erstaunen auf den Gesichtern der römischen Offiziere. Einige, wie der junge Crassus, drückten unverhohlene Mißbilligung aus. Schließlich hatte Cäsar soeben geltendes Recht mit Füßen getreten. Hatte nicht Cäsar selbst die Küstenvölker abgeschlachtet, weil sie eine römische Delegation festgesetzt hatten? Der Widerspruch störte Cäsar nicht im geringsten. Wieso sollte sich ein Gott an die Gesetze der Menschen halten?

Während sich die germanischen Fürsten und Ältesten widerstandslos abführen ließen, erschallten im ganzen Lager die Trompetensignale. Leichtbewaffnete Bogenschützen und Schleuderer eilten auf die Porta Praetoria und stellten sich in Marschaufstellung auf. Auf der Via Quintana sammelten sich die Legionäre unter ihren Feldzeichen, während die Sklaven eilig die Pferde sattelten.

Im Lager herrschte einige Verwirrung. Manche glaubten, ein germanischer Angriff stünde unmittelbar bevor und Cäsar versuche einen Ausfall. Doch Cäsar wollte die Gunst der Stunde nutzen.

In einem kurzen Eilmarsch erreichte er das führerlose Lager der Usipeter und Tencterer. Sie waren auf einen Angriff in keiner Weise vorbereitet. Schließlich weilten alle ihre Anführer zur Beratung in Cäsars Lager. Entsprechend groß war die Überraschung und Verwirrung, als die römischen Legionäre plötzlich ihr Lager stürmten und alles niedermachten, was sich bewegte. Die Frauen, Kinder und Alten ergriffen sofort die Flucht. Die Centurionen brüllten, daß keine Gefangenen gemacht werden sollten. Die Germanen sollten nicht besiegt und vertrieben werden, nein, die Germanen sollten ausgerottet werden.

Von allen Seiten wurde das Lager bestürmt. Kein Usipeter und kein Tencterer hatte auch nur den Hauch einer Chance. Alle wurden niedergemetzelt und abgeschlachtet. In heilloser Verwirrung rannten sie zwischen den Legionären herum, bis ihnen ein Hieb den Kopf spaltete oder ein Pilum den Brustkorb durchbohrte. Im Lager überlebte kein einziger Germane diesen Alptraum. Einigen war die Flucht gelungen, vor allem Frauen und Kindern, aber auch sie sollten nicht verschont bleiben. Die Centurionen gaben Befehl, den Fliehenden nachzusetzen und sie niederzumachen. Es war eine grausame Abschlachterei. Das war Völkermord! Mit gezielter Brutalität wurden dreihunderttausend Germanen ermordet.

Ich denke, das muß sein Plan gewesen sein, als er Labienus' Frage, wie er das Problem der immer wieder über den Rhenus kommenden Germanen zu lösen gedenke, mit einem Lächeln beantwortete.

Die Stimmung unter den Legionären war eher zwiespältig. Die einen freuten sich, daß die Schlacht gegen die gefürchteten Germanen vorbei war, daß man so leicht und beinahe ohne eigene Verluste gesiegt hatte, die anderen schämten sich ob dieser niederträchtigen Tat und sprachen von Völkermord. Ich war schockiert und sprachlos.

Als Wanda von dieser gnadenlosen Abschlachterei erfuhr, verlor sie das Bewußtsein. Ich wachte die ganze Nacht bei ihr und flößte ihr heißes Kräuterwasser ein, damit sie wieder zu Kräften käme. Ich glaube, sie war einfach erschöpft. Ihr Geist war erschöpft. Ich bat sie, mit mir zu sprechen, doch sie antwortete nicht.

Als Cäsar mich rief, um diesen unseligen vierten Rechenschaftsbericht fortzusetzen, befahl ich Krixos, nicht von Wandas Seite zu weichen. Auch in Cäsars Schreibkanzlei war die Stimmung zwiespältig und gedämpft. Niemand erhob Einspruch, als Cäsar die Zahl der ermordeten Germanen mit vierhundertdreißigtausend angab und die Zahl der eigenen Gefallenen mit Null. Mir war es egal. Sollten die in Rom und später die Nachwelt durch solche Zahlen doch allgemein an Cäsars Glaubwürdigkeit zu zweifeln beginnen.

Cäsar mußte natürlich die Zahl der Opfer übertreiben, um Rom verständlich zu machen, daß das Überleben des römischen Imperiums auf dem Spiel gestanden hatte. Aber wie erklärte man die willkürliche Festsetzung von Gesandten, die Mißachtung des von Rom selbst so hoch geachteten Völkerrechts?

Cäsar kümmerte sich nicht darum. Er war von seinem Gallien besessen. Und er war Römer. Als Römer, der Anspruch auf die Weltherrschaft hatte, oder zu haben glaubte, war es für ihn selbstverständlich, mehr Rechte als andere Menschen zu haben. Und für einen Julier, der von den unsterblichen Göttern abstammte und von ihnen begünstigt wurde, war es ohnehin klar, daß er die Spielregeln selbst bestimmte. Somit war es für Cäsar kein Widerspruch, Völker mit der Ausrottung zu bestrafen, weil sie das Gesandten- und Völkerrecht mißachtet hatten, und gleichzeitig selbst das Gesandten- und Völkerrecht mit Füßen zu treten, um dann ein weiteres Volk ausrotten zu können. Was für Barbaren galt, galt nicht für einen Römer. Und was für einen Römer galt, galt nicht für einen Julier. Für einen Cäsar.

Ich muß gestehen, daß mich Cäsars Vorgehen schmerzte und traurig stimmte. Hatte ich nicht alle keltischen Brücken abgebrochen, um sein Druide zu werden? Und jetzt stellte ich fest, daß ich mich für einen Menschen entschieden hatte, der dem Irdischen entrückt war. Ich empfand Abscheu für das, was er getan hatte. Aber manchmal, und ich sage das ungern, empfand ich fast ein bißchen Bewunderung für diesen Julier, der es gewagt hatte, die germanischen Götter herauszufordern. Wie wollte ein einzelner Mensch dem gesamten Universum trotzen?

Eines Abends stand er vor meinem Zelt. Es war einer jener Abende, die man ein Leben lang nicht vergißt. Wanda lag auf dem Bett. Sie sprach seit Tagen nicht mehr. Das Fieber, das plötzlich aufgetreten war, war wieder gewichen. Krixos meldete mir leise den Besuch des Prokonsuls. Er hatte sich angewöhnt zu flüstern, um Wanda nicht zu wecken. Ich weiß nicht, wieso Cäsar Wanda besuchen wollte. Sie war eine Sklavin. Sein Besuch dauerte auch nicht sehr lange. Er trat an ihr Bett und schaute sie an. Dann berührte er ihren Arm. Wanda öffnete die Augen. Sie erschrak. Ich glaube, auch Cäsar muß den Schrecken in ihren Augen bemerkt haben, denn er wünschte leise gute Besserung und trat ins Vorzimmer zurück. Cäsar legte mir den Arm freundschaftlich um die Schulter und bot mir seine Hilfe an.

»Aber ich denke«, lächelte er, »Cäsars Druide wird für Wanda der beste Medicus sein.«

Ich weiß nicht, wie es anderen Menschen ergeht, aber es gibt durchaus Momente, in denen man spürt, daß man einen historischen Augenblick erlebt. Es müssen keine großen Augenblicke sein. Manchmal ist es bloß ein Blick. Zum Beispiel Wandas Augen, als Cäsar vor ihr stand.

Ich lag in jener Nacht noch lange wach. Mit seinem Völkermord hatte Cäsar nicht nur zahlreiche Senatoren in Rom erzürnt, sondern auch viele Freunde verscheucht. Mir gegenüber benahm er sich weiterhin so, als sei nichts geschehen. Als wolle er beweisen, daß nichts geschehen war, was unsere Beziehung beeinträchtigen konnte. Doch in mir waren all diese zwiespältigen Gefühle, diese abrupten und stürmischen Wechsel von Abscheu und Bewunderung. Ich konnte abends hadernd ins Bett gehen und bereuen, für die Legion unterschrieben zu haben, und am andern Morgen den Göttern danken, daß ich Cäsars Druide war. Sicher, ich hatte der römischen Legion einiges zu verdanken. Sie hatte mich aus den Klauen Kretos' befreit. Ich war ihr eigentlich zu großem Dank verpflichtet. Aber die Legion war nicht Cäsar! Und Cäsars schändlicher Völkermord widersprach allen Werten, die für uns Kelten so wichtig sind: Ehre, Ruhm und Tapferkeit. Für List und Trug hatten wir nur tiefste Verachtung übrig. Solche Siege zählen nicht. Sie mögen für Menschen zählen. Aber nicht für die Götter! Und läuft denn nicht unser gesamtes Streben danach, den Göttern zu gefallen? Ich verstand nicht, daß die Götter einen wie Gaius Julius Cäsar weiterhin begünstigten! Götter sind eben nie gerecht!

Mir standen die Götter nicht bei, als ich Wanda mit immer neuem Kräuterwasser zu kurieren versuchte. Es ist eine der ganz großen Tragödien mancher Druiden, daß sie ausgerechnet jene, die sie besonders lieben, nicht heilen können. Ich glaube zwar nicht, daß Wanda wirklich krank war, denn das Fieber war schnell gewichen. Aber irgend etwas nagte an ihr. Als ich in der dritten Nachtwache noch immer keinen Schlaf fand, ließ ich mir von Krixos verdünnten Wein bringen. Irgendwann schlief ich ein und träumte wirre Bilder, die sich stets wiederholten. Irgend etwas riß mich aus dem Schlaf. War es ein Traum, ein Schrei, eine Hand? Ich horchte. Draußen hörte ich Männer aufgeregt miteinander sprechen. Instinktiv glitt meine Hand zu Wanda. Ich griff ins Leere. Ich streckte mich, doch ich fand ihren Körper nicht. Da kam auch schon Krixos mit einer Öllampe in den hinteren Teil des Zeltes. Im flackernden Licht sah ich, daß das Bett neben mir leer war.

»Herr«, stammelte Krixos, »ich glaube, es ist etwas Schreckliches passiert.«

Ich sprang hoch und humpelte aus dem Zelt. Ich kannte mittlerweile jede Unebenheit im Boden. Doch kaum hatte ich die Zeltplane unter dem Vordach zurückgeschlagen, sah ich mich einem Dutzend Prätorianer gegenüber, die mich mit gezückten Gladien in Schach hielten.

»Nicht bewegen, Druide«, drohte ein Offizier.

Jetzt hörte ich plötzlich das Schreien einer Frau: Wanda! Instinktiv tat ich einen Schritt nach vorne. Im selben Augenblick fielen die Prätorianer über mich her und packten mich an beiden Schultern. Der eine legte mir eine Schlinge um den Hals, stieß ein Stück Holz zwischen Nacken und Seil und drehte es blitzschnell zu, bis ich kaum noch schlucken konnte. Krixos wollte mir zu Hilfe eilen, aber ein Dutzend Pila berührten bereits seine nackte Haut. Hilflos schaute er mich an.

Die Prätorianer brachten mich in Cäsars Zelt. Der Vorhang zum Schlafzimmer war weit offen. Dort kniete Wanda. Die Arme hatte man ihr hinter dem Rücken mit dicken Stricken festgebunden. Neben ihr lag ein blutverschmiertes Messer. Es war mein Opfermesser. Das heilige Druidenmesser mit dem Bronzegriff, der einen arm- und beinlosen Kelten darstellte.

Cäsar stand aufrecht vor Wanda. Sein Gesichtsausdruck war bitter und hart. Offiziere mit gezückten Gladien standen um ihn herum. Er verscheuchte sie mit einer Armbewegung.

»Laßt den Druiden los!«

Die Prätorianer ließen mich los. Ich fiel hin. Etwas umständlich rappelte ich mich wieder hoch.

»Was ist passiert, Wanda?«

»Sie hat versucht, den Prokonsul zu töten«, antwortete Rusticanus und trat zwischen den Offizieren hervor. »Sie wird morgen am Kreuz sterben.«

»Laut Gesetz kannst du auch deinen Sklaven Krixos opfern«, sagte Trebatius Testa.

Ich schüttelte ungläubig den Kopf: »Nein! Wanda! Wieso hast du das getan!?«

Wanda schaute zu mir hoch, ihr Gesicht war verweint und blutverschmiert. »Er hat mein Volk ausgerottet«, schluchzte sie, »ich hatte keine andere Wahl.«

Ich wollte niederknien und sie in meine Arme nehmen, doch die Prätorianer traten dazwischen. Hilflos schaute ich Cäsar an und flehte: »Cäsar, sie ist nicht meine Sklavin, sie ist meine Frau.«

Rusticanus schüttelte den Kopf. »Nein, Druide. Wäre sie deine Frau, wäre sie nicht im Lager. Ich habe gehört, sie ist dein linkes Bein, also ist sie deine Sklavin. Und Sklavinnen müssen sterben, wenn sie …«

»Nein, Cäsar! Du hast ihr Volk ausgerottet. Schenke wenigstens ihr das Leben!«

Cäsar wandte sich von mir ab. Er schien enttäuscht. Plötzlich schrie er: »Ist dir das Leben einer Sklavin wichtiger als die Unversehrtheit des Prokonsuls?!«

Ich sah, daß er unverletzt war.

»Ich weiß«, sagte ich, vorsichtig jedes Wort abwägend, »daß du unter dem Schutz der allmächtigen Götter stehst. Hier in Gallien wirst du unversehrt bleiben, Cäsar.«

Plötzlich herrschte eine gespenstische Stille. Alle Blicke waren auf mich gerichtet. Fieberhaft suchte ich nach einem Ausweg. Cäsar schien seltsam berührt. Er fixierte mich mit seinen großen schwarzen Augen und forderte mich auf, weiterzusprechen. Um als Prophet anerkannt zu werden genügt es grundsätzlich, jemandem etwas Gutes zu prophezeien. Aber in jener Nacht meinte ich es ernst. Ich war überzeugt davon, daß ich mich nicht irrte. Es war das gleiche Gefühl wie in jener Nacht, als Fumix starb. »Du wirst durch die Hand eines Römers sterben, Cäsar, nicht hier und jetzt, sondern in Rom. Du wirst als Gott sterben, Cäsar.«

Cäsar lächelte matt. Es gefiel ihm, daß ich ihm die Unversehrtheit in Gallien prophezeit hatte. Was einmal in Rom geschehen würde, kümmerte ihn nicht.

»Cäsar! Schenke ihr das Leben, so wie es dir die unsterblichen Götter heute nacht geschenkt haben!«

»Wir müssen sie töten, Cäsar. Denk an die Legionäre! Was werden sie denken, wenn sie hören, daß eine germanische Sklavin in dein Zelt eindringen und dich ungestraft…«

»Sie werden nichts hören«, unterbrach ihn Cäsar ruhig, »sie werden überhaupt nichts hören.« Dann zeigte er auf Wanda. Ohne sie anzublicken. »Schafft sie weg. Verkauft sie dem nächstbesten Sklavenhändler, und werft das Geld in den Fluß.« Dann wandte sich Cäsar abrupt an mich und fauchte: »Du hast mich schon mal um das Leben eines

Sklaven gebeten! Dieses Mal will ich dir entgegenkommen, weil es mein eigenes Leben war, das in Gefahr war. Hätte sich deine Sklavin an einem meiner Legionäre vergriffen, sie würde noch heute nacht ans Kreuz geschlagen. Geh, Druide, und komm erst wieder, wenn ich nach dir rufe.«

»Wanda!« brüllte ich verzweifelt und versuchte mich von den kräftigen Händen loszureißen, die mich in die Knie zwangen.

»Korisios!« wimmerte Wanda leise, während sie hinausgeschleppt wurde.

Ich biß dem Prätorianer, der mir den Mund zuhielt, in die Hand und brüllte: »Wanda! Wir werden uns wiedersehen!«

Ich hörte nur noch, wie ihr schwaches »Korisios« erstickt wurde.

Wenig später, nachdem sie Wanda aus dem Lager gebracht hatten, führten mich die Prätorianer in mein Zelt zurück. Zwei Wachen blieben davor stehen. Krixos war verschwunden. War er geflohen, oder lag er irgendwo erschlagen in der Dunkelheit? Verzweifelt sank ich auf meine Kisten Bernstein nieder und haderte mit den Göttern. Und es kamen mir all die Dinge in den Sinn, die ich Wanda schon lange hatte sagen wollen. Aber sie war weg, und ich verfluchte die Götter, daß sie mir ein lahmes linkes Bein gegeben hatten. Ich hatte Wanda nachgerufen, daß wir uns wiedersehen würden, aber ich war mir dessen nicht mehr sicher. Ich war nichts als ein kleiner, unbedeutender raurikischer Kelte, der sich gerne als Druide aufspielte und auch als Händler kläglich versagt hatte. Wozu hatten die Götter mir Wanda geschenkt? Um sie mir später wieder entreißen zu können? Konnte vorübergehendes Glück auch eine Strafe der Götter sein? Aber wofür wollten sie mich denn bestrafen?

Im Morgengrauen, gegen Ende der vierten Nachtwache, kehrte Krixos ins Zelt zurück. Er kam sofort ins Schlafzimmer und kniete vor den Bernsteinkisten nieder.

»Herr!« flüsterte er. »Sie haben Wanda einem Sklavenhändler aus Massilia verkauft!«

Ich war sofort hellwach.

»Kennst du ihn? Würdest du ihn wiedererkennen?«

»Nein«, sagte Krixos, »aber ich habe mit ihm gesprochen. Ich habe ihm gesagt, er solle gut auf sie aufpassen, denn mein Herr wolle sie kaufen. Er würde eines Tages nach Massilia kommen. In ein paar Jahren.«

»Nimm die drei Bernsteinkisten, Krixos, und reite ihm nach. Kaufe ihm Wanda ab. Sie soll frei sein. Hörst du?«

Krixos schaute mich voller Zweifel an. »Aber du weißt, Herr, daß du die römische Armee nicht vor Ablauf deines Vertrages verlassen darfst. Auf Fahnenflucht steht der Tod!«

Ich nickte ungeduldig. In der Tat überlegte ich die ganze Zeit, wie ich Wanda folgen und sie retten konnte. Noch nie hatte ich mein linkes Bein derart verflucht.

Krixos packte mich am Arm und schaute mich eindringlich an. »Herr! Das kannst du Wanda nicht antun. Stell dir vor, sie ist frei, und du stirbst am Kreuz! Du wirst warten müssen, Herr!«

Ich nickte, ich wollte es so genau gar nicht hören. Aber Krixos ließ nicht locker: »Herr, es gibt Sklaven, die in Gallien geflohen und in Ägypten wieder eingefangen worden sind. Manchmal will Rom ein Exempel statuieren. Und dich, Herr, dich würden sie bis in die Anderswelt verfolgen!«

»Ja«, murmelte ich, »vermutlich hast du recht, Krixos. Ich werde lernen müssen, zu warten. Aber geh jetzt. Nimm die Bernsteinkisten und reite los!«

Wenig später bepackte Krixos zwei Esel mit den drei Kisten und ritt aus dem Lager. Er sagte den Torwachen, er müsse auf dem Markt Geschäfte für seinen Herrn erledigen. Das war weder ungewöhnlich noch verboten.

Die Wochen zogen ins Land. Krixos kam nicht mehr zurück. Ich versuchte mich, so gut es ging, ohne Sklaven durchzuschlagen. Die Arbeit im Sekretariat hatte ich wiederaufgenommen, aber Cäsar hatte ich seit dem nächtlichen Vorfall nicht mehr zu Gesicht bekommen. Aulus Hirtius war meist still. Er sprach nur noch sehr wenig mit mir. Er machte mir keine Vorwürfe, nein. Ich glaube, was in jener Nacht geschehen war, bedrückte ihn. Still nahm er Anteil an meinem Schicksal. Manchmal, wenn wir über Stunden Abschriften von Weisungen und Briefen angefertigt hatten, schaute er kurz hoch, lächelte freundlich und tunkte dann die Rohrfeder erneut in die Tintenschale. Gaius Oppius war seltener in der Schreibkanzlei. Er tat so, als sei nichts geschehen.

Ab und zu besuchte uns Mamurra, Cäsars privater Schatzmeister und genialer Baumeister. Er brauchte Unmengen Papyrus und Tinte. Er hatte sich in den Kopf gesetzt, eine Brücke über den Rhenus zu bauen. Mit Schiffen überzusetzen konnte leicht zum Debakel werden. Aber es ging gar nicht darum, an das rechte Ufer zu gelangen. Nein, Mamurra wollte mit einer Brücke über den Rhenus als genialster Baumeister aller Zeiten in die Geschichte eingehen. Und Cäsar war natürlich für alles, was neue Maßstäbe setzte, zu haben. Eine Brücke über den Rhenus würde seinen Ruhm mehren und die Sueben stärker beeindrucken als hundert gewonnene Schlachten. Denn wenn es Cäsar gelang, innerhalb kurzer Zeit diese Brücke zu bauen, dann würden alle Germanen wissen, daß sie von nun an stets in Reichweite des römischen Adlers waren.

Mamurra interessierte sich jedoch weniger für Politik. Sein Leben gehörte der Baukunst, den mechanischen Konstruktionen, den beweglichen Angriffsbauten. Jedes neue Problem schien ihn in Entzücken zu versetzen. Bei einem Glas Caecuber nahm er sich der Sache an. Und er trank viel. Am liebsten bei uns. Hier fühlte er sich wohl, auch wenn er abseits, an einem eigenen Tisch, über seinen Plänen brütete und sich mit allerlei kulinarischen Köstlichkeiten verwöhnen ließ.

»Verkauft euer Gold, und beteiligt euch an Fabriken«, sagte er manchmal. Er analysierte die Finanzmärkte wie Bauskizzen. Er war überzeugt, daß der Goldpreis in den nächsten Jahren in Rom zusammenbrechen würde. Seine Überzeugung beruhte auf der Annahme, daß Cäsar im Laufe der nächsten Jahre ganz Gallien ausplündern würde. Er selbst legte sein Geld in Werften, Weinbergen und Ländereien an. Aber in jenen Tagen gehörte sein Herz dem Rhenus. Er war breit und tief, und sein Gefälle war stark.

»Für den Brückenbau absolut ungeeignet«, frohlockte Mamurra. Er liebte solche Herausforderungen. Er tüftelte lange, bevor er zur Tat schritt. Mamurra ließ zwei angespitzte Balken, die gegen die Strömung gerichtet waren, ins Flußbett rammen und mit Querbalken verbinden. Gegenüber, flußaufwärts, rammte er einen weiteren Brückenbock ins Flußbett. Aber diesen neigte er in Strömungsrichtung. Auf diesen Brückenböcken entstand dann der Fahrweg aus kreuzweise verlegten Holzpfählen. Während im Flußbett vorgelagerte Wellenbrecher verhinderten, daß Treibgut die Trägerböcke beschädigte, hielt der Druck der Strömung die Konstruktion zusätzlich zusammen. Das war genial. Ich muß gestehen, daß auch ich von seinem neusten Werk begeistert war. Aber würde es auch in der Praxis bestehen?

Nur zehn Tage später, nachdem der erste Baum gefällt worden war, marschierte Cäsar über die erste feste Rhenusbrücke. Sie war etwa dreißig Fuß breit und über zwei Stadien lang. Die Germanen am anderen Rhenusufer glaubten an Zauberei und stoben panisch auseinander.

Cäsar marschierte ins Gebiet der Sugambrer, weil sie sich geweigert hatten, die wenigen Usipeter und Tencterer, die dem Völkermord entgangen waren, auszuliefern. Achtzehn Tage verweilten wir am anderen Ufer. Den Legionären wurden Plünderungen und Verwüstungen erlaubt. Von überallher kamen germanische Gesandte und boten Cäsar untertänigst ihre Freundschaft an. Nur die Sueben hielten sich fern. Sie stellten bereits ein großes Heer für die endgültige Entscheidungsschlacht auf, weil sie befürchteten, Cäsar wolle nun das gesamte freie Germanien erobern. Doch nach achtzehn Tagen befahl Cäsar überraschend, wieder zurückzugehen und die Brücke abzureißen. Einige munkelten, er habe sich vor den germanischen Sueben gefürchtet, andere meinten, er habe erreicht, was er hatte erreichen wollen, nämlich den Germanen die überlegene Technik des römischen Imperiums vorzuführen. Rom brach in regelrechte Begeisterungsstürme aus. Man sprach von einem Wunderwerk, das alle Erwartungen übertraf. Man sprach von einer Tat, die vor Cäsar noch keinem gelungen war. Man sprach von Cäsar. Nicht von Mamurra. Zum ersten Mal in der Geschichte der römischen Republik hatte eine römische Legion den Boden des freien und wilden Germaniens rechts des Rhenus betreten. Von nun an war der Rhenus endgültig die Grenze des römischen Imperiums. Eine sichere Grenze.

Doch Cäsars Hunger nach Ruhm und Anerkennung war noch längst nicht gestillt. Obwohl der Sommer bereits vorbei war und der Winter im nördlichen Gallien frühzeitig einsetzt, marschierten wir quer durch Gallien an die Westküste. Es war kaum zu fassen, aber Cäsar plante tatsächlich eine Überfahrt nach Britannien. Die meisten Offiziere stimmten darin überein, daß Cäsar den Verstand, oder zumindest den Bezug zur Wirklichkeit, verloren hatte. Einige munkelten, er wolle in Britannien besonders große Perlen holen. Andere sprachen davon, daß er den britannischen Zinn- und Metallexport unter römische Herrschaft bringen wolle. Aber viele lachten und sagten, Britannien existiere nur in der Phantasie der Händler. Den Mittelmeervölkern war diese Insel nahezu unbekannt. Aber Cäsar ließ sich von seinem tollkühnen Plan nicht abbringen. Er wollte erneut schaffen, was vor ihm noch kein Mensch geschafft hatte. Die Überfahrt auf die sagenumwobene Insel Britannien. Offiziell begründete er sein Vorhaben damit, daß die gallischen Küstenvölker bei jedem Aufstand Unterstützung von der Insel erhielten.

Ich blieb in Gallien zurück. Insgeheim wünschte ich Cäsar Tod und Verderben. Er hatte mir Wanda entrissen, und Krixos war seitdem ebenfalls verschwunden. Cäsar hatte seit jener Nacht nie mehr mit mir gesprochen. Für ihn hatte ich alle keltischen Brücken hinter mir abgebrochen und war sein Druide geworden. Und jetzt hatte er mich fallenlassen.

Cäsar hatte den Gallier Commius zum König der Atebraten ernannt, weil sich dieser bereit erklärt hatte, als Kundschafter für die Britannien-Expedition anzuheuern. Doch Commius wurde gleich nach seiner Landung auf der Insel gefangengenommen. Die römischen Erkundungsoffiziere trauten sich daraufhin nicht an Land. Am Ufer hatten sich britische Truppen gesammelt. Cäsar gab nicht auf. Mit achtzig Transportschiffen und zwei Legionen stach er von Portus Itius in See und landete nach zahlreichen Schwierigkeiten auf der britischen Insel. Er unterwarf kleinere Einheiten, doch er wagte sich nicht tiefer ins Landesinnere, weil die Kundschafter gemeldet hatten, daß sich dort riesige Heeresverbände gesammelt hatten. Cäsar wollte zurück.

Er hatte seinen Fuß auf britannischen Boden gesetzt, und das war in Rom die Sensation des Jahrhunderts, so, als wäre jemand auf einem Adler zum Mond geflogen und hätte dort seinen Fußabdruck hinterlassen. In der Schreibkanzlei sagte Gaius Oppius, daß Cäsar allein mit der Rhenusbrücke und dem Übersetzen nach Britannien Unsterblichkeit erlangt habe. Doch der ehrgeizige Julier blieb auf der Insel sitzen. Sturmfluten zerstörten einen Großteil der Transportschiffe, die unbedingt vor Einsetzen der Herbststürme navigationstauglich sein mußten. Als ich diese Nachricht erhielt, zog ich mich mit Lucia und einem Krug Falerner in mein Zelt zurück und feierte klammheimlich Cäsars Untergang. Ich war sicher, daß Cäsar den Winter in Britannien nicht überleben würde. Er sollte elend zugrunde gehen auf dieser sagenumwobenen Insel.

Doch seine Legionäre reparierten die Schiffe, und die Götter besänftigten die Stürme. Wie üblich setzten sich die Götter für ihn ein und ermöglichten ihm die unversehrte Rückkehr nach Gallien.

Kaum war er an der gallischen Küste gelandet, gab Cäsar Befehl, sofort mit dem Bau neuer und besserer Schiffe anzufangen. Für das nächste Jahr plante er eine umfassende Invasion Britanniens. Er war kaum noch zu bremsen. Ich war sicher, daß er sich nach der Eroberung Britanniens erneut dem freien Germanien zuwenden würde. Aber noch hatte er Britannien nicht erobert. Und noch loderten selbst in Gallien immer wieder Feuer des Widerstandes auf. Aber jetzt wußte Cäsar endgültig, daß ihn nichts mehr aufhalten konnte, daß ihm die Götter stets beistehen würden. Und auch seine Feinde wußten es.

Ich zog mit den Legionen in den kalten Norden hinauf, ins Land der Belger. Die Winterabende waren lang und kalt. Oft lag ich stundenlang mit Lucia auf meinem Bärenfell und dachte an Wanda. Ich glaube, auch Lucia vermißte sie. Sie lag stets auf jener Stelle des Felles, wo Wandas Kopf geruht hatte. Ohne Lucia wäre ich des Lebens vielleicht sogar überdrüssig geworden. Die Menschen, die mir abends Gesellschaft leisteten, wurden immer weniger. Man warf mir nichts vor, aber man mied mich. Aulus Hirtius und Gaius Oppius waren nach wie vor sehr freundlich zu mir. Aber es war eine oberflächliche Freundschaft geworden. Fast schon Heuchelei. In meinen Träumen glichen sie den Bäumen, die mich mit vereistem Astwerk anstarrten. Sie waren da, und doch war ich allein. Ich glaube, daß die Einsamkeit inmitten von Menschen schlimmer ist als das Alleinsein in einer menschenleeren Gegend. Die Anwesenheit von Menschen erinnert stets daran, daß es auch anders sein könnte.

Vielleicht hatte auch ich mich von ihnen abgewandt. Manchmal dachte ich an Krixos. Ich hatte in der Schreibkanzlei erzählt, daß ich ihn mit dem Auftrag, meinen Bernstein zu verkaufen, weggeschickt hatte. Natürlich dachten alle, Krixos sei geflohen. Aber das glaubte ich nicht. Ich war stets überzeugt, daß Krixos mir Wanda zurückbringen würde. Ich war sicher, daß er eines Tages zurückkehren würde. Denn jedermann in Gallien wußte, wo die römischen Legionen waren. Und ich war verdammt, noch einige Jahre in dieser Legion zu dienen.

Die Nachrichten aus Rom erfüllten mich anfangs mit Schadenfreude. Cato forderte im Senat die Auslieferung Cäsars an die Barbaren. Er warf Cäsar vor, das Völkerrecht gebrochen zu haben. Cäsar habe die Ehre des römischen Volkes beschmutzt. Kein Römer dürfe ungestraft das Völkerrecht mit Füßen treten, wie es Cäsar getan hatte. Die widerrechtliche Festsetzung von Gesandten sei ein verdammenswerter Akt und müsse bestraft werden. Und dafür setzte Cato alle Hebel in Bewegung. Andere Senatoren warfen Cäsar vor, die Usipeter und Tencterer gezielt und ohne ersichtlichen Grund ausgerottet zu haben. Sie warfen Cäsar nichts Geringeres als brutalsten Völkermord vor! Auch sie forderten die Auslieferung Cäsars an die Barbaren. Wieso, fragten sie höhnisch, vernichtet Cäsar nicht die Sueben, die an allem schuld sind? Wieso vernichtet er stets die kleinen Völker, die vor den Sueben fliehen? Wieso packt er das Übel nicht an der Wurzel?

Aber die Mehrheit in Rom war für diese Anschuldigungen und Forderungen taub geworden. Cäsar hatte das wilde Nordmeer überquert und den römischen Adler auf die sagenumwobene britannische Insel getragen. Für Rom stand fest, daß kein Mensch je Vergleichbares erreicht hatte. Kein Mensch überragte den großen Julier an Ruhm. Die Bewunderung war so groß, daß man ihm alles verzieh. Er wurde weder an die Barbaren ausgeliefert, noch vor Gericht gebracht oder seines Prokonsulats enthoben, nein, Rom und der Senat gewährten ihm, was man noch keinem Menschen vor ihm gewährt hatte: ein zwanzigtägiges Dankfest!

Im nächsten Frühling, wir schrieben das Jahr 700, setzte Cäsar mit achtundzwanzig Kriegsschiffen, sechshundert Transportern, fünf Legionen und zweitausend Reitern erneut nach Britannien über. Die Hyänen und Aasgeier des römischen Imperiums folgten ihm mit zweihundert Handelsschiffen. Cäsar hatte endlich ein neues Gallien entdeckt.

Doch die britischen Götter waren stärker als erwartet. Cäsar unterwarf zwar einige Stämme, forderte Tribute und Geiseln, kehrte aber schon zwei Monaten später wieder nach Gallien zurück. Er hinterließ keine bleibenden Spuren. Was er auf der Insel geschaffen hatte, war nicht mehr als eine Sandburg am Meeresstrand, die mit der nächsten Flut wieder weggespült wurde. Und in Gallien rumorte es wieder. Die Carnuten töteten ihren von Cäsar eingesetzten König. Der Eburonenfürst Ambiorix vernichtete mit seinen Männern fünfzehn römische Kohorten. Das war mehr als eine ganze Legion!

Cäsar war bereits sechsundvierzig, als ich ihm in Lutetia nach langer Zeit wieder begegnete. Er hatte mich überraschend zu einem kleinen Abendmahl eingeladen. Er trug den Bart und das Haar lang, denn er hatte sich geschworen, sein Haupthaar nicht schneiden zu lassen, bevor die fünfzehn verlorenen Kohorten gerächt waren. Er wirkte einsam, in sich gekehrt, und doch hatte er mich rufen lassen. Ich hatte vor ein paar Wochen Briefe aus Rom gelesen, in denen mitgeteilt worden war, daß Cäsars Mutter gestorben war. Jetzt war auch noch Cäsars Tochter, seine geliebte

Julia, verstorben. Aber ich glaube, das war nicht der Grund. Ich denke vielmehr, daß ein Mensch, der zum Gott wird, unter Menschen sehr einsam wird.

»Wie ist es dir ergangen, Druide?« fragte mich Cäsar.

Ich schwieg. Cäsar lächelte und bedeutete mir mit einer Handbewegung, mich selbst zu bedienen. Es gab lediglich Brot und verdünnten Wein.

»Hast du deine Sklavin vergessen?« fragte Cäsar.

»Du weißt, daß ich sie nie vergessen werde, Cäsar.«

»Das denkt man immer, Druide. Meine erste Frau hieß Cornelia, ich habe sie leider viel zu früh verloren. Selbst als man mir mit dem Tode drohte und befahl, mich von ihr zu trennen, blieb ich ihr treu. Sie ist vielleicht – neben meiner Tochter Julia – die einzige Frau, die ich jemals geliebt habe. Und doch, wenn ich heute an sie zurückdenke, kommt sie mir weit weg und unwirklich vor. Ich empfinde weder Schmerz noch Trauer. Eine Frau vergißt du am besten mit einer anderen Frau.« Cäsar lachte kurz auf.

»Ich hab gehört, du hättest dann wieder geheiratet. War es denn nicht Liebe?«

»Liebe?« fragte Cäsar überrascht. »Nein, Cornelia hab ich geliebt …« Cäsar sprach so, als hätte er in seinem ganzen Leben nur eine einzige Frau geliebt, als könne man in einem Leben nur eine einzige Frau wirklich lieben.

»Mit Cornelia hat mich Liebe verbunden, mit Pompeia die Leidenschaft. Aber auch von Pompeia ließ ich mich scheiden. Und bei meiner dritten Frau war es weder Liebe noch Leidenschaft. Es war Politik«, schmunzelte Cäsar, »sozusagen ein staatsmännischer Akt.«

Cäsar schaute mich nachdenklich an. Vielleicht erwartete er eine Bemerkung dazu. Schließlich sagte er, während er mich lauernd wie ein Fuchs beobachtete, als könne er aus meinem Verhalten Prophezeiungen ablesen: »Ich habe Pompeius gebeten, mir seine Tochter zur Frau zu geben, so, wie ich ihm seinerzeit Julia, meine geliebte und einzige Tochter, zur Frau gegeben habe. Pompeius' Tochter ist jung, schön und klug. Und ihr Körper erregt in jedem Mann Leidenschaft und Begierde. Aber Pompeius hat sich geweigert. Er will die Bande zwischen uns nicht mehr erneuern. Statt dessen hat er Cornelia geheiratet, die Tochter des Quintus Metellus Scipio. Metellus Scipio haßt mich. Er würde alles tun, um mich zu vernichten. Cornelia war zuvor mit dem jungen Publius Crassus verheiratet. Wußtest du, daß er bei Carrhae gefallen ist? Auch sein Vater ist gefallen. Er verstand eine Menge vom Geld, aber nichts von Krieg. Jetzt sind nur noch Pompeius und ich übrig. Und er heiratet ausgerechnet die Tochter meines ärgsten Feindes.«

Langsam kaute ich Brot und nahm ab und zu einen kleinen Schluck aus meinem Holzbecher. Es war auffallend, wie stark sich Cäsar verändert hatte. Keine Spur von Pomp oder Verschwendung. Er war durch und durch Soldat geworden. Er machte den Eindruck eines Mannes, der sich verpflichtet fühlte, mehr zu leisten als jeder andere Mensch, wohl wissend, daß sich niemand dafür bei ihm bedanken würde, sondern daß jeder nur auf sein Scheitern wartete, um ihm den Dolch zwischen die Rippen zu stoßen. Cäsar war einsam geworden. Ich war es auch. Und dennoch hatten wir uns nichts mehr zu sagen.

»Sag mir, Druide, weißt du, wie der Wettstreit zwischen mir und Pompeius ausgehen wird?«

»Du weißt es doch selbst, Cäsar. Wozu brauchst du einen keltischen Seher? Erzwingst du nicht mit der Waffe, was dir verwehrt wird?«

»Das ist keine Prophezeiung, Druide. Du sagtest einmal, ich würde durch die Hand eines Römers sterben. Dann sag mir jetzt, wird es Pompeius sein?«

»Nein«, lachte ich, »Pompeius ist Soldat. Und Soldaten brauchst du nicht zu fürchten, Cäsar. Selbst wenn du die Schlacht verlierst, den Krieg gewinnst du.«

Ich sah die Genugtuung ins Cäsars Gesicht. Hatte er mich nur gerufen, um neue Prophezeiungen zu hören? Ich hatte Cäsar durchaus die Wahrheit gesagt. Es gab Dinge, von denen ich wußte, daß sie eines Tages geschehen würden. Ich weiß nicht, wieso es so war. Aber es war so. Nur Dinge, die mich selbst betrafen, blieben stets im dunkeln. Ich machte keine Anstalten, Cäsar näherzukommen. Er wäre bereit gewesen, meine Hand zu ergreifen. Wie damals. Aber ich ließ es nicht zu. Ich ließ auch den Wein stehen, den er mir nachschenken ließ. Mittlerweile trank ich den Wein lieber allein. Mit Lucia und meinen Gedanken an meine geliebte Wanda.

»Hast du einen Wunsch, Druide«, fragte Cäsar, als ich mich zum Gehen erhob.

»Nein«, antwortete ich. »Du hast mir Wanda genommen, und du wirst sie mir nicht mehr zurückgeben. Wieso soll ich dich darum bitten?«

»Was würdest du denn tun, wenn dir eine Sklavin nach dem Leben trachten würde?«

»Ich würde nie ein Volk ausrotten, nur weil es vor den Sueben geflohen ist«, antwortete ich und verließ das Zelt.

Im darauffolgenden Jahr hatte Cäsar bereits zehn Legionen mit über fünfzigtausend Soldaten in Gallien stationiert. Unermüdlich marschierte er von einem Ort zum andern und unterwarf Stämme, die er bereits Jahre zuvor unterworfen hatte. Plündernd und marodierend durchstreiften seine Legionäre die Stammesgebiete und setzten alles in Brand, was sie nicht mitnehmen konnten. Jeder Fluß, jedes Heiligtum wurde entehrt und ausgeraubt. Gegen Ende des Sommers schien es so, als habe Cäsar Gallien zum zweiten Mal befriedet. Während Cäsar wie üblich in seine cisalpinische Provinz zurückkehrte, um Gerichtstage zu halten, überwinterte ich im mittlerweile ausgebauten Handelshaus des Fufius Cita, wo ich eher unbedeutende römische Korrespondenzen kopierte. Manchmal verbrachte ich die Nächte mit einer Carnutin, die uns tagsüber mit Essen und Getränken aus dem nahen Gasthof versorgte. Aber sie verstärkte bloß die Sehnsucht nach Wanda.

Obwohl Wandas Bild im Lauf der Jahre etwas verblaßt war, war die Sehnsucht nach ihr stärker denn je. Es war ein Teil von mir, den man mir entrissen hatte. Und ich meine, es war der bessere Teil. Manchmal, wenn ich nachts wach auf meinem Fell lag, dachte ich an Wanda und versuchte ihr Gesicht zu sehen. Doch sie war weit weg und die Konturen wurden verwaschener, wie ein Kiesel, den die Jahre im Wasser rund geschliffen hatten. Manchmal glaubte ich Wanda auf irgendeinem Markt zu sehen. Wie von Sinnen drängte ich mich zwischen den Menschen hindurch, hob den Arm, rief ihren Namen, und einmal, als ich hinter ihr stand und sie sich umdrehte, sah ich, daß es eine alte Frau war, zahnlos und zerknittert. Hatten mir die Götter etwas mitteilen wollen?

Es ist viel einfacher, anderen Menschen Ratschläge zu erteilen, als sich selbst daran zu halten. Ich dachte oft an die Ratschläge unserer Druiden. Besonders nachts, wenn ich nicht schlafen konnte und Lucia beneidete, die zusammengerollt neben mir lag und schnarchte. Die Druiden sagen, daß man den Verlust eines geliebten Menschen schneller verkrafte, wenn man den Verlust hinnahm. Aber ich wollte und konnte mich mit Wandas Abwesenheit nicht abfinden. Meine einzige Hoffnung war, eines Tages nach Massilia zu gehen und Wanda zu suchen. Daß ein Sklavenhändler aus Massilia sie gekauft hatte, das war mein einziger Anhaltspunkt. Natürlich konnte er sie unterwegs irgendwo verkauft haben. Aber ich dachte, daß man eine derart hübsche germanische Sklavin bis nach Massilia bringen würde. In Genava gab es genügend Germaninnen, die andere hübsch fanden. Massilia. Dafür lebte ich. Dafür nahm ich auch das Angebot von Fufius Cita an, geographische Karten zu kopieren. Es war eigenartig, für einen Römer Karten über mein eigenes Land anzufertigen. Obwohl Fufius Cita die Karten für die Errichtung der neuen Proviantlager brauchte, waren sie von hohem militärischem Wert. Aber Fufius Cita vertraute mir, weil auch Cäsar mir vertraute.

Ich zeichnete gerne Karten. Ich liebe es, Flüsse, Wälder und Städte einzuzeichnen. Es war abwechslungsreich und brachte mir zusätzliches Geld. Und die stille Anerkennung von Fufius Cita. Er machte keine großen Worte. Er war ein anständiger Römer, stets freundlich und korrekt. Aber wir kamen uns nie wirklich näher.

IX.

Samhain bedeutet Sommers Ende und gilt als größtes Fest in Gallien. Es wird jeweils am ersten November und in der Nacht davor gefeiert. An diesem Tag muß das Vieh von den Sommerweiden zurück sein. Die überzähligen Tiere müssen geschlachtet und gepökelt sein, und alle Abgaben und Tribute sind fällig. Jene zwölf Nachtstunden, die den Sommer vom Winter trennen, gehören den Göttern und den Toten. Es ist eine unbestimmte Zeit, weil sie nicht mehr Sommer und noch nicht Winter ist. In jenen zwölf Nachtstunden fließen Vergangenheit, Gegenwart und Zukunft ineinander. Die Anderswelt vermischt sich mit unserer Welt. Wer Fragen an die Götter hat, stellt sie in der Nacht von Samhain. Und ich hatte ernsthafte Fragen.

Ich ließ mir vom Mädchen aus dem Gasthof, das die meisten Boa riefen, ein saftiges Stück Wildschwein und einige Schläuche Wein bringen. Dann ließ ich mich von Fufius Citas Sklaven zum nahen Wald begleiten. Sie machten ein Feuer für mich. Sie schafften Steine zum Sitzen herbei und ordneten sie kreisförmig an. Vor jedem steinernen Sitz lag ein etwas flacherer Stein. Es war nicht nötig, die Sklaven anzutreiben. Die Sklaven gehorchten und beeilten sich. Die Angst war ihnen ins Gesicht geschrieben. Je näher die Dämmerung kam, desto schneller wurde gearbeitet. Jedes Geräusch erschreckte sie. Ständig drehten sie sich um, blitzschnell, und starrten in den Wald. Als das Feuer loderte und die Speisen und Getränke für acht Personen bereitstanden, erlaubte ich den Sklaven zu gehen. Sie sollten in den frühen Morgenstunden wiederkommen und mich abholen.

Fast alle Menschen fürchten sich vor Samhain. Sie bleiben deshalb zu Hause und setzen sich um das Feuer. Sie essen und trinken und erzählen sich Geschichten, damit die

Zeit schneller vergeht. Wenn sie ein Geräusch hören, stellen sie sich taub. Sie stehen nicht auf und schauen nach. Denn sie wissen, es sind die Toten, die sie heimsuchen. Überrascht man einen Toten, ist man bereits mit einem Bein in der Anderswelt. Auch im Freien sollte man sich nicht umdrehen, wenn man Schritte hört. Man sollte wirklich zu Hause bleiben. Und genügend Speisen und Getränke für die Toten bereithalten.

Aber in dieser Nacht wollte ich sie sehen, die Toten, all jene Menschen, die mir einmal viel bedeutet hatten und jetzt in der Anderswelt lebten. Ich wollte Onkel Celtillus sprechen, ich wollte auch all die Toten aus meinem raurikischen Hof wiedersehen, meine Mutter und meinen Vater, die ich ja kaum gekannt hatte, meine Geschwister, die ich nie gesehen hatte. Für sie alle hatte ich die Speisen und Getränke auftischen lassen. Von mir aus konnten sich auch Teutates, Esus, Taranis und Epona zu mir setzen. Ich hatte keine Angst. Und sollten sie mich für meinen Hochmut in die Anderswelt mitnehmen, so war es mir einerlei. Ich war bereit. In der Anderswelt wäre ich Wanda näher. Sie wäre für immer unerreichbar, aber stets in meiner Nähe. Ich kam über die Trennung einfach nicht hinweg.

Fast andächtig nahm ich ein Stück Fleisch in den Mund und kaute es langsam. Sehr langsam. Kein Mensch könnte in der Nacht von Samhain etwas achtlos hinunterschlingen. Denn alles hat eine Bedeutung. Jede Geste wird zur Zeremonie. Die Toten sind nah. Man spürt ihr Kommen, ihre Blicke, den Atem, der einem wie ein sanfter Windstoß durchs Haar fährt. Und tatsächlich, plötzlich waren sie da, um mich versammelt. Sie setzten sich auf die Steine, die ich ihnen hatte herrichten lassen, aber sie blieben stumm und unsichtbar. Mir schien auch, sie wären traurig. Ich weiß nicht, warum. Ich gab Lucia, die zufrieden auf meinen Füßen ruhte, ein Stück Fleisch und schloß die Augen. Ich hörte nur das Knistern des Feuers. Meine Gäste blieben stumm.

Als ich die Augen wieder öffnete, hatte ich den Eindruck, wieder allein zu sein. Die Steine waren nichts als Steine, und die vollen Becher auf den Tischflächen wirkten plötzlich albern. War das schon alles gewesen? Was hatte das zu bedeuten? Hatten sie das Interesse an mir verloren? Ich legte neues Holz nach und zog meine Kapuze über den Kopf. Es war dunkel geworden. Und kalt. Ich sah in den sternklaren Himmel hinauf, und plötzlich, ich weiß nicht, warum, fragte ich mich, ob es überhaupt Götter gäbe. Ob sie nicht nur eine Erfindung der Druiden seien, um uns untertan zu machen. War es denn möglich, daß unser Leben genauso sinnlos war wie das Leben eines Wurms oder das Leben eines Busches? Insgeheim erwartete ich einen göttlichen Gegenbeweis oder gar eine Strafe der Götter. Ich erwartete, daß Taranis einen Blitz auf die Erde schleuderte. Aber nichts geschah. Kein Wind, kein Aufheulen der Wölfe, kein Regen. Meine Gedanken bewegten sich in derselben Richtung weiter. Nur wenn es keine Götter gab, war erklärbar, wieso alles, was sich zwischen Himmel und Erden abspielt, derart wirr und zufällig ist, ungerecht und sinnlos. Ich versuchte, nicht weiterzudenken, und wartete. Nichts geschah. Ich horchte. Nur der Schrei einer Eule war zu hören. Eine Eule, sonst nichts. Vielleicht gab es keine Götter. Oder gab es sie doch, und sie taten einfach nichts? Vielleicht hatten sie gar kein Interesse an uns Menschen. Vielleicht bildeten wir uns nur ein, die Götter seien für dieses und jenes verantwortlich. Vielleicht waren sie irgendwo im Universum und wußten gar nicht, daß es uns armselige Kreaturen gab. Vielleicht waren wir nicht mehr als ein Sandkorn in irgendeiner Welt. Vielleicht mußten wir unser Schicksal selbst in die Hand nehmen und Gott spielen. So, wie es Cäsar tat.

Kurz bevor ich einschlief, entschuldigte ich mich bei den Göttern. Ich sagte ihnen, daß es mir sehr leid täte, und versprach, morgen ein Opfer zu bringen. Ich sagte ihnen auch ganz offen, daß es mir wohlgetan hatte, ein bißchen zu stänkern. Und ich gab ihnen den Rat, doch mal über meine Vorwürfe, oder sagen wir mal, über meine Gedanken nachzudenken. Als ich langsam eindöste, bereute ich, Samhain im Freien verbracht zu haben. Es war kalt. Und ich mußte einfach hinnehmen, daß alle Götter, egal ob griechisch, römisch oder keltisch, parteiisch und ungerecht waren. Ich denke, wenn man einen gerechten Gott erwartet, verliert man den Glauben. Wenn man hingegen einsieht, daß da oben göttliches Gesindel sein Unwesen treibt, geht es in Ordnung. Nur dann kann man verstehen, wieso unsere Götter zuließen, daß ein Römer unser Land überfiel, ganze Stämme ausrottete, unsere Heiligtümer plünderte und dabei ständig vom Glück begünstigt blieb. Alles Gesindel, oben und unten!

Im Morgengrauen weckte mich Lucias Knurren. Am Waldrand waren Rehe aufgetaucht. Ich strich Lucia kurz über die Schnauze. Das war der Befehl, sich ruhig zu verhalten. Die Rehe kamen etwas näher. Es war ein ganzes Rudel. Instinktiv dachte ich an Onkel Celtillus. Vielleicht hatte er in der Nacht andere Orte besucht.

»Onkel Celtillus?« flüsterte ich.

Das eine Reh hob den Kopf und hielt die Nüstern in den Wind. Plötzlich sprang es mit eleganten, großen Sätzen in den Wald zurück. Die andern folgten ihm. Mir war, als hätte ich das Lächeln von Onkel Celtillus gesehen. Als hätte er zu mir gesprochen. Ich hatte nichts gehört. Keinen Laut. Aber ich hatte das Gefühl, Onkel Celtillus hatte mich beschwichtigt und mir Mut zugesprochen, als hätte er gesagt, mir würde geholfen werden. Doch wenig später war das Leuchten in mir bereits wieder erloschen. Prophezeite ich nicht vielen Ratsuchenden, daß ihnen geholfen würde, nur weil ich wußte, daß ihnen das die Kraft gab, sich selbst zu helfen. Jaja, es ist ernüchternd, wenn man die Tricks der Seher und Weissager kennt.

Im Osten ging die Sonne auf, aber die Sklaven des Fufius Cita waren immer noch nicht gekommen. Ich war wütend. Samhain hatte mich enttäuscht. Keine Zeichen der Götter, keine Spur von Onkel Celtillus. Und jetzt ließ man mich einfach hier sitzen mit all dem Geschirr und den vollen Trinkschläuchen. Mühsam sammelte ich alles ein, verstaute es in Leinensäcken und band es an meinem Pferd fest. Ich nahm mein Pferd beim Zügel und suchte eine geeignete Stelle, um aufzusteigen. In der Nähe war ein Baumstrunk. Ich führte das Pferd nahe heran, bestieg dann den Baumstrunk und versuchte das eine Bein über den Pferderücken zu heben. Doch die nächtliche Kälte hatte meine Glieder steif und hart gemacht. Ich schaffte es nicht. So humpelte ich schließlich neben meinem Pferd zum Oppidum der Carnuten zurück. Kurz vor Cenabum fand ich dann doch noch eine geeignete Stelle, wo ich bequem aufsteigen konnte.

Cenabum, die Hauptstadt der Carnuten, war in Aufruhr. In der Nacht hatten Unbekannte die Lagerhäuser der römischen Kaufleute in Brand gesetzt. Durch die Straßen zogen johlende junge Kelten und feierten. Im Händlerviertel sah ich Fufius Cita. Sein Kopf steckte auf einem Speer, den ein paar besoffene Krieger wie eine Standarte vor sich hertrugen. Es war mir fast peinlich, einfach so an ihm vorbeizulaufen. Instinktiv warf ich meinen römischen Kapuzenmantel ab. Trotz der Kälte. Aber es konnte nicht schaden, wenn mich die Besoffenen gleich als Kelten erkannten. Im Händlerviertel lagen die römischen Kaufleute wie Küchenabfälle auf den Straßen. Einige hatte man einfach aus den Fenstern geworfen. Sie lagen tot im Straßendreck und wurden von Hundemeuten beschnuppert. Andere lagen erschlagen vor ihren Geschäften. Einen hatte man in Papyrus gewickelt und angezündet. Die ausgelassene Stimmung glich einem Volksfest. Die Schreibkanzlei von Fufius Cita war völlig verwüstet. Türen, Tische und Regale waren mit wuchtigen Axthieben zertrümmert worden. Vermutlich brannten alle seine Lagerhäuser unten am Fluß. Zwischen

Holzlatten und Hunderten von Papyrusrollen entdeckte ich einen Fuß. Ich kniete nieder und legte den Körper frei. Es war einer von Fufius Citas Mitarbeitern. Er lag auf dem Bauch. In seinem Rücken klaffte eine riesige Wunde. Vermutlich war er mit einem Axthieb von hinten niedergestreckt worden. Unter einem Regal entdeckte ich einen weiteren Angestellten. Er lag zusammengekrümmt unter einem Haufen Holzplanken. Seine blutroten Hände waren an seinen Bauch gepreßt. Den Kopf hatte er wild nach hinten geworfen. Er muß qualvoll verblutet sein.

»Korisios!«

Boa, das Mädchen von der Gaststätte, stürzte herein.

»Sie töten alle Römer. Alle Händler und Verwaltungsbeamten!«

Sie warf mir einen rotkarierten keltischen Wollmantel zu.

»Zieh dir das über! Wer weiß, was sie noch alles anstellen! Wo ist dein römischer Kapuzenmantel?« flüsterte sie.

»Ich habe ihn unterwegs weggeworfen.«

»Gut, Korisios, das heißt, nein, ich hätte den Stoff gebrauchen können. Aber gut, daß er weg ist.« Boa war ziemlich durcheinander.

»Was ist denn eigentlich los hier?«

Boa drehte sich um. Nun stand sie vor mir und strahlte mich an. Sie gab mir einen heftigen und langen Kuß und flüsterte dann: »Gallien wird wieder frei, Korisios. Die Kelten haben sich unter der Führung des Arvernerkönigs zusammengeschlossen, um gemeinsam gegen Cäsar zu marschieren!«

»Seit wann haben die Arverner einen König?« fragte ich voller Zweifel.

»Er heißt Vercingetorix«, strahlte das Mädchen. »Er soll von sehr hohem Wuchs und sehr schön sein. Er hat bereits ein riesiges Heer aufgestellt. Alle Stämme müssen ihm Krieger schicken und sich seinem Kommando unterordnen. Zum ersten Mal haben wir einen Feldherrn. Einen für Gallien! Vercingetorix!«

Draußen zogen bereits keltische Krieger durch die Straßen und skandierten den Namen des jungen Arvernerkönigs.

»Wo ist Vercingetorix?« fragte ich Boa. »Ich muß sofort zu ihm!«

Das Mädchen trat erschrocken einen Schritt zurück.

»Was hast du vor, Korisios?«

»Ich habe Karten, in denen alle römischen Proviantlager eingezeichnet sind! Wenn Vercingetorix diese Karte hat, kann er Cäsars Heere vernichten, ohne daß er sie jemals zu Gesicht bekommt.«

Das Mädchen half mir die Papyrusrollen zusammenzusuchen. Sie wickelte sie in ein großes Stück Leder und verschnürte die Riesenrolle mit Schnüren.

Dann brachte sie mich zu den Kriegern, die sich bereits auf dem Marktplatz versammelt hatten, um sich Vercingetorix anzuschließen. Der carnutische Fürst Gedomo führte sie an.

»Fürst!« rief ich. »Nehmt mich mit, ich muß sofort zu Vercingetorix!«

»Was hast du in deinem Lederpaket?«

»Papyrusrollen!«

Die Krieger grölten vor Lachen.

»Es ist der Schreiber von Fufius Cita!« schrie einer.

»Verbrennt diese Rollen! Rom soll brennen!«

»Und sein Schreiber dazu!« röhrte eine heisere Stimme.

»Er ist ein keltischer Druide!« schrie Boa. Junge Krieger drückten sie mit ihren Pferden zur Seite.

»Ich bin Korisios vom Stamme der Rauriker«, schrie ich, während auch ich immer dichter von berittenen Kriegern bedrängt wurde. »Auf diesen Rollen sind alle römischen Proviantlager eingezeichnet.«

Gedomo entriß sie mir und warf sie in hohem Bogen in Richtung eines brennenden Lagerhauses. Sofort stürzten sich junge Krieger, die ohne Pferd gekommen waren, auf die Rollen und warfen sie ins Feuer.

»Nieder mit Rom! Tod den Römern!«

»Fürst Gedomo!« brüllte ich. »Diese Rollen waren für Vercingetorix! Es steht dir nicht zu, sie zu verbrennen.«

Die carnutischen Krieger lachten und ließen, auf dem Rücken ihrer Pferde sitzend, den Weinschlauch kreisen, während die jungen Kelten meine Papyrusrollen einzeln ins Feuer warfen. Ich wollte hinüberreiten, und ihnen die Rollen entreißen, doch die anderen Kelten kesselten mich ein. Ich riß das goldene Amulett mit dem Ebergott Euffigneix von meinem Gurt und hielt es hoch.

»Das ist der Gott des Arvernerkönigs! Er hat ihn mir geschenkt, damit ich eines Tages zu ihm zurückkehre! Für ihn habe ich die Karten angefertigt! Für ihn, ihr Narren! Für ihn und ein freies, geeintes Gallien!«

Ich glaube, all die Rufe, die Vercingetorix und das freie Gallien hochleben ließen, blieben ihnen im Halse stecken. Gedomo hob die Hand, damit alles schweige.

»Bist du wirklich Druide?«

»Ja«, fauchte ich, »und die Götter werden jeden verfluchen, der vernichtet hat, was für Vercingetorix bestimmt war!«

Gedomo riß die Augen weit auf und preschte zum brennenden Lagerhaus hinüber, wo die Jungen die Papyrusrollen genußvoll ausrollten und langsam verbrannten.

»Aufhören!« brüllte er. »Aufhören, oder ihr werdet von den Gottesdiensten ausgeschlossen!«

Doch es gab nichts mehr zu retten. Das Feuer hatte seine Arbeit bereits vollendet. Der große Gedomo sah aus wie ein kleiner, dummer Junge. Er kam wieder zu mir zurück, wußte aber nicht, was er sagen sollte. Schließlich brummte er: »Was meinst du, Druide, ist das mit einem Goldschüsselchen wiedergutzumachen.«

»Nein«, fauchte ich, »und nochmals nein. Die Götter sind stinksauer! Und du kannst froh sein, daß ich ein ausgesprochen gutes Gedächtnis habe. Vielleicht schaff ich es, die Karte mit den Proviantdepots nochmals zu malen.«

»Du meinst, du könntest das schaffen, Druide?« fragte er ungläubig.

»Bring mich zu Vercingetorix! Aber schau zu, daß mir unterwegs nichts passiert. Ein gutfunktionierendes Gedächtnis braucht genügend Flüssigkeit und Nahrung...«, herrschte ich ihn an. Ich schrie mir förmlich die Angst, die ich soeben ausgestanden hatte, von der Seele.

»Jaja«, flüsterte Gedomo und winkte einen jungen Kelten herbei. »Sorge dafür«, rief er diesem zu, »daß dem Druiden nichts passiert! Ich mache dich und deine Brüder persönlich für sein Wohl verantwortlich!«

»So sei es, Gedomo!« brüllte der junge Kelte, und seine Brüder stießen johlend ihre Schwerter in den Himmel. Es war für sie offenbar eine Ehre, einen Druiden beschützen zu dürfen.

Ich verabschiedete mich von Boa, zurückhaltend, wie es sich für einen Druiden in der Öffentlichkeit gehört. Es fiel mir schwer. Während der langen Winternächte hatten wir uns gegenseitig ein bißchen Wärme und Halt gegeben. Wie zwei Verirrte in der Nacht.

»Boa«, sagte ich leise, »vielleicht kommt eines Tages ein Grieche und fragt nach mir. Dann sag ihm, daß ich zu Vercingetorix reite. Und anschließend nach Massilia. Er soll mir folgen.«

»Wie heißt der Grieche?« fragte Boa.

»Krixos. Er ist mein Sklave, aber sei nicht erstaunt, wenn er sich als Freigelassener oder Händler ausgibt. Er heißt Krixos, hörst du?«

»Ja«, sagte Boa und streichelte unauffällig mein linkes Bein. »Kommst du eines Tages wieder?«

Ihre Augen waren feucht.

»Nein, Boa. Wir werden uns nie mehr sehen.«

Wenig später ritten wir los, Vercingetorix' Heer entgegen. Ich erfuhr, daß die druidischen Oberhäupter Galliens bei ihrem jährlichen Treffen im Wald der Carnuten den heiligen Krieg beschlossen hatten. Und der junge Arvernerkönig Vercingetorix, der seit Monaten für diese Idee warb, sollte diesen Feldzug anführen. Die Druiden kehrten zu ihren Stämmen zurück und befahlen ihren Fürsten, sich bedingungslos mit allen ihren Kriegern und Klienten dem Befehl des Arverners unterzuordnen. Häduer, Arverner, Sequaner, sie sollten plötzlich alle gemeinsam unter einem Befehl kämpfen. Die Druiden machten das Unmögliche wahr. Ein vereintes Gallien unter einem Oberkommando. Cäsars Stunden schienen gezählt.

Ich war eigentlich nicht sehr erstaunt, als ich hörte, daß der ungestüme Vercingetorix mit seinen heißblütigen Anhängern in sein Oppidum zurückgekehrt war, alle seine Feinde erschlagen hatte und sich zum König hatte ausrufen lassen. Geduld war nicht seine Stärke. Aber um Cäsar zu besiegen, würde er Geduld brauchen.

Über die Stärke seines Heeres gab es die wildesten Gerüchte. Viele hielten es für einen großen Vorteil, daß Vercingetorix jahrelang mit seinen Leuten als Reiteroffizier in Cäsars Heer gedient hatte. Mit ihm würde ein Kelte gegen Cäsar antreten, der mit der römischen Kriegsführung bestens vertraut war. Er kannte die Ausrüstung, und was noch wichtiger war: Er kannte den Prokonsul Gaius Julius Cäsar persönlich! Ich war mir sicher, daß wir siegen würden.

Vercingetorix empfing mich mit offenen Armen. Er preßte mich derart fest an sich, daß ich den Halt unter den Füßen verlor. Als er mich wieder absetzte, um mich näher betrachten zu können, fiel ich rückwärts in die Arme der jungen Brüder, die mich die ganze Reise über fürstlich betreut und verwöhnt hatten. Vercingetorix strotzte nur so vor Kraft und Energie. Nichts sollte dem Zufall überlassen werden. Ich drückte ihm die goldene Euffigneix-Statue in die Hand: »Du wirst sie jetzt brauchen, Vercingetorix, König der Arverner und Anführer der keltischen Stämme!«

Er ließ die kleine Statue in seiner kräftigen Hand verschwinden. »Du bringst mir Glück, Druide. Komm in mein

Zelt. Die carnutischen Kundschafter haben mir angekündigt, daß du Karten mit allen römischen Stützpunkten zeichnen kannst.«

Ja, die Druiden haben durchaus recht, wenn sie behaupten, daß das geschriebene Wort das Gedächtnis verfaulen läßt wie einen wurmstichigen Apfel. Wer hingegen jahrelang Hunderte von Versen auswendig gelernt war, verfügt über ein ausgezeichnet geschultes Gedächtnis. Ich hatte überhaupt keine Mühe, ohne Vorlage eine genaue Karte Galliens anzufertigen. Mit sicherem Strich skizzierte ich die Flüsse und Berge, schraffierte Wälder und zeichnete die römischen Proviantlager und Versorgungsrouten ein.

Bewundernd schaute mir Vercingetorix über die Schulter: »Dieser Julier wird hier verhungern«, murmelte er. »Ich werde ihn mit seinen eigenen Waffen schlagen. Jetzt wird sich endlich zeigen, ob er tatsächlich von den Göttern begünstigt ist.«

Vercingetorix zeigte auf die Karte und tippte mit dem Finger auf Narbo, das etwas westlich von Massilia liegt. »Hier ist Cäsar. Er sichert die Grenzen seiner Provinz, und hier oben«, er zeigte auf eine Stelle östlich von Cenabum, »hier oben, bei den Senonen und Lingonen, überwintern seine Legionen. Und wir sind dazwischen. Hat Cäsar nicht immer gepredigt, daß man die gallische Wildsau nicht auf einmal verzehren soll? Ich werde es ihm gleichtun. Eine Legion nach der andern!«

Cäsar ahnte, daß sich in diesem siebten Kriegsjahr etwas Besonderes zusammenbraute. Nahezu alle Stämme Galliens hatten sich mittlerweile dem Oberbefehl des charismatischen Heerführers Vercingetorix unterstellt. Die Häduer zögerten noch. In Eilmärschen zog Cäsar mit frisch ausgehobenen Truppen über die zu dieser Jahreszeit noch völlig verschneiten Cevennen. Doch Vercingetorix griff ihn nicht an. Er ließ Cäsar ungehindert durch das Land der immer noch mit Rom verbündeten Häduer marschieren. Die keltischen Fürsten drängten den Arverner jedoch zum Kampf. Sie hatten zuwenig Nahrung, um ihre Krieger und Klienten bei Laune zu halten.

»Wieso greifst du ihn nicht endlich an?« fragte ich Vercingetorix eines Abends. Mittlerweile erledigte ich seine Korrespondenz, so wie ich es für Cäsar getan hatte.

»Du meinst, wenn ich ihn nicht angreife, wird die Verpflegung knapp? Dann meutern meine Leute und kehren zu ihren Stämmen zurück?«

Ich nickte.

»Das ist schon möglich, Druide. Aber was passiert, wenn die Legionäre nichts mehr zu essen haben? Werden sie auch meutern?«

Ich schüttelte den Kopf. »Nein, ich glaube nicht.«

Vercingetorix lachte. »Vielleicht werden sie tatsächlich nicht meutern. Sie werden verhungern. Denn der Prokonsul hat mich einmal gelehrt, daß der Hunger das Eisen besiegt. Wozu soll ich also noch mehr keltisches Blut opfern?«

Cäsar hatte gut vorgesorgt. Es fehlte ihm an nichts. In Eilmärschen erreichte er Cenabum und legte es in Schutt und Asche. Arme Boa. Ich glaube nicht, daß sie überlebt hat. Cäsar vereinte sich mit dem übrigen Heer und marschierte direkt auf das Land der Arverner zu. Er hoffte, damit die treibende arvernische Kraft von der gesamtgallischen Koalition zu sprengen. Aber Vercingetorix reagierte nicht. Er blieb unsichtbar. Er mied die Schlacht. Doch überall, wo Cäsars Herr eintraf, brannten die Städte und Proviantlager, waren die Felder verwüstet und die Tiere verschwunden. Während die Legionäre bereits auf Notrationen umgestellt wurden, mußte Cäsar immer größere Einheiten losschicken, um die Nachschubwege zu sichern. Etliche Einheiten kamen nie mehr zurück. Es gab wohl in ganz Gallien nichts Gefährlicheres, als auf römischen Nachschubwegen zu reiten.

Die Legionäre wurden immer ungeduldiger. Sie hatten Hunger. Und überdies schien es, als hätten die keltischen

Götter endlich eingegriffen: Es regnete sintflutartig. Cäsars Armee versank hungernd im Schlamm. Cäsar blieb nichts anderes übrig, als bei strömendem Regen vor seine ausgezehrten Soldaten zu treten, und ihnen den Rückzug in die Heimat zu erlauben. Natürlich war dies bloß ein geschickter Schachzug. Die Legionäre waren beschämt. Jetzt wollten sie Cäsar erst recht zeigen, wozu sie imstande waren. Den Ausschlag gab schließlich einmal mehr der geniale Mamurra.

Er rollte seine raffinierten Belagerungstürme an die Mauern der biturigischen Hauptstadt und ließ Hunderte von Mehrladegeschützen, Sturmlauben und Mauersicheln herstellen. Avaricum, das Oppidum zwischen dem Land der Carnuten, der Häduer und der Arverner, fiel. Und es fiel tief. Vierzigtausend Einwohner wurden von blindwütigen Legionären ermordet, fast jede Frau wurde vergewaltigt. Selbst Säuglinge wurden verstümmelt und mit Katapulten in den Himmel geschossen. Achthundert ließen sie am Leben, damit sie Vercingetorix und den andern erzählen konnten, was sich an jenem Tag ereignet hatte.

Doch Vercingetorix' Position wurde dadurch nicht geschwächt. Im Gegenteil. Hatte er nicht lauthals die freiwillige Verbrennung des biturigischen Oppidums gefordert? Die Ausrottung der Stadtbewohner lieferte den Beweis, daß Vercingetorix' Strategie der verbrannten Erde richtig war. Nur die Bituriger hatten sich Vercingetorix' Befehl widersetzt. Und nur sie waren Cäsar unterlegen. Selbst die Häduer mußten nun eingestehen, daß Vercingetorix durchaus Ahnung hatte. Dennoch konnte es sich Cäsar erlauben, sein gesamtes Nachschublager mitsamt der Kriegskasse und allen gallischen Geiseln in der häduerischen Stadt Noviodunum unterzubringen.

Nachdem Cäsar anfangs des Jahres alles unternommen hatte, um sich mit seinem Heer zu vereinen, mußte er sein Heer nun wegen der nach wie vor prekären Versorgungslage wieder teilen. Der treue Labienus zog mit vier Legionen in den Norden, während Cäsar mit sechs Legionen ins Land der Arverner zog.

Er wollte Vercingetorix ins Herz treffen. Er wußte, daß keine Stadt in Gallien Mamurras genialen Belagerungswaffen standhalten konnte. Doch Gergovia, die Hauptstadt der Arverner, war eine hochgelegene Festungsstadt mit unzugänglichen Anfahrtswegen, so daß sich Cäsar die Zähne daran ausbiß. Gallien frohlockte. Selbst die Häduer erhoben sich gegen den Prokonsul. Jetzt glaubten auch sie, daß Cäsars Zeit in Gallien vorbei war. Cäsar brach die Belagerung von Gergovia ab und zog, unter dem Hohngelächter der Verteidiger, eilig ins Land der Häduer. Nachdem er die Häduer gescholten und diese sich untertänigst entschuldigt hatten, kehrte Cäsar vor die Mauern Gergovias zurück. Er brauchte einen Verbündeten in Gallien, deshalb die Milde den Häduern gegenüber. Aber was er noch dringender brauchte, war die Einnahme von Gergovia. Die arvernische Hauptstadt mußte fallen. Doch Vercingetorix operierte geschickt. In kleinen Gruppen griffen die ortskundigen Krieger Tag und Nacht die römischen Flanken an, schlugen blitzschnell zu und galoppierten wieder davon. An einem einzigen Tag fielen sechsundvierzig Centurionen und siebenhundert Legionäre. Cäsar gab die Belagerung auf.

Das war die erste große Niederlage des Prokonsuls auf gallischem Boden. Vercingetorix hatte Cäsar bezwungen.

Die Häduer änderten darauf erneut ihre Meinung und ermordeten in Noviodunum die römische Besatzung, die Cäsar zur Bewachung der Kriegskasse, der Vorräte und des schweren Gepäcks zurückgelassen hatte. Mit den Häduern verlor Cäsar seine letzten Verbündeten in Gallien und sein gesamtes Reisegepäck. Er wollte den erneuten Verrat der Häduer rächen. Doch als er auf die Stadt zumarschierte, brannte sie bereits lichterloh. Die Häduer hatten allen Proviant weggebracht oder vernichtet. Cäsar war am Ende. Seine Soldaten hungerten wieder. Mancher Offizier hatte all sein Hab und Gut verloren, das er in Noviodunum zurückgelassen hatte.

Die Gallier hatten endlich zu einem Zusammengehörigkeitsgefühl gefunden. Eine gesamtgallische Versammlung wurde in Bibracte einberufen, dort, wo Cäsar einst die Helvetier besiegt hatte. Die Zusammenkunft der gallischen Stammesfürsten wurde zum großen Triumph des Vercingetorix. Er wurde in seinem Oberbefehl bestätigt. Er hatte nun die Wahl, Cäsar mit seinem ausgehungerten Heer in seine Provinz zurückzujagen oder im Norden gegen Labienus' Legionen zu kämpfen. Labienus schleppte sich mit seinen Soldaten nach Lutetia, um die Stadt einzunehmen und seine Männer verpflegen zu können. Doch als Labienus nahte, lag auch diese Stadt bereits in Schutt und Asche, und die Kuriere, die von ihren schweißnassen Pferden stiegen, brachten die Meldung von Cäsars Scheitern vor den Toren Gergovias. Labienus wurde klar, daß das gallische Abenteuer zu Ende ging. Er eilte in den Süden, Cäsar entgegen. Gemeinsam wollten sie in die römische Provinz flüchten. Dachte Vercingetorix. Deshalb heftete er sich an die Fersen des fliehenden Cäsars und griff seine lange Marschkolonne von drei Seiten an.

Im Grunde genommen wollte Vercingetorix nur noch vollenden, was er bereits vollbracht hatte. Die Befreiung Galliens. Doch Cäsar hatte mittlerweile seine davongelaufene keltische Reiterei durch germanische Reiter ersetzt. Und es waren ausgerechnet diese germanischen Reiter, die den ersten Angriff der gallischen Reiterei abwehrten. Sie schlugen die Reiter des Vercingetorix in die Flucht und nahmen die Verfolgung auf. Und dann geschah das Unfaßbare: Die Gallier zogen sich in einem heillosen Durcheinander zurück, während die römischen Legionäre neuen Mut schöpften und die Fliehenden verfolgten. Vercingetorix flüchtete mit seinen Männern in die befestigte Stadt der Mandubier. Sie liegt auf einer steilen Anhöhe. Sie heißt Alesia.

In Alesia gibt es eine Gaststätte. Die Fassade ziert ein weißer Hirsch, obwohl sie Gaststätte ›zum goldenen Eber‹ heißt. Vercingetorix dachte, es bringe ihm Glück, wenn er seine engsten Vertrauten in dieser Gaststätte unterbringen würde. Siegessicher stand er vor der ausgebreiteten Karte von Gallien und nahm den Weinbecher, den ein Offizier ihm reichte.

»Cäsar wird sich erneut die Zähne ausbeißen«, lachte er. Er schaute kurz zu mir rüber. Es muß ihm aufgefallen sein, daß ich sehr ernst war, denn er fragte mich, was ich von seinem Plan hielt. Die Offiziere und Adligen hatten sich daran gewöhnt, daß Vercingetorix immer besonderen Wert auf meine Meinung legte. Sie standen um den großen Tisch herum und starrten mich an.

»Cäsar hat einen Mamurra«, begann ich leise. »Er nimmt jede Stadt im Handumdrehen ein.«

Die Offiziere lachten. »Und was war in Gergovia?« schrien einige verärgert und vom Wein schon arg benebelt.

»Alesia hat nicht die Beschaffenheit von Gergovia. Gergovia ist nicht Alesia. Wenn es etwas gibt, das die Römer besser können als alle anderen Völker unter der Sonne, dann ist es die Belagerung einer Stadt!«

»Er wird die Stadt nicht lange belagern können«, lachte Vercingetorix, »denn den Römern geht der Proviant aus. Und ich werde wie in Gergovia Tag und Nacht berittene Einheiten losschicken, um ihnen den Schlaf und die Centurionen zu rauben.«

»Ich weiß nicht«, sagte ich vorsichtig, »aber aus dem Norden naht Labienus. Er will sich Cäsar anschließen.«

»Labienus wird vorher verhungern«, sagte ein Offizier.

»Wieso besinnen wir uns nicht auf das, was uns den großen Erfolg gebracht hat? Auf den Bewegungskrieg, auf die Vermeidung der Schlachten, auf das Aushungern der römischen Truppen!«

»Wenn Cäsar Gallien lebend verläßt, wird er eines Tages mit zwanzig Legionen zurückkehren. Es ist nicht damit getan, Cäsar zu besiegen«, sagte Vercingetorix ernst. »Wir müssen ihn und seine Legionen vernichten, auf daß Roms größte Niederlage den Namen Alesia trage. Im übrigen war es nicht die Beschaffenheit Gergovias, die Cäsars Belagerung zum Scheitern brachte. Die fortwährenden Angriffe unserer Reiter haben seine Männer zermürbt und ihn zum Aufgeben gezwungen. Bis Labienus eintrifft, wird Cäsars Heer schon stark dezimiert sein. Und während wir hier bestens versorgt sind, werden sie dort draußen nichts mehr zu beißen haben.«

Als ich am nächsten Morgen aufstand und zur Stadtmauer hochstieg, hatte ich ein ziemlich mieses Gefühl. Cäsar war über Nacht nicht abgezogen. Nein, seine Pioniere hoben Gräben aus. Um die ganze Stadt herum. Unter Mamurras Anleitung bauten sie einen Befestigungsring von zwölf Meilen. Es war nicht zu fassen, aber dieser Julier schloß uns förmlich ein! Um die ganze Stadt herum zog er einen lückenlosen Ring von Gräben, Wällen, Palisaden und Türmen. Es waren die Kelten, die plötzlich in der Falle saßen. Vercingetorix reagierte schnell. Er schickte den größten Teil seiner Reiterei aus der Stadt, denn hier würden sie uns nichts mehr nützen. Im Gegenteil – je weniger Mäuler zu stopfen waren, desto länger würden unsere Vorräte reichen. Vercingetorix gab ihnen den Befehl, in ganz Gallien ein zweites Heer zusammenzustellen und nach Alesia zu führen. Hier sollte sich das Schicksal des keltischen Volkes in Gallien entscheiden.

Cäsar konnte den Ausbruch der keltischen Reiterei nicht verhindern. Es war ein offenes Geheimnis, daß sich in Gallien ein zweites Heer sammelte. Doch Cäsar dachte nicht an Abzug, nein, jetzt zog dieser Verrückte noch einen zweiten, nach außen gerichteten Verteidigungsring. Wiederum mit Gräben, Wällen, Palisaden, Türmen, Fallgruben und Pferdefallen.

Zwischen diesen beiden Ringen stapelten sich die Vorräte der fünfzigtausend Legionäre und siebentausend Reiter. Cäsar hatte den Spieß umgedreht. Jetzt würde sich zeigen, wer wen aushungerte.

»Hast du mir nicht den Sieg prophezeit, Druide?« fragte Vercingetorix, als wir von der Stadtmauer auf die gespenstisch flackernden Lagerfeuer der römischen Legionäre blickten. Es war eine tiefschwarze Nacht. Ich hatte Mühe zu verstehen, wie Cäsar in einer schier aussichtslosen Situation einen derart tollkühnen Plan entwickeln konnte. Er spielte sein altes Spiel: alles oder nichts. Und spekulierte auf die Hilfe der unsterblichen Götter.

»Ich habe dir nie den Sieg versprochen, Vercingetorix. Ich habe nur gesagt, daß Cäsar besiegbar ist. Aber ich habe nicht gesagt, daß Cäsar besiegt werden würde.«

»Aber du hast prophezeit, daß ich es vollbringen kann.«

»Ja. Aber nicht, daß du es vollbringen wirst.«

Vercingetorix schien verärgert. Ungeduldig rieb er seine Hand auf dem Stein der Burgmauer. Plötzlich löste sich ein kleines Stück und fiel hinunter. Wir hörten den dumpfen Aufschlag. Es schien so, als würde ihm das Glück zwischen den Fingern zerrinnen.

»Ich habe heute nacht eine schwierige Entscheidung zu treffen.« Vercingetorix schaute mich prüfend an. Ich ahnte, daß ich davon betroffen sein würde.

»Wir sind achtzigtausend Leute in diesem verfluchten Alesia. Und wir haben kaum noch zu essen.«

Ich schaute wieder hinüber zu den Lagerfeuern. Cäsar hatte die Versorgung seiner Legionäre sichergestellt. Die Stimmung schien gut.

»Wer keine Waffen tragen kann, muß bis zum Morgengrauen Alesia verlassen haben«, sagte Vercingetorix abrupt. Dann umarmte er mich und wünschte mir viel Glück.

Es gibt Ideen, für die ganze Generationen geopfert werden. Es gibt auch Ideen, für die man alle seine Prinzipien opfert, alles, woran man bisher geglaubt hat. Im Morgengrauen fand ich mich inmitten von klagenden Frauen und weinenden Kindern. Wir waren zum Tod verdammt. Langsam schritten wir unter dem Stadttor hindurch in unser Verderben. Viele Alte waren krank und schwach. Sie mußten von den Frauen gestützt werden. Ich hatte genug damit zu tun, das Gleichgewicht zu halten. Von allen Seiten wurde man geschubst. Es wurde geflucht und geweint. Der eine bettelte um Essen, der andere verlangte nach einer Decke. Schließlich trat ich in ein Loch und fiel der Länge nach hin. Ich blieb liegen. Mein Onkel Celtillus hatte mich gelehrt, wieder aufzustehen. Aber ich blieb liegen. Vorne war der innere Verteidigungsring, mit dem Cäsar Alesia eingeschlossen hatte. Es gab kein Entkommen. Die kretischen Bogenschützen standen sicher hinter ihrem Palisadenzaun und streckten jeden nieder, der dem Graben zu nahe kam. Ich setzte mich ins Gras und drückte Lucia an meine Brust. Der Troß der Ausgestoßenen näherte sich dem römischen Belagerungsring. Als die Legionäre sahen, daß im Niemandsland zwischen der Stadtmauer und ihrer inneren Befestigungsanlage keine waffenfähigen Männer waren, wurden sie regelrecht wütend. Mir schien, als hätten sie Mitleid mit den Ausgestoßenen. Die Frauen flehten, man möge sie doch ziehenlassen. Doch Cäsar gab offenbar Befehl, keinen einzigen Kelten durchzulassen. Hier und da sah ich, wie ein Legionär etwas über die Palisaden warf. Wie Hyänen stürzten sich Frauen und Kinder auf das Stückchen Brot. Die Alten versuchten es erst gar nicht. Schlimmer als der Hunger war der Durst. Wir würden verdursten, bevor wir verhungerten.

In der nächsten Nacht starben bereits viele Alte und Kranke. Auch die Säuglinge. Vercingetorix hatte mir eine warme Tunika, einen dicken, rotkarierten Wollmantel, ein Stück Brot und einen Trinkschlauch mitgegeben. Heimlich, im Schutze der Dunkelheit, trank ich einen kleinen Schluck Wasser. Mit der nassen Hand befeuchtete ich Lucias Schnauze. Sie lag neben mir und rührte sich kaum noch.

Ich hörte auf, die Tage und Nächte zu zählen. Mühsam schleppte ich mich auf allen vieren vorwärts. Ich wollte raus hier, nichts als raus. Lucia folgte mir. Sie war mager geworden. Und schwach. Meine Arme knickten ein, und ich schlug mit der Stirn an einen Stein. Ich richtete mich auf. Die Sonne blendete mich. Über mein linkes Auge floß Blut. Offenbar war die Wunde größer, als ich dachte. Ich mußte sie auswaschen. Ich brauchte Wasser. Dringend. Ich hatte Durst. Nach einigen Tagen läßt der Hunger nach. Aber der Durst wird immer drängender. Zornig riß ich mein rechtes Bein hoch, winkelte es an, und versuchte aufzustehen. Mit einem Ruck stand ich plötzlich auf beiden Beinen. Mir wurde schwarz vor Augen. Ich hörte Stimmen, aber ich weiß nicht, woher sie kamen. Ich drehte mich um und sah Alesia. Und davor, vor den Stadtmauern, lagen Tausende von Menschen. Im Sterben. Ich wollte es hinter mich bringen. Onkel Celtillus sollte dem Fährmann sagen, daß ich komme. Ich riß mich von Alesia los und stolperte vorwärts. Ich sprach langsam auf Lucia ein, erzählte ihr von Massilia. Jaja, Massilia. Ich wischte mir das Blut von der Stirn und leckte meine Finger. Ich torkelte weiter. In der Ferne sah ich das Glitzern von Metall. Ich hörte wütende Schreie und riß die Augen auf. Vor mir erhob sich ein hölzerner Turm in den Himmel. Davor der Graben. Eine tote Frau lag darin. Selbst im Tod hielt sie ihren Säugling noch fest. Ich wollte nicht in den Graben stürzen. Ich schaute nochmals zum Turm hoch. Mir war, als hätte mir jemand gewinkt. War es möglich? War das tatsächlich der Primipilus der zehnten Legion? Der Name war mir entfallen. Plötzlich bohrte sich ein Pfeil ein paar Schritte vor mir in den Boden. Ich war bereit. Ich ging noch ein paar Schritte weiter. Jetzt stand ich genau vor dem Graben. Und vor mir war dieser Pfeil. Er war in der Mitte ein bißchen dick. Brot. Brot! Blitzschnell griff ich danach. Doch im gleichen Augenblick spürte ich eine furchterregende Übelkeit. Ich erinnere mich, daß alles um mich herum dunkel wurde. Ich brach zusammen und verlor das Bewußtsein. Leblos rollte ich in den Graben.

Wasser. Ich öffnete den Mund. Jemand hatte meinen Oberkörper aufgerichtet. Er kniete hinter mir und flößte mir Wasser ein. Wasser.

»Nacht?« murmelte ich. »Ist es Nacht?«

»Ja, Herr«, antwortete eine Stimme, »es ist Nacht. Lucius Speratus Ursulus, der Primipilus der Zehnten, hat mir erlaubt, dir Wasser zu bringen.«

»Wasser?« murmelte ich. »Wasser?« Ich begann fürchterlich zu husten.

»Trink nicht so schnell«, flüsterte die Stimme in der Dunkelheit.

»Wo ist Celtillus? Mein Onkel Celtillus?«

»Wanda ist in Massilia! Hörst du, Herr? Wanda ist in Massilia.«

Auf einen Schlag war ich hellwach. Ich wollte mich umdrehen, doch mir wurde gleich wieder elend und übel.

»Ich bin's, Herr, Krixos, dein Sklave!«

Krixos!

»Laß dich anschauen, Krixos«, keuchte ich. Die Aufregung hatte mir den Atem geraubt. Krixos hielt mich mit einem Arm fest und rutschte auf den Knien in mein Blickfeld. Zitternd suchte ich sein Gesicht, befühlte seine Wangen, seine Nase.

»Bist du's wirklich?«

»Ja, Herr! Ich habe Wanda gesehen!«

»Geht es ihr gut?« keuchte ich.

»Ja, Herr, ich soll dir sagen, daß sie dich liebt, hörst du?«

Es war wie ein schmerzhafter Kloß, der langsam im Hals anschwoll und die Tränen aus den Augen trieb.

»Der Bernstein ...«, murmelte ich. »Hast du Wanda freigekauft?«

Krixos schwieg. Also hatte er nicht.

»Sie ist Sklavin«, keuchte ich, »nicht wahr?«

»Ja, Herr. Aber es geht ihr gut. Ich wurde ausgeraubt, aber ich bin dem Sklaventroß gefolgt, bis nach Massilia hinunter.«

»Und ... und wessen Sklavin ist sie, Krixos ... Nenn mir seinen Namen!«

Krixos schwieg.

»Du sollst mir seinen Namen nennen, Krixos!« keuchte ich.

Ich hörte sein Flüstern an meinem Ohr. »Kretos«, sagte er.

Eine Viertelmillion Kelten rückte auf Alesia vor. Doch ich dachte nur noch an eins: Kretos. Ich mußte überleben und nach Massilia. Krixos hatte mir einige Wasserschläuche in der Erde vergraben. Nachts grub ich sie aus und trank. Seit einigen Tagen hatte ich Krixos nicht mehr gesehen.

Ich bin sicher, daß er in der Nacht erneut gekommen wäre, wenn es möglich gewesen wäre. Wahrscheinlich hatte er kein Geld mehr, um die Wachen zu bestechen.

Als ich eines Morgens aufwachte, war er wieder da. Er lag neben mir, von einem Pfeil niedergestreckt. Krixos war tot. In seiner Hand hielt er einen Leinensack. Er war mit Brot, Würsten und Wasserschläuchen gefüllt.

Zweihundertfünfzigtausend Kelten preschten auf Cäsars äußeren Befestigungsring zu. Eine Viertelmillion. Die Entscheidungsschlacht um Alesia hatte begonnen. Die letzte Schlacht für ein freies Gallien. Aber es war schier unmöglich, diesen genialen Sperrgürtel zu durchbrechen.

Zuerst kam ein breiter Landstreifen, der mit Tausenden von heimtückischen eisernen Widerhaken gespickt war. Egal, wie man diese vierdornigen Pferdefallen hinwarf, eine Spitze ragte immer steil nach oben. Die Kelten mußten absteigen. Nach dem Streifen mit den Eisenhaken folgten sorgsam mit Buschwerk getarnte Fallgruben, aus denen angespitzte Pfähle nach oben ragten. Darauf folgte ein breiter Streifen mit angespitzten Astgabeln, die wie eine stumme Phalanx steil aus dem Boden ragten. Und dahinter kamen zwei breite, im Abstand von vierhundert Schritt ausgehobene Gräben, die teilweise mit Wasser gefüllt waren. Zweihundertfünfzigtausend Kelten kamen zum Stillstand. In mühsamer Kleinarbeit mußten alle Hindernisse unter Einsatz des Lebens beseitigt werden.

Cäsars germanische Kavallerie machte einen Ausfall und fügte den Kelten empfindliche Verluste zu. Erst am vierten Tag gelang es ihnen, den äußeren Befestigungsring zu durchbrechen. Doch der mittlerweile ebenfalls eingetroffene Labienus verhinderte den endgültigen Durchbruch.

Und Cäsar warf sich seinen roten Feldherrenmantel über, bestieg Luna, den Schimmel des Niger Fabius, und führte seine Kavallerie aus dem schmalen Lager hinaus. In einer tollkühnen Aktion umging er das keltische Heer und fiel ihm erfolgreich in den Rücken. Die Kelten stoben panikartig auseinander. Vier Tage ohne regelmäßiges Essen hatten genügt. Vier Tage in erbärmlichen hygienischen Verhältnissen. Unter Tausenden von Menschen auf engstem Raum brechen Seuchen über Nacht aus. Die Krieger des keltisches Hilfsheeres hatten die Nase gestrichen voll. Und keiner von ihnen hatte die Autorität, sie zu halten. Viele blieben tot auf dem Schlachtfeld zurück oder wurden gefangengenommen und in die Sklaverei verkauft.

Am nächsten Tag wurden die Tore von Alesia geöffnet. Vercingetorix, der König der Arverner, ritt ins Niemandsland hinaus. Er war allein auf seinem letzten Ritt. Sein Schimmel war prächtig geschmückt. Aufrecht ritt er in seiner vergoldeten Rüstung auf die innere Befestigungsanlage der Römer zu. Die Pioniere hatten einen Teil des Palisadenzauns eingerissen und den Graben mit Erde aufgefüllt.

Langsam erhob ich mich. Lucia blieb liegen. Sie war krank. Ich nahm sie in die Arme und humpelte mit ihr den Graben entlang. Ein paar hundert Schritte vor dem zugeschütteten Graben blieb ich stehen und setzte mich. Lucia zitterte. Ich hörte Trompeten und das metallische Geräusch der Gladien, wenn sie auf die Randbeschläge ihrer Schilde aufschlagen. Ich hörte die Rufe: »Ave Cäsar! Ave Imperator!«

Cäsar kam hoch zu Roß zwischen den beiden Wehrtürmen hervor und blieb auf dem aufgeschütteten Graben stehen. Er trug seinen roten Umhang. Links und rechts von ihm standen seine berittenen Legaten. Die Offiziere waren zu Fuß. Kretische Bogenschützen waren in Stellung gegangen. Hunderte von Schützen für einen Kelten.

Vercingetorix blieb ein paar Pferdelängen vor Cäsar stehen. Dann stieg er etwas hölzern von seinem Schimmel. Fast zärtlich strich er ihm über den Kopf und drückte sein Gesicht an seine Nüstern. Er schien ihm etwas zuzuflüstern. Dann ließ er langsam die Zügel los. Es war mir, als überlasse er Gallien seinem Schicksal ...

Vercingetorix schritt aufrecht auf Cäsar zu. Cäsar schwieg. Ich glaube, er hatte Achtung vor seinem Gegner. Vercingetorix legte sein Schwert Cäsar zu Füßen. Dann löste er seinen Waffengurt und ließ ihn zu Boden gleiten. Alesia war gefallen. Gallien war befriedet. Vercingetorix löste die Lederriemen seines Muskelpanzers und warf ihn auf seine Waffen. Dann kniete er mit einem Bein nieder und senkte den Kopf.

»Du hast gesiegt, Cäsar. Dir gebührt der Ruhm. Nimm mein Leben und verschone mein Volk.«

Cäsar nickte einigen Offizieren zu. Sie traten ein paar Schritte vor und stellten sich links und rechts von Vercingetorix auf. Der Arvernerkönig erhob sich. Dann ließ er sich abführen. Cäsar ritt langsam ins Niemandsland hinaus. Er ritt direkt auf mich zu. Ich blieb im Gras sitzen. Lucia in meinen Armen.

»Druide, wieso hast du mich verlassen?«

Ich schwieg. Ich hörte, wie jemand fragte, ob sie mich ans Kreuz schlagen sollten. Ich schaute nicht mal hoch.

»Du hast mir prophezeit, daß ich nicht in Gallien den Tod finden würde. Du hattest recht, Druide.«

»Nimm ihn wenigstens als Sklaven, Prokonsul«, sagte einer der Legaten.

»Er ist frei«, sagte Cäsar knapp und ritt zurück.

Frei? Ich schleppte mich zu einer der zahlreichen Garküchen, die in der Umgebung Alesias wie Pilze aus dem Boden schossen. Überall kampierten die Sklavenhändler, die auf den Ausgang der Belagerung gewartet hatten. Auch sie mußten verpflegt werden. Keltische Wirte, deren Gaststätten im Krieg zerstört oder auf Vercingetorix' Befehl hin niedergebrannt worden waren, folgten nun ihrerseits den Hyänen und Schakalen des römischen Imperiums, um diese Brut zu ernähren. Nach kurzer Zeit gab es plötzlich wieder luftiges Weißbrot und gallische Würstchen im Überfluß. Und Wein! Und Regen! Ich lag irgendwo inmitten von Garküchen und Weinstuben, irgendwo im Schlamm und nuckelte an meinem Weinschlauch. Manchmal gab ich einem Kind eine Sesterze, damit es mir neuen Wein brachte. Eines Morgens sagte mir der kleine Knirps, daß Lucia tot sei. Sie lag wie immer in meinen Armen. Ihr Bauch war kalt wie ein Weinschlauch. Die Götter hatten mich endgültig verlassen. Ich begrub Lucia im Schlamm neben mir. Ich war dabei, mich um den Verstand zu saufen. Ganze Tage und Nächte verbrachte ich im Regen. Und als die Sonne wieder schien, trocknete der schmutzige Lehm wie eine zweite Haut auf meinem Körper. Ja, ich war frei. Es war die härteste Strafe, die Cäsar mir auferlegen konnte. Ich lebte. Und ich hatte die Hoffnung, jemals nach Massilia zu gelangen und Wanda wiederzusehen, aufgegeben. Wer weiß, vielleicht hatte Wanda mittlerweile Gefallen an ihrem neuen Herrn gefunden? Kretos. Was juckte mich diese massilianische Ratte? Ich war ohnehin am Ende. Ich hatte alles verloren, Wanda, Lucia, Krixos. Ich war weder Druide noch Händler geworden. Ich war nur noch ein Stück Abschaum im Dreck, irgendein keltischer Köter, der sich von kleinen Kindern Weinschläuche bringen ließ.

Die gefangenen Häduer und Arverner ließ Cäsar nach kurzer Zeit wieder frei. Es war nicht die Milde des Siegers. Es war eine Notwendigkeit. Cäsar brauchte sichere gallische Stützpunkte, Verbündete. Die anderen Gefangenen schenkte er seinen Legionären. Sie banden ihnen Stricke um den Hals und zogen sie wie Vieh auf den großen Sklavenmarkt, der inmitten der Zeltstadt vor Alesia entstanden war. Die Händler hatten hohe Holzpodeste errichtet, die von allen Seiten über mehrere Stufen bestiegen werden konnten. Es war wohl Ironie des Schicksals, daß mir die Götter von meinem mittlerweile ausgetrockneten Schlammloch aus eine vorzügliche Sicht auf die Sklavenbühne gewährten. Tag für Tag das gleiche Schauspiel. Tausende von Sklaven, die hinaufgeführt, angepriesen und verkauft wurden. Wollte man den Verkäufern glauben, so gab's wohl auf der ganzen Welt nirgends so viele gesunde und gebildete Kelten wie hier um Alesia herum. Einige Contubernien und Kohorten verkauften ihre Sklaven gleich im Dutzend. Das war den Sklavenhändlern am liebsten. Aber einige Narren glaubten tatsächlich, mit einem einzigen keltischen Sklaven das Geschäft ihres Lebens zu machen.

Eines Tages führte ein untersetzter Legionär mit bulligem Nacken einen hochgewachsenen, athletischen Kerl auf die Holzbühne. Er wollte tatsächlich tausend Sesterzen für ihn! Man stelle sich das mal vor. In wenigen Tagen wurden hier weit über hunderttausend Kelten verkauft, die Preise waren längst in den Keller gesackt, und da kam so ein griesgrämiger kleiner Legionär mit der Schnauze eines massilotischen Kampfhundes und verlangte tausend Sesterzen! Die Händler und Schaulustigen grölten vor Vergnügen. Doch das wiederum beleidigte den stolzen Kelten! Er brüllte, so laut er konnte, daß er einer der mutigsten Männer Galliens sei und daß er es in Rom mit jedem Gladiator aufnehmen würde. Irgendwie kam mir die Stimme bekannt vor. Aber mein Gedächtnis war bereits abgesoffen.

Ich war komplett betrunken. Ich kratzte mir den Dreck von den Wangen und schaute angestrengt zur Sklavenbühne hinüber. Der Kerl hatte Humor. Er hielt tatsächlich einen Vortrag! Gerade teilte er der amüsierten Zuhörerschaft mit, daß er ein raurikischer Fürst sei und sein Bruder ein bedeutender Druide, so bedeutend, daß er in Cäsars Kanzlei gedient habe. Mit einem Schlag war ich hellwach!

»Was ist?« fragten die beiden Buben neben mir. »Brauchst du neuen Wein?«

»Nein«, sagte ich. »Habt ihr schon mal einen Sklaven gekauft!«

»Nein, ehhh ...«, sagte der eine zögernd.

»Doch«, widersprach sein Freund. »Gib uns Geld, und wir kaufen, was du willst!«

Vorsichtig nahm ich ein paar Münzen aus meinem rechten Schuh. Ich hatte das Geld überall verteilt. Kein Mensch sollte sehen, daß ich immer noch eine ansehnliche Summe hatte. Beide Buben hielten mir die Hände entgegen.

»Aber paßt auf«, schrie ich zornig. »Denkt bloß nicht, ich hätte nicht bemerkt, daß ihr mir seit einigen Tagen den Wein verdünnt! Ich bezahle einen ganzen Schlauch, und ihr kauft bloß einen halben und füllt den Rest mit Wasser auf!«

Die Buben liefen rot an. Der eine wollte sich entschuldigen, aber der keckere ergriff gleich das Wort: »Weißt du, wir haben das bloß für deine Gesundheit getan! Wenn du stirbst, verlieren wir unseren besten Kunden!«

»Lauft los, und kauft mir diesen Verrückten da oben!«

Die beiden Buben nahmen das Geld und rannten los. Währenddessen hörte ich, wie jemand vierhundert Sesterzen bot. Einer bot fünfhundert. Basilus verlor nun endgültig die Nerven. Er tobte und brüllte herum und zerrte an seinen Fesseln. Er sei mindestens zweitausend Sesterzen wert. Jemand schrie, da sei ja ein griechischer Dichter noch billiger zu haben. Plötzlich wurde es ruhig, und gleich darauf brach schallendes Gelächter aus. Ich hörte die Stimme des einen Buben, ohne jedoch seine Worte zu verstehen.

Dann sah ich, wie sie unter dem Gelächter der Händler und Gaffer auf das Holzpodest stiegen.

»Lacht nicht so blöd!« schrie der eine Bub wütend. Jetzt konnte ich ihn bis hierher verstehen. »Unser Herr ist ein vornehmer Druide. Er sitzt drüben im Gasthaus und hat uns beauftragt, den Kelten zu kaufen.«

Basilus schien verwirrt. Irgendwie waren alle verwirrt. Der Legionär schien zu überlegen. Einige riefen, er solle sich beeilen. Unten an der Treppen standen Hunderte von Legionären mit ihren Sklaven Schlange. Während der Morgen den professionellen Sklavenhändlern gehörte, die die Gefangenen kohortenweise aufkauften, gehörte der Nachmittag den Einzelkämpfern.

»Nimm es oder laß es sein!« schrie der Junge, der nie um eine Erklärung verlegen war, den Legionär an. Ich sah, wie der Römer das Geld in die Hand nahm und sorgfältig prüfte.

»Wie wollt ihr allein mit diesem Kerl fertig werden?«

Einige lachten wieder.

»Er soll der erste Offizier der druidischen Leibwache werden«, fabulierte der andere Bub. Ich weiß nicht, woher sie diesen Unsinn hatten. Druiden und Offiziere und Leibwachen, da war den Jungs einiges durcheinandergeraten. Aber Basilus reckte mit stolzgeschwellter Brust den Kopf in die Höhe. Das schien ihm zu gefallen.

»Also, wo ist dieser vornehme Druide?« fragte Basilus stolz, als die beiden Jungen vor mir stehenblieben. Die Buben grinsten. Basilus zerrte wieder an seinen Fesseln, die ihm die Arme auf den Rücken schnürten. »Bin ich etwa euer Sklave?« schrie er. »Woher habt ihr das Geld?«

»Es ist mein Geld, Basilus«, sagte ich müde und senkte beschämt den Kopf. Ich sah nicht, wie Basilus sich nach mir umdrehte und langsam vor mir in die Hocke ging.

»Korisios?« fragte er ungläubig.

»Hmm«, murmelte ich und reichte dem einen Jungen mein Messer, damit er Basilus die Fesseln aufschnitt. »Ich hab dir doch gesagt, daß wir uns eines Tages wiedersehen!«

Basilus' Fesseln fielen zu Boden. Er bewegte die Schulterblätter und ruderte mit den Armen. »Aber du hast mir verschwiegen, daß ich dann dein Sklave sein würde«, lächelte er zaghaft. Er setzte sich zu mir in den Schlamm und nahm mich sanft in den Arm. Er war tief bewegt. Ich war es auch. Aber wir hatten das Weinen verlernt, wir alle, hier in Alesia.

»Vergiß es«, flüsterte ich, »du bist selbstverständlich frei und kannst tun und lassen, was du willst!«

»Das würde dir so passen«, murmelte Basilus. »Ich bin dein Sklave, bis ich mich von dir freigekauft habe! Hast du verstanden, Herr?!«

Und so wurde mein Jugendfreund Basilus in Alesia mein Sklave. Natürlich habe ich ihn nicht als solchen behandelt. Wir waren schließlich Freunde. Aber der Kerl bestand darauf, mich »Herr« zu nennen. Ich verbot es ihm, wir stritten sogar, aber er bestand darauf. Basilus, mein Sklave! Als erstes brachte er mich in einen ordentlichen Gasthof hinter den Mauern Alesias. Ich schwor dem Wein ab und trank frische Ziegenmilch. Nicht, daß ich nun plötzlich hätte Druide werden wollen, nein, aber ich wollte nach Massilia. Mein Sklave drängte, machte mir Mut. Er sagte, er würde Wanda rauben und Kretos töten, wenn ich das wollte. Einige Tage später kauften wir Pferde, Lasttiere und Proviant und ritten inmitten der zahlreich nach Süden strebenden Händlerkarawanen Richtung Massilia.

Kurz vor unserer Abreise begegnete ich auf einem der Märkte Aulus Hirtius. Wir blieben stehen und musterten einander melancholisch. Schließlich trat er auf mich zu und nahm mich in die Arme. Er sagte, Cäsar wolle sich nach Bibracte zurückziehen und das siebte Buch zu Ende schreiben. Ich wünschte ihm viel Glück. Als ich mit Basilus weiterzog, rief er mir plötzlich zu: »Druide, schuldest du mir nicht noch Geld?«

Ich stutzte. Tatsächlich. Aulus Hirtius hatte mir seinerzeit Geld geliehen, damit ich mich von Kretos freikaufen konnte. Ich gab ihm die Goldmünzen, die ihm zustanden.

»Du hast Glück, Druide, sonst wärst du heute mein Sklave geworden, und ich hätte dich gezwungen, das siebte Buch zu schreiben«, lachte er.

Mit dem Fall von Alesia endete der große gallische Krieg, der keltische Befreiungskampf gegen die römischen Invasoren. Cäsar hatte dreißig Schlachten geschlagen, achthundert Dörfer und Städte erobert, eine Million Kelten abgeschlachtet und eine Million Menschen versklavt. Zum Ruhme Roms. Zum Ruhme Cäsars. Gallien war geplündert und finanziell ausgetrocknet. Der jährliche Tribut betrug bescheidene vierzig Millionen Sesterzen. Mehr war nicht möglich. Der Krieg hatte Gallien wirtschaftlich ruiniert. Cäsar hingegen war Milliardär. Er hatte soviel Gold geraubt und auf den Markt geworfen, daß der Goldpreis in Rom um dreißig Prozent fiel. Während der gallische Jahrestribut vierzig Millionen Sesterzen betrug, schickte Cäsar seinem Freund Cicero 60 Millionen, damit dieser das Bauland für das geplante Cäsarforum kaufen konnte. Cäsar beschenkte seine Freunde und Feinde, gewährte allen möglichen Leuten gigantische Darlehen und stiftete prunkvolle Tempel und Bauten. Sein keltisches Raubgold machte es möglich.

X.

Massilia, die griechische Handelskolonie im Süden Galliens, war die Drehscheibe des Mittelmeers. Von dort kamen all jene Tauschwaren, die wir Kelten so schätzen: römischer Wein, farbiges Glas und Metallgefäße. Im Gegenzug lieferte Gallien Massilia nicht nur Salz, Kupfer, Bernstein, Zinn, Felle, Leder, Gold, Harz, Pech, Kienholz, Wachs, Käse und Honig, sondern auch die charakteristischen roten Wollstoffe, um die uns die ganze römische Republik beneidete. Deshalb – und auch weil wir neben der Sense das Holzfaß erfunden haben – verbreiten die Römer immer noch das Gerücht, wir würden nur um des Weines willen Tauschhandel treiben. Weil wir trunksüchtig seien. Deshalb hätten wir auch das Faß erfunden. Und deshalb würden wir zwei junge Sklaven gegen eine einzige Amphore Wein eintauschen. Als wäre die Beschaffung von Sklaven schwierig. Aber gegen römische Verleumdungen ist eben kein Kraut gewachsen. Denn was Römer behaupten, wird schriftlich für die Nachwelt festgehalten. Was wir entgegnen, hören bloß die Götter. Wenn sie wollen.

Es war schön, an Basilus' Seite reiten zu können. Wir erzählten uns, was wir in den Jahren erlebt hatten, erzählten es wieder und wieder und schmückten es in immer prächtigeren Farben aus. Abends setzten wir uns an die Lagerfeuer der Händler, brieten Fleisch und tranken Wein (Ziegenmilch ist unterwegs Mangelware) und lästerten vergnügt über das römische Imperium. Es war nicht Neid oder Mißgunst, nein, wir Kelten haben eine eher sportliche Einstellung zum Leben und zum Tod. Dabeisein ist wichtiger als überleben. Was uns an Rom aber stets gestört hat, ist diese unerträgliche Überheblichkeit, mit der sie Nichtrömern ihren Willen aufzwingen.

Als wir eines Tages die turmreichen Mauern Massilias erblickten, war ich mit den Nerven bereits ziemlich am Ende. Das mögliche Wiedersehen mit Wanda hatte mich in den letzten Nächten um den Schlaf gebracht. Je näher ich Massilia gekommen war, desto größer war die Angst geworden, Massilia zu erreichen, aber Wanda ewig fern zu bleiben. Was, wenn Kretos sie mittlerweile weiterverkauft hatte? Wanda konnte ja ziemlich störrisch sein. Vielleicht hatte Wanda auch versucht, Kretos umzubringen. Die südwärts ziehenden Händler hatten erzählt, daß in Massilia merkwürdige Gesetze herrschten. Massilia lag zwar in der römischen Provinz Gallia Narbonensis. Aber Massilia war ganz und gar autonom! Nachdem Rom die Stadt seinerzeit vor den Kelten geschützt hatte, war der Mittelmeermetropole der lange Küstenstreifen von Nicaea bis zum Rhodanus, mit allen Klientenstaaten, zugesprochen worden. Als Gegenleistung hatte Massilia den Unterhalt der Via Domitia übernommen und die Überwachung des Fossae Marianae, eines Seitenkanals des Rhodanus. Die Kanalzölle machten Massilia, das seine Felder seinerzeit angeblich mit den bei Aquae Sextiae gefallenen Teutonen gedüngt hatte, reich, mächtig und selbstbewußt. Somit konnten sie sich eine eigene Rechtsprechung erlauben, den Frauen den Weinkonsum verbieten, für den Selbstmord eine staatliche Genehmigung vorschreiben und andere exotische und skurrile Gesetze erlassen. Trotzdem war und blieb Massilia für jeden adligen Kelten das große griechische Bildungszentrum, in dem er gerne seine Söhne ausbilden ließ. Für einen Kelten war Massilia der Nabel der Welt, das Zentrum von Kultur und Wissen. Und nicht Rom. Es war auch mein Traum gewesen.

Massilia liegt auf einer vorspringenden Halbinsel, nördlich des windgeschützten alten Hafens Lakydon, dessen enge Einfahrt zwischen Felsen gut zu verteidigen ist. Massilias Stärke war seine Flotte. Am Hafen unten reihten sich riesige Werften an Lagerhäuser und Büros. Wir erkundigten uns als erstes nach dem Weinhändler Kretos. Er war in der Stadt kein Unbekannter. Es hieß, er hätte im Hafen Lagerhallen mit Eisen, Zinn und Silber. Aber seine Villa sei hinter der Akropolis, dort, wo die bedeutenden Männer Massilias residierten.

Ich wollte keine Zeit verlieren. Ich hatte mit Basilus schon alle möglichen Szenarien besprochen. Ich wollte Wanda einfach loskaufen. Wenn nötig, würde ich ihm mein ganzes Gold geben. An einer offenen Straßenbude besorgten wir uns etwas zu essen und zu trinken. Hier im Zentrum gab es unzählige Garküchen, Weinhandlungen, Backstuben, Kleidergeschäfte und Töpfereien, die alle zur Straße hin offen waren. In der Nähe des Forums reihten sich die vornehmeren Geschäfte aneinander, Läden, die feine Kleider, Möbel, Parfüm und Bücher verkauften. Hier kleideten wir uns neu ein. Alles war schön bunt und sauber. Selbst die Sklaven stanken nach Parfüm. Wir wuschen uns an einem Brunnen und zogen uns saubere Kleider an. Grinsend und scherzend stiegen wir wie römische Bürger die Stufen zur Akropolis hoch. Überall herrschte ein reges Treiben, weit entfernt von der Trägheit oder dem Chaos eines keltischen Oppidums. Die Bürger trugen weiße Togen, die Frauen ärmellose Tuniken mit einer römischen, saumbestickten Stola als Übergewand. Einige hatten trotz der milden Temperaturen eine Palla übergeworfen. Auffallend war auch der viele Schmuck, den die Leute trugen. Einige Frauen hatten sich die Haare rötlich oder blond gefärbt, so, als wollten sie das Aussehen der Barbarinnen im Norden vortäuschen. Ich hatte den Eindruck, daß diese Frauen bei den vorbeigehenden Männern einen ganz besonderen Eindruck hinterließen.

Zwischen den Tempeln der Artemis und des Apollo setzten wir uns auf eine Treppe und berieten nochmals unser Vorgehen. Basilus gab einmal mehr seine düsteren Visionen zum besten. Irgendwie fiel ihm stets eine noch verflixtere Variante ein, wie wir an Kretos scheitern könnten. Ich zappelte bereits wie ein Fisch auf dem Trockenen. Jede Sklavin erregte meine Aufmerksamkeit. Unzählige gingen in ihren schlichten einfarbigen Tuniken die Treppen rauf und runter. Wie sehr würde sich Wanda verändert haben?

Kretos besaß mehr als ein einfaches Stadthaus. Es war eine riesige zweistöckige Villa. Der Garten war kaum zu überblicken. Er mußte Dutzende von Sklaven beschäftigen, die Tag und Nacht jeden einzelnen Strauch verstümmelten. Denn alles in seinem Garten war mit der Schere verhunzt worden. Eckige Hecken, runde Büsche, geometrisch angeordnet, inmitten von Springbrunnen und Wasserbecken. Es sah aus wie das Werk eines Geistesgestörten. Ich bin sicher, daß sich die Götter in einem kegelförmig verstümmelten Busch nicht wohl fühlen! Und all diese Statuen! Kretos hatte sich tatsächlich Abbilder von seinen Göttern erstellen lassen! Purer Unsinn. Schön waren eigentlich nur die Mosaiken im griechischen Stil, die den breiten Eingang zur Villa zierten. Aber sie stellten Tierhetzen da, Löwen, die Hirsche zerrissen. Basilus und ich lästerten den ganzen Weg durch den Park bis vor Kretos' Tor. Dann verstummten wir plötzlich. Ich kriegte kaum noch Luft.

Ein allobrogischer Sklave tauchte zwischen den säulenartig geschnittenen Hecken links und rechts des Hauptportals auf und fragte nach unseren Wünschen.

»Wir wollen die germanische Sklavin Wanda sprechen«, platzte ich heraus. Der Sklave schien überrascht. Er bat uns zu warten. Er würde sie holen. O Götter, dachte ich, ich werde euch ganze Schiffsladungen opfern, wenn Wanda in wenigen Augenblicken tatsächlich vor mir erscheint! Ich hatte mir in den Kopf gesetzt, sofort mit ihr wegzulaufen. Aber was war mit den seltsamen Gesetzen in Massilia? Ich mußte Wanda freikaufen. Ich mußte ein korrektes Geschäft abwickeln. Ich verlor schier den Verstand, wenn ich daran dachte, daß ich womöglich in Wandas Gegenwart ihren Preis aushandeln mußte – und Kretos würde mir süffisant lächelnd mitteilen, daß mein Geld nicht reichte!

»Ich habe dich erwartet, Korisios.«

Ich verlor vor Schreck beinahe das Gleichgewicht.

Kretos stand vor mir, kleiner und runder, als ich ihn in Erinnerung hatte. Seelenruhig betrachtete er mich mit seinen vom Wein geröteten Augen. »Lange hat es gedauert, aber ich wußte, daß du eines Tages kommen würdest.«

Kretos' Gelassenheit hatte etwas Beunruhigendes. Etwas Bedrohliches. Dann kam er langsam auf mich zu und umarmte mich. Es war kein Gefühl dabei. Ich bereute zutiefst, daß ich Basilus nicht allein geschickt hatte.

Er bat mich und Basilus in seine Villa. Unauffällig folgte uns ein kräftiger Sklave. Er war jung und groß, vermutlich ein Illyrier. Am Gurt trug er den gebogenen Dolch der Wagenlenker. Er dient zum Durchschneiden der um den Körper geschlungenen Zügel, wenn der Wagen bricht und der Athlet von den durchgehenden Pferden über den rauhen Sand geschleift wird. Kretos bat uns, im Atrium Platz zu nehmen. Die hohe Eingangshalle war angenehm kühl. Die kunstvoll bemalten Wände zeigten Szenen von Gladiatorenkämpfen, Wagenrennen und Tierhetzen. Auch die Mosaike am Boden zeigten ähnliche Szenen. Offenbar war Kretos ein großer Bewunderer der öffentlichen Spiele, und ich zweifle nicht, daß er die Möglichkeit wahrnahm, als Bürger von Massilia an den Spielen in Rom teilzunehmen.

»Nun«, begann Kretos nuschelnd, während zwei nubische Sklavinnen schneegekühlten griechischen Weißwein und gallisches Brot brachten, »was kann ich für dich tun, Korisios?«

»Ich bin hier, um dir ein Angebot zu machen«, begann ich etwas schwerfällig, »schließlich bist du ja Geschäftsmann, Kretos.« Irgendwie wollte ich die alten Zeiten heraufbeschwören, ihn moralisch in die Pflicht nehmen, aber das einzige Bild aus alten Zeiten, das mir noch in den Sinn kam, war der gedemütigte Kretos, der wie ein geprügelter Hund im Morgengrauen das römische Lager verläßt.

Kretos kam mir in keiner Weise entgegen. Er wußte doch ganz genau, weshalb ich hier war und daß ich es kaum aushalten konnte, im Atrium zu sitzen, während ich wußte, daß irgendwo in den Räumen dieser Villa Wanda war. Meine Wanda!

»Ich bin hier, um dir die Sklavin Wanda abzukaufen«, sagte ich endlich.

Kretos nickte bedächtig und spitzte die Lippen. Verdammt noch mal, er hätte mir endlich bestätigen können, daß Wanda lebte, daß sie hier war. Aber er nickte bloß und griff nach seinem Weinbecher. Er tunkte zwei Finger hinein und verspritzte ein paar Tropfen in der Luft, um den Göttern zu danken. Ich tat es ihm gleich und bat insgeheim das ganze Rudel da oben, sich mal richtig in die Ruder zu legen.

»Wanda ist eine hervorragende Sklavin. Sie ist lieb ...«

Kretos lächelte breit. Am liebsten hätte ich ihm ein Messer in die Brust gestoßen. Ich sah, daß Kretos mittlerweile weitere Zähne verloren hatte. Er rieb sich nachdenklich die Wange und murmelte dann: »Ich habe sehr viel in ihre Ausbildung gesteckt.«

Ungeduldig griff ich in meinen Lederbeutel und legte fünf Goldstücke auf das Silbertablett, das auf einem dreifüßigen Eisengestell montiert war.

»Ich will Wanda nicht verkaufen«, lachte Kretos, »ich wollte dir nur sagen, wie sehr ich diese germanische Sklavin schätze. Sie hat wunderschöne feste Brüste, wußtest du das?«

Wütend schmiß ich Kretos meinen gesamten Geldbeutel über den Tisch. Blitzschnell fuhr seine Rechte durch die Luft und fing die schwere Lederbörse.

»Du weißt, daß ich Wanda liebe! Ich bin hier, um sie dir abzukaufen. Du kannst verlangen, was du willst. Du wirst es kriegen! Aber höre auf mit diesem grausamen Spiel!«

Kretos' Miene verfinsterte sich. Er warf mir den Geldbeutel zurück. »Geld hab ich genug, Korisios.«

»Dann nimm mich!« schrie Basilus und sprang hoch. So schnell, daß auch der illyrische Sklave schützend vor seinen Herrn sprang.

»Ich bin ein Krieger. Ich kann als Gladiator kämpfen und dir zahlreiche Siege erringen. Ich kann auch reiten und deine Pferde in Rom zum Triumph führen. Ich bringe dir nicht nur Geld, ich bringe dir mehr, ich bringe dir Ruhm!«

Kretos grinste müde und schüttelte den Kopf. »Auch davon habe ich genug. Ich will den Druiden«, sagte Kretos. Er schaute mich dabei nicht an. Er hatte sich betont von uns abgewendet. Nur sein Zeigefinger zeigte auf meine Stirn. »Ich will den Sklaven Korisios in meinen Lagerhäusern für mich schuften sehen!«

Ich weiß, man sollte aus seinen Fehlern lernen. Aber nicht immer hat man die Möglichkeit dazu. Weil die Verhältnisse, die damals zum Fehler führten, wieder die gleichen sind.

Kretos schnaubte vor Genugtuung und bleckte die paar Zähne, die ihm die Götter noch gelassen hatten. Ich wünschte ihm den sofortigen Tod. Doch nichts geschah. Statt dessen gab er seinem illyrischen Leibwächter einen Wink, und der Muskelmann eilte in den Innenhof hinaus. Kretos stand auf und bedeutete uns, ihm zu folgen.

In der Mitte des Innenhofs befand sich ein mit hellem Marmor verkleidetes Regenbecken. Rundherum war ein farbiger Säulengang mit viel Grün. Hinter jeder dritten Säule war eine Mauernische, in der eine bronzene Gottheit stand.

Und dann sah ich sie kommen, Wanda! In einer hellblauen Tunika betrat sie vom Garten her das Peristylium und blieb für einen Augenblick wie angewurzelt stehen. Sie war noch schöner geworden. Ich weiß, das sagt man so. Aber auch Basilus ist es aufgefallen. Wie eine Sklavin schaute sie immer noch nicht aus. Für einen Augenblick hatte ich den Eindruck, wir seien uns fremd geworden,

Wanda und ich. Vielleicht waren es zu viele Jahre gewesen. Vielleicht hatte Wanda in all jenen einsamen Nächten nicht nur den Schmerz überwunden, sondern auch mich. Unsere Liebe. Doch im selben Augenblick verlor sie all ihre Würde und diesen Stolz, den sie gerade noch zur Schau gestellt hatte, und rannte wie ein junges Mädchen auf mich zu. Ich wollte es ihr gleichtun, aber Basilus hielt mich am Arm fest, damit ich auf dem nassen Boden nicht ausglitt und ins Wasserbecken fiel. Wanda rannte direkt in meine Arme. Nie zuvor in meinem Leben hat mich ein größeres Glücksgefühl durchströmt. Ich küßte sie leidenschaftlich, wich etwas zurück und umfaßte ihre Schultern, damit ich sie besser sehen konnte, ihre Augen, ihr Lächeln, ihren Mund, dann fielen wir uns erneut in die Arme und preßten uns aneinander, während wir leise unsere Namen flüsterten. Wanda wußte noch nichts. Einmal schaute sie über meine Schulter zu Kretos hinüber.

»Danke!« rief sie ihm zu. »Danke, Kretos!«

Doch er schien ungerührt und murmelte, sie müsse sich nicht bei ihm bedanken, sondern bei mir. Das war der Augenblick, in dem Wanda verstand, daß etwas faul war. Daß ich mein Leben für das ihrige gegeben hatte. Daß ich mich in die Knechtschaft begeben hatte, um sie zu befreien. Ich mag die nachfolgenden Szenen eigentlich nicht beschreiben. Schon der Gedanke daran schnürt mir die Kehle zu. Es war, als hätte Wanda mit dem unverhofften Wiedersehen das höchste Glück erfahren, um wenig später in um so tiefere Verzweiflung zu stürzen.

»Verschwinde, Wanda«, rief Kretos plötzlich. »Ich werde nach dem Richter und einem Zeugen rufen lassen. Wir werden einen Vertrag aufsetzen.«

Wanda schaute ihn flehend an, doch Kretos schrie: »Noch bist du meine Sklavin!«

Kretos mußte mittlerweile ein ziemlich bedeutender Mann geworden sein. Bereits wenige Stunden später stand ein dicker Mann im Speisezimmer, dessen Richterrobe sich über einem derart riesigen Bauch wölbte, daß man ständig wieder hinschauen mußte, weil man ein solches Masterergebnis für absolut unmöglich hielt. Er war um die vierzig, Sohn eines Allobrogers, und wie alle Neuen gab er sich massilianischer als jeder Einheimische. Zwei Gerichtsdiener blieben wie stumme Statuen neben dem Eingang zum Triklinium, einem geräumigen Speisezimmer mit sechs Liegesofas, stehen. Die Wände waren mit erotischen Motiven verziert. Der Richter begrüßte Kretos wie einen alten Freund. Offenbar war er oft hier zu Gast. Er erkundigte sich gleich nach einer bestimmten Sklavin, und Kretos antwortete, er habe das blaue Zimmer bereits herrichten lassen. Es stehe ihm anschließend zur Verfügung.

»Worum geht's denn, Kretos?«

Der Richter machte es sich auf einer Liege bequem und griff nach einer Traube, die eine Sklavin hereinbrachte. Mir war der Hunger vergangen. Obwohl ich lieber sitzend esse, legte ich mich ebenfalls auf eine Liege. Basilus, der ja unbedingt mein Sklave hatte sein wollen, blieb hinter meiner Liege stehen. Kretos legte sich auf das Sofa gegenüber und zeigte lächelnd auf mich. »Dieser junge Mann begibt sich freiwillig in die Sklaverei, um mit dem Erlös meine germanische Sklavin Wanda freizukaufen.«

Der Richter lachte amüsiert. »Ist das tatsächlich dein Wunsch, Gallier?«

Es paßte zu diesem Neumassilianer, daß er mich »Gallier« und nicht »Kelte« nannte. Dieser Richter war im Grunde genommen der lebende Beweis für Roms genialen Umgang mit der Bevölkerung in den eroberten Gebieten. Es genügte, die einheimischen Adligen mit wichtigen politischen Posten zu beschenken, um aus ihnen feurige Neupatrioten zu machen. Die meisten Völker haben das nie begriffen und ihre annektierten Gebiete und fernen Kolonien deshalb wieder verloren. Ich suchte den Blickkontakt zu Kretos' Gast. Ich wollte kämpfen. Vielleicht konnte er Kretos umstimmen.

»Ja, Richter, ich hätte Kretos lieber in Gold bezahlt, aber er besteht darauf, daß ich sein Sklave werde.«

»Oh, ich dachte, du bist Geschäftsmann, Kretos«, lächelte der Richter und schaute seinen Gastgeber amüsiert an.

Kretos reagierte unwirsch. »Ich habe mir damals, als ich auf einem struppigen Maulesel durch Gallien ritt, geschworen, daß ich diesen kleinen Druiden eines Tages als Sklaven in meiner Schreibkanzlei haben werde. Ich habe auf diesen Tag gewartet!«

»Wie du meinst«, sagte der Richter, während er geräuschvoll die duftenden Bratenstücke beschnupperte, die Sklavinnen auf Silbertabletts servierten. »Soll der Gallier die Möglichkeit haben, sich jemals wieder freizukaufen?«

»Ja«, erwiderte Kretos, »zum fünfzigfachen Preis eines schreib- und sprachkundigen Galliers.«

Der Richter verzog das Gesicht, als wolle er andeuten, daß er die Bedingungen etwas hart fand.

»Das scheint mir ein ganz besonderer Gallier zu sein«, dröhnte eine sonore Stimme hinter uns. Wir drehten uns um. Zwischen den beiden Liktoren, die immer noch den Eingang zum Speisesaal bewachten, war ein großgewachsener Mann erschienen. Der Fremde trug eine kurzärmelige weiße Tunika mit veredeltem Saum. Die von Öl glänzenden, muskulösen Oberarme hätten jeden Bildhauer begeistert. Er hatte nicht den Körper eines Schwerarbeiters, sondern den Körper eines Athleten. Auch der rote Reiterumhang ließ an einen Wagenlenker denken. Sein Schritt war leicht und federnd. An den Füßen trugen er hohe Lederstiefel. Ein Waffengurt mit silberner Schnalle betonte seine sportliche Figur. Er trug den römischen Gladius links. Wie die hohen Offiziere.

»Milo!« rief Kretos erfreut und hob seinen Becher. »Setz dich zu uns.«

Milo löste den Halbmond an seiner Brust, eine Fibel aus massivem Gold, und warf seinen roten Umhang nach hinten, wo ihn ein plötzlich aufgetauchter Sklave auffing. Theatralisch breitete der neue Gast die Arme aus. Er sprühte nur so vor Unternehmungslust. »Ich höre, mein lieber Freund Kretos braucht für seine Bosheiten wieder mal einen Zeugen.«

Milo gefiel mir. Er hatte einen offenen, freundlichen Blick und sprach offensichtlich aus, was er dachte.

»Ich bezweifle, daß Roms Totschläger in Massilia Zeuge werden kann«, stichelte der Richter.

Ich horchte auf. Milo, ein Totschläger? Ich war irritiert.

»Massilia hat mir Asyl gewährt«, grinste Milo und nickte freundlich Kretos zu, der den Dank mit Genugtuung zur Kenntnis nahm, »und wenn mir Massilia Asyl gewährt, werde ich hier wohl als Zeuge auftreten können. Ich bin schließlich römischer Bürger!«

»Nun gut, dann sollst du Zeuge sein.« Der Richter stopfte sich ein Stück Fleisch in den Mund und spülte mit verdünntem Wein nach. »Aber ich warne dich, Milo! Wenn du in Massilia noch weitere Gladiatoren anwirbst, wird dich der Rat der Stadt vor die Tore setzen.«

Milo lachte. »Seid froh, daß ich ein bißchen Leben und Unterhaltung in dieses verschlafene Nest bringe. In Rom habe ich die prächtigsten Spiele gegeben, die jemals ein Privatmann spendiert hat. Wenn ich hier die ersten Spiele veranstalte, wird mir die ganze Küste zu Füßen liegen...«

»Bist du etwa Annius Milo?« fragte ich ungläubig.

»Ja. Überrascht?«

»Aber sicher. Ich war Schreiber in Cäsars Schreibkanzlei in Gallien. Ich habe die ersten sechs Bücher über den gallischen Krieg mitverfaßt. Und natürlich alle Korrespondenz aus Rom gelesen.«

Milo fühlte sich geschmeichelt. »Dann hat man also auch im fernen Gallien über mich gesprochen?«

»Ja! Du sollst im Januar auf der Via Appia Cäsars Kettenhund Clodius erschlagen haben.«

Milo nickte. »Hätte ich Cäsar erschlagen, Pompeius hätte mir ein fünfhunderttägiges Dankfest versprochen. Aber ich denke, Clodius war schon ein guter Anfang.«

»Ich möchte Wagenlenker werden!« platzte Basilus plötzlich heraus.

Der Richter schaute nicht mal hoch. Kretos rümpfte die Nase und fragte: »Ist das wirklich dein Sklave?«

»Nein!« schrie ich und starrte Basilus wütend an. »Und ich wäre froh, wenn du das endlich kapieren würdest, Basilus! In einer Stunde werde ICH Sklave sein! Willst du der Sklave eines Sklaven sein?«

Basilus schwieg. Ich wandte mich an Milo. Er war meine letzte Hoffnung. »Kretos will mir meine Sklavin Wanda nicht verkaufen. Er läßt sie frei, wenn ich mich selbst in die Sklaverei verkaufe!« Ich mußte es versuchen. Vielleicht konnte Milo das Blatt noch wenden.

»Was ist denn so Besonderes an dieser germanischen Sklavin?« fragte mich Milo. »Ist sie eine begnadete Schneiderin oder Köchin ...«

»Ich liebe sie!« sagte ich trotzig. »Und Kretos weiß das!«

Kretos lief vor Zorn rot an. »Du sitzt nicht an meinem Tisch, um meine Gäste gegen mich aufzuhetzen, Druide! Milo ist als Zeuge hier, nicht als dein Anwalt!«

»Druide?« lachte Milo erstaunt. »Kannst du auch in die Zukunft sehen?«

»Ja«, sagte ich ruhig und mit beinahe düsterer Stimme. »Cäsar habe ich oft prophezeit, was sich in Gallien erfüllen und in Rom vollenden würde.«

Plötzlich waren alle still, verblüfft. Auch Milo machte nun ein ernstes Gesicht. Er wandte sich an Kretos. »Wieso verkaufst du mir nicht diese germanische Sklavin?«

»Du bist doch bis über beide Ohren verschuldet!« spottete Kretos.

»Glaubst du?« ereiferte sich Milo. »Wie oft war denn Cäsar verschuldet? Du vergißt, daß ich der Schwiegersohn des Diktators Sulla bin! Ich mag Schulden haben wie jeder anständige römische Bürger, der Rom große Spiele schenkt, aber ich bin nicht verschuldet. Noch ist es für jeden eine Ehre, mir Geld zu leihen! Wenn ich einen Boten zu Pompeius schicke, laufen in einigen Wochen vollbeladene Schiffe in eurem Hafen ein.«

Kretos hatte Milo verärgert. Der Grieche klatschte zweimal in die Hände. Halbnackte nubische Sklavinnen eilten ins Speisezimmer und tänzelten, begleitet von orientalischem Flötenspiel, um unsere Liegen herum. Um die Hüften trugen sie einen breiten Gurt aus Leopardenfell, an dem kleine Metallplättchen hingen, die bei jeder Bewegung klirrten. Die Brüste hatten sie mit einer tiefausgeschnittenen, ärmellosen Tunika aus weißer Seide bedeckt, die bereits über dem Bauchnabel endete. Auch an den Handgelenken, die sie kreisförmig hin und her bewegten, trugen sie Metallspangen mit kleinen Amuletten. Doch ihr Anblick erregte mich nicht. Jedes Mal, wenn der Schatten eines Sklaven draußen in der Vorhalle vorbeihuschte, zuckte ich zusammen. Ich hoffte sehnlichst, Wanda zu sehen. Aber diese Hoffnung war töricht. Selbstverständlich hatte Kretos dafür gesorgt, daß ich sie nicht mehr sehen würde, bis der Vertrag unterzeichnet war.

Ein Gericht nach dem andern wurde aufgetragen. Ich hatte weder Augen für die Speisen noch für die erotisch wippenden Becken der Nubierinnen. Der Richter kitzelte sich mit einer Straußenfeder den Gaumen und erbrach in eine Schüssel, die ihm ein Sklave geduldig hinhielt. Dann spülte er den Mund mit einem Becher Wein, spukte aus und fraß weiter.

Kretos wollte endlich zum Geschäftlichen kommen. »Freunde«, begann er, »dieser Vertrag soll beinhalten, daß sich der Druide Korisios freiwillig in die Sklaverei begibt und mein Eigentum wird, und ich dafür der germanischen Sklavin Wanda die Freiheit schenke. Keine der Vertragsparteien soll der anderen danach noch etwas schuldig sein.«

Der Richter nickte. »Soll der Druide die Möglichkeit haben, sich nach Ablauf einer Frist wieder freizukaufen?«

»Für vierhunderttausend Sesterzen, aber frühestens nach sieben Jahren!«

Milos Heiterkeit verflog. Er schaute Kretos entgeistert an. Dieser wich seinem Blick aus. Er schaute zu mir rüber und sagte kalt: »Nimm mein Angebot an, oder lehne es ab.«

»Ich würd es ablehnen, mein Freund«, sagte Milo. Er verzog dabei das Gesicht, als wolle er mir sein Beileid aussprechen. »Weißt du, Druide, selbst wenn diese germanische Sklavin die beste Wagenlenkerin der Republik wäre, müßte sie zwölf Rennen gewinnen, um diese Summe einzufahren!«

»Ich werde es schaffen, Korisios!« brach es plötzlich wieder aus Basilus heraus. Er konnte nicht mehr stillstehen. Eindringlich bat er Milo, ihn zum Wagenlenker auszubilden. »Ich habe in Bibracte gegen Cäsar gekämpft und in Alesia, ich war der beste Reiter in unserem Stamm ...« Basilus zögerte. Doch gleich sprudelte er weiter: »Ich habe im Norden Galliens sämtliche Wagenrennen gewonnen ...« Das war etwas übertrieben. Seit wann gab es im Norden Galliens Wagenrennen? Milo nickte schmunzelnd.

»Ich würde auch als Gladiator kämpfen, um diese Summe aufzubringen!«

Milo schüttelte den Kopf. »Eure Anderswelt muß ja prächtig sein, wenn du derart bemüht bist, sie so schnell wie möglich zu betreten!«

Plötzlich schrie Kretos wie von Sinnen und sprang von seiner Liege. Schreiend hielt er sich die Backe und schrie nach dem Koch, während er zornig das Triklinium verließ. Wir hörten ihn fluchen. Er befahl, den Koch auszupeitschen. Offenbar hatte er sich an einem Kieselstein einen Zahn gespalten oder ausgebissen. Die Stimmung wurde immer ungemütlicher. Auch die Gäste wollten zu einem Ende kommen. Der Richter wusch sich die Hände in einer

Wasserschale und verlangte nach seinem Schreiber. Milo war einverstanden, Basilus in seiner Sportschule aufzunehmen. Basilus und Wanda. Kretos kam in den Speisesaal zurück und bat uns, in seine Bibliothek zu kommen.

Die Wände von Kretos' Schreibkanzlei zierte eine prächtige Weltkarte, in der alle mir bekannten Länder rund ums Mittelmeer eingetragen waren. Sogar Teile Afrikas! Und kleine Inseln jenseits der Säulen des Herakles! Doch ich war nicht hier, um die Wälder im Osten, das Nordmeer oder die britannische Zinninsel zu bewundern, ich war hier, um mein Schicksal zu besiegeln.

Ich unterschrieb. Es waren drei Vertragsexemplare. Fieberhaft jagte ein Gedanke den andern. Noch konnte ich alles hinschmeißen und Massilia für immer verlassen. Als ich auch das dritte Dokument signiert hatte, nickte Kretos kaum merklich, als bedanke er sich bei den Göttern für meine Torheit.

»Korisios«, sagte er leise. »Diese Nacht soll dir und Wanda gehören, aber morgen, wenn die Sonne hinter den Weinbergen emporsteigt, wirst du mein Sklave sein. Solange du lebst.«

Der Verputz an der Decke war mit Marmorstaub und roter Farbe gemischt worden. An den Ecken ägyptisch-blau, ein Gemisch aus Kupfer und Sand. Unwichtigeres fiel mir nicht ein. Wie erschlagen lag ich auf Kretos' Liebesbett, Wanda in meinen Armen. Ich starrte an die Decke und dachte, daß ich in den Morgenstunden Wanda für immer verlieren würde. Wir hielten uns fest und schwiegen. Es war so, als fürchte sich jeder, noch etwas zu sagen. Etwas, das der andere in der Erinnerung falsch gewichten könnte.

So starrte ich an diese verfluchte Decke und überlegte angestrengt, ob der Verputz mit der Farbe aufgetragen worden war. Ich hätte ihr gerne noch gesagt, wie sehr ich sie liebe. Aber ich wollte es nicht noch schwerer machen. Ich schloß die Augen. Diese Nacht würde unsere letzte Erinnerung aneinander sein. Wanda weinte lautlos. Schließlich setzte sie sich auf und schaute mich an.

»Korisios«, sagte sie mit bebenden Lippen, »ich will ein Kind von dir. Es soll in mir wachsen und als freier Mensch geboren werden. Mein geliebter Druide, so wird ein Teil von dir stets bei mir sein. Und frei sein.«

Kurz bevor die Sonne hinter den Weinbergen aufging, wurde mir klar, wieso uns Kretos diese Nacht geschenkt hatte. Der Abschied sollte mir das Herz brechen. Diese Nacht sollte ich nie mehr vergessen. Ich saß mit Wanda auf dem Balkon und sah zu, wie die ersten Sonnenstrahlen sich langsam über den Mosaikboden legten. Ich weinte nicht. Der Haß, der in mir aufstieg, sollte mich am Leben halten. Und ich hatte die Genugtuung, daß Kretos mich wohl vernichten konnte; mich, aber nicht mein Geschlecht. In Wandas Schoß würde es weiterleben. Das war ich meinem Vater, dem Schmied Korisios, schuldig.

Als wir Schritte hörten, umarmten wir uns ein letztes Mal. »Wir werden uns wiedersehen, Korisios«, flüsterte Wanda.

»Bist du etwa Seherin?« fragte ich traurig.

»Wir werden uns wiedersehen«, sagte sie mit fester Stimme. Sie nahm meine Hand und legte sie auf ihren Unterleib. »Ich werde allen sagen, daß er der Sohn des Druiden Korisios ist. Ein Kelte vom Stamm der Rauriker.«

»Vielleicht wird es ein Mädchen«, lächelte ich.

»Nein, Korisios. Wenn wir uns wiedersehen, wirst du wissen, daß ich recht habe!«

Stolz trat sie beiseite. Sie gönnte Kretos nicht die Genugtuung einer herzzerreißenden Abschiedsszene. Als Kretos' bewaffnete Sklaven die Tür aufstießen, stand Wanda draußen auf dem Balkon. Die Sklaven umringten mich. Dann betrat Kretos das Schlafgemach. Wortlos warf er mir eine braune Tunika vor die Füße.

Wenig später saß ich zusammen mit anderen Sklaven auf einem ratternden Ochsenkarren. Es war kaum zu fassen. Ich war, wie ich es mir stets erträumt hatte, endlich in Massilia. Ich hatte mit angesehenen und reichen Bürgern gespeist. Aber in meinem Traum hatte ich nie bemerkt, daß ich nicht Herr, sondern Sklave war. Kretos' Sklave. Ich glaube, so boshaft können nur Götter sein.

Das Leben im Hafen war hart. Ich war für die Lagerbuchhaltung zuständig. Ich mußte die Formalitäten mit den Zollbehörden regeln, Fracht- und Schiffspapiere aufsetzen und Buch führen über die Wareneingänge und Verkäufe. Ich schlief zusammen mit Dutzenden von Packsklaven in einer muffigen Lagerhalle, in der es nach Fisch, Urin und Moder stank. Bei Regen klatschten die Tropfen durch die morschen Dachbalken auf unsere stinkenden Decken. Einige, die schon länger hier hausten, litten unter einem bellenden Husten. Etliche waren krank und starben. Jeden Tag hoffte ich, irgendein Zeichen von Wanda oder Basilus zu erhalten, doch sie blieben fern und unsichtbar. Ich begann wieder mit den Göttern zu hadern. Wieso mußte ausgerechnet ich dieses Schicksal erdulden? Wieso war Kretos ein reicher und angesehener Bürger Massilias und ich ein Häufchen Elend? Jeden Tag führte ich Buch über Kretos' Einnahmen und wurde Zeuge, wie sein Vermögen sich über Nacht vermehrte! Das war eine zusätzliche Strafe. Täglich sah ich, was es hieß, sich gegen ihn gestellt zu haben. Was heißt hier: gegen ihn? Ich hatte um Wanda gekämpft. Um eine germanische Sklavin. Hatte mich Onkel Celtillus nicht oft genug gewarnt? Hatte er mir nicht erzählt, daß germanische Sklavinnen ihre Herren um den Finger wickelten und ihnen mit der Zeit vorschrieben, was sie ihnen befehlen durften? Hatte ich mich im Grunde genommen nicht zu Wandas Sklaven gemacht? Sie lebte vermutlich mit Basilus in Milos Stadthaus. Sie war nun eine Freigelassene. Vielleicht würde Milo sie sogar adoptieren und zur römischen Bürgerin machen! Vielleicht würde sie nach Rom ziehen und dort einen römischen Milliardär heiraten und eine Kohorte kleiner Patrizier auf die Welt bringen, während ich hier in diesem rattenverseuchten Lagerhaus darbte!

Eines Morgens fragte ich den Sklavenaufseher, ob ich einen Hund haben dürfte. Wenigstens einen Hund. Der Aufseher schüttelte den Kopf. Er hatte von Kretos die Anweisung, mir jede Art von Vergünstigung abzuschlagen. Ich wollte nicht darauf beharren. Kretos' Aufseher war ja selber Sklave.

An einem regnerischen Nachmittag schaute ich den Packern zu, wie sie eines von Kretos' Schiffen beluden. Wir waren fast fertig, als ich hörte, daß wir noch auf Passagiere warten würden. Sie kamen etwas verspätet, ein junger Mann und eine junge Frau. Sie trugen feine Kapuzenmäntel aus gefärbtem Wollstoff. Ich spürte gleich, daß sie mir auswichen. Das erregte meine Aufmerksamkeit. Ich sah nur die Augen der Frau. Sie hatte die breite Kapuze ihres Mantels über dem Kinn zusammengezogen. Es war Wanda. Leise flüsterte sie meinen Namen. Sie wollte noch etwas sagen, aber Tränen erstickten ihre Stimme. Fast ängstlich schaute sie ihren Begleiter an. Basilus! Er sagte, sie würden nach Rom gehen. Er wolle dort ein großer Wagenlenker werden, um mich eines Tages freizukaufen.

»In sieben Jahren«, murmelte ich. Von all den Packern gab es keinen, der zehn Jahre in diesem Lagerschuppen überlebt hatte. Es gab so vieles, das ich Wanda gerne gesagt hätte. Aber ich brachte kein Wort über die Lippen. Basilus und Wanda, wieso verhielten sie sich so seltsam? War etwas zwischen den beiden?

Ein Peitschenhieb brachte mich zu Fall. Sofort sprang Basilus dazwischen und schlug den Aufseher mit einem kräftigen Faustschlag zu Boden. Ich bat Basilus, sofort mit Wanda aufs Schiff zu gehen. Bevor die Miliz kam. Verzweifelt humpelte ich zum Schuppen hinüber. Ich wollte niemandem mehr einen Vorwand liefern. Ich verdrückte mich hinter meinen Schreibtisch und kopierte Frachtbriefe. Bis in die frühen Morgenstunden. Ein Faß Weizenbier wäre nicht schlecht gewesen. Aber es gab nur dieses faulig riechende Wasser am Abend. Tagsüber ein bißchen Wein, so stark verdünnt, daß er nach abgestandenem Waschwasser schmeckte. Ja, hier in Massilia mußte man zu allem Übel auch noch nüchtern bleiben.

Noch lieber als Wein wäre mir allerdings Lucia gewesen. Mit einem Hund war das Schicksal leichter zu ertragen. Ich weiß nicht, wieso. Hunde sprechen einem nicht Mut zu, sie verdienen kein Geld und geben auch keine guten Ratschläge. Sie sind einfach da. Vielleicht ist es das. Sie sind einfach da. Und in jener Nacht wurde mir bewußt, daß ich nun allein war. Sogar die Götter hatten mich verlassen.

Eines Tages ließ mich Kretos in sein Stadthaus bringen. Ich zweifelte keinen Augenblick daran, daß er sich eine neue Bosheit ausgedacht hatte. Es war mir einerlei. Inzwischen schien mir der Tod eine freundliche Alternative. Ich freute mich auf ein Wiedersehen mit Onkel Celtillus. Vielleicht würde mein Tod Kretos so richtig ärgern.

»Du stinkst«, zischte Kretos mißmutig, als man mich in sein Arbeitszimmer brachte. Er saß hinter einem Stapel Papyrusrollen und hatte den Kopf in seiner linken Hand aufgestützt.

»Alle deine Sklaven stinken«, gab ich kühl zurück.

»Soll ich dich auspeitschen lassen«, fauchte Kretos, doch im selben Augenblick schrie er laut auf und verzog das Gesicht zu einer schmerzvollen Grimasse. Sein illyrischer Leibwächter eilte herbei. Kretos schickte ihn mit einer unwirschen Handbewegung wieder hinaus. Dabei sah ich, daß Kretos' Backe geschwollen war.

»Du hast mir doch mal so eine scheußliche Flüssigkeit gebraut, weißt du noch, als wir von Cenabum zurückritten...«

Ich schwieg. Ich hatte keine Lust, mich zu erinnern. Keine Lust zu plaudern. Kretos sollte mich ruhig auspeitschen oder hinrichten lassen. Lieber hinrichten.

»Ich habe dich gefragt, ob du dich daran erinnern kannst«, herrschte mich Kretos an.

»Ich bin ein keltischer Druide«, sagte ich unbeeindruckt, »und hause in einem Rattenloch. Wenn du den Rat eines Druiden willst, dann behandle mich wie einen Druiden. Und wenn du Hilfe von einem Druiden willst, dann bitte ihn gefälligst darum!«

Kretos verschlug es die Sprache. Er schaute blitzschnell zum Eingang, als hänge sein weiteres Vorgehen davon ab, ob jemand meine Unverschämtheiten gehört hatte. Ich drehte mich ebenfalls um. Es war niemand zu sehen. Ich grinste Kretos frech ins Gesicht. Ich gebe zu, ich wollte ihn provozieren. Ich wollte eine Entscheidung. Ich wollte siegen oder sterben! Ich wollte es Cäsar gleichtun.

»Bist du eigentlich von Sinnen?« zischte Kretos leise. »Du verkennst deine Lage. Ich kann dich töten lassen.«

»Ich fürchte den Tod nicht, Kretos. Ich bin Kelte. Aber du, Kretos, du fürchtest bereits die Schmerzen ...«

»Befreie mich von diesen Schmerzen«, unterbrach mich Kretos wütend, »dann reden wir weiter.«

»Nein, Kretos! Bring mich zu den Ratten zurück.«

»Was willst du von mir?« zischte Kretos wütend.

»Ich will gar nichts. Aber wenn du die Hilfe eines Druiden willst, dann behandle mich wie einen Druiden«, wiederholte ich ruhig.

»Ich habe weiter oben an der Küste ein Weingut ... Ich könnte ... ich könnte mir durchaus vorstellen, ich meine ... ich könnte einen tüchtigen Gutsverwalter gebrauchen. Der jetzige ist bloß hinter den Sklavinnen her!«

»Du kannst es dir in Ruhe überlegen, Kretos, und mich dann wieder rufen lassen«, sagte ich desinteressiert und wandte mich dem Eingang zu.

»Sklave!« fauchte Kretos mit heiserer Stimme. »Ich habe

dir soeben den Posten des Gutsverwalters versprochen, und wenn dir das noch nicht genügt, dann laß ich dich ...«

»Nicht weiterreden, Kretos«, grinste ich. »Man sollte nie Drohungen aussprechen, die man nicht wahrmachen kann. Ich werde deine Schmerzen lindern, aber wenn ich morgen nicht als neuer Verwalter dein Weingut an der Küste betrete, soll dir nie mehr geholfen werden!«

»Halt jetzt den Mund, Sklave, und beeile dich!«

»Ich muß die heiligen Wälder unserer Götter aufsuchen, Kretos. Und bevor ich diese betreten darf, muß ich meinen Körper reinigen.«

Kretos hätte mich am liebsten eigenhändig umgebracht. Die Schmerzen hatten ihn bereits völlig zermürbt. Er rief nach seinem Leibwächter und befahl ihm, meine Wünsche zu erfüllen und mich anschließend in den Wald zu begleiten. »Und stich ihn einfach nieder, wenn er fliehen will. Aber hindere ihn nicht an seiner Arbeit!«

Zugegeben, ich ließ mir Zeit. Wann hatte ich das letzte Mal in einer Holzwanne gelegen? Das Badewasser war angenehm warm. Und die nubischen Sklavinnen, die anschließend meinen Körper mit wohlriechenden Ölen einrieben, kicherten in einem fort. Und verwöhnten mich.

Kretos' illyrischer Leibwächter begleitete mich in den Wald. Ich befahl ihm, am Waldrand auf mich zu warten. Der arme Kerl wußte nicht, was er tun sollte. Aber ich sprach zu ihm wie ein Herr zu seinem Sklaven. Ich bin immer wieder erstaunt, wie wirksam diese Methode ist und wie klein mancher Mann wird, dem die Götter den Körper eines Helden verliehen haben.

Allein humpelte ich in den Wald hinein. Noch immer hatte ich das heitere Lachen der nubischen Sklavinnen in den Ohren und genoß es, einen reinen Körper zu haben. Ich fand die gesuchten Pflanzen sehr schnell. Ich hatte nichts verlernt. Ich hielt es für ein gutes Zeichen, daß ich um diese Jahreszeit auch das Eisenkraut fand. Ich stolperte beinahe darüber. Das Eisenkraut ist sehr mächtig.

Verucloetius hatte mir auf der Reise nach Genava eine Menge darüber erzählt. Das Eisenkraut ist so mächtig, daß es schon manchen Druiden zum Sklaven gemacht hat. Ich pflückte auch die Selago. Mit nackten Füßen. Und mit der rechten Hand. Denn nur so bleiben die geheimnisvollen Kräfte der Selago erhalten. Pflückt man sie mit der linken, wählt man die Mysterien und die Schattenwelten, die die Anderswelt umgibt. Aber plötzlich warf ich die Blätter wieder fort, die ich mit der rechten Hand gepflückt hatte, und riß erneut die Blätter der Selago vom Stengel. Aber mit der linken Hand.

Bevor Kretos den Sud trank, gab er seinem illyrischen Muskelprotz den Befehl, mich zu töten, falls er an diesem Sud zugrunde gehen sollte. Darüber mußte ich lachen, denn ich hatte tatsächlich im Sinn, Verwalter eines Weinguts zu werden.

Kretos' Weingut lag an der Küste Richtung Hispania. Die Winde, die vom Meer her wehen, sind frisch und kühl, das Klima meint es gut mit den Menschen, und der Boden ist gesund und sehr fruchtbar. Kretos' Hof lag inmitten von Weinbergen. Schier endlose weiße Mauern mit rötlichen Lehmziegeln umschlossen die Anlage, seine persönliche Villa, das Haus des Verwalters und der Arbeiter, die Keller und Lagerhäuser. Es war Herbst. Sklaven zerstampften in einem großen Steintrog barfüßig die frisch gepflückten Trauben, um den Saft auszupressen.

Das Leben auf dem Land war wesentlich angenehmer. Die Leute waren gesünder und zufriedener. Es wurde mehr gelacht. Kretos mochte seinen Gutsverwalter nicht entlassen. Vielleicht war der Vorwurf, er stelle den Sklavinnen nach, auch nicht wahr. Auf jeden Fall schlug Kretos vor, mich zur rechten Hand des Gutsverwalters zu machen. Zuerst solle ich den Betrieb etwas kennenlernen. Den Gutsverwalter lobte er öffentlich für seine bisherige Arbeit und sagte, er habe es redlich verdient, Entlastung zu erhalten. Für den finanziellen und administrativen Bereich sei ich in Zukunft zuständig. Der Gutsverwalter könne sich somit vermehrt den praktischen Seiten des Betriebes widmen. Ich glaube, einige kicherten bei diesen Worten.

Im Konsulatsjahr des Marcus Claudius Marcellus hörte ich von einem fahrenden Händler, daß in Rom Cäsars sieben Bücher über den gallischen Krieg erschienen waren. In Rom waren alle begeistert. Oder fast alle. Cato erklärte den gallischen Krieg für beendet und forderte die Entlassung des siegreichen Heeres. Einige forderten die Entlassung Cäsars. Etliche erinnerten daran, daß es nun an der Zeit sei, Cäsars Vergehen vor Beginn des gallischen Abenteuers zu untersuchen. Und jene, die von Cäsars Privatkrieg zuwenig profitiert hatten, verlangten, man möge auch seine Verbrechen in Gallien zur Sprache bringen. Man wollte ihm also seine Truppen wegnehmen, seine Immunität aufheben und ihm dann den Prozeß machen. Man wollte den Julier dem politischen Untergang preisgeben. Als ich diese Geschichten hörte, war mir sofort klar, daß Cäsar sich das nie gefallen lassen würde. Er würde neues Unrecht begehen, um den Strafen für altes Unrecht entgehen zu können. Selbst wenn die römische Republik daran zugrunde gehen sollte.

Im Frühling des darauffolgenden Jahres hatte Kretos wieder Zahnschmerzen. Er ließ mich in sein Stadthaus rufen. Ich braute ihm den Sud und erlöste ihn für kurze Zeit von den Schmerzen. Aber mir schien, als habe sich unter dem Zahnfleisch Eiter gebildet. Das war gefährlich. Ich gab ihm darauf noch mehr von diesem Sud. Mit einem im Feuer gehärteten Skalpell schnitt ich die prallgefüllten Eitertaschen auf und erlöste ihn schließlich nach tagelanger Behandlung von seinen Schmerzen. Es dauerte knapp zwei Wochen, bis Kretos schmerzfrei war. Im Grunde genommen mußte ich einfach die Schmerzen betäuben, bis der Zahn abgestorben war. Es war mir egal, ob er seine Zähne oder sein Leben bei der Behandlung verlor. Einsamkeit und

Entbehrungen hatten mich abgehärtet und verbittert. Noch verging kaum eine Nacht, in der ich im Traum nicht jenem Handelsschiff nachsah, das im Hafen von Massilia den Anker lichtete und an der Küste entlang nach Ostia fuhr. Ich sehe noch den grau verhangenen Himmel und höre, wie der Regen in den wogenden Wellen aufschlägt.

Kaum war ich auf das Weingut zurückgekehrt, ließ Kretos mich erneut rufen. Es war in den frühen Morgenstunden, als ich wieder in Massilia ankam. Kretos lag in seinem Speisezimmer und ließ sich gerade ein üppiges Frühstück bringen. Eier in allen Variationen, frisches Brot, Käse und geräucherte Würste. Er ließ sich nicht beim Essen stören. Er dachte nicht einmal daran, mich an den Tisch zu bitten.

»Korisios, seit du dich auf meinem Weingut um die Finanzen kümmerst, wirft es mehr Gewinn ab. Ich habe die Monatszahlen mit den Erträgen vom letzten Jahr verglichen. Womit machen wir mehr Gewinne?«

»Mit mir«, grinste ich frech. »Du verdienst zwar keine einzige Sesterze mehr, aber es wird nichts mehr unterschlagen. Wenn ein Freigelassener Wein will, muß er dafür bezahlen!«

Kretos grinste und bat mich, ihm einen Sud zu brauen.

»Hast du wieder Schmerzen?« fragte ich.

»Nein, Korisios, aber ich möchte dennoch, daß du mir diesen göttlichen Sud braust.«

Mir war offen gestanden nicht ganz wohl dabei. Besonders weil er den Sud plötzlich »göttlich« nannte. Aber ich wollte Kretos' Bitte nicht abschlagen.

»Schenkst du mir dafür die Freiheit?« fragte ich ohne Umschweife. Kretos hatte soeben in ein hartgekochtes Ei gebissen. Er schaute langsam hoch und schüttelte den Kopf. Dann erzählte er, wie er damals allein auf diesem struppigen Esel das römische Lager verlassen habe. Er erzählte, wie hart jener Winter und die Heimreise nach Massilia gewesen sei. Nur ein Gedanke habe ihm die Kraft gegeben, durchzuhalten. Der Gedanke an Rache!

»Ich will Wanda sehen!« sagte ich barsch. Kretos warf mit dem Ei nach mir und brüllte, ich hätte nicht zu sprechen, wenn ich nicht dazu aufgefordert worden wäre, und im übrigen solle ich jetzt diesen Sud brauen und die Schnauze halten.

Ich braute den Sud wie mir befohlen. Ich fügte allerdings noch mehr von jenen Kräutern hinzu, die Schatten werfen. Sie werfen Schatten über das, was ist, und geben frei, was nicht ist, und dann leuchten sie wie tausend Sonnen, erfreuen das Herz und bringen einen den Göttern nahe. Hat man einige Male davon genossen, hört man immer öfter den Ruf der Götter, es erneut zu versuchen. Es sind jene Kräuter, die auch den Blick in die Zukunft öffnen und manchen Druiden zu ihrem Sklaven gemacht haben. Denn was die Kräuter sichtbar machen ist stets schöner als das, was ist. Ich braute den Sud und kehrte auf das Weingut an der Küste zurück.

Am nächsten Tag erschien Kretos mit großem Gefolge auf dem Weingut. Ich war nicht wirklich überrascht. Kretos entließ den bisherigen Gutsverwalter und übertrug mir alle seine Aufgaben. Er ließ Räume für sich herrichten. Gegen Abend bat er erneut um die göttlichen Tränen, wie er meinen Sud gegen Zahnschmerzen mittlerweile nannte. Ich forderte ihn auf, dafür zu bezahlen. Wie sollte ich sonst jemals die vierhunderttausend Sesterzen für meine Freilassung aufbringen? Wütend schmiß mir Kretos einen Silberdenar vor die Füße. Obwohl ich sein Sklave war, erwartete er von mir, daß ich ihm die Zuneigung und Großzügigkeit eines Freigelassenen entgegenbrachte!

Die Tage verbrachte Kretos meist in einem der zahlreichen Gärten, die vom übrigen Gut durch hohe weiße Mauern abgegrenzt sind. Jeden Abend, kurz vor Sonnenuntergang, ließ er mich rufen. Es fiel mir auf, daß er weniger aß und sich nicht mehr viel bewegte. Selbst den Bart und das Haar ließ er sich nicht mehr stutzen. Er sprach immer öfter von Dingen, die ihm früher fremd gewesen waren.

»Was meinst du, Druide, wird unser Schicksal vom Lauf der göttlichen Gestirne beeinflußt?«

»Ich weiß nicht, Kretos. Ich denke, wenn du mir morgen die Freiheit schenken willst, so steht dies durchaus in deiner ganz persönlichen Macht.«

Kretos lächelte. Auch der Umgang mit seinen Sklaven hatte sich gewandelt. Er war freundlich und sanft. Immer öfter suchte er abends das Gespräch mit mir. Er lag dabei in seinem Garten und ließ sich vom Flötenspiel einer jungen griechischen Sklavin verzaubern. Er liebte plötzlich die Musik und schätzte es mit der Zeit, auch schon den Morgen mit den ›Tränen der Götter‹ zu beginnen und vormittags im Garten dem Flöten- oder Harfenspiel zu lauschen. Manchmal mußten ihn seine Sklaven mit den Flötenspielern auf das Meer hinausfahren, wo er dann in einer skurrilen Zeremonie meinen Sud trank. Eines Nachts gestand mir Kretos, daß er den Göttern nah sei, daß er immer öfter ihre Nähe spüre und daß ihn das Irdische langweile.

»Wie kann ein Mensch bloß sein ganzes irdisches Leben damit verbringen, den Sesterzen hinterherzujagen?«

Ich pflichtete ihm bei. Für einen Menschen, der vierhunderttausend Sesterzen für seine Freilassung aufbringen mußte, war das natürlich pure Heuchelei. Ich weiß nicht, was in Kretos vorging, aber plötzlich umarmte er mich und sagte, wir sollten unsere Fehde begraben und Freunde werden.

»Ja, Kretos«, pflichtete ich ihm bei, »das sollten wir tun. Und ich will dir ewig dienen, wie ein Sklave. Aber als freier Mann.«

Kretos antwortete nicht. Vielleicht hatte er Angst, mich zu verlieren. Auf jeden Fall verzehnfachte ich den Preis für den Sud. Wütend griff er nach einem Apfel, aber er warf weit daneben. Der Sud hatte Kretos' Augen ermüdet. Jedes Auge schaute in eine andere Richtung. Ich weiß nicht, ob sich Kretos wirklich bewußt war, was mit ihm geschah. Ich hob den Apfel auf und warf ihn zielsicher in die Früchteschale zurück. Dann wiederholte ich meine Forderung. Ich sagte ihm kühl ins Gesicht, ich sei Geschäftsmann. Das habe ich in Genava gelernt, von einem Händler, der angeblich ein Freund meines Onkel Celtillus gewesen sei.

Im Frühling des nächsten Jahres erfuhren wir von Händlern, daß Cäsar sich immer noch weigerte, sein Heer zu entlassen. Die Situation hatte sich dramatisch zugespitzt. Rom oder Cäsar. Schließlich überschritt Cäsar mit seiner Armee den Rubico und machte sich damit endgültig zum Gesetzlosen. Kein Feldherr durfte mit seiner Armee diesen Fluß überschreiten. Dieser Akt galt als Bedrohung der Hauptstadt. So gering war das Vertrauen der Römer in ihre Feldherren. Cäsar setzte wie immer alles auf eine Karte. Tod oder Sieg. Rom scharte sich um Pompeius. Der Bürgerkrieg war ausgebrochen.

Wir in Massilia waren davon nicht betroffen. Wir setzten ohnehin auf Pomepeius. Nicht von ungefähr hatte Massilia in den letzten zehn Jahren jedem Cäsar-Gegner bereitwillig Asyl gewährt. Ich verdiente Geld mit meinem Sud und führte Kretos' Geschäfte gewissenhaft weiter. Auf dem Hof hatte ich mittlerweile ein paar Freundschaften geschlossen, mit Verwaltungsbeamten, die mir unterstellt waren, aber auch mit Arbeitern und Sklavinnen. Man war nett zueinander, sprach über belangloses Zeug und legte sich dann schlafen. Manchmal schlief eine Sklavin bei mir. Mir wäre Kretos' Schreibkanzlei in der Stadt lieber gewesen. Allein wegen dieser genialen Mittelmeerkarte. Es gab in Massilia bestimmt nicht viele Bürger, die so was besaßen.

Mit Kretos wurde es allmählich schwierig. Er hatte kaum noch Lust, geschäftliche Angelegenheiten zu regeln, Entscheidungen zu treffen. Man mußte stets den richtigen Zeitpunkt für ein Gespräch erwischen. Er schwelgte nur noch in abstrusen Phantasien. Eines Nachts ließ er mich aus dem Bett holen. Es ging ihm nicht gut. Er schimpfte, daß mein Sud allmählich die Wirkung verlor. Ich sollte ihm einen stärkeren Sud brauen.

Ich war übel gelaunt, weil ich von Wanda geträumt hatte. Ohne lange nachzudenken reichte ich Kretos eine Schale Wasser und sprach: »Ich habe dir einmal versprochen, dein Diener zu sein, Kretos. Aber als freier Mann. Aus freien Stücken! Der nächste Sud kostet vierhunderttausend Sesterzen und die Freiheit!«

Kretos trank einen Schluck und spukte ihn angeekelt aus. »Das ist ja Wasser! Du Betrüger!«

Er war wütend und drohte mit der Peitsche.

»Laß mich doch töten, Kretos«, spottete ich. »Wir Kelten fürchten den Tod nicht. Aber du, Kretos, du wirst die Zeit ohne deinen Druiden fürchten! Das ist ein Versprechen der Götter!«

Kretos brüllte, ich solle ihm nicht mehr unter die Augen kommen. Morgen würde er mich öffentlich auspeitschen lassen. Doch bereits bei Tagesanbruch ließ er mich erneut rufen. Er weinte und zitterte am ganzen Leib. Kalte Schweißperlen standen auf seiner Stirn. Er fror. Er sagte, er brauche dringend seinen Sud.

»Ich weiß, Kretos! Du hast die Nähe der göttlichen Sonne gespürt! Ohne sie wirst du erfrieren. Und ich bin der einzige Mensch, der dir helfen kann! Aber befreie mich, wenn ich dich von deinen Qualen befreien soll! Wenn du darauf bestehst, daß ich weiterhin dein Sklave bin, dann sollst auch du von heute an mein Sklave sein, Kretos! Den Sud gegen die Freiheit!«

»Du sollst frei sein«, flüsterte Kretos, »aber laß mich nicht im Stich!«

Ich schickte sofort Boten los und veranlaßte, daß Milo und der Richter am nächsten Tag bei uns eintrafen. Ich war es längst gewohnt, den Gutshof nach eigenem Gutdünken zu führen. Und nicht mal zum Nachteil Kretos'. Obwohl ich immer noch ein Sklave war, hatte mich die Belegschaft de facto als Herrn der Weinberge längst akzeptiert.

Kretos ging das plötzlich alles viel zu schnell. Er fühlte sich übergangen. Ich ließ ihn erneut zappeln. Ich hatte einen Vertrag aufgesetzt, in dem er mir nicht nur die Freiheit schenkte, sondern mich auch an seinen Unternehmungen beteiligte. Wir waren schließlich Partner, und jeder sollte im Todesfall den anderen beerben. Das ging Kretos entschieden zu weit.

»Du kannst darüber denken, was du willst«, sagte ich ihm, »wichtig ist nur, daß du unterschreibst.«

»Du hast dich verändert«, flüsterte Kretos. »Ich weiß noch, daß du als kleiner Junge ...«

»Ich bin Geschäftsmann geworden, Kretos! Ich habe von dir gelernt. Hier mußt du unterschreiben.«

Kretos zögerte. Vielleicht ahnte er, daß es die letzte Möglichkeit war, die Zügel wieder in die Hand zu kriegen. Aber da er seit sechs Stunden keinen Sud mehr getrunken hatte, war die Bestie in ihm wieder wach geworden. Er zitterte wie ein Kind im Fieberrausch. Seine Bewegungen waren fahrig. Wie ein sterbendes Tier irrte er durch seinen Garten und verfluchte den Tag, an dem er diesen raurikischen Hof aufgesucht hatte. Schließlich kam er ins Haus zurück und unterschrieb die Freilassungsurkunde. Darauf reichte ich ihm den Sud und gab seiner Zimmersklavin den Befehl, ihm die Haare zu schneiden und den Bart zu stutzen. Kretos wurde gewaschen und neu eingekleidet. Als der Richter und Milo erschienen, war Kretos die Ruhe selbst. Er sprach vom Licht der Erkenntnis und davon, daß er sich von den glitzernden Metallen habe blenden lassen. Sein Leben solle fortan den Göttern gehören, und er wolle sich nur noch den schönen Künsten widmen.

Von diesem Tag an floh Kretos immer häufiger in seine imaginäre Welt. Von heiligen Pilzen und Kräutern berauscht, lag er Tag und Nacht in einem abgedunkelten Schlafgemach und lauschte irgendwelchen Klängen und Stimmen. Ich setzte einen tüchtigen iberischen Sklaven als neuen Verwalter ein und machte es mir in Kretos' Stadtvilla bequem. Ein Weingut zu führen ist schön und gut, aber ich wollte ein Imperium leiten. Zweimal täglich ließ ich einen Sklaven mit dem göttlichen Sud hinausreiten. Zahlreich waren die Briefe, die ich Milos Boten nach Rom mitgab. Wanda und Basilus sollten erfahren, daß ich frei war. Aber die Monate vergingen. Es wurde Winter. Und es kam keine Nachricht von Wanda.

Ich verbrachte die langen Abende damit, Karten zu zeichnen. Gallische Landkarten. Ich skizzierte den Lauf des Rhenus und zeichnete ein kleines Rechteck, dort, wo seinerzeit mein kleiner raurikischer Hof gestanden hatte. Nach und nach entrümpelte und sortierte ich Kretos' Kanzlei. Immer wieder stieß ich auf interessante Handelsverträge oder Schreiben aus fernen Ländern. Und eines Nachts entdeckte ich in den Kellergewölben, dort, wo Kretos seinen eigenen Wein gelagert hatte, eine Kiste, die meine Neugierde weckte. In dieser Kiste lag ein rotes Seidentuch – das Vexillum der zehnten Legion. Es war das Vexillum von Niger Fabius, der in Genava aufs schändlichste ermordet worden war! Und wenn dieses Vexillum hier in Massilia war, dann bedeutet dies, daß Kretos der Mörder meines Freundes Niger Fabius war!

Kretos hätte eigentlich noch ein langes Leben vor sich gehabt, denn er wurde fürsorglich betreut und bestens ernährt. Er starb am hellichten Tage auf hoher See inmitten seiner Flötenspielerinnen. Wie immer war er hinausgefahren, hatte den Sud getrunken und war schlummernd in die Anderswelt entwischt. Seine Begleiterinnen waren das längst gewohnt. Erst als sie Stunden später wieder an Land kamen und ihn hinaustrugen, stellten sie fest, daß sein Körper kalt war. Er war sanft entschlafen, nicht schäumend und zuckend, wie seinerzeit der alte Druide Fumix, sondern still und friedlich, weil ich zuvor alles, was in Kretos' Körper floß, beruhigt hatte.

Über Kretos' Tod weinten nur die bezahlten Klageweiber.

Ich beauftragte einen Libitinarius, den Leichnam einigermaßen würdevoll herzurichten und ihn so einzusalben, daß man ihn sieben Tage lang im Atrium aufbahren konnte, ohne daß gleich die Mücken tot von den Wänden fielen. Ich gab Kretos eine keltische Goldmünze in die Hand. Das römische Seidenvexillum, das ich ihm am liebsten in den Rachen gestopft hätte, legte ich auf seine Brust. Seine nubischen Sklavinnen bedeckten seinen Körper mit Laub und schmückten das Eingangstor seines Stadthauses mit Zypressen und Kränzen. Ich schickte Herolde aus, um Kretos' Tod in der Stadt bekanntzumachen. Ich schickte sogar einen Herold nach Rom! Er sollte nicht nur von Kretos' Tod berichten, sondern auch darüber, daß der keltische Druide Korisios seine Geschäfte übernommen hatte und alle Freunde Kretos' zu einem großen Gastmahl einlud.

»Korisios heredem esse iubeo«, sprach der Beamte feierlich und tat damit öffentlich kund, daß ich der rechtmäßige Alleinerbe des Weinhändlers Kretos war. Auf den Urkunden, die Kretos im Tempel hinterlegt hatte, war sein Letzter Wille niedergeschrieben. In Anwesenheit von sieben Zeugen, darunter auch Milo, wurde das Testament öffentlich verlesen. Testamente waren keine Geheimsache, im Gegenteil. Für manchen war es die erste und letzte Gelegenheit, seinem Ärger Luft zu machen. Doch Kretos beschränkte sich darauf, mich als Alleinerben einzusetzen und allen seinen Freunden, die namentlich aufgeführt waren, je ein Faß Wein zu schenken. Festgesetzt hatte er auch die Größe seines Grabsteins. Es sollte einen Weinhändler zeigen, der flußaufwärts zog.

Ein erfahrener Dissignator führte den Trauerzug vor Kretos' Stadtvilla und hielt eine rührende Rede über einen Menschen, der großen Reichtum erworben hatte. Reichtum war von solch überragender Bedeutung, daß sich einige sogar ihren Vermögensstand auf den Grabstein meißeln ließen. Flötisten und Hornbläser führten den farbenprächtigen Zug an und spielten herzzerreißende Melodien. Kretos hätte seine Freude daran gehabt. Aber ich gab das viele Geld nicht für Kretos aus. Kretos' Nachfolger mußte Größe zeigen. Ich mußte kundtun, daß ich Kretos' würdiger Erbe war. Ich hatte nicht gegeizt. Nicht nur Klageweiber hatte ich angeheuert, sondern auch Schauspieler, die Klagelieder über den Verstorbenen vortrugen und derart erschütternd weinten, daß sie jedem echten Trauernden Konkurrenz gemacht hätten. Ich glaube, daß die Darbietung dieser Schauspieler den meisten viel näher ging als der Verlust dieser massilianischen Ratte. Kretos' Sklaven trugen Tafeln, auf denen Kretos' Lebensweg aufgezeichnet war. Vier seiner illyrischen Leibwächter zogen den blumengeschmückten Wagen mit dem Leichnam des Verblichenen. Dahinter der eigentliche Trauerzug, Frauen mit aufgelöstem Haar, die sich rhythmisch auf die Brust schlugen, Männer in dunklen Tuniken und all die Gaffer und Trittbrettfahrer, die den Verkehr zum Erliegen brachten, weil sie unbedingt dem Leichenzug folgen wollten, denn wenn Reiche starben, gab's irgendwann mal ein festliches Mahl. Ich war nicht dabei. Nachdem ich alle Gäste freundlich begrüßt und dafür gesorgt hatte, daß es niemandem an Speis und Trank fehlen würde, ließ ich Proviant aufladen und zog mit einigen bewaffneten Sklaven zum Hafen hinunter. Dort, wo Kretos' Lagerarbeiter in erbärmlichen Verhältnissen hausten. In der Stunde des Triumphs galt meine Sorge den Vergessenen. Cäsar hatte auch hier in Massilia mit seiner Sklavenschwemme den Markt zerstört. Es war billiger, Sklaven wie Ratten hausen zu lassen und sie nach ein paar Jahren wieder zu ersetzen, als anständige Baracken zu bauen. Aber wenn man selbst Sklave gewesen ist, sieht man einiges anders. Ich ließ den Proviant verteilen und kündigte an, daß wir hinter den Lagerhallen schattige Schlafräume errichteten würden. Nur verstohlen zeigten sie ihre Freude. Kaum einer brachte ein Wort über die Lippen. Obwohl ich vor einem

Jahr noch einer von ihnen gewesen war, zitterten sie bereits vor mir wie vor einem Herrn. Ich war eben Kretos' Erbe.

Trübsinnig ritt ich zur leeren Landebrücke und schaute in die Nacht hinaus. Hier hatte ich Wanda zum letzten Mal gesehen. Melancholisch lauschte ich den Wellen, die gleichmäßig gegen die Hafenmauern schlugen. Ich fühlte mich einsam und von den Göttern verlassen. Was hatte ich getan? Waren sie neidisch, daß nur meine Wünsche in Erfüllung gegangen waren, aber keine ihrer Prophezeiungen sich bewahrheitet hatte? Vielleicht waren sie ungehalten, weil ich mir manchmal einbildete, mir meine Wünsche selbst erfüllt zu haben. Aber war das die ganze Wahrheit? Mein einziger Wunsch war doch der, mit Wanda zusammenzusein. Sahen die Götter denn nicht, wie hilflos ich ohne sie war, daß nur sie mir meinen sehnlichsten Wunsch erfüllen konnten? Wenigstens war ich mir absolut sicher, daß Merkur, der Gott des Handels, auf meiner Seite war. Hatte er mir nicht geholfen, all meine Wünsche zu erfüllen, die ich damals unter der dicken Eiche auf unserem Hof gehabt hatte? Ich war Händler in Massilia! – Und kein bißchen glücklich. Ja, vielleicht hatte ich das Falsche ersehnt. Aber wie hätte ich wissen sollen, daß die Liebe das Stärkste und Mächtigste ist, was ein Mensch erfahren kann? Heute würde ich mir nur noch Wandas Liebe wünschen. Ich war sogar bereit, den Göttern dafür mein Handelshaus in Massilia zu opfern! In Gedanken wiederholte ich mehrmals diese Bereitschaft. Ich weiß, daß sich Merkur gerne auf solche Tauschgeschäfte einläßt. Ich weiß auch, daß es die Götter belustigt, wenn sich ein Herr zum Sklaven seiner Sklavin macht. Aber ich war bereit, mich zum Gespött der Götter zu machen. Sollten die da oben sich ruhig ein bißchen über mein Unglück amüsieren. Wenn sie mir im Gegenzug nur die Möglichkeit gaben, meine geliebte Wanda wieder in die Arme zu schließen!

Immer wieder suchte ich das Meer nach Lichtern oder Fackeln ab, die das Nahen eines Schiffes ankündigten. Aber nachts fuhren selten Schiffe.

Meine Sklaven wurden unruhig. Sie hatten Angst. In der Dunkelheit hörten wir Reiter nahen. Es war Milo in Begleitung seiner Leibwächter. Er stieg vom Pferd und gab seinen Männern Befehl, die Gegend im Auge zu behalten. Dann kam er zu mir rüber und lehnte sich an die Hafenmauer.

»Wir haben dich überall gesucht, Korisios«, sagte Milo. »Komm mit, deine Gäste verlangen nach dir.«

»Meine Gäste?« fragte ich spöttisch. »Die sollen sich den Bauch vollschlagen und dann nach Hause gehen.«

»Mir scheint, du haderst mit den Göttern, Korisios.«

»Die Götter!« zischte ich zornig. »Ist nicht jeder selbst seines Glückes Schmied?«

Milo lachte laut auf. »Sei vorsichtig, Korisios! Fordere die unsterblichen Götter nicht heraus! Nun komm! In deinem Handelshaus servieren nubische Sklavinnen gebratenen Fisch mit harzigem Weißwein aus Athen.«

Verwirrt schaute ich Milo an. »Nubische Sklavinnen bringen gebratenen Fisch?« fragte ich ungläubig. Das war doch das Bild aus meinen früheren Tagträumen. Nubische Sklavinnen servieren gebratenen Fisch und Harzwein in meinem Handelshaus in Massilia! Ich spürte, wie sich vor Aufregung meine Muskeln verspannten.

»Ja«, lachte Milo. »Wir haben zu später Stunde noch Gäste bekommen.«

»Mir scheint, Kretos hat ganz Massilia gekannt.«

»Es sind nicht Freunde von Kretos«, sagte Milo. Mit einer kurzen Handbewegung gab er seinen Leibwächtern den Befehl, den Rückweg zu Kretos' Haus zu sichern. Ich schaute Milo fragend an. Wenn es nicht Freunde von Kretos waren, wessen Freunde waren es dann?

»Es sind Reisende. Sie sagen, Labienus hätte Cäsar verlassen und sich auf Pompeius' Seite geschlagen.«

Was kümmerte mich dieser Julier.

»Cäsar ist unterwegs nach Spanien!«

»Du meinst, er wird auch bald zu meinen Gästen gehören?« spottete ich.

»Ich zweifle nicht daran, daß Cäsar an deinen nubischen Sklavinnen Gefallen finden würde. Aber wenn Cäsar eines Tages Massilia betreten sollte, dann wird er es tun, um den Staatsschatz und die Flotte zu plündern. Und nicht wegen deines gebratenen Fisches, Korisios.«

»Dann ist es also wahr, daß Lucius Afranius und Marcus Petreius in Spanien bereits fünf Legionen gegen Cäsar aufgestellt haben?«

»Ja«, sagte Milo, ohne seine Freude zu verhehlen. »Deshalb marschiert Cäsar auf Massilia zu. Er will sich den Rücken freihalten. Aber er wird sich wundern! Bereits in wenigen Tagen trifft der neue Prokonsul der Narbonensis mit sieben Kriegsschiffen in Massilia ein.«

»Domitius Ahenobarbus?« fragte ich ungläubig.

»Ja«, entgegnete Milo und ergriff die Zügel seines Pferdes. »Die Massilianer wollen ihm sogar den Oberbefehl zur Verteidigung der Stadt übertragen!«

»Das sind Nachrichten!« rief ich und drückte meinem Pferd die Fersen in die Flanken. Während Milos Reiter vorausritten, bildeten meine Reiter die Nachhut. Um diese Nachtzeit lauerte in den dunklen Gassen von Massilias Hafenquartier der Tod.

»Woher kommen diese Reisenden?« fragte ich Milo.

»Aus Rom«, antwortete Milo. »Einer von ihnen hat mir sogar eine Abschrift von der Verteidigungsrede gebracht, die Cicero im Senat gehalten hat, um mich vom Mord an Clodius freizusprechen. Der Mann scheut keine Mühe, um in den Geschichtsbüchern Erwähnung zu finden, denn natürlich ist die Tatsache, daß ich Cäsars Kettenhund erschlagen habe, nicht ganz ohne historische Bedeutung. Ohne diese Tat wäre in Rom nicht die Anarchie ausgebrochen, und kein Mensch hätte zugelassen, daß Pompeius zum Diktator ernannt wird. Und nur ein Diktator Pompeius kann Cäsar das Handwerk legen!«

»Für mich ist kein Brief dabei?« fragte ich fast beiläufig.

Milo schaute mich verwundert an. »Mit der Reisegesellschaft sind dreißig Gladiatoren eingetroffen. Ich habe sie in Rom vor einem halben Jahr rekrutieren lassen. Weißt du, Korisios, wenn ich in Massilia auf dem Marsfeld die ersten Gladiatorenspiele und Wagenrennen veranstalte, wird mich ganz Rom darum beneiden, daß ich hier im Exil lebe.«

Ich hörte gar nicht richtig zu. Doch plötzlich sah ich dieses verschmitzte Lächeln auf Milos Lippen.

»Wirst du auch einen keltischen Wagenlenker haben?« fragte ich Milo laut. Ich schrie es fast.

Milo nickte.

»Befindet sich unter diesen Reisenden auch ein großmäuliger Kelte?« Jetzt brüllte ich wirklich. Ich war nicht mehr in der Lage, meine Stimme zu kontrollieren. Milo grinste.

Ich schlug meinem Pferd die Fersen in die Flanken und preschte die dunklen Gassen zum Forum hinauf.

Basilus stand im Garten und wusch sein Gesicht unter dem sprudelnden Wasser des Springbrunnens. In den Metallhalterungen, die an den efeuumschlungenen Säulen montiert waren, steckten brennende Fackeln. Die Trauergäste waren gegangen. Die Sklaven räumten die Tische ab und säuberten den Park. Der Duft von gebratenem Fisch drang von der Küche in die kühle Nacht hinaus. Milo griff mir unter den linken Arm, damit ich schneller gehen konnte. Als Basilus mich sah, schrie er seine Freude laut in die Nacht hinaus.

»Wo ist Wanda?!« schrie ich und hielt mich an einem Sklaven fest.

»Es geht ihr gut, Korisios. Sie ist in Rom und wartet ungeduldig auf den Vater ihres Sohnes!«

Ich erschrak fürchterlich und strauchelte. Basilus fing mich auf und nahm mich in seine Arme. »Mein Sohn?« flüsterte ich skeptisch.

»Ja«, hauchte mir Basilus ins Ohr, »es ist dein Sohn, Korisios. Er ist schon zwei Jahre alt.«

Ich schloß die Augen und vergrub mein Gesicht in Basilus' Haar. »Kann er laufen?« fragte ich leise.

»Ja.«

Tränen schossen mir in die Augen. Ich umklammerte Basilus, so fest ich konnte. »Hat er auch einen Hund?« flüsterte ich mit tränenerstickter Stimme. Ich spürte, wie ich allmählich den Halt in den Beinen verlor und klammerte mich noch fester an Basilus.

»Nein«, sagte Basilus mit ruhiger Stimme, »aber Wanda ist ihm eine gute Mutter. Sie hat ein keltisches Mädchen, das ihr im Haushalt hilft. Und im nächsten Jahr will sie einen griechischen Lehrer verpflichten. Es mangelt ihr an nichts und ...«

»Und es ist wirklich mein Sohn?«

»Ja, Korisios. Wenn du ihn siehst, wirst du keinen Augenblick daran zweifeln.«

»Wieso ist sie nicht mitgekommen?« fragte ich, und schon wieder übermannten mich Mißtrauen und Angst.

»Woher hätte ich wissen sollen, daß du frei bist«, lachte Basilus. »Ich bin nicht Seher, mein Druide!«

Erst jetzt fielen mir die großgewachsenen und athletischen Männer auf, die etwas abseits von übermüdeten Sklaven bewirtet wurden.

»Sind das Milos neue Gladiatoren?« fragte ich skeptisch.

Basilus grinste übers ganze Gesicht. »Ja, Korisios. Ich hab sie für Milo in Rom gekauft und hergebracht.«

Ich zwinkerte Basilus zu und fragte, ob Milo ihn auch anständig bezahlt hätte. Schließlich war es kein Geheimnis, daß er bis über beide Ohren verschuldet war.

»Bezahlt?« grinste Basilus. »Milo hat mir erlaubt, nach meiner Ankunft in Massilia drei Tage lang über sie zu verfügen. Und ich hatte vor, mit diesen Kerlen Kretos zu besuchen und dich gewaltsam zu befreien!«

In der Dunkelheit grölten einige Gladiatoren, die offenbar die ganze Zeit über zugehört hatten.

Im Morgengrauen brachten nubische Sklavinnen gebratenen Fisch und griechischen Harzwein. Ich saß mit Milo und Basilus zusammen und stieß auf meine Freiheit an, während wir dankbar nach Osten schauten, wo sich die Sonne wie eine goldene Scheibe aus dem blauen Meer erhob. Ich spürte den Atem meines Onkels Celtillus und war sicher, daß er sich freute und mir sagen wollte, daß nun alles gut würde.

»Ich brauche unbedingt einen Welpen. Einen dreifarbigen, wie Lucia!«

Basilus nickte. »Ich werde dir morgen einen besorgen.«

»Noch heute, Basilus!«

Basilus musterte mich skeptisch.

»Ich werde morgen nach Rom aufbrechen und Wanda und meinen Sohn holen«, sagte ich ernst. Milo und Basilus tauschten besorgte Blicke aus.

»Das dürfte schwierig werden«, sagte ein Gladiator und setzte sich zu uns.

»Das ist Birria«, sagte Milo. »Er hat damals Clodius die erste Verletzung zugefügt.«

»Er hat ihm mit dem Schwert die Schulter durchbohrt«, lachte einer, den sie Eudamus nannten.

»Wieso dürfte es schwierig werden, nach Rom zu reisen?«

»Seit der Bürgerkrieg ausgebrochen ist«, brummte Birria, »herrschen rauhe Sitten auf den Landstraßen. Um da zu überleben, muß man schon Gladiator sein und ein sehr schnelles Pferd haben.«

»Er hat recht«, sagte Basilus. »Rom ist in zwei Lager gespalten. Sie bekämpfen sich überall.«

Milo nickte. »Die Konsuln und die meisten Senatoren sind aus Rom geflohen. Überall sammeln sie Truppen gegen Cäsar, und irgendwann werden sie alle losmarschieren, von Ägypten, Nordafrika, Spanien und Gallien, und sie werden diesen Julier einkreisen und vernichten.«

Nervös ließ ich meinen Weinbecher mit Wasser nachfüllen.

»Ich kann eine ganze Armee bezahlen, um Wanda und meinen Sohn von Rom nach Massilia zu bringen!« rief ich zornig. »Ich kann selbst Cäsar bestechen!«

Milo lächelte mitleidig. »Gemessen an Cäsar nagst du am Hungertuch, Druide. Er hat in Rom den heiligen Saturn-Tempel geplündert und fünfzehntausend Gold- und dreißigtausend Silberbarren und über dreißig Millionen Sesterzen gestohlen!«

Milo löste den Lendenschurz einer Sklavin, die sich zum Nachschenken über den Tisch beugte, und umarmte zärtlich ihre Taille. Ihre dunkle Haut roch nach frischen Ölen. Sie ließ sich zu Milo nieder und schloß die Augen.

Eudamus wandte sich an mich. Er war von erstaunlich hohem Wuchs, und die Unerschrockenheit eines Kelten sprach aus seinem Gesicht. »Druide«, begann er mit sonorer Stimme, »du brauchst weder Gold noch Armeen. Du brauchst lediglich das römische Bürgerrecht.«

Basilus und Milo bedachten Eudamus mit einem skeptischen Blick. Birra war eingeschlafen und schnarchte unruhig vor sich hin.

»Unter den Soldaten«, fuhr Eudamus fort, »hat sich Cäsars Milde bereits herumgesprochen. Frag doch den neuen Prokonsul Domitius Ahenobarbus! Cäsar hat ihn bei Corfinium gefangengenommen und wenige Tage später ohne Bedingungen wieder freigelassen. Das ist die neue Clementia Caesaris. Es ist die Milde derjenigen, die den Göttern nahe sind. Cäsar will die Fehler von Sulla nicht wiederholen. Er will kein zerstrittenes Volk! Er sinnt nicht auf Rache! Er will nicht nur die Herrschaft über Rom, er will auch Roms Liebe und Zuneigung.«

»Und du meinst wirklich«, fragte ich skeptisch, »um

Cäsars Linien zu durchbrechen, brauche ich nicht mehr als das römische Bürgerrecht?«

»So ist es, Druide.«

Ich lachte leise vor mich hin und schüttelte ungläubig den Kopf.

Milo lag mit geschlossenen Augen neben der Sklavin. Den Kopf hatte er wie ein Säugling an ihre Brust geschmiegt. Die Sklavin war froh, daß er nicht mehr von ihr wollte. Auch sie war müde. Basilus lachte leise vor sich hin. Ich mußte also römischer Bürger werden, um zu Wanda und meinem Sohn zu kommen.

»Was meinst du, Milo, was kostet das römische Bürgerrecht?«

Milo ließ sich von der nubischen Sklavin aufhelfen und machte ein bedeutungsschweres Gesicht, als wolle er andeuten, daß das römische Bürgerrecht nicht einfach so zu kaufen sei. Dann sagte er mit schwerer Zunge: »Ich habe noch nie einen keltischen Druiden adoptiert. Ich kann es mir auch nicht vorstellen. Aber wenn du mir eine Million Sesterzen leihst und mich zum Teilhaber deines Handelshauses machst, könnte es durchaus meine Phantasie beflügeln.«

Melancholisch umfaßte er das Gesäß der Sklavin, die aufgestanden war und erneut Wein einschenken wollte. Er schien sich in seinen Gedanken verloren zu haben. Langsam schloß er die Augen. Die Sklavin drehte sich um und versuchte vorsichtig, Milos Griff zu lösen.

»Meinst du, es wird Cäsar ärgern, wenn ich dem Mann, der seinen Kettenhund Clodius erschlagen hat, eine Million leihe und ihn zu meinem Teilhaber mache?« fragte ich neckisch.

»Todsicher«, murmelte Milo und küßte zärtlich die enthaarte Scham der Sklavin, die sich sanft aus seiner Umarmung löste. Sie hob ihren Lendenschurz auf und streifte ihn sich wieder über. Dann schenkte sie all jenen, die ihren Becher noch in der Hand halten konnten, erneut Wein nach. Schlafende Gäste sind für Sklavinnen die angenehmsten.

»Ich bin einverstanden«, sagte ich zu Milo.

Verwirrt öffnete er die Augen und schaute mich verwundert an. Er hatte den Faden verloren. Dann huschte plötzlich ein Lächeln über sein Gesicht. Er schien sich wieder zu erinnern. Milo löste den goldenen Halbmond, der seinen nackten Knöchel zierte, und warf ihn mir zu. »Laß den Richter holen, Druide. Ich glaube, er schläft gerade im Säulengang seinen Rausch aus.«

Anhang

1. VERZEICHNIS DER WICHTIGSTEN PERSONEN

Mit * versehene Figuren sind historisch belegt, die übrigen fiktiv. Da die Schreibweise einiger Namen je nach Quelle unterschiedlich ist, diente im Sinne einer einheitlichen Grundlage »Pauly's Realencyclopädie der classischen Altertumswissenschaft« als Richtschnur.

Aelius	Quintus Aelius Piso. Folgte Cäsar, dem größten Schuldner seines Herrn Lucceius, nach Gallien.
*Ariovist	Heerführer der Sueben, von Cäsar König der Germanen (»rex Germanorum«) genannt. Um 71 v. Chr. riefen ihn die Sequaner um Hilfe. Ariovist überschritt mit 15.000 Mann den Rhein. Da bald darauf immer mehr Germanen über den Rhein kamen, forderte Ariovist von den Sequanern zusätzliche Gebiete. Ariovist sprach Keltisch und Lateinisch und verfügte über eine große politische und militärische Intelligenz. Er entsprach somit in keiner Weise dem Bild des dummen Barbaren. Um 60 heiratete er die Schwester des Keltenkönigs Voccio (Noricum). Sein Vordringen veranlaßte die Helvetier schließlich zur Auswanderung, die Cäsar als Vorwand für den gallischen Krieg nutzte. Noch 59 v. Chr. verlieh Cäsar Ariovist den Titel »König und Freund des römischen Volkes«. Aber bereits am 14. September 58 besiegte er Ariovist, wahrscheinlich zwischen Belfort (F) und Schlettstadt (F), in der Gegend von Müllhausen in der Nähe des Rheins. Mit der Niederlage des Ariovist war der erste Versuch einer germanischen Machtbildung westlich des Rheins für Jahrhunderte vereitelt.
*Ahenobarbus	L. Domitius Ahenobarbus. Erbitterter Gegner Cäsars. Wurde 54 v. Chr. zusammen mit Claudius Pulcher zum Konsul gewählt. Im Januar 49 trat er Cä-

sars Nachfolge in Gallien an. Einen Monat später versuchte Ahenobarbus Cäsar mit Truppen entgegenzutreten. Der Versuch mißlang kläglich. An Ahenobarbus demonstrierte Cäsar seine »neue Milde«. Er begnadigte seinen Möchtegern-Nachfolger großzügig und schenkte ihm die Freiheit, wohl wissend, daß dieser sich ihm erneut entgegenstellen würde. Möglicherweise war Ahenobarbus Vorlage für eine Tragödie des Curiatius Maternus.

*Balbus — Lucius Cornelius Balbus. Diente – wie auch Mamurra – vorübergehend als Praefectus fabrum in Gallien und bekleidete verschiedene Funktionen in Cäsars Geheimdienst. Die wirklichen Entscheidungsträger hatten bei Cäsar keine offiziellen Ämter, sondern waren persönliche Vertraute, die zu seiner »familia« gehörten. Balbus war spanischer Bankier aus Gades. Aufgrund seiner Verdienste im Kampf gegen Sertorius erhielt er von Pompeius das römische Bürgerrecht und wurde später als erster »Ausländer« Konsul. 48 v. Chr. war er Cäsars »Stellvertreter« in Rom. Neid und Mißgunst brachten dem vermögenden »Ausländer« Balbus eine Anklage wegen widerrechtlicher Anmaßung des römischen Bürgerrechtes ein. Cicero verteidigte ihn erfolgreich.

Basilus — Keltischer Krieger. Jugendfreund des Korisios.

*Bassus — Ventidius Bassus. Er übernahm angeblich nach der Helvetierschlacht das Transportwesen in Cäsars Heer.

*Birria — Gladiator in Milos Gefolgschaft. Er war zusammen mit dem Gladiator Eudamus an der Ermordung des Clodius beteiligt.

*Brutus (1) — D. Iunius Brutus Albinus (ca. 81-43 v. Chr.). Treuer Legat Cäsars in Gallien. Im Jahre 49 (nach Ausbruch des Bürgerkrieges) Flottenbefehlshaber vor Massilia. 44 wurde er mit der Verwaltung der Gallia Cisalpina beauftragt. Überraschend schloß er sich den Cäsargegnern an und holte den Diktator am 15. März 44 persönlich zur Senatssitzung ab.

*Brutus (2) — M. Iunius Brutus, Neffe des M. Porcius Cato (Uticensis). Cäsar übergab ihm (46 bis März 45 v. Chr.)

die Verwaltung der Gallia Cisalpina. Er heiratete seine Cousine Porcia. Als Cäsar für sich die Diktatur auf Lebenszeit in Anspruch nahm, sah er sich aus moralischen, staatspolitischen und familiengeschichtlichen Gründen verpflichtet, den Tyrannen zu töten. Denn sein Vorfahre L. Junius Brutus stürzte den letzten König Roms und galt als einer der beiden ersten Konsuln als Begründer der Republik (509 v. Chr.).

*Cato — M. Porcius Cato (Uticensis). 95-46 v. Chr. Überzeugter Republikaner und Vertreter der Senatsaristokratie. Er war der klassische Konservative, verteufelte fremde Einflüsse und Kulturen (Griechenland) und verdammte unermüdlich alle Anzeichen von Verweichlichung, sexueller Freizügigkeit oder Maßlosigkeit. Als er im Bürgerkrieg seinem Erzfeind Cäsar unterlag, verschmähte er die Begnadigung und wählte den Freitod.

Celtillus (1) — Onkel des Korisios.

*Celtillus (2) — Oberhaupt der Arverner und Vater des Vercingetorix. Wurde ermordet, weil er nach der Königswürde strebte.

*Cita — C. Fufius Cita, römischer Ritter. Cäsar vertraute ihm das Management seiner Getreidekäufe und -transporte an. Daß die Armee mit erfahrenen Privatleuten (conductores) entsprechende Kontrakte abschloß, war zur Zeit der Republik üblich. C. Fufius Cita wurde im Vorfeld des großen gallischen Aufstandes (52/Vercingetorix) im Winter 53/52 in Cenabum ermordet.

*Cotta — Lucius Aurunculeius Cotta. Legat Cäsars in Gallien. Fiel im Winter 53 v. Chr. im Kampf gegen die Eburonen. Verfaßte ein Buch über Cäsars Britannienfeldzug.

*Cicero — Cicero wurde 106 v. Chr. in Arpinum geboren. 69 Aedil, 66 Prätor, 63 Konsul. Am 7. Dezember 43 wurde er ermordet. Tullius Cicero gilt als Meister der lateinischen Rede und hinterließ ein umfangreiches Werk. Da er nachweislich einen zeitgenössischen Historiker darum bat, seine Bedeutung in der römischen Geschichte stärker hervorzuheben, darf allgemein am Wahrheitsgehalt von Ciceros Werken gezweifelt werden, zumal der große »Meister« zahlreiche dieser Texte nachträglich bearbeitete.

*Quintus Cicero — Ciceros Bruder. Ab 54 v. Chr. Legat in Gallien. Im Bürgerkrieg wurde er wie sein berühmter Bruder Pompeianer. Von Cäsar begnadigt, gehörte er zu den Proskribierten von 43 und wurde ermordet.

*Clodius — P. Claudius Pulcher. Änderte seinen Gentilnamen Claudius 59 v. Chr. aus politischen Gründen in die plebejische Form Clodius. Er galt seit frühester Jugend als Unruhestifter. In der Nacht vom 4. auf den 5. Dezember 62 nahm er als Frau verkleidet am heiligen Fest der Bona Dea teil, das in Cäsars Haus stattfand. Da aus religiösen Gründen nur weibliche Personen zugelassen waren, galt dieser Religionsfrevel als großer Skandal und hatte einen Prozeß zur Folge, den Clodius nach ausgiebiger Richterbestechung und mit Cäsars Hilfe gewann. Als Volkstribun trieb er Cato und Cicero ins Exil und verbreitete nachts in den Straßen Roms Angst und Schrecken mit seinen Terrorbanden. Schließlich wurde er von seinem großen Gegenspieler Milo ermordet.

*Considius — Publius Considius. Versagte trotz Kriegserfahrung im Helvetierkrieg (58 v. Chr.). Er verwechselte römische Truppen mit keltischen Truppen und hätte dadurch beinahe Cäsars Niederlage heraufbeschworen.

*Crassus — M. Licinius Crassus Dives (115-53 v. Chr.), einer der reichsten Männer Roms. 72 erhielt er ein prokonsularisches Imperium zur Beendigung des Sklavenkrieges. In nur 6 Monaten vernichtete er Spartacus und nagelte 6000 Sklaven an der Via Appia ans Kreuz. Der heimkehrende Pompeius stahl ihm allerdings die Show. Im Jahre 70 war er gemeinsam mit seinem ewigen Rivalen Pompeius Konsul. Aus Neid auf Pompeius' militärischen Ruhm schloß er sich 60 Cäsar an, der die verfeindeten Männer im ersten Triumvirat vorübergehend wieder miteinander versöhnte. 54-53 wurde er Prokonsul in der Provinz Syria. Sein Leben endete 53 im Feldzug gegen die Parther, wo er Opfer eines Verrats wurde.

*P. Licinius Crassus — Crassus' jüngerer Sohn kämpfte bereits 58 v. Chr. als Praefectus equitum (Reiterführer) an der Seite Cäsars gegen Ariovist. 57 wurde er aufgrund seiner herausragenden Leistungen Legat von Cäsars 7. Legion (Normandie, Bretagne) und unterwarf 56 Aquitanien. Neben Labienus einer der fähigsten Legaten Cäsars in Gallien.

Cuningunullus — Häduerischer Reiterführer in Cäsars Diensten.

*Diviciatus — Fürst und Druide der in Mittelgallien wohnenden Häduer. Im Gegensatz zu seinem Bruder Dumnorix, der die Führung der keltischen Nationalpartei anstrebte, fühlte sich Diviciatus dem keltischen Adel und Rom verpflichtet.

*Divico — Führer der helvetischen Tiguriner. 107 v. Chr. schlug er die Römer unter ihrem Feldherrn P. Licinius Crassus und zwang sie unter das Joch. 58 v. Chr., also rund 50 Jahre später – er muß damals etwa achtzig gewesen sein – übernahm er die Aufgabe, den Auswanderungszug der Helvetier an den Atlantik zu führen. Nach der Niederlage gegen Cäsar (Bibracte) verliert sich seine Spur. Er war aller Wahrscheinlichkeit nach tot, als die Helvetier die Heimreise antraten.

*Dumnorix — Adliger aus dem keltischen Stamm der Häduer. Heiratete die Tochter des Orgetorix (Helvetier). Galt im Gegensatz zu seinem Bruder, dem Druiden Diviciatus, als Gegner Roms. Dumnorix ritt zum Schein ebenfalls für Cäsar; als er sein doppeltes Spiel zu weit trieb, ließ der Prokonsul ihn ermorden.

*Fabius. — Gaius Fabius. Ab 54 v. Chr. Legat in Gallien. Zuvor Proprätor in Asien (57/56).

Fumix — Keltischer Druide.

Fuscinus — Sklave. Häufiger Sklavenname. Verkleinerungsform des väterlichen Namens Fuscus (der Dunkle, der Schwarze).

*Gripho — Antonius Gripho. Cäsars keltischer Grammaticus (Privatlehrer) in Rom.

*Hirtius — Aulus Hirtius war (spätestens ab 54 v. Chr.) Cäsars Kanzleichef in Gallien. Als Legat hätte er auch die Möglichkeit gehabt, Legionen zu führen. Im Dezember 50 ging er in Cäsars Auftrag nach Rom zurück. 49 zog er mit Cäsar nach Spanien. 46 war er Prätor. Frühzeitig ebnete Cäsar dem treuen Hirtius den Weg zum Konsulat: 43 wurde er Konsul. Aulus Hirtius ergänzte Cäsars »Commentarii de bello Gallico« mit dem 8. Buch. Der weder besonders begabte noch ehrgeizige Hirtius verdankte seine Stellung Cäsar, dem er die Protektion mit bedingungsloser Treue dankte.

Kretos — Weinhändler aus Massilia.

Kretix — Sklave. Geschenk von Cäsar an Korisios.

Korisios — Junger Druidenlehrling aus dem Leimental bei Basel am Rheinknie. Selbstverständlich begleiteten auch Druiden den Zug der Helvetier. Und selbstverständlich heuerten nicht nur keltische Krieger in Cäsars Armee an, sondern auch gebildete Kelten, die in Cäsars Schreibkanzlei als Schreiber, Übersetzer und Dolmetscher beschäftigt wurden. Sogar Cäsars Hauslehrer in Rom war Kelte.

Der Name »Korisios« wurde auf einem Eisenschwert aus der Zeit vor Ausbruch des Gallischen Krieges gefunden. Der Name wurde (wie üblich) in griechischen Buchstaben geprägt und ist somit eines der ältesten Zeugnisse für den Schriftgebrauch nördlich der Alpen. Der Name bezieht sich entweder auf den Schmied oder den Besitzer.

*Labienus — T. Labienus (ca. 99-45 v. Chr.). Cäsars wichtigster Legat (legatus pro praetore) in Gallien (58-50). Herausragende militärische Leistungen, ganz besonders während des großen Aufstandes des Vercingetorix im Jahre 52 (Lutetia, Parisiorum und Alesia). Als Feldherr scheint er Cäsar ebenbürtig gewesen zu sein: Er war tapfer und verfügte über eine hochentwickelte strategische Intelligenz. Im Jahre 50 vertrat er Cäsar als Verwalter in Oberitalien. Anfang 49 (nach Ausbruch des Bürgerkrieges) lief Labienus zu Pompeius über, was Cäsar stark verletzte.

*Liscus — Proömischer häduerischer Adliger.

Lucia — Hund des Korisios. Vertreter des »canis cursor celticus«, jener Hunderasse, die heute als »Schweizer Laufhund« bekannt ist und einst auf einem Mosaik in Aventicum abgebildet war.

Mahes Titianos Syrischer Händler.

*Mamurra L. Vitruvius Mamurra. Römischer Ritter, Architekt, Ingenieur und zeitweise Cäsars persönlicher Schatzmeister. War als reicher Emporkömmling und Lebemann bekannt. Ab 58 auch Praefectus fabrum. Mamurra profilierte sich aber besonders als genialer Konstrukteur von Brücken und Belagerungsmaschinen.

*Milo Als Volkstribun (57 v. Chr.) stellte er eine Gladiatorenbande auf, die der Terrorbande des Clodius (»Cäsars Kettenhund«) Paroli bieten sollte. Er genoß die Unterstützung des Pompeius. 55 wurde er Prätor und heiratete Fausta, die Tochter des früheren Diktators Sulla. 54 nahm er gigantische Kredite auf, um Rom mit großartigen Spielen zu beglücken. Am 18. Januar 52 traf er auf der Via Appia auf Clodius. Als sich dieser verletzt in ein Wirtshaus zurückzog, gab Milo Befehl, ihn dort zu töten. Im April 52 wurde Milo verurteilt (Verteidigungsrede des Cicero später »nachbearbeitet«) und ging nach Massilia ins Exil. 48 kehrte er nach Italien zurück und fiel bei der Belagerung von Cosa.

*Nammejus Tigurinischer Fürst. Mitglied der helvetischen Delegation.

Niger Fabius Arabischer Händler in Genava.

*Orgetorix Der Name bedeutet soviel wie »König der Totschläger«. Orgetorix war ein helvetischer Fürst und einer der reichsten Männer seines Stammes. Es ist unklar, ob er ermordet wurde oder den Freitod wählte, als sein Plan aufflog, mit zwei anderen Fürsten (der Häduer und Sequaner) die Herrschaft über Gallien zu erlangen.

*Oppius Gaius Oppius. Einer der wichtigsten Gefolgsleute Cäsars in Gallien. Diente bereits in Spanien unter Cäsar. Als diplomatischer Geschäftsträger und Nachrichtenoffizier vermittelte er intensiv zwischen Gallien und Rom.

*Pompeius Cn. Pompeius Magnus (106-48 v. Chr.). Feldherr und Staatsmann. Er galt als »Alexander der Große« seiner Zeit. Er war der große Gegenspieler von Cäsar und Crassus. 60 verbündete er sich mit Cäsar

	und Crassus zum ersten Triumvirat, wurde 55 erneut Konsul und verwaltete Spanien. Nach dem Tod des Crassus (53) strebte er die Alleinherrschaft an und forderte (49) von Cäsar nach Beendigung des Gallischen Krieges die Entlassung seines Heeres. Als Cäsar dies verweigerte und gegen Rom marschierte, floh Pompeius nach Griechenland, wo er (48) von Cäsar bei Pharsalus geschlagen wurde. Auf der Flucht nach Ägypten wurde er ermordet.
*Procillus	Gaius Valerius Procillus. Sein Vater erhielt das Bürgerrecht wohl 83 v. Chr., als Gaius Valerius Flaccus Statthalter der Provinz war.
Rusticanus	Lagerpräfekt.
Santonix	Keltischer Druide.
Silvanus	Römischer Zolloffizier.
*Testa	C. Trebatius Testa (ca. 84 v. Chr. – ca. 4. n. Chr.). Er stammte vermutlich aus Velia in Lukanien. Cicero empfahl den jungen Juristen im Jahre 54 an Cäsar. In Gallien verzichtete er auf eine lukrative Kriegstribunenstelle und betätigte sich statt dessen als Berater und Gesellschafter Cäsars. Während des Bürgerkrieges hielt Trebatius zu Cäsar und vermittelte zwischen ihm und dem wie üblich wankelmütigen Cicero. Er liebte das gesellige Leben und soll ein heiterer Mensch gewesen sein.
*Trebonius	Gaius Trebonius. Ab 54 v. Chr. Legat in Cäsars Heer. Im Bürgerkrieg belagerte er Massilia von der Landseite her (49). Schloß sich später den Cäsarmördern an. Wurde in Smyrna umgebracht.
Tullus	Gaius Tullus. Junger Drückeberger in Cäsars Heer.
Ursulus	Lucius Speratus Ursulus. Primipilus (Centurio der 1. Kohorte) von Cäsars X. Legion in Gallien.
*Vercingetorix	Fürst der Arverner, führte 52 v. Chr. den gesamtgallischen Aufstand gegen Cäsar an. Wie viele bedeutende Führer des gallischen Widerstandes hatte auch Vercingetorix in den ersten Jahres des Krieges im Gefolge Cäsars Gelegenheit gehabt, die Vorzüge römischer Kriegsführung und Heeresorganisation kennenzulernen. Nach der Niederlage von Alesia ergab er sich Cäsar und geriet in Gefangenschaft. 46 wurde er im

	Triumph durch die Straßen Roms geführt und hingerichtet.
	Die Behauptung einiger Historiker, wonach Vercingetorix ein »agent provocateur« Cäsars gewesen sein soll, ist nicht stichhaltig und macht wenig Sinn.
*Verucloetius	Adliger und Druide aus dem keltischen Stamm der Tiguriner (Divico).
Wanda	Germanische Sklavin des Druidenlehrlings Korisios.
	Liebesbeziehungen zwischen ehemaligen Sklavinnen und ihren Herren sind mehrfach belegt (Kaiserzeit). Aus der Grabinschrift des Titus Nigrinus Saturninus (Aventicum) erfahren wir z. B., daß der Verstorbene seine Sklavin Gannica freigelassen und dann geheiratet hat.

2. GLOSSAR

Admagetobriga	La Moigte de Broie (wahrscheinlich) in der Nähe der Saône.
Aedile	Gewählte römische Beamte, denen die Aufsicht über Tempel, Märkte, Straßen, Plätze, Bordelle, Bäder und die Wasserversorgung obliegt. Zur Zeit Cäsars waren sie auch für die Ausrichtung der öffentlichen Spiele verantwortlich, die sie meist privat finanzierten, um die Gunst der Bevölkerung zu gewinnen. Je aufwendiger die Spiele, desto sicherer wurden sie anschließend in ein höheres Amt gewählt.
Alesia	Alise-Ste. Reine am Westabfall des Mont Auxois (auf dem das alte Alesia lag).
Allobroger	Keltischer Volksstamm, der zwischen Rhône und Isère in der heutigen Dauphiné und in Savoyen siedelte. Hauptstadt war Vienna (Bienne). Die Allobroger waren zwei Jahre vor der Auswanderung der Helvetier von den Römern unterworfen worden.
Arar	Die Saône.
Arialbinnum	Basel (wahrscheinlich).
Arverner	Mächtiger keltischer Stamm in der heutigen Auvergne, im Norden der röm. Provinz. Hauptstadt: Gergovia, Bergplateau südlich von Clermont.
As	Siehe Geld.
Auxilia	Hilfstruppen, im allgemeinen Nichtrömer, die in den Provinzen ausgehoben oder von befreundeten Fürsten gestellt wurden.
Bellovacer	Keltischer Volksstamm, wohnte an der unteren Seine, Somme und Oise.
Bibracte	Mont Beuvray (wahrscheinlich). Beherbergt seit 1996 ein neues und modernes Kelten-Museum.
Bibrax	Entweder Beaurieux oder möglicherweise der Berg Vieux Laon.
Boyer	Keltischer Volksstamm, siedelte in Noricum, Steiermark und Kärnten.
Caligae	Römische Militärsandalen.
Carnuten	Keltischer Volksstamm, lebte auf beiden Seiten der Loire, Hauptstadt: Cenabum.

Cenabum	Orléans.
Centurio	Römischer Offizier.
Corfinium	Diese Stadt wurde im Bundesgenossenkrieg zur Hauptstadt Italiens gegen Rom gewählt. Auch im Bürgerkrieg spielte sie eine Rolle und war umkämpft.
Dissignator	Leichenmarschall.
Dubis	Der Doubs.
Elektrum	Natürliche oder künstliche Mischung aus Gold und Silber.
Fibel	Spange (oder Nadel).
Frumentator	Lebensmittelbeschaffer.
Gades	Spanische Hafenstadt.
Gallien	Bezeichnung Cäsars für das freie Keltenland, das das heutige Frankreich, den größten Teil der Schweiz, den westlich vom Rhein liegenden Teil Deutschlands und die Niederlande umfaßt.
Gallier	Gallier (Galli) ist die lateinische Bezeichnung für den von den Griechen gebrauchten Namen Keltoi.
Garum	Spanische Fischsauce.
Garumna	Die Garonne.
Geld	(Die Relationen zwischen den einzelnen Geldwerten waren im Laufe der Zeit Schwankungen unterworfen.)

1 Talent	= 240 Aurei	DM 36.000,—
	= 6000 Denare	
	= 24.000 Sesterzen	
	= 96.000 Asse	
1 Aureus (Gold)	= 25 Denare	DM 150,—
	= 100 Sesterzen	
	= 200 Dupondien	
	= 400 Asse	
1 Denar (Silber)	= 4 Sesterzen	DM 6,—
	= 16 Asse	
1 Sesterz	= 2 Dupondien	DM 1,50
(Messing)	= 4 Asse	
1 Dupondius	= 2 Asse	DM 0,75
(Messing)		
1 As (Kupfer)	=	ca. DM 0,40

Nur wenige Historiker wagen Vergleiche zur heutigen Kaufkraft. Gemäß Prof. C. Goudineau (»Cäsar

	et la Gaule«) könnten 40 Mio. Sesterzen 200 Mio. Franc bzw. 60 Mio. DM entsprochen haben. Ein Größenvergleich: Während ein Handwerker in Rom ca. 4 Sesterzen pro Tag verdiente, schickte Cäsar Cicero 60 Mio. Sesterzen, damit dieser das Bauland für sein »zukünftiges Forum« kaufen konnte. Dagegen betrug der Tribut für ganz Gallien lediglich 40 Mio. Sesterzen.
Genava	Genf.
Gergovia	Hauptstadt der Arverner.
Gladius	Römisches Kurzschwert.
Häduer	Die Häduer waren Kelten. Sie siedelten in der Mitte Galliens zwischen der Loire und Saône und südlich bis Lyon.
Hispania ulterior	Das jenseitige Spanien.
Hypokaust-heizung	Römische Fußbodenheizung. Sie wurde etwa im 2. Jahrhundert v. Chr. erfunden und im 1. Jahrhundert v. Chr. durch den Immobilienspekulanten C. Sergius Orata populär. Das Prinzip ist einfach: Im Keller steht die Feuerungskammer. Von dort aus steigt heiße Luft durch Hohlräume unter den darüberliegenden Fußboden, der auf Ziegelpfeilern ruht.
Illyrien	Cäsars Provinz umfaßte die ganze Küste des Adriatischen Meeres von Istrien bis Epirus.
Konsul	Der höchste Beamte der Republik. Jährlich wurden zwei Konsuln gewählt. Nach Ablauf seiner Amtszeit wurde ein Ex-Konsul zum Statthalter einer Provinz ernannt, die er als Prokonsul regierte. Innerhalb seiner Provinz übte er absolute Macht aus.
Latovicer	Die Latovicer waren Kelten. Sie wohnten im südlichen Baden.
Legat	Bei Cäsar Legionskommandant.
Legion	Zur Zeit Cäsars: 6000 Mann. Die Legion zerfiel in 10 Kohorten. Jede Kohorte in 3 Manipeln (Kompanien), jeder Manipel in 2 Centurien (Züge).
Lemannus-See	Genfer See.
Libitinarius	Begräbnisunternehmer.
Libra	Siehe Maße.
Liktor	Amtsdiener der höheren Magistrate, welche diese in der Öffentlichkeit stets begleiteten und ihnen als

	Repräsentanten magistratischer Macht die Fasces (Rutenbündel mit Beilen) vorantrugen.
Lingonen	Keltischer Volksstamm nordwestlich von den Sequanern, Hauptstadt: Andematunnum (Langres).
Lugdunum	Lyon.

Maße/Gewichte	pes	29,6 cm (ein Fuß)
	passus	1,48 m (1 Doppelschritt)
	milia passuum	1,48 km (1000 Doppelschritte/ römische Meile)
	1 sextarius	0,5 L (1 Maß)
	1 modius	8,73 L (1 Scheffel)
	1 medimnus	52,4 L (6 modii)
	1 libra	327,45 gr (1 Pfund)

Massilia	Marseille (röm. Massalia).
Matisco	Macôn.
Modien	Siehe Maße.
Mona	Den Namen Mona führten im Altertum sowohl die Insel Man wie Anglesey in der Irischen See. Hier ist Man gemeint.
Mont Vully	Oppidum der Tiguriner (Divico).
Nachtwache	Siehe Zeitmessung.
Namen	Römische Namen bestanden aus drei Teilen, dem Vornamen (praenomen, z. B. Gaius), dem erblichen Geschlechtsnamen (nomen gentile, z. B. Julius) und dem Beinamen (cognomen, z. B. Cäsar). Die Beinamen drückten oft charakterliche oder physiognomische Eigenarten aus, wie z. B. Rufus (der Rothaarige), Crassus (der Fette) oder Longus (der Lange). Auch Beinamen konnten vererbt werden. Es gab nur 16 männliche Vornamen. Mädchen erhielten keine individuellen Vornamen. Sie trugen stets den Geschlechtsnamen (z. B. Julius) mit der weiblichen Endung -a. So hieß also die Tochter des Gaius Julius Cäsar: Julia.
Nervier	Keltischer Volksstamm, vermutlich germanischer Abkunft. Siedelte zwischen Somme, Schelde und Rhein. Hauptstadt: Bagacum (Bavay).
Oppidum	So bezeichnet Cäsar die befestigten Städte der Kelten.
Optio	Unteroffizier.
Oryza	Reis.

Palla	Rechteckiges Tuch (Kleidungsstück) aus Wolle, Leinen oder Seide. Die Palla war sehr bequem und erfreute sich deshalb großer Beliebtheit.
Pes	Siehe Maße.
Petra	Die im gewaltigen Felsmassiv gelegene Hauptstadt des Nabatäerreiches (Jordanien) am Toten Meer. Hier kreuzte der sogenannte Königsweg über dem Jordantal die Weihrauchstraße, auf der indische Gewürze und arabische Güter von Aden nach Gaze ans Mittelmeer gelangten.
Pilum	Wurfspeer des römischen Legionärs. Ca. 1,5 m lang und 1 kg schwer. Holzschaft mit Weicheisenstück, dessen Spitze gehärtet ist. Dadurch verbiegt sich das Pilum beim Aufprall und wird so für den Gegner unbrauchbar. Im doppelten Sinne ein Wegwerfartikel.
Poeninus	Großer St. Bernhard.
Praefectus castrorum	Lagerpräfekt.
Primipilus	Oberster Centurio (Offizier) einer Legion (1. Kohorte).
Prokonsul	Römischer Bürger, der als Heerführer oder Provinzstatthalter konsularische Gewalt ausübt, ohne Konsul zu sein. Bestellung zum Prokonsul erfolgt durch Verlängerung der Amtsgewalt im Anschluß an ein Konsulat oder durch besondere Verleihung durch Volks- oder Senatsbeschluß.
Proprätor	Statthalter. Unumschränkter Herr einer Provinz. Zivilgouverneur, oberster Gerichtsherr und militärischer Befehlshaber. War der Statthalter zuvor Prätor in Rom, wurde er in der Provinz Proprätor genannt, war er zuvor Konsul in Rom, wurde er in der Provinz Prokonsul genannt.
Pugio	Römischer Dolch.
Quästor	Verwalter der Heeresfinanzen.
Rauriker	Die Rauriker waren Kelten. Sie lebten vom Bodensee westlich bis zur Biegung des Rheins nach Norden.
Rhenus	Der Rhein.
Rhodanus	Die Rhône.
Santonen	Keltischer Volksstamm im westlichen Gallien zwischen Loire und Garonne.

Schildbuckel	Eiserne Buckel in der Mitte der mit Leder überzogenen Schilde.
Scutum	Schild.
Sequana	Die Seine.
Sequaner	Die Sequaner waren Kelten, die zwischen dem Arar (Saône) und dem Juragebirge am rechten Rhône-Ufer siedelten; ihr Hauptort war Vesontio (Besancon).
Sesterze	Siehe Geld.
Sextarius	Siehe Maße.
Tagwache	Siehe Zeitmessung.
Tiguriner	Keltischer Volksstamm. Sie lebten in den heutigen Schweizer Kantonen Waadt, Freiburg und Bern. Ihre Hauptstadt war Aventicum (Avenches).
Tolosaten	Keltischer Volksstamm an der Grenze von Aquitanien und der römischen Provinz. Hauptstadt: Tolosa (Toulouse).
Ubier	Germanischer Stamm, der vom Westerwald rheinaufwärts bis zum Breisgau siedelte.
Usipeter	Germanisches Volk, das 56 v. Chr. am Niederrhein erschien.
Vergobretus	Keltische Amtsbezeichnung für den höchsten Magistrat der Häduer im 1. Jh. v. Chr. Beim Vergobreten liegt die oberste Rechtsprechung des Stammes.
Vesontio	Besançon.
Vitis	Kommandostab der Centurionen.
Zeitmessung	Tag und Nacht (Sonnenaufgang bis Sonnenuntergang) wurden in je 12 Stunden unterteilt. Je 3 Nachtstunden bildeten eine Nachtwache. Eine Nachtwache bestand also aus 4 Schichten. 1. Nachtwache: 18.00-21.00 Uhr 2. Nachtwache: 21.00-24.00 Uhr 3. Nachtwache: 00.00-03.00 Uhr 4. Nachtwache: 03.00-06.00 Uhr Je nach Jahreszeit waren die Tage und Nächte länger oder kürzer. Die kürzeste Stunde war 44 Minuten lang, die längste 75 Minuten.
Zeitrechnung	Die Jahre wurden »ab urbe condita«, also von der sagenhaften Gründung Roms (753 v. Chr.), gezählt. Die einzelnen Jahre erhielten die Namen der jeweils amtierenden Konsuln.

3. ZEITTAFEL

Römische Zeitrechnung	Heutige Zeitrechnung	Alter Cäsars	Lebenslauf Cäsars und politische Ereignisse
0	753 v. Chr.		Gründung Roms.
653	100 v. Chr.		Geburt Cäsars (am 13.7.).
668	85 v. Chr.	15	Cäsar erhält Toga virilis. Sein Vater stirbt.
669	84 v. Chr.	16	Heirat mit Cinnas Tochter Cornelia.
670	83 v. Chr.	17	Geburt von Cäsars Tochter Julia.
672	81 v. Chr.	19	Diktatur Sullas. Cäsar entkommt dank Bestechung.
681	72 v. Chr.	28	Cäsar wird Militärtribun. Der germanische Suebenführer Ariovist kommt über den Rhein nach Gallien.
684	69 v. Chr	31	Cäsars Gattin Cornelia stirbt. Cäsar Quaestor in Spanien.
688	65 v. Chr.	35	Cäsar wird Aedil.
690	63 v. Chr.	37	Cäsar wird Pontifex maximus.
691	62 v. Chr.	38	Cäsar wird Prätor.
692	61 v. Chr.	39	Cäsar wird Statthalter in Spanien. Helvetier beschließen die Auswanderung.
693	60 v. Chr.	40	Cäsar wird Konsul. 1. Triumvirat mit Pompeius und Crassus.
694	59 v. Chr.	41	Cäsars 1. Konsulat (mit Bibulus). Cäsars Tochter Julia heiratet Pompeius.
695	58 v. Chr.	42	Cäsar wird Statthalter in Gallia Narbonensis, Gallia Cisalpina und Illyricum; Helvetierkrieg, Krieg gegen Ariovist.

Römische Zeitrechnung	Heutige Zeitrechnung	Alter Cäsars	Lebenslauf Cäsars und politische Ereignisse
696	57 v. Chr.	43	Gallien: Krieg gegen die Belger.
697	56 v. Chr.	44	Gallien: Krieg gegen die Küstenvölker.
698	55 v. Chr.	45	Verlängerung von Cäsars Statthalterschaft. 1. Rheinübergang. 1. Britannienfahrt. Völkermord an den Usipetern.
699	54 v. Chr.	46	2. Britannienexpedition. Tod von Cäsars Tochter und Mutter. Aufstände in Gallien.
700	53 v. Chr.	47	Aufstände in Gallien. 2. Rheinübergang. Tod des Crassus in der Parther-Schlacht.
701	52 v. Chr.	48	Aufstand des Vercingetorix. Cäsars Niederlage bei Gergovia und Sieg bei Alesia. Tod des Clodius durch Milo.
702	51 v. Chr.	49	Gallien befriedet. »Commentarii de bello Gallico« erscheint.
703	50 v. Chr.	50	Diplomatische Auseinandersetzungen über Cäsars Kommandoniederlegung und Wahl zum Konsul.
704	49 v. Chr.	51	Cäsar überschreitet den Rubikon: Ausbruch des Bürgerkriegs.

DANKSAGUNG

Dr. Eckhard Deschler-Erb, Seminar Ur- und Frühgeschichte, Universität Basel, hat das Manuskript mit den Augen des Archäologen und Historikers gelesen und mir mit zahlreichen Diskussionen, Dokumenten und Literaturhinweisen weitergeholfen. Auch Otto Lukas Hänzi, Architekturhistoriker und Reenactmentist, hat das Manuskript einer kritischen Prüfung unterzogen und die Karte gezeichnet. Annemarie Cueni, Ines Bulliard, Sergio Cavero, Martin Hennig und Marc Schneider haben in privaten Vorlektoraten die Verständlichkeit des historischen Stoffes und die Dramaturgie bewertet. Dr. Marcus Junkelmann, Schloß Ratzenhofen, hat mir wertvolles Material aus seinem Privatarchiv ausgeliehen und mich bei Spezialfragen des römischen Militärwesens unterstützt. Auch Michael Simkins, Nottingham, stand mir für knifflige Details stets hilfreich zur Seite. Museen und Sachverständige im In- und Ausland unterstützten mich bei der Klärung verschiedener Fragen.

Danken möchte ich auch Ulrich Genzler vom Heyne Verlag und meiner Lektorin Tina Schreck. Beide haben mit sicherem Gespür geholfen, das umfangreiche Werk abzuspecken und zu verbessern.

Ein besonderer Dank gilt jedoch meinem Sohn Clovis, der mich zu diesem Roman ermuntert hat und in all den Jahren mein täglicher Lektor gewesen ist.

Zusätzliche Informationen zum Roman finden Sie auf www.cueni.ch. *Cäsars Druide* basiert auf dem allerneuesten Stand der Cäsarforschung.

Binningen, Februar 2008